Lotte Grünewald

GUT FRIESENHAIN

Zwischen Hoffnung und Vernunft

Roman

blanvalet

FSC
www.fsc.org
MIX
Papier | Fördert gute Waldnutzung
FSC® C014496

Penguin Random House Verlagsgruppe FSC® N001967

1. Auflage
Originalausgabe 2024 by Blanvalet, einem Unternehmen der Penguin Random House Verlagsgruppe GmbH, Neumarkter Str. 28, 81673 München

Dieses Werk wurde vermittelt durch die Michael Meller Literary Agency GmbH, München.
Redaktion: Hanna Bauer
Umschlaggestaltung: © Johannes Wiebel | punchdesign, unter Verwendung von Motiven von Richard Jenkins Photography und stock.adobe.com (winyu, annacovic, Kimo, Lars Gieger, horsemen)
DK · Herstellung: sam
Satz: Uhl + Massopust, Aalen
Druck und Bindung: GGP Media GmbH, Pößneck
Printed in Germany
ISBN 978-3-7341-1091-7

www.blanvalet.de

Für Bine und Haze, mein Dream-Team

Prolog

Nur noch wenige Schritte sind es, dann ist sie in Sicherheit. Doch da explodiert die Welt um sie herum.

Sie verliert das Gleichgewicht und stürzt zu Boden, das Gesicht in Staub und Asche.

Heiße Flammenzungen schießen an sie heran und lecken am Stoff ihres Mantels.

Hitze versengt die weichen Haare in ihrem Nacken, dringt ihr in Mund und Augen, scheint alles zu verdorren.

Wie aus weiter Ferne hört sie ihren Namen. Ein verzweifelter Schrei. Wie aus einer anderen Welt jenseits des sie umgebenden Grauens.

Es gibt nur die eine Rettung. Sie muss aufstehen. Sie muss hinaus aus dieser Hölle.

Mitten in dem tosenden Inferno um sie her hebt sie den Kopf.

Da. Die offene Tür. Ihre Rettung.

Sie streckt die Hand aus. Zieht sie gleich wieder zurück, so heiß ist die Luft. Sie brennt in ihrer Lunge.

Doch das um sie prasselnde Feuer drückt sie nieder.

Über ihrem Kopf knarrt und ächzt das Holz. Da ist ein Splittern. Dann ein Krachen.

Ein Balken stürzt dicht neben ihr herab. Lodernd, vor Hitze glühend.

Sie krümmt sich zusammen, um sich vor den alles verschlingenden Flammen zu schützen.

Und sie weiß: Allein wird sie es nicht schaffen.

Marie

1

Gestüt Friesenhain zu Ibbenbüren,
Tecklenburger Land im Januar 1896

Die ersten Tage des Jahres auf Friesenhain. Über Nacht hatte es geschneit, und die Landschaft sowie das Dach des eleganten Vierkanthofes waren wie mit Puderzucker überstäubt. Im hellen Sonnenschein des frostklaren Morgens leuchteten die roten Mauerziegel. Die weiß gerahmten Fenster des zweistöckigen herrschaftlichen Wohngebäudes blitzten, und aus allen Schornsteinen stieg heller Rauch. Auf den kahlen Bäumen des Parks glitzerte Raureif, während durch die großen Scheiben des gläsernen Treibhauses exotische Pflanzen wie Palmen und Orangen zu erkennen waren. Silbriger Bodennebel waberte über die das Gestüt umgebenden Koppeln.

Aus dem Nordtor, durch das die Stallungen und der Hintereingang des Wohnhauses zu erreichen waren, lösten sich soeben zwei Pferde samt Reiterin und Reiter – eines fuchsrot, das andere dunkel wie die Kohle, die in dieser Region gefördert wurde. Die Atemwolken vor den Mäulern der stolzen Rösser schienen für Augenblicke in der Kälte der Luft zu stehen. Es ging gen Osten, der Morgensonne entgegen.

»Es ist sehr freundlich von dir, Wilhelm, dass du mich zum Reuben-Hof begleitest«, sagte Marie. »Die Mädchen werden sich sehr freuen, dich zu sehen. Ich habe ihnen beim letzten Besuch zum Jahreswechsel nämlich erzählt, dass du es warst, der dem Christkind verraten hat, dass die beiden Kleinen sich zu Weihnachten ein Schaukelpferd wünschten. Daraufhin waren sie nicht mehr vom Glauben abzubringen, dass du einen besonders guten Draht zu ihm haben musst. Weil es doch ihren Wunsch erfüllt und am Heiligabend das Pferdchen vor ihre Tür gestellt hat.« Der kalte Wind fuhr ihr ins Gesicht. Sie war froh, sich über den bequemen Hosen, in denen sie im Herrensitz reiten konnte, für den weiten Rock entschieden zu haben. Dessen derber Stoff wärmte ihre Beine bis hinunter zu den Knöcheln und reichte bis über Stürmers Kruppe.

Der Windstoß ließ von den herabhängenden Ästen kleine Schneeklumpen herunterfallen, und der schwarze Hengst, den Marie ritt, erschrak deswegen und tänzelte aufgeregt. Vorsichtig nahm sie mit behandschuhten Fingern die Zügel auf und raunte ihm mit leiser Stimme ermutigend zu.

Der junge Graf wartete kurz ab, bis das Pferd sich beruhigt hatte. »Die drei sind wirklich herzig«, stimmte er ihr dann zu. »Aber auch wenn ich sie gern um mich habe, komme ich in erster Linie deinetwegen mit.«

Marie warf ihm einen raschen Blick zu. Wegen ihr? Was meinte er damit? Doch Wilhelm erklärte bereits: »So oft bist du auf Stürmer ja noch nicht ausgeritten. Es ist für ihn gewiss leichter, wenn Komet dabei ist und ihm Ruhe gibt.« Er klopfte leicht den Hals seines Jagdpferdes, das sich von Stürmers Nervosität nicht anstecken ließ. »Und falls etwas Unerwartetes geschehen sollte, bin ich zur Stelle, um dir zu helfen.«

Marie lugte zu ihrem Begleiter hinüber, der heute weder Hut noch Reitanzug trug, sondern auf seinem kastanienbraunen, stets etwas zerstrubbelten Haar eine Schiebermütze und um seine große Gestalt einen warmen Mantel. Ausgesprochen gut sah er aus, aufrecht und mit freundlichen Zügen. Die Burschen in Ibbenbüren hätten sich mit ihm allesamt nicht messen können. Das hatte Marie als Kind schon gedacht.

Jetzt warf der Grafensohn ihr aus seinen blauen Augen einen verschmitzten Blick zu. »Ich weiß, was du denkst, Marie, wenn du so zu mir herüberschielst«, bemerkte er schmunzelnd.

Ein kurzer Schreck durchfuhr sie, als ihr selbst klar wurde, dass das, was ihr durch den Kopf gegangen war, wohl nicht angemessen war für die Tochter des Stallmeisters, die den jungen Herrn betrachtete. Was, wenn er ihre Gedanken tatsächlich erraten hatte?

Beinahe spitzbübisch grinste er. »Dass du nämlich mit diesem jungen Friesenhengst besser als jeder andre umgehen kannst, und gewiss viel besser als ich. Überhaupt, wenn jemand von uns beiden mit einem Pferd Hilfe brauchen sollte, dann wärest sicher nicht du es.«

Sie musste lachen, amüsiert über seine Bemerkung, und auch ein wenig erleichtert, weil es mit seiner Fähigkeit, ihre Gedanken zu erraten, doch nicht so weit her zu sein schien. »Das hast jetzt du gesagt, Wilhelm. Und nur, weil du glaubst, aus meinem Blick lesen zu können?«

»Das kann ich tatsächlich!«, bestätigte er.

»So? Was denke ich denn?«, wagte sie einen kecken Vorstoß. Der lockere Wortwechsel löste ein leichtes Kribbeln in ihr aus, freudig und leicht. Fast war es zwischen ihnen wieder so wie damals, als sie noch Kinder waren und im Haus der Grafenfamilie zusammen in der Bibliothek die Bücher nach Abenteuern durchstöberten. Seit der sieben Jahre ältere Wilhelm ihr beim Buchstabieren geholfen und später dann immer dickere Bücher empfohlen hatte, war so viel Zeit vergangen. Wilhelms Freiwilligenjahr bei den Gardedragonern in Berlin, das Erwachsenwerden hatte sie voneinander entfernt.

Wie wunderbar, dass die heimlichen Schulungseinheiten mit Stürmer, dem fremden Hengst, sie wieder zueinandergeführt hatten. Die gemeinsame Arbeit mit ihm hatte Wilhelm und Marie die Distanz vergessen lassen. Und jetzt gerade fühlte Marie sich Wilhelm so nah wie nie zuvor. Bei diesem Gedanken musste sie lächeln, so leicht wurde ihr davon ums Herz.

»Was du denkst, soll ich dir sagen?«, wiederholte Wilhelm nun, legte den Kopf schief und musterte sie mit betonter Kennermiene. »Nun, in einem bin ich sicher: Du bist genau wie ich froh, dass die Weihnachtstage und der Jahreswechsel vorüber sind, mit den Kirchgängen, Christmette, Singen, Essen und Feierlichsein. Nun können alle auf dem Gestüt wieder ihrem unaufgeregten Alltag nachgehen. Und doch ist das neue Jahr 1896 noch frisch genug, um als Verheißung zu gelten.«

Marie strich sich mit dem Rücken des Handschuhs über die Wange, berührt von seinen Worten.

»Schön gesagt, Wilhelm«, stimmte sie ihm zu. »Deine Worte über das frische Jahr und jene Verheißung in ihm klingen wunderbar. Da höre ich den Poeten in dir heraus.«

Er lachte laut auf. Doch sie konnte ihm ansehen, dass ihre Worte ihm schmeichelten. Für sie beide waren Menschen, die dichten, Geschichten erfinden und Bücher schreiben konnten, in ihrer gemeinsamen Kindheit wahre Helden gewesen. Und Marie wusste, dass ein Stückchen dieser magischen

Fähigkeit auch in Wilhelm wohnte. In den Kindergeschichten, die er sich damals ausgedacht hatte, war es deutlich zu erkennen gewesen.

»Nun, ich hoffe, dass ich den auch wieder wecken kann, wenn es um meine Rede zur Hochzeit geht«, sagte er in gespielter Verzweiflung, hob kurz die Schirmmütze und fuhr sich durchs Haar, womit er es zerzauste, ehe er die Kappe wieder aufsetzte. »Seit Wochen feile ich daran herum und bin einfach nicht damit zufrieden.«

Marie sah ihn mit großen Augen an. »Du schreibst eine eigene Hochzeitsrede für Luise und Max? Wie wundervoll!«

Wilhelm schnalzte mit der Zunge. »Wenn die ältere meiner beiden kleinen Schwestern heiratet, ist das doch das Mindeste, und Luise wünscht es sich so. Freilich rede ich kürzer als unser Vater und auch erst nach ihm. Er selbst tappt schon seit Wochen im Dunkeln, was die Brautvaterrede angeht. Ich fürchte, er sucht Inspiration im landwirtschaftlichen Anzeiger.« Marie platzte laut heraus, und er grinste ihr zu, ehe er fortfuhr: »Mir selbst ist der richtige Ton auch noch nicht gelungen. Gefällige Worte, ja, die beherrsche ich auf dem Papier, das ist nicht das Problem. Doch der Inhalt muss ja auch stimmen und von einem harmonischen Leben zu zweit erzählen, das den beiden beschieden sein soll, mit viel Glück und Erfolg. Ob ich diese beiden Dinge zusammenbringen kann?«

Marie schüttelte ungläubig den Kopf. Stürmer erschrak kurz vor einem Feldhasen, der hinter einem Busch hervorhoppelte und ihren Weg kreuzte. Sie nahm die Zügel an und strich dem Hengst mit der einen Faust beruhigend über den erhobenen Hals, während sie in Wilhelms Richtung sagte: »Wie kannst du daran zweifeln? Natürlich wird es die wundervollste Rede werden, die es je gab! Ich sag doch, du bist ein Poet! Wieso solltest du das nicht schaffen? Alle werden begeistert sein, und die Jungen werden sich wünschen, du würdest ihnen auch zu ihrem eigenen Hochzeitstage etwas schreiben. Allen voran ich selbst!«

Erschrocken hob sie den Blick. Die letzten Worte waren ihr so herausgepurzelt. Ihre eigene Hochzeit! Es gehörte sich nun wirklich nicht, dies dem Grafensohn gegenüber zu erwähnen, bei dessen Familie sie aufgewachsen war und selbst als Ausbilderin der Pferde für den Heeresdienst angestellt war. Wilhelm, der sie gerade noch angesehen hatte, wandte sich rasch ab. Meinte sie es nur, oder sah er plötzlich sehr viel ernster aus als gerade noch? Ihr munteres Gespräch jedenfalls war versiegt.

Während ihre Pferde leise schnaubten und in der Kälte dampften, ritten sie schweigend Seite an Seite den Bahndamm hinauf, den der Weg kreuzte. Mittags würde hier der Schnellzug von Ibbenbüren nach Berlin vorbeirasen und seine Reisenden in die Hauptstadt des Kaiserreiches bringen. Doch um diese Zeit lag die Strecke verlassen da, und sie konnten die Gleise queren. Jetzt war es an Marie, sich zu wünschen, sie könne seine Gedanken erraten. Warum schwieg er nun, nachdem sie so unbedacht von ihrer eigenen Hochzeit geplappert hatte, sodass sie nun den größten Teil der Strecke still zurücklegten? Ihm war doch sicher bewusst, dass auch sie eine Frau war? Nur zwei Jahre jünger als Luise, nämlich im selben Jahr geboren wie Wilhelms jüngste Schwester Clara. Mit ihren bald zweiundzwanzig Jahren waren sie im Heiratsalter. Doch dieses Thema hatte zwischen ihnen noch nie eine Rolle gespielt. Dass es nun plötzlich so ausgesprochen in der klirrend kalten Luft hing, schien Wilhelm ebenso zu verwirren wie sie selbst.

Oder dachte er an eine andere junge Frau, die in den letzten Monaten oft auf Friesenhain zu Gast gewesen war? Baronin von Assen kam häufig mit ihrer Tochter Baroness Margarete von Assen zu Besuch. Die modebewusste Margarete war ebenfalls im heiratsfähigen Alter und brachte als einziges Kind der Familie eine reiche Mitgift mit. Unten im Gesindetrakt galt es als ausgemachte Sache, dass sie als Braut für Wilhelm auserkoren war und demnach irgendwann die Gräfin von Scheweney sein würde.

Der Gedanke an das stupsnasige Gesicht, das immer ein wenig hochmütig blickte, dämpfte Maries Stimmung. Bevor die Baroness sich aus der Schar der auf Friesenhain verkehrenden Adelsfamilien mit heiratsfähigen Töchtern abzuheben begann, hatte Marie sich nie Gedanken um die zukünftige Hausherrin gemacht. Selbstverständlich würde Wilhelm irgendwann einmal heiraten, so wie alle Grafensöhne es taten. Aber doch noch nicht so bald, erst in weiter Ferne. Und nicht so konkret. Maries Bauch grummelte unbehaglich bei dem Gedanken.

Plötzlich ging ein Ruck durch Wilhelm, und ein Lächeln trat wieder in seine Züge.

»Wie es aussieht, werden der Poet und beste Freund des Christkinds und seine reizende Begleitung bereits erwartet«, sagte er und wies mit dem Kopf voraus.

Tatsächlich war hinter einer Weggabelung ein großer Hof in Sicht gekommen.

Neben dem Eingang in der schadhaften Mauer, welche die Ställe, Scheune, Schuppen und das heruntergekommene Wohnhaus vom vorbeiführenden Weg trennte, waren drei kleine Gestalten auszumachen. Es waren die Töchter des dubiosen Pferdehändlers Reuben: die dreizehnjährige Änne, in einem abgelegten und gekürzten Kleid von Marie, und ihre sechs und fünf Jahre alten Schwestern Berta und Gertrud.

Die beiden Jüngeren zappelten ungeduldig herum, und

Änne versuchte, sie durch kleine Knüffe zu rügen und zum Stillstehen zu bringen. Als Marie und Wilhelm heran waren, hüpfte Berta so heftig auf und ab, dass ihre Zöpfe nur so um ihren Kopf schleuderten.

»Scht!«, machte Änne und griff nach einem dieser straff geflochtenen, strohblonden Haarbündel. »Siehst du nicht, dass du das Pferd erschreckst? Gleich geht es durch, mit Fräulein Paas auf seinem Rücken!«

Da blieb Berta wie angewurzelt stehen. Marie verbarg ihr Schmunzeln, als Wilhelm und sie sich von den Pferden schwangen. Komet blieb brav stehen, wo Wilhelm ihn angehalten hatte, auch ohne dass er angebunden wurde. Doch Stürmers Zügel behielt Marie vorsichtshalber in der Hand. Das kindliche Herumgezappel hatte ihn tatsächlich beunruhigt. Wenn etwas Unerwartetes ihn beunruhigte, bestand bei ihm die Gefahr, dass er panisch davonrannte.

»Guten Tag, Fräulein Paas. Guten Tag, werter Graf«, grüßte Änne artig und knickste. Dann knuffte sie ihre Schwestern, die es ihr nachmachten. Alle drei schielten sie ehrfürchtig zu Wilhelm hin.

Und da platzte die vorlaute Berta auch schon heraus: »Das Christkind hat all unsre Wünsche erfüllt, Herr Graf. Du hast ihm alles ganz richtig hergesagt, hast du!«

Änne holte aus, doch Berta duckte sich weg. »Sag nicht Du zum werten Herrn Graf, dummes Gör!«, schimpfte die Ältere. »Das gehört sich nicht. Du musst Sie sagen, wie bei Vaters Kundschaft, hörst du?«

»Lass sie nur, Änne«, wiegelte Wilhelm ab und hockte sich vor Berta hin, um Aug in Aug mit ihr zu sein. »So, hat das Christkind eure Wünsche erfüllt? Ich habe gehört, es war ein Schaukelpferd? Ein Ball? Und ein Springseil?«

»Ja!«, rief Berta, mit der es bei der Erinnerung an diese unverhoffte Überraschung wieder durchging. »Und 'n Korb mit lauter Leckereien hat's dagelassen, hat es. Frisches Brot und 'n ganzen Schinken, fast so groß wie ich. Dazu noch einen Gugelhupf – mit Zucker drauf! Und süße Äpfel, und Nüsse, und Rosinen«, plapperte die Kleine.

Änne, die ihnen einen scheuen Blick zuwarf, wandte ein: »Vater hat gesagt, wenn das Christkind so gut zu uns ist, dann dürfen wir auch die Spielsachen behalten, und er wird's nich an die reichen Leute verkaufen, hat er gesagt.«

Marie schnappte nach Luft. Das Spielzeug, das Luise und Clara in Osnabrück eigens für die Kinder ausgesucht hatten, verkaufen! Das hätte Reuben ähnlichgesehen.

Die Kinder waren mager, und besonders die kleine Gertrud hätte ein Bad dringend benötigt, denn sie roch nach Urin, und ihr Haar starrte vor Schmutz. Doch zumindest waren die Mädchen unversehrt von Schlägen, kannten wieder so etwas wie Freude.

Im letzten Herbst hatte Änne nach einer Tracht Prügel Schutz auf Friesenhain gesucht, wo ihr Freund, der kleine sommersprossige Alfred, neue Arbeit als Stallbursche gefunden hatte. Doch Reuben hatte sie zurückbeordert. War Änne für ihn am Hof doch eine kostenlose Arbeitskraft, die Haus und Kleinvieh versorgte, kochte und wusch, während er und sein erwachsener Sohn ihre dubiosen Geschäfte im Pferdehandel betrieben.

Wilhelms Drohung, ihm seine Kameraden aus dem Regiment auf den Hals zu hetzen, hatte zumindest bewirkt, dass der Vater die Kinder von da an unbehelligt ließ. Das konnten Luise, Clara und Marie bei ihren regelmäßigen Besuchen feststellen.

Nachdem Reuben sich anfangs verbitten wollte, dass die Komtessen von Scheweney und ihre Freundin regelmäßig an seiner Hofmauer auftauchten, hatte die schlaue Clara begonnen, kleine Proviantpäckchen als Geschenk für die Kinder mitzunehmen. Diese kamen sicherlich auch dem Vater und Bruder zugute, die sich mit ihrem Pferdehandel eher schlecht als recht über Wasser hielten. Wenn dies der Preis sein sollte für die Unversehrtheit der drei Mädchen, nun, dann sollte es so sein.

Marie, der zu solcher Großzügigkeit selbst das Geld fehlte, war glücklich über ihre mitfühlenden und umsichtigen Freundinnen. Sie selbst konnte nur beisteuern, was ihre liebe Frau Rühl, ihres Zeichens seit vielen Jahren Köchin auf Friesenhain und für sie selbst eine Art Ersatzmutter, an Überbleibseln von den Mahlzeiten beiseitelegen konnte.

Auch Wilhelm hatte nun bei Ännes Bemerkung zum Verkauf der Spielzeuge aufgemerkt und mit Marie einen kurzen Blick getauscht. Doch um die Kinder nicht zu beunruhigen, ging er nicht weiter darauf ein, sondern erkundigte sich: »Erzählt doch mal von eurem Schaukelpferd. Es ist doch sicher ein Fuchs, so wie meines hier?«

»Aber nein!«, rief Berta kichernd. »'s is 'n weißer Schimmel, is es. Mit goldener Mähne. Und rennen kann das! Wir können sogar zu zweit drauf schaukeln. Freilich nur Gertrud und ich. Änne ist zu groß, isse.«

Ihre ältere Schwester reckte sich. »Vater hat mir ein echtes Pony versprochen.«

»Tatsächlich?« Wilhelm hob die Brauen. Marie konnte seine Skepsis nachvollziehen, denn in den letzten Monaten hatten sie noch nie erlebt, dass Reuben irgendetwas unternommen hatte, um seinen Kindern eine Freude zu bereiten.

Änne nickte eifrig. »Mit dem Pony kann ich dann die Besorgungen schneller machen, kann ich. Die Eier zum Markt bringen. Und dem Vater und Bruder das Essen raus auf die Wiesen bringen, wenn die Mahd ist.«

»Dann werden wir Ausschau halten nach dir auf deinem blitzschnellen Pferdchen. Gewiss seid ihr schnell wie der Wind«, erwiderte Wilhelm lächelnd, obwohl Marie in seinen Augen den Ernst stehen sah. Das geschenkte Pony war von Reuben also nur als Arbeitswerkzeug gedacht.

Berta wollte sich über Wilhelms Worte ausschütten vor Lachen. Änne kicherte hinter vorgehaltener Hand. Die kleine Gertrud, die die Zusammenhänge wohl nicht begriff, staunte Wilhelm nur an.

Zum Staunen war es Marie auch ein wenig. Es kam sicher nicht oft vor, dass ein junger Mann sich so gut auf Kinder verstand und das Zusammensein mit ihnen tatsächlich genoss. Von ihrem eigenen Vater, Theo Paas, kannte sie dies natürlich. Er hatte ihr, so gut es ihm eben möglich war, die Mutter ersetzt, die wenige Tage nach Maries Geburt am Kindbettfieber gestorben war. Ja, ihr Vater war tatsächlich besonders. Er hatte Marie mit Zärtlichkeit und Sorgfalt erzogen. Und erst als sie älter wurde, hatte Marie begriffen, welche Kraft ihn das anfangs gekostet haben musste. Hatte doch ihre eigene Geburt seine geliebte Frau Maria das Leben gekostet. Und was Marie selbst seitdem nicht mehr aus dem Kopf ging, schien für ihren Vater nie erwähnenswert.

Wilhelm, so schien es Marie, hatte ähnliche warmherzige Züge.

Er war den Kindern gegenüber fürsorglich und freundlich, ließ es an jeder Strenge mangeln. Sicher würde er einmal ein wundervoller Vater sein, liebevoll, zugewandt und aufmerksam.

In diesem Moment drehte Wilhelm den Kopf und sah sie fragend an. Und plötzlich spürte Marie Hitze in ihre Wangen schießen. Hatte sie ihn etwa die ganze Zeit so versunken angestarrt?

»Ich fürchte, wir müssen wieder heim«, sagte sie rasch, um davon abzulenken. »Der Schmied kommt heute, und der neue Stallbursche soll helfen. Da wäre ich gern dabei, um zu sehen, wie er sich anstellt.«

»Och! Könnt ihr nicht noch etwas bleiben?«, bat Berta und fing sich einen Knuff ihrer älteren Schwester ein.

»Sei nicht so frech! Die Herrschaften können nicht den ganzen Tag hier bei uns stehen«, pflaumte Änne, sah dabei aber selbst enttäuscht aus.

»Wir kommen bald wieder«, versprach Marie. »Und bis dahin …« Sie machte sich an Komets Satteltasche zu schaffen, in der sie vorhin einen Laib Brot und drei Stücke süßes Karamell verstaut hatten, das Frau Rühl in ihrer Pfanne angerührt hatte. Das Brot drückte sie Änne in den Arm, die sich mit großen Augen bedankte, und verteilte die Karamellbrocken, die allesamt sofort in den kleinen, verschmierten Mündern verschwanden.

»Nun schnell hinein ans Feuer! Ihr habt schon ganz rote Finger!«, ordnete Marie an, strich jedem der Mädchen über die Wange, und die drei drehten sich brav um und liefen hinein in den Hof. Auf halbem Wege zum heruntergekommenen Wohnhaus, zwischen Ställen und Scheune hindurch, hielt Änne abrupt inne, wandte sich um und knickste. Dann eilte sie ihren kleinen Schwestern nach, die die Tür schon fast erreicht hatten, den kostbaren Schatz von Süßigkeit genussvoll in den mageren Wangen verborgen.

Als Marie sich bereits lächelnd umwenden wollte, nahm sie an einem der Ställe eine Bewegung wahr. Dort stand im Schatten der Stallgasse eine große, hagere Gestalt mit blassem Gesicht und sah zu ihnen herüber.

Obwohl Marie ihm selbst nur zweimal begegnet war, erkannte sie ihn auf Anhieb: Pferdehändler Reuben. Ein brutal aussehender Kerl mit seltsam brennendem Blick, als lodere in ihm eine beständige Wut aufs Leben.

Kurz sahen sie einander über die wohl fünfzig Meter an, wobei Marie den Ausdruck in seiner unbewegten Miene nicht zu deuten wusste. Mit hohlem Gefühl im Magen nickte sie ihm zu. Denn immerhin stand sie hier an seinem Grund und Boden und hatte soeben mit seinen Kindern eine nette Unterhaltung geführt. Doch er erwiderte die Geste nicht, sondern starrte sie nur weiter an. Eine feine Gänsehaut kroch unter dem dicken Wolltuch, das sie gegen die Kälte schützte, ihren Nacken hinauf. Es lag etwas Bedrohliches in diesem Starren, das sie bis ins Mark erschütterte.

»Bist du so weit?«, fragte Wilhelm, der die Tasche an Komets Sattel geschlossen und den Blickwechsel nicht mitbekommen hatte.

Rasch wandte Marie sich von Reubens Anblick dort im dunklen Stallschatten ab und Wilhelm zu. »Ja. Sicher.«

Wilhelm hielt ihr seine verschränkten Hände hin, sie hob ihren linken Stiefel hinein, und mit einem leichten Schwung half er ihr hinauf in den Sattel.

Sie wendeten die Pferde. Stürmer schlug nervös mit dem Kopf. Der Anblick des Hofes, in dem zwischen den rein zweckmäßigen, schäbigen Ställen und der Scheune alle möglichen Arbeitsgeräte herumlagen, ein Fuhrwerk quer im Weg stand und die zerzaust wirkenden Hühner auf dem Misthaufen gackernd flatterten und scharrten, beunruhigte ihn. Marie konnte es ihm nachfühlen. Und vielleicht war es auch ein wenig ihr eigenes Unwohlsein, das sich auf den sensiblen Hengst übertrug.

Sie konnte es nicht lassen und sah noch einmal zurück zum Stall. Doch im Schatten der Gasse stand niemand mehr. Es war, als habe es den unheilverkündenden Blick gerade gar nicht gegeben.

Seite an Seite ritten sie los.

Sobald sie das Gehöft hinter sich gelassen hatten, entspannte sich auch Stürmer wieder.

Nachdem Wilhelm noch ein wenig darüber gesprochen hatte, wie sehr die Kinder sich über die Gaben zu Weihnachten gefreut hatten und dass es ihnen deutlich besser als noch vor drei Monaten zu gehen schien, erkundigte er sich: »Wo du gerade den neuen Stallburschen erwähnt hast – wie ist sein Name noch? Kurt?« Marie nickte zustimmend. »Wie macht er sich denn? Offenbar traust du ihm nicht zu, dass er dem Schmied mit den Pferden schon allein zur Hand gehen kann?«

Marie zögerte. Der Zwiespalt in ihr ließ eine schnelle Antwort nicht zu. Vorsichtig formulierte sie dann: »Im Grunde will er kein Stallbursche sein. Er hatte Arbeit in der Ibbenbürener Weberei gefunden, als Farbenmischer. Aber irgendwas muss vorgefallen sein. Er hat die Stellung verloren.«

Wilhelm legte den Kopf schief und musterte sie mit seinen leuchtend blauen Augen, was Marie erneut ein nervöses Flattern in der Magenkuhle bescherte. Was war denn heute nur los mit ihr? »Das ist mir auch aufgefallen, als er bei Vater und mir vorgesprochen hat. Eine Arbeit zu verlieren muss nicht unbedingt ein schlechtes Zeichen sein. Aber da du meiner Frage ausweichst, nehme ich an, du willst ihm erst noch die Möglichkeit geben, sich ordentlich einzuleben und zu bewähren? Schließlich ist er erst seit zwei Wochen auf Friesenhain.«

»So ist es«, bestätigte Marie erleichtert. Da Wilhelm den neuen Stallburschen zusammen mit seinem Vater eingestellt hatte, wollte sie den Mann ungern kritisieren. Doch leider schien Kurt das rechte Gefühl für die Tiere zu fehlen. Er bewegte sich zu forsch, fasste sie zu hart an und wurde ungeduldig, wenn sie dann erschraken. Aber vielleicht würde sich das noch finden. »Ich glaube, jeder verdient eine Chance, wenn eine neue Stellung Veränderungen fordert. Niemand ist gleich perfekt in den anstehenden Aufgaben, oder?«

Wilhelm wollte ihr offenbar schon zustimmen, doch dann lachte er. »Niemand außer Emil Neumann, Vaters neuer Kammerdiener«, sagte er schmunzelnd. »Dieser Tausendsassa hat es fertiggebracht, nicht nur Vater mit seiner Perfektion zu beeindrucken – sogar Albrecht findet selbst nach drei Monaten keinen einzigen Fehler an ihm.«

Jetzt stimmte auch Marie in sein Lachen ein. »Du hast recht. Anfangs hat es den guten alten Albrecht schier zur Weißglut getrieben. Aber auch das hat Emil wunderbar gemeistert, indem er stets überaus höflich blieb und zwei- oder dreimal wie nebenbei fallen ließ, dass ein neuer Diener nur so gut sein kann wie sein Vorgänger. Und wie tadellos Albrecht ihm diese Stellung überlassen habe. Seitdem herrscht eitler Frieden, und Albrecht ist voll des Lobes für alles, was er ja doch nicht bekritteln kann.«

Sie grinsten sich einvernehmlich an. Beide liebten sie den alten Kammerdiener des Grafen, der seine Arbeit bei den von Scheweneys schon mit größter Sorgfalt verrichtet hatte, als sie beide noch Kinder waren. Nun hatte die Gicht den Alten in seinen hohen Sechzigern zum Ruhestand gezwungen. Was ihn jedoch nicht daran hinderte, weiterhin den Ton anzugeben und die Dienerschaft in der Gesindestube mit seinen Geschichten zu unterhalten.

»Auch du scheinst viel von Neumann zu halten?«, hakte Wilhelm in diesem Moment nach.

Es war wie verhext, aber unter seinem forschenden Blick spürte Marie schon wieder, wie ihr die Röte ins Gesicht stieg. Konnte Wilhelm davon wissen, dass Emil unten bei den Mägden und Dienstmädchen heiß umschwärmt war, dass es aber hinter vorgehaltener Hand hieß, er habe ein Auge auf sie, Marie, geworfen? Das jedenfalls hatte Frau Rühl ihr anvertraut. Vielleicht, um herauszufinden, wie Marie selbst zu dem schmucken Kammerdiener stand. Marie hatte verlegen abgewunken. Sie hatte den neuen Diener von Anfang an gemocht, doch empfand sie keine Schwärmerei für ihn. Emil, nur ein Jahr älter als Wilhelm, war ausgesprochen gut aussehend mit seinen munteren hellgrauen Augen, dem dunklen Haar und dem schmalen, gepflegten Schnäuzer. Dazu war er zu allen gleichermaßen freundlich und liebenswürdig. Er hatte sogar innerhalb kürzester Zeit das Herz der strengen Haushälterin Frau Mecken erobert, die jedoch mit Argusaugen darüber wachte, dass keines der verliebten Mädchen mehr Zeit als angebracht mit dem feschen Kerl verbrachte.

Als Kammerdiener des gnädigen Herrn hatte er innerhalb der Dienerschaft eine Sonderstellung inne. Vielleicht war es dies, warum Marie und er von Anfang an einen besonderen Draht zueinander gehabt hatten. Ihre enge Freundschaft mit den Komtessen hob auch Marie von den anderen ab. Und so war ihre gegenseitige Sympathie doch kein Wunder. Emil war ein feiner Kerl, höflich und zuvorkommend, mit einem klugen Humor. Dass er und sie oft miteinander sprachen und dabei auch zusammen herzlich lachten, hatte wohl zu diesem hartnäckigen Gerücht in der Gesindestube geführt. Ob Wilhelm etwa auch schon davon gehört hatte? So eindringlich, wie er sie jetzt ansah?

»Er ist eine Bereicherung«, gab Marie nun zu und hoffte, dass ihre geröteten Wangen in der Kälte nicht weiter auffallen würden. »Seine Arbeit macht er zur vollsten Zufriedenheit des Grafen. Und alle mögen ihn.«

Wilhelm antwortete nicht. Marie nahm aus den Augenwinkeln wahr, wie er sie nachdenklich betrachtete.

Weil sein Blick ihr zunehmend das Herz in der Brust klopfen ließ, sagte sie: »Wie wäre es, wenn wir für Stürmer eine Schulungseinheit einbauen? Draußen sind wir noch nie galoppiert. Wenn du auf Komet vorwegreitest, fiele es ihm bestimmt leichter.«

Wilhelm blinzelte kurz. Doch dann nickte er zustimmend, ließ, ohne ein weiteres Wort, Komet langsam antraben und fiel dann in Galopp.

Mit der fließenden Bewegung einer jungen Frau, die das Reiten noch vor dem Laufen gelernt hatte, gab Marie Stürmer die Zügel vor und legte die Waden an den Pferdebauch, eine ein Stück hinter den Sattelgurt. Als sie den Druck sanft verstärkte, begriff er, was sie von ihm wollte, und sprang ebenfalls in den Galopp.

In weiten Sätzen ging es über den Feldweg und in den nahen Wald hinein. Stürmers Bewegungen waren geschmeidig und ausgeglichen. Das Training mit ihm machte sich in jeder Hinsicht bezahlt. Wie er wohl liefe, wenn sie ihn richtig rennen ließe?

»Schneller!«, rief Marie Wilhelm zu.

Der warf einen kurzen Blick über die Schulter und ging dann in den leichten Sitz, wobei er sich in die Steigbügel stellte, und Komet sauste davon.

Marie musste Stürmer kaum antreiben. Schon ganz von allein machte er seinem Namen alle Ehre. In wenigen Hundert Metern hatten sie Wilhelm und Komet eingeholt. Der Wald endete, der Weg wurde breiter, und vor ihnen kam bereits der Park von Friesenhain in Sicht, der das Gestüt an allen Seiten umgab.

Sie ließen die von großen Platanen gesäumte Allee, die geradewegs auf das herrschaftliche Gut zuführte, links liegen. Als klassischer Vierkanthof war Friesenhain im Quadrat angelegt, im Süden das Wohnhaus der Familie, im Ost-, West- und Nordgebäude die Boxen, Sattelkammern und Kutschenunterstände.

Wie wunderbar es aussah, wie es so im Morgenlicht dort lag! Das prachtvolle Gebäude und die Landschaft weiß verzaubert. Der einzige Ort, an dem Marie sich vorstellen konnte zu leben. Dieser grandiose Anblick und das kraftvoll ausgreifende Pferd ließen in ihr eine unbändige Freude heraufschießen.

Schon war Stürmer mit Komet gleichauf. Der junge Hengst flog nur so dahin. Der eisige Wind biss Marie in die Wangen, Tränen stoben über ihre Schläfen. Sie spürte, wie die vertraute Welle aus Glück und Freiheit sie erfasste, eine wilde Euphorie, die sie laut lachen ließ. Wilhelm schnalzte seinem Wallach zu, und sie erhöhten noch einmal das Tempo. Die beiden Pferde schnaubten, ihr Hufschlag donnerte und hinter ihnen flogen die Erdbrocken, als sie Seite an Seite in den Park schossen.

Sobald sie den Hauptweg erreichten, ließen sie sich beide aus dem leichten Sitz zurück in den Sattel sinken, nahmen die Zügel an und parierten durch zum Schritt. Wilhelms Augen blitzten über den geröteten Wangen.

»Dieses Pferd wird Friesenhain alle Ehre machen!«, keuchte er mit Blick auf Stürmer, während er Komets Hals als Lob für den wilden Ritt streichelte. Seit sie und der Grafensohn heimlich mit Stürmer trainiert hatten, um dem Hengst seine rätselhafte Angst vor Männern zu nehmen, ging Wilhelm noch sehr viel umsichtiger mit seinem eigenen Fuchswallach um.

Nun hallten Wilhelms letzte Worte in Maries Kopf und vertrieben ein Stück weit die gerade noch so befreiende Leichtigkeit, die der schnelle Ritt ihr geschenkt hatte.

»Ich hoffe, du behältst recht, was Stürmers Zukunft angeht, Wilhelm«, sagte sie, während sie mit den behandschuhten Fingern über Stürmers dichten Mähnenkamm strich. »Wir alle haben uns an seine Anwesenheit auf Friesenhain gewöhnt. Aber in wenigen Wochen schon kommt dieser niederländische Züchter De Vries, um ihn zu begutachten. Wenn Stürmer tatsächlich der Sohn vom legendären Deckhengst Rigel ist, wird De Vries ihn bestimmt mitnehmen wollen.« Sie konnte nicht verhindern, dass ihre Stimme bei diesem Gedanken ein wenig zitterte, wie immer, wenn sie daran dachte.

Wilhelm schüttelte entschieden den Kopf. »Denk noch nicht daran, Marie. Erst einmal muss De Vries ja beweisen können, dass Stürmer tatsächlich dieser vermisste Gjalt aus seiner Zucht ist. Das wird nicht so einfach sein. Stürmer ist ein Musterbeispiel seiner Rasse: ein rein schwarzer Rappe ohne Abzeichen. Und zudem ist er noch so jung, in einem Alter, wo Pferde sich innerhalb weniger Monate sehr verändern können. Womöglich kommt De Vries an und stellt fest, dass er dieses Pferd gar nicht kennt.« Wilhelms Zuversicht tat Marie wohl. Sie wusste, dass er Stürmer ebenfalls gernhatte und ihre Angst nachvollziehen konnte.

Inzwischen waren sie auf dem Zufahrtsweg angelangt und passierten das alte Pförtnerhaus, das Marie zusammen mit ihrem Vater, Theo Paas, bewohnte. Das Häuschen war klein, doch bot es ihnen die Behaglichkeit eines eigenen Zuhauses.

Hier auf der Nordseite des Gutes befand sich das sogenannte Tor – der tunnelartige Durchgang im Gebäude, der in den Innenhof führte. Hier hindurch kamen alle Lieferanten, die Lebensmittel für die Küche brachten, der Postzusteller, und auch die Dienerschaft nahm diesen Weg, zum Kirchgang oder wann immer sie Erledigungen zu tun hatte.

Das Tor war breit genug für die Kutschen. Und so ritten sie nun nebeneinander hindurch in den quadratischen Innenhof des Gestüts. Jetzt im Winter schauten die etwa achtzig Hannoveranerstuten und einige Friesenpferde zu den Boxen heraus, die im Sommer auf den weiten Koppeln rund um das Gestüt grasen durften.

Es gab einen Trockenplatz, einen zum Satteln und einen zum Putzen der Pferde. Von dort kam nun der vierzehnjährige Rudi herübergerannt, um Komet in Empfang zu nehmen, nachdem Wilhelm abgestiegen war. Während Marie selbst sich um Stürmer kümmern würde, war es Aufgabe der Stallburschen, die Pferde der Herrschaften abzusatteln, trocken zu führen und zu füttern. Marie entging jedoch nicht, dass der Grafensohn seinem Wallach noch rasch eine Möhre aus seiner Manteltasche zusteckte, ehe Rudi das Tier fortführte.

»Na, sieh einer an. Wo wir gerade über ihn sprachen …«, murmelte er nun, vielleicht eher zu sich selbst, doch Marie hatte es gehört.

Und im nächsten Moment sah auch sie die ordentlich in einen langen Mantel gehüllte Gestalt von Emil Neumann die Rasenfläche im Hof auf dem Kiesweg umrunden.

Er trug ein Paar Stiefel unter dem Arm und hielt ein paar Meter von ihnen entfernt an, um höflich zu grüßen.

»Guten Morgen, gnädiger Herr, guten Morgen, Fräulein Paas.«

»Morgen, Neumann. Sie sind schon mit einem Auftrag unterwegs, wie ich sehe?«, erwiderte Wilhelm freundlich und deutete mit dem Kopf auf die Stiefel.

»Sehr wohl, gnädiger Herr, zum Schuster im Ort«, antwortete Emil Neumann mit einer eleganten Verbeugung. Obwohl er weiterhin an Wilhelm gerichtet stand, glitt sein Blick zu Marie herüber. »Und da fiel mir gerade ein, dass Sie, Fräulein Paas, doch gestern noch sagten, Sie hätten auch ein Paar Schuhe, die dringend hinmüssten?«

»O ja. Wie freundlich, dass Sie daran denken, Herr Neumann«, sagte Marie und wandte den Kopf. »Ich habe sie in der Sattelkammer. Alfred?«, rief sie zu Rudis zwei Jahre jüngerem Freund hinüber. »Bringst du mir bitte die Stiefel neben der Kammertür?« Der Bursche flitzte sofort los.

»Nun …«, machte Wilhelm zögernd. Da Rudi bereits mit Komet davongegangen war, hielt ihn im Grunde hier nichts weiter.

»Danke für die Begleitung, Wilhelm«, sagte Marie schnell, während sie Stürmers Sattelgurt lockerte.

»Es war mir ein Vergnügen«, antwortete er, und während er deutlich den Blick zum Kammerdiener mied, setzte er hinzu: »Bis morgen früh dann?«

Marie erschrak ein wenig. Wie gewagt von ihm, in Anwesenheit eines anderen eine solche kleine Andeutung fallen zu lassen. Damit meinte er ihre geheimen Treffen, bei denen sie Stürmer wieder Vertrauen gelehrt hatten und sich nun auf die Arbeit an der Hand und unter dem Sattel konzentrierten. Auch als Stürmer sich immer besser machte, hatten sie an dieser Gewohnheit festgehalten.

Emil Neumann tat das einzig Höfliche, er hielt Ausschau nach Alfred und gab vor, nichts gehört zu haben.

»Bis morgen«, erwiderte Marie an Wilhelm gewandt rasch.

Für einen Moment stand Wilhelm unschlüssig da, als wolle er sich nicht so recht von ihr trennen. Und dieser Gedanke verwirrte Marie so sehr, dass sie fast vergessen hätte, die Steigbügel am Gurt heraufzuziehen, ehe sie den Sattel von Stürmers Rücken herunternahm.

Doch dann drehte Wilhelm sich allerdings abrupt um und ging mit langen Schritten über das raureifüberzogene Gras inmitten des Hofes zur Treppe hinüber, die für die Herrschaften gedacht war.

»Hier sind die Stiefel, Fräulein Paas«, ertönte da Alfreds Stimme. »Ich kann auch den Sattel in die Kammer bringen, Fräulein Paas. Mach ich gern. Soll ich?«, bot er diensteifrig an.

Den Sattel auf den Armen, wandte Marie rasch den Blick von Wilhelms Gestalt, die gerade im Haus verschwand, und dem Jungen zu. Dabei merkte sie, dass Emil Neumann schnell die Augen niederschlug, und ihr kam der Verdacht, er könne sie dabei beobachtet haben, wie sie Wilhelm nachgeschaut hatte. Wie peinlich.

»Danke, Alfred, sehr gern.«

Kurz kam es zu einem kleinen Durcheinander, da Marie trotz des Sattels auf ihrem Arm dem Jungen die Stiefel abnehmen wollte, gerade in dem Moment, als auch Emil Neumann danach griff. Doch dann waren alle Sachen so verteilt, wie sie gehörten.

»Wenn ich fragen darf, Fräulein Paas«, brach es dann aus Alfred heraus. »Wo Sie doch am Reuben-Hof waren, wie geht's denn der Änne? Lässt der Herr Reuben sie?«

Alfred hatte eine Weile dort gearbeitet und ausschließlich von Änne Freundlichkeit erfahren. Daher war er überglücklich gewesen, als die Komtessen von Scheweney sich Ännes Problem annahmen.

»Es sieht so aus, Alfred. Wollen wir weiter das Beste für sie und die Kleinen hoffen, nicht wahr?«, erwiderte Marie mit einem Lächeln.

Eifrig nickte der Bursche. »Beim Kirchgang bete ich immer für sie und Berta und Gertrud. Natürlich auch für Vater, damit er wieder gesund wird, und für Mutter und für die Großeltern. Und für alle auf Friesenhain, damit alles seinen rechten Weg geht und ich meine Stellung hier behalte.« Er holte Luft.

»Da tust du recht«, unterbrach Marie ihn rasch, ehe er weitere Gebete aufzählen konnte. »Aber jetzt sieh zu, dass Komet sein Futter bekommt.«

Die großen Jungenaugen blickten sie einen Moment lang beinahe ehrfürchtig aus dem sommersprossigen Gesicht an. Dann nickte Alfred zackig mit dem Kopf und lief mit dem Sattel davon.

Emil Neumann und sie mussten beide schmunzeln.

»Dann werde ich mich mal auf den Weg in den Ort machen«, sagte der Kammerdiener, klemmte sich auch Maries Stiefel unter den Arm und verneigte sich. Die Geste geriet nicht so tief wie bei den Komtessen oder Wilhelm, aber dennoch berührte sie Marie, denn es war keineswegs üblich, dass innerhalb der Dienerschaft solche Artigkeiten getauscht wurden.

Marie deutete einen Knicks an, und Emil Neumann ging davon.

Während sie Stürmer zu dem Anbinder hinüberführte, an dem sein Halfter hing, schwirrte Marie ein wenig der Kopf. Wie seltsam Wilhelm sich gerade benommen hatte. Fast so, als wolle er nach diesem schönen, gemeinsamen Morgen Marie nicht mit dem Kammerdiener allein lassen. Und dann Emil Neumanns Blicke und die Verneigung. Sollten Frau Rühl und die anderen vielleicht doch recht haben und er war kurz davor, ihr den Hof zu machen? Der Gedanke löste in Marie aufgeregtes Herzklopfen aus. Aber auch eine Scheu. Sie mochte diesen Emil Neumann wirklich gern. Aber bisher hatte sie weder bei sich noch bei ihm Anzeichen für solcherart Gefühle entdeckt.

Am Anbinder wechselte Marie Stürmers Zaumzeug gegen das Halfter.

»Ich bin gleich wieder da«, raunte sie dem Hengst zu.

»Trocken reiben und füttern mach ich im Hengststall. Nicht dass dir die vielen Stuten im Hof den hübschen Kopf verdrehen.«

Stürmer schnaubte leise, und Marie musste grinsen bei dem Gedanken, er könne sie verstanden haben.

Sie brachte das Kopfstück hinüber in die Kammer und hängte es an die entsprechenden Vorrichtungen. Nebenan in der Futterkammer hörte sie Alfred hantieren. Also nutzte sie die Gelegenheit und gab ihm noch ein paar Anweisungen für Arbeiten, die heute getan werden mussten. Er hörte aufmerksam zu, nickte und beteuerte, alles zur Zufriedenheit richten zu wollen.

Als sie wieder aus der Kammer trat, sah sie, dass jemand bei Stürmer am Anbindehaken stand. Der Hengst schlug unruhig mit dem Kopf und drehte sein Hinterteil.

Der Mann an seiner Seite schlug ihm mehrmals kräftig auf die Kruppe, sodass Stürmer den Hals reckte und ein erschrockenes Quietschen von sich gab.

»He!«, rief Marie und rannte mit flatterndem Rock hinüber. »Was soll denn das?«

Der Mann, der nun mit demonstrativ erhobenen Händen von Stürmer zurücktrat, war Kurt, der neue Stallbursche.

»Wollte aus lauter Bosheit nach mir treten«, brummte er. »Das darf man nicht durchgehen lassen.«

Marie schob sich zwischen Mann und nervös tänzelndes Pferd.

»Pferde tun nie etwas einfach aus Bösartigkeit«, erwiderte sie entrüstet an Kurt gewandt. »Und was hast du überhaupt bei ihm zu suchen?«

»Hat sich fast losgerissen«, antwortete er scheinheilig und nickte zum Strick, dessen Ende tatsächlich lose im Eisenring hing.

»Das ist nicht weiter tragisch. Ich bin sicher, er wäre brav hier stehen geblieben. Auf keinen Fall ist es ein Grund, um grob zu werden«, erklärte Marie, wobei sie Stürmer zuliebe versuchte, den Ärger in ihrer Stimme zu unterdrücken.

»So wie ich hör, is er ja schon mal irgendwo auf und davon«, erwiderte Kurt uneinsichtig. Dabei sah er sie auf diese Weise an, die Marie schon ein paarmal aufgefallen war, wenn sie ihm Anweisungen für den Umgang mit den Pferden gegeben hatte. Seine verkniffenen Lippen wirkten, als wolle er gleich ausspucken.

»Ein für alle Male, Kurt: Mit Stürmer hat niemand etwas zu schaffen. Nur mein Vater und ich gehen mit ihm um. Verstanden?« So wenig sie es mochte, derart deutlich zu werden, schien er es anders nicht begreifen zu wollen.

»Davon hat Ihr Vater nichts erwähnt«, knurrte Kurt und setzte mit einem freudlosen Lächeln hinzu: »Fräulein.«

»Nun, dann sage ich es dir jetzt«, beharrte Marie. Wenn sie mit den anderen Stallburschen und Knechten sprach, musste sie nie so harsch werden, denn die respektierten ihr stets freundliches Wort ebenso wie das des Stallmeisters. Und egal wie groß zum Beispiel der älteste unter ihnen, der lange Fritz, auch war, fühlte Marie sich in seiner Gegenwart nie so winzig wie jetzt gerade. Der kräftige Kurt sah sie von oben herab abschätzend an. Fast, als wäge er ab, ob ein Widerspruch sich lohne. Doch dann tippte er sich mit einem verächtlichen Zucken der Mundwinkel an die schief sitzende Mütze, drehte sich um und verschwand im Stall.

Maries Herz schlug rasch vor Wut und Aufregung. Sie atmete bewusst einige Mal tief ein und wieder aus, bevor sie sich an Stürmer wandte und ihn mit am Hals aufgelegter Hand zu beruhigen suchte.

»Es ist alles in Ordnung, mein Hübscher«, raunte sie ihm

leise zu. »Und von jetzt werde ich auf dich aufpassen wie ein Luchs. Das passiert nicht noch einmal. Versprochen.«

Stürmer schnaubte leise in ihr Haar. Marie löste den Strick aus der Halterung und führte den Hengst hinüber zum Tor. Wilhelms Frage nach dem Neuen und ihre Erwiderung fielen ihr wieder ein. Nun, sie blieb dabei: Jeder sollte eine gerechte Chance bekommen. Doch von nun an würde sie doppelt wachsam sein, ob Kurt eine solche auch verdient hatte.

Luise

2

»Schau, Irmgard hat mir noch ein Kaffeebrett mitgegeben, nachdem wir das erste so leer geräumt haben«, sagte Max und balancierte ein Tablett aus dem engen, schmalen Flur des Brugge-Hauses ins geräumige Wohnzimmer.

»Wie freundlich von ihr! Sie scheint meinen Appetit inzwischen schon recht gut zu kennen«, sagte Luise und winkte ihn zu sich auf das gemütlich breite Sofa. Es stand unter einem der großen Ölgemälde von Max' Schwester, mit denen Paula alle Zimmer in jenem Bürgerhaus mitten in Ibbenbüren zu Orten voller Farben und Leichtigkeit zu machen verstand.

In der kleinen Villa auf der Breiten Straße des Ortes lebte Max zusammen mit Paula und deren Gefährtin Hedwig. Alle drei pflegten ein Haus der offenen Tür. Und so hatten sie den Morgen gemeinsam mit einigen Damen der Frauenbewegung verbracht, hitzig eine neue Petition zum Frauenwahlrecht diskutiert und dabei dem von der Haushälterin Irmgard zubereiteten Imbiss zugesprochen. Die Frauenrechtlerinnen waren gerade zusammen mit den beiden Hausherrinnen zur Tür hinausgeweht, auf dem Weg zu einer öffentlichen Versammlung. Und Luise bedauerte, nicht mit ihnen gehen zu können, doch Max und sie hatten heute etwas ganz anderes vor.

Sie schenkte Max und sich selbst Kaffee und Wasser nach.

»Wie fühlst du dich?«, wollte Max wissen, während er sich neben ihr auf dem Sofa niederließ und sie mit seinen munteren braunen Augen aufmerksam musterte.

Luise seufzte tief. »Ich muss dir ja sicher nicht sagen, wie froh ich bin, dass Hedwig und Paula mich so unterstützen. Du natürlich auch …«, setzte sie rasch hinzu, als sie sah, wie er den Mund öffnete. »Aber bei den beiden ist es noch etwas anderes. Deine Schwester behauptet sich schon lange in eurer Tapetenmanufaktur. Paula ist tatsächlich gleichberechtigt neben dir, egal was eure Geschäftspartner sagen mögen. Und was ihre liebe Hedwig von ihrem Architekturstudium erzählt, ist brennend interessant für mich. Weißt du, da wird deutlich, wie viel besser wir als Frauen in unserer Arbeit sein müssen, wie viel mehr wir leisten müssen als ihr Männer, um überhaupt Anerkennung zu erhalten.«

»Davon …«, begann Max, doch Luise unterbrach ihn.

»Ich weiß, was du sagen willst, Lieber. Es warten mehrere Hindernisse auf mich.« Sie hob die eine Hand, an der sie wie meist und entgegen aller Schicklichkeit keine Handschuhe trug, und reckte den Daumen in die Luft. »Bevor ich überhaupt an einen Studienplatz denken kann, muss ich die Gelegenheit bekommen, ein Gespräch mit dem Direktor der Tiermedizinischen Hochschule Hannover zu führen. Auf diese Zusage warte ich ja gerade.« Sie ließ die Brauen nach oben wandern, als Max erneut etwas sagen wollte, und er fügte sich mit einem amüsierten Zucken seiner Mundwinkel. Luise streckte den zweiten Finger in die Höhe. »Wenn ich vor Direktor Dammann bestehe, muss ich mich auch den anderen Lehrkräften stellen.« Der dritte Finger folgte. »Dann, und vor allem, muss ich die Aufnahmeprüfung bestehen. Was mir hoffentlich gelingen wird, denn du weißt, wie intensiv ich mich darauf vorbereite. Das wird mir gewiss helfen, meinst du nicht? Aber dann muss ich noch neiderfülltes und gehässiges Betragen der männlichen Studenten ignorieren.« Sie seufzte tief und betrachtete ihre Hand, an der nun alle fünf Finger sichtbar waren. »Am schlimmsten aber wird es sein, das Brummen und Knurren meines Vaters und die pikierte Miene meiner Mutter zu ertragen. Da kommt wahrlich viel auf mich zu.«

Max lachte. »Mit allem hast du gewiss recht, Liebes. Aber wenn du mich nur zu Wort hättest kommen lassen, hätte ich dir längst sagen können, dass ich davon gar nicht sprach, sondern von der Hausbesichtigung, die uns bevorsteht.«

Kurz starrte Luise ihn verblüfft an. Dann stimmte sie in sein Lachen ein.

»Ach, Max, da siehst du es wieder: Deine Zukünftige hat nur ihre hehren Ziele im Kopf«, sagte sie. »Darüber kann sie durchaus vergessen, was bei anderen jungen Bräuten aus gutem Hause wohl das erste Thema wäre: dass wir pflichtschuldig ein Landhaus besichtigen – das wir dann allerdings möglichst höflich als Hochzeitsgeschenk meiner Eltern ablehnen müssen.«

»Und du bleibst dabei?«, hakte er nach, während er sie mit schief gelegtem Kopf prüfend ansah. »Wir sind uns einig, dass wir lieber ein Stadthaus wie dieses hier kaufen wollen? Natürlich repräsentativ und hübsch genug für eine Grafentochter, ganz wie deine Eltern es wünschen. Aber eben hier im Ort?«

Luise nickte lebhaft. »Aber ja. Du hast es dann nicht weit zur Fabrik, und ich kann bequem den Zug nach Hannover nehmen, um zum Studieren zu fahren.« Sie legte die Hand, mit der sie gerade noch die Schwierigkeiten aufgezählt hatte, auf ihre Knie im Reitrock, den sie heute trug. »Und wenn meine Jeltje mal wieder richtig rennen will, sind es ja nur ein paar Minuten zum Ort hinaus und über die Felder.«

Max, der ihre Vernarrtheit in ihre junge Friesenstute kannte, schmunzelte.

»Nun, dann bin ich gespannt, wie du unsere Entscheidung gegen einen Landsitz deinem Vater erklären willst«, erwiderte er mit einer Grimasse. »Er scheint mir wild entschlossen, für uns das richtige Haus in Nachbarschaft zu Friesenhain bereits gefunden zu haben.«

Luise liebte ihn besonders für seine Klarsicht, die sich stets mit Humor mischte. Andernfalls hätte er, als überzeugter Sozialdemokrat, wohl die vielen Dinner und Nachmittagstees mit ihren Eltern nicht so heiter überstanden. Ihre Eltern hatten sich nun einmal in den Kopf gesetzt, dass eine von Scheweney, aufgewachsen auf Gut Friesenhain, hinaus in die Weite des Tecklenburger Landes gehörte. Es würde guter Argumente und eines langen Atems bedürfen, sie davon zu überzeugen, dass sie auch in dieser Hinsicht ihren eigenen Weg gehen wollten. Gut, dass zumindest sie beide sich darin einig waren.

Luise warf einen Blick auf die hübsche Standuhr an der gegenüberliegenden Wand, die leise vor sich hin tickte, und setzte hastig ihre Tasse ab.

»Wenn wir Vater nicht schon vor der Besichtigung verärgern wollen, sollten wir uns nun aber beeilen«, drängte sie und sprang vom Sofa auf. »Er besteht auf die preußische Tugend der Pünktlichkeit.« Damit war sie schon auf halbem Weg durch den Raum.

»Nun, ich war es nicht, der über die mahnenden Zeiger der Uhr hinaus über Frauenrecht und Studium debattiert hat«, hörte sie ihren Verlobten hinter sich brummen. Doch er folgte ihr rasch. Offenbar lag auch ihm daran, sich mit seinem zukünftigen Schwiegervater gut zu stellen.

***

»Das ist es also!«, sagte Graf Hermann von Scheweney mit nicht zu überhörendem Stolz in der tiefen Stimme und deutete in das Tal hinunter. Er saß auf seiner braunen Hannoveranerstute, während Luise und Max auf ihren Tieren neben ihm angehalten hatten.

Dort lag in der Landschaft, hübsch eingebettet in weite Wiesen und geschützt von einer Einfriedung aus niedrigen Bäumen und Büschen, ein helles Gebäude. Kein grob wirkendes Landhaus, wie es sie hier in der Gegend viele gab, sondern ein eleganter Bau, der sich an diesem Ort sehr wohlzufühlen schien – so wie er sich der Sonne entgegenreckte und ihnen all seine Schönheit präsentierte.

Für einen kurzen Moment hielt Luise den Atem an. Eine instinktive Reaktion, mit der sie in diesem Moment wahrlich nicht gerechnet hatte.

Max wandte kurz den Kopf und lächelte ihr mutmachend mit einem kleinen Zwinkern zu. Ihr Herz machte unwillkürlich einen Hüpfer. Sein blondes Haar und der gleichfarbige Schnäuzer machten ihn im Vormittagslicht zu einer hellen Gestalt, bei deren Anblick sie immer noch Herzklopfen bekam. Wie wunderbar war es doch, dass sie trotz der gesellschaftlichen Hindernisse einander hatten finden dürfen. Und nun stand die erste Hausbesichtigung für sie an. Das Kribbeln, das Luise nun erfasste, stammte gewiss auch davon.

»Was sagt ihr?«, verlangte Graf Hermann zu wissen. In seinem dicken Mantel wirkten seine Schultern noch breiter als sonst. Den Hut hatte er sich tief ins Gesicht gezogen. Über seinem braunen Schal lugten die Spitzen des aufwärtsgezwirbelten mächtigen Schnurrbarts heraus, den er nach Kaisermode trug. »Ich weiß, es ist lange nicht so repräsentativ wie Friesenhain, aber es macht doch was her, meine ich. Der Erbauer, ein gewisser Eduard Schwalbe, ist schon vor Jahren mit seiner Familie fortgezogen. Aber sein Neffe hat sich wunderbar um das Anwesen gekümmert, und nun will die Familie die Villa verkaufen.«

Luise starrte hinunter und strich sich mit der dick behandschuhten Hand nervös eine verirrte Locke von ihrer Wange.

»Es ist wunderschön, Vater!«, stimmte sie jetzt vorsichtig und beinahe ein wenig überrascht zu. »Ich erinnere mich, dass ich früher auf Ausritten ein paarmal hier vorüberkam. Und ich fand schon damals, dass es sich ausgesprochen hübsch machte. Es wirkte stets wie ein Ort, an dem die Menschen glücklich sein können.« Verwirrt lauschte sie ihren eigenen Worten nach.

Max gab ein leises Brummen von sich. »Es scheint mir ein wenig groß für uns zwei«, bemerkte er, wobei er den Blick zu seinem zukünftigen Schwiegervater mied, sondern vielmehr Luise intensiv ansah. Vielleicht war sie in ihrem spontanen Lob zu weit gegangen? Schließlich waren sie sich einig, dass sie das Landhaus letztendlich ablehnen würden. »Wenn ich bedenke, dass Paula, Hedwig und ich zusammen mit der guten Seele Irmgard allesamt in unserem Ibbenbürener Stadthaus Platz finden und es uns nicht zu eng ist.«

»Ach was!« Graf Hermann winkte ab. »Ihr werdet ja wohl nicht zu zweit bleiben, denke ich. Und natürlich braucht ihr Dienerschaft. Es geht nicht an, dass eine Komtess von Scheweney nur eine einzige Haushälterin beschäftigt, die ganz nach Belieben in die Rolle der Köchin, des Zimmermädchens, der Waschfrau und der Zofe schlüpft.« Er fasste das Gebäude dort unten erneut ins Auge und nickte, wie um sich seine gute Wahl selbst zu bestätigen. »Zu diesem Zwecke scheint mir das kleine Anwesen geradezu ideal. Der Eltern Segen baut den Kindern Häuser, nicht wahr?«

Max holte bereits Luft, um etwas zu erwidern, doch Luise warf ihm einen bittenden Blick zu.

Mit einem halb resignierten, halb liebevollen Lächeln ließ er leise Atem in die kalte Luft strömen. Auch dafür liebte und bewunderte Luise ihn: Wie er es schaffte, als überzeugter Sozialdemokrat und arbeiterfreundlicher Fabrikant alle naselang Rücksicht auf den Adelsdünkel zu nehmen, den Graf Hermann durchaus zu pflegen gewillt war.

Max, dem an finanziell wertvollen Zuwendungen in Form von einer reichen Aussteuer nichts lag und dessen Grundsätzen es widersprach, ein solch kostbares Geschenk seiner Schwiegereltern anzunehmen, verhielt sich jedoch nicht nur ihr zuliebe so zurückhaltend. Nachdem Graf und Gräfin von Scheweney ihre Vorbehalte ihm gegenüber beiseitegeschoben hatten, war Max klar gewesen, dass auch er ihnen würde entgegenkommen müssen. Nur deswegen hatte er dem Besichtigungstermin des Landsitzes zugestimmt. Schließlich lag der Hochzeitstermin Ende Januar nicht mehr weit.

Noch heute Morgen hatte Luise sich bei ihrem Aufbruch auf Friesenhain etwas unwohl gefühlt bei dem Gedanken, heute wieder einmal eingezwängt zu sein zwischen Max' hehren, sozialdemokratischen Vorsätzen und den aristokratischen Ansprüchen ihrer Eltern. Doch als sie nun zu dritt den breiten Weg hinunter zum Fuß des bewaldeten Hügels nahmen, ging etwas Seltsames, vollkommen Unerwartetes in ihr vor: Der Anblick des näher kommenden Hauses mit seinen Sandsteinmauern und den drei hübschen Säulenbogen vor dem Eingang berührte sie auf eine eigenartige Weise.

Zu ihrer eigenen Überraschung merkte sie, wie sie den lang gestreckten Stall für einige Pferde und eine Kutsche, die dahinter liegende Scheune und ein paar kleine Nebengebäude mit lebhaftem Interesse in Augenschein nahm.

Je näher sie der Villa Schwalbe kamen, desto flatteriger fühlte Luise sich.

Der heraufziehende Gedanke, dass dieser heimelige Ort, hier draußen in der Natur, ihr eigenes Zuhause sein könnte, in dem sie selbst würde schalten und walten können, ließ nun mit einem Mal und zu ihrer eigenen Verwunderung Wärme in ihr aufsteigen.

Details kamen in Sicht, die von der Anhöhe aus nicht auszumachen gewesen waren. Das harmonische Muster, in dem die gelbbraunen Steine gesetzt worden waren. Die anmutigen Bogen über den weiß gestrichenen Fenstern. Der hübsche Giebel, in dem ein künstlerisch veranlagter Fassadenbauer eine freundliche Sonne hatte aufgehen lassen, die nun auf sie herablächelte.

In die Villa hinein führte eine doppelflügelige Holztür mit kunstvoll gefertigtem bunten Glaseinsatz. Luise starrte einige Sekunden darauf, denn von irgendwo kam ein Bild angeflogen. Sie sah sich durch diese Tür hinaustreten, auf dem Weg zum Bahnhof, um zur Hochschule zu fahren, oder einfach nur zur nahen Koppel, von wo Jeltje ihr vorfreudig entgegensah. Als sie nun die schmale Auffahrt zum Haus entlangritten, wirkten die umstehenden Birken, Pappeln und Rhododendren wie eine Garde aus Freunden, die den Hof umstanden und sie nach langer Abwesenheit willkommen hießen.

Da war ein sanftes Zittern in ihr. Fast so wie jenes, welches sie vor drei Monaten stets erfasst hatte, wenn sie Max begegnet war. Konnte es sein, dass sie soeben dabei war, sich erneut zu verlieben? In ein Haus? Luise sog die Unterlippe zwischen ihre Zähne und knabberte daran. Oje, das war nicht geplant. Was würde ihr Liebster dazu sagen?

Etwas schräg und vom Wohnhaus zurückgesetzt, lag der Stall. Dort war in der ersten Ständerbox ein Kaltblutpferd angebunden, das vor sich hin döste und verwundert den Kopf hob, als sie ihre drei Pferde zum Schutz gegen die Kälte ebenfalls hineinführten.

»Ist das nicht der alte Schwarzwälder vom Tischler Heumann?«, fragte Luise und trat zu dem dunklen Pferd mit heller Mähne, dessen Kopf doppelt so groß und schwer zu sein schien wie der ihrer Friesenstute.

»So ist es.« Ihr Vater nickte und rieb sich die kalten Hände. »Kommt mit rein, dann erkläre ich euch alles.«

Wieder ging er ihnen voraus.

Max, der Luise den Vortritt ließ, raunte ihr zu: »Sehe ich das recht, und dein Vater hat bereits einen Tischler bestellt? Obwohl wir noch nicht einmal zugesagt haben?«

Luise griff nach seinem Arm. »Oh, bitte, Max, lass uns erst einmal anhören, was Vater sich ausgedacht hat«, bat sie ihn flüsternd. »Es ist so selten, dass er so für etwas brennt, das nicht mit dem Gestüt zu tun hat. Schau nur, wie er sich daran freut.«

Tatsächlich lief der Graf durch die nur angelehnte Tür mit beschwingtem Schritt über die ebenerdige Schwelle aus von vielen Schuhen glatt poliertem Sandstein und erklärte dabei an sie gewandt: »Achtet auf die kostbaren Fliesen, bitte! Von Villeroy und Boch. Und dann die Lincrusta-Paneele, nach dem Patent eines Engländers natürlich. Ausgesuchter Geschmack!« Er winkte mit der Hand über die Schulter und war bereits hinein.

Luise und Max sahen beide am Haus hinauf, während sie ihre dicken Handschuhe abstreiften. Dann ließ Max ihr den Vortritt, und sie betraten ebenfalls die kleine Halle. Die war auf keinen Fall zu vergleichen mit dem pompösen Auftritt Friesenhains und nur wenig breiter als der Flur im Ibbenbürener Stadthaus, in dem Max noch wohnte. Doch die markanten Bodenfliesen mit wunderschönem Blumenmuster ließen alles frisch und großzügig erscheinen. Die gelungene Kombination aus erlesenem Geschmack und natürlicher Heimeligkeit nahm Luise sofort für sich ein. Ein an einem fremden Ort nie gekanntes Gefühl von nach Hause kommen erfasste sie so heftig, dass sie abrupt stehen blieb. Max konnte nicht mehr ausweichen und legte bei ihrem kleinen Zusammenstoß schützend die Arme um sie, um sie nicht stolpern zu lassen. Die unerwartete intensive Nähe ließ Luise die Luft anhalten, bis Max sich vergewissert hatte, dass sie sicher stand, und seine Arme wieder löste. Kurz blickten sie einander in die Augen. Der Ausdruck in seinen haselnussbraunen ließ ihr Herz geradezu rasen. Immer hatte dieser Mann solche Wirkung auf sie, wenn sie sich nah waren. Es war, als würde zwischen ihnen jene wundersame Elektrizität fließen, die ganze Leuchter zum Strahlen bringen konnte. Gut, dass ihr Vater bereits in den kleinen Flur zwischen Treppenaufgang und Empfangsraum eingebogen war und ihre kurze, innige Umarmung nicht bemerkte. Verschmitzt zwinkerte Max ihr zu. Während sie nebeneinander durch das kleine Foyer gingen, berührte Max wie zufällig noch einmal Luises Hand, und sie lächelten sich an.

»Ah hier!«, rief Graf Hermann aus dem Flur. Luise beeilte sich, ihm zu folgen.

Ihr Vater hatte den Flur bis zur Hälfte durchschritten und nahm jetzt die Tür zu seiner Linken.

»Guten Morgen, Heumann, da sind wir!«, verkündete er.

Luise, die dicht hinter ihrem Vater über die Schwelle trat, war augenblicklich hingerissen. Der Raum war riesig und zog sich mit sechs bodentiefen Fenstertüren über die gesamte Westfront des Gebäudes.

Tischler Heumann, den Luise von etlichen Arbeiten auf

Friesenhain kannte, stand weiter hinten im Raum neben der abgegriffenen Kiste mit seinem Arbeitsmaterial. Bei ihrem Eintreten hatte er die Schiebermütze vom fast kahlen Kopf gerissen und verneigte sich nun tief. »Euer Hochwohlgeboren!«

»Der Graf reicht aus, Heumann«, beschied Luises Vater mit einem wohlwollenden Lächeln. »Wie oft soll ich das noch sagen?« Doch er schien angetan, als der Handwerker nun auch Luise mit »Komtess« ansprach. Dann jedoch geriet Heumann ins Schwimmen und starrte Max ratlos an.

Graf Hermann half dem Handwerker aus der Verlegenheit, indem er vorstellte: »Gewiss kennen Sie meinen zukünftigen Schwiegersohn, Herrn Max Brugge?«

Als Heumann Anstalten machte, sich auch vor Max zu verneigen, reichte dieser dem Tischler die Hand. Der Tischler starrte einen Moment darauf. Dann wechselte er rasch die Mütze in die andere Hand und erwiderte Max' Gruß mit einem breiten Lächeln.

Graf Hermann sah derweil in eine andere Richtung. Und Luise, die schon vor Wochen entschieden hatte, die feinen Unterschiede zwischen ihren Eltern und Max, besonders im Umgang mit Dienstboten, Handwerkern und Arbeitern, am besten zu ignorieren, betrachtete intensiv das honigfarbene Parkett.

»Gefällt dir der Salon, Luise?«, erkundigte ihr Vater sich beinahe listig. Luise sah kurz in die vertrauten blauen Augen und fand darin ein leises triumphierendes Lächeln. Sie konnte nicht anders, als es zu erwidern. Das war ihrem Vater wohl Antwort genug, denn er wandte sich sogleich an ihren Verlobten: »Und dir, Max?«

Luise sah ihn ebenso gespannt an wie ihr Vater.

Max schaute sich noch einmal um. Sein Blick glitt ebenfalls über den Boden, die Fenster und hinaus.

»Doch. Er ist wirklich recht schön«, musste er zugeben.

Beinahe euphorisch wippte der Graf auf den Fußballen.

»Wenn ihr mir da zustimmt, will ich euch das Beste nicht vorenthalten. Heumann, mögen Sie erklären?«

Der Handwerker, der mit Maßband und Notizblock unterm Arm noch am selben Fleck stand, nickte und deutete mit der Mütze in der Hand hinaus in die Halle. Und so gingen sie zum Fuß der Treppe, die hinauf in den ersten Stock führte.

Heumann wies auf den Bereich links des Aufgangs.

»Da lag früher die Küche mit angrenzendem Hauswirtschaftsraum. Deswegen gibt's hinten unter der Treppe noch das Rohr, das zur Pumpe führt.« Er ging hinüber und klopfte mit den Knöcheln gegen das Mauerwerk. »Wenn man nun die Wand ein wenig vorziehen würde, entstünde dahinter ein kleiner Raum, der nach Osten hin sogar ein Fenster hat. Und zusammen mit dem Wasserrohr, nun, dann würd es wohl gehen.«

Luise wechselte einen Blick mit Max, der ebenso ratlos dreinsah wie sie selbst sicherlich.

»Gehen? Was denn?«, wollte sie neugierig wissen.

»Ein Wasserklosett!«, rief ihr Vater und hob die Hände wie bei der Überreichung der Preise bei den Tenniswettkämpfen. »Und dasselbe auch in der oberen Etage. Ihr würdet Luxus genießen, den wir auf Friesenhain noch nicht haben.«

»Vater, wie kommst du denn auf diese Idee?«, fragte Luise. »Du warst doch immer so gegen alles Moderne und fandest, es sei bestens so, wie es immer war«, konnte sie sich nicht verkneifen, ihn ein wenig zu necken.

»Man muss mit der Zeit gehen, Kind«, erwiderte der Graf ein wenig steif und streifte dabei seinen zukünftigen Schwiegersohn mit einem Blick. Sicher hatte er sich vor einem halben Jahr nicht träumen lassen, einmal seine Tochter mit einem Sozialdemokraten zu verheiraten oder dabei zuzusehen, wie sie sich um einen außerordentlichen Studienplatz an der Tierärztlichen Hochschule Hannover bemühte. Und wenn er in dieser doppelten Hinsicht hinzulernen konnte, wieso dann nicht auch die Vorteile von Wasserspülung erkennen?

Luise beobachtete, wie Max nachdenklich nickte, ehe er zu ihr sah. In seinen braunen Augen stand eine leise Unsicherheit.

Ob er auch an ihre Gespräche zu ihrem zukünftigen Zuhause dachte, wie sie es noch vorhin im Brugge-Haus geführt hatten?

Ihrem Vater war der Blick nicht entgangen, den Luise und ihr Verlobter tauschten.

»Geht doch hinauf und schaut euch die obere Etage an«, schlug er leutselig vor. »Ich will mit Heumann noch kurz ein paar Reparaturen auf Friesenhain besprechen.«

Luise hob, an Max gewandt, die Brauen. Er zuckte mit den Schultern, als wolle er sagen: »Wenn wir schon einmal hier sind.« So gingen sie nebeneinander die Treppe hinauf, die nach der Hälfte einen scharfen Knick nach links vollführte. Oben blieben sie beinahe zaghaft stehen. Luise spürte ihr Herz wieder aufgeregt klopfen und wagte kaum, ihren Liebsten anzusehen, aus Angst, ihm könne es nicht so gehen.

Sie jedenfalls wollte die Räume sehen – und zwar mit einer Dringlichkeit, die sie nie erwartet hätte.

Und so öffneten sie die ersten beiden Türen und schauten in die freundlichen, hellen Schlafräume.

»Hier könnten Clara und Marie übernachten, wenn es bei einem abendlichen Zusammensein zu spät für die Heimkehr geworden ist«, sagte Luise leise.

Max sah sie prüfend an. Doch sie eilte bereits weiter. Alle

Räume wirkten außerordentlich einladend. Doch dann. Ja, dann war da dieses eine Zimmer mit der hübschen Tapete, wo auf hellgrünem Grund blau leuchtende Vergissmeinnichtsträußchen verteilt waren. Vor dem Fenster hing sogar noch ein Vorhang mit einem ähnlichen Muster, diesmal mit Narzissen.

Wie magisch angezogen ging sie hinein und streifte die Wand bis zum Fenster mit ihren ausgestreckten Fingerspitzen.

»Ein Kinderzimmer«, hörte sie sich selbst flüstern und glaubte fast, den Nachhall eines hellen, glücklichen Lachens zu hören. »Das wäre es auch für unser Kleines, nicht?«

Wieder sah Max sie so nachdenklich an. Dachte auch er daran, wie sie neulich noch darüber geredet hatten, dass sie am liebsten als erstes Kind eine Tochter hätten? Dieser Raum war wie geschaffen für die kleine Brugge-Prinzessin. Rasch lief Luise an ihm vorbei zur Tür gegenüber.

Beim Anblick des Zimmers dahinter stockte ihr der Atem. Es war das größte auf der Etage mit zwei tiefen Fenstern, in denen Sitzbänke angebracht waren, und einem kleinen, halbrunden Balkon, der nach Osten hinausging. Luise öffnete die Tür und trat hinaus.

»Sieh nur!«, rief sie entzückt über die Schulter. »Direkt hier stehen zwei Kirschbäume und recken ihre Äste heran. Stell dir vor, wenn man da drinnen im Bett liegt, muss es sich anfühlen wie in einem Vogelnest in den Kronen. Und da vorn, schau, da gibt es einen kleinen Teich.«

Max stand mitten im Raum und sah sie an. Sein Blick ging ihr durch und durch. Luises Herz flatterte wie ein kleiner Vogel in der hohlen Hand. Das war ihr Mann. Ihr Liebster, den sie bei ihrem Kennenlernen im letzten August zunächst für einen schrecklich arroganten Schnösel gehalten hatte, denn er konnte bissig und spöttisch sein. Vor allem, wenn er sich gegenüber eine verwöhnte Grafentochter wähnte, die eine Frauenversammlung nur als Zeitvertreib besuchte, um sich danach wieder in ihre heile Welt des Adels und der Traditionen zurückzuziehen.

Seitdem war so viel geschehen, Furchtbares und Schönes. Mit ihm zusammen war das ganze Leben voller Abenteuer, nach denen sie sich früher gesehnt hatte.

Aber brauchte man für den Auszug zu Abenteuern nicht auch ein sicheres, geliebtes Heim, von dem man aufbrechen und zu dem man zurückkehren konnte? Ein Heim – wie dieses?

»Du magst es, oder?«, wollte Max wissen und trat näher an sie heran. Auch Luise tat einen Schritt auf ihn zu und fand sich dicht vor seiner Brust. Sie musste Luft holen, ehe sie antwortete: »Wenn wir nicht sicher wären, dass ein Stadthaus so viel praktischer wäre, dann würde ich sagen …«

»Ja?«

Sie betrachtete das Revers seines Mantels, nur um ihm jetzt nicht in die Augen sehen zu müssen. »Ich würde sagen, es ist … perfekt«, beendete sie dann ihren Satz.

Stille legte sich über sie und diesen wunderschönen Raum, in dem sie sich sehen konnte, sie beide sehen konnte. Ihr gemeinsames Schlafzimmer. Der Gedanke verursachte ihr Schwindel, und sie scheuchte ihn schnell aus ihrem Kopf.

Schließlich atmete Max tief ein und räusperte sich.

»Weißt du, ich dachte gerade so, ob ein Stadthaus wirklich so viel praktischer ist als eine Villa auf dem Land«, sagte er mit leicht kratziger Stimme.

Luise hob den Kopf und sah ihn fragend an.

Er zuckte mit den Schultern. »Nun ja, ich habe schon manches Mal gedacht, wie verzwickt es ist, dass ich in Ibbenbüren für Belange des Betriebes jederzeit erreichbar bin. So komme ich nie zur Ruhe und habe zu selten Zeit, mich meinen journalistischen Artikeln zu widmen. Das wäre hier wohl nicht der Fall.«

»Ganz gewiss nicht!«, beteuerte Luise und spürte, wie ihr Atem schneller ging. »Hier hättest du alle Ruhe, die du brauchst. Und wärest im Zweifelsfall zu Pferde oder mit der Kutsche höchstens in einer halben Stunde in der Fabrik.«

»Und du kämst von hier aus ebenso schnell zum Bahnhof wie von Friesenhain aus«, setzte Max hinzu.

»Auf Friesenhain wäre ich in einer Viertelstunde«, flüsterte Luise, die kaum wagte, lauter zu sprechen. »Wenn ich erst Tierärztin bin, wäre ich blitzschnell dort, wenn eines der Pferde Hilfe benötigen sollte.«

»Für Besuche bei deiner Familie gilt natürlich dasselbe«, ergänzte Max. Als Waise, der Vater und Mutter durch einen Unfall früh verloren hatte, legte er großen Wert auf Luises Kontakt zu Eltern und Geschwistern. Daher hatte er vor drei Monaten auch nicht Luises Vorschlag zugestimmt, gemeinsam davonzulaufen und heimlich zu heiraten. Und nun standen sie hier, in diesem Haus.

»Könntest du dir vorstellen, hier zu leben, Luise? Mit mir?«, fragte er sie leise.

Alles in ihr kribbelte vor Aufregung und Glück, so wie damals in Berlin, als er sie nach der Kundgebung der Frauenvereine vor dem Reichstag um ihre Hand gebeten hatte.

»Ja«, raunte sie ihm zu. »Und du?« Sie standen so nah. Nur ein paar Zentimeter voneinander entfernt. Luise konnte den würzigen Duft riechen, der immer von ihm ausging, eine Note, die nur ihm selbst eigen war.

Er räusperte sich wieder. »Immerhin hätten wir ein Wasserklosett …«

Die Anspannung, die von Luise Besitz ergriffen hatte, seit

sie Villa Schwalbe von dem kleinen Hügel aus gesehen hatte, und sich bei der Besichtigung ins beinahe Unerträgliche gesteigert hatte, machte sich Luft: Sie lachte auf und hob die Hand, um ihn spielerisch vor die Brust zu schlagen. Doch da schlang Max beide Arme um sie und zog sie an sich.

»Ich kann es mir auch vorstellen, mein Herz«, antwortete er leise, während sie an ihre Knie dachte, die mit einem Mal weich zu werden drohten. »Auch wenn ich mit dir überall glücklich sein kann, wäre dies ein denkbar guter Ort für unser gemeinsames Leben.«

Und für eine kleine Weile war in dem schönsten aller Zimmer in ihrem zukünftigen Zuhause nichts weiter zu hören.

Clara

3

»Lulu, kannst du bitte aufhören, so hin und her zu laufen? Du machst mich nervös«, bat Clara mit einem nachsichtigen Lächeln in den Spiegel der Frisierkommode.

Dort sah sie ihre zwei Jahre ältere Schwester Luise beständig auf und ab gehen, während ihr gemeinsames Kammermädchen Agnes die letzten Nadeln in Claras kastanienbraunem Haarknoten feststeckte.

Luise seufzte und rang die Hände. »Ich bin einfach so aufgewühlt von allem, was geschieht. Vater war so glücklich über unsere Zusage zur Schwalbenvilla als Hochzeitsgeschenk, dass er gleich mit Bank und Notar alles geregelt hat. Und wenn Max und ich dort einziehen, werden wir tatsächlich Nachbarinnen sein«, sagte sie mit einem glücklichen Grinsen. »Und nun begleiten Marie und du mich auch noch zu einer der Frauenversammlungen und unterstützt mich in meinem Vorhaben!«

»Das ist doch selbstverständlich, Lulu. Du hast schon so viel von diesen Treffen erzählt. Und dann werden ja auch Paula, Hedwig und Fräulein Gehmlich ebenfalls dort sein. Das können wir uns doch nicht entgehen lassen«, erwiderte Clara und zwinkerte Agnes im Spiegel zu, die ihrem Wortwechsel interessiert folgte.

Ihre ehemalige Hauslehrerin Fräulein Gehmlich war es auch gewesen, die im letzten Jahr Luise überhaupt auf die Idee gebracht hatte, zu einer dieser Zusammenkünfte zu fahren.

Nun brannte Claras Schwester derart für diese Sache, dass sie allenthalben davon sprach. Und so wussten Clara und Marie inzwischen bestens, auf welch verschiedenen Wegen die Frauen der Bewegung um das Recht auf Bildung kämpften. Da gab es Demonstrationen, Petitionen, Zeitungsberichte und öffentliche Kundgebungen. Sooft es Luise möglich war, nahm sie an diesen Veranstaltungen teil. Dies war ihr umso leichter, da ihr Verlobter auch mit von der Partie war. Als Bruder der Frauenrechtlerin Paula Brugge und überzeugter Sozialdemokrat setzte Max Brugge sich durch seine journalistische Arbeit und Anwesenheit bei den Versammlungen für die Sache der Frauen ein. Was für ein Glück für Luise, die sich der Unterstützung ihres liebenden Ehemannes stets gewiss würde sein können.

Die ältere der beiden Komtessen von Scheweney war schon als Kind am liebsten mit dem Kopf durch die Wand gegangen und hatte Abenteuer gesucht. Nun hatte sie sich ganz ihrem Ziel verschrieben, Tiermedizin zu studieren.

Und obwohl es Clara anfangs wie eine vollkommen verrückte Idee vorgekommen war, so fern der ihr bekannten Welt von Tradition und Regeln, wollte nun auch sie gern ihrer geliebten Schwester zur Seite stehen.

Wovon Luise jedoch nichts ahnen konnte, waren die Gedanken, die Clara in den letzten Wochen immer mal wieder gekommen waren. Dann fragte sie sich heimlich, was die Frauenrechtlerinnen wohl von einer jungen Adeligen halten würden, die davon träumte, ein Gestüt zu leiten. Ob sie wohl auch solche Ideen unterstützen würden?

Schließlich hatte Clara sich von Kindesbeinen an für die

Belange Friesenhains glühend interessiert. Sie hatte einfach alles wissen wollen über die Pferde, die Zucht und Ausbildung der vielen Hannoveraner und wenigen Friesen. Immer schon fand sie es spannend, wie die Pachthöfe verwaltet wurden oder der Kontakt zum oldenburgischen Kavallerieverband gehalten wurde, wohin die meisten der hier gezogenen Hannoveraner gingen. All dies machte Claras Leben aus. Den Gedanken, dass ihre Zukunft nicht hier auf dem Gut liegen würde, schob sie jedoch meist lieber beiseite. Seit jeher hatte sie gehört, dass die Belange, denen ihr größtes Interesse galt, nicht für sie bestimmt waren. Das Gestüt würde, ebenso wie den Titel, ihr älterer Bruder Wilhelm erben. Und sie würde eines Tages einen Adeligen ehelichen und mit ihm in sein Zuhause umziehen. Und doch war da dieser kleine Funke in ihr, den sie früher niemals zugelassen hätte. Ein Funke, der genährt worden war durch Luises leidenschaftliche Plädoyers für Gleichberechtigung zwischen Frau und Mann und ihren hitzigen Kampf um ihr eigenes Lebensziel.

Natürlich durfte sie selbst sich in Bezug auf die Übernahme des Gestüts nichts vormachen, das wusste Clara. Und so vertraute sie nicht einmal Luise oder Marie an, welche Träume sie manchmal im Zustand zwischen Wachen und Schlaf aufsuchten: von ihr selbst als derjenigen, die über das Schalten und Walten auf dem Gut mitentscheiden könnte.

Ein aufgeregtes Kribbeln erfasste sie, das nichts mit ihrem Mitfiebern für Luise zu tun hatte.

Um sich davon nicht überwältigen zu lassen, sagte sie rasch: »Fräulein Gehmlich hat bei ihrem letzten Besuch erwähnt, dass es auf der heutigen Versammlung nicht nur um das Recht auf Bildung gehen wird. Offenbar sind ja wichtige Gastrednerinnen geladen, die zum Thema Züchtigung von Frauen und Kindern sprechen werden.«

Bei ihren letzten Worten sah Clara im Spiegel, wie Agnes hinter ihr kurz zusammenzuckte und sich dann sichtlich zusammennahm, um mit einer letzten Haarklammer Claras Frisur zu vollenden.

»Agnes? Ist alles in Ordnung?«, erkundigte sie sich sanft bei dem Kammermädchen.

Die junge Frau blinzelte kurz. »Ja, Komtess. Es ist nur … als wir Kinder noch klein waren und die Mutter krank, da ging es bei uns auch manchmal rau zu. Es war schon arg viel für den Vater, dann die rechte Geduld zu wahren.«

»Oh, Agnes …«, sagte Luise und trat mit ausgestreckter Hand ein paar Schritte näher.

Doch das Kammermädchen schüttelte lächelnd den Kopf. »Es ist schon gut, Komtess Luise. Das ist Jahre her. Aber wie die Reuben-Mädchen hier auf Friesenhain ankamen und Alfred in der Stube erzählte, wie der Pferdehändler sie zurichtet, da musste ich schon an damals denken.«

Clara sah, wie Luises Augen aufblitzten.

»Seht ihr, wie wichtig es ist, dass wir uns dieses Themas annehmen?«, rief sie aufgebracht.

»Und deswegen fahren wir heute dorthin«, gab Clara ruhig zurück und wandte sich auf dem Frisierstuhl um.

»Vielen Dank, Agnes, wie immer ist mein Haar nun perfekt«, bedankte sie sich mit einem besonders herzlichen Lächeln und sah fragend zu Luise. »Was sagst du, Lulu?«

Offenbar noch mitgenommen vom gerade Besprochenen, atmete Luise ein paarmal tief durch, während sie Clara musterte. Dann nickte sie zufrieden.

»Tadellos«, bestätigte sie. »Und genau wie ich es empfohlen habe: Frisur und Kleid von schlichter Eleganz.« Luise verdrehte ein wenig die Augen. »Wenn ich daran denke, wie ich zu meiner ersten Versammlung gefahren bin! Weißt du noch,

Agnes? Wir hatten ja keine Ahnung davon, was die Damen dort tragen. Und ich kam mir vor wie ein Paradiesvogel. Aber nun wissen wir ja bestens Bescheid, und Agnes wählt immer das Rechte! So ist es perfekt!«

Agnes strahlte vor Stolz über das Lob, und Clara setzte an sie gewandt hinzu: »Du hast dir bei den Berliner Damen viel abgeschaut, als du im Herbst mit Luise dort warst.« Sie fasste ihr gemeinsames, tüchtiges Kammermädchen ins Auge. »Und wo wir drei gerade beisammen sind, sollten wir etwas besprechen.« Die junge Frau erstarrte geradezu, erwiderte überrascht Claras Blick, und auch Luise legte fragend den Kopf schief. Clara hob die Hände. War sie denn wieder die Einzige, die sich fortwährend so weitreichende Gedanken machte? »Nun, wir müssen entscheiden, wie es mit unserem kleinen Arrangement weitergehen soll. Agnes, du erledigst derzeit die Arbeit von zweien, indem du für uns beide zuständig bist.«

»Das mach ich doch gern, Komtess«, antwortete Agnes schnell und beinahe erschrocken.

»Ja, sicher. Das wissen wir«, versuchte Clara sie zu beruhigen. »Aber wie steht es mit deinem Wunsch, was die Zukunft angeht?«

Agnes, die nur wenig jünger als Clara war – ihr fehlten noch ein paar Monate zur Einundzwanzig –, sah rasch von ihr zu Luise und wieder zurück. Sie hielt noch die verzierte Mahagonihaarbürste in der Hand und umklammerte sie Hilfe suchend.

»Dass ich Zofe werde, Komtess Clara. Meine Mutter möchte das schon so lange. Es ist ihr größter Wunsch überhaupt im Leben, weil sie selbst es doch nur zum Zimmermädchen geschafft hat. Und deswegen lerne ich fleißig und tue mein Bestes und …«

»Das wissen wir, Agnes«, unterbrach Clara sie. »Und ich

kann dir versichern, dass nichts dagegenspricht, dass der Wunsch deiner Mutter, der ja hoffentlich auch deiner ist, sich erfüllen wird. Nein, was ich wissen möchte, ist Folgendes: Luise wird nach der Renovierung vom Landsitz mit ihrem Mann dort leben, und ich …« Sie hielt kurz inne. Da war er wieder, der Gedanke, dass sie selbst im heiratsfähigen Alter war und in absehbarer Zeit einem Ehemann folgen und Friesenhain verlassen würde. Er setzte ihr jedes Mal zu. Und so kürzte sie mit einem raschen Kopfschütteln etwas überstürzt ab: »Nun, ich werde erst einmal noch hier sein. Was ich nur sagen will: Wenn du den Hausstand wechseln und mit Luise in die Villa Schwalbe ziehen möchtest, dann sag es nur frei heraus. Es ist deine eigene Entscheidung.«

Wenn sie gedacht hatte, diese Beteuerung würde Agnes beruhigen, hatte sie sich geirrt. Nun begannen deren große Augen feucht zu glänzen.

»Oh, Friesenhain verlassen, Komtess Clara?«

»Ach, du liebe Agnes«, mischte Luise sich nun ein, kam zu ihnen herüber und nahm die Hände des Kammermädchens in ihre, sodass die beiden nun gemeinsam die Haarbürste hielten wie eine heilige Reliquie. In einer anderen Situation hätte dies Clara sicher ein Lachen entlockt. Doch Agnes' Not war so ersichtlich, dass ihr nicht danach war.

»Selbstverständlich kannst du hier auf Friesenhain und bei Clara bleiben, wenn du das möchtest. Du führst deine Kurse zu Ende und wirst Zofe, wo immer du es möchtest. Hörst du? Das ist ganz deine Entscheidung!« Luise sah Agnes intensiv an, die hörbar schluckte und dann den Blick senkte.

»Danke, Komtess Luise«, sagte sie leise.

Luise strich ihr über den Handrücken. »Du hast doch zugehört bei dem, was Clara und ich gerade besprochen haben, Agnes?«, wollte sie wissen. »Du weißt, wohin wir nun gehen?«

»Zur Frauenversammlung, Komtess Luise«, antwortete die.

»Sehr richtig. Und bei den Reden dort geht es vor allem um eines: Dass wir Frauen über uns und unser Leben selbst bestimmen dürfen. Egal was wir uns für unsere Zukunft erhoffen, wir sollen das Recht haben, es selbst zu entscheiden. Das gilt aber nicht nur für die Herrschaften, sondern auch für die Bediensteten. Verstehst du?«

Agnes hob den Kopf und sah Luise bang an. Diese nickte ihr aufmunternd zu. Daraufhin erschien auf Agnes' Gesicht ein kleines Lächeln der Zuversicht.

»Egal was wir uns für unsere Zukunft erhoffen, Komtess?«, wiederholte sie zaghaft.

»Ganz egal!«, bestätigte Luise.

Clara erhob sich von ihrem Frisierstuhl. »So, und nun lasst ihr beide meine Haarbürste los, ehe ihr sie in zwei Teile brecht.« Sie entwand den beiden den Stiel und legte das Utensil auf die Kommode zurück.

Luise lachte auf und selbst Agnes, die sich von ihrem kleinen Schrecken erholte, wagte ein kleines Lächeln.

»Wir müssen aufbrechen«, mahnte Clara ihre Schwester.

»Ich laufe geschwind nach den Mänteln!«, sagte Agnes und war bereits an der Tür.

»Bring sie uns am besten gleich raus zur Kutsche im Hof. Marie und Wolff werden schon auf uns warten. Wir steigen auch dort ein und nicht vorn an der Auffahrt«, entschied Clara, und schon war Agnes hinaus.

Clara wollte ihr folgen, doch Luise hielt sie mit sanftem Griff am Arm zurück. »Du weißt, wie viel es mir bedeutet, dass du und Marie heute mit mir kommt, ja?«, sagte sie mit vor Gefühl rauer Stimme.

Clara sah zu ihrer Schwester auf, die einen halben Kopf größer und viel kräftiger als sie selbst war. Luise wirkte immer so voller Energie und Stärke, dass Clara manchmal vergaß, welch empfindsamen Kern sie besaß.

»Mir bedeutet es auch etwas«, antwortete sie ernsthaft. »Auch wenn wir so unterschiedlich sind, du und ich, waren wir uns immer nah und wussten so gut wie alles voneinander. Aber nun, da wir erwachsen sind und beginnen, unsere eigenen Wege zu gehen, müssen wir aufpassen, dass wir uns nicht verlieren. Die Frauenbewegung, so suspekt sie mir anfangs erschien, bedeutet dir viel und hat Gutes für dich bezweckt. Ohne sie hättest du nicht herausgefunden, welches große Ziel du im Leben verfolgen willst. Und du hättest Max nicht kennengelernt.« Breit grinsend setzte sie hinzu: »Wer weiß, welchen Schwager ich sonst hätte ertragen müssen.«

Sie kicherten beide und tauschten dann einen verschwörerischen Blick. Doch dann wurde Luises Miene weich, sie streckte die Arme aus, und Clara fühlte sich in eine zärtliche Umarmung gezogen. Sie legte die Wange an Luises Schulter, genoss die Wärme und sog den leichten Rosenduft ihrer großen Schwester ein. Luise murmelte: »Und du hast recht: Gerade jetzt, wo wir erwachsen sind und unsere eigenen Wege finden müssen, sollten wir einander nah bleiben und keine Geheimnisse voreinander haben.«

Als sie sich voneinander lösten, strich Clara ihr über die Arme, die in den engen Ärmeln ihres Ausgehkleides steckten, welche sich zur Schulter hin zu modischen Ballons erweiterten.

»Dann zeig mir mal, was die Frauen in eurer Bewegung so alles zu sagen haben!«, antwortete sie.

Gemeinsam gingen sie hinaus und um die breite Empore herum, die sich hier oben in der Beletage karreeförmig über der großen Empfangshalle von Osten bis Westen zog. Die breite Treppe mündete unten auf den blau-weißen Fliesen zwischen zwei der dicken Säulen. Neben diesen standen jeweils übermannsgroße Palmen in gewaltigen Kübeln, und hinter einem von ihnen tauchte nun eine schwarze Gestalt auf vier Pfoten auf.

»Gimpel!«, begrüßte Luise den jungen Doggenrüden, der sie freudig wedelnd umschmeichelte.

»Wen hast du denn da gerade verbellt, hm?«, wollte Clara von ihm wissen, während Luise seinen Kopf und die Wangen kraulte. »Ja, ja, ich hab dein Anschlagen doch bis oben in unsere Räume gehört. Welcher Fremde war hier, hm?«

Wie als Antwort auf ihre Frage wurde die Tür des Salons von innen geöffnet, und ein junger Mann trat heraus, den Blick noch hinter sich in den Raum gerichtet, den er gerade verließ. Obwohl sie ihn von hinten sah, wusste Clara sofort, wen sie vor sich hatten. Für eine Sekunde hatte sie das Gefühl, der Boden unter ihren Füßen gäbe nach. Luise neben ihr bemerkte ihr Zusammenzucken nicht. Wahrscheinlich selbst zu verwundert, um auf sie zu achten.

Der Mann schloss die Tür.

»Baron von Thebe?«, sprach Luise ihn an.

Ihr Herz flatterte aufgeregt. Was um Himmels willen tat er hier, in ihrem Zuhause, nach all der Zeit, die sie sich nun nicht gesehen hatten? Offenbar hatte er gerade im Salon ihre Mutter gesprochen.

Baron Richard von Thebe, Neffe des derzeitigen Barons und Erbe des Nachbarguts, fuhr bei Luises Ansprache so heftig herum, als sei er bei etwas Verbotenem ertappt worden. Erst da wunderte sich Clara, dass nicht Ranke ihm die Salontür geöffnet hatte, um ihn hinauszugeleiten. Ein sonderbares Gefühl von vertuschter Heimlichkeit stieg in Clara auf, welches sie unangenehm berührte.

Richard von Thebe sah verwirrend gut und elegant aus,

ganz wie sie ihn in Erinnerung hatte. Er trug Mantel und breitkrempigen Hut unter dem einen Arm und machte alles in allem den Eindruck eines nur flüchtigen Besuchs. Sein Blick aus den dunkelbraunen Augen sprang kurz zu Luise, um dann zu Clara zu gleiten und auf ihrem Gesicht zu verweilen.

»Komtess Luise, Komtess Clara«, erwiderte er und verneigte sich förmlich. »Guten Tag.«

»Guten Tag«, grüßte Luise freundlich zurück, wobei ihr die Verwunderung über diese unerwartete Begegnung anzuhören war. »Und leider auch gleich auf Wiedersehen, denn wir müssen uns sputen, um nicht zu spät nach Osnabrück zu kommen.«

Ihr Besuch fuhr lebhaft mit der Hand durch die Luft. »Wenn Sie mit der Kutsche fahren wollen, sollten Sie mehr Zeit als üblich einplanen. Auf der Hauptstrecke am Schafberg vorbei ist Vorsicht geboten. Der Schnee ist fast fort, aber in den Fahrrinnen ist es tückisch. Da hat sich unter all dem Matsch das Eis gehalten. Ich würde den kleinen Umweg über die Dörfer empfehlen«, antwortete er sehr höflich. Der leichte englische Akzent, der die Wörter rundete, ließ in Clara höchst angenehme Bilder aufsteigen. Erinnerungen an ihre Treffen draußen im Wald an der alten Jagdhütte.

»Vielen Dank für den Hinweis. Wir werden ihn beherzigen«, erwiderte Luise und knickste kurz zum Abschied. Als Clara sich nicht rührte, erntete sie einen fragenden Blick ihrer Schwester.

»Geh du nur schon. Ich komme sofort nach«, sagte sie.

Luise sah sie neugierig an, drehte sich dann aber um und ging Richtung Ausgang. Gimpel, der wohl auf einen gemeinsamen Ausflug hoffte, schloss sich ihr an und trabte mit seinen langen Beinen hinterdrein.

Clara wandte sich Richard zu, und einen Moment standen sie beide wortlos voreinander. Nur, um dann gemeinsam loszureden.

»Wir haben uns lange nicht …«, begann Richard, während Clara sagte: »Was führt Sie heute …?«

Sie brachen beide ab, lachten, und er deutete ihr mit der Hand den Vortritt an.

»Wir haben uns tatsächlich lange nicht gesehen«, nahm sie seine Worte auf. »Das wollten Sie doch sagen, oder?«

»Allerdings«, bestätigte er mit einem eifrigen Nicken. »Es dürften beinahe drei Monate sein, dass Sie unser Gut besucht haben, um vor den Pferdedieben zu warnen.«

»Zu den drei Monaten fehlen heute noch genau drei Tage«, hörte Clara sich selbst sagen und hätte sich sofort dafür auf die Zunge beißen können. Was für einen Eindruck würde es auf ihn machen, wenn sie ihm so unmissverständlich klarmachte, dass sie gar die Tage zählte, an denen sie sich nicht gesehen hatten. »So in ungefähr, vermute ich«, setzte sie hastig hinzu. »Ich hoffe, Ihrer Familie und Ihnen selbst geht es gut?«

Kaum hatte sie es ausgesprochen, bereute sie auch dies.

Und nun sah sie auch Richard deutlich schlucken.

Diese höfliche Nachfrage wäre in jeder anderen Konversation unverfänglich gewesen. Aber doch nicht ihm gegenüber. Schließlich hatte er ihr bei ihrer letzten Begegnung berichtet, dass er seinen in England lebenden Vater zu Besuch erwartete. Ebenjenen Friedrich von Thebe, der vor vielen Jahren ein heimliches Liebesverhältnis mit ihrer Mutter gehabt hatte und nach dessen Entdeckung von seiner Familie fortgeschickt wurde.

Clara selbst hatte von diesen Umständen erst im letzten Herbst erfahren. Und da war es doch nur selbstverständlich gewesen, dass sie die Jagdhütte im Wald von da an gemieden hatte, nicht wahr?

Sie ließ ihren Blick über sein Gesicht gleiten, während er auf seine Hände hinunterblickte, die Hut und Mantel hielten.

»Wir sind alle wohlauf, Komtess, vielen Dank der Nachfrage«, antwortete er dann mit leicht belegter Stimme. »Mein Vater weilt schon seit ein paar Wochen bei uns, wie Sie wissen. Was wiederum eine große Freude bedeutet für meinen Großvater. Seit Vater hier ist, scheint Baron Otto sich an deutlich mehr erinnern zu können. Die guten Tage, an denen er nicht komplett verwirrt ist, überwiegen.«

Solange er sprach, vermied er ihren Blick beinahe verlegen. Ob auch er von der verhinderten Liebe zwischen ihren Elternteilen wusste? Ihre eigenen Eltern hatten es vor ihren Kindern viele Jahre geheim gehalten. Ob Friedrich von Thebe ebenfalls so verschwiegen gewesen war? Aber was hatte Richard um Himmels willen heute hierhergebracht?

In diesem Augenblick glitt ein Lächeln über seine Züge, und er hob den Kopf.

Die Intensität seines Blickes ließ Claras Knie ein wenig wacklig werden. Doch Richard schien es nicht zu bemerken, denn er setzte beinahe ein wenig verschmitzt hinzu: »Am besten von allen geht es natürlich Belle. Auch wenn sie mich fragt, wann sie Sie, Komtess, und ihren großen Freund Gimpel wieder einmal begrüßen darf.«

Clara spürte, wie sie unwillkürlich zu lächeln begann. Richards springlebendige junge Hündin war Clara in ihrer reizenden Art sofort ans Herz gewachsen.

Wie sie so dastanden und ein Lächeln tauschten, schien der Augenblick sich sonderbar auszudehnen. Und mit ihm zusammen die Frage, die in Claras Kopf anschwoll wie eine Blase und jeden anderen Gedanken zur Seite drängte: die

Frage, warum um alles in der Welt sie die Gegenwart dieses Mannes zuletzt gemieden hatte. Trotz der Argumente, die ihr so einleuchtend erschienen waren, konnte sie plötzlich ihren damals gefassten Entschluss nicht mehr verstehen.

»Dann sollten wir die Kleine nicht enttäuschen, oder? Vielleicht sollten wir die drei Monate nicht voll werden lassen? Und bis dahin entschuldigen Sie bitte mich und Gimpel bei der jungen Dame? Es gab so viel zu tun. Die Festtage auf Friesenhain. Die Feier für die Familie und die Bediensteten. Und dann findet ja Ende Januar die Hochzeit meiner Schwester mit Max Brugge statt. Sie ahnen nicht, was es alles zu planen gibt. Luise hat an allem Freude und will von allem etwas. Aber das Organisationstalent unter uns Geschwistern bin nun mal ich – da gibt es viel anzufassen.«

»Oh ja, das denke ich mir. Sie behalten sicher den Überblick und machen es damit allen anderen leichter«, sagte er mit einem eindringlichen Blick und brachte sie mit diesem Lob erneut in Verlegenheit.

Rasch schlug sie die Augen nieder und rettete sich in die Frage, die sie gerade so beschäftigte: »Was führt Sie heute hierher? Sie waren bei Mutter?«

Sie sahen beide zur geschlossenen Salontür hinüber.

Richard fuhr sich mit der Zungenspitze rasch über die Lippen.

»Nur sehr kurz«, antwortete er. »Ich hatte etwas … abzugeben.«

Clara fiel auf, wie er den Hut in die andere Hand wechselte und mit der, die ihn gerade gehalten hatte, in eine der Manteltaschen glitt, wie um etwas darin verschwinden zu lassen. Meinte sie das nur oder hatte da das cremefarbene Briefpapier ihrer Mutter aufgeblitzt, das feine mit dem Goldrand? Verwirrt blinzelte sie.

Richard hatte den Blick abgewandt und betrachtete scheinbar interessiert die große Palme, neben der sie standen.

Gerade öffnete Clara den Mund, als vom hinteren Flur her kräftige Schritte zu hören waren. Schon bog ihr Vater, Graf Hermann von Scheweney, in die Halle.

Beim Anblick Richard von Thebes hüpften seine dichten Brauen nach oben, und der Schnurrbart, nach Art des Kaisers an den Enden nach oben gezwirbelt, zuckte ein wenig.

Es war kein Geheimnis, dass es ihm ein Dorn im Auge war, dass der Sohn seines einstigen Widersachers in der Nachbarschaft den Platz des späteren Erben seines kinderlosen Onkels eingenommen hatte. Und so war nach Richards artigem Antrittsbesuch im letzten September der offizielle Kontakt wieder im Sande verlaufen. Niemand ahnte, dass aus dem ersten zufälligen Treffen zwischen Clara und dem jungen Baron an der alten Jagdhütte eine unausgesprochene Übereinkunft entstanden war, fast eine liebe Gewohnheit. Nicht einmal Luise und Marie hatte Clara davon erzählt. Und ihr Vater hätte schon gar nicht davon wissen dürfen, denn selbstverständlich waren derartige Treffen zu zweit für eine junge Komtess absolut verboten.

Nun wirkte Richard beim Auftauchen des Grafen wie erstarrt. Und das besserte sich kaum, als dieser auf sie zuhielt.

»Bist du heute gar nicht im Klub, Papa?«, hörte Clara sich das Erstbeste sagen, das ihr einfiel. Richards spürbare Nervosität beim Anblick des Hausherrn hatte sogleich auf sie übergegriffen. »Donnerstags machst du doch immer die Besorgungen in der Stadt und gehst in den Klub.«

Während ihr Vater herankam, sah er aus seinen tiefblauen Augen zwischen ihr und dem jungen Baron prüfend hin und her. »Der Klub ist heute geschlossen, Reparaturen und ein paar neue Möbel«, antwortete er mit seiner tiefen, beeindruckenden Stimme.

Die beiden Männer begrüßten einander mit einem höflichen Nicken, und dann sah Graf Hermann fragend zu Clara.

»Du empfängst noch Besuch, Clara? Ich dachte, du willst deine Schwester zusammen mit Marie nach Osnabrück begleiten?«

Ihr Vater ließ sich nichts anmerken, doch Clara kannte ihn besser. Sie konnte seinen Worten anhören, dass er weder das eine noch das andere guthieß.

Richard von Thebes Blick huschte zu ihr. In seinen tiefdunklen Augen unter dem schwarzen Haar lag eine nahezu flehentliche Bitte. Die Bitte, sie möge nun nicht wiederholen, was er ihr gegenüber selbst gerade als Grund seines Besuchs angegeben hatte. Und Clara brachte es nicht übers Herz, diesem Wunsch nicht zu entsprechen. Ehe sie recht überlegt hatte, hörte sie sich bereits sagen: »Baron von Thebe kam zufällig vorbei und war so nett, uns einen kleinen Umweg nach Osnabrück zu empfehlen. Der Hauptweg ist vereist und für die Kutsche zu gefährlich.«

»So?« Graf Hermann bedachte den jungen Mann vor sich mit einem Ausdruck, der von Skepsis zu Wohlwollen wechselte. »Sehr umsichtig von Ihnen, Baron. So etwas lob ich mir. Vielen Dank für den Rat, der meine Töchter hoffentlich sicher ans Ziel bringen wird.«

Clara betete darum, dass ihm nicht noch einfiel zu fragen, woher Richard von Thebe denn von ihrem heutigen Ziel gewusst haben mochte.

»Sehr gern, Graf von Scheweney. Und dann bin ich auch schon auf dem Sprung. So gut wie weg«, erklärte Richard. Um seine Worte zu unterstützen, schlüpfte er in seinen Mantel.

»Wo ist denn Ranke?«, wollte Graf Hermann wissen und

sah sich nach dem ersten Hausdiener um, zu dessen Aufgaben es gehörte, Besucher in ihre Garderobe zu helfen und zur Tür zu geleiten.

»Bitte bemühen Sie sich nicht«, kam der Baron ihm zuvor. »Ich finde den Weg allein.« Er verneigte sich vor Clara und ihrem Vater. Sie deutete einen Knicks an. Ihr Vater hob zustimmend die Hand, nickte zackig und setzte dann seinen Weg in Richtung Bibliothek fort.

Als er ihnen den Rücken zuwandte, sahen Richard und Clara sich für einige wenige Sekunden an. Seine Augen schienen zu glühen, so intensiv war sein Blick. Seine Lippen formten ein tonloses, aber deutliches: »Danke!«, während er sich verneigte.

Dass er sie dabei von unten herauf weiter ansah, löste in Clara ein sonderbares Summen aus. Ein Ton, der in ihrem ganzen Körper leise zu hallen schien.

Dann drehte auch Richard sich um und war rasch hinaus. Clara starrte ihm einen Moment lang vollkommen durcheinander hinterher. Was um Himmels willen hatte das zu bedeuten? Was hatte Richard bei ihrer Mutter abgegeben? Und hatte sie recht gesehen und er trug im Gegenzug einen Brief von der Gräfin bei sich?

Ein ungutes Gefühl, das sie nicht greifen konnte, regte sich erneut in ihr. Da hörte sie von draußen vom Hof her einen schrillen Pfiff. Ach herrje, sie hatte die wartende Kutsche ganz vergessen.

Der Pfiff klang ganz nach Luise, die diese Fertigkeit schon als Kind von den Stallburschen gelernt und, sehr zum Missfallen ihrer Mutter, nie ganz aufgegeben hatte.

Schnell eilte Clara durch die Halle in den kleinen Flur.

Nun, sie würde schon herausbekommen, was Richard von Thebe heute hier gewollt hatte.

Ihre Entschlossenheit spornte ihren raschen Schritt noch an, und schon war sie mit wehendem, schwerem Winterrock zur Hintertür hinaus und die Stufen hinab in den Hof. Sie lief über den Kies an den Boxen entlang und hob dabei den Saum, um ihn nicht über den matschig nassen Boden zu ziehen.

Luise stieg soeben zu Marie in den Landauer, der am Kutschplatz neben dem Tor wartete, während der Kutscher Wolff mit zwei Schaffellen darauf wartete, ihnen die wärmenden Decken überlegen zu können.

Agnes stand dabei, mit Claras Mantel und Stola über dem Arm.

»Rasch!«, keuchte Clara außer Atem. »Hilf mir schnell hinein, und dann sieh zu, dass du wieder ins Warme kommst. Es ist ja bitterkalt.«

»Ach, ich hab doch meinen Wollumhang, Komtess Clara«, erwiderte Agnes gelassen und half ihr in die weiten Ärmel.

Wolff reichte ihr die Hand über den Steig, und Clara ließ sich ihrer Schwester gegenüber neben die gemeinsame Freundin in den bequemen Sitz sinken.

»Ich habe deinen Muff.« Luise warf ihn ihr zu und lachte, als Clara ihn auffing. Die Aufregung vor der gemeinsamen Unternehmung stand ihr ins Gesicht geschrieben. Auch Marie hatte gerötete Wangen. Wenn sie einmal von Friesenhain fortkam, dann für Pferdeschauen oder um ein Verkaufspferd ins neue Heim zu geleiten. Eine Versammlung des Allgemeinen Deutschen Frauenvereins war für sie neu.

»Was wollte er?«, erkundigte Luise sich bei ihr, als Clara gerade ihre Hände in den wärmenden Muff schob.

Clara tat, als wisse sie nicht, was gemeint war. »Wie?«

Luise rollte ungeduldig mit den Augen. »Baron von Thebe. Weswegen war er hier?«

»Oh!« Clara öffnete das Kutschenfenster und rief hinaus:

»Wolff? Baron von Thebe hat dringend geraten, den Hauptweg zu meiden und den Umweg über die Dörfer zu nehmen. Es droht Eis.«

Als Antwort war ein Brummen zu hören, dem sich ein »Sehr wohl« anschloss.

»Das war sehr freundlich vom jungen Baron, deswegen kurz Bescheid zu geben, nicht wahr?«, setzte Clara an Luise gewandt hinzu, während die das Fenster wieder schloss, ehe der kalte Wind noch weiter hereinblasen konnte.

Luise wollte schon nachhaken, als Marie tief Luft ausstieß und sagte: »Ich sollte besser hierbleiben. Was soll ich unter Adeligen und hohen Bürgerlichen? Noch kann ich aussteigen und mich hier nützlich machen. Raffinesse erwartet ihr Fohlen zwar erst in den nächsten Tagen, aber wer weiß …«

»Nichts da!«, unterbrach Luise sie und klopfte ans Kutschdach, um Wolff zu verstehen zu geben, er solle zufahren. »Raffinesse hat bisher keines ihrer Fohlen ohne dich zur Welt gebracht, und mit dieser Tradition wird sie nicht brechen. Und deine Befürchtungen sind ganz unbegründet, glaub mir! Ja, sicher, es sind viele Lehrerinnen dort und ein paar sehr tüchtige Geschäftsfrauen, oft Witwen, die den Betrieb ihrer Männer übernommen haben. Aber Adelige gibt es kaum. Dafür etliche Arbeiterinnen aus den Fabriken. Regelmäßig nimmt auch eine Zofe teil, die immer mit ihrer Herrin kommt. Und gerade an diesem Beispiel wird doch deutlich, dass die Bewegung keinen Unterschied zwischen den Ständen macht. Wir sind alle Frauen, und im Grunde sind wir alle gleich. Du siehst: Du musst nicht nervös sein! Und jetzt lasst uns über anderes reden. Keine Angst, ich fange nicht wieder mit der Schwalbenvilla an. Aber wie wäre es mit Italien? Paula und Hedwig sind partout nicht davon abzubringen, Max und mir diese Reise zu schenken.«

Marie, erleichtert über die Ablenkung von ihrer Nervosität, beugte sich vor. »Venedig wäre nicht meine erste Wahl. Aber wenn ich ein Gestüt mit Murgesen besichtigen könnte, ja, das wäre was. Sie sind barock wie die Friesen, mit ebensolchem Temperament.«

Luise lachte laut auf. »Das sieht dir ähnlich, Marie! Ich spreche über Flitterwochen, und du hast nur Pferde im Kopf.«

Clara war froh, dass das Gespräch zwischen Marie und Luise noch eine Weile in diesem heiteren Ton ging. Es lenkte ihre gewitzte Schwester von weiteren Nachfragen in Sachen unerwarteter Besuch des jungen Barons ab und bot ihr selbst die Gelegenheit zum Nachdenken.

Welch Schreck, als sie die hohe, schlanke Gestalt plötzlich in ihrem vertrauten Zuhause stehen gesehen hatte. Der Blick aus den fast schwarzen Augen. Die tief empfundene Bitte darin. Der intensive, wenn auch tonlose Dank für ihre kleine Lüge gegenüber ihrem Vater. Was hatte das alles zu bedeuten?

In jeder anderen Sache wären Luise und Marie ihre erste Wahl gewesen, um Geheimnisvolles zu besprechen. Doch da die beiden von den gelegentlichen Treffen an der Jagdhütte nichts wussten, kam das nun nicht infrage. Warum nur hatte sie den Moment verpasst, an dem sie die Treffen und anregenden Gespräche mit dem Neffen des Nachbargutes ganz harmlos nebenbei hätte erwähnen können? Nun aber hätten ihre Schwester und ihre beste Freundin gewiss aufgemerkt, wenn sie ihnen die Wahrheit gesagt hätte. Und wie sollte sie ihnen da die Vertrautheit erklären, die mittlerweile zwischen Richard und ihr bestand?

Während Wolff die Kutsche durch den Park und hinaus auf die Auffahrt lenkte, fielen Clara die Worte ihrer Schwester wieder ein: Dass sie darauf würden achten müssen, einander weiterhin nah zu sein und keine Geheimnisse voreinander zu haben.

Sie hatte ihr aus vollem Herzen zugestimmt. Nur um jetzt zu merken, dass hier bereits eines lag: in der hochgewachsenen, schlanken Gestalt Richard von Thebes.

Marie

4

Wie hatte sie nur zusagen können?

Als die Kutsche auf den großen Platz vor dem Gemeindesaal in Osnabrück rollte, dachte Marie an Frau Rühls skeptische Miene, als Marie ihr von Claras Vorschlag erzählt hatte, gemeinsam Luise zur nächsten Frauenversammlung zu begleiten.

»Bist du sicher, Mariechen?«, hatte die Köchin mit besorgtem Blick gemeint, die für sie eine Art Mutterersatz war. »Du zartes Pflänzchen unter all den Herrschaften?«

»Ich würde mich das nie getrauen!«, hatte heute Morgen noch die Küchenmagd Käthe gehaucht, als Marie in ihrem besten Kleid zum Frühstück erschienen war. »Mein großer Bruder sagt, die Damen auf den Versammlungen tragen alle Schießeisen und Messer unter ihren Röcken.«

Die Mägde und Dienstmädchen hatten gekichert. Vielleicht auch, weil just in diesem Moment Emil Neumann die Gesindestube betreten hatte und die letzten Worte hörte.

»Das ist nur dummes Gerede«, hatte er besonnen gesagt und Marie ein beruhigendes Lächeln geschenkt. »Ich denke, die einzige Waffe, die jene Damen mit sich tragen, ist ihr scharfer Verstand.«

Daraufhin hatte das Gekicher aufgehört, und die Mädchen hatten Marie beinahe ehrfürchtig angesehen.

»Wichtig ist nur, dass du ordentlich und sauber gekleidet bist und uns Ehre machst«, hatte die Haushälterin Frau Mecken noch hinzugefügt.

Was zur Folge gehabt hatte, dass Marie ihre Mahlzeit früher beendet hatte, um noch einmal ins Pförtnerhaus hinüberzulaufen, den Rocksaum zu bürsten und ihre sorgfältig gesteckte Frisur zu kontrollieren.

Auf der Fahrt hatte Luise Clara und sie mit ihren Berichten von früheren Versammlungen unterhalten. Und genau diese Erzählungen waren es gewesen, die auch Marie neugierig gemacht hatten. Neugierig auf die Reden, die zu diesen Versammlungen auf der Bühne gehalten wurden, und auf die Frauen selbst, die sie hielten. Aber jetzt, da Wolff ihnen aus der Kutsche half, und sie sich umsahen, spürte Marie deutlich, dass dies nicht ihre Welt war.

Von allen Seiten kamen Frauen heran, die auf ihrem Weg über den Platz in ihren Schnürstiefeln vorsichtig einen Schritt vor den anderen setzten, um nicht Opfer des tückischen Schneematsches zu werden. Trotz der allgemeinen Umsicht stand etwas in den Gesichtern der Frauen geschrieben, das Marie kurz an Käthes Bemerkung am Morgen denken ließ. Auch wenn unter den Röcken wohl keine Schießeisen verborgen waren, strahlten die Versammlungsteilnehmerinnen eine fast greifbare Entschlossenheit aus.

Marie sah elegante Wintermäntel mit Pelzbesatz, Muffs und große Hüte. Oje, am Ende hatte Frau Rühl recht gehabt und sie gehörte wirklich nicht hierher.

Graf Hermann hatte sie als kleines Mädchen zusammen mit seinen eigenen Kindern erziehen und am Unterricht teilnehmen lassen, aus Dankbarkeit für seinen Lebensretter Paas.

Doch dass sie mehr wusste und gebildeter war, als für die meisten Töchter eines Stallmeisters üblich, hieß nicht, dass sie ihren gesellschaftlich zugewiesenen Platz verlassen und in die höheren Kreise aufsteigen würde.

»Hast du nicht gesagt, dass Max auch hier sein wird?«, wollte sie nun von Luise wissen, die in ihrer Mitte ging.

»Aber ja, er ist mit Paula und Hedwig mit dem Zug gekommen und sicher schon drinnen. Durch den Umweg sind wir später als gedacht«, antwortete Luise mit vor Aufregung flatteriger Stimme.

Nur noch ein paar Schritte, dann konnten auch sie erleichtert aufatmen, weil sie den Eingang erreicht und die Unbilden des Schneematsches hinter sich gelassen hatten. Durch die große, doppelflügelige Tür traten sie ein und sahen sich um.

»Da sind sie ja!«, rief Clara, die ihren zukünftigen Schwager, seine Schwester und deren Gefährtin in einer Gruppe nicht weit entfernt entdeckt hatte. Luises Kopf flog herum, und ihre ungewöhnlich grünen Augen leuchteten auf.

Dort standen nicht nur die Brugge-Geschwister und Hedwig Schmeid, sondern auch Fräulein Gehmlich, ehemals Hauslehrerin auf Friesenhain, und eine beeindruckende Dame von großem Format, deren rote Wangen glänzten wie frisch gepflückte Äpfel.

Als sie die Gruppe erreichten, hob eine allgemeine Begrüßung an, in der einige Umarmungen und Küsse getauscht wurden, in die Marie wie selbstverständlich ebenfalls einbezogen wurde. Dann stellte Fräulein Gehmlich die unbekannte Dame vor: »Frau Ulmbein wird heute sprechen. Sie und ihr Mann leiten in Frankfurt eine Anwaltskanzlei und engagieren sich für ein privates Kinderhaus. Dort werden misshandelte Kinder aufgenommen, die ihren Eltern fortgenommen wurden.«

»Das ist unsere Passion«, erklärte Frau Ulmbein mit einem Nicken.

»Und die Anwaltskanzlei führen Sie gemeinsam?«, hakte Luise interessiert nach.

Frau Ulmbein neigte den Kopf, auf dem nicht nur eine voluminöse Frisur, sondern darüber auch ein mächtiger Hut mit Seidenschleifen thronte. »Freilich ist mein Mann der examinierte Anwalt von uns beiden«, erläuterte sie mit so klarer Stimme, dass sie sicherlich von der Bühne aus im Saal auch die letzten Reihen würde erreichen können. »Doch vor seinen Prüfungen haben wir beide so intensiv miteinander gelernt, dass ich ebenso gut Bescheid weiß. Und darauf kommt es an, nicht wahr?« Dabei wies sie auf einen Mann, der ein Stück entfernt im Gespräch mit einer Dame stand. Herr Ulmbein war klein, und sein Gesicht erinnerte durch den buschigen Backenbart an einen Terrier. Doch nun lachte er, wohl über einen Scherz seiner Gesprächspartnerin, und als er kurz zu ihnen hersah, erkannte Marie in seiner Miene die gütigsten Augen, die sie je bei einem Mann gesehen hatte. Sofort wollte sie gern glauben, dass die geschundenen kleinen Seelen im Kinderhaus ihn sicher von Herzen liebten.

»Wir sind sehr gespannt auf Ihre Rede«, meldete Clara sich zu Wort. »Und was aus Sicht der Rechtswissenschaften zur Züchtigung von Kindern zu sagen ist.«

»Oh, das Recht der Kinder auf körperliche Unversehrtheit sollte dringend gesetzlich verankert werden, nicht wahr?«, antwortete Paula Brugge lebhaft, die sich bei Hedwig eingehakt hatte. »Dasselbe gilt jedoch auch für uns Frauen, so verstörend es klingen mag, beide in einem Atemzug zu nennen. Das Gesetz tut es nämlich auch: Es setzt Frauen und Kinder in dieser Hinsicht gleich, indem es sie nicht schützt und der Gewalt von Mann und Vater überlässt. Nur wenn das Gesetz auf der Seite der Frauen ist, kann deren Recht vonseiten der Anwaltschaft entsprechend erfolgreich vertreten werden.«

»Bravo!«, stimmte Frau Ulmbein heftig nickend zu.

Marie musste unwillkürlich an ihren letzten Besuch zusammen mit Wilhelm bei den Reuben-Mädchen denken und sagte zu Clara: »Änne, Gertrud und Berta scheint es dem Himmel sei Dank gut zu sehen. Ihr Vater rührt sie nicht mehr an. Aber es wäre schön, wenn er das auch vom Gesetz her nicht tun dürfte.«

Da in diesem Moment die auf- und abschwellende Geräuschkulisse um sie verebbte, waren ihre Worte deutlich im Kreis zu hören.

»Sind das etwa die Mädchen, über die wir gerade schon sprachen?«, erkundigte Frau Ulmbein sich bei Paula und Hedwig. Die beiden nickten. Da Luise, denen die Kinder ebenso wie Marie, Clara und Wilhelm am Herzen lagen, Max und seiner Schwester von den Mädchen erzählt hatte, wussten sie alle bestens Bescheid über den brutalen Reuben.

»Ich sehe, die ganze Familie hält zusammen«, stellte Frau Ulmbein zufrieden fest. »Aber nun entschuldigen Sie mich. Ich muss nach vorn. Wir wollen beginnen.«

Sie nickte ihnen allen im Kreis zu und bahnte sich dann einen Weg an den dicht besetzten Stuhlreihen entlang.

Marie war gedanklich bei den Worten »die ganze Familie« stehen geblieben. So selbstverständlich hatte diese Formulierung sie selbst einbezogen in den Kreis der Komtessen und des Fabrikantenerben, als gehöre sie wirklich dazu. Ein schöner Gedanke, der sie aber auf sonderbare Weise auch ein wenig verwirrte.

Doch Luise unterbrach ihre Überlegungen. »Ihr habt mit der Anwältin über unsre Reuben-Kinder gesprochen?«, erkundigte sie sich bei ihrer zukünftigen Schwägerin Paula und deren Lebensgefährtin.

Hedwig nickte entschieden. Ihre drahtige Figur steckte in einem Radlerinnenanzug mit Hosen und kurzer Wolljacke, in deren Taschen sie die Hände vergrub. »Wir finden, dass Änne ein herausragendes Beispiel abgeben könnte, für so viele Kinder, die misshandelt werden. Immerhin gehört sie zu den wenigen, die sich gegen die schlechte Behandlung wehren und Hilfe suchen«, erklärte sie engagiert.

Paula, kleiner, rundlich und ebenso blond wie ihr Bruder Max, drückte den Arm ihrer Liebsten und wies mit dem Kopf zur Bühne. »Später, Hedwig! Suchen wir uns rasch Plätze. Sonst müssen wir am Ende noch stehen.«

Es waren in der Tat nur noch wenige Stühle frei. Doch Max erspähte eine Bank in der Mitte, auf der sie alle Platz finden würden. Als sie gerade Platz genommen hatten, trat vorn die erste Rednerin ans Pult.

Da klopfte von hinten eine Hand auf Claras Schulter.

»Schwester«, zwitscherte eine Frau hinter ihnen. »Nimm doch den Hut ab, sonst sehe ich nichts außer deinem hübschen Tüll.«

»Verzeihung.« Clara nestelte an ihrer Hutnadel und nahm den schweren Winterhut herunter, um ihn in ihren Schoß zu legen.

Dann sah sie zu Marie.

»Schwester«, flüsterte Marie ihr mit verstellter Stimme zu, und sie unterdrückten mühsam ein Kichern. Da beugte sich Luise zu ihnen und wisperte: »Das ist Konstanze Brühl. Sie führt den Verein in diesem Landesteil an. Passt nur auf, wie sie redet!«

Und tatsächlich hielt Frau Brühl sich nicht erst lange mit Vorreden auf, sondern kam gleich zur Sache. Ernst und entschlossen berichtete sie von den Erfolgen des Allgemeinen Deutschen Frauenvereins in den letzten Wochen und klagte an, dass selbst die ausgefeiltesten Petitionen der Frauenbewegung kaum Beachtung im Reichstag fanden.

»Ist sie nicht mitreißend?«, flüsterte Luise ihnen zu.

Und das war sie wirklich. So wie alle Frauen, die ihr folgten und sich dem Thema von unterschiedlichen Seiten näherten.

Während Marie überwältigt war von all den neuen Eindrücken, ging Luise ganz in dem auf, was vorn auf der Bühne geschah. »Wie sollen wir vorgehen, wenn die Anträge der Frauen stets auf so viel Ignoranz stoßen? Denkt nur an die gelbe Broschüre!«, wisperte Luise hitzig zu Clara und ihr herüber. Luise hatte Marie und Clara von jener Schrift von Helene Lange erzählt, die eine Petition begleitete, die für Frauen den Zugang zu akademischer Bildung forderte. Schon 1888 wurde die Schrift beim Preußischen Abgeordnetenhaus sowie dem Unterrichtsministerium eingereicht. »In den acht Jahren, die die Petition dort liegt, wurde sie nicht einmal behandelt. Stellt euch das einmal vor! Nicht einmal diskutiert haben die Herren darüber!«, ereiferte Luise sich leise zischend weiter. Natürlich war dies ihr großes Thema. Denn demnach war es Frauen immer noch verboten, an den Hochschulen zu studieren. Und genau das war der Grund, warum Graf Hermann von Scheweney so entschieden gegen Luises Wunsch war, Tierärztin zu werden: Das Gesetz, das er hochhielt, war nicht auf Luises Seite.

Aber hier und heute ging es um noch so viel mehr als das Recht auf gleiche Bildung. Es ging um alltägliche Grausamkeiten, die das Gesetz nicht verbot, ja, regelrecht ignorierte. Von all den erwähnten Unbarmherzigkeiten schwirrte Marie nach der vergangenen knappen Stunde der Kopf. Und da war es an der Zeit für die letzte Rednerin.

»… und somit freue ich mich, heute die bekannte Frauenrechtlerin und Anwältin Trude Ulmbein bei uns begrüßen zu dürfen«, rief soeben die Frau am Pult.

Frau Ulmbein betrat von der Seite her die Bühne. Es wurde applaudiert und gejubelt.

»Vielen Dank, meine Damen«, sagte Trude Ulmbein und verneigte sich in Richtung Publikum. »Und mein Herr«, setzte sie an einen Mann in der ersten Reihe hinzu. Alle lachten. Denn es waren durchaus ein paar mehr als nur ein Mann im Publikum.

Sie wartete geduldig ab, bis die Heiterkeit, die sie selbst ausgelöst hatte, sich in erwartungsvolle Stille wandelte.

»Unversehrtheit!«, rief die Anwältin dann. »Wer von Ihnen hat in Kindheit, Jugend oder auch in einer unglücklichen Partnerschaft erlebt, dass dieses kostbare Gut mit Füßen getreten und mit Fäusten traktiert wurde? Alles unter der Titulierung der Züchtigung, einer erzieherischen Maßnahme?«

Im Saal breitete sich eine betretene Stille aus. Wo gerade noch in aufgeregter Erwartung getuschelt worden war, standen nun die Münder still. Selbst die scharrenden Füße und raschelnden Kleider waren verstummt. Dann hob Frau Ulmbein die Hand. Nein, sie hob sie nicht nur, sondern reckte sie in die Höhe. Selbstbewusst, auffordernd sah sie ins Publikum.

Zögerlich, nur hier und da, hoben sich Hände. Dann immer mehr. Mit jeder weiteren schienen sich zwei neue zu trauen.

Marie spürte in ihrer Kehle einen Kloß wachsen. Konnte das sein? Konnten all diese Menschen, ob als Erwachsene oder als Kind – dort drüben hatten sich auch zwei Männer gemeldet – Opfer von körperlicher Gewalt geworden sein?

Auch Clara sah sich wie vom Donner gerührt um. Luise lächelte traurig. Marie selbst musste die Hand, dem Himmel sei Dank, nicht heben. Ihr geliebter Vater Theo Paas war stets liebevoll mit ihr gewesen. Doch es bedrückte sie, dass so viele hier diese Schmach und diesen Schmerz hatten erdulden müssen. Es war ihnen nicht anzusehen.

»Nun, das sind viele, nicht wahr?«, fuhr Frau Ulmbein fort und nahm die Hand herunter. »Mehr als die Hälfte? Mehr als drei Viertel? Dies, liebe Mitstreiterinnen und Mitstreiter, entspricht dem Durchschnitt in unserem Volke im Deutschen Reich.« Ein Murmeln erhob sich. »Und warum ist das so? Weil immer noch das Kind den Eltern gehört, die Frau ihrem Ehemann. Ja, wir Frauen treten mit der Heirat über – aus dem Besitz des Vaters in den des Gatten. Über uns darf bestimmt werden. Wir müssen Erlaubnis einholen. Wir dürfen weder studieren noch auf gleichberechtigte Weise lehren. Viele Berufe sind uns verboten.« Marie musste schlucken. Denn ihre Tätigkeit als Zureiterin auf Friesenhain, in die sie wortwörtlich hineingewachsen war, war höchst ungewöhnlich. Sie verdankte sie einzig und allein der Verbundenheit, die Graf von Scheweney gegenüber ihrem Vater empfand. Und seinem guten Blick für hervorragende Pferdeausbildung, die sie nun einmal besser beherrschte als so mancher junge Mann. Aber nur selten war Marie sich ihrer Sonderstellung so deutlich bewusst wie jetzt gerade. »Wir haben kein gesetzlich verankertes Recht auf körperliche Unversehrtheit!«, fuhr Frau Ulmbein gerade fort. »Und somit auch nicht auf seelische, denn jeder Schlag hinterlässt auch unsichtbare Spuren. Spuren von Demütigung und Beleidigung.« Einige Frauen in den Reihen vor ihnen nickten, während andere so kerzengerade dasaßen wie Marie selbst. »Und diese körperliche und seelische Misshandlung – denn um genau diese handelt es sich, sage ich – gestattet unser Gesetz unter der Titulierung der *Züchtigung*. Züchtigung!«, rief Frau Ulmbein so laut, dass nicht wenige zusammenzuckten. »Eine erzieherische Maßnahme! Müssen wir Frauen also erzogen werden?« Ihre sowieso schon roten Wangen glühten vor gerechtem Zorn, den Marie gut nachfühlen konnte. »*Der Reichstag*, so hieß es bei der Ablehnung unserer letzten Petition, *habe Wichtigeres zu entscheiden*. Ha! Was, frage ich Sie nun, könnte wohl wichtiger sein, als eine Grundlage zu schaffen, diese Herabwürdigung endlich zu beenden? Eine Grundlage für eine seelisch und körperlich heile Bevölkerung?«

Aus dem Murmeln wurde ein lauteres Raunen. Ein paar Zwischenrufe wurden laut: »Sie halten uns klein damit!« und »Wer Prügel fürchtet, verlangt nichts weiter als in Ruhe gelassen zu werden!«

»So ist es!«, erwiderte Frau Ulmbein. »Das herrschende Gesetz trägt dazu bei, uns kleinzuhalten. Und doch haben wir es nun so weit gebracht. Wie David gegen Goliath kämpfen wir für unsere Ziele! Sehen Sie sich nur um!« Sie deutete in den voll besetzten Saal. »Wir haben einander gefunden und uns geeint! Aus vielen kleinen Vereinen ist ein großer Zusammenschluss geworden!«

»Hoch lebe der BDF!«, brüllte eine Frau im Anzug, die nah bei Luise und Max an der Wand stand.

Im Saal erhob sich ein »Hoch!« und »Auf den Bund Deutscher Frauenvereine!«, bis Frau Ulmbein abwinkte, um sich wieder Gehör zu verschaffen.

»Sehr richtig, meine Damen und Herren! Hoch lebe der BDF! Und als solcher treten wir nun für ein Gesetz ein, das rechtgemäß verbietet, Ehefrauen und ebenso Kinder zu züchtigen!« Stürmischer Applaus erhob sich. Auch Marie klatschte fest mit, ebenso wie Luise und auch Clara, deren Wangen vor Mitfiebern gerötet waren.

Aber noch während einige der Frauen aufsprangen und ihre Meinung dazu in den Saal riefen, nahm Marie aus den Augenwinkeln etwas wahr, das sie aufmerken ließ: In der Nähe der breiten, mehrflügeligen Eingangstür wurde es unruhig.

Sie wandte den Kopf und sah, dass die Türe mit einem Male offen stand. Herein kam nicht nur der kalte Wind, sondern wohl ein Dutzend Männer mit üblen Gesichtern. Ein paar der Frauen, die Plätze in der Nähe hatten, standen auf und drängten zur Seite, um den Kerlen auszuweichen. Dass die nichts Gutes im Schilde führten, war ihnen deutlich anzumerken. Mit verschränkten Armen und düsteren Mienen sahen sie sich im Saal um. Dann teilten sie sich auf, die Hälfte nach links, die andere nach rechts. Jeweils einige von ihnen rissen Zündhölzer an und hantierten mit ihnen. Marie konnte nicht erkennen, was sie in den Händen hielten.

»Clara? Luise?«, rief sie ihren Freundinnen zu, die immer noch mit all ihren Sinnen vorn auf der Bühne bei Frau Ulmbein und den Zwischenrufen im Saal waren. »Ich glaube, wir sollten …« Doch in diesem Augenblick tat es einen gewaltigen Knall, als ließe das Dragoner-Regiment direkt unter ihnen Salutschüsse ab. Nicht wenige der anwesenden Frauen schrien erschrocken auf. Nahezu alle sprangen von den Sitzen.

Frau Ulmbein vorn auf der Bühne riss beide Hände hoch und rief etwas von »Ruhe bewahren!« und »… dem Pöbel nicht die Genugtuung geben«, aber selbst mit ihrer klaren Stimme konnte sie den Tumult nicht übertönen. Von der Seite stürmte ihr Mann auf die Bühne, um sie zum Rückzug zu überreden.

Erneut explodierten Böller, was die Verwirrung noch steigerte. Rufe und Schreckensschreie mischten sich. Feiner Nebel hing in der Luft, während alle der Tür zustrebten.

»Hinaus!«, hörte Marie Max rufen, der bereits dabei war, Luise vor sich herzuschieben.

Clara griff nach Maries Hand und umklammerte sie ängstlich. Sie versuchten, Max und Luise zu folgen, Paula und

Hedwig hinter ihnen. Um sie herrschte Lärm und Chaos. Schon nach wenigen Schritten schoben sich von der Seite fremde Frauen zwischen Max, Luise und sie beide. Es war, als seien die anderen einfach verschluckt worden. Marie wandte immer wieder den Kopf. Doch keine Spur von Luise und Max. Auch Paula und Hedwig waren irgendwo ausmachen. Nur verstörte, erschrockene Gesichter um sie, während die gegen den Strom rempelnden fremden Männer noch mehr Panik verbreiteten.

Es waren viele Menschen im Saal. Und so breit die Tür auch sein mochte, sie war zu schmal für alle. Es wurde geschubst und gedrängelt. Eine Frau fiel in Ohnmacht und wäre bestimmt niedergetrampelt worden, hätte ihre Freundin sie nicht aufgefangen und mit einiger Mühe zur Seite geschleift. Clara hatte es auch gesehen und wollte den beiden ebenso wie Marie helfen, doch obwohl sie sich redlich bemühten, zu der Verunglückten zu gelangen, wurden sie unbarmherzig weitergeschoben, ohne aus der Menge ausscheren zu können. Rief da irgendwo Max über die Köpfe hinweg? Aber was? Marie drehte sich suchend um. Und im selben Augenblick wurde ihr Claras Hand entrissen.

»Marie!«, schrie die Freundin, von einer fremden Gruppe eingeschlossen.

»Clara!«, rief Marie ihr nach. »Ich bin gleich bei dir! Keine Angst!« Keine Angst? Wie konnte sie das so rufen? Ihr eigenes Herz klopfte ihr bis in den Hals, und ihr Atem ging stoßweise. Es war wie auf den Koppeln des Gestüts, wenn etwas die Pferde erschreckt hatte und alle auf einmal losstoben. Niemand wollte zurückbleiben.

Die zarte Clara geriet vollends außer Sicht, und Marie ballte die Fäuste vor Anstrengung, sich nicht zurückdrängen zu lassen.

»Clara!«, schrie sie aus Leibeskräften. Doch nirgends war das vertraute Gesicht auszumachen.

Dann war da die Tür, der kalte, schneidende Wind von draußen, der wie eine Erlösung schien. Wellenartig ergoss sich die Menschenmenge hinaus auf den Platz und lief auseinander.

Dort drüben irgendwo hatte Wolff die Kutsche gehalten. Sie musste nur hinüber, und alles wäre gut. Vielleicht hielten die anderen schon nach ihr Ausschau. Plötzlich geriet ein Schirm oder Gehstock zwischen ihre Beine. Sie stolperte und drohte zu stürzen, als sie in letzter Sekunde ganz instinktiv nach einem Halt griff.

»Verzeihung«, stammelte sie, als sie sich im Aufrichten direkt vor einem jungen Mann fand, an dessen Reverse sie sich geklammert hatte und der nun mit einer Hand ihren Ellenbogen nahm, während er in der anderen den Spazierstock hielt, der sie fast zu Fall gebracht hatte.

»Aber nicht doch. Allein mein Fehler«, sagte er und sah ihr dabei prüfend ins Gesicht, als wolle er feststellen, ob es ihr gut ginge.

Er war außergewöhnlich gut aussehend, mit elegantem Hut und dichtem Schnäuzer. Sein forschender Blick ging ihr durch und durch, und hastig nahm sie die Hände von seinem Mantelaufschlag.

Noch während sie ihn anstarrte, ertönte von der Seite lautes Rufen: »Marie! Ist alles in Ordnung?« Luise stürzte durch den Schneematsch schlitternd auf sie zu, Clara und Max dicht hinter ihr.

Der junge Mann, der sie eben noch so umsichtig vor einem Sturz gerettet hatte, versteifte sich deutlich beim Anblick ihrer Begleitung. »Gnädigste, empfehle mich«, sagte er rasch und wandte sich ab.

Doch im Wegdrehen sah er noch einmal zurück auf Max. Mit einem Blick, schärfer als alle Messer, die Frau Rühl in ihrer Küche am Wetzstein zur Perfektion brachte. Ein Blick voller Hass und Abscheu, der Marie zusammenschrecken ließ. Dann war der Fremde mit festem Schritt schon halb über den Platz.

»Marie, geht es dir gut? Hat dieser Mann dich belästigt?«, wollte Luise sofort wissen und griff nach ihrem Arm.

»Nein, nein, es war nur … Wir sind irgendwie ineinandergerannt, und er hat mich gestützt, damit ich nicht falle«, klärte Marie sie auf und hörte ihre eigene Stimme zittern. »Wo sind Paula und Hedwig?«

»Es geht ihnen gut. Sie haben sich der Gruppe dort drüben angeschlossen und waren froh, als wir dich hier ausgemacht haben«, erklärte Clara schwer atmend.

Marie schüttelte immer noch ganz durcheinander den Kopf. »Was um Himmels willen war denn das? Was wollten diese Männer?«

»Uns Angst vor diesen Versammlungen machen, was denn sonst?«, schnaubte Luise mit erhitztem Gesicht. »So etwas kommt wohl hin und wieder vor, auch wenn ich es selbst noch nie erlebt habe. Du, Max?«

Er nickte grimmig. »Mehr als nur einmal. Kein besonders feiner Schachzug unserer politischen Gegner, nicht? Irgendjemand muss diesen Pöbel angestiftet haben, und ich habe so eine Ahnung, wer es war«, knurrte er, wobei er dem jungen Mann nachsah, der Marie gerade aufgefangen hatte. Dieser hatte soeben erhobenen Hauptes samt schwungvoll eingesetztem Stock die andere Seite des Platzes erreicht, bog in die dort liegende Gasse und verschwand.

»Wie meinst du das?«, wollte Luise wissen, die Max' Blick ebenfalls gefolgt war. »Kennst du ihn denn?«

Er nickte grimmig. »Das will ich meinen. Aber jetzt kommt erst einmal fort aus dem Trubel!«

Zu viert suchten sie sich ihren Weg zum wartenden Landauer. Wolff, der das Getöse gehört, die Flut an Menschen mit Schrecken gesehen und vom Kutschbock aus nervös nach ihnen Ausschau gehalten hatten, riss bereits die Flügel auf, als gelte es eine Flucht anzutreten.

»Es ist schon gut, Wolff«, beruhigte Max ihn. »Es waren nur Böller, die alle in Panik versetzt haben.«

»Nun, aber irgendwer muss die ja losgelassen haben«, brummte der Kutscher, während er den beiden Komtessen ins Innere half. Nun, da er all seine Schutzbefohlenen bei sich wusste, fand er schnell wieder zur alten Gelassenheit. »Und wer das tut, der tut vielleicht auch anderes.«

»Gut gesprochen«, stimmte Max ihm zu, und die beiden Männer sahen sich auf dem Platz noch einmal um. Doch von den Kerlen, die Marie hatte hereinkommen und sich verteilen sehen, war nichts mehr auszumachen. Stattdessen waren von der Hauptstraße her Trillerpfeifen zu hören, und Uniformierte stürmten heran.

»Sicher haben diese Halunken sich schon aus dem Staub gemacht, ehe die Polizei sie fassen kann«, mutmaßte Max bedauernd, während sie beobachteten, wie die Polizisten zum Saal rannten.

»Dann nach Hause, nehme ich an?«, fragte Wolff.

»Gewiss, Wolff! Ich jedenfalls habe für heute genug von vielen Menschen um mich herum«, sagte Clara mit einem zittrigen Lachen, aus dem Erleichterung sprach. »Es war doch ein ordentlicher Schrecken. Und Marie ist auch ganz grün um die Nase.«

Marie brachte ein kleines Lächeln zustande. Doch tatsächlich fühlte sie sich immer noch ein wenig flau im Magen.

Als die vier schließlich saßen, Marie neben Clara und die beiden anderen ihnen gegenüber, schob Luise ihren Arm unter dem ihres Verlobten hindurch und sagte: »Jetzt erzähl uns von diesem Herrn, mit dem Marie zusammengestoßen ist, Max! Woher kennst du ihn, dass du ihm unterstellst, so einen Aufruhr angestiftet zu haben?«

Auch Marie war gespannt, denn der Gedanke an die stechenden Augen des Mannes und wie er Max diesen messerscharfen Blick zugeworfen hatte, verursachten ihr immer noch einen Schauder.

»Ich kenne Hans Fabel aus zweierlei Zusammenhängen«, erzählte Max. »Ein aufstrebender Politiker der Konservativen. Als Karrierist würde er wohl alles daransetzen, in den Reichstag zu kommen. Aber unser Vorteil wäre das nicht. Er ist ganz gegen die Ziele, für die der BDF und die Sozialdemokraten kämpfen: mehr Rechte für die Frauen, die Arbeiterinnen und Arbeiter. Ein paar Freunde aus der Partei haben den Verdacht, dass Fabel hinter den Pöbeleien stecken könnte, die unsere Zusammenkünfte stören.«

»Du meinst, es war kein spontaner, geschmackloser Streich, sondern geplantes Vorgehen?«, empörte sich Clara mit ungläubigem Kopfschütteln.

»Das war deutlich«, warf Marie ein. »Zufällig habe ich mich umgesehen, als die Männer hereinkamen. Wohl ein Dutzend. Wie Schläger sahen sie aus, die Schirmmützen tief in die Gesichter gezogen. Sie haben sich gleich hinter der Tür aufgeteilt und ohne Zögern die Zündhölzer angesteckt.«

»Damit wollen sie erreichen, dass weniger Menschen zu den Versammlungen kommen. Diese Halunken!«, brummte Luise mit düster umwölkter Stirn.

Sie griff nach Maries und Claras Händen. »Es tut mir so leid, ihr beiden! Ausgerechnet heute muss so etwas passieren!

Wo ihr doch einen Einblick in unsere große Sache gewinnen wolltet. Jetzt seid ihr bestimmt verschreckt?«

»Pf«, machte Clara mit entschlossen hochgezogenen Brauen, was Antwort genug war, und Marie sagte rasch: »Es braucht schon mehr als ein paar Böller, um Töchter von Friesenhain davon abzuhalten, dich weiter in deinem Ziel zu unterstützen!«

Luise lächelte sie dankbar an.

»Wieso legt man diesem Fabel nicht das Handwerk?«, wollte Marie von Max wissen.

Der kniff die Augen zusammen und wiegte den Kopf. »Freilich ist er nie selbst beteiligt. Doch hin und wieder kann man ihn im näheren Umkreis beobachten, als wolle er sich überzeugen, dass seine gedungenen Männer auch rechte Arbeit machen.«

»Er bezahlt sie dafür?«, empörte sich Luise.

»So hat es den Anschein. Sie sind da und wieder weg. Den Männern selbst liegt nichts an Parolen und Diskursen. Sie wollen nur Unruhe stiften und verschwinden, ehe die Polizei sie dingfest machen kann. Bisher habe ich es den Genossen noch nicht gesagt, aber ich glaube zudem, ein Muster in diesen Überfällen zu entdecken: Diese Störenfriede tauchen immer dann auf, wenn Paula und ich selbst auf Veranstaltungen dabei sind. Als sei es nicht nur gegen die Sache, sondern auch gegen uns persönlich gerichtet.«

»Ich habe seinen Blick gesehen, den er Ihnen vor dem Saal zuwarf«, wagte Marie zu sagen.

Sie war froh, als Luise zustimmend nickte. »Gemeingefährlich sah das aus! Zum Angst-und-bange-Werden. Warum hegt er denn solchen Groll gegen Paula und dich?«, hakte ihre Freundin beunruhigt nach.

Max strich seiner Verlobten sanft über den Arm. »Nicht so

besorgt, Liebste. Er kommt uns schon nicht zu nah. Es ist so: Seine Familie führt seit zwei Generationen eine große Papierfabrik in Osnabrück. Auch unsere Tapetenmanufaktur wurde von ihnen beliefert. Doch der alte Fabel war der Spielsucht verfallen. Im letzten Jahr sah man ihn öfter im Klub und in den einschlägigen Etablissements als in seinem Betrieb. Und wie es immer ist, wenn die Führung fehlt: Die Qualität der Produkte ließ immer mehr zu wünschen übrig. Erst haben wir aufgrund der langen Geschäftsbeziehungen ein Auge zugedrückt. Doch es war kein Reden mit dem Alten. Er bezahlte seine Leute nicht mehr, und alle, die ihr Handwerk verstanden, liefen ihm weg. Das Papier wurde grob und zu dick für unsere Produktionen. Und als wir zum zweiten Mal eine komplette Lieferung zurückschicken mussten und ohne Material für unsere Tapeten dastanden, mussten wir den Vertrag kündigen. Das war der Moment, in dem Hans Fabel junior auf die Bühne trat. Er wollte mit Paula und mir verhandeln. Wir waren willig, wollten seine Familie nicht im Stich lassen. Doch alle Fachleute waren aus dem Betrieb verschwunden, und er konnte uns keine bessere Qualität garantieren – schließlich hielt er die Zügel nicht in der Hand. Hans Fabels Vater war mittlerweile ganz seiner Sucht verfallen, alles war ihm gleich. Nun, einen klaren Moment gab es wohl doch. Als dem Alten nämlich gewiss wurde, wohin er seine Familie und ihr Unternehmen steuerte. Da sah er anscheinend nur einen Ausweg …« Max hielt kurz inne und schaute sie der Reihe nach betreten an. »Es ist jetzt ein paar Monate her, im letzten Herbst. Da fand man ihn eines Morgens in einer der Fabrikhallen. Von einer Empore gestürzt.« Eine eiskalte Hand schien nach Maries Herz zu greifen, und sie legte die behandschuhten Finger auf den Mund. Was für eine Verzweiflung musste dieser Mensch empfunden haben. Auch Luise und

Clara schwiegen betroffen. »Offiziell ging die Rede von einem tragischen Unfall, und er wurde innerhalb der Friedhofsmauern in der Familiengruft bestattet«, schloss Max.

»Da haben sie recht getan«, murmelte Marie leise. »Mir ist es immer schon schrecklich vorgekommen, die armen Seelen, die aus einem grausamen Leben keinen anderen Ausweg als den Tod sehen, zu einem Verscharren in nicht geweihtem Boden zu verdammen. Hinter solch einem Entschluss muss sich doch stets ein tragisches Schicksal verbergen.«

Clara sah sie liebevoll an. »Du hast immer Verständnis für alle, liebe Marie.«

»Für die Schuldlosen, ja«, stimmte Marie ihr gern zu. »Wenn es stimmt, was Sie vermuten, Herr Brugge, und dieser Hans Fabel bewusst die Versammlungen stört, ist mein Mitgefühl für seine Person begrenzt!«

»Ein Mann, der sicher die Gemüter zu spalten vermag«, murmelte Luise, während sie nachdenklich auf ihre Hand sah, die auf Max' Unterarm lag.

Max nickte entschieden. »Er ist charismatisch und gewinnend auf der einen Seite. Seine Parteifreunde und die Damen schwören auf ihn. Aber auf der anderen irgendwie verschlagen. Ich habe ihm nie ganz getraut«, gab er zu.

Alle hingen seinen letzten Worten nach. Marie stopfte das Schultertuch enger um den Hals, wo sich eine feine Gänsehaut gebildet hatte bei dem Gedanken an Hans Fabels durchdringenden Blick. In diesem Moment wünschte sie sich, von diesem Mann nie wieder hören zu müssen.

Marie

5

Maries Wunsch bezüglich Hans Fabel sollte schon zwei Tage später zerschlagen werden. Es war Samstag, und sie sattelte im Hof gerade einen jungen Schimmel, der demnächst an die Kavallerie gehen sollte.

Luise, die mit ein paar Karotten in der Hand und dem schwanzwedelnden Gimpel an ihrer Seite bei ihr stand, erkundigte sich: »Warum nimmst du nicht Stürmer, wenn du schon zu den von Assens hinüberreiten musst, um mal wieder nach Amigo zu sehen?« Sie war auf dem Weg zu ihrer Friesenstute Jeltje gewesen und hatte auf einen kurzen Schwatz bei Marie gehalten.

»Oh, der brave Tempel hier braucht noch etwas Übung, was Ritte ohne weitere Artgenossen angeht. Er ist sehr schnell und ausdauernd und würde bestimmt ein gutes Kurierpferd abgeben. Aber dazu muss er noch lernen, sich allein nicht so rasch zu fürchten«, erklärte Marie der Freundin und zog den Sattelgurt fest. »Außerdem müsste ich Stürmer bei den von Assens in fremder Obhut lassen, solange ich mit Amigo auf dem Reitplatz trainiere. Und das würde ich nur ungern tun, seit ...« Sie brach ab und biss sich auf die Unterlippe.

Die aufmerksame Luise legte den Kopf schief. »Seit was?«

Marie zögerte. Sollte sie von der unangenehmen Situation vor ein paar Tagen mit dem neuen Stallburschen Kurt erzählen? Aber seitdem hatte sie Kurt, wann immer sie ihn beobachtete, nicht noch einmal in Stürmers Nähe gesehen. Leider ging er auch mit den anderen Pferden stets ein wenig zu ruppig um. Doch waren es nur Nuancen, die ihm schwer vorzuwerfen waren.

Zu ihrer Erleichterung tauchte in diesem Moment plötzlich das andere neue Gesicht neben ihnen auf, das Friesenhain nun seit drei Monaten beherbergte: Emil Neumann.

»Guten Morgen, Komtess«, grüßte der junge Kammerdiener des Grafen mit einer höflichen Verbeugung. »Guten Morgen, Fräulein Paas.«

Sie erwiderten den Gruß.

»Gibt es etwas, Neumann? Erwartet mein Vater mich im Haus?«, wollte Luise wissen, denn es war ungewöhnlich, dass der Kammerdiener sich hier draußen blicken ließ. Seine Aufgaben lagen ganz in den Räumen des Grafen und unten im Gesindetrakt, wo auch das Stiefelzimmer lag. Marie sah ihn meist zum sonntäglichen Kirchgang und bei den Mahlzeiten, wo Emil ihr gern von der anderen Tischseite aus seinen markanten grauen Augen verschmitzte Blicke zuwarf, wenn das Gerede der Mädchen über diesen und jenen Klatsch ging. Bei diesem Geplauder schien er sich über dieselben Dinge zu amüsieren wie sie selbst, und schon manches Mal hatten sie sich verschwörerisch zugelächelt.

»Nein, Komtess, ich wollte zu Fräulein Paas«, antwortete Emil nun und reichte Marie einen Umschlag, auf dem in schnörkelloser Handschrift nur ein Name stand: *Ida Neumann*. »Wären Sie so freundlich, diesen Brief an meine Schwester zu Baron von Assen mitzunehmen? Sie können ihn ihr persönlich übergeben oder jemandem vom Personal.

Auf diesem Wege hätte sie meine Antwort auf ihre Zeilen schneller, als wenn ich sie in die Post gebe.«

Marie drehte den Brief ganz instinktiv, las auf der Rückseite nur: *Emil*. Dann steckte sie ihn rasch in die Rocktasche, erschrocken über ihre eigene kleine Indiskretion. »Das mache ich natürlich gern, Herr Neumann«, versicherte sie schnell mit roten Wangen.

Über ihre kleine Verlegenheit ging er leise schmunzelnd hinweg und neigte den Kopf. »Vielen Dank, Fräulein Paas. Und einen guten Ritt wünsche ich. Achten Sie nur gut auf Ihren Weg, auf dass Sie gesund zurückkommen. Und richten Sie noch Grüße aus!«

»Auch das tu ich sehr gern, Herr Neumann.«

Sie blickten einander an. Sein dunkles Haar trug er stets korrekt geschnitten, und sein schmaler Schnurrbart verzog sich mit seinen Lippen zu einem breiten Lächeln, bei dem er ebenmäßige weiße Zähne offenbarte. Er war noch größer als Wilhelm, hatte breitere Schultern. Als Marie begriff, dass sie die beiden Männer miteinander verglich, musste sie blinzeln. Wie kam sie nur darauf?

Als er sich umwandte und über das Rasenkarree zum Hintereingang des Wohnhauses hinüberging, drehte Luise den Kopf und sah Marie mit blitzenden Augen an.

»Achten Sie nur gut auf Ihren Weg«, ahmte sie Emils Stimme nach und schlug dann mit den Lidern. »Fräulein Paas. Dass Sie gesund zurückkommen!« Luise beherrschte es, nur eine ihrer schmalen Brauen so weit zu heben, dass sie fast die ersten hellbraunen Locken zu berühren schien. Ihr grüner Blick funkelte nur so vor Übermut. »Irre ich mich, oder könnte es sein, dass jemand Gefallen an dir gefunden hat?«

Hitze stieg in Marie auf, und sie beugte sich rasch hinab,

um Tempels Hufe zu kontrollieren. »Herr Neumann ist nett zu jedermann«, murmelte sie verlegen.

Luise lachte leise. »Ja, ja, so nett, dass alle Mädchen ins Schwärmen geraten, nicht wahr? Agnes hat so etwas erwähnt. Wobei sie selbst immun zu sein scheint, glaube ich. Aber von dir hätte ich das ehrlich gesagt auch vermutet.« Ihre Freundin legte keck den Kopf schief und zwinkerte. »Früher war ich sogar felsenfest davon überzeugt, dass du einmal Wilhelm heiraten wirst.«

Marie zuckte erschrocken zusammen und musste den Huf, den sie gerade auskratzte, noch einmal anheben.

»Wie kommst du denn auf so etwas?«, fragte sie mit einem kleinen Auflachen, das in ihren Ohren künstlich klang.

»Ja, ich weiß, es ist verrückt«, gestand Luise. »Aber dass du als Kind für ihn geschwärmt hast, musst du zugeben. Und weil ihr immerzu mit euren Nasen in den Büchern stecktet und in dieser Leidenschaft so fest verbündet schienet, war es für mich beinahe ausgemacht.«

Marie hatte keine Ahnung, was sie darauf antworten sollte. Dass ihre Freundin sie damals so gut durchschaut hatte, erschreckte sie ein wenig. Aber das war doch viele Jahre her. Sie waren noch Kinder gewesen, wie Luise gerade ganz richtig gesagt hatte. Und seitdem hatte sich vieles verändert. Auch die Gefühle, nicht wahr?

Marie spürte, wie Luise sie prüfend betrachtete, als überlege sie, ihre Neckerei fortzusetzen. Doch dann beherrschte sie sich und streckte die Hand aus, um Marie kurz an der Schulter zu berühren. »Lass dich von mir nicht aufziehen, Marie. Ehe ich Max kennenlernte, wollte ich ja auch nichts davon hören. Aber vielleicht kommt doch noch einer oder am Ende sogar *eine*? Eben ein Mensch, bei dem dein sowieso schon weiches Herz zerfließen will.«

Seit Luise Paula und Hedwig kannte und durch sie noch einige weitere Frauenpaare, sagte sie hin und wieder solche Dinge. Anfangs hatte Marie das befremdet, doch jetzt liebte sie diesen offenen Zug an ihrer Freundin umso mehr. Ja, jemand, in dessen Nähe Maries Herz zu *zerfließen* drohte, wer das wohl einmal sein würde? Emil Neumann wohl eher nicht. Auch wenn seine kleinen Aufmerksamkeiten ihr ein wenig schmeichelten.

»Bist du denn sicher, dass es überhaupt ein Mensch sein wird?«, fragte sie jetzt keck und umhalste den guten Tempel, der daraufhin zärtlich schnaubte.

Luise lachte. »Mach dich nur lustig. Und behalt deine gute Laune, wenn du heute die Baroness darin einweist, wie sie richtig mit ihrem Pferd umzugehen hat, damit es tut, was sie sich in ihren modisch frisierten Kopf gesetzt hat.«

Marie verdrehte die Augen, und Luise winkte ihr mit den Karotten noch einmal zu, ehe sie zu der Box hinüberlief, aus deren offen stehender oberen Tür gerade ihre Friesenstute spähte.

»Du hast wohl meine Stimme gehört, Jeltje? Ich komme schon!«, rief Luise und tat ein paar übermütige Hüpfer, bei der ihr Rock auf und nieder schwang. Marie sah ihr schmunzelnd nach. Bald würde ihre Freundin eine verheiratete Frau sein, doch ihr Temperament würde dasselbe bleiben.

»Dann wollen wir mal, Tempel«, sagte sie zu dem Wallach und führte ihn zur Aufstiegshilfe, einem gezimmerten Tritt an der Stallwand. Behände stieg sie hinauf und schwang sich in den Sattel. Wie immer trug sie unter dem groben Reitrock ihre Hose, sodass sie ihn, der ja bald ein Soldatenpferd sein sollte, unter normalem Sattel reiten konnte. Mit kurzem Mantel und schlichtem Hut ausgestattet, wendete sie Tempel und lenkte ihn zum Nordtor hinaus.

Kaum waren sie hindurch, wollte der Wallach abrupt stehen bleiben. Doch Marie war darauf vorbereitet und trieb ihn sanft, aber energisch vorwärts und lobte ihn überschwänglich, als er gehorsam nachgab.

»So ist es brav, mein Guter!«, säuselte sie und kraulte seinen Hals neben dem Mähnenkamm. »Du wirst schon sehen, auch ohne einen Artgenossen wird das ein feiner Ritt. Nein, lauf nur erst einmal Schritt, bis du warm bist. Dann darfst du auch rennen.« So und ähnlich redete sie mit ihm, während sie den Weg ums Gebäude nahmen und die von Platanen gesäumte Auffahrt hinaufritten. Sie war der unumstößlichen Meinung, dass die Pferde – wenn sie auch nicht jedes Wort verstanden – am ruhigen und heiteren Tonfall ihrer Reiterin erkannten, dass keine Gefahr drohte. Und so plauderte sie mit ängstlichen Pferden gern über dies und das, froh, dass auf ihrem einsamen Ritt niemand sonst sie hören konnte.

Sie ließ den Schimmel antraben und fiel schließlich in Galopp, was seine liebste Gangart war. Es war, als würde er durch die Geschwindigkeit alle Last der Angst von sich werfen und plötzlich selbstbewusst und tapfer sein. Tempel streckte sich und rannte so gleichmäßig und doch schnell dahin, dass Marie wieder einmal sicher war, dass er ein herrliches Kurierpferd abgeben und seinem Reiter alle Freude machen würde.

Letzteres galt leider nicht für seinen Halbbruder Amigo, zu dem sie soeben unterwegs waren. Der edle Fuchs war zu zierlich für den Militärdienst und daher vor einem Jahr als Damenpferd an die von Assens verkauft worden. Dort sollte er Baroness Margarete bei ihren Ausritten schmücken. Nur leider dachte der Wallach nicht daran, sondern neigte mehr und mehr dazu, seine junge Herrin vor ihren Freunden zu blamieren. Daraufhin war Margarete von Assen im letzten

Herbst wieder auf ihre alte Stute umgeschwenkt, während Marie regelmäßig auf dem Gut vorbeisah und mit Amigo trainierte. Unter ihrer Führung hatte das junge Pferd sich gut gemacht. Doch heute sollte Marie die Baroness auf ihm einweisen, damit die beiden endlich das traumhafte Gespann würden, das ihre Eltern, vor allem aber Margarete selbst in ihnen zu sehen wünschten.

Nach dem schnellen Ritt drosselte Marie das Tempo, als das Gut der von Assens in Sicht kam. Das Wohnhaus lag von den Stallungen abgewandt, und Marie wollte auf den Haupteingang zuhalten, als vom Stall her ein Bursche erschien. Er hielt den tänzelnden Amigo am Zaun, auf dem die Baroness im Damensattel saß.

»Da sind Sie ja!«, rief Margarete ihr entgegen. »Es klappt schon ganz gut mit ihm, finden Sie nicht?« Sie deutete an Amigos gewölbtem Hals hinab.

»Guten Morgen, Baroness«, begrüßte Marie sie förmlich. Ein Blick auf Pferd und Reiterin sagte ihr jedoch, dass der Start in diesen Ausritt alles andere als ideal war. »Sie hätten warten können, bis ich beim Zäumen und Aufsteigen behilflich bin.«

Die Baroness hob die schmalen Brauen und schüttelte sich eine der hellblonden Locken aus dem Porzellangesicht mit der reizenden Stupsnase. »Unsere Burschen werden ja wohl ein Pferd satteln können. Und hinauf kommt man so gut wie hinunter. Nur was die Zeit angeht, da sind wir knapp. Meine Schneiderin hatte eine Stunde übrig und wird gleich hier sein. Die neuen Kleider für die Saison müssen in Auftrag gegeben werden.« Dabei streifte ihr Blick aus den veilchenblauen Augen Maries groben Rock, den kurzen, dichten Mantel und den schlichten Hut. Margarete von Assen selbst war hochelegant in ein Reitkostüm gekleidet, das mit geschnürten Stiefeln, einer Pelzjacke und modischen Pelzmütze ergänzt wurde. An den Händen trug sie weiße Handschuhe aus feinem Leder, die sehr vornehm wirkten, aber gewiss nicht wirklich wärmten.

»Nun, dann nehmen wir vielleicht den Weg rund ums Gut, damit Sie rasch wieder ins Haus können, Baroness?«, schlug Marie vor. Zwar hatte sie sich selbst auf einen schönen Ausritt gefreut, doch würde sie ihre kleine Lehrstunde in der Nähe des Guts ebenso halten können.

»Gut, gut, fangen wir an.« Margarete von Assen machte eine fahrige Geste mit der Hand, und sogleich sprang Amigo zurück, der das Rucken am Gebissstück auf sich bezog.

»So halt ihn doch fest!«, fuhr sie den Stallburschen an, der im Begriff gewesen war, die Zügel loszulassen. Sofort griff er wieder danach. Amigo schlug mit dem Kopf, soweit es der Ausbinder zuließ.

Marie, die dieses Gezerre am empfindsamen Maul des Tieres nur schwer mitansehen konnte, holte tief Luft und ließ sie langsam wieder aus. Oft beruhigte das eigene gefasste Atmen auch die Tiere. Dabei musste sie jedoch ein Seufzen unterdrücken, denn die Stunde ließ sich alles andere als erfreulich an.

»Wenn wir das feine Reiten mit Amigo üben wollen, geht das aber nicht mit jemandem, der die Zügel festhält, Baroness«, wandte sie möglichst höflich ein. »Wir reiten vorerst auch nur Schritt. Das müsste doch gehen?«

Margarete von Assen stieß ihrerseits einen lauten Seufzer aus. »Wenn Sie denken, das hilft.« Unwirsch nickte sie dem Burschen zu, der die Zügel freigab. »Dann los.«

Jede der fahrigen Bewegungen der jungen Frau wirkte ungeduldig. Eine schlechte Voraussetzung im Umgang mit einem Pferd, dem sie sich doch verständlich machen wollte.

»Lassen Sie uns Seite an Seite reiten, dann sehe ich Ihre Hilfen besser«, sagte Marie und kam neben sie.

Amigo wandte den Kopf halb und blickte sie aus einem geweiteten Auge Hilfe suchend an. Das gab ihr einen Stich ins Herz. Das Pferd war nie besonders schnell im Lernen gewesen. Doch wenn es so missverstanden wurde, wusste es sich nicht anders zu helfen als mit Bocken und Starrsinn.

Langsam ritten sie los. Marie gab ein paar Anweisungen, was den Sitz anging, denn die Baroness drückte den eigenen Rücken viel zu weit durch, um ihre Figur noch vorteilhafter erscheinen zu lassen. Auch Maries vorsichtige Korrektur der Zügelhaltung befolgte Margarete von Assen mit fest zusammengepressten Lippen, als seien derartige Empfehlungen eine Zumutung.

»Und wenn ich einen Rat geben darf, Baroness. Der Ausbinder mag auf dem Platz ja gehen, doch im Gelände ist er nahezu gefährlich. Amigo kann dadurch in Panik geraten, sollte er sich einmal erschrecken. Sie können seinen Blick nicht in die Richtung lenken, aus der vermeintliche Gefahr droht, um ihn dazu zu bringen, sich damit auseinanderzusetzen. Und so würde er sich einfach herumwerfen und auf gut Glück losrennen. Dann könnte es mit dem *Herunter* für Sie womöglich schneller gehen als gewünscht.«

Die Baroness warf ihr einen argwöhnischen Blick zu, wie um zu prüfen, ob Marie sich lustig mache. Doch die bemühte sich um eine ernste, wenn auch freundliche Miene.

»Ohne Ausbinder?«, wiederholte die Baroness misstrauisch.

»Ganz recht, Baroness«, stimmte Marie ihr höflich zu. Dann nahm sie ihren Mut zusammen, um noch eine weitere Sache anzusprechen, obwohl die junge Adelige auf sie den Eindruck machte, als habe sie genug von Maries Vorschlägen. »Und eines noch: Die Kandare kennt Amigo nicht.

Ihn mit diesem Gebissstück in seinem empfindsamen Maul zu reiten, wird wohl eher Widerwillen denn Bereitschaft in ihm auslösen.«

»Ts«, machte Margarete und sah sie noch einmal von der Seite an. »Wilhelm hat schon einmal erwähnt, dass Sie den Pferden Geist und Verstand zubilligen. Ich habe erwidert, dass er mir oder meinem Vater mit so etwas nicht kommen darf. Als Herr oder auch als …«, sie hielt kurz inne, ein feines Lächeln umspielte ihre Mundwinkel, »… oder auch als Herrin auf Friesenhain dürfte man solche Sperenzchen nicht dulden, finde ich. Ein Pferd muss tun, wozu es geschaffen wurde: gehorchen und seinen Dienst verrichten. Und wenn dazu eine Kandare nötig ist, nun, dann soll es sein. Das meint auch Hans Fabel, ein guter Freund meines Vaters, der mir für Amigo diese Trense geschenkt hat.«

Marie, der schon bei den Worten »Herrin auf Friesenhain« und der vertraulichen Art, wie die Baroness Wilhelms Namen in den Mund nahm, ein gewaltiger Schreck in die Glieder gefahren war, unterdrückte nur mit Mühe ein Aufkeuchen. Hans Fabel? Da war er wieder. Dabei hatte sie von ihm doch nichts mehr hören wollen. Und dann in diesem Zusammenhang!

»Ist er denn ein Pferdekenner, dieser Herr Fabel?«, erkundigte sie sich vorsichtig.

Die Baroness legte den Kopf schief, sodass die hellen Locken ihr unter der Pelzmütze hervor apart um das Gesicht fielen. »Er versteht von vielen Dingen etwas«, antwortete sie. Und zum ersten Mal klang sie beinahe zurückhaltend, anders als ihr sonstiges forsches und prätentiöses Auftreten. Aufmerksam beobachtete Marie sie. »Und er ist ganz meiner Meinung, dass Amigo ein wunderbares Reitpferd für mich abgeben wird, wenn man nur erst seinen Starrkopf bricht«, ergänzte Margarete von Assen dann entschieden. Ihre von dichten Wimpern umrandeten Augen musterten Marie streng, als sie fortfuhr: »Ich dachte eigentlich, dass dies das Ziel des Trainings gewesen sei, das Sie die letzten Wochen mit dem Tier durchgeführt haben? Nun finde ich es aber nicht sonderlich verändert.«

Marie schluckte. Zuerst Wilhelm. Dann Hans Fabel. Und nun stellte die junge Frau sie als Ausbilderin infrage. »Ich habe bei den Stunden mit ihm keinen Ausbinder benutzt und auch nicht dieses Gebissstück«, antwortete Marie dann und überlegte fieberhaft, wie sie der jungen Frau die Art der Kommunikation mit den Pferden erklären sollte, die sie bevorzugte. Doch Margarete von Assen ließ ihr nicht die Zeit, um Worte zu finden.

»Dann ist es wohl besser, Sie gewöhnen ihn daran. Denn schließlich bin ich diejenige, die er auf Ausritten mit der feinen Gesellschaft tragen soll«, entgegnete sie schnippisch.

Kurz maßen sie einander mit Blicken. Doch Marie ahnte, wohin ein weiterer Widerspruch von ihrer Seite führen würde, und senkte die Augen.

»Wenn es das für heute war, werde ich hineingehen«, entschied die Baroness und lenkte Amigo mit viel zu ruppigem Annehmen der Zügel in Richtung Vordertür, an der sie gerade vorbeikamen. Dicht vor der Treppe hielt sie an und saß für ein paar Sekunden stocksteif einfach da. Offenbar wartete sie auf etwas. Dann wandte sie den Kopf und sagte, ohne Marie richtig anzusehen: »Helfen Sie mir hinunter?« Es war keine Frage, schon gar keine Bitte, sondern ein klarer Befehl.

Marie atmete ruhig aus, ließ sich von Tempel gleiten, der gelernt hatte, stehen zu bleiben, wo immer man ihn anhielt, und ging um Amigo herum. Kaum stand sie neben dem Wallach, drehte der den Kopf so sehr, wie der Ausbinder es zuließ, und schnupperte an ihrem Mantel. Marie war sicher, dass er sich freute, sie an seiner Seite zu haben. Sie reichte der Baroness die Hand und hielt den Steigbügel, sodass die junge Frau das eine Bein über den Höcker des Damensattels heben konnte und auf der unteren Stufe der Freitreppe aufkam.

»Vielleicht schaffen wir es, beim nächsten Mal etwas weiter zu kommen?«, verabschiedete Margarete von Assen sich und ging dann die Stufen hinauf, ohne auf Maries Erwiderung zu warten.

Kaum hatte sie die Empore erreicht, wurde die Tür von innen geöffnet, und der Hausdiener verneigte sich vor der jungen Herrin, die hocherhobenen Hauptes an ihm vorbeischritt, während sie bereits die Handschuhe von den wahrscheinlich klammen Fingern zerrte.

Die Tür wurde wieder geschlossen, und Marie fand sich mit den beiden Pferden allein auf dem Vorplatz. Die Baroness hatte nicht einen Gedanken an ihr Reittier verschwendet, war abgestiegen und hatte es einfach zurückgelassen.

Kurz entschlossen streifte Marie ebenfalls die Handschuhe ab und schnallte den Ausbinder los. Dann strich sie über Amigos Hals und griff vorsichtig nach seinem Zügel, wie auch nach dem ihres eigenen Pferdes.

»Kommt mit, ihr zwei«, forderte sie die beiden auf. »Amigo darf zurück in die Ständerbox, und vielleicht finden wir für dich auch einen Unterstand, Tempel. Da kannst du warten, bis ich den Brief an Ida Neumann abgegeben habe.« Die Tiere folgten ihr brav ums Haus herum zu den Stallungen.

»Da sind Sie ja schon wieder. Hatte sie keine Geduld?«, entfuhr es dem Stallburschen, den die Baroness gerade noch so angeherrscht hatte. Sofort begriff er, was ihm herausgerutscht war, und er begann, sich wortreich und mit knallrotem Kopf zu entschuldigen.

»Lass nur. Du hast ja recht«, beruhigte Marie ihn mit einem Augenzwinkern. Der Bursche war so erleichtert, dass er sicher noch sehr viel mehr für sie getan hätte, als die beiden Pferde zu übernehmen und ihr zu sagen, wo sie Ida Neumann finden würde: nämlich in der Gesindestube bei einer Teepause.

Marie läutete am Hintereingang. Die Tür wurde von einer jungen Person geöffnet, in der sie sofort Emils Schwester erkannte. Der hohe Wuchs, das gleiche geschmeidige, dunkle Haar, die gleichen hellgrauen Augen, die vergnügt funkelten und sie offen anblickten.

»Ja, bitte?«

»Ich bin Marie Paas, von Friesenhain. Eigentlich komme ich her, um den Wallach der Baroness zu schulen. Aber heute habe ich einen Brief vom neuen Kammerdiener auf Friesenhain dabei.« Sie zog das Kuvert aus der Rocktasche und reichte es Ida, die Marie mit einem freundlichen Lächeln und schief gelegtem Kopf kurz musterte.

»Fräulein Paas, ja, sicher. Emil hat von Ihnen erzählt«, sagte sie. »Und in mir haben Sie gleich die Richtige erwischt.« Erfreut nahm sie den Brief entgegen.

Marie nickte. »Ich dachte es mir. Ihr Bruder und Sie sehen sich wie aus dem Gesicht geschnitten ähnlich.«

Ida lächelte. »Die Augen von Mutter, das Haar und die Gestalt von Vater. Wobei Letzteres Emil besser zu Gesicht steht. Ich würde mir wünschen, weniger groß und breitschultrig zu sein.«

»Oh nein!«, rief Marie ganz ehrlich. »Sie machen eine fantastische Figur. Ich hätte gern etwas mehr Höhe und Kraft, wenn ich mit den Pferden umgehe.«

»Mit den Pferden hälfe es vielleicht …«, erwiderte Ida und brach dann ab.

»Nun, wenn Sie Emil ähnlich sind, dann müssen Sie über

ein ausgeglichenes, heiteres Naturell verfügen. Und das hilft sicher in allen Lebenslagen«, half Marie der jungen Frau aus der leichten Verlegenheit, die sie überkam.

Ida grinste. »Emil hat Sie ganz genau richtig beschrieben. Und deswegen müssen Sie nun hereinkommen. Auf einen Tee?«

So ein freundliches Angebot konnte Marie kaum ablehnen. Die beiden jungen Frauen ließen sich für zehn Minuten in der Gesindestube nieder, tranken heißen Tee und aßen Rosinenstuten dazu. Sie plauderten über Friesenhain, das Leben dort, das Ida sehr zu interessieren schien, da es das neue Zuhause ihres Bruders war.

»Emil und ich stehen uns sehr nah, müssen Sie wissen«, erklärte sie ihren Wissensdurst. »Unsere Mutter starb früh bei der Geburt eines weiteren Bruders, ich erinnere mich kaum an sie, und das Brüderchen ging mit ihr. Da Vater den ganzen Tag in der Grube war, kümmerte Emil sich um mich.«

Marie betrachtete das nachdenkliche Gesicht der jungen Frau, in dem neben sehr viel Zuneigung zu ihrem Bruder auch eine Trauer zu lesen war.

»Auch ich habe meine Mutter früh verloren. Das Kindbettfieber«, sagte Marie. Wie jedes Mal beim Gedanken an den Tod ihrer Mutter spürte sie einen brennenden Schmerz.

»Aber Herr Paas muss ein wunderbarer Vater sein«, erwiderte Ida mit geneigtem Kopf und vorsichtigem Blick in ihr Gesicht. »Emil spricht viel von ihm. Ich glaube, er bewundert ihn.«

Das entlockte Marie ein Lächeln. »Ja, mein Vater ist tatsächlich ein besonderer Mensch.« Ihre leichte Verwunderung darüber, dass Emil derart viel über sie und Paas berichtete, ließ sie jedoch unerwähnt.

Schließlich erhob sich die Zofe. »Ich muss hinauf. Gleich wird die Schneiderin da sein. Wahrscheinlich wartet die Baroness schon auf mich. Aber es war schön, Sie kennenzulernen, Fräulein Paas, und ein bisschen mehr über das neue Zuhause meines Bruders zu erfahren.«

Als sie sich die Hände reichten, empfand Marie eine starke Welle der Sympathie, und spontan sagte sie: »Bitte sagen Sie doch Marie zu mir, Fräulein Neumann.«

Jetzt strahlte Ida. »Das tu ich gern, Marie, wenn du Ida sagst.« Ihr Lächeln war einnehmend. »Grüß meinen Bruder von mir, willst du das tun? Und vielleicht kommst du das nächste Mal, wenn du bei Amigo bist, wieder herein, und wir plaudern ein bisschen? Vormittags ist die Baroness meist unterwegs, und ich habe die Zeit.«

»Sehr gern.« Sie nickten sich zu, Ida brachte Marie noch zur Tür und winkte ihr nach, als sie hinüber zu den Ställen ging.

Marie war nun viel leichter ums Herz, als gerade beim Ritt mit Margarete von Assen. Es fühlte sich an, als habe sie eine neue Freundin gefunden, mit der es sich ebenso leicht und offen reden ließ wie mit Clara und Luise. Vielleicht sogar noch ein bisschen mehr von gleich zu gleich, denn natürlich wussten die Komtessen nichts davon, sich den Herrschaften in allem fügen und tägliche Arbeit verrichten zu müssen. Diese unverstellte Freude über die frische Bekanntschaft machte Marie den Heimritt angenehmer, als sie bei der Verabschiedung von der Baroness noch vermutet hätte.

Auf Friesenhain ritt sie direkt durchs Nordtor in den Innenhof, wo Tempel sich zufrieden umsah und einmal laut wieherte, als sei auch er erleichtert, wieder zu Hause zu sein.

Da der Stallbursche Rudi gerade zur Stelle war, überließ Marie ihm das Pferd und lief erneut durchs Tor hinaus und hinüber zum Hengststall, der von dem der Stuten getrennt lag. Die drei Hannoveranerhengste und die beiden Friesen vertrugen sich gut, solange die weiblichen Artgenossen nicht zu nahe waren.

Als Marie in den Stall trat, sah sie vor sich in der Gasse eine vertraute schlanke Gestalt. Ihr Herz tat einen kleinen Stolperer. Mit Wilhelm hatte sie jetzt nicht gerechnet. Er hatte sie noch nicht bemerkt, sondern kraulte Stürmers Schopf, was der Hengst liebte. Dazu sprach der junge Graf leise mit dem Pferd.

Einen Augenblick blieb Marie stehen und betrachtete dieses Bild. Was für eine Veränderung war in Mann und Tier vorgegangen. Vor drei Monaten noch hätte Stürmer vor jedem Mann Reißaus genommen. Und Wilhelm hätte sich einem temperamentvollen Tier nicht freiwillig genähert. Nun aber war es wie die Darstellung von Freundschaft und Vertrauen, die die beiden verband. Etwas Heißes regte sich in Maries Brust und schien sich auszudehnen.

Ehe sie noch recht darüber nachdenken konnte, wandte Wilhelm den Kopf und sah sie. »Marie«, sagte er. »Ich habe dich gar nicht bemerkt. Wie lange stehst du da schon?«

»Nur einen Moment«, antwortete sie und ging zu ihm hinüber. »Ich bin gerade zurück und wollte kurz nach Stürmer sehen.«

»Zurück?«, echote er.

»Ich war bei den von Assens«, erklärte sie ihm.

Wilhelm schien einzufrieren. Dann nickte er. »Ach ja, du kümmerst dich um den Wallach, richtig?«

»Ja. Amigo.«

»Und?«

»Wie?«

»Kommst du voran mit ihm?«, erkundigte er sich.

Marie spürte, wie ihr nun leider auch im Gesicht heiß wurde. Sicher wurde sie gerade rot.

»Amigo ist nicht das Problem«, wagte sie sich vorsichtig auf dies dünne Eis. Sie hatte noch nie mit ihm über Margarete von Assen gesprochen. Warum auch? »Es wird wahrscheinlich schwierig, ihn und die Baroness zusammenzubringen.« Ihre Kehle wurde eng.

Wilhelm schien darauf auch keine Antwort zu wissen, sondern flüchtete sich nur in ein nichtssagendes Nicken und streichelte weiter den Pferdehals.

»Dann werde ich wohl mal wieder«, sagte er schließlich.

»Wollen wir die Tage einmal ausreiten?«, hörte Marie sich zu ihrem eigenen Entsetzen sagen. Er sah sie aus seinen blauen Augen forschend an. »Wir könnten die Reuben-Mädchen wieder einmal besuchen. Und auf halber Strecke wechseln wir die Pferde. Du hast Stürmer noch nie draußen im Gelände geritten«, fuhr sie hastig fort.

»Oh ja, wenn du meinst, dass wir so weit sind«, stimmte er zu und strich Stürmer noch einmal über die Wange. »Was meinst du, Stürmer?« Der Hengst schnaubte leise.

»Er sagt Ja«, übersetzte Marie mit einem verlegenen Lachen.

Wilhelm stimmte kurz ein. »Dann freue ich mich umso mehr darauf, mit euch unterwegs zu sein. Mit ihm und … dir«, sagte er dann. Für einen Augenblick sahen sie einander an, dann wandte er sich abrupt um und ging hinaus.

Marie starrte ihm nach. Er freute sich? Auf einen gemeinsamen Ausritt – mit Stürmer und … ihr? Er hatte dieses *dir* so rasch ausgesprochen wie einen Gedanken. Und sie dann angestarrt, als habe sie ihm genau diesen einfach gestohlen. Was für ein sonderbarer Moment.

Sie seufzte, öffnete die Box und ging zu Stürmer hinein, der brav stehen blieb und ihre Umarmung geschehen ließ, in die sie sich flüchtete.

Da fiel ihr Blick auf einen für den Stall ungewöhnlichen Gegenstand: in den Stäben der Box klemmte ein Buch.

Sie musste lächeln. Das sah Wilhelm ähnlich. Immer hatte er ein Buch mit einer neuen, mitreißenden Geschichte bei sich. Vielleicht hatte er sich zum Lesen hierher zurückgezogen, hatte dann über dem Zwiegespräch mit Stürmer das eine vergessen und nun über ihrem Auftauchen auch das andere.

Sie nahm das gebundene Buch aus den Stäben und betrachtete es. Seltsam. Darauf standen weder Titel noch Autor. Auf gut Glück klappte sie es mittig auf. Erschrak. Und klappte die Seiten sofort wieder zu. Es war gar kein gedrucktes Buch, wie sie zuerst angenommen hatte. Stattdessen handelte es sich um ein Notizbuch, in dem sich Wilhelms gerade, ordentliche Handschrift fand.

Da fiel es ihr ein: Er hatte doch davon gesprochen, die Hochzeitsrede für Luise und Max schreiben zu wollen. Vielleicht waren dies hier seine Versuche? Ja, so musste es sein. Wieder warf sie einen Blick hinein, denn sie war furchtbar neugierig, welche schönen Worte er wohl für seine Schwester und seinen zukünftigen Schwager finden mochte.

Auf den ersten Blick schien es auch tatsächlich so, wie sie angenommen hatte. Die Worte rankten sich um Liebe, um sich erfüllende Sehnsucht. Doch als Marie ein paar Zeilen mehr erhaschte, schwand ihre Gewissheit, dass es sich hier um die Hochzeitsrede handelte.

Dies war ein längerer Text aus Wilhelms Feder. Ein Roman vielleicht? Figuren sprachen miteinander, handelten. Ein Mann betrachtete eine junge Frau, die seinen Blick bemerkte und ihn darauf ansprach. Er wiederum versuchte zu leugnen, in irgendeinem Konflikt gefangen, der sich Marie beim Lesen dieser wenigen Zeilen nicht erschloss.

Hastig klappte sie das Buch erneut zu.

Ja, es bestand kein Zweifel. Dies war eine von Wilhelm erdachte Geschichte. Ganz so wie die, die er früher als Jugendlicher niedergeschrieben und ihr vorgelesen hatte. Wenn auch, ganz offensichtlich, mit einem erwachseneren Thema.

Plötzlich fiel ihr wieder ein, dass er ihr sogar einmal davon erzählt hatte, dass er weiterhin schrieb. Gewiss hielt sie hier eine seiner Geschichten in der Hand. Und noch etwas hatte er ihr darüber anvertraut: *Die Texte sind nicht für fremde Augen bestimmt.*

Wenn dem so war, würde er das Buch sicher schon bald vermissen. Sie würde es ihm bei der nächsten Gelegenheit zurückgeben und bis dahin sicher verwahren.

Marie knüpfte den warmen Mantel auf und barg das Buch an ihrer Brust. So ging sie hinaus und über den Fahrweg hinüber zum Pförtnerhaus, das sie mit ihrem Vater zusammen bewohnte, solange sie denken konnte. Sie würde einen sicheren Platz für das Buch suchen. Und natürlich kam es nicht infrage, auch nur ein Wort mehr darin zu lesen.

Luise

6

Schon über eine Viertelstunde harrte Luise in der Halle des Herrenhauses aus, begleitet von Gimpel, der sie immer wieder ratlos ansah. Die Nervosität seiner jungen Herrin beunruhigte ihn offenbar, wenn er auch spüren musste, dass sie einer erregten, ja, freudigen Erwartung entsprang. Immer wenn Luise das Stillstehen nicht mehr aushielt und herumwanderte, wurden sie von der Empore her von der weißen Angorakatze Hummeltje aus neugierigen Augen beobachtet.

Es war Sonntag und die Familie schon lange von der Messe in der Christuskirche heimgekehrt. Graf und Gräfin, Clara und Wilhelm saßen zusammen mit Max im Salon und harrten dort der Dinge, die geschehen würden. Nur Luise hatte das Sitzen nicht aushalten können und hier die Position des Ausgucks eingenommen.

Immer wenn sie im vorderen Bereich des Vestibüls ankam, warf Luise einen Blick durch den Windfang und die Glaseinsätze in der Eingangstür. Und dann, endlich, sah sie eine Kutsche die Auffahrt herunterrollen.

Ranke, mit dem besonderen Sinn eines perfekten Hausdieners für seine Aufgaben ausgestattet, erschien wie aus dem Nichts, um dem Besuch die Tür zu öffnen. Freilich war er Luise dabei viel zu gemächlich. Am liebsten wäre sie selbst hinausgestürzt. Und wenn es nur Paula und Hedwig gewesen wären, die sie erwarteten, hätte sie dies gewiss auch getan. Doch die beiden Freundinnen kamen heute nicht allein. Und so bezwang Luise sich mühsam. Mit fest ineinander verschränkten Händen und hocherhobenem Kopf wartete sie in der Halle, bis der Besuch zum Haupteingang herein und in den Windfang trat.

Der Anblick der beiden distinguierten Herren, die Paula und Hedwig begleiteten, ließ ihren Magen aufgeregt zusammenschnurren.

Der eine Mann war groß und breit wie ein Bär, mit Vollbart und darüber munter funkelnden Augen. Der andere, ebenfalls hochgewachsen, aber glatt rasiert, wirkte gegen ihn geradezu schmal, zumal er sehr elegant in einen langen Mantel und Zylinder gekleidet war. Beeindruckt vom Auftritt dieses ungleichen Paares, begrüßte Luise die beiden Frauen mit einer herzlichen Umarmung und knickste leicht vor den beiden Männern. Diese reichten Ranke Mäntel, Zylinder und Hut und wandten sich dann ihr zu.

»Luise, wie schön, dass wir endlich einen gemeinsamen Besuch bei dir schaffen!«, sagte Hedwig und nahm ihre Hand. »Schau, wen wir mitgebracht haben. Dies hier ist mein herzensguter Onkel, Eduard Schmeid, jüngerer Bruder meines Vaters.« Sie deutete zu dem gertenschlanken Herrn neben sich, der die flache Hand auf die Knopfleiste des tadellos sitzenden Jacketts legte und sich formvollendet verneigte. »Meinen Mäzen Josef Schlinger kennst du ja bereits von einem Empfang bei uns zu Hause«, fuhr Hedwig fort. Der Bär nickte ihr freundlich zu.

Hedwig selbst wirkte so locker und natürlich wie immer, obwohl sie nicht einen ihrer geliebten Damenanzüge trug, sondern ein schlichtes dunkelblaues Ausgehkleid.

»Vielen Dank, Herr Schmeid und Herr Schlinger, dass Sie den Weg auf sich genommen haben«, sagte Luise mit klopfendem Herzen. Das Schreiben vom gestrigen Nachmittag, das den heutigen Besuch angekündigt hatte, hatte auch den Anlass nicht verschwiegen. Und selbst wenn sie von dem nicht gewusst hätte, wäre Luise zittrig gewesen – allein weil die beiden Herren aus Hannover anreisten, der Stadt, in der sie demnächst selbst zu studieren hoffte. Und mit ebendieser Hoffnung hatte diese Visite zu tun. Deswegen schwitzten ihre Hände vor Aufregung. Am liebsten hätte sie gleich hier in der Halle um Auskunft gebeten. Doch ihre Eltern, Clara, Wilhelm und natürlich Max drüben im Salon hatten ebenso das Recht, es zu erfahren.

»Gewichtige Nachrichten überbringt man am besten persönlich«, behauptete Eduard Schmeid.

»Und im Kreise lieber Menschen«, setzte Paula hinzu und sah Luise fragend an, nachdem ihr Blick kurz durch die Halle gehuscht war.

Luise musste lachen. »Natürlich! Sie warten alle auf uns. Nur ich hatte keine Geduld, und Mama hat mich des Raumes verwiesen, weil ich sie mit meinem Auf und Ab nervös machte. Ich bin so gespannt, dass ich die barsten Formen der Höflichkeit vergesse! Bitte.« Luise deutete in Richtung Salon, und Ranke eilte vor, um ihnen die Tür zu öffnen.

Luise ließ Paula und Hedwig den Vortritt, und als sie selbst eintrat, quetschte sich Gimpel mit hinein, der offenbar spürte, dass etwas in Gange war. Bei Wichtigem wollte er nicht außen vor bleiben.

Auch die beiden Herren folgten, und drinnen gab es die obligatorische Vorstellung, begleitet von höflichen Worten und Artigkeiten. Als alle einen Platz gefunden hatten, fürchtete Luise schon, sich wegen der steifen Umgangsformen ihrer

Eltern vor den weltoffenen Männern und dem engagierten Frauenpaar schämen zu müssen, und streifte Max mit einem Hilfe suchenden Blick. Doch der lächelte ihr nur aufmunternd zu. Auch Clara und Wilhelm schienen nicht das Wort ergreifen zu wollen.

»Sie können den Lunch hier servieren, Ranke«, ordnete die Gräfin an. Als der Hausdiener hinausging, huschte durch den Türspalt etwas flauschig Weißes herein.

»Sie wohnen also in Hannover und besuchen nun Ihre Nichte in Ibbenbüren?«, erkundigte sich Graf Hermann bei Eduard Schmeid.

Dieser erklärte mit stolzem Blick zu Hedwig und Paula: »Oh ja, das ist uns immer eine Freude. Und weil Ihr wunderschönes Gut, werter Graf, so ideal liegt, derart nah am Ort, ist es ja nur ein Katzensprung.«

»Apropos!«, rief Josef Schlinger mit dröhnendem Bass, der dem des Hausherrn selbst alle Ehre machte. »Eine Katze gibt es auch!«

Sich durchaus bewusst, dass von ihr die Rede war, trippelte Hummeltje auf ihren zierlichen Pfoten, den Schwanz hochgereckt, über den kostbaren Perserteppich auf sie zu.

»Oje!«, entfuhr es Eduard Schmeid. Denn Gimpel, der die ganze Zeit brav neben Luise gesessen hatte, stand auf und schlenderte der Katze entgegen. Doch entgegen der Erwartung des besorgten Besuchers geschah nichts Dramatisches. Gimpel senkte nur den großen Kopf, Hummeltje reckte ihren, gab dem Doggenrüden mit der seidig befellten runden Stirn einen Stupser an die Wange und schritt dann hoheitsvoll auf Josef Schlinger zu. Dieser beugte sich prompt hinunter und nahm Hummeltje mit geübtem Katzenkennergriff vom Boden auf.

Luise staunte nicht schlecht, denn die Katzendame war

durchaus wählerisch und ließ sich nicht gern von jedermann anfassen.

»Er ist ein Raubtierbezwinger«, raunte Eduard Schmeid ihr so laut zu, dass alle es hören konnten, denn er hatte ihre Verwunderung richtig gedeutet. »Ich meine, dass der Zirkus ihm läge. Die wilden Tiger und Löwen würden ihm aus der Hand fressen.«

»Ob groß oder klein, ich mag sie einfach alle!«, brummte Josef Schlinger, während Hummeltje auf seinen Beinen mit den Pfötchen trat und den Kopf in seiner großen Hand rieb.

Gräfin Anna sah mit Entzücken, wie gut ihr Liebling ankam. »Ich überlege, einmal einen Wurf mit Hummeltje zu machen. Es ist so wunderbar, Kitten im Haus zu haben«, sagte sie im Plauderton zu dem Katzenliebhaber.

»Dann muss ich eines davon haben!«, beteuerte der. »So was Reizendes!«

Sein Gefährte verdrehte in gespielter Verzweiflung die Augen. »Das wäre dann die fünfte, Josef.«

»Man kann nicht genug Katzen im Hause haben!«, beteuerte der. »Sie sind doch alle Persönlichkeiten!« Und schon war die kleine Gesellschaft in ein angeregtes Gespräch über besondere Katzen, Hunde oder Pferde verwickelt, die einmal ihr Herz erobert hatten. Sogar Graf Hermann hatte einen stolzen Bericht über sein Jagdpferd und die erste Hündin der Meute beizutragen. Die von Luise eben noch befürchtete steife Konversation wurde durch Tierliebe abgewendet. Und doch konnte sie nicht anders, als mit den Füßen zu scharren.

Paula, die das bemerkte, lehnte sich zu Hedwig und meinte für alle hörbar: »Wollen wir Luise nicht endlich von ihrer Qual erlösen?«

Hedwigs Onkel rückte bis zur Sofakante vor und legte die

Hände aneinander. »Das wollen wir! Und hier kommen sie schon, die guten Nachrichten!« Er hatte bewegliche, schlanke Finger, die Luise sich gut bei der Arbeit mit Pinsel und Farben, Meißel und Stein vorstellen konnte. Und als hätte er den Gedanken erraten, erklärte er an das Grafenpaar gewandt: »Vielleicht hat die Komtess schon berichtet? Ich bin Maler und Bildhauer und pflege beste Kontakte zur Königlichen Akademie der Künste zu Berlin.« Er hielt kurz inne, bis Graf und Gräfin genickt hatten, denn so viel hatte Luise ihnen verraten. »Zufällig habe ich im letzten Jahr auf der Großen Berliner Kunstausstellung einen sehr vielversprechenden jungen Künstler kennengelernt, der an der Akademie studiert hat und nun freiberuflich seinen Lebensunterhalt verdient. Ich weiß aus eigener Erfahrung, wie schwierig es ist, wenn man gerade erst das Studium abgeschlossen hat und sich erst seinen Platz suchen muss. Und so war ich gern behilflich. Sicher war das wohl nicht maßgeblich, aber doch ein kleiner Stupser. Als ich mich nämlich persönlich dafür einsetzte, dass dieser junge Mann den Auftrag zum Nachtwächterbrunnen auf dem Marktplatz in Hannover Linden bekam. Es wird gewiss ein äußerst ansehnliches Werk, das diesen September enthüllt werden soll. Und es passt sogar in unser letztes Thema, denn auch dort wird ein Hund zu sehen sein, der den Nachtwächter begleitet. Diese Skulptur wird …«

»Mein Lieber«, unterbrach Josef Schlinger den begeisterten Redefluss gutmütig mit tiefer Stimme. »Du verlierst dich in der Kunst. Komme zum Punkt. Der Name des jungen Mannes!«

Eduard Schmeid lachte. »Natürlich. Der Name dieses vielversprechenden, jungen Künstlers ist … Hans Dammann!«

Alle im Raum schwiegen und tauschten verwirrte Blicke.

»Es ist der Sohn von Karl Dammann, dem Direktor der

Tierärztlichen Hochschule«, erklärte Paula, die das Rätselraten offenbar nicht mehr aushielt.

»Ich verstehe«, sagte Graf Hermann mit langsamem Nicken und ernster Miene. »Man kennt sich.«

»Das tut man«, erwiderte Eduard Schmeid. »Wie auch in Ihren Kreisen, werter Graf, so ist es auch in unseren der Kunst und der Wissenschaft. Manches Mal trifft es der Zufall oder sollte ich besser Schicksal sagen? Als Josef mir von Hedwigs neuer Freundin erzählte, einer jungen Dame aus bestem Hause, die Tierärztin werden möchte, hat es bei mir nicht gleich geklingelt.« Er tippte sich an die grau melierte Schläfe. »Aber dann bat Hans Dammann mich um meine Meinung zu seinem Brunnenentwurf und … nun, wir kamen ins Gespräch.«

»Bedeutet das, unsere Tochter soll einen Studienplatz an der Hochschule aus Gefälligkeit erhalten?«, fasste Graf Hermann mit gerunzelter Stirn zusammen. Daran, wie er seinen Schnurrbart zwirbelte, erkannte Luise unschwer seine Skepsis.

»Zugegeben, eine Gefälligkeit spielt wohl mit, werter Graf«, wandte Josef Schlinger ein. »Allerdings eröffnet sie nur eine Türe. Hindurchgehen muss Ihr wertes Fräulein Tochter auf eigenen Füßen. Und zwar bei einer außerordentlichen Prüfung vor dem Direktor und einigen wichtigen Dozenten. Was das Bestehen der Prüfung angeht – da hilft kein Kennen und kein Gefallen.« Er wandte den Kopf und zwinkerte Luise zu. »Ich denke doch, dass Sie sich bereits vorbereitet haben?«

Luise schnappte nach Luft und sah rasch zu Max, dessen braune Augen vor Freude über diese Neuigkeiten leuchteten. »Aber ja!«, stieß sie hervor. »Die letzten drei Monate habe ich in jeder freien Minute sämtliche Bücher gewälzt, die unsere Bibliothek zur Pferdezucht und möglichen Krankheiten der Tiere hergibt. Unser armer Stallmeister Paas hat von den vielen Fragen gewiss klingelnde Ohren, ebenso Rossarzt Doktor Heuser. Ich fürchte, ich habe ihn stets behelligt, wenn er auf Friesenhain zu tun hatte, und darf beim Sezieren dabei sein, wenn er tote Schafe oder Schweine bekommt, deren Tod unerklärlich scheint.«

Josef Schlinger und Eduard Schmeid tauschten einen zufriedenen Blick. »Das ist recht, Komtess. Von nichts kommt nichts. Neben dem Talent und dem Instinkt muss auch Fleiß und harte Arbeit dabei sein. Das ist in Kunst und Wissenschaft ganz ähnlich«, sagte Hedwigs Onkel.

Dessen Gefährte wandte sich an Luises Eltern: »Was meinen Sie dazu, Gräfin und Graf von Scheweney?«

Gräfin Anna wirkte ratlos, als wisse sie nicht, wie sie auf diese Nachrichten reagieren solle. Sonst in allen Belangen ihre Kinder betreffend sicher und konsequent, sah sie nun Hilfe suchend zu ihrem Mann. Der hob eine Hand und strich sich über den mächtigen Backenbart. »Ich meine, dass mir zum ersten Mal wie eine reelle Möglichkeit erscheint, was ich bisher für eine Träumerei hielt«, gestand er.

Luise, die von ihrem Vater bisher nichts anderes als Ablehnung ihres sehnlichsten Wunsches, Tiermedizinerin zu werden, erfahren hatte, spürte bei diesem leichten Einlenken eine wilde Freude in sich heraufbranden. Doch sie hatte zu früh triumphiert, denn ihr Vater setzte hinzu: »Und offen gestanden bin ich nicht sicher, was ich davon halten soll.«

Luises Magen ballte sich zusammen, während er weitersprach: »Immerhin wird unsere Tochter dann eine nicht unerhebliche Zeit in einer ihr fremden Stadt leben müssen, um zu studieren. Hannover ist zu weit entfernt von Friesenhain und der Villa Schwalbe, als dass wir sie jederzeit unterstützen könnten.«

»Aber es ist nicht zu weit, als dass ich nicht jede Woche

nach Hause werde kommen können«, warf Luise rasch ein. »Max und ich, wir haben schon alles besprochen, Papa.«

Ihr Vater sah nachdenklich zu ihrem zukünftigen Ehemann. Sein dichter Kaiserschnurrbart bewegte sich unruhig von links nach rechts.

»Und du bist einverstanden, Max?«, erkundigte er sich bei seinem Schwiegersohn in spe.

Max nickte ernst. Und obwohl seine Augen vor Begeisterung leuchteten, hatte er in den letzten drei Monaten seinen Schwiegervater wohl so gut kennengelernt, dass er jetzt die notwendige Besonnenheit erkennen ließ.

»Ich denke, das ist eine großartige Chance für Luise«, antwortete er an den Grafen gewandt, ehe er ihr einen kurzen Blick zuwarf, in dem sie seine Liebe und ehrliche Freude las. Und weil es ihm wohl ebenso unsinnig erschien wie ihr selbst, dass hier nun so offen über sie und nicht mit ihr gesprochen wurde, setzte er etwas leiser hinzu: »Ich gratuliere dir von Herzen, Luise. Und ich weiß, dass du es schaffen wirst!« Am liebsten hätte sie ihn dafür geküsst. Aber das kam natürlich nicht infrage, und so lächelte sie ihm rasch aufgewühlt zu.

Immer noch skeptisch, sah ihr Vater sich im Kreise der Versammelten um, und Luise tat es ihm gleich.

Auch auf Claras Gesicht lag ein aufgeregtes Blitzen, während Wilhelm ihr mit einem Augenzwinkern ermunternd zunickte. Ihr Bruder war es gewesen, der ihr in einem Streit einmal vorgeworfen hatte, dass Luise sich bestens auf Träume verstehe, die nie in Erfüllung gehen würden. Doch seitdem hatte sich zwischen ihnen viel verändert, und nun schien er ganz auf ihrer Seite zu sein.

Ihre Mutter jedoch wirkte ebenso zurückhaltend wie der Graf. Sie hatte die Hände ineinandergelegt und schien in sich versunken. Was dachte sie wohl? Würde sie Luise in ihrem

Vorhaben unterstützen, jetzt, wo der nächste Schritt so greifbar nah gerückt war? Ihre Miene zumindest war unergründlich, wie so oft in der letzten Zeit.

Nun rückte Graf Hermann sich auf seinem Stuhl zurecht und bemerkte kritisch: »Soweit mir bekannt, ist die Gesetzeslage im Kaiserreich eindeutig. Junge Damen haben laut Gesetz nicht die offizielle Erlaubnis für eine akademische Ausbildung.« Luise sah, wie Max den Mund öffnete, und wollte ihm schon einen warnenden Blick zuwerfen, als sie sah, wie Paula rasch die Hand ausstreckte und ihren Bruder an der Seite berührte. Max sah seine Schwester an, und sie schüttelte kaum merklich den Kopf. Offenbar hatte Paula Brugge ganz intuitiv erfasst, was Luise selbst ebenfalls klar war: Politische Streitgespräche, wie Max sie bestens beherrschte, würden hier nicht weiterführen. Noch so kluge Argumente würden ihren Vater nicht davon überzeugen, seine Missbilligung zu überdenken. Das musste behutsam passieren. Max schloss den Mund wieder.

In die entstandene Stille hinein erklang nun plötzlich zu Luises größter Überraschung die Stimme ihrer eigenen Schwester.

»Diese Gesetzeslage wird sich gewiss ändern, Papa«, sagte Clara mit ihrer leisen, aber sicheren Stimme. »Die Zeiten ändern sich. Und mit ihnen muss auch der Reichstag bisher Bestandenes überdenken.«

Nicht nur Luise sah voller Erstaunen zu ihrer jüngeren Schwester. Auch der Rest ihrer Familie hatte Mühe, die Verwunderung über Claras Worte vor den Gästen zu verbergen.

Mit geröteten Wangen und erhobenem Kopf erwiderte Clara den Blick des Grafen. Eine Welle von Dankbarkeit brandete über Luise hinweg. Es musste Clara Überwindung gekostet haben, den Bedenken ihres Vaters so offen entgegenzutreten. Viel zu oft, nach Luises Geschmack, hielt sie doch sonst an dessen Meinung und den alten Traditionen fest.

Der Graf neigte den Kopf.

»Und du findest, das hat seine Richtigkeit, Clara, trotz der Besonnenheit, die du sonst immer zeigst?«, brummte er.

Luise sah Clara schlucken. Dann erwiderte sie: »Gerade wegen meiner Besonnenheit, Vater.«

Josef Schlinger ließ ein amüsiertes Glucksen hören. Und zu ihrem Erstaunen sah Luise, dass ihr Vater durch diese Reaktion mit einem Mal verunsichert schien.

»Famose Töchter haben Sie, Gräfin und Graf von Scheweney, wenn ich mir die Bemerkung erlauben darf. Solch junge Damen findet man selten«, bemerkte der Architekt und streichelte dabei so entspannt Hummeltje, als spüre er die fast greifbare Spannung im Raum nicht einmal.

Durch den Einwurf aus dem Konzept gebracht, räusperte Graf Hermann sich und wollte wissen: »Was würde es bedeuten, wenn Luise diese Prüfung besteht?«

»Das Wörtchen ›wenn‹ ist gewiss keine Frage«, behauptete Josef Schlinger mit zuversichtlichem Blick zu Luise, den sie aufgeregt und dankbar zurückgab. »Nun, sie wird eine sogenannte *Ausnahmegenehmigung* zum Studium an der Tierärztlichen Hochschule zu Hannover erhalten. Dort wird sie an den Seminaren und Vorlesungen teilnehmen und ihr Examen machen.«

Diese konkrete Zukunftsaussicht brachte nun doch die Gräfin auf den Plan. »Aber wie soll das gehen?«, wandte sie ein. »Es ist unmöglich, dass Luise ohne Begleitung den Zug nach Hannover nimmt und dann dort ganz allein lebt. Und du wirst doch sicher nicht mitgehen können, Max? Du musst die Tapetenmanufaktur führen.«

Offensichtlich froh, dass er direkt angesprochen wurde und

somit etwas beitragen konnte, erklärte Max: »Paula und ich haben gute Freunde in Hannover, auf die wir bauen können. Sie werden sich um Luise kümmern, solange sie in der Stadt ist. Zudem kann sie ihren Unterricht so wählen, dass sie beispielsweise nur drei Tage die Woche dort wohnen und studieren würde. So wäre sie die meiste Zeit doch wieder hier bei uns zu Hause.«

Genauso hatten Luise und er es sich ausgemalt, wenn sie diese Frage diskutiert hatten.

Die beiden männlichen Besucher tauschten einen einvernehmlichen Blick. »Mir wäre es ebenfalls eine Ehre, Ihre Tochter für die Zeit des Studierens bei mir aufzunehmen, werte Gräfin. Mein Haus in der Stadt ist sehr groß, und ich pflege eine offene Tür für talentierte junge Menschen. Ich habe häufig ehrenwerte Gäste, über deren Gesellschaft ich mich freuen darf«, sagte Josef Schlinger.

»Und vier Katzen«, bemerkte Eduard Schmeid, womit er es schaffte, dass alle plötzlich wieder schmunzeln konnten.

Sogar Graf Hermann ließ seinen Schnurrbart wackeln.

»Nun, ich muss sagen, einer solchen Übermacht an Zuspruch kann ich mich wohl nicht verweigern, wenn auch du, Anna, einverstanden bist?«, wandte er sich an seine Frau.

Mit klopfendem Herzen beobachtete Luise die Miene ihrer Mutter. Würde sie Ja sagen?

Gräfin Anna wiegte den Kopf. »Es scheint mir immer noch recht wagemutig. Aber solange du dein Kammermädchen im Zug bei dir hast, Luise …«

»Oh, Mama! Papa! Ich danke euch!«, platzte Luise heraus, die kaum wusste, wohin mit der Flut an Gefühlen. »Agnes wird entzückt sein!«

Ihr Vater rieb über seine Knie. »Nun, werter Herr Schmeid, Sie sehen mich überstimmt. Und um das Gesicht des herrschenden Hausherren zu wahren, beuge ich mich nicht ohne Stolz auf unsere älteste Tochter den Argumenten. Sie dürfen also bei Direktor Dammann kundtun, dass Luise sich der Prüfung stellen wird.«

»Vorzüglich!«, dröhnte Josef Schlinger.

Clara klatschte leise Applaus, und Paula, Hedwig, Max und Wilhelm fielen enthusiastisch ein.

Luise strahlte sie der Reihe nach an.

Ihr Vater hob die Hand und drohte ihr mit dem Finger. »Und wehe dir, mein Kind, du bestehst nicht!«

»Nach dieser Drohung?«, erwiderte Luise lachend, der so leicht ums Herz war wie schon lange nicht mehr. Doch dann wandte sie sich rasch an den Besuch.

»Meinen größten Dank, Herr Schmeid! Dass Sie an mich gedacht und mich den Dammanns gegenüber zur Sprache gebracht haben. Ohne Sie wäre ich meinem Ziel noch lange nicht so nah gekommen«, sagte sie und konnte nicht verhindern, dass ihre Stimme zittrig klang vor Bewegung.

»Nicht der Rede wert«, beteuerte Eduard Schmeid, der sich über ihre Worte sichtlich freute. »Es ist Zeit, dass sich gewisse Dinge verändern.«

In diesem Augenblick klopfte es sacht an der Tür, und auf das Herein des Grafen kam Ranke mit einem der anderen Diener herein, den Teewagen und ein großes Tablett mit Kanne, Tassen, duftenden Sandwiches und kleinen Kuchen beladen, die von allen mit großem Hallo begrüßt wurden. Die Anspannung, die offenbar nicht nur Luise empfunden hatte, machte sich nun durch umso heiterere Stimmung Luft.

Als alles in Reichweite platziert und der Tee eingeschenkt war, ging der eine Diener hinaus, aber Ranke blieb stehen.

»Gibt es noch etwas, Ranke?«, wollte Gräfin Anna wissen.

»Sehr wohl, Gnädigste«, antwortete der Angesprochene.

»Ich soll von Fräulein Paas ausrichten, dass unten in der Küche Besuch vom Reuben-Hof angekommen ist. Für den Fall, dass die Komtessen später dazukommen wollen.« Damit verneigte er sich und verließ den Raum.

»Besuch vom Reuben-Hof?«, wiederholte Graf Hermann verwirrt und sah seine Töchter abwechselnd an.

»Das ist bestimmt die kleine Änne Reuben«, antwortete Clara. »Du erinnerst dich doch bestimmt an sie. Ab und an kommt sie hierher, um Alfred zu besuchen.«

»Die kleinen Mädchen, derer ihr euch angenommen habt?«, hakte Paula nach und rückte auf die Kante des Sessels vor. Auch Hedwig legte die Hände ineinander und schien plötzlich sehr interessiert.

»Es handelt sich um die drei Töchter eines in der Gegend für seine Grobheit bekannten Pferdehändlers«, klärte Clara deren Onkel und seinen Partner auf. »Durch einen Zufall haben wir erfahren, dass es ihnen nach dem Tod der Mutter daheim gar nicht gut ging. Daraufhin haben meine Schwester, mein Bruder, Marie Paas und ich uns ein wenig … nun, eingemischt, darf man es wohl nennen. Wir versuchen dafür zu sorgen, dass den Kindern kein Leid mehr geschieht.«

»Ah ja«, erwiderte Eduard Schmeid und nickte zustimmend. »Das ist sehr freundlich von Ihnen, Komtess.«

»Wäre es möglich, dass wir kurz hinuntergingen? Wir würden Änne gern kennenlernen«, bat Paula, deren Augen mit einem Mal blitzten. Luise hatte sie schon einige Male so gesehen – wenn ihr Einsatz für die große Sache sie umtrieb.

»In die Küche?«, entfuhr es der Gräfin verblüfft.

»Wir können sie schlecht heraufbitten, Mutter. Da wüsste Änne sicher nicht, wohin mit sich vor lauter Scheu«, erwiderte Clara.

»Wir haben gewiss ausreichend Gesprächsstoff, um kurz

auf euch verzichten zu können«, sagte Josef Schlinger zu Paula und neigte dann den Kopf zur Hausherrin. »Und sei es über diese entzückende Persönlichkeit hier.« Damit war Hummeltje gemeint, die sich soeben auf seinem Schoß schnurrend auf den Rücken rollte.

»Ich führe euch«, bot Luise schnell an. So würde sie kurz dem Raum mit den vielen Menschen entkommen, um die schwindelerregende Neuigkeit draußen besser fassen zu können. Max nickte ihr mit breitem Lächeln zu. Sicher war ihm klar, wie bewegt es gerade in ihr zuging.

Weil niemand Einwände erhob, begleitete Luise ihre Freundinnen hinaus in die Halle. Sobald die Tür hinter ihnen geschlossen war, konnte sie nicht mehr an sich halten und fiel erst Paula, dann Hedwig um den Hals.

»Was sind das für Neuigkeiten! Ich kann es kaum glauben!«, flüsterte sie aufgeregt. Hedwig drückte sie fest an sich, während Paula strahlte: »Was für eine Chance für dich, nicht wahr?«

»Ich werde sie gut nutzen! Bis zur Prüfung werde ich Tag und Nacht über den Büchern sitzen, und unser guter Paas wie auch der Tierarzt werden sich vor mir verstecken müssen«, wisperte Luise und zog die beiden erneut in eine feste Umarmung.

Hedwig lachte leise. »Wie wäre es, wenn wir jetzt rasch hinuntergehen?«

Luise führte ihre beiden Freundinnen am Treppenaufgang vorbei durch die Halle zu dem kleinen Flur hinüber, von dem aus es zur Treppe hinunter in den Dienstbotentrakt ging.

»Warum möchtet ihr Änne so gern kennenlernen?«, erkundigte Luise sich und hielt den beiden die Tür zum Treppenabsatz auf.

Paula und Hedwig sahen sich an. Dann nickte Hedwig

Paula zu, und die erzählte leise, während sie langsam die Treppe hinuntergingen:

»Wir möchten Änne fragen, ob sie uns ihre Geschichte noch einmal detailliert erzählt und wir sie aufschreiben dürfen. Ganz sicher rührt ein Einzelschicksal mehr an als die bloßen Zahlen und Fakten, verstehst du? Damit können wir gewiss auch anderen helfen.«

Luise, deren Gedanken den Worten vorausgeeilt waren, drehte sich auf den Stufen herum und fasste nach Paulas Arm. »Das ist eine wunderbare Idee! Auf diese Weise kann der Frauenverein erst die Herzen und dann die Wählerstimmen erreichen, nicht wahr?«

»Was denkst du, wie sie so etwas aufnimmt?«, wollte Hedwig gespannt wissen. »Natürlich soll sie sich nicht in irgendeiner Weise bedrängt oder gar ausgenutzt fühlen.«

Luise lächelte über die Umsicht der beiden. »Ich glaube, dass sie gern mit euch reden wird«, sagte sie. »Aber lasst sie uns doch selbst fragen!«

Gerade hatte Luise geendet, da tauchte Maries Gesicht unten im hinteren Eingang zur Küche auf.

»Dachte ich doch, dass ich deine Stimme gehört habe, Luise. Guten Tag, Fräulein Brugge, Fräulein Schmeid.« Sie deutete einen Knicks an. Doch Hedwig winkte sogleich ab. »Wer einmal auf der Versammlung war, ist eine von uns und muss Du sagen«, erklärte sie rundheraus und schob Luise und Paula die letzten Stufen hinunter. Unten reichte sie Marie die Hand, die die Geste mit rosa Wangen erwiderte. Paula tat es ihrer Gefährtin gleich und lächelte Marie freundlich an. Aber schon im nächsten Moment wandte sie den Kopf voller Neugierde zur Tür hin, durch die hohe Stimmen zu ihnen herausdrangen.

Sie gingen hinein und fanden dort nicht nur Änne, sondern auch deren kleinen Schwestern Berta und Gertrud ordentlich am Tisch sitzend. Jede der drei hatte vor sich einen Teller mit Eintopf, eine dicke Scheibe weißes Brot und ein Glas Milch dazu.

Frau Rühl nahm Haltung an, als sie sah, wer dort kam. Aber Luise, die durch Marie von Kindheit an oft hier unten gewesen war und alles auswendig kannte, nickte ihr nur freundlich zu.

»Schön, dass Sie die Kinder schon versorgt haben, Frau Rühl«, sagte sie.

Die alte Köchin räusperte sich. »'s ist nur ein Kleckschen für jede, Komtess. Viel essen die Vögelchen ja nicht.«

»Ich ess viel, so wie ein Wolf«, rief Berta und erhielt von Änne einen Rippenstoß.

»Nich mit vollem Mund sprechen!«, mahnte sie die kleine Schwester.

Die Jüngste, Gertrud, hatte beim Eintreten der Frauen den Löffel in der Luft erstarren lassen, ebenso wie ihren kleinen, bereits weit geöffneten Mund. Nun tropfte alles zurück auf den Teller, doch sie bemerkte es nicht – so sehr war sie damit beschäftigt, Paula und Hedwig, die ihr beide fremd waren, zu betrachten. Dabei glitt ihr Blick über die feine Garderobe, die Ballonärmel und den Rüschenausschnitt bei Paula, den seidig fallenden, schlichten Stoff bei Hedwig. Und dann wieder hinauf zu den hochgesteckten Frisuren, die von Schildplattkämmen und silbernen Nadeln gehalten wurden.

Änne zischte der Kleinen zu. Doch Paula setzte sich bereits neben das Mädchen. »Du musst Gertrud sein, richtig?« Die Kleine nickte ehrfürchtig. »Das ist ein wirklich hübscher Name. Ich heiße Paula, der ist nicht halb so hübsch, oder?«

Gertrud sah die Frau vor ihr aus großen Augen an. Ihre kleinen Lippen glänzten.

»Nu sag schon!«, flüsterte Änne. »*Nein, wertes Fräulein, ihr Name is sehr hübsch*«, soufflierte sie. Dann seufzte sie.

»Verzeihung, wertes Fräulein, bitte. S' hat keine Manier'n nich. Obwohl ich mir alle Müh geb. Aber die Mutter fehlt, die hätt's ihr beigebracht, so wie mir früher.«

»Du wirst es schon lernen, nicht wahr, Gertrud?«, sagte Paula und strich dem Mädchen mit einem Finger eine Haarsträhne aus dem Gesicht, das mal wieder eine ordentliche Wäsche gebraucht hätte.

»Nun aber«, sagte Luise und sah dabei Änne an. »Wie kommt ihr hierher? Zu dritt und bei diesem Wetter? Es gab doch keinen Krach daheim?«

Änne geriet in Verlegenheit, denn sie wollte gern prompt antworten, hatte sich jedoch gerade einen Bissen Brot in den Mund gestopft und wollte nicht des Vergehens schuldig werden, wegen dem sie ihre Schwester gerade noch gerügt hatte. Daher kaute sie nun so schnell, dass Hedwig bei dem lustigen Anblick erheitert kichern musste.

Als sie endlich geschluckt hatte, antwortete Änne aufgeregt: »Wir sin mit mei'm Pony hier, Komtess. Der Vater hat's mir geschenkt. Das kann Berta und mich zusamm' tragen. Und Gertrud wiegt ja so gut wie nix.«

»Frollein Paas sagt, es is' so alt wie se selbst, aber nich so gut im Futter«, krähte Berta dazwischen.

Luise sah zu Marie, die offenbar vor den Kindern nichts sagen wollte, sondern die Augen dezent zur Tür wandte.

Während Paula und Hedwig bei den Kindern blieben und mit ihnen sprachen, wisperte Marie Luise auf dem Gang zu: »So einen armen Klepper hab ich selten gesehen. Alle Rippen stechen raus.« Sie schüttelte kummervoll den Kopf. »Die kleine Stute steht zum Aufwärmen im Stall, und Alfred gibt ihr eine gute Portion Kraftfutter. Fritz soll ihr gleich die Hufe schneiden. Dass sie überhaupt bis hierher laufen konnte, ist ein Wunder. Trägt keine Eisen. Und hustet auch.«

Luise horchte auf. »Dann seh ich sie mir später gern an und spendiere ihr etwas von den Kräutern und dem guten Bronchialgebräu. Ich brauche jede Übung, die ich kriegen kann.«

Auf Maries fragenden Blick hin flüsterte sie ihr die Neuigkeiten zu, die der Besuch mitgebracht hatte.

Marie entfuhr ein kleiner freudiger Aufschrei, und sie fiel Luise um den Hals. »Das ist ja wundervoll!« Sofort hatte sie Hunderte Fragen und wollte sich vor Begeisterung über Luises große Chance kaum wieder einkriegen. Luise erteilte gern Auskunft und erwiderte jede weitere heftige Umarmung ihrer lieben Freundin mit Hingabe.

Es war so wunderbar, dass alle sich so mit ihr freuten, fand Luise. Nun ja, alle außer ihren Eltern, deren Überzeugung noch zu wünschen übrig ließ. Aber vielleicht war auch das nur eine Frage der Zeit. Ebenso wie die Pläne, die Hedwig und Paula ihr gerade auf der Treppe anvertraut hatten. Wenn Änne im Vorhaben der Frauenrechtlerinnen, eine Gesetzesänderung zur Züchtigung zu erwirken, eine Rolle spielen würde, wäre das freilich wunderbar. Aber erst einmal musste ja geklärt werden, ob Änne ihnen ihre Geschichte anvertrauen wollte.

Was diese Frage anging, sollte Luise schnell Antwort finden. Denn als sie wieder in die Küche trat, bot sich ihr ein heimeliges Bild. Die Mädchen hatten ihre Teller geleert. Änne und Berta berichteten Hedwig soeben mit ihren sich überschlagenden, hellen Stimmen vom Schaukelpferd daheim und ihren Fortschritten mit dem Springseil. Die Kinderwangen glühten, ebenso wie die von Hedwig, die ihnen aufmerksam zuhörte, lachte und Fragen stellte.

Am bewegendsten jedoch war das Bild, das Paula und die

kleine Gertrud abgaben: Max' Schwester hatte ihren Stuhl dicht neben den der Fünfjährigen geschoben. Und die war auf der Sitzfläche so weit an die Frau herangerückt, dass sie sich in ihren Arm schmiegen konnte. Den Kopf an Paulas Brust gelehnt, schienen ihr jeden Moment die Augen zuzufallen, das kleine Gesicht mit dem niedlichen Milchbärtchen über der Lippe ganz verzückt von dieser warmen Geborgenheit.

Neben den bewegenden Neuigkeiten zu ihrer Prüfung an der Hochschule würde es dieses Bild sein, das sie von diesem Tage am besten in Erinnerung behalten würde: Eine kleine Seele, die sich so ganz und gar in Sicherheit fühlte.

Marie

7

Der Vollmond schien so hell ins Zimmer, dass Marie bei seinem Licht hätte lesen können. Es ließ die vertrauen Gegenstände fremd erscheinen. Schon seit Stunden lag Marie wach. Hier in ihrer anheimelnden, kleinen Kammer unter dem Dach des Pförtnerhauses hatte sie zeit ihres Lebens immer gut Ruhe gefunden. Sie liebte den Ausblick aus dem Giebelfenster hinein in den Park. Auf der ans Haus angrenzenden Koppel – eigentlich für kranke Tiere gedacht – war in seinen ersten Wochen auf Friesenhain Stürmer untergebracht gewesen. Schließlich hatten sie nicht gewusst, woher das fremde Pferd stammte, das Luise im Seewald entdeckt hatte. So hatten Marie und ihr Vater den Hengst jederzeit im Blick gehabt.

Außerdem hatten Wilhelm und sie dort, verborgen hinter dem Haus, ungestört ihre täglichen Übungseinheiten abhalten können. Auf diese Weise hatten sowohl Pferd als auch Mann große Fortschritte im Umgang miteinander gemacht.

Als der Winter kam, war Stürmer jedoch in den Hengststall umgezogen, wo er sich in Gesellschaft seiner Artgenossen noch besser gemacht hatte als zuvor. Seitdem mussten Marie und Wilhelm sich zu ihren heimlichen Treffen verabreden, um nicht entdeckt zu werden.

Seit ihrem letzten Zusammentreffen im Stall waren inzwischen bald fünf Tage vergangen, ohne dass Wilhelm ihr eine kleine Nachricht mit solch einem Vorschlag hatte zukommen lassen.

Gestern war Margarete von Assen mit ihrer Mutter zum Tee erschienen, wie so oft in den letzten Wochen und Monaten.

Marie war ihr nicht begegnet, hatte nur die geschlossene Kutsche im Hof gesehen und Alfred und Rudi angewiesen, die Pferde zu versorgen, während der Kutscher sich unten in der Gesindestube aufwärmen durfte.

Seit diesem Besuch schwärmten ihre Gedanken wie ein Trupp Spatzen in ihrem Kopf herum. Und ebenso wenig wie sie einen Sperling aus der Luft würde greifen können, bekam sie eines dieser Gespinste zu fassen.

Immer wieder glitt ihr Blick zu der Kommode hinüber, zur obersten Schublade, in der sie das Notizbuch sorgsam zwischen ihren Halstüchern versteckt hatte. Jeden Abend hatte sie hineingesehen, als ob sie fürchten müsse, es könne einfach so verschwinden. Ein paarmal hatte sie es kurz herausgenommen und in der Hand gehalten. Aber bisher war es ihr gelungen, ihre wachsende Neugierde zu bezwingen.

War es die Nachtstunde? Das weißsilbrige Licht? Da war ein Kribbeln in ihr, das sie einfach nicht ignorieren konnte.

Die Mitternachtsstunde hatte schon lang geschlagen, als Marie schließlich aufstand, um sich aus dem Krug ein wenig frisches Wasser in den Becher zu schütten. Sie trank in kleinen Schlucken. Immer huschten ihre Augen zur Kommode. Dann ging plötzlich ein Ruck durch sie. Barfuß ging sie hinüber und zog die Schublade auf.

Da lag es, gebettet auf das seidene Schultertuch, das Clara ihr im letzten Jahr zum Geburtstag geschenkt hatte. Marie ließ die Fingerspitzen über den Einband gleiten. Und als ob es keine andere Möglichkeit gäbe, umschloss ihre Hand den Rücken und nahm es heraus.

Marie huschte zum Bett hinüber und schlüpfte fröstelnd unter die Decken, die sie sich im Sitzen bis zum Kinn heraufzog, während sie sich das Kissen am Kopfende in den Rücken stopfte.

Dann saß sie einen Moment dort, das Buch auf den Knien. Das helle Mondlicht schien durchs Fenster hinter ihr direkt darauf.

Sie würde nur die ersten Sätze lesen. Höchstens eine halbe Seite. Vorsichtig schlug sie das Notizbuch auf. Und begann zu lesen. Aber als sie auf der Seitenmitte angelangt war, konnte sie nicht aufhören, so gefangen war sie sofort von den Zeilen. Sie las weiter, blätterte um. Nur diese eine noch, und diese. Nach ein paar Seiten zählte sie nicht mehr mit. Es konnte nicht der Anfang einer Geschichte sein, die sicher von größerem Umfang war. Aber auch so und ohne Einweisung war Marie schon bald klar, worum es ging: Es war die Geschichte eines jungen Mannes, der als einer der Ärmsten in seiner Gemeinde am Rande eines Dorfes lebte. Seinen kargen Lebensunterhalt bestritt er mit wundersamen Erfindungen, der Herstellung von besonderen schönen Möbelstücken und Absonderlichkeiten, denen oft nicht gleich anzusehen war, ob sie außer ihrer Schönheit noch einem anderen Sinn folgten. Bei den Dörflern galt der junge Lebenskünstler als verschrobenes Unikat, eigenwillig, mit unsinnigen Ideen, denn immerhin machte er keinen Hehl daraus, einen eigenen Heißluftballon zu nähen. Nur Johanna, die Tochter des Großgrundbesitzers, dem das Dorf gehörte, schien seinen Wunsch zu verstehen, hinauf in die freien Lüfte zu steigen. Heimlich leistete sie ihm Gesellschaft, wenn er an seinem großen Traum arbeitete,

Stoffe zurechtschnitt und Tausende feiner Stiche setzte, wie der begabteste Schneider es nicht hinbrächte. Eines Abends bat die junge Frau den Ballonkünstler mit geröteten Wangen, sie mitzunehmen auf seiner Fahrt hinauf in die freien Lüfte und in ferne Länder. Und obwohl er wusste, dass ihr Vater sie mit einem reichen Kaufmann verloben wollte, ihr Schicksal also anderes für sie vorsah, versprach er es ihr.

Marie vergaß die Zeit, während sie las. Die Figuren traten so lebhaft vor ihr Auge, dass sie sie sprechen zu hören glaubte. Der junge Mann wuchs ihr ans Herz, und das brach beinahe, als die Tochter des Grundbesitzers plötzlich nicht mehr zu ihren heimlichen Treffen erschien. Sie war doch so eindeutig ein Teil seines großen Traums. Der Teil, den er nun wohl würde an diesem Fleckchen Erde zurücklassen müssen.

Doch obwohl sein Herz bei dem Gedanken an die junge Frau schmerzte, und allen Widrigkeiten zum Trotz, hielt der Held der Geschichte an seinem Ziel fest. Er arbeitete fleißiger als alle im Dorf. Und immer wieder träumte er von der Fahrt im großen Korb, der ihn durch den Himmel trug. Dann sah er die Welt, die ihm dort unten so bedrückend und eng erschien, von oben plötzlich ganz anders: winzig klein und unbedeutend. In seinem Traum fühlte er sich frei wie ein Vogel. Und neben ihm stand jedes Mal die junge Frau, die in Wahrheit nicht mehr an seiner Seite war.

Irgendwann waren nur noch zehn Seiten im Notizbuch übrig, die Marie würde lesen können. Nur noch fünf. Nur noch eine. Das Kapitel schloss. Doch die Geschichte war noch nicht zu Ende. Der Ballon stand erst kurz vor der Vollendung. Und Marie wusste nicht, warum die Freundin des Ballonmachers nicht mehr zu ihm kam, fürchtete nur, es zu wissen, doch konnte sie ja nicht sicher sein, wo doch das Ende fehlte.

Erschüttert und zutiefst ergriffen saß Marie in ihrem Bett

und starrte auf die ordentliche Handschrift, die die Seiten füllte. Nur hin und wieder war ein Wort durchgestrichen und durch ein anderes ersetzt worden. Meist schien es so, als habe Wilhelm einfach nur aufgeschrieben, was er schon fertig im Kopf besessen hatte. Und das war sehr gut. Mehr als das. Es war nahezu perfekt. Und es war ihr unerträglich, das Ende der Geschichte nicht zu kennen.

Mit klopfendem Herzen schloss Marie die Buchdeckel und rutschte hinunter in die Kissen. Was für ein mitreißendes Abenteuer! Welche Verstrickungen und rätselhaften Wendungen! Und das alles hatte Wilhelm sich ausgedacht. Der junge Graf, der tagsüber zusammen mit seinem Vater die Geschäfte des Gestüts führte und einmal im Jahr für ein paar Wochen seinen Dienst als Reserveoffizier in der Berliner Kaserne tat. Nie hätte jemand, der in diesen Zusammenhängen mit ihm umging, solche Fantasie bei ihm vermutet, solche Fertigkeit mit geschriebenen Worten.

Marie schloss die Augen, das Notizbuch dicht neben ihrer Wange auf dem Kissen. In ihr spürte sie eine verwirrende Ansammlung an Gefühlen. Da war eine wohlige Wärme, ja, eine fast zerreißende Zärtlichkeit in ihr, die im Rhythmus ihres Herzschlags pulsierte. Doch im selben Augenblick fühlte sie auch eine schmerzhafte Verzweiflung, die ihr die Kehle eng machte. Denn sie blickte noch weiter, hinter die vordergründige Geschichte, die sie in der letzten Stunde verschlungen hatte: Der junge Mann, so arm und verlassen er auch sein mochte, erinnerte sie an Wilhelm selbst. Der Ballonmacher wusste genau, was er wollte. Er wollte frei sein und alles hinter sich lassen, was ihm die Brust einschnürte. Dabei ging es ihm nicht um Reichtum und Erfolg, sondern um seine Freiheit und das Glück, das sie ausmachte. Er wollte auf und davon, sich nicht davon binden lassen, was andere für ihn vorsahen.

Marie glaubte, Wilhelm so gut zu kennen, um sagen zu können, dass dies einen Teil von ihm ausmachte. Sie ahnte, dass er der Aufgabe, eines Tages das Gestüt zu leiten, nicht freudig entgegensah, wie andere Grafensöhne es wohl täten. Wie auch Clara es tun würde, wäre sie die Erbin. Wilhelm sehnte sich nach anderem, Feingeistigem, das ihn auf ganz andere Weise forderte und seiner Fantasie Nahrung bot.

Ja, Marie war ganz sicher, dass der junge Mann in der Geschichte einen großen Teil von Wilhelm in sich trug.

Und erst als sie bereits spürte, wie der Schlaf die zarten Finger nach ihr ausstreckte, erlaubte sie sich einen weiteren Gedanken. Eine Frage, die sie sich bisher verboten hatte, weil sie so unerhört und zugleich auf erschreckende Weise wunderschön zu sein schien: Wenn Wilhelm im übertragenen Sinne der junge Ballonmacher war, wer war dann die Tochter des Großgrundbesitzers? Wer war die junge Frau, die er ganz offensichtlich liebte, die nicht für ihn bestimmt war und die er dennoch auf seine Flucht aus dem bekannten Leben mitzunehmen wünschte? Es waren diese Gedanken, mit denen Marie einschlief.

***

»Was ist geschehen? Du hast ja eine Ecke in der Wange, als hättest du auf einem Buch gelegen«, stellte ihr Vater am nächsten Morgen zu früher Stunde fest, als sie sich in der Stube trafen. Das kleine Pförtnerhaus hatte keinen Flur. Die Tür der Stube ging direkt hinaus auf die Stufen, die zum Nordtor von Friesenhain hinübersahen. Paas war gerade dabei, seinen Wintermantel anzuziehen, den er im Stall trug.

Während Marie rasch Wilhelms Notizbuch an ihre Seite presste, um es dem Blick ihres Vaters zu entziehen, spürte sie Röte in ihrem Gesicht aufsteigen. Das passierte ihr in der letzten Zeit öfter.

»Mag sein, ich konnte nicht schlafen und habe noch gelesen«, antwortete sie und rieb sich das Gesicht.

Ihr Vater lächelte. »Das hast du von deiner seligen Mutter, die konnte auch nie ein Ende finden.« Sein Blick streifte neugierig das Buch in ihrer Hand. Doch da er lieber einen Bogen um die Lektüre junger Frauen machte, fragte er nicht.

»Wir sehen uns nach dem Misten beim Frühstück«, sagte er, nickte ihr zu und ließ beim Hinausgehen kurz einen kalten Windzug herein.

Marie wartete, bis ihr Vater sicher durch das Tor hinein in den Hof und die Stallungen gegangen war. Dann wählte sie ausnahmsweise den guten Mantel, nicht den für den Stall. Sie schlüpfte in die weiten Ärmel, nahm den Schal und streifte die Mütze über. Während sie durch das Nordtor und über das Karree des Innenhofes ging, hielt sie das Notizbuch unter dem Mantel an ihre Brust gedrückt. Auch wenn sie nicht im Herrenhaus lebte, wusste sie über alle Gewohnheiten der Herrschaften Bescheid und hoffte, Wilhelm möge seinen auch heute nachkommen.

Die Hintereingänge lagen dicht beieinander. Zum Gesindetrakt führten wenige Stufen hinab. Die breitere Treppe hinauf führte in den an die große Halle angrenzenden Flur. Seit sie damals mit den Grafenkindern zusammen unterrichtet worden war, durfte Marie den Eingang für die Herrschaften benutzen. Niemand würde sich mokieren. Und doch war es ihr recht, dass gerade alle Burschen und Knechte ebenso wie ihr Vater mit Misten und Füttern beschäftigt waren. Niemand war im Hof zu sehen. So lief sie rasch die Stufen hinauf, durch die Tür und über den Flur am Arbeitszimmer des Hausherrn vorbei.

In der Halle begegnete ihr das Hausmädchen Erna, die in etwa ihr Alter hatte. Sie kam, beladen mit Ascheeimer und Kohlenschütte, aus dem Frühstückszimmer, wo sie für die Herrschaften gewiss das Feuer gemacht hatte.

»Morgen, Marie«, grüßte sie und sah sie neugierig an.

»Morgen, Erna. Kalt heute, nicht?«

»Im Hause jetzt nicht mehr«, erwiderte das Dienstmädchen grinsend. »Sicher kommt der gnäd'ge Herr gleich herunter. Es is' Donnerstag, da fährt er doch in die Stadt und dann in den Klub. Da frühstückt er allein, noch vor den anderen Herrschaften.«

»Warst du schon in der Bibliothek?«, erkundigte Marie sich harmlos und zog das Buch aus dem Mantel, das auf den ersten Blick als eines aus dem Bestand dort gelten konnte. Da sie sich Bücher nach Belieben ausleihen durfte und dies häufig tat, erlosch sofort das deutliche Interesse in Ernas Blick.

»Hm, jo. Aber der junge Graf sitzt jetzt drin. Wie jed'n Morg'n«, wies sie Marie auf das hin, worauf Marie heimlich spekuliert hatte.

»Nun, ich werde seine Zeitungslektüre nicht stören und stelle nur das Buch zurück«, sagte Marie leichthin und setzte ihren Weg fort, während Erna die Treppe hinunter nahm.

An der Tür zur Bibliothek hielt Marie kurz inne und atmete ein paarmal tief ein und wieder aus. Dann klopfte sie leise.

»Herein«, ertönte von innen Wilhelms Stimme.

Sie trat ein und schloss die Tür hinter sich, was sie unter normalen Umständen nicht getan hätte. Der große Raum mit Regalen vom Boden bis zur Decke, alle gefüllt mit Hunderten von Büchern, war ihr von Kindheit an vertraut. Hier hatten der Grafensohn und sie früher viele Stunden gesessen und gelesen. Doch inzwischen waren sie erwachsen, und da schickte es sich nicht, bei geschlossener Türe zu zweit zu sein.

Wilhelm, der in dem hohen Sessel am Fenster saß, in dem ein Leuchter brannte, hob verwundert den Kopf. »Marie. So früh? Und so … geheimnisvoll? Ist etwas mit Stürmer?«, setzte er plötzlich beunruhigt hinzu und stand auf, während sie weiter auf ihn zuging. Er war viel größer, kräftiger, erwachsener als damals.

»Nein, nein. Es ist alles in Ordnung. Ich wollte nur … Schon seit Tagen will ich …« Sie hatte sich keine Worte zurechtgelegt, darauf vertraut, dass ihr die richtigen schon einfallen würden, wenn sie erst vor ihm stände. Doch das Gegenteil war nun der Fall. Stattdessen streckte sie die Arme vor und hielt ihm das Notizbuch hin.

Wilhelm sah eine Sekunde verwirrt darauf. Dann begriff er. Doch anstatt es zu nehmen, sah er Marie sprachlos ins Gesicht.

»Woher hast du das?«

Seine Stimme klang so anders, als sie es sich vorgestellt hatte. Nicht erleichtert und erfreut, sondern alarmiert.

»Ich habe es im Stall gefunden, nachdem wir uns das letzte Mal bei Stürmer gesehen haben.«

Mit gerunzelter Stirn überlegte er. »Richtig, ja. Ich hatte es in der Manteltasche, und es störte mich, als ich bei Stürmer drinnen war. Hinterher muss ich es wohl vergessen haben.«

Marie versuchte ein verbindendes Lächeln. »Stimmt. Du hast es dort liegen gelassen, und ich habe es an mich genommen, um es dir bei nächster Gelegenheit zu geben.«

Auch an seinen Mundwinkeln zupfte ein Lächeln. Doch im nächsten Moment sah er wieder zum Buch und dann in ihre Miene. Darin schien er alles erkennen zu können. »Du hast es gelesen«, stellte er ohne Zweifel fest und wurde blass. Das zögerliche Lächeln verschwand auf einen Schlag und machte einer Mischung aus Entsetzen und Zorn Platz.

Marie gefror das Blut in den Adern. Solch eine Reaktion hatte sie nicht erwartet.

»Erst wollte ich nicht«, beteuerte sie. »Ich habe es die ganze Zeit in meiner Kammer gehabt, verschlossen. Ich habe nur darauf gewartet, dass wir uns wieder einmal für Stürmers Einheit treffen. Aber heute Nacht schien der Mond so hell, und ich lag wach. Und da wollte ich nur die ersten Zeilen …«

Im Grunde spürte sie schon deutlich, dass dieses Gespräch anders verlaufen würde als gehofft. Es schien ihm ganz und gar nicht recht zu sein, dass sie diese Kapitel seines Buches gelesen hatte. Doch die Worte, die erst nicht gewollt hatten, ließen sich nun nicht mehr aufhalten.

»Es ist wie die Geschichten, die du mir früher vorgelesen hast, Wilhelm. Weißt du noch? Der Hase und der Fuchs, die sich gegen den Jäger verbünden?«, hatte sie bereits hervorgestoßen.

Die vertrauten blauen Augen weiteten sich. »Der Hase und der Fuchs«, wiederholte er ungläubig. »Du vergleichst eine Kindergeschichte …« Doch dann verebbte seine Stimme.

»Nein!«, rief Marie lauter, als sie eigentlich gewollt hatte. »Nein, ich vergleiche diese Geschichten nicht auf diese Weise. Sie sind sich gar nicht ähnlich. Ich meinte damit doch nur, dass du selbst sie geschrieben hast. Und dass die Geschichte mir gefällt.« Sie hob das Notizbuch und hielt es ihm erneut entgegen. »Sie ist klug und witzig und berührend und schmerzvoll. Sie zeigt so viel von dir, was du selbst sein möchtest …« Erschrocken brach sie ab. Was hatte sie da gesagt?

»Wie bitte?«, flüsterte Wilhelm so leise, als versage ihm die Stimme. »Was ich selbst sein möchte?«, wiederholte er mit überdeutlichem Unbehagen.

Marie hätte vieles darum gegeben, ihre Worte zurücknehmen zu können.

»Verzeih!«, bat sie ihn eindringlich. »Ich wollte nicht anmaßend klingen. Aber der junge Mann in der Geschichte will doch für sich etwas ganz anderes, als alle ihm zugestehen wollen. Er will frei sein, um selbst zu entscheiden, wie er sein Leben führt. Und ich weiß doch, dass du …«

»Nichts weißt du!«, fuhr er sie an und griff endlich nach dem Buch. Dabei umfasste er es so fest mit beiden Händen, als wolle Marie es ihm wieder entreißen. Rasch ließ sie los, erschrocken über die plötzlich auflodernde Wut in seinen Augen. »Aus deiner Blase der Pferde, dem Pförtnerhaus und der Gesindestube heraus glaubst du, über mich und mein Leben urteilen zu können?«

Diesen Schlag hatte sie nicht erwartet, und er traf sie wie ein Peitschenhieb. Noch nie hatte er sie darauf hingewiesen, dass sie auf Friesenhain nicht zu den Herrschaften gehörte.

»Aber das wollte ich doch gar nicht …«, setzte Marie schockiert an.

»Das ist etwas ganz und gar Privates«, presste Wilhelm hervor, dem es ganz offensichtlich schwerfiel, sich zu beherrschen. »Es war für niemandes Augen bestimmt!«

»Ich weiß«, flüsterte Marie vollkommen aufgelöst und krampfte die nun leeren Hände in den Wollstoff des Mantels. Zu ihrem Entsetzen spürte sie, wie ihre Augen zu brennen begannen. »Es tut mir leid, Wilhelm. Ich war so begeistert von der Geschichte. Als ich sie las, kam es mir vor wie damals, als … Ich wollte dir nicht …« Hilflos zuckte sie mit den Schultern, während die ersten Tränen über ihre Wangen rannen. Doch er hielt den Blick starr zu Boden gerichtet, wo er hin und her sprang, als ringe Wilhelm mit widerstreitenden Gefühlen. Er sah ihre Verzweiflung nicht.

Marie wagte nicht, noch etwas von sich zu geben, aus Angst, wieder die falschen Worte zu wählen. Der Stachel, den

Wilhelms Aussage über ihren niederen Gesindestand unter ihre Haut getrieben hatte, bohrte sich mit jedem Moment tiefer, den sie schweigend voreinander standen. Noch nie hatte sie sich Wilhelm so fern und so fremd gefühlt. Alle Gemeinsamkeit schien von diesen wenigen Sätzen zerschlagen.

»Bitte sag niemandem etwas davon«, bat er schließlich mit rauer Stimme.

Sie musste heftig schlucken, um gegen die Tränen anzukämpfen. Dass er annahm, sie könne sein Geheimnis an irgendjemanden weitertragen, versetzte ihr einen weiteren Schlag.

»Das werde ich sicher nicht«, versprach sie schnell und suchte in seinem Gesicht nach dem vertrauen Blick, einem Hinweis, dass er ihre Entschuldigung annahm. Vergeblich.

Er nickte kurz und ging an ihr vorbei.

Hinter sich hörte Marie, wie sich die Tür öffnete und wieder schloss.

Als sie sich umwandte, war der Raum leer.

Was hatte sie getan?

Clara

8

Ein seltsamer Tag war das. Irgendetwas hing in der Luft.

Zunächst hatte alles so wie immer begonnen. Denn wie jeden Donnerstag hatte ihr Vater das Frühstück schon beendet und war in die Stadt unterwegs, als die anderen Familienmitglieder sich im Frühstücksraum trafen.

Doch dort nahm Clara wahr, wie sonderbar sich alle verhielten, in erster Linie ihre Mutter und Wilhelm.

Luise war schon seit dem Besuch von Josef Schlinger und Eduard Schmeid am Sonntag wie auf links gedreht und mit den Gedanken beständig bei der bevorstehenden Prüfung, obwohl die noch einige Wochen hin lag. Ihrem Appetit war das nicht abträglich. Im Gegenteil, sie schien alle Energie in sich aufsaugen zu wollen. Während sie Brot, Eier und Kaffee in sich hineinschlang, murmelte sie hin und wieder lateinische Wörter vor sich hin. Alle naselang schlug sie in dem kleinen Lexikon nach, das in den letzten Tagen ihr ständiger Begleiter war. Schon allein, dass Gräfin Anna dies leise Gebrummel und Geblättere unkommentiert ließ, war ein kleines Staunen wert. Clara sah stirnrunzelnd zu ihrer Mutter hinüber, die ganz in Gedanken versunken schien, ebenso wie ihr Bruder.

Schließlich verkündete Luise, dass sie im Coupé in die

Stadt fahren wolle, um vom Rossarzt Doktor Heuser einige Lehrbücher zu Pferdekrankheiten abzuholen, die er ihr auszuleihen angeboten hatte.

»Es ist zu feucht, um zu reiten, da habe ich Angst um die Bücher. Fritz wird mich fahren, jetzt, wo Wolff mit Vater unterwegs ist. Danach werde ich noch bei Max in der Tapetenmanufaktur vorbeischauen. Er will mir die neuen Webstühle zeigen, für die sie eigens eine Halle haben bauen lassen«, informierte Luise die Gräfin. Doch die hob nur kurz abwesend den Blick, nickte leicht und murmelte: »Ja, sicher. Tu das nur, Luise.«

Wieder merkte Clara auf. In der letzten Zeit hatte ihre Mutter jede Erwähnung ihres zukünftigen Schwiegersohns mit Bemerkungen zum einen oder anderen Detail der Hochzeitsvorbereitungen begleitet. Fortwährend schien sie damit beschäftigt zu sein, den Speiseplan für das Fest noch einmal zu überdenken, den Blumenschmuck oder die Ausstattung des Kranzes für Luises Hochzeitsstaat zu planen oder die Sitzordnung bei Tische infrage zu stellen. Luise, die sich aus all den Förmlichkeiten nicht viel machte, solange sie nur mit Max zusammen sein konnte, schien seit den Neuigkeiten aus Hannover kaum an etwas anderes denken zu können als an die bevorstehende Prüfung an der Hochschule. Sie überließ ihrer Mutter gern die Einzelheiten der Hochzeitsvorbereitungen, und die hatte bisher den Eindruck gemacht, ganz darin aufzugehen. Bei den Mahlzeiten kam es häufig zum Austausch über zusätzliche Torten von Konditorei Meyer in der Roggenkampstraße oder der bestellten Menge an Likör und Kornbranntwein von der Bierhandlung Brüggen. Heute jedoch nicht. Vollkommen unbehelligt von Fragen zu Dessertauswahl oder Länge des Schleiers konnte Luise sich verabschieden und den Raum verlassen.

Clara beobachtete ihre Mutter genauer. Obwohl sie ein Hauskleid trug wie jeden Morgen, elegant, aber eher schlicht gehalten, wirkte sie ansonsten sorgfältig zurechtgemacht. Das hellbraune Haar war ungewöhnlich hübsch frisiert, beinahe spielerisch mit ein paar Locken, die das schöne Gesicht umrahmten. Und hatte sie nicht auch ein wenig Puder aufgelegt? Farbe auf den hohen Wangenknochen?

Unwillkürlich kam Clara wieder der Morgen in den Sinn, an dem Richard von Thebe ihre Mutter besucht und ihr etwas überbracht hatte. Der Briefumschlag vom feinen Briefpapier der Gräfin, den er sorgsam vor ihren Augen zu verbergen gesucht hatte. Konnte die geistige Abwesenheit ihrer Mutter womöglich damit zusammenhängen? Nur wie? Ganz sicher war jedoch, dass heute Morgen etwas Rätselhaftes im Raum hing.

»Erwartest du jemanden, Mutter?«, erkundigte Clara sich wie nebenbei.

Der Blick aus den kühlen grünen Augen wirkte vorsichtig.

»Nein«, lautete die schlichte Antwort. Damit widmete die Gräfin sich wieder Toast und Marmelade.

Clara sah zu Wilhelm. Fiel ihm nicht auch dieses seltsame, abwesende Verhalten ihrer Mutter auf?

Doch ihr Bruder schaute so düster aus dem Fenster hinaus auf die Allee, dass er mit Sicherheit nichts um sich herum mitbekommen hatte. Im Gegensatz zu Luise, die gleich zwei Portionen vertilgt hatte, hatte er seinen Teller kaum angerührt. Die *Kreuzzeitung*, die er sonst gern nebenher durchblätterte, lag unangetastet immer noch neben dem Platz des Grafen vor Kopf. Was war hier los?

»Und du, Wilhelm? Hast du etwas Bestimmtes vor?«, wollte Clara wissen. Als sei dies das Stichwort gewesen, faltete Wilhelm seine Serviette und legte sie ordentlich neben seinen Platz.

»Ich werde jetzt wohl die Antwort in die Niederlande

schreiben, an den Friesenzüchter De Vries. Er hat ausgerechnet den Termin der Hochzeit angeboten, um sich Stürmer anzusehen. Natürlich unwissentlich. Vater meint, wir sollen ihn vorher kommen lassen. Schließlich hat er Luise den Hengst als Geschenk versprochen.«

Clara erinnerte sich noch gut an diesen kleinen Handel. Denn Luise hatte damals als Bedingung für ihr Einverständnis zur Heirat mit ihrem Großvetter Johan van Leeuwen Stürmers Leben als Pfand erbeten. Doch dann war alles anders gekommen.

Dennoch hatte Graf Hermann vor, zu seinem Wort zu stehen: Stürmer sollte Luises Hochzeitsgeschenk sein – auch wenn der Bräutigam an ihrer Seite ein anderer war, als ursprünglich von den Eltern geplant.

Doch wenn De Vries, dem der Hengst im letzten Jahr unter rätselhaften Umständen abhandengekommen war, Besitzanspruch erheben würde, was dann?

»Das liebe Hochzeitspferd«, sagte Clara jetzt betont munter. »Vater verlangte allerdings, dass Stürmer sich bis zu diesem Tag auch reiten lässt. Und das hat er ja inzwischen bewiesen. Durch das wunderbare Training, das Marie ihm hat angedeihen lassen, nicht wahr?«

Wilhelm sah sie für einige Sekunden scharf an, als suche er hinter ihren Worten eine versteckte Bedeutung. Clara blinzelte verwirrt. Was war denn nun auch mit ihm los? Auf ihren fragenden Blick hin nickte er nur knapp und erhob sich.

»Mutter«, verabschiedete er sich von Gräfin Anna und ging hinaus.

Clara erwartete, dass ihre Mutter aufsehen und wegen Wilhelms Einsilbigkeit mit ihr einen Blick tauschen würde. Doch die Gräfin schien noch immer ganz in ihre Gedanken versunken und beendete kurz darauf ebenfalls ihr Frühstück.

Auf diese Weise allein zurückgelassen, saß Clara nachdenklich am Tisch, als Ranke hereinkam, unter dem Arm das große Tablett zum Abräumen des Büfetts.

»Oh, Verzeihung, Komtess Clara, ich dachte, Sie wären auch schon hinaufgegangen«, sagte er.

Clara lächelte ihm zu und erhob sich. »Alle scheinen heute sehr beschäftigt zu sein mit Dingen, die sich mir irgendwie entziehen.«

Ranke erwiderte ihr Lächeln beinahe verschwörerisch. »Das geht mir oft so, Komtess.«

Clara musste lachen, und der erste Hausdiener freute sich sichtlich über den Erfolg seiner Antwort. Bei den Bediensteten war Clara von den drei Grafenkindern am beliebtesten, das wusste sie von Marie. Vielleicht war es die Tatsache, dass sie am Leben der Dienstboten stets rege Anteil nahm und sich gern mit ihnen austauschte. »Dann werden wir beide bestmöglich damit umzugehen wissen, nicht Bescheid zu wissen, Ranke, nicht wahr? Falls jemand mich sucht, ich bin in meinem Zimmer für Korrespondenzen«, teilte sie ihm schmunzelnd mit.

In der Halle umschmeichelte Gimpel sie, und sie erlaubte ihm, mit hinaufzugehen. Als wolle er beweisen, dieser Ehre würdig zu sein, schritt er erhobenen Hauptes neben ihr und ließ sich in ihrem Zimmer behaglich seufzend neben dem Kamin nieder.

»Nun, wem wollen wir schreiben, Gimpel?«, fragte sie ihn scherzhalber. »Cousine Emilie vielleicht? Sie hat diese beiden kleinen Pudeldamen, die sie gern unter dem Arm trägt und die schon hysterisch schreien, wenn du nur in ihre Richtung siehst, erinnerst du dich? Auf dem Herbstball waren sie dabei. Oder der netten Auguste von Poggenpohl, die ich letztes Jahr im Bad kennengelernt habe? Die würde dir gefallen, glaube ich. Sie mochte alles, was groß und stattlich war.

In erster Linie Offiziere der Garde-Husaren, aber bestimmt würde diese Meinung auch für Hunde gelten. Was meinst du?« Clara schmunzelte, als der Doggenrüde ihren Blick mit gerunzelter Stirn erwiderte, ehe er den Kopf auf die Pfoten sinken ließ.

Sie öffnete den kleinen Damensekretär, der zwischen den beiden Fenstern platziert war, und warf einen Blick auf den Bestand ihres Briefpapiers. Da war das hellrosafarbene, das bei der Cousine bestimmt gut ankommen würde. Das grüne wäre vielleicht eher etwas für Auguste. Doch dann fiel ihr das helle mit dem Silberrand ins Auge.

Ihre Mutter hatte ihr und Luise eine Kladde davon zu Weihnachten geschenkt, und sich selbst ein ganz ähnliches mit goldenem Rand gegönnt.

Wieder blitzte vor Claras Augen ein Bild auf. Eine schlanke Männerhand, die verstohlen einen Umschlag dieses goldgerandeten Papiers in die Manteltasche schob.

Sie blinzelte. Doch nachdem ihr der Gedanke erst einmal gekommen war, ließ er sie nicht mehr los. Was hatte es damit auf sich gehabt? Der beinahe verstohlen wirkende Besuch Richards bei ihrer Mutter? Der Brief, den er hinausschmuggelte? Und sie hatte ihm unter den Augen ihres Vaters auch noch mit der kleinen Lüge beiseitegestanden.

Eine Woche war seitdem vergangen. Die Tage waren vollgestopft mit Verpflichtungen gewesen. Ihre Mutter hatte sie häufig wegen der Hochzeitsvorbereitungen in Anspruch genommen. Luise wollte bei ihren Lernfortschritten abgefragt werden. Wilhelm war über ihre Hilfe bei den Buchhaltungsgeschäften hocherfreut gewesen. So war sie an keinem einzigen Tag dazu gekommen, auf die Ländereien hinauszureiten.

Heute aber hatte sie noch nichts weiter vor. Zögernd warf sie einen Blick aus dem Fenster. Es war feuchtfrostig, aber es lag nur eine dünne Schneedecke. Nichts, was ihre brave Schimmelstute Tessa schrecken würde. Kurz entschlossen klingelte sie nach Agnes, die nach wenigen Minuten erschien.

»Ich reite aus«, teilte Clara ihr mit, und Agnes lief gleich, um Rudi Bescheid zu geben, dass er Tessa satteln solle. Schnell war sie wieder da und verschwand in den Ankleideraum nach dem Reitkostüm und dem warmen Rock.

»Hast du zufällig heute Morgen gehört, ob Fräulein Paas auch mit einem der Pferde hinaus will?«, erkundigte Clara sich wie nebenbei. Denn wenn dies der Fall wäre, musste sie sich einen Grund zurechtlegen, warum sie selbst heute keine Begleitung wollte.

»Gewiss nicht, Komtess Clara. Fräulein Paas ist nicht wohl. Sie hat nicht gegessen, nur einen Tee genommen und ist wieder verschwunden«, antwortete Agnes aus dem Ankleideraum.

Marie war nicht wohl? Das klang höchst beunruhigend. Clara konnte sich nicht daran erinnern, die Freundin je krank erlebt zu haben. Marie hatte eine unverwüstliche Natur, immer draußen bei den Pferden, im Winter mit roten Wangen und im Sommer mit gebräuntem Gesicht, was zu ihrem weißblonden Haar entzückend aussah.

»Wohl nichts Schlimmes«, setzte Agnes jetzt hinzu, die wieder in den Raum getreten war und Claras besorgten Gesichtsausdruck bemerkte. »Eine Magenverstimmung, meinte sie.«

Clara nickte. Sie würde der Freundin etwas Ruhe gönnen. Aber sobald sie wieder zurück wäre, würde sie nach ihr sehen.

Gegen die Kälte gut gerüstet, ging Clara schließlich hinunter und in den Hof, wo Rudi bereits mit Tessa parat stand.

Gimpel hüpfte auf und ab, und Clara brachte es nicht über sich, ihm eine Absage zu erteilen. So trabte er eifrig neben ihr, während sie kurze Zeit später durch den Park ritt.

Aber auch der Doggenrüde schien heute anders als gewohnt. Während er sonst eher ein Hans Guckindieluft war, hielt er heute die Nase dicht über dem Boden und wedelte immer wieder mit dem Schwanz.

»Was schnüffelst du denn, Gimpel, hm?«, wollte Clara von ihm wissen. Doch außer eines kurzen Blickes von unten herauf gab er natürlich keine Antwort. So erreichten sie nach einer Weile zuerst die Absetzerkoppeln, die jetzt im Winter verwaist dalagen, und direkt hinter ihnen die Grenzen der Ländereien Friesenhains. Clara wies Gimpel an, dicht bei ihr zu bleiben, denn der Rüde schien noch aufgeregter als zuvor zu sein. Und so lenkte sie Tessa in das kleine Waldstück und zu dem Grund und Boden der Familie von Thebe.

Auf der Grenze, oben an der kleinen Anhöhe, stand die alte Jagdhütte, von der nicht so recht auszumachen war, zu welchem der beiden Güter sie wohl gehören mochte. Das kleine Gebäude aus grob gearbeiteten Halbstämmen und mit bemoostem Dach, das sich am Rand der Lichtung unter eine hohe Buche duckte, war Niemandsland, und somit der ideale Treffpunkt für zwei Mitglieder dieser Familien. Dass die Hütte bei Jagden als Unterschlupf und Versteck vor vorbeiziehendem Wild genutzt wurde, war nur an dem Rehgeweih auszumachen, das über der Tür hing.

Clara hatte vor, bis an den Waldrand zu reiten und dort abzusteigen. Vom Herrenhaus aus, das am Fuß des Hügels lag, war ihr weißes Pferd vor den Bäumen gut zu erkennen. Vielleicht würde Richard von Thebe dort unten auf dem Gut zufällig heraufsehen? Oder er hatte die Uhrzeit für seine Spaziergänge beibehalten, die ihn über den Feldweg hier heraufführten. Gelegenheiten, zu denen sie sich mehrmals wie zufällig getroffen hatten.

Als Clara jedoch heute um die letzte schmale Wegbiegung

ritt, durchfuhr sie ein heftiger Schreck. Sie gab Tessa eine Parade, und die Stute hielt brav an. Nur Gimpel musste Clara kurz zuschnalzen. Er setzte sich artig, wedelte aber aufgeregt.

Wie zu einem Standbild eingefroren, saß Clara im Sattel und starrte auf die kleine Lichtung vor der Jagdhütte. Dort waren in einem Abstand voneinander zwei Pferde angebunden, die den weiteren Besuch noch nicht bemerkt hatten.

Der Braune mit kräftiger Kruppe war Clara wegen seiner gleichmäßig hohen weißen Fesseln schon ein paarmal aufgefallen, wenn er mit den anderen Pferden nahe dem Herrenhaus von Thebe auf der Koppel graste. Das andere Pferd, ein Rappe mit seidig fallenden Behängen, langer Mähne und Schweif, trug einen Damensattel. Es war die alte Friesenstute Lieve, das Lieblingspferd ihrer Mutter, Gräfin Anna von Scheweney.

Sekunden verstrichen, in denen Clara sich nicht zu rühren vermochte. In ihrem Kopf überschlugen sich die Gedanken.

Tessa schnaubte leise, und Lieve drehte den Kopf zu ihnen, antwortete mit einem freundlichen Brummen.

Das löste Claras Starre. Ohne darüber nachzudenken, was sie tat, ließ sie sich aus dem Sattel gleiten und führte Tessa ein Stück den Weg zurück um die Biegung. Dort wickelte sie den Zügel um den Stamm einer jungen Buche. Von Ausflügen kannte die Stute es, so angebunden zu werden, und würde hier brav auf sie warten. Dann beugte Clara sich zu Gimpel, der vor Erregung am ganzen Körper zitterte. »Du bleibst hier, Gimpel! Hast du gehört! Bleib hier bei Tessa und pass auf sie auf! Ich bin gleich zurück«, schärfte sie ihm ein. Es war dem Rüden anzumerken, wie gern er mit ihr wollte, doch er blieb gehorsam sitzen.

Clara nahm erneut die Wegbiegung und ging mit vorsichtigem Schritt auf die Jagdhütte zu. Zum Waldrand hin hatte das kleine Holzhäuschen zwei Fensteröffnungen, aus denen man zum Herrenhaus hinunterschauen konnte. Leise nahm Clara den schmalen Pfad um die Hütte, den wohl Wildtiere getrampelt haben mussten, und hielt erst wieder inne, als sie sich dem ersten Fenster näherte. Es war mit feinem Glas versehen, durch das der Blick ins Tal möglich war.

Claras Herz schlug ihr bis in den Hals.

Sie hörte Stimmen. Eine männliche und eine weibliche. Konnte Letztere wirklich die ihrer Mutter sein? Aber wie kam das? Was tat sie hier?

Und was, um Himmels willen, tat Clara selbst? Sie schlich wie ein Tagedieb. Warum klopfte sie nicht an die Tür und gab sich zu erkennen?

Mit trockenem Mund spähte sie vorsichtig um die Ecke.

Tatsächlich war dort ihre Mutter. Sie trug ihren warmen Mantel über dem Reitkostüm und den passenden Hut. Der schöne Ausblick aus dem Fenster schien sie nicht zu interessieren. Sie war ganz auf den Mann konzentriert, der mit ihr in dem Raume stand. Hastig zog Clara ihren Kopf wieder zurück, angestrengt darauf achtend, nur ja kein noch so leises Geräusch zu verursachen.

Beim Anblick des Fremden hatte Clara sofort gewusst, um wen es sich handelte. Die sehr schlanke, hochgewachsene Figur, das schwarze Haar, das ihm in die Stirn fiel und die dunklen Augen fast verdeckte.

Jetzt verstand Clara, warum ihre Mutter im letzten Jahr auf den Besuch Richard von Thebes so heftig reagiert hatte. Denn der sah seinem Vater wie aus dem Gesicht geschnitten ähnlich. Nur die grau melierten Schläfen des Älteren waren anders und gaben Friedrich von Thebe den attraktiven Anstrich eines gut situierten Barons in den besten Jahren.

Dies war der Mann, den Anna von Scheweney in ihrer

Jugend so sehr geliebt hatte, dass sie mit ihm davonlaufen wollte. Nur weil der Plan entdeckt und vereitelt wurde, war es nicht so weit gekommen. Stattdessen hatte der alte Baron von Thebe seinen jüngeren Sohn zu Verwandten nach England geschickt. Und Anna hatte die Gnade erfahren, nicht in Schimpf und Schande zu ihren Eltern zurückgesandt zu werden, sondern auf Friesenhain bleiben zu dürfen. Dort hatte der junge Graf Hermann sie entschlossener denn je umworben, sodass es schließlich doch zu der von den Eltern geplanten Hochzeit kam.

Das alles war bald drei Jahrzehnte her. Aber warum standen diese beiden Menschen nun in aller Heimlichkeit hier an diesem Ort, der die Bezeichnung *geheimes Versteck* nur so zu atmen schien? Clara selbst meinte, kaum noch Luft zu bekommen. Sie presste sich an die raue Außenwand der Hütte und schob langsam den Kopf wieder vor. Sie wagte nur, wenige Zentimeter um die Ecke zu schauen. Genau hier war ein faustgroßes, dreieckiges Loch in der Scheibe, und so konnte sie mühelos verstehen, was drinnen in der Hütte gesprochen wurde.

»Dass es das alles noch gibt«, sagte ihre Mutter gerade. Clara erkannte die vertraute Stimme kaum wieder. Wie weich sie klang, wie bewegt.

»Du warst seit damals nicht mehr hier?«, wollte Friedrich von Thebe wissen. Auch seine Stimme war sanft, klang der von Richard ähnlich, auch wenn ihr der weich rollende Akzent des in England Aufgewachsenen fehlte.

»Natürlich nicht. Was hätte ich hier gesollt? Du warst nicht mehr da«, lautete die Antwort, und Clara meinte einen bitteren Ton herauszuhören.

»Und doch bist du gekommen, als ich dich um dieses Treffen gebeten habe. Danke, dass du meinem Sohn gleich deine

Antwort mitgegeben hast. Ich hätte es vor Ungeduld beinahe kaum noch ausgehalten«, gestand er. »Ich musste … dich sehen!«

Clara spürte einen heftigen Stich in der Brust und wurde sich bewusst, dass sie den Atem angehalten hatte. Das war also des Rätsels Lösung! Friedrich von Thebe hatte Richard als Boten benutzt, und Gräfin Anna hatte ohne Zögern eine positive Antwort mitgegeben. War Richard womöglich mehr als nur der Überbringer der Botschaften gewesen? Hatte er von deren Inhalt gewusst? Claras Herz schlug zum Zerspringen, als ihr mit einem Schlag aufging, was sie gerade gehört hatte: Er sagte *Du* zu ihr. Immer noch. Nach all den Jahren.

Vom äußersten Rand des Fensters her beobachtete Clara zum Zerreißen gespannt das Gesicht ihrer Mutter. Sie wirkte aufgewühlt, nur mühsam beherrscht. Und dies war es, was sie selbst am meisten beunruhigte. Clara kannte ihre Mutter nur als den Inbegriff von Contenance. Immer fand sie die rechten Worte, nie zu viel, immer mit Abstand. Doch jetzt schien sie tatsächlich sprachlos, weit entfernt davon, sich eine mögliche Zudringlichkeit energisch zu verbitten – so wie es der gute Ton und Anstand nun von ihr verlangt hätte.

»Ich wollte dich wiedersehen, Anna«, wiederholte Friedrich von Thebe. »Mich deiner Freundschaft versichern und dass du mir nicht mehr böse bist.«

Gräfin Anna holte tief Luft und stieß sie wieder auf. »Ich war dir niemals böse, Friedrich. Warum sollte ich?«

»Nun, ich hatte dir Hoffnungen gemacht. Und im Grunde wusste ich schon nach unserer ersten Begegnung beim Ball auf Friesenhain, dass wir uns nicht hätten wiedersehen dürfen. Viel zu eindeutig war, was wir füreinander fühlten, die junge schöne Adelige, die als Braut für den Erben des Nachbarguts zu Besuch war, und der Zweitgeborene der Nachbarn.

Ich hätte mich von dir fernhalten müssen. Denn so habe ich dein Lebensglück riskiert.«

Annas behandschuhte Hand fuhr rasch durch die Luft, als wollte sie seine Worte fortwischen. Clara atmete nur flach auf ihrem Lauschposten. In ihrer Brust schmerzte ein tiefer Schreck. Es verstörte sie, ihre immer so beherrschte Mutter derart aufgelöst zu sehen.

»Deshalb wolltest du, dass ich hierherkomme, zu unserem alten Treffpunkt? Um mich um Verzeihung zu bitten?«, fasste die Gräfin jetzt erschüttert zusammen.

Friedrich von Thebe sah sie einen langen Moment an, während er die Hände ineinander verschlang, und Clara erkannte in seiner Miene einen heftigen Konflikt aus Vorsatz und Gefühl.

»Das war so, Anna. Ja, das war der Grund, aus dem ich dich um dieses heimliche Treffen zu zweit gebeten habe …« Er stockte.

»Es *war* so?«, wiederholte die Gräfin. Und klang sie nicht plötzlich hoffnungsvoll? Bang?

»Ja. Es *war* der Grund. Und doch vermag ich mein Vorhaben jetzt nicht so auszuführen wie geplant. Nein, ich muss auch anders sprechen und damit meine Bitte um Verzeihung selbst in die Flucht schlagen. Denn dich wiederzusehen, dein Gesicht, deine Augen … Anna, ich muss dir sagen, dass beinahe drei Jahrzehnte nichts an meinen Gefühlen geändert haben. Ich habe meine Frau geliebt, Gott ist mein Zeuge und sei ihrer sanften Seele gnädig, ich habe sie geliebt. Aber dich auch, Anna. Du hast den Platz in meinem Herzen all die Jahre nie verlassen.«

Friedrich von Thebe trat näher an Gräfin Anna heran. So nah, dass Clara auf ihrem Beobachtungsposten ganz gewiss erwartete, ihre Mutter würde einen Schritt zurück tun, um wieder Distanz zwischen sie zu bringen. Sie würde doch sicher gleich die Hand heben und ihn in seine Schranken weisen. Doch zu ihrem tiefen Entsetzen blieb Gräfin Anna, wo sie war. Und sie ließ zu, dass Friedrich von Thebe ihre Hand nahm und an sein Gesicht drückte.

Claras Mund war staubtrocken, ihre Kehle kratzte. Rasch wandte sie sich ab. Und als sie sich von dem Geschehen in der Hütte fortdrehte, wurde sie etwas gewahr: Auf dem Weg zwischen den frostüberzogenen Koppeln und Hecken waren zwei Menschen unterwegs. Genauer gesagt zwei Männer und ein rostbrauner Hund, der mit wehenden Schlappohren vor und zurück durch die Furche flitzte. Es war Belle, die junge Spanielhündin, ohne die Richard von Thebe nur selten anzutreffen war. Und ebender war es auch, der dem jungen Hund folgte. An seiner Seite ein alter Herr mit beinahe schneeweißem, aber noch vollem Haar, hochgewachsen und dürr. Der alte Baron Otto von Thebe, Richards Großvater. Clara war ihm im letzten Jahr zweimal begegnet. Der alte Baron war durch sein hohes Alter geistig verwirrt, und Richard unternahm fast täglich kleine Spaziergänge mit ihm.

Die Männer deuteten über die Koppeln und wiesen sich auf dieses oder jenes hin. Der Weg, den die beiden kamen, führte den sanften Hügel geradewegs herauf bis zum Waldrand, an der Jagdhütte vorbei. In etwas mehr als zehn Minuten würden sie hier ankommen. Was, wenn der alte Baron Friedrich von Thebe und Claras Mutter bei ihrem heimlichen Stelldichein überraschen würde? Nachdem der nun alte Mann doch damals seinen Sohn nach England beordert und Claras Großvater Wilhelm im Duell tödlich verletzt hatte.

Wieder kam Clara der zugleich erschreckende und schmerzhafte Gedanke, ob Richard womöglich ein Mitwisser dieses Treffens war. Immerhin hatte er die Briefe überbracht und wusste womöglich von der damaligen Liebe zwischen Anna und Friedrich? Nein! Clara schüttelte kurz den Kopf. Das konnte, es durfte nicht sein. Denn dadurch würde Richard zu einem Dulder dieses Verhaltens. Und sie selbst hatte doch bisher so große Stücke auf ihn gehalten.

Aber wenn er nichts wusste und er gleich hier ankommen und die beiden hier ertappen würde? Was würde geschehen, wenn Richard Gräfin Anna von Scheweney in solch einer prekären Situation mit seinem Vater fand?

Das war zu viel. Mit klammen Händen, die sie unbewusst zu Fäusten geballt hatte, schlich Clara so leise wie möglich den Pfad zurück, um die Hütte herum.

Lieve sah sie verwundert an. Clara strich der Stute kurz über den Hals, während sie vorbeihuschte, und eilte dann den Weg entlang und um die Biegung. Als er sie sah, sprang Gimpel hoch und bellte einmal kurz auf.

»Scht!«, machte Clara sofort erschrocken und wehrte den aufgeregten Hund ab. Hektisch sah sie sich nach einer Hilfe zum Aufsteigen um. Alles in ihr war auf Flucht aus. Denn was sie gerade beobachtet hatte, schlug in ihr hohe Wellen. Auf ihrer Stirn konnte sie Schweiß spüren. Unmöglich, sich dieser Situation zu stellen.

Da. Eine umgefallene Eiche. Clara führte Tessa rasch dorthin, kletterte auf den Stamm und zog sich mit aller Kraft hinauf in den Sattel. Schon während sie noch dabei war, ihr Bein über das Horn des Damensattels zu legen, gab sie Tessa die Zügel vor, und die Stute ging brav im Schritt los. Doch sobald Clara richtig saß, schnalzte sie, sah zu, dass Gimpel folgte, und sie sprangen in den Galopp. Nur fort hier. Nur fort.

Luise

9

Die Tapetenmanufaktur Brugge lag am Rande von Ibbenbüren auf einem großen Gelände, auf dem Max' und Paulas Eltern das gut gehende Unternehmen aufgebaut hatten. Seit deren Zeiten und frühem Tod waren viele Jahre vergangen. Zunächst hatte ein liberaler Vormund die Geschäfte für die heranwachsenden Geschwister verwaltet. Doch seit deren Eintritt ins Erwachsenenalter hatten die beiden selbst die Leitung inne. Max war für An- und Verkauf zuständig, während Paula in ihrem Atelier unter dem verglasten Dach des Verwaltungsgebäudes für die neuen Entwürfe sorgte, die der Manufaktur zu ihrem glänzenden Ruf verhalfen.

Auf dem Gelände wurde Papier hergestellt, aber auch angekauftes weiterverarbeitet. Für die Textiltapeten wurden die Stoffe hier gewebt, gefärbt und bedruckt. In sechs großen Betriebshallen stampften die Maschinen und rappelten die dampfgetriebenen Webstühle. Erst vor Kurzem war die sechste hinzugekommen, auf die Max sehr stolz war und die Luise heute besichtigen wollte. Zunächst aber führte er sie durch die alte Webhalle, damit sie den Unterschied zu würdigen wüsste. Im Gegensatz zu dem Getöse, das in den Papierhallen herrschte, ging es hier ein wenig ruhiger zu. Trotzdem war das Klappern der Maschinen so laut, dass eine ruhige Unterhaltung nicht möglich war. Dutzende Webstühle bewegten sich rhythmisch, und die Arbeiterinnen, die sie bedienten, hantierten rasch und für Luise rätselhaft mit Schaltern und Hebeln. Ihre Augen waren konzentriert auf die leuchtend farbigen Stoffe vor ihnen gerichtet. Doch sobald Max und Luise an ihnen vorbeigingen, grüßten die Frauen an den Webstühlen freundlich. Das war also die Grafentochter, die ihr Arbeitgeber in Bälde ehelichen würde. Luise fühlte sich neugierig, aber wohlwollend beäugt. Viele der Arbeiterinnen nickten ihr höflich zu, was sie jedes Mal sogleich erwiderte, einige knicksten. Als Max Luise vor vier Monaten das erste Mal durch die Fabrik geführt hatte, war er für sie noch der etwas überhebliche Sozialdemokrat gewesen. Angehöriger einer Spezies, die ihr Vater als höchst bedenklich einstufte und die daher auch Luise skeptisch betrachtet hatte.

Ein Firmeninhaber, der zugleich für die Rechte der Arbeiter einstand? Das hatte für sie wie ein suspekter Widerspruch geklungen. Doch als sie Max Brugge näher kennengelernt hatte, waren diese beiden scheinbaren Gegensätze in ihm zu einer harmonischen Einheit verschmolzen. Die Geschwister Brugge waren herausragende Arbeitgebende, die auf das Wohl ihrer Angestellten großen Wert legten, und daher sehr beliebt. Die herzliche Aufgeschlossenheit, mit der die Weberinnen sie musterten, zeigte die entspannte Grundstimmung im Betrieb.

Unter all den Blicken war Luise froh, dass sie sich nicht für ihr elegantes rotes Ausgehkleid mit Spitzenbesatz und besticktem Rock entschieden hatte. Kammermädchen Agnes hatte ihr das schlichte braune in der Farbe ihres Haares empfohlen.

»Es kleidet Sie sehr, Komtess. Immer denke ich, wie hübsch Sie darin aussehen, und doch wäre es nicht unangemessen in diesem Umfeld. Nehmen Sie den Mantel mit dem grünen Samtkragen dazu, der lässt ihre Augen so schön leuchten«, hatte Agnes erklärt. Jetzt, wo Luise an Max' Arm durch die ziegelgemauerte Werkshalle ging, um sie her die Frauen in ihren Arbeitskitteln, war sie froh, auf sie gehört zu haben. Das war es wohl, was ein einfaches Kammermädchen von einer Zofe unterschied: Letztere dachte mit, gab wertvolle Hinweise und hatte ein Gespür dafür, welcher Anlass welche Kleidung verlangte. Ja, Agnes war sicher so weit, um den Schritt vom einen zum anderen zu tun.

»Willst du mich nicht vorstellen?«, raunte Luise Max nun zu. Es kam ihr komisch vor, einfach so dahinzugehen und nur nach rechts und links zu nicken.

»Es ist zu laut, um alle erreichen zu können«, antwortete er über das Geklapper der Webstühle hinweg. »Wir machen es anders.«

Damit wandte er sich an die Frau, an deren Arbeitsplatz sie gerade vorbeikamen. Sie war etwa Anfang dreißig und bewegte sich trotz ihrer Leibesfülle am Webstuhl behände und flink.

»Wie steht es, Frau Ottmarschen? Ist alles, wie es sein soll?«, erkundigte Max sich bei ihr. Frau Ottmarschen legte eine Hand auf den gewölbten Bauch und lachte.

»Noch sechs Wochen hin, Herr Brugge. Aber der Mann is' jetzt schon nervös und fragt fortwährend. Es soll 'n Mädchen wer'n diesmal, wenn's nach ihm ginge. Die drei Jungs reichen, meint er. Er will was Verständiges, nich noch so'n Dickkopp.«

»Ach herrje!«, rief Luise spontan. »Da kennt Ihr Mann aber mich nicht. Meine Eltern würden bestimmt bezeugen, dass ich neben meinen Geschwistern den größten Dickkopf besitze.«

Frau Ottmarschen strahlte sie an. »Dann sind Se richtig,

gnäd'ge Frau, wenn ich's so sagen darf. Seh'n Se, ich sach immer, die Mädchen müssen doch im Grunde noch mehr Willen haben als die Jungs. Weil die krieg'n mehr Gegenwind. Is doch so, oder?«

»Da haben Sie recht! Genau das sagen wir auch immer auf den Versammlungen vom Frauenverein«, bestätigte Luise.

Frau Ottmarschen lächelte. »Sehr richtig, gnäd'ge Frau!«

Sie sahen sich an, und in den fröhlichen Augen ihrer Gegenüber stand eine Anerkennung, die Luise mit Stolz erfüllte.

»Also nur noch eine kurze Zeit am Webstuhl, Frau Ottmarschen«, sagte Max laut zu seiner Angestellten. »Dann erst in die Stullenküche, und danach bleiben Sie daheim im Mutterschutz.«

»Erst kommt ja noch die Feier Ihnen und Ihrer lieben Braut zu Ehren, Herr Brugge. Da freu ich mich schon. All das gute Essen und die Musik direkt hier im Hof. Und tanzen werd ich trotzdem. Und es gibt ja noch die neuen Webstühle zu sehen«, antwortete sie mit einem breiten Grinsen.

Max hob die Hand zum Gruß. »Danach werde ich jetzt gleich selbst schauen. Sie sind schon fast fertig aufgebaut. Und ich drück die Daumen für das Mädchen. Am besten eines wie Sie selbst!«

Die junge Frau lachte wieder und freute sich sichtlich über seine Worte. Als sie weiterschlenderten, sah Luise, wie zwei Frauen an den Webstühlen vor und hinter Frau Ottmarschen zu ihr huschten und sie die Köpfe zusammensteckten. Sicher würde der Inhalt ihres Gesprächs rasch die Runde machen.

Wenn Luise jetzt daran dachte, dass sie früher die Meinung des Adels ganz selbstverständlich übernommen hatte und die Arbeit in Fabriken für Frauen als Unmoral und Sittenlosigkeit betrachtet hatte, stieg tiefe Scham in ihr auf. Diese Frauen sorgten für ihre Familien, verdienten mehr als Dienstmädchen und waren sich zudem ihrer verantwortungsvollen Aufgabe an den Maschinen voll bewusst.

»Wie gut, dass ihr den Frauen in eurer Fabrik den Mutterschutz anbietet«, sagte Luise zu Max, während sie auf die hintere Tür der Halle zusteuerten. »Die Arbeit hier ist bestimmt nicht einfach und dann mit so einem Kleinen …«

Max nickte zufrieden. »Es lässt sie wieder zu Atem kommen und Kraft schöpfen. Manche Fabrikanten belächeln unser Konzept, aber wir sind sicher, dass es der beste Weg ist, unsere Arbeitskräfte langfristig zu erhalten. Paula würde wohl sogar noch weitergehen und am liebsten einen Kinderhort im Verwaltungsgebäude einrichten. Am besten direkt neben ihrem Atelier. Seit sie auf Friesenhain die Reuben-Mädchen kennengelernt hat, kann sie von Kindern kaum genug bekommen.«

Luise seufzte. »Sie ist eine kluge Geschäftsfrau, aber ich bin sicher, dass sie auch eine wundervolle Mutter wäre. Die kleine Gertrud wollte sich gar nicht von ihr lösen. Wie schade, dass Hedwig und sie keine Eltern sein können.«

Max schmunzelte. »Ja, es dürfte schwieriger in die Wege zu leiten sein, als es bei uns der Fall sein wird.«

Sie blickten einander kurz an. Ein wenig verlegen wandte Luise sich ab und stupste ihn sanft rügend in die Seite.

»Ich meine es ernst, Max«, brummte sie mit heißen Wangen.

Er berührte im Gehen sacht ihre Hand, und ein kleiner Stromstoß schien von dort durch ihren ganzen Körper zu schießen.

»Das weiß ich doch«, erwiderte er und tat dann so, als seien seine recht eindeutigen Worte gerade gar nicht gefallen. »Deswegen haben Paula und Hedwig mit diesem Anwaltspaar, den Ulmbeins, gesprochen. Die beiden sehen eine Chance, dass

Paula womöglich ein Ziehkind aus dem Heim ins Brugge-Haus nehmen kann. Was dann so gut wie das eigene der beiden sein wird, da bin ich sicher. Vor fünfzig Jahren noch, ja, da hat man darüber anders gedacht. Damals sollte der Staat sich aus familiären Dingen heraushalten. Aber heute ist man sich in den politischen Entscheidungsgremien einig: Dem Staat und seinen Organen kommt das Recht, ja, die Pflicht zu, Minderjährige bei gravierenden Mängeln in Erziehung und Pflege auch gegen den Willen der Eltern in seine Obhut zu nehmen und auch in ein anderes, besseres Zuhause zu geben.«

»Gibt es gesetzliche Bestimmungen, die dies regeln?«, hakte Luise nach, während Max ihr die Tür öffnete und sie vor ihm hinaustrat. Kalter Wind schlug ihnen entgegen, und Luise zog den Mantel enger um sich.

Max schloss die Tür hinter ihnen und richtete zum Schutz gegen die Kälte den Jackettkragen hoch. »Noch ist nichts beschlossen, aber der Reichstag verhandelt immer wieder. Die Ulmbeins meinen, es gebe schon jetzt einige Fallbeispiele, die herangezogen werden könnten.«

»Das macht Hoffnung!« Luise wünschte Paula und Hedwig, dass sie neben ihrer wichtigen politischen Arbeit auch das Glück einer kleinen Familie würden genießen können. So wie Max und sie es irgendwann hoffentlich auch tun würden.

Max nickte. »Du kennst die beiden. Freundlich und lieb zu jedermann, aber wie die Terrier, wenn es darum geht, Schwächere zu schützen. Sie werden nicht aufgeben, ehe sie ein oder zwei verlassene Kleine in ihre Obhut genommen haben.« Er legte den Arm um sie, und Luise kuschelte sich hinein. Langsam schritten sie weiter über den Hof des Fabrikgeländes zu dem neuen Gebäude hinüber. Um sie herum ratterten mit Brettern und Kisten hochbeladene Karren, von Männern oder stämmigen Ponys gezogen, Arbeiterinnen und Arbeiter liefen alle emsig ihrem Ziel nach.

Hier, wo gerade die Geschäftigkeit tobte, sollten in zwei Wochen Festzelte aufgebaut sein und eine Kapelle aufspielen. Für den Fall von Eis und Schnee würde die alte Webhalle entsprechend umgeräumt werden.

»Ich finde es so wunderbar, dass Paula und du euren Leuten zu unserer Hochzeit dieses Fest schenkt«, sagte Luise, sich umblickend.

»Der schönste Tag in meinem Leben soll auch ihnen in guter Erinnerung bleiben«, erwiderte er und sah sie schelmisch an.

Eine warme Welle durchströmte Luise. Tiefe Zuneigung, Vorfreude und aufgeregtes Kribbeln.

»Schon jetzt scheint jeder Tag der schönste zu sein«, antwortete sie. »Das Kennenlernen unserer Schwalbenvilla kürzlich. Und in wenigen Tagen ist die letzte Anprobe vom Kleid. Mutter ist deswegen ganz aus dem Häuschen. Mich wundert, dass sie heute Morgen das Frühstück hat verstreichen lassen, ohne über die Spitze und den Kranz zu sprechen.« Überhaupt war ihre Mutter heute Morgen schweigsam gewesen, fiel Luise jetzt mit einem Mal auf. Sie erinnerte sich nicht daran, überhaupt mehr als den Morgengruß mit ihr gewechselt zu haben. Sie selbst war mit den Gedanken weit fort gewesen, sodass ihr das gar nicht aufgefallen war.

»Kleid?«, wiederholte Max jetzt und riss sie aus ihren Überlegungen. »Von welchem Kleid sprichst du?«

Luise lachte und stieß ihn erneut spielerisch in die Seite. Worauf er sie wieder an sich zog. So liefen sie, sich neckend und leise lachend, zur hinteren Tür der neuen Halle hin. Auch hier waren die Mauern aus gebrannten Ziegeln gebaut. Die hohen Fenster versprachen viel Licht darin. Das in Blei gefasste Glas glänzte und spiegelte im Licht dieses Januartages. Drinnen war es viel stiller als neben den klappernden Webstühlen, denn die Maschinen hier waren noch nicht in Betrieb. Die Halle war beinahe menschenleer. Nur am anderen Ende, gleich in der Nähe der vorderen Eingangstür, waren drei Männer damit beschäftigt, die letzte dieser verwirrend konstruierten Anlagen mit dem komplizierten Rohrsystem des Dampfantriebs zu verbinden, wie Max ihr erklärte. Sie waren so vertieft, dass sie die beiden Besucher fünfzig Meter weiter gar nicht bemerkten.

»Gleich drei Dutzend!«, staunte Luise, die rasch die neuen Arbeitsplätze durchgezählt hatte.

Max nickte stolz. »Ja, wir gehen auf volles Risiko. Damit sind all unsere Ersparnisse ausgeschöpft und ein dicker Kredit musste noch obendrauf. Aber Paula und ich meinen beide, dass es sich auszahlen wird. Wir müssen jetzt investieren, um der wachsenden Konkurrenz aus den Großstädten zuvorzukommen. In Rheine hat sich kürzlich eine neue Tapetenfabrik niedergelassen, die ausschließlich nach modernsten Methoden arbeitet. Da müssen wir mithalten. Diese Webstühle hier sind die neuesten Modelle. Die Arbeiterinnen können effektiver und für sie selbst schonender arbeiten. Schau, hier vorn werden die Fäden eingelegt.« Er wies sie am Beispiel der ersten Maschine auf das eine und andere Detail hin. Seine Begeisterung sprang auf Luise über, und sie sah schon vor sich, wie die wunderschönen Muster, die Paula im Atelier entwarf, hier zum Leben erwachen würden. Der fein gewebte Stoff würde anschließend auf den dünnen Papierbahnen aufgeklebt werden und dann seinen Weg antreten. Irgendwo im Kaiserreich oder in den benachbarten Ländern würden Paulas kunstfertige Malereien an den Wänden die Menschen, die in diesen Räumen lebten, Tag für Tag erfreuen.

Während sie so in ihr Gespräch vertieft waren und Luise immer mehr von dem verstand, was den Arbeitsalltag ihres zukünftigen Mannes ausmachte, wurde von außen die Tür geöffnet, und Marta Klingemann trat herein. Die persönliche Sekretärin der Brugge-Geschwister, wie immer mit altmodischem, aber perfekt gepflegtem Kleid und praktikablem grauweißem Haarknoten, rieb sich fröstelnd die Hände.

»Frau Klingemann, wie schön, Sie wiederzusehen!«, begrüßte Luise die Dame, die sie schon bei ihrer ersten Begegnung vor Monaten ins Herz geschlossen hatte. Mit jedem Treffen seitdem hatte Luise sie für ihre Tatkraft und ihren feinen Humor nur noch mehr zu schätzen gelernt.

»Komtess von Scheweney«, erwiderte die Sekretärin, die die sechzig bereits überschritten, aber die aufrechte Haltung einer jungen Frau behalten hatte. Sie lächelte breit, denn auch sie mochte Luise, was deutlich zu spüren war. Aber sogleich veränderte sich ihr Gesichtsausdruck und zeigte einen milden Vorwurf, als sie sich halb an Max wandte. »Leider wusste ich nichts von Ihrem Besuch hier, Komtess. Herr Brugge hat mich nicht unterrichtet. Sonst hätte ich jetzt nicht gestört.«

Max zog in gespieltem Schuldbewusstsein den Kopf zwischen die Schultern. »Seien Sie gnädig mit mir, Frau Klingemann. Die neuen Maschinen haben alles durcheinandergeworfen. Und so hatte ich selbst ganz vergessen, dass meine Verlobte vorbeikommen wollte.« Er schielte zu Luise, und die schlug spielerisch nach ihm.

»Hauen Sie nur ordentlich drauf!«, stand Frau Klingemann ihr bei. »Es trifft den Richtigen.«

»Auf diese Weise kann ich gleich den Tee bestellen, den Herr Brugge gewiss auch vergessen hat«, erwiderte Luise mit Blick auf Max, der sich das Lachen nicht verkneifen konnte.

»Und bevor wir drüber wegkommen: Wieso wollten Sie mich denn sprechen?«, erkundigte er sich bei seiner Sekretärin, die zugleich als der gute Geist der gesamten Manufaktur galt.

Frau Klingemann hob die Brauen und sah kurz zu den Männern, die vorn noch mit der Maschine beschäftigt waren. »Einer der Laufburschen hat mir gerade gebeichtet, dass er einen Besucher aufs Gelände geleitet hat, ohne ihn vorher bei mir anzumelden.«

»Wer ist es?«

»Wenn ich das wüsste. Der Bengel stand so unter Ehrfurcht vor dem eleganten Rock und Zylinder, dass er sich nicht zu fragen getraut hat«, berichtete sie. »Und dann hat er den Herrn wohl auch noch in die Papierhalle geführt, wo dieser ihn wieder fortschickte, mit den Worten, er werde Sie schon allein finden.«

Max seufzte. »Wer immer der Besucher sein mag, bisher ist sein Bemühen erfolglos geblieben.« Er sah über die neu glänzenden Maschinen vor ihnen. »Vielleicht ist es jemand von der Bank, der sich den Gegenwert des Kredits vergegenwärtigen will. Schicken Sie doch den Burschen noch einmal los. Er soll den Herrn suchen und dann in den Empfangsraum bringen. Ich bin auch bald dort.«

Frau Klingemann neigte zum Einverständnis den Kopf, richtete ihr Schultertuch und ging wieder hinaus.

»Jemand von der Bank?«, erkundigte Luise sich, die von diesen Dingen bisher noch keine Ahnung hatte. »Und er will sich ansehen, was ihr für das Geld gekauft habt, das sie euch geliehen haben?«

»Ja, so geht es«, bestätigte Max und öffnete schon den Mund, um Weiteres zu erklären. Doch da riss plötzlich ein lautes Krachen sie aus ihrem Gespräch.

Sofort wurden Rufe laut. In die kleine Männergruppe vorn in der Halle kam augenblicklich heftige Bewegung. Die stählerne Konstruktion von Rohren für den Dampfantrieb der Maschinen hatte sich aus der unter der Decke verankerten Haltevorrichtung gelöst. Ohne zu zögern, sprintete Max den Gang neben den Webstühlen hinunter. Luise eilte ihm nach. Genau im richtigen Moment erreichten sie die Arbeiter. Max fasste an der Rohrkonstruktion an, die ganz zu Boden zu krachen drohte, und Luise erwischte gerade noch herumbaumelnde Schnüre und Schläuche, ehe sie sich haltlos verheddern konnten.

»Da rüber, Herr Brugge, wir müssen es wieder in die Halterung bringen«, rief einer der Männer, in dem Luise den Vorarbeiter Precht erkannte, dem sie schon einmal begegnet war.

Die vier Männer ächzten unter dem Gewicht.

»Ganz langsam, nicht mit Gewalt!« Max übernahm sofort das Kommando. »Hier herum, Luise. Achte darauf, dass du nicht drunter gerätst. Sag uns an, in welche Richtung wir müssen!«

Luise sah hinauf und erkannte die Schellen der Halterung, in die die Rohre passen mussten.

»Weiter nach rechts von dir, Max. Ja, so ist es gut. Jetzt alle einen halben Meter Richtung Tür! Noch ein bisschen gegen den Uhrzeiger drehen.« Luise leitete die Männer an und hielt die herunterbaumelnden Schnüre und Schläuche dabei fest in der Hand, damit sie ihnen nicht in die Quere gerieten. So richteten sie mit vereinten Kräften vorsichtig mit kleinen Schritten das Rohrgerüst wieder aus.

»Und nun hinauf! Auf drei«, keuchte Max. »Eins. Zwei. Drei.« Mit gewaltiger Kraftanstrengung hoben die Männer die Arme über den Kopf und versuchten, die Konstruktion erneut in der Halterung zu befestigen.

»Ich hab es«, japste Precht. »Aber loslassen geht erst, wenn die Schelle geschlossen ist. Und dazu müssen alle anderen in den Bogen sitzen.«

Die Männer bemühten sich redlich. Noch ein weiteres gelang. Und dann das dritte.

Luise spürte einen kalten Luftzug, der ihr erhitztes Gesicht angenehm kühlte. Doch sie wagte nicht, zur Tür zu sehen, weil sie Max immer noch die Anweisungen geben musste, damit auch er die Halterung traf. Es war Zentimeterarbeit.

»Zur Hölle! Ich brauche hier noch eine Hand«, schnaufte Max mit hochrotem Kopf.

»Was für ein Glück. Ich habe gleich zwei«, sagte eine sonore Stimme hinter Luise. »Ich darf?« Ein Mann in feinem Anzug, Rock und Zylinder schob sich an ihr vorbei und ergriff gerade in dem Augenblick die Strebe, als sie Max aus den schweißnassen Fingern zu rutschen drohte. Gemeinsam gelang es ihnen, die Halterung zu treffen. Beinahe gleichzeitig ließen die Arbeiter und Max die Verschlüsse der Schellen einrasten und drehten rasch die Schrauben darüber fest.

Erleichtert durchatmend, sahen sie einander an.

Und Max erstarrte.

Mitten unter ihnen, in feinstem Ausgehstaat, der nun ein wenig derangiert wirkte, stand Papierfabrikant Hans Fabel.

Auch Vorarbeiter Precht hatte ihn erkannt und tauschte mit Max einen alarmierten Blick. Luise wartete gespannt auf die ersten Worte.

»Vielen Dank, Herr Fabel. Das war Rettung in letzter Sekunde«, sagte Max.

»*Rettung* ist ein gutes Wort und trifft mein Anliegen. Guten Tag erst einmal, Herr Brugge«, erwiderte Fabel mit einer kleinen Verbeugung.

Max nickte Precht zu, und der scheuchte die beiden

anderen Männer mit den Worten »Kurze Pause! Wir machen später den Rest!« hinaus, was sie dankbar annahmen. Als die Tür hinter ihnen zufiel, waren Luise und Max allein mit Hans Fabel.

Der wandte den Blick zu ihr und lächelte sie an, wirkte durchaus sympathisch, wie sie geradezu irritiert feststellte.

Er hatte in etwa Max' Größe, war aber schmaler.

»Luise, dies ist Herr Hans Fabel«, sagte Max der Form halber zu ihr, obwohl sie das ja schon wusste. »Herr Fabel, meine Verlobte, Komtess von Scheweney.«

»Werte Komtess, ich bin entzückt, Ihre Bekanntschaft zu machen.« Als Fabel nun den Zylinder zog und sich vor ihr verneigte, sah sie, dass sein flachsblondes Haar akkurat geschnitten und gescheitelt war, an den Schläfen modern ins Gesicht gezupft. Der dichte Schnäuzer komplettierte das Bild.

»Wir haben uns bereits einmal kurz gesehen«, sagte Luise und musste sich regelrecht bemühen, das gewinnende Lächeln nicht zu erwidern. Ihre Mutter beherrschte diesen schmalen Grat der kühlen Höflichkeit in derartigen Situationen perfekt, doch sie selbst stolperte jedes Mal über ihre spontanen Empfindungen. »Vor dem Bürgersaal in Osnabrück neulich. Als die Versammlung des Bundes der Frauenvereine so empfindlich gestört wurde.«

Sie sah das Blitzen in Max' Augen. Offenbar war auch er gespannt, was ihr Besuch darauf antworten würde.

Doch Hans Fabel war nichts anzumerken. Er drehte den eleganten Hut in den Händen und nickte zustimmend. »Sehr freundlich von Ihnen, sich daran zu erinnern, trotz all der Aufregung.« Nun wurde aus dem Nicken ein sachtes Kopfschütteln. »Warum so etwas nur immer wieder passiert. Ich kam zufällig vorbei und dachte, drinnen im Saal fände ein Feuerwerk statt. Kein Wunder, dass alle in heller Aufregung herausstürzten. Dem Himmel sei Dank konnte ich einer jungen Dame aus Ihrer Gesellschaft behilflich sein.«

Luise blickte in seine hellen Augen und fand darin nichts weiter außer Erleichterung über seine gelungene Hilfeleistung und angemessenen Ärger über die Unruhestifter. Hatte er Max wirklich an jenem Nachmittag diesen messerscharfen Blick voller Hass zugeworfen? Und konnte es wirklich sein, dass er selbst diese Männer mit den Böllern in den Saal beordert hatte?

Verunsichert sah sie zu Max, der ebenfalls nicht recht zu wissen schien, was er von dieser Situation zu halten hatte.

»Ich nehme an, Sie kommen nicht zufällig des Weges, Herr Fabel? Wie kann ich Ihnen helfen?«, fragte er mit einiger Zurückhaltung.

Hans Fabel legte den Kopf schief und lächelte charmant. »Es hat mir schon immer gut gefallen, wie prompt Sie auf den Punkt kommen, Herr Brugge. Politisch stehen wir zwar nicht auf derselben Seite, aber wir wissen beide zu schätzen, woran wir sind, nicht wahr?«

Max konnte nicht anders, als zustimmend den Kopf zu neigen. Und nun verbeugte Hans Fabel sich noch einmal in Luises Richtung. »Geschäftliche Dinge sind wohl nicht das, was eine junge Dame aus gutem Haus als angenehme Beschäftigung betrachtet, werte Komtess.« Und an Max gewandt: »Vielleicht sollten wir für unsere kurze Unterredung in Ihr Büro gehen?«

Max öffnete bereits den Mund, doch Luise kam ihm zuvor: »Vielen Dank für die Umsicht, Herr Fabel. Aber ich entscheide gern selbst, welche Beschäftigungen für mich lohnend sind. Wenn ich dabei helfen kann, diese Rohre an Ort und Stelle zu bringen, werden meine Kräfte für eine geschäftliche Unterredung sicher reichen.«

Sie sah, dass Max sich ein Grinsen verkneifen musste. Hans Fabel jedoch wirkte kurz irritiert. Doch er fing sich sogleich.

»Wie Sie meinen, Komtess. Dann erlaube ich mir, Ihrem Verlobten in Ihrer Gegenwart heute höchst persönlich ein Angebot zu unterbreiten. Ich denke, Herr Brugge, Sie werden nicht ablehnen können, wenn Sie es genau studieren.« Aus seiner Rocktasche zog er einen Umschlag und reichte ihn Max, der das Kuvert mit fragend gehobenen Brauen entgegennahm, es öffnete und die darin liegenden Papiermuster und den Begleitbrief rasch studierte.

Dann schüttelte er den Kopf. »Ich verstehe nicht ganz, Herr Fabel. Unser Vertrag ist schon seit Monaten beendet. Die Qualität Ihrer Produkte ...«

»Wenn ich unterbrechen darf«, fiel Fabel ihm ins Wort und tat es somit bereits. »Die von Ihnen angesprochene Qualität der Produkte von *Fabel Papier* haben in der Tat unter der ... Krankheit und Abwesenheit meines seligen Herrn Vaters gelitten. Doch nach seinem tragischen Unfall führe nun ich die Geschäfte und überwache die Produktion. Wir liefern wieder beste Qualität, wie Sie sehen. Und ich würde mich freuen, die Tapetenmanufaktur Brugge erneut zu unseren Kunden zählen zu können.«

Es war Max anzusehen, dass dieser effektive Vorstoß ihn überrumpelte. »Ah, daher weht der Wind«, sagte er und schob die Hände in die Hosentaschen. »Aber wie war es noch, Herr Fabel? In unserem letzten Gespräch vor ein paar Monaten – da weilte Ihr Herr Vater noch unter uns – behaupteten Sie doch recht großspurig, uns, das heißt die Geschwister Brugge, nicht zu brauchen und genug Abnehmer für Ihr Papier zu finden? Haben etwa auch andere gemerkt, dass die Qualität nachgelassen hatte und sich an uns ein Beispiel genommen?«

Luise konnte sehen, wie die Kiefermuskeln des jungen,

eleganten Mannes spielten. Es wirkte, als kostete es ihn alle Kraft, freundlich zu bleiben, doch er behielt sich im Griff.

»Ich muss zugeben, Sie haben recht, Herr Brugge«, gestand er. »Es haben einige die Zusammenarbeit gekündigt, während wir uns bemühten, das Erbe zu sichten. Es galt, einen Plan aufzustellen, wie aus dem Chaos, in das *Fabel Papier* geraten war, möglichst rasch wieder ein gut laufender Betrieb zu machen war. Inzwischen, das darf ich mit einigem Stolz behaupten, haben wir zu alter Leistung und Qualität gefunden. Ich schicke Ihnen gerne weitere Proben.«

Doch Max schüttelte den Kopf. »Ich denke nicht, dass wir wieder Geschäftspartner werden, Herr Fabel. Wir haben unsere eigene Papierproduktion erhöht und neue, zuverlässige Zulieferer gefunden. Ihre und unsere Eltern hat damals eine freundschaftliche Beziehung verbunden. Aber ich muss sagen, dass meine Schwester und ich das hier erwirtschaftete Geld lieber in Hände geben, die auch in anderer Hinsicht in unsere spielen. Wenn Sie verstehen, was ich meine. Sie haben es gerade selbst erwähnt: Ihr politischer Kurs ist nicht unbekannt und steht dem entgegen, dem wir selbst folgen und als richtig empfinden. Ich hörte von den Bedingungen in Ihrer Fabrik. Einige Ihrer Arbeiter sind mittlerweile bei uns tätig, müssen Sie wissen.«

Luise sah, wie Fabel erneut die Zähne fest aufeinanderbiss, und erwartete fast, ein Knirschen zu hören.

»Sie schenken unzufriedenen Proletariern mehr Glauben als einem Ehrenmann, einem angesehenen Bürger, der demnächst in den Reichstag einziehen wird?«

»Sofern ihm dies finanziell möglich sein wird«, korrigierte Max. »Und ja, ich glaube den guten, einfachen Männern, die sich hier als fleißig und verlässlich erwiesen haben, nachdem sie in Ihrer Fabrik ausgebeutet und bedroht wurden.«

»Bedroht?« Hans Fabel lachte jovial. Luise konnte ihn sich hervorragend auf einer feinen Gesellschaft, umringt von ihn anhimmelnden Damen vorstellen. Aber hier und jetzt jagte ihr dieses Lachen einen Schauder über den Rücken. »Warum sollte ich Arbeiter bedrohen?«

»Weil sie einen Lohn fordern, der ihnen zusteht, und andere ebenfalls dazu aufrufen?«, schlug Max vor.

Luise sah Hans Fabel an, dass diese Worte ins Schwarze getroffen hatten. Seine Miene wurde kühl und ausdruckslos, seine Augen schmal. Es war eine Miene, in die der hasserfüllte Blick wieder passen würde, den er Max vor dem Bürgersaal in Osnabrück zugeworfen hatte.

Doch so weit hatte der Fabrikant sich noch im Griff. Er bemühte erneut sein Lächeln, das so täuschend echt wirkte. Allerdings wusste Luise nun, dass es in der Tat nur etwas vorgab, was nicht wirklich da war: echte Herzlichkeit.

»Nein, behalten Sie es nur«, wehrte Hans Fabel mit ausgestreckter Hand den Umschlag ab, den Max ihm zurückgeben wollte. »Vielleicht ändern Sie Ihre Meinung und möchten doch noch einmal darüber nachdenken. Schließlich wollen wir doch alle nicht, dass Sie am Ende Ihren Entschluss bitter bereuen. Jetzt, wo Ihr Glück so kurz vor der Vollendung steht.« Er ließ den Worten eine bedeutungsvolle Stille folgen, während er den Blick zu Luise wandte und sie ansah. Hätte er getobt und gebrüllt, hätte er Verwünschungen ausgespuckt, wäre er ihr nicht halb so gefährlich erschienen. Aber so lag eine Spannung in der Luft, die fast zu greifen war.

Plötzlich streckte er die Hand aus, nahm die ihre mit leichter Eleganz und neigte seinen Kopf darüber. In dieser harmlosen alltäglichen Geste lag plötzlich etwas Bedrohliches, das Luise fast zurückschrecken ließ. Aus den Augenwinkeln sah sie Max eine rasche Bewegung machen, als wolle er einschreiten. Doch da hatte Fabel bereits einen galanten Kuss auf ihrem Handschuh platziert.

Aus funkelnden Augen sah er zu ihr auf.

»Auf Wiedersehen, Komtess. Und passen Sie auf, dass die Probleme Ihres Mannes nicht auch zu den Ihren werden«, sagte er mit samtweicher Stimme. Die Härchen an ihren Armen richteten sich auf. Eine seltsame Vorahnung überkam sie, die ihre Kehle wie mit klammen Händen umfasste.

»Hinaus«, sagte Max tonlos.

Hans Fabel setzte den Zylinder auf und verließ die Halle.

Marie

10

Bald würde eine ganze Woche vergangen sein, seit Marie Wilhelm zuletzt gesprochen hatte.

Nur ein einziges Mal hatte sie ihn gesehen, als sie mit Tempel, dem zukünftigen Kavalleriepferd, die Allee entlangkam und Wilhelm zusammen mit Clara und der Gräfin vorn auf der Treppe gestanden hatte. Gemeinsam hatten sie Baronin von Assen und die in Pelz gekleidete Baroness Margarete verabschiedet. Es war ein sonderbarer Moment gewesen, denn Gräfin und Baronin hatten heiter geplaudert, ganz offenbar beide sehr angetan von der kleinen Gesellschaft. Auch Clara war ihrer Pflicht als Komtess nachgekommen und hatte sich höflich an die Baroness gewandt. Nur Wilhelm, der doch eigentlich im Mittelpunkt hätte stehen sollen, hatte sich am Rande des Geschehens aufgehalten. Frau Rühl unten in der Küche war vollkommen sicher, dass seine Verlobung mit der jungen Baroness insbesondere zwischen den beiden Müttern eine ausgemachte Sache war. Doch Wilhelm selbst schien in diesem Moment nicht besonders engagiert.

Marie hatte so lange zu ihm hingesehen, bis ihre Augen schmerzten. Und tatsächlich hatte er den Kopf gewandt und ihren Blick erwidert. Doch in seinen Augen hatte ein sonderbarer Ausdruck gestanden, sodass Maries Lächeln auf ihrem Gesicht erfroren war. Ob er auch an ihren heftigen Wortwechsel in der Bibliothek dachte? Wahrscheinlich nicht so häufig wie Marie, denn die Erinnerung daran ließ sie gar nicht mehr los. Letzte Nacht hatte sie so intensiv von Wilhelm geträumt, dass ihr Herz heftig schlug, als sie erwachte. In ihrem Traum hatte Wilhelm an einem großen Tuch genäht. Doch da er mit der Nadel nicht umgehen konnte, stach er sich beständig in die Finger und benetzte den Stoff mit seinem Blut. Marie hatte ihm helfen wollen. Doch er hatte sie so wütend angeschaut, dass es einem Fortstoßen gleichkam. »Was willst du? Du bist doch nur eine von der Dienerschaft!«, hatte er mit fremder Stimme gezischt. So wütend, als sei sie selbst schuld an seinen Verletzungen. Nachdem sie aus diesem Alb aufgefahren war, lag Marie lange wach. So konnte es doch nicht weitergehen!

Heute Morgen überließ sie die Arbeit in den Boxen den Burschen und begab sich stattdessen mit Stürmer auf die Koppel hinter dem Pförtnerhaus. Vorsichtig bewegte sie einen vorbereiteten, aus Lumpen fest gewickelten Ball über die frostigen Halme. Stürmer hatte Angst vor diesem ungewohnten Ding, das sich zudem auch noch bewegte, und wollte fort.

»Ho, ho«, machte Marie leise, die mit dieser Reaktion gerechnet hatte, und ruckte sanft am Halfter, um ihn aus seinem Schrecken zu holen. Erst als er sich ein wenig beruhigt hatte, ging sie mit ihm auf dieses unbekannte Ding zu und ließ ihn daran schnuppern.

»Ja, siehst du. Er tut dir nichts«, raunte sie ihm zu und streichelte ihn immer dann, wenn er so mutig war, sich dem Ball zu nähern.

Es dauerte nicht lange, dann konnte sie den Lumpenball hin und her treiben, Stürmer am Strick neben ihr. Er schien sogar Gefallen an dieser kleinen Jagd zu finden.

»Sieh nur, ich kann ihn auch weit wegschießen!«, sagte sie zu dem Hengst und trat mit Wucht gegen die Kugel. Die flog durch die Luft. Stürmer staunte, wollte sogar hinterher. Und so verfolgten sie das Ding quer über die Weide. Marie trat immer heftiger zu. Sie holte aus und trat, holte aus und trat. Irgendetwas befreite sie daran. Treten, so fest sie konnte, rennen, so schnell es ging, treten, rennen. Und so machte sie weiter, bis sie außer Atem war und vor ihrem Mund stoßweise kleine, feste Wolken erschienen. Sie beugte sich vor und stützte die Hände auf die Knie unter ihrem groben Rock. Auf ihren Wangen lag ein feuchter Film.

Ein sanftes Schnauben neben ihr ließ sie sich wieder aufrichten. Stürmer sah sie fragend an. Sie legte die Arme um seinen Hals und die Wange an sein warmes, dichtes Fell.

»Ach, Stürmer«, flüsterte sie. »Wenn du wüsstest.« Kurz hob sie den Blick. Er erwiderte ihn aus seinen klugen, dunklen Augen, in denen sie ihr Spiegelbild erkannte. Das entlockte ihr ein trauriges Lächeln. »Du weißt es, nicht wahr? Wie schrecklich ich mich fühle und … wie sehr ich ihn vermisse.« Dass sie endlich aussprach, was ihr in den letzten Tagen klar geworden war, ließ ihre Augen brennen. »Du spürst diese Dinge und findest nichts dabei. Denn dir ist egal, welch Rang und Namen wir haben – solange wir dir nur Vertrauen bieten und dich lieben. Aber wenn irgendwer anderer wüsste, wie sehr es mich quält, wie sehr ich …« Verwirrt brach sie ab, fuhr sich mit dem Ärmel über das erhitzte und sicher auch verschmierte Gesicht. Dann fasste sie sich und griff den Strick am Halfter kürzer. »Komm, wir sollten beide nicht in der Kälte herumstehen. Du hast dir eine Portion Futter verdient.«

Der Hengst folgte ihr bereitwillig durch das Gatter, um das Pförtnerhaus herum und den Weg auf festgetretenem Boden zum Hengststall hinüber. Als Marie mit Stürmer dort ankam, wieherte Donner, der andere Friesenhengst, und streckte den Kopf über seine Boxentür.

»Du alberner Angeber«, neckte Marie ihn mit einem Lächeln und führte Stürmer an seinem Artgenossen vorbei in die hintere Box.

Außer ihr war niemand sonst mehr hier. Die Knechte erneuerten morgens immer als Erstes die Einstreu hier und arbeiteten dann Hand in Hand drüben bei den Stuten. Marie war froh, niemandem zu begegnen. Vor allem nicht dem griesgrämigen Kurt, der ihr seit ihrer kleinen Auseinandersetzung neulich immer mal wieder düstere Blicke nachschickte, wenn er meinte, sie würde es nicht bemerken.

Aus der hinteren Futterkammer holte Marie eine Messschaufel Kraftfutter für Stürmer und spendierte auch den anderen ein wenig. In Stürmers Box lehnte sie sich an die Wand und sah zu, wie er wohlig den Kopf in den Trog steckte und kaute.

Es gab kaum etwas Behaglicheres als die Geräusche, die die Pferde beim zufriedenen Fressen machten. Und doch konnte sie sich der Erinnerung an jene Begegnung vor zehn Tagen nicht erwehren. Als sie, von den von Assens kommend, hier Wilhelm angetroffen und nach ihrem kurzen Gespräch sein Notizbuch entdeckt hatte.

Hätte sie es nur liegen lassen. Aber das wäre auch nicht recht gewesen. Dann hätte jemand anderer es gefunden, vielleicht sogar Kurt. Nein, sie hätte es nehmen und Wilhelm gleich nacheilen sollen.

Du hast etwas vergessen, hätte sie sagen können und es ihm reichen.

Da wäre er vielleicht für einen kurzen Augenblick erschrocken gewesen. Doch er hätte gewusst, dass sie nicht einmal einen Blick auf die Seiten geworfen hatte.

Danke, Marie, das ist sehr lieb von dir, hätte er wahrscheinlich geantwortet und sie angelächelt, auf seine warme, etwas zurückhaltende Art. Nichts hätte sich zwischen ihnen ändern müssen. Sie hätten sich weiterhin hier bei Stürmer getroffen, sich zu Trainingseinheiten oder einem gemeinsamen Ausritt verabredet. Alles wäre gewesen wie immer.

Sie musste schlucken.

Und so, wie es immer gewesen ist, damit warst du wirklich zufrieden, Marie?, wagte sie sich zum ersten Mal selbst zu fragen.

Doch ehe sie sich die Antwort geben konnte, die bereits von innen heftig gegen ihren Brustkorb zu pochen schien, ließ ein Geräusch sie aufhorchen.

Die große Stalltür, die oben an der Decke auf Rollen lief, wurde zur Seite geschoben und dann wieder geschlossen. Über die Gasse des Stalles näherten sich langsam Schritte.

Maries Herz setzte kurz aus und stolperte dann weiter. Konnte es sein? Konnte das wirklich …?

Sie trat an die Boxentür und sah hinaus.

»Papa«, entfuhr es ihr ein wenig erschrocken. »Du bist es.«

Er war schon fast heran, wirkte aber im Gegensatz zu ihr keineswegs überrascht, sie hier zu finden. Und das erfüllte sie plötzlich mit Verlegenheit. Sie kannte seinen Gang doch so gut. Schließlich war da dieses leise Schleifen, wenn ihr Vater seinen Holzfuß anhob. Die Behinderung hatte er im Frankreichkrieg 1870 erlitten. Marie kannte ihn nicht anders als stets ein wenig humpelnd, was ihn nicht daran hinderte, ein begnadeter Reiter und Ausbilder zu sein. Aber wie hatte sie seinen vertrauten Schritt für den Wilhelms halten können? War ihr Wunsch, den jungen Grafen hier zu sehen, so groß?

»Ja, ich bin es«, antwortete ihr Vater jetzt lächelnd und trat zu ihr an die Boxentür. Sein dichtes rotes Haar und der gleichfarbige Bart wirkten auf alle stets Respekt einflößend.

Doch seine braunen Augen funkelten warm und freundlich, wenn er seine Tochter ansah. »Höre ich da Enttäuschung?« Es klang, als wolle er sie ein wenig necken. Doch beim Blick in ihr Gesicht wurde seine Miene wieder ernst. »Marie, was ist mit dir?«

Er fragte nicht, *ob* etwas sei, sondern *was*. Sicher hatte er gespürt, dass etwas in ihr vorging.

Sie schluckte und sprudelte mit dem Erstbesten heraus, das ihr an Glaubwürdigem einfiel und das ihr ebenfalls schwer auf der Seele lag: »Es ist der Züchter De Vries, Papa. Ich denke ständig daran, dass er schon bald hier ankommt. Nur zwei Tage vor der Hochzeit. Manchmal weiß ich gar nicht, ob ich mich recht auf das Fest freuen kann.« Sie unterbrach sich rasch und setzte neu an: »Ich meine, natürlich freue ich mich für Luise und Max. Dass diese beiden wundervollen Menschen den Bund fürs Leben knüpfen. Dann denke ich daran, dass der Graf Stürmer Luise doch als Hochzeitsgeschenk versprochen hatte. Wenn aber Stürmer wirklich der von De Vries vermisste Nachwuchshengst Gjalt ist, dann will der Züchter ihn gewiss wieder mitnehmen.« Sie hörte selbst, wie belegt ihre Stimme klang. Zwar war diese Befürchtung eine Ausflucht von dem, was sie gerade wirklich beschäftigte, doch griff der Gedanke an den Abschied von Stürmer ihr mit kalten Fingern ans Herz.

Ihr Vater nickte langsam und betrachtete Stürmer, der immer noch zufrieden in aller Ruhe sein Futter fraß und keine Ahnung davon hatte, was ihn in zehn Tagen erwarten könnte.

»Darüber haben wir schon mehr als einmal gesprochen, Marie. Wir müssen abwarten. De Vries sollte beweisen können, dass Gjalt sein Eigentum ist. Und selbst wenn er das kann …« Er wiegte den Kopf. »Ich könnte mir denken, der gnädige Herr hat sich für diesen Fall auch schon seine Gedanken gemacht. Er ist ein Ehrenmann, weiß, was ein Versprechen zählt. Auch das, welches er Komtess Luise gegeben hat. Nur ist es nicht an uns, ihn nach solchen Plänen zu fragen.«

»Natürlich nicht«, beeilte Marie sich zu sagen. Ihr Vater hielt große Stücke auf seinen Herrn. Die gemeinsame Kriegszeit hatte sie zusammengeschweißt. Und als Paas dem Grafen einige Jahre später beim Jagdausflug das Leben gerettet hatte, war die Bindung zwischen ihnen umso stärker geworden.

Eine Weile schwiegen sie, betrachteten den zufriedenen Stürmer. Als dieser den Trog ausgeleckt hatte und sich der Heuraufe zuwandte, hörte Marie ihren Vater tief einatmen. Dann fragte er: »Ist das alles, was dich bedrückt, Marie?«

Sie erstarrte. Wollte spontan abwiegeln. Doch ihre Worte kamen so kläglich heraus, dass sie ihnen selbst nicht geglaubt hätte: »Was meinst du, Papa?«

Ihr Vater zögerte kurz, murmelte, wie zu sich selbst: »Ach, ich wünschte, deine Mutter wäre noch hier. Sie wäre gewiss besser in diesen Dingen.«

Marie hielt den Atem an. Ihr Vater erwähnte seine verstorbene Frau nur äußerst selten.

»Was denn für Dinge, Papa?«, fragte sie zaghaft.

Er seufzte. Und während er immer noch Stürmer ansah, antwortete er: »Mit dir darüber zu reden, wie es kommt, dass der Unterricht, den der gnädige junge Herr und du mit Stürmer so fleißig unternommen habt, in der letzten Zeit eingestellt worden ist.«

Marie spürte, wie das Blut aus ihrem Gesicht wich. »Papa«, stammelte sie und vermied es, ihn anzusehen. »Woher …?«

Ihr Vater schüttelte den Kopf und betrachtete den Hengst so intensiv, als wolle er ihn auf einer Ausstellung begutachten.

»Woher ich von euren so gut verheimlichten Trainingseinheiten weiß?« Nur ein kleiner Seitenblick zu ihr. »Kind, ich wäre ein schlechter Stallmeister, wüsste ich nicht von jedem kleinsten Vorgehen in den Stallungen auf Friesenhain. Es ist meine Aufgabe, über alles Bescheid zu wissen, was sich hier tut. Die Zaumzeuge und Halfter, die du vorgeblich im Pförtnerhaus reparieren wolltest, bedurften doch kaum der Pflege. Aber weil ich dir immer vertrauen konnte, dachte ich, du wirst mir schon sagen, was du tatsächlich tust und vorhast, wenn es an der Zeit ist. Dass es etwas mit Stürmer zu tun hatte, war mir klar. Ich brauche nur einen Blick, um zu erkennen, wenn ein Pferd zu einem Menschen Vertrauen fasst.«

Marie zwang sich, den Kopf zu heben und ihn anzuschauen. Sie schlang die Finger ineinander und presste sie so fest zusammen, dass es wehtat.

»Es ist nur …«, begann sie ein wenig atemlos. »Wilhelm möchte nicht, dass es jemand erfährt.«

Jetzt erschienen um die Augen ihres Vaters die winzigen Fältchen, die sein liebevolles Lächeln stets begleiteten, und auch er sah sie direkt an.

»Ich bin sicher, dass niemand außer mir etwas weiß«, beruhigte er sie. »Wäre es anders, hätte ich schon längst mit dir gesprochen. Ebenso, wenn ich befürchten müsste, dass es bei diesen Treffen um irgendetwas anderes ginge als Stürmers Ausbildung. Aber ich kenne den jungen Herrn von Kindheit an und weiß, dass ich ihm in dieser Hinsicht vollkommen vertrauen kann. Er würde nie etwas tun, was deiner Ehre Abbruch täte.« Er ließ diese Aussage kurz in der Luft hängen, und Marie spürte brennende Scham in sich aufsteigen.

»Ganz sicher würde er das nicht tun«, bestätigte sie rasch und spürte ihre Wangen aufflammen, während ihr Vater zustimmend nickte. Der Gedanke allein war grotesk, dass

Wilhelm versuchen würde, ihr auf unschickliche Art näherzukommen. Natürlich war Marie klar, was die meisten Menschen denken würden, wenn sie von den heimlichen Treffen zwischen ihr und dem Grafensohn erführen. Aber sie hatte diesen Gedanken immer fortgeschoben, weil ihr so viel an dieser Gemeinsamkeit lag. Und so hatte sie einfach darauf vertraut, dass niemand Verdacht schöpfte. Aber ihr Vater wusste darum, wahrscheinlich schon lange. Er hatte Wilhelm und sie gedeckt, hatte seiner Tochter keine Vorwürfe gemacht, weil er sowohl ihr als auch dem Grafensohn vertraute. Was für ein wundervoller Vater er war!

»Du hast Stürmers Fortschritte beobachtet, nicht wahr?«, wollte sie nun vorsichtig wissen. Zum einen wollte sie von dem peinlichen Thema abkommen, das Wilhelm und sie betraf. Doch zum anderen interessierte sie wirklich, was er als Rosskenner dazu meinte.

Jetzt lächelte Paas breiter. »Euer Erfolg war nicht zu übersehen, Marie. Du hast Stürmer sein Vertrauen in die Menschen zurückgegeben. Hast ihn zu einem Pferd gemacht, mit dem du nicht nur umgehen kannst, sondern das sich auch von dir reiten lässt. Ich will ehrlich sein: Als ich ihn das erste Mal sah, hätte ich das nicht für möglich gehalten.«

Unter diesem großen Lob verzog sie ihren Mund zu einem schiefen Grinsen. »Und dann hast du uns während des Unterrichts heimlich beobachtet und bist so dahintergekommen, dass ich das Training nicht allein machte?«

Ihr Vater sah sie mit einer Mischung aus Stolz und aufflackernder Besorgnis an. »Das nicht, nein. Aber ich zog meine Schlüsse. Denn ich sah, wie der junge Herr begann, anders mit den Pferden umzugehen. Er wich nicht mehr sofort aus, wenn eines scheute, griff beherzt zu, als der Schmied einmal stürzte und fast unter Donners Hufe geraten wäre. Graf Wilhelm begann … Er begann, mit den Pferden zu sprechen, auf ihre Art. Und in seinen Gesten sah ich plötzlich … dich.«

Die Worte tropften wie dicker, süßer Honig in Maries Seele. Sie hatte also recht gehabt. Wilhelm hatte sich im Umgang mit den Tieren verändert. Er war mutiger geworden, traute sich selbst mehr zu. Und er hatte begonnen, mit den Pferden zu sprechen – in ihrer, in Maries Sprache. In ihrem Hals wuchs ein Kloß, und sie musste schlucken.

»Du hast recht, Papa, es war nicht nur Stürmer, der lernte, wieder zu vertrauen. Auch Wilhelm hat sich verändert. Es war seine Idee. Nach einem Streit mit dem Grafen im letzten Herbst hatte er entschieden, seine alte Angst endlich loswerden zu wollen, die ihn immer noch festhielt. Seit damals, du weißt doch?«

Marie öffnete die Boxentür und trat hinaus in die Gasse, wo sie ihrem Vater nah gegenüberstand. Der schloss sie hinter sich und schob den immer ein wenig klemmenden Riegel vor, ließ die eine Hand auf dem Holz liegen. In seinen Augen der tiefe Ernst, den die Erwähnung dieses Geschehnisses immer bewirkte.

»Wie könnte ich das je vergessen«, antwortete er mit kratziger Stimme. »Ein Zehnjähriger, der mitanschauen muss, wie sein Vater unter einem toten Pferd liegt. Und wie die andren Adeligen der Jagdgesellschaft ihm den Ast aus der Brust reißen wollen. Auch meine wütende Entschlossenheit muss ihn erschreckt haben, kannte er mich doch nur ruhig und besonnen. Aber dass ich diese hohen Herrschaften anschrie und keinen heranlassen wollte, weil ich wusste, das wäre der Tod des Grafen, das alles musste eine junge Seele doch zutiefst verstören. Kein Wunder, dass es ihn so lange verfolgte.« Ein warmes Gefühl von tiefer Zuneigung durchflutete Marie, und sie griff mit beiden Händen nach seiner.

»Was für ein guter Mensch du doch bist, Papa! Dein Verständnis für den Jungen von damals und den jungen Mann von heute sollte allen ein Vorbild sein!«, sagte sie ergriffen.

Ihr Vater sah auf ihre ineinander verschlungenen Finger hinab. Der Anblick schien ihn tief zu berühren, denn er musste sich räuspern.

»Mein Kind«, sagte er dann, löste eine seiner Hände und legte sie kurz an ihre Wange. Seine Finger waren warm auf ihrer winterkalten Haut und hinterließen eine zärtliche Spur. »Das habt ihr wunderbar gemacht, der junge Herr und du. Aber was ich dir sagen will … sagen muss …« Er unterbrach sich und schnaubte unwillig. »Ach verflixt, es fällt mir schwer.«

Marie sah beklommen, wie er mit sich rang. Sie fürchtete seine Worte, denn sie ahnte bereits, was es sein würde. Wie gern hätte sie schon jetzt abgewiegelt, doch wie hätte sie vorgreifen können? Hätte eine Beteuerung ihrerseits nicht gezeigt, wie es um ihre Gedanken und Gefühle tatsächlich stand? Diese Gefühle, die ihr erst in den letzten Tagen mehr und mehr ins Bewusstsein gerückt waren und sie selbst erschreckten?

Endlich fasste ihr Vater sich ein Herz und legte seine zweite Hand erneut um ihre beiden.

»Marie, Graf Wilhelm von Scheweney ist der Nachkomme einer großen Familie, der Erbe Friesenhains«, sagte er jetzt. »Mehr noch als die beiden Komtessen hat er als Sohn des Adels eine Pflicht zu erfüllen.« Wieder räusperte er sich. »Du bist dir doch dessen bewusst?«

Sein liebevoller, prüfender Blick brannte auf ihrem Gesicht.

»Ich … Ich versteh nicht, Papa«, sagte Marie leise und wünschte, es wäre tatsächlich so. Doch in Wahrheit schlug ihr Herz bis in ihren Hals, weil es sich wehrte gegen das, was er ihr so sanft mitzuteilen versuchte.

»Pass auf dich auf, mein Kind«, antwortete Paas mit schlichten Worten, aus denen all seine Sorge sprach, und strich über ihre Finger. »Lass dich nicht in Gefühle hineinfallen, die dir nur Schmerz und Kummer bereiten werden. Mach dir keine Hoffnung auf etwas, das nicht für dich bestimmt ist.«

Ein leichtes Zittern ergriff von Marie Besitz. Die liebevollen Worte ihres Vaters berührten sie tief. Er kannte sie so gut, dass er offenbar auch um ihre vor sich selbst gehüteten Wünsche wusste.

»Ich achte auf mich, Papa«, erwiderte sie mühsam zuversichtlich. »Mach dir keine Gedanken.«

Er öffnete den Mund, um etwas zu erwidern. Doch in dem Augenblick wurde die Stalltür erneut aufgeschoben. Beide sahen sie hin, als einer der Burschen sich durch den Spalt schob. Es war Kurt, und er hielt überrascht inne, als er sie hier stehen sah, als habe er nicht mit ihnen gerechnet. Was also hatte er hier zu schaffen? Die Arbeit war getan.

»Herr Paas«, sagte er mit einem Kopfnicken. »Fräulein Paas.«

Ihr Vater ließ Maries Hände los und ging dem neuen Stallburschen entgegen. »Ah, Kurt«, sagte er, als habe er ihn sowieso im Sinn gehabt. »Ich möchte gern, dass du gleich dabei bist, wenn der Rossarzt Doktor Heuser zu unserem Kutschpferd mit der Hufrehe kommt. Dann kannst du dir gleich anschauen, was als Erstes zu tun ist, wenn sie auftritt.« Er musterte den Stallburschen von Kopf bis Fuß. »Hast du heute schon einen Kamm gesehen? Und zieh bitte eine weniger schmutzige Jacke an. Komtess Luise wird auch dabei sein.«

Paas ging an Kurt vorbei und rollte die Tür erneut zur Seite. Ehe er hindurchging, sah er sich noch einmal zu Marie um. In seinen Augen stand all seine väterliche Liebe, Besorgnis und sein Mitgefühl. Mit aller Macht kämpfte sie gegen ein Brennen hinter ihren Augen an. Dann war er hinaus.

Auch Kurt wandte sich noch einmal um, sein Blick wie meist düster. Seine Mundwinkel verzogen sich, und im ersten Moment glaubte Marie, er versuche ein ungelenkes Lächeln. Doch dann erkannte sie, dass es eher eine abschätzige Grimasse war, die er ihr zuwarf, ehe er hinausschlüpfte und die Tür hinter sich schloss.

Marie blieb allein zurück.

Clara

11

Diesmal hatte Clara sich davon überzeugt, dass ihre Mutter den ganzen Morgen über beschäftigt sein würde.

Die Schneiderin Frau Zierich war auf Friesenhain, und bevor Luises Hochzeitskleid zum letzten Mal vorgestellt wurde, wollte Gräfin Anna noch Änderungen an ihrer eigenen Garderobe fürs Fest besprechen. Selbstverständlich sollte nicht nur Luise in herrschaftlichem Glanz erstrahlen, sondern die ganze Familie.

Clara war froh, dass ihr eigenes Kleid bereits seit zwei Wochen fertig im Schrank hing, prächtig dunkelrot, mit seidenen Stickereien in Creme und einer so engen Taille, dass sie mit dem Hochzeitsmahl ein wenig vorsichtig würde sein müssen. Sie hatte Luise versprochen, bei der finalen Anprobe des Brautkleides dabei zu sein, doch bis dahin war noch Zeit. So hatte Clara sich gleich nach einem frühen Frühstück davongestohlen.

Tessa schritt fleißig einher und atmete kleine weiße Wölkchen in den Januarmorgen, während Gimpel munter neben ihnen trabte. Heute hielt er den Kopf erhoben, nicht abgelenkt durch eine frische Spur seiner Herrin, die zu einem heimlichen Stelldichein unterwegs war.

Bei diesem Gedanken parierte Clara durch und hielt Tessa an. Zwar hatte sie ihr Ziel, die Ländereiengrenze zu den von Thebes, fast erreicht. Doch noch konnte sie umkehren.

War es richtig, was sie vorhatte? Schließlich kannte sie Richard von Thebe noch längst nicht so gut, um zu wissen, ob sie ihm wahrhaftig vertrauen konnte. Ja, ihr Bauch sagte ihr, dass er ein guter Mensch und ein warmherziger Mann war. Aber hatte dieser Glaube an seine Vertrauenswürdigkeit womöglich auch etwas mit dem leicht scheuen Blick aus seinen dunkelbraunen Augen zu tun? Der schwarzen Haarlocke, die ihm ins glatt rasierte Gesicht fiel?

Clara zögerte. Und so war es ihr in den letzten Tagen beständig gegangen. Ein fortwährendes Hin und Her. Mal hatte sie sich selbst gescholten, so eine Idee überhaupt zuzulassen. Schließlich waren die von Thebes seit Jahrzehnten so etwas wie Erbfeinde ihrer eigenen Familie. Dann wieder war sie wild entschlossen gewesen, den jungen Baron aufzusuchen und ihm von ihrer Beobachtung in der Jagdhütte zu erzählen. Wenn er nicht schon selbst davon wusste – schließlich war er mit seinem Großvater auf dem Weg dem Hügel herauf gewesen und hätte seinen Vater und ihre Mutter dort gut entdecken können.

Wenn Richard jedoch nichts ahnte, wäre es dennoch wichtig, ihn einzuweihen, nicht wahr? Ihm das Geheimnis anzuvertrauen, das seit fast einer Woche schwer auf Clara lastete und welches sie allein trug. Denn die Hoffnung ließ sie nicht los, dass er womöglich Einfluss auf seinen Vater nehmen und Schlimmstes abwenden könnte. Außerdem, das hatte sie sich erst allmählich eingestanden, war schon allein die Aussicht darauf eine Erleichterung, sich in dieser Sache einer fühlenden Seele mitteilen zu können.

Luise hatte sie vor der Hochzeit nicht diesen Schrecken aufbürden wollen. Obwohl es in den Abendstunden, wenn sie mit ihrer Schwester in einem ihrer Schlafzimmer zusammensaß und vertraulich über dies und das sprach, ein paar Situationen gegeben hatte, in denen sie fast damit herausgeplatzt war, hatte Clara letztendlich doch geschwiegen.

Auch Marie wusste nichts von diesem Geheimnis. Die liebe Freundin wirkte in der letzten Zeit abwesend und in sich gekehrt. Gewiss drückte ihr der näher rückende Besuch des niederländischen Friesenzüchters De Vries auf die Stimmung. Sie war diejenige von ihnen, die die engste Verbindung zu Stürmer hatte, ihn mittlerweile liebte wie ein eigenes Pferd. Für sie musste der angekündigte Besuch wie ein drohendes Schwert über ihnen sein. Und so wollte Clara auch Marie nicht noch weiter belasten.

Nein, weder Luise noch Marie konnte Clara derzeit mit dieser Angst behelligen. Es war also richtig, was sie vorhatte: Sie würde mit Richard von Thebe reden. Ihm erklären, was damals zwischen ihrer Mutter und seinem Vater geschehen war. Ihn bitten, mit seinem Vater zu sprechen, von Mann zu Mann. Um Friedrich von Thebe klarzumachen, welche Katastrophe er auszulösen im Begriff war.

Clara legte die Waden an, und Tessa setzte erneut Huf vor Huf. Wie einfach so ein Pferdeleben doch war. Tessa musste keine Entscheidungen treffen, Für und Wider abwägen. Sie tat nur, was Clara ihr vorgab. Anreiten, Traben, Anhalten. Allein dafür wurde sie umsorgt und geliebt. Für einen kleinen Moment beneidete Clara die Stute und auch den guten Gimpel, der neben ihr trabte, um ihre einfachen Leben. Doch dann wurde sie von diesem Gedanken abgelenkt.

Da war ein Laut, der ihr nur vage vertraut vorkam, und doch wusste sie gleich, worum es sich handelte: Irgendwo am Fuße des Hügels, auf dessen Höhe die alte Jagdhütte stand, war ein Tier in Not.

Gimpel hatte es auch gehört, spitzte die Schlappohren und blickte in dieselbe Richtung.

Clara zögerte.

Sollte sie nachschauen? Womöglich würde dieser Umweg sie zu viel Zeit kosten, und sie könnte dem Tier dort nicht einmal helfen?

Gimpel hob den Kopf und sah sie fragend an. Seine braunen Hundeaugen waren voller Eifer und Zutrauen in sie.

Clara holte tief Luft und stieß sie seufzend wieder auf.

»Himmel«, zischte sie leise. »Wenn dies ein Zeichen ist, dass ich nicht über den Hügel zum Gut der Familie von Thebe reiten soll, dann hoffe ich, dass ich zumindest etwas ausrichten kann.«

Sanft nahm sie den Zügel an und lenkte Tessa vom Weg ab über die weite Wiese.

Während sie im Schritt dahinritt, lauschte sie zum Waldrand hinüber.

Eine Weile war es still, doch dann erklang der Klagelaut wieder. Ein wenig weiter rechts in diesem großen Gebüsch dort drüben.

Vor Claras Augen zogen Bilder auf von dem, was sie gleich womöglich finden würde.

Die Herbstjagd auf Friesenhain lag lange zurück. Es war unmöglich, dass ein dort verletztes Tier sich hierhergeflüchtet hatte. Aber vielleicht hatten die von Thebes einen Jagdausflug gemacht und ein Stück Wild angeschossen und dann verloren? Nicht immer wurden die Jagdhunde bei der Nachsuche fündig.

Ihr wurde unwohl bei dem Gedanken an klaffende Wunden, bei denen nur durch den Akt der Gnade, dem Tod, zu helfen war.

Vorsichtig lenkte sie Tessa weiter an das dichte Gebüsch aus Schlehe, Weißdorn und Eberesche heran.

Erneut erklang der wehe Laut. Dort drinnen musste es liegen.

Sie ließ Tessa halten und rutschte ein wenig unelegant aus dem Damensattel. Gimpel trippelte aufgeregt neben ihr.

»Du bleibst hier, Gimpel, hörst du?«, sagte sie zu ihm. »Sitz und warte! Wir wollen doch nicht, dass du diesem armen Geschöpf dort einen Schrecken einjagst.«

Gimpel setzte sich gehorsam, aber es war ihm anzusehen, dass er sie ungern allein gehen ließ.

Clara näherte sich dem Gebüsch. Doch war es zu dicht und verwachsen, um etwas erkennen zu können.

Mit weiten Schritten, bei denen nicht nur ihre Stiefel, sondern auch ihr Rocksaum Tau und Reif von den Grashalmen fegten und aufsogen, umrundete sie die Sträucher. Vielleicht würde sie an einer anderen Stelle leichteren Zugang haben. Das Klagen hatte aufgehört.

Und dann, als Gimpel und Tessa gerade hinter dem Gebüsch aus ihrer Sicht verschwunden waren und sie sich ein wenig vorbeugte, erkannte Clara plötzlich etwas: ein rostrotes Braun in einer Kuhle.

»Ein Reh«, flüsterte sie atemlos. Angestrengt spähte sie hinein und meinte, dem bangen Blick aus geweiteten Augen zu begegnen. »Du brauchst dich nicht zu fürchten«, raunte sie leise und beruhigend. »Ich will dir nichts tun. Vielleicht kann ich dir helfen.«

Das Reh atmete schwer und starrte sie angsterfüllt an.

Sein Blick ging Clara durch und durch. Ihr Vater hatte ihr und ihren Geschwistern von klein auf beigebracht, dass kein Lebewesen unnötig leiden solle. Aber wahrscheinlich hätte es dieser Ermahnung gar nicht bedurft, denn sie alle drei hatten ein Herz für die Tiere, die auf Friesenhain lebten.

Ihr Entschluss stand binnen eines Wimpernschlags fest: Sie

würde dem Tier helfen! Doch wie sollte sie herankommen? Die Sträucher waren mit Stacheln bewehrt und standen dicht. Wenn sie sich dort hindurchkämpfen wollte, würde das gewiss nicht ohne Blessuren gelingen.

Vielleicht konnte sie später auf Friesenhain Paas berichten. Er könnte mit Fritz hinausreiten und sehen, was zu tun war. Aber bis dahin würde das Reh hier liegen, Schmerzen leiden. Nein, sie musste selbst etwas unternehmen! Gerade hatte sie einen ersten, beherzten Schritt zwischen die Sträucher getan, da schlug Gimpel an.

Hastig trat Clara den Rückzug an und eilte um das Gebüsch.

Ihr Magen machte einen Überschlag. Denn durch die Wiese auf sie zu kam mit weiten, eiligen Schritten ein großer, schlanker Mann mit dunklem Haar, bei dessen Mantel die Schöße flatterten.

Ihm vorweg wuselte mit aufgeregt wedelnder Rute ein kleiner brauner Hund an einer langen Leine.

Richard musste schon von weitem Tessa und Gimpel ausgemacht haben, denn er strahlte sie an, während er sich rasch näherte.

»Komtess von Scheweney!«, rief er. »Ist es zu fassen? Jetzt verstehe ich, wohin Belle mich so unbedingt führen wollte.«

Gimpel vergaß seine gute Erziehung, sprang auf und setzte blaffend mit großen Sprüngen der Spanielhündin entgegen.

Belle, die Nase dicht am Boden, war so beschäftigt gewesen, dass sie erst jetzt registrierte, dass sie und ihr Herr nicht mehr allein waren. Sie begrüßte Gimpel mit der ihr eigenen Begeisterung und wollte sich dann auch auf Clara stürzen. Doch Richard bändigte sie, indem er die Leine kürzer nahm.

»Guten Morgen, Baron«, grüßte Clara ihn und erwiderte sein Lächeln. Es war ihr einfach nichts anderes möglich, wenn er sie derart erfreut musterte. Nur geriet durch ihrer beider offensichtliche Wiedersehensfreude dieses Aufeinandertreffen so vollkommen anders, als sie es sich heute Morgen ausgemalt hatte, während sie den Entschluss dazu getroffen hatte.

»Guten Morgen!«, antwortete er und zog die Schirmmütze aus Tweed vom Kopf, die er nach englischer Sitte oft statt eines Hutes trug. »Wie geht es Ihnen? Und was treibt Sie zu so früher Stunde hierher?«

»Es geht mir ebenso gut wie vor fast zwei Wochen, als wir uns zuletzt in Friesenhains Halle kurz begegneten«, erwiderte Clara. Das war der Tag gewesen, an dem er ihrer Mutter einen Brief seines Vaters überbracht und deren Antwort postwendend mitgenommen hatte.

Der kleine Wink zeigte Wirkung, denn Richards Lächeln schien ein wenig an Strahlkraft einzubüßen. Fragend sah er sie an. Clara hoffte, dass sie ruhig und besonnen wirkte. Doch in ihr flatterte etwas wild, als wolle es dringend heraus.

»Tatsächlich wollte ich zu Ihnen, Baron, doch wurde ich abgelenkt.« Sie deutete hinter sich zu dem Gebüsch. »Dort drinnen liegt ein verletztes Reh. Gimpel und ich haben seine Klagelaute gehört. Ich wollte mich gerade zu ihm hineinschlagen, als Gimpel Sie ankündigte.«

Richard starrte sie an, und sein Blick wanderte an ihr hinab. Von dem Winterhut über das dicke Wolltuch um Hals und Schultern über die elegante Reitjacke bis hinunter zum Saum ihres Rockes. Als er wieder aufsah, musste er blinzeln und wirkte ein wenig verwirrt.

Doch dann ging ein Ruck durch ihn, und er sah zu seiner kleinen Hündin, die an der Leine mit Gimpel zu toben versuchte.

»Vielleicht hatte Belle auch zunächst das im Sinn, ehe sie

nun Besseres entdeckt hat«, sagte er, trat zu dem Spaniel und löste die Leine vom Halsband. Augenblicklich fegten die beiden Hunde miteinander rennend über die Wiese davon und schlugen in hundert Meter Entfernung einen großen Bogen, Gimpel vorweg, Belle begeistert kläffend hinterher.

»Würden Sie mir das Reh zeigen?«, bat er Clara.

Sie zögerte kurz.

»In der Jagd mag ich leider nicht bewandert sein, denn das Totgeschieße von so reizenden Geschöpfen liegt mir nicht«, erklärte er, da er ihr Zaudern richtig gedeutet hatte. »Aber meine Verwandten in Kent hatten neben dem Wildgehege auch eine Pflege- und Aufzuchtstation für verletzte oder verwaiste Wildtiere. Daher kenne ich mich ein wenig aus, was den Umgang angeht.«

Clara warf noch einen Blick auf die tobenden Hunde, dann wandte sie sich wieder zu den Sträuchern um.

»Von der anderen Seite ist es leichter zu erreichen«, sagte sie und ging Richard voraus.

Als sie die Stelle erreichten, spähte auch er zwischen den winterkahlen Zweigen hindurch. Das Reh, das seine vermeintlichen Feinde nun in der Überzahl sah, stieß erneut den verzweifelten Laut aus, der Clara so ans Herz griff.

»Das arme Ding«, flüsterte Richard.

Clara musterte ihn heimlich von der Seite. Es war eher ungewöhnlich, dass ein Edelmann solche Anteilnahme zeigte, wenn es um Wild ging. Meist prahlte man nur damit, wie viele Rehe, Böcke, Füchse und Hasen sie auf der Jagd erlegt hatten.

Mitleid mit einem dieser Geschöpfe, wie Richard sie genannt hatte, kannten die wenigsten.

In diesem Moment unternahm das Reh einen Versuch aufzustehen, doch seine Hinterläufe schienen ihm nicht zu gehorchen. Es knickte wieder ein und fiel zurück in die Mulde.

Da fasste Richard sich an den Hals, um den er einen seidenen Schal trug, zog ihn herunter und reichte ihn Clara.

»Ich brauche Ihr Wolltuch«, sagte er. »Nehmen Sie stattdessen meinen Schal. Der ist nicht so groß, aber es wird hoffentlich verhindert, dass Sie sich verkühlen.«

Clara starrte ihn kurz an. Hier im Schatten der Büsche wirkten seine Augen beinahe schwarz. Und doch lag sehr viel Güte und Wärme darin.

Ohne weiter nachzufragen, löste sie ihr wollenes Tuch von Hals und Schultern und reichte es ihm. Da er ihr unverwandt seinen Schal hinhielt, nahm sie auch diesen an. Für einen Moment hielt sie ihn unschlüssig in der Hand. Doch da Richard abzuwarten schien, bis sie seinen Rat befolgte, entfaltete sie den weichen Stoff und schlang ihn um ihren Hals. Augenblicklich spürte sie die Wärme des Schals auf ihrer eigenen Haut. Richards Körperwärme. Und ein überraschend vertrauter Geruch stieg ihr in die Nase. Nach Sandelholz und Orange. Ein wohliger Duft, von dem sie erst jetzt begriff, dass sie ihn seit ihren heimlichen Treffen mit dem jungen Baron verband. Erneut wurde sie sich ihres klopfenden Herzens bewusst, gewiss, dass das schnelle Schlagen nun nicht allein der Aufregung um das verletzte Reh geschuldet war.

Richard lächelte ihr kurz aufmunternd zu. Dann bahnte er sich mit den hohen Stiefeln bereits eine Schneise in die Hecke.

Gebannt beobachtete Clara, wie er Schritt für Schritt, Meter für Meter weiter zu dem Tier in der Mulde vordrang. Sie hielt den Atem an, als er es fast erreicht hatte und sie ihn mit leiser Stimme beruhigend reden hörte.

Er sprach Englisch. Seine genauen Worte konnte sie nicht verstehen. Doch sie hätte schwören können, dass er in etwa dasselbe sagte, wie auch sie dem Reh zugemurmelt hatte: dass es keine Angst zu haben brauchte, weil er ihm helfen wollte.

Gespannt beobachtete sie, wie Richard bei dem Reh ankam, das erneut vergeblich zu fliehen versuchte und dann mehrere laute Klagen ausstieß. Schon im nächsten Augenblick hatte er dem Tier Claras Wolltuch über den Kopf geworfen und locker festgeknotet, sodass es ausreichend Luft bekam, aber nicht mehr sehen musste, was ihm solche Angst machte: den Menschen, von dem es nicht wissen konnte, dass er ihm nur helfen wollte.

»Eine Ricke«, rief Richard leise zu Clara her. »Ihre Hinterläufe haben sich in einem Seil verheddert. Sieht nach einer Schlinge aus.«

»Können Sie das Seil lösen?«, erwiderte Clara.

Sie sah, wie er seine Handschuhe abstreifte und sich dann an dem Seil zu schaffen machte.

»Ich schaffe es nicht. Haben Sie etwas zum Schneiden dabei?«

»Ich fürchte nicht«, erwiderte sie und suchte hektisch den Boden um sie her ab. »Warten Sie. Ich suche einen scharfen Stein.«

Den Blick auf den Boden geheftet, lief sie vom Gebüsch fort in Richtung des ansteigenden Hügels. Weit hinten auf der feuchten Wiese jagten und tollten Gimpel und Belle, während Tessa zu grasen begonnen hatte. Doch hier vorn gab es ein paar schorfige Stellen im Boden. Konzentriert beugte Clara sich vor. Da. Ein etwa faustgroßer Stein mit einer abgeplatzten Kante. Clara hob ihn auf und fuhr leicht mit dem Finger darüber. Die Kante war nicht messerscharf, aber vielleicht würde sie ihren Dienst tun.

Als sie sich umwandte, sah sie, dass Richard bereits den

Weg aus dem Dickicht angetreten war. Während er sich rückwärts durch das Gestrüpp schob, trug er das Reh auf den Armen.

Der Anblick des Mannes, der keine Rücksicht auf seinen guten Mantel oder seine blanken Hände nahm, während er dem Tier zu helfen versuchte, berührte sie tiefer, als alle ihre Begegnungen vorher es bereits getan hatten. Einen Moment lang stand sie da und starrte dieses Bild an.

Dann stürzte sie vor und half Richard mit dem Tier.

»Legen Sie es hierher, Baron. Ganz sacht«, sagte sie sanft, um das schwach zappelnde Reh nicht noch mehr zu erschrecken.

Leise ächzend ließ er die Ricke zu Boden sinken. Sie wandte den Kopf unruhig hin und her. Doch Claras Wolltuch verhinderte offenbar jeden Gedanken an Flucht.

»Haben Sie etwas gefunden?«, erkundigte Richard sich und sah sie an.

Clara erschrak, denn über seine linke Wange zog sich eine Schramme, die ein wenig blutete. Er schien es nicht einmal zu bemerken.

»Sie haben sich verletzt«, sagte sie, hockte sich neben ihn, und ehe sie überlegen konnte, hatte auch sie ihre Handschuhe abgestreift und nach ihrem Taschentuch in der Jackentasche gegriffen. Während sie in der einen Hand den gefundenen Stein hielt, streckte sie die andere mit dem weißen Spitzentuch darin aus.

Sie waren einander verwirrend nah. Daher mied Clara Richards Blick. Doch sie konnte aus den Augenwinkeln erkennen, wie er sie fassungslos anstarrte, während sie sanft das Blut von dem Riss in seiner glatt rasierten Wange tupfte.

Schließlich ließ sie das Leinentuch sinken und hob stattdessen den Stein in ihrer anderen Hand.

»Das hier könnte gehen«, sagte sie möglichst leichthin, als habe sie ihn nicht gerade auf diese höchst intime Weise berührt, und griff beherzt nach einem der zuckenden Hinterläufe.

Abrupt wandte auch Richard sich wieder dem Reh zu, hielt das andere Bein fest und glitt mit zwei Fingern so unter den eng gezogenen Strick, dass die Fasern sich zum Schneiden gut spannten, ohne dass Clara das schlanke Bein verletzten konnte.

Angestrengt versuchte sie zu ignorieren, wie nah sie einander immer noch waren, während sie beharrlich mit der scharfen Kante des Steins über die Fessel schabte. War es nicht auch so, dass der Duft, der in Richards Halstuch hing, intensiver wurde, sie regelrecht warm und angenehm einzuhüllen schien?

Sie blinzelte kurz, bemüht, sich ganz auf ihre Aufgabe zu konzentrieren.

Das Reh schien genug vom Stillhalten zu haben und begann, sich gegen ihren Griff zu wehren. Es wollte erneut aufstehen, warf den Kopf hin und her.

Richard brauchte all seine Kraft, um es festzuhalten.

»Das müssen Wilderer gewesen sein«, presste er zwischen den Zähnen hervor. »Am rechten Vorderlauf ist noch ein Rest einer weiteren Fessel zu sehen. Gut, dass Sie es gefunden haben, Komtess.«

Erste Fasern rissen.

»Sehen Sie, es klappt!«, flüsterte Clara beinahe euphorisch.

Mit gestärkter Zuversicht schabte und zog sie an dem Strick. Auch das Reh schien begriffen zu haben, dass seine Rettung nahte, denn nun lag es ganz still.

Bald hatten sie die Hälfte geschafft. Und dann, mit einem Mal, war das Seil entzwei.

Mit seinen nackten Fingern schob Richard die Teile der Fessel herab. Clara entknotete rasch ihr Wolltuch über dem Kopf des Rehs.

»Bereit?«, fragte sie Richard.

Er nickte ihr zu.

Clara zog das Tuch fort, und Richard ließ das Tier los. Sie richteten sich auf und traten Seite an Seite einen Schritt zurück.

Für einen kurzen Moment schien das Reh wie erstarrt. Dann erhob es sich mit steifen Gliedern, tat ein paar unsichere Schritte und lief dann rasch in Richtung Wald davon.

Sie sahen ihm nach, wie es ohne Zögern die Anhöhe nahm und zwischen den Bäumen verschwand.

Der Zufall wollte es, dass sich in diesem Augenblick der Morgen erhob und erste, zarte Sonnenstrahlen über die Wiese krochen und sie erreichten.

»Wunderschön!«, hörte Clara sich selbst hauchen. So berührt war sie von dieser gelungenen Rettung und dem Anblick, den die Natur nun bot.

Richard räusperte sich leise, als spüre er ebenfalls einen kleinen Kloß im Hals.

Als Clara den Blick wandte, erkannte sie, dass er sie intensiv anschaute.

Sie nahm all ihren Mut zusammen und erwiderte seinen Blick forschend.

Er verstand ihre Frage und lachte kurz auf, deutlich verlegen.

»Ich dachte nur gerade, dass Ihr Haar im aufgehenden Sonnenlicht mich an den dunklen Bernstein erinnert, den ich früher hin und wieder an der Küste Kents gefunden habe.«

Sprachlos sah Clara ihn an.

Wie sollte sie solche Worte je wieder vergessen können?

»Vielleicht zeigen Sie mir irgendwann einmal eines dieser kostbaren Stücke?«, schlug sie ein wenig heiser vor.

»Sehr gerne«, antwortete er erfreut.

Sie sahen einander an. Bei dem warmen Ausdruck in seinen Augen spürte Clara ein sonderbares Summen in sich. Als klinge eine Saite in ihr nach, von deren Existenz sie bisher gar nichts geahnt hatte.

Und mit einem Mal, auf einen gewaltigen Schlag, begriff sie, was mit ihr geschah. Ihr Herzklopfen. Das Verheimlichen der Treffen mit dem jungen Baron auch vor ihrer Schwester und ihrer besten Freundin. Der Schwindel, der sie manchmal in Richards Nähe erfasste. Dies alles konnte nur eines bedeuten: Sie empfand so viel mehr für Richard von Thebe, als sie sich bisher hatte eingestehen wollen. So viel mehr, als gut war, wenn man die Geschichte ihrer Familien bedachte.

»Komtess?«, sprach er sie beinahe zaghaft an. »Ist alles in Ordnung?«

Claras Herz raste. Hatte sie wirklich geglaubt, dass ihr Kontakt zum Erben des Nachbargutes einem rein freundlichen Interesse entsprang?

Und war sie damit nicht ebenso schuldbeladen wie ihre eigene Mutter, die ihre Gefühle über das Heil der Familie stellte?

Sie zwang sich zu einem Lächeln.

»Aber ja«, antwortete sie und schlüpfte rasch wieder in ihre Handschuhe. »Es ist nur … Mir ist gerade eingefallen, dass ich eine dringende Erledigung vergessen habe. Ich fürchte, ich muss sofort zurück.«

Das Bedauern in seinen Augen tat ihr einerseits wohl, andererseits erschreckte es sie noch mehr. Ging es Richard von Thebe womöglich ebenso wie ihr?

»Aber der Grund Ihres Kommens«, erinnerte er sie. »Wollen Sie nicht wenigstens den verraten?«

Clara starrte ihn einen Moment lang an. Wie könnte sie jetzt, mit dieser plötzlichen Erkenntnis vor Augen, dieses Thema anschneiden? Wie könnte sie dem Mann ihr Herz ausschütten, ihn um Hilfe bitten, der womöglich für sie dasselbe bedeuten könnte wie sein Vater für ihre Mutter?

Dann blickte sie ruckartig zur Seite.

»Es tut mir leid, aber das muss noch warten«, sagte sie beinahe hastig.

Er zögerte kurz, als wolle er widersprechen. Doch dann senkte er den Kopf.

»Darf ich Ihnen in den Sattel helfen, Komtess?«, bot er an.

Ohne eine Antwort wandte Clara sich ab und eilte ihm voraus zu Tessa, die aufsah, als sie herankamen. Mit fahrigen Bewegungen griff Clara nach den Zügeln.

Sie wartete, bis Richard neben ihr war, um ihr die verschränkten Hände hinzuhalten, damit sie sich darüber in den Sattel schwingen konnte.

Kaum saß sie oben, pfiff sie nach Gimpel, und legte bereits die Waden an, sodass Tessa im Schritt losging.

Richard blieb ratlos und mit verwirrter Miene an Ort und Stelle zurück.

Plötzlich tat es ihr leid. Konnte er doch nicht ahnen, was gerade in ihr vorging. Der überstürzte Aufbruch musste ihm höchst seltsam erscheinen.

»Auf Wiedersehen«, rief sie ihm mit einem Kopfnicken und um ein Lächeln bemüht über die Schulter zu.

»Auf Wiedersehen, Komtess«, erwiderte er ebenso und hob die Hand zum Gruß.

Clara ließ Tessa antraben und registrierte nur aus den Augenwinkeln, wie Belle noch ein paar Meter neben Gimpel hersprang, ehe sie zu ihrem Herrn umkehrte.

Als sie von der Wiese auf den Weg bog, sah Clara noch einmal zurück. Richard stand noch dort, wo sie ihn zurückgelassen hatte, und blickte ihr nach.

Dann hatte Tessa das Waldstück erreicht, und er verschwand aus Claras Blick. Erst eine Weile später, sie hatte Friesenhain schon fast erreicht, fiel ihr auf, dass sie seinen Schal noch trug.

Luise

12

»Du meine Güte, ich kann kaum glauben, dass dies tatsächlich die letzte Anprobe sein soll. Dieses Kleid schien mir mittlerweile wie ein Lebenswerk«, verkündete Luise.

Sie stand auf einem kleinen Hocker, während die Schneiderin Frau Zierich auf Knien um sie herumrobbte und den Saum ihres Hochzeitskleides ein letztes Mal kontrollierte.

»Es sind nur noch zehn Tage bis zur Hochzeit!«, sagte ihre Mutter mit nervösem Zittern in der Stimme. Anna von Scheweney hatte in einer der Fensternischen in Luises Zimmer Platz genommen und studierte die Papierbogen, auf denen sich Zeile um Zeile in ihrer kleinen, steilen Handschrift drängten. Clara saß neben ihr und wirkte ebenfalls ein wenig flatterig. Luise war noch gar nicht dazu gekommen, sie zu fragen, wohin sie heute Morgen so plötzlich verschwunden war. Als sie sich vor einer halben Stunde hier in Luises Zimmer trafen, hatte ihre Schwester einen seltsam abwesenden Eindruck gemacht. Sie schien beinahe ebenso angespannt zu sein wie ihre Mutter.

Doch nun wirkte Clara wieder ruhiger und versuchte beständig, einen Blick auf die Notizen zu werfen, die auf dem Schoß der Gräfin flatterten wie ein Schwarm aufgeregter Schmetterlinge.

»Es gibt noch alle Hände voll zu tun!«, setzte Gräfin Anna nun hinzu, während ihre Augen über die Papiere huschten.

»Du musst ja nicht alles allein tun, Mama«, sagte Luise und betrachtete sich dabei in dem mannshohen Spiegel, den Agnes aus dem Ankleidezimmer herbeigerollt hatte. Ihr Kammermädchen saß still auf einem Stuhl in der Zimmerecke und beobachtete mit Adleraugen die flinken Finger der Schneiderin, als wolle sie sich keinen Handgriff entgehen lassen.

»Wie recht du hast«, stimmte Clara ihr zu und griff nach einem Blatt, welches ihre Mutter gerade hinter die weiteren schieben wollte. »Fünfzehn Torten von Konditorei Meyer?«, entfuhr es ihr, als sie die Zeilen überflogen hatte. »Das wird Frau Rühl nicht recht sein. Sie plant doch selbst so viel Gebäck, und gerade die Baisertorten sind ihr ganzer Stolz.«

»Damit kann sie ja glänzen. Wie auch mit der dreistöckigen, samt Marzipanrosen«, erwiderte ihre Mutter und nahm ihr das Blatt wieder aus der Hand. »Aber die Sacher, Aprikosen und die Schwarzwälder übernehmen Meyers. Wir müssen bei ihnen bestellen, Clara. Ebenso wie wir das Bier vom Bierpalast Glüsenkamp und die Liköre von der Korn-Brennerei Brüggen liefern lassen. Alle im Ort müssen ihren Anteil an dem Fest haben. Das ziemt sich so.« Im Spiegel fing Luise den Blick ihrer Mutter auf, der zu ihr hinüberglitt und mit äußerstem Wohlwollen an ihr hinaufwanderte. Als sie Luises Blick bemerkte, lächelte die Gräfin sie im Spiegel an und stand auf, um zu ihr herüberzukommen.

»Ich wusste, es war die rechte Entscheidung, nicht in eines der Berliner Brautgeschäfte zu fahren, sondern auf Sie zu setzen, Frau Zierich. Sie haben sich selbst übertroffen mit diesem Kleid«, sagte sie zu der am Boden Hockenden, die vor Freude über das Lob rot anlief.

»Modernster Schnitt, gnädige Frau«, erwiderte die Schneiderin eifrig. »Und dann der Stoff! Sehen Sie nur, wie perfekt gleichmäßig die Punkte in die Seide eingewebt sind.«

Frau Zierich hielt einen Teil der cremefarbenen Schleppe hoch, und Gräfin Anna begutachtete die feine Arbeit, als sähe sie sie zum ersten Mal und hätte sie nicht mit Luise zusammen ausgewählt und seitdem ein halbes Dutzend Mal bei den Anproben bewundert. Jedes Detail des Kleides nahm ihre Mutter noch einmal genau in Augenschein.

Auf Luises Wunsch hin war es ein Zweiteiler geworden, in dem sie sich trotz schmeichelnder Eleganz gut bewegen konnte. Applizierte mattgrüne Stickereien mit versilberten Perlen zogen sich um den Brustausschnitt, den Ärmelansatz und die Taille. Auf dem Rock schienen diese Applikationen geradezu zum Boden zu fließen, endeten dann jedoch noch vor dem Saum in verspielten Schneckenmotiven, die gerade sehr modern waren. Der Plastron, der die Brustpartie zum Teil verdeckte, war mit einer Lasche am hohen Stehkragen befestigt. Die großen Keulenärmel hatten beinahe so viel Stoff benötigt wie der Rockteil und endeten in sehr engen Ärmeln, deren Manschetten ebenfalls mit Perlen verziert waren.

Mit ihrer Musterung offenbar überaus zufrieden, streckte ihre Mutter die Hand aus und ergriff die ihre.

»Du hast ja ganz klamme Finger«, entfuhr es ihr bestürzt.

Luise musste schmunzeln. »Ob du es glaubst oder nicht, Mutter, langsam werde auch ich nervös.« Alle fünf Frauen im Raum lachten auf. »Und ehrlich gesagt bin ich heilfroh, dass die Anproben endlich ein Ende haben!«

Clara, die ebenfalls die gemütliche Fensterbank verlassen hatte, um das Kleid noch einmal aus der Nähe zu bewundern, wandte sich daraufhin rasch an die Schneiderin: »Sie haben meiner Schwester das Stillhalten so angenehm wie möglich gemacht, Frau Zierich. Es liegt nur nicht in ihrer Natur, länger als ein paar Minuten am selben Fleck zu stehen.« Die gute Clara. Immer war sie zur Stelle, um jeden Schaden einzudämmen, wenn ihre eigene Zunge mal wieder zu schnell gewesen war.

»Da hast du vollkommen recht, Clara«, beeilte Luise sich zu sagen.

Frau Zierich erhob sich und knickste dann gleich wieder. »Sie waren die geduldigste junge Dame, Komtess Luise.«

Ein ungläubiger Ton entwich Luises Kehle. Doch ehe sie widersprechen konnte, drückte ihre Mutter kurz ihre Hand.

»Du wirst eine wunderschöne Braut sein, mein Kind«, sagte sie. Dabei klang sie so feierlich wie selten. »Wenn unser lieber Schwiegersohn dich am Arm deines Vaters den Kirchgang hinunterkommen sieht, wird er der glücklichste Mann der Welt sein.«

»Das will ich doch hoffen. Schließlich muss all die Mühe sich am Ende lohnen«, antwortete Luise prompt. Doch sie erwiderte den Druck der mütterlichen Finger und spürte in ihrer Brust ein warmes Ziehen. Wie wohl es tat, den Zuspruch ihrer oft so strengen und kritischen Mutter zu spüren.

»Das wird es!«, entgegnete diese, ohne auf den scherzhaften Ton einzugehen. »Weil er dich nämlich liebt, mein Kind. Und wahre Liebe nimmt alle Hindernisse, die sich ihr in den Weg stellen, egal ob Zeit oder Raum.«

In den grünen Augen ihrer Mutter, die oft so kühl wirken konnten, sah Luise das Funkeln eines großen Gefühls. Kurz stutzte sie, denn es war mehr als Rührung und mütterlicher Stolz. Was genau glomm dort plötzlich auf? Doch im nächsten Moment war diese unbekannte Regung in der Miene ihrer Mutter schon wieder verschwunden, und Luise konnte ihrem Eindruck nicht länger nachspüren. Was ihr allerdings ins

Auge fiel, war der Ausdruck auf dem Gesicht ihrer Schwester: Clara wirkte mit einem Mal regelrecht erschüttert, wie sie dort stand und ihre Mutter anstarrte. Sie war so leichenblass, dass ihr kastanienbraunes Haar dagegen leuchtete.

Besorgt öffnete Luise bereits den Mund, doch da erwiderte Clara ihren Blick und schüttelte so rasch und energisch den Kopf, dass Luise die Lippen wieder schloss.

Anna hatte von diesem kurzen Blickwechsel ihrer Töchter nichts mitbekommen. Sie lächelte, strich Luise noch einmal über den Arm, verabschiedete sich von der Schneiderin und ging mit den raschelnden Papierbogen in der Hand aus dem Zimmer.

Agnes sprang von ihrem Stuhl auf und half Frau Zierich mit der langen Knopfleiste im Rückenteil des Kleides. Zu zweit hatten sie es rasch geschafft, nahmen Luise das Oberteil und den Rock ab.

»Das Unterkleid schaff ich allein, Agnes, bring nur rasch das graue Ausgehkleid mit dem hellen Kragen«, entschied Luise. Das Kammermädchen war schnell mit dem Gewünschten zurück, und Luise schlüpfte hinein, immer einen Blick auf Clara. Ihre jüngere Schwester hatte sich wieder gefangen und erneut in die Fensternische gesetzt. Doch brannte Luise nun darauf, mit ihr unter vier Augen zu sprechen. Daher ging ihr nun alles viel zu langsam.

Nachdem Frau Zierich das Hochzeitskleid sorgsam aufgehängt und Agnes es mit andächtigem Gesichtsausdruck ins Ankleidezimmer gebracht hatte, verabschiedete Luise die Schneiderin höflich und entließ auch das Kammermädchen mit einem Lächeln, innerlich bebend vor Ungeduld. Endlich war sie mit Clara allein.

»Was ist mit dir, Clara? Jetzt hast du schon wieder etwas Farbe. Aber gerade noch warst du leichenblass wie ein Gespenst«, sagte sie und setzte sich nah zu ihrer Schwester in die mit Kissen gepolsterte Nische.

Clara verzog das Gesicht zu einer Grimasse, die sonst vielleicht komisch gewirkt hätte. Doch sie spürte, dass es hier um etwas Ernstes ging.

»Ach, Luise, ich wollte es dir eigentlich nicht erzählen, nicht vor der Hochzeit, aber dann sagte Mama gerade diese wenigen Worte, und ich … ich dachte, mir täte sich der Boden auf«, stammelte Clara und zog die Unterlippe zwischen die Zähne.

Nun war Luise vollkommen beunruhigt. »Was meinst du denn? Welche Worte? Was hat Mama gesagt? Mir ist nichts aufgefallen.«

»Wirklich nicht? Nichts Ungewöhnliches?«, hakte Clara nach.

Luise überlegte. Da war dieser Moment gewesen. Das Funkeln in den Augen ihrer Mutter.

»Nun, ein wenig hat es mich gewundert, wie sie von Max gesprochen hat«, gestand sie. »Von der großen Liebe, die alle Hindernisse überwindet, egal ob Zeit oder Raum. Da dachte ich kurz, dass ich solche Worte noch vor wenigen Monaten für unmöglich erachtet hätte. Wo Mama doch meine Vermählung mit Großvetter Johan geplant hatte und entsetzt war, als ich ihr und Papa meine Gefühle für Max gestand. Aber dass sie dies nun so sieht, ist doch …« Weiter kam sie nicht, denn Clara schluchzte auf und verbarg ihr Gesicht in den Händen.

»Clara!« Bestürzt warf Luise die Arme um ihre Schwester und presste sie an sich. Wenn die umsichtige, immer geordnete Clara so außer sich war, musste etwas wirklich Schlimmes sein. »Sag mir um Himmels willen, was los ist! Ich ängstige mich zu Tode!«, sagte sie eindringlich.

Clara löste sich behutsam aus ihrem Arm, und Luise forschte im Gesicht ihrer Schwester, während die zu sprechen begann: »Neulich Morgen, es war letzten Donnerstag, als Papa wie immer in der Stadt war, um seine Besorgungen zu machen und in den Klub zu gehen, da habe ich einen Ausritt gemacht.« Clara hielt kurz inne, als wolle sie etwas hinzusetzen. Doch dann schüttelte sie kaum merklich den Kopf und fuhr fort: »An der alten Jagdhütte, auf der Ländereiengrenze sah ich Lieve.«

»An der alten Jagdhütte?«, wiederholte Luise irritiert. »So weit draußen? Was hast du denn da getan?«

Wo Clara gerade noch blass geworden war, färbten sich nun ihre Wangen rosa. Doch sie schüttelte ungeduldig den Kopf.

»Das tut jetzt nichts zur Sache, Lulu. Denn neben Lieve war ein anderes Pferd angebunden. Ein Pferd, das ich von den Koppeln der Familie von Thebe kenne.«

In Luises Kopf überschlugen sich Bilder und Gedanken. Die Stute ihrer Mutter. Neben einem Pferd von den von Thebes? Worauf wollte Clara hinaus? Die griff nun in den Stoff ihres Rockes und begann, ihn nervös mit den Fingern zu kneten. »Ich weiß, es war nicht recht, Luise, aber ich bin abgestiegen, habe Tessa und Gimpel hinter der Wegbiegung zurückgelassen und bin zur Hütte geschlichen. Ich … Ich habe gelauscht.« Claras Wangen flammten nun leuchtend rot auf.

Luise wurde beklommen zumute. Claras Nervosität und Besorgnis waren in ihrer Stimme deutlich zu hören, als sie nun, leise und immer wieder innehaltend, erzählte, was sie auf ihrem geheimen Posten neben der Jagdhütte gehört hatte.

Als sie geendet hatte, griff Luise nach den Händen ihrer

Schwester. »Clara!«, entfuhr es ihr. »Das hast du nun sechs Tage mit dir allein herumgetragen? Wieso hast du nicht früher etwas gesagt? Hast du mit Marie darüber gesprochen?«

Clara sah sie erschrocken an. Dabei teilte sie doch sonst alles mit ihrer besten Freundin. »Nein, auch das nicht. Marie weiß von der Geschichte damals. Alles, was du selbst von Mutter erfahren hast. Die Sache mit der von ihr und Friedrich geplanten und verhinderten Flucht und dem Duell, bei dem Großvater tödlich verwundet wurde. Aber die neue Entdeckung habe ich für mich behalten. Ich konnte es niemandem erzählen, Luise. Ich …« Sie brach ab und rang nach Worten. Schließlich war ihre Stimme nicht mehr als ein Flüstern, als sie hinzusetzte: »Es macht mir furchtbare Angst, Luise.«

Und das war es, was Luise nun auch Angst bereitete. Sie, die doch meist schnell und oft unbedacht reagierte, wusste nicht, was sie sagen sollte.

»Und du bist dir sicher, dass Mama den Baron von Thebe nicht zurückgewiesen hat, als er ihr seine Gefühle gestand?«, wagte sie zu fragen. Doch Clara wandte langsam, aber entschieden den Kopf von links nach rechts und zurück.

»Es besteht kein Zweifel, Luise. Wie ich gerade sagte: Ich habe es gesehen. Wie er ihre Hand nahm und sie an seine Wange legte, sie … koste.«

Der Kloß in Luises Hals schwoll an. Allzu deutlich erinnerte sie sich daran, wie Gräfin Anna ihr vor wenigen Monaten zum ersten Mal von ihrer eigenen jungen und leidenschaftlichen Liebe zu Friedrich von Thebe erzählt hatte. Wie Anna dieses Beispiel an großen Gefühlen als Anlass genommen hatte, um ihrer älteren Tochter die Heirat mit dem geliebten Max trotz aller Bedenken und Widersprüche letztendlich doch zu erlauben.

Und wie sie selbst, Luise, berührt und tief getroffen gewesen war von der Einsicht, dass ihre Mutter und sie jene Geschichte innig verband: eine große Liebe, die in Annas Fall nicht hatte sein dürfen. Ebenso wie der heftige Schmerz und Kummer, den die Gräfin daher ihrer Tochter hatte ersparen wollen.

Und nun war der Mann zurückgekehrt, den ihre Mutter vor dreißig Jahren hatte ziehen lassen müssen.

Was hatte, laut Clara, Friedrich von Thebe gesagt? Dass er seine verstorbene Frau geliebt, dass aber daneben auch Anna den Platz in seinem Herzen immer besessen habe?

Luise war stets davon ausgegangen, dass ihre Mutter ihren Vater liebte. Auch wenn ihr Alltag sie oft eher neben- als miteinander durchs Leben gehen ließ. Anna von Scheweney war ihrem Mann doch gewiss zugetan? Nicht wahr?

Aber was, wenn auch in ihrem Herzen ein gewisser Platz immer noch belegt war? Der Platz, den einst als junger Mann Friedrich von Thebe im Sturm erobert hatte? Was, wenn ihre Mutter diesmal nicht den gesellschaftlichen Konventionen entsprechen wollte, sondern sich dasselbe Recht herauszunehmen wünschte, das sie ihrer ältesten Tochter zugestanden hatte?

Luise musste schlucken. Sie kannte nicht eine Familie persönlich, in der sich so etwas Unerhörtes zugetragen hatte. Doch sie hatte auf einem Ball im letzten Sommer ein Munkeln und Flüstern vernommen, was ein adeliges Ehepaar in Berlin anging. Angeblich hatten Baronin und Baron beschlossen, getrennte Wege zu gehen. Und beide sollten bereits neue Partnerschaften eingegangen sein. Was für ein Skandal. Natürlich, hatte es auf dem Ball hinter vorgehaltener Hand geheißen, komme nun nicht mehr infrage, die beiden zu Gesellschaften einzuladen. Ein solches Verhalten gehörte mit höchster Verachtung getadelt, nicht wahr?

Da wuchs ein Kloß in Luises Kehle, an dem plötzlich kein Wort mehr den Weg vorbei zu finden schien.

Als sie den Blick hob, sah sie die blauen Augen ihrer Schwester furchtsam auf sich gerichtet.

»Was ich mich frage, Luise«, sagte Clara leise und mit bebender Stimme. »Könnte es sein, dass Baron von Thebe der Ehe unserer Eltern erneut gefährlich werden könnte?«

Sie sahen einander an. Und keine von ihnen hatte eine Antwort darauf.

Marie

13

Die zweite Hälfte des Januars flog dahin. Und schon waren es nur noch zwei Tage bis zur Hochzeit.

An diesem Donnerstag stand Marie zusammen mit ihrem Vater und dem ältesten Stallburschen Fritz am Eingang zu den Stallungen und blickte zum Hintereingang des Herrenhauses hinüber, der herankommenden Gruppe von Menschen entgegen.

Allen vorweg ging ihre liebe Freundin Luise.

Frau Rühl hatte schon mehrmals behauptet, Luise sei keine typische Braut. Und auch einige der Dienstmädchen stimmten dieser Meinung zu, laut der junge Frauen vor der Hochzeit zu flatterigen und ängstlichen Nervenbündeln zusammenschrumpften.

Nein, je näher der Tag rückte, schien Luise von Scheweney nur noch temperamentvoller und stärker zu werden. Das zeigte sich auch an ihrem entschlossenen Gang, mit dem sie die Gruppe durch den Innenhof führte.

Es waren Graf Hermann von Scheweney, Wilhelm, Clara und ein fremder Mann mit grauem Haar, das ihm bis in den Nacken reichte und unter dem breitkrempigen Hut hervorwehte. Von diesem Mann hatte Marie schon unzählige Albträume gehabt. Wie er mit herrischem Schritt daherkommen und ohne viel Federlesen Stürmer einfach davonzerren würde.

Doch nun stellte sie fest, dass der niederländische Pferdezüchter De Vries diesem aus Furcht geborenen Bild mitnichten entsprach. Sein Gang war ein wenig alterssteif, und die hellen Augen in seinem freundlichen Gesicht blickten interessiert über den Hof und zu den Boxen, aus denen ein paar der Stuten neugierig äugten.

Die ganze Gruppe war gegen die trockene Kälte warm in Mäntel eingepackt, Clara hatte die Hände in einem Muff verborgen, während Luise Handschuhe bevorzugt hatte.

Marie wollte den schicksalhaften Besuch aus dem Nachbarland nicht unhöflich anstarren. Doch als sie den Blick abwandte, ertappte sie sich prompt dabei, wie ihre Augen stattdessen nicht von Wilhelm lassen wollten. Seine vertraute Gestalt, sein federnder Gang ließen sie mit einem Mal flacher atmen, und sie musste sich beherrschen, um ihren raschen Herzschlag wieder zu beruhigen. In den letzten Tagen hatte sie ihn nur wenige Male aus der Ferne gesehen. Jedes Mal waren ihre Blicke sich kurz begegnet. Und einmal glaubte sie sogar, er wolle auf sie zukommen, einen beinahe bittenden Ausdruck auf dem Gesicht. Aber dann hatte er doch innegehalten und war hinter der nächsten Tür verschwunden. Ihre Begegnung in der Bibliothek war nun zwei Wochen her. Seitdem hatten sie nicht mehr miteinander gesprochen. Als er nun mit großen Schritten auf sie zukam, schlug ihr Herz heftig gegen ihre Rippen. Dieses dumme Herz. Er war heute Morgen ja nicht wegen ihr hier, versuchte sie sich selbst zu sagen. Es half nichts. Das Ding in ihrer Brust klopfte weiter aufgeregt. Auch wenn zurzeit zwischen ihnen Schweigen herrschte, war sie sicher, dass Wilhelm dieselbe Furcht wie sie empfand vor dem, was nun geschehen würde. Während des gemeinsamen Trainings und der grandiosen Erfolge, die sie erzielt hatten, hatte Wilhelm Stürmer lieb gewonnen. Dass das weitere Schicksal des Hengstes ihm ein Anliegen war, stand ganz außer Frage. Wie schön wäre es gewesen, diesen Moment des Bangens gemeinsam durchzustehen. Doch stattdessen mied Wilhelm nun ihren Blick.

Marie wandte sich ihren beiden Freundinnen zu. Luises Augen funkelten, ihre Wangen glühten. Vielleicht wirkte sie aber auch deswegen so energisch, weil die zarte Clara neben ihr ging und einen beinahe ebenso bangen Eindruck machte, wie Marie sich fühlte.

Mit gebührendem Abstand hinter den Herrschaften und De Vries gingen die beiden niederländischen Stallburschen. Große, breitschultrige Männer, die beide die vierzig überschritten haben mochten. Frau Rühl hatte sie gerade noch unten in der Gesindestube mit Stuten und Tee verwöhnt und sich mit wenigen Brocken Deutsch-Niederländisch zu verständigen versucht, während De Vries oben im Salon bei der Grafenfamilie vorgesprochen hatte.

Als die Gruppe sie nun erreichte, trat Paas vor und verneigte sich. Fritz, zwei Meter hinter Marie und ihrem Vater, tat es ihm nach.

»Dies, Herr De Vries, ist also unser vorzüglicher Stallmeister Paas«, stellte Graf Hermann vor. »Er war es, der sich in erster Linie um den Hengst gekümmert hat, als wir ihn eingefangen hatten.«

Maries Vater neigte erneut den Kopf und schielte dabei kurz zu ihr. »Zu viel des Lobes, gnädiger Herr«, sagte er. »Ich denke, diese Ehre gebührt in erster Linie Komtess Luise, die das Pferd im Wald entdeckte und in eine unserer Koppeln trieb.«

»Das war doch nur das Erste«, widersprach Luise und deutete auf sie. »Marie hat all die Arbeit mit Stürmer getan und dabei wahre Wunder vollbracht.«

Alle sahen sie an, auch der niederländische Züchter richtete den Blick auf sie. Marie knickste, während Graf Hermann sagte: »Fräulein Paas ist die Tochter des Stallmeisters. Und so gut mit den Tieren, dass sie durchaus irgendwann seine Nachfolge antreten könnte.«

Überrascht hob Marie den Blick und sah den Grafen an. Der nickte ihr mit einem Lächeln wohlwollend zu, während Paas neben ihr stolz die Brust ein wenig nach vorn schob. Ihre eigene Verblüffung über diese Aussage des Hausherrn erkannte Marie auch auf De Vries' Gesicht.

»Eine junge Dame als Stallmeisterin?«, sagte er mit ebendem Akzent, der auch in der Stimme der Gräfin immer noch ein wenig mitschwang. Doch lange schien er sich nicht zu wundern, denn er sagte: »Friesenhain scheint vielen Ställen und Gestüten in einigem voraus zu sein.« Er nickte zu einer der Boxen. »Keine Ständerhaltung, wie ich sehe? Boxen?«

»Und ein Offenstall«, ergänzte Graf Hermann und erklärte mit erkennbarem Stolz: »Meiner Meinung nach schadet die Ständerhaltung der Ausbildung korrekter Bemuskelung. Viele unserer Pferde gehen ans Heer. Und die Kavallerie nimmt nur die besten. Bewegung ist wichtig, damit sich die Tiere gut entwickeln können.«

De Vries klopfte sich gegen den Bauch und murmelte etwas auf Niederländisch, worauf die Grafenfamilie kurz auflachte.

»Bewegung tut nicht nur den Pferden gut«, übersetzte Luise rasch für Paas, Marie und den Stallburschen, die die Sprache nicht so gut beherrschten. Auch Paas lachte. Doch Marie sah in diesem Moment zu Wilhelm und erwischte ihn dabei, wie auch er sie anschaute. Rasch blickten sie beide zur Seite.

»Wollen wir uns das Pferd anschauen?«, schlug er vor und wies mit der Hand zum Nordtor, das aus dem Innenhof hinausführte.

Clara ergriff das Wort und wandte sich dabei an ihren Vater: »Ich habe angewiesen, dass Stürmer auf die Koppel hinter dem Pförtnerhaus gebracht wird«, sagte sie. »Dort können wir alle Gangarten zeigen, wenn es nötig ist.«

»Du denkst wieder an alles, Clara! Danke!«, antwortete Graf Hermann und tätschelte ihr den Arm.

Marie warf Clara einen dankbaren Blick zu, denn sie selbst war auf die Idee mit der Koppel gekommen und hatte den Vorschlag Clara und Luise unterbreitet. Auf der eingezäunten Wiese hatte Stürmer die ersten Wochen verbracht, als er nach Friesenhain kam, und er fühlte sich dort nach wie vor am wohlsten, hatte sie den Eindruck. Wenn nun lauter Fremde ihn begutachten wollten, war das ein Aspekt, der auf alle Fälle bedacht werden sollte. Kaum auszudenken, wenn er womöglich in der Box vor den fremden Männern scheuen oder gar steigen würde. So aber hatte er mehr Platz und würde die Musterung hoffentlich brav über sich ergehen lassen.

Alle wollten die Begutachtung endlich hinter sich bringen, und so setzte man sich in Bewegung. Aus den Augenwinkeln sah Marie noch zwei Jungsköpfe aus der Stallgasse spähen. Alfred und Rudi konnten also ihre Neugierde nicht zügeln. Doch als Marie ihnen einen warnenden Blick zuwarf, tauchten sie rasch wieder ab, nur ein leises Kichern war zu hören.

Am Tordurchgang formierte die Gruppe sich ein wenig neu. Wilhelm geriet weiter nach hinten, um De Vries, seinem Vater und den Schwestern den Vortritt zu lassen, und war mit einem Mal neben Marie. Gemeinsam traten sie in den etwa zehn Meter langen Durchgang, über dem sich der erste Stock des Gebäudes befand. Marie wagte kaum zu atmen, während sie so dicht neben Wilhelm durch den stets düsteren tunnelartigen Durchgang ging.

Es waren nur fünfzehn Schritte, und doch nahm sie jeden so überdeutlich wahr wie das sanfte Gleiten einer Feder, die aus luftiger Höhe zu Boden fällt.

Als sie aus dem Dunkel des Tores wieder ins Freie traten und Marie ins silberne Januarlicht blinzelte, wandte Wilhelm den Kopf und sah sie an. Sein Blick war unergründlich, ernst und fragend. Sie schaffte es nicht, ihren abzuwenden, bis Wilhelm voraus zur Ecke des Pförtnerhauses sah, hinter dem sie beide sich wochenlang heimlich zu den Übungseinheiten mit Stürmer verabredet hatten. Diese gestohlenen gemeinsamen Stunden erschienen Marie plötzlich wie eine nun unerreichbare glückliche Zeit. Ebenso wie der Ausritt, den sie Anfang Januar zusammen zu den Reuben-Mädchen unternommen hatten. War das erst drei Wochen her?

Kaum hatte sie diesen Gedanken gefasst, geschah etwas, das ihr später wie ein kleines Wunder vorkommen sollte. Denn es war, als habe Wilhelm in diesem Augenblick genau dieselbe Eingebung gehabt. Er warf ihr erneut einen Blick zu, diesmal jedoch entschlossen und irgendwie ... ja, mutmachend. Dann erhob er die Stimme über die Köpfe seiner Schwestern hinweg nach vorn: »Bevor wir das Pferd nun ansehen, Herr De Vries, verraten Sie uns, wie Sie beweisen wollen, dass der Hengst, den wir aufgenommen haben, jener ist, der Ihnen unter rätselhaften Umständen abhandengekommen ist?«

Marie zuckte regelrecht zusammen. Genau darüber hatten sie auf dem Ausritt gesprochen. Hatte er sich etwa auch daran erinnert, wie sie dieses Thema zur Sprache gebracht und er sie daraufhin beruhigt hatte?

Der Züchter verlangsamte seinen Schritt, Luise und Clara

machten Platz, und so konnte der alte Herr, der wohl Mitte siebzig sein musste, den jungen Grafen mit einem verschmitzten Ausdruck mustern.

»Das verrate ich gern, wenn ich Ihnen vorher eine Frage stellen darf, werter Graf?«, erwiderte er.

Wilhelm machte mit der Hand eine ausholende Geste. »Nur zu. Sie sind weit genug gereist, um jede Antwort zu erhalten.«

De Vries wandte sich nicht nur an Wilhelm, sondern auch an Graf Hermann, als er sagte: »Sie scheinen Ihrerseits großes Interesse an Gjalt zu haben, werter Graf. Dabei frage ich mich, was Sie auf einem so großen und, wie sagt man, anerkannten Gestüt vom Hannoveraner-Warmblut mit einem Friesenhengst seiner Klasse tun wollen?«

Ehe Wilhelm antworten konnte, erwiderte sein Vater: »Die Friesen haben auf unserem Gestüt Tradition, Herr De Vries. Die von Scheweneys haben enge familiäre Verbindungen in die Niederlande, von wo ja auch die Gräfin stammt, wie Sie vorhin erfahren durften. Friesenpferde mögen gerade nicht in Mode sein, aber wir haben stets einige der Schwarzen Perlen als Kutschpferde am Hof, und bei einigen Familienmitgliedern sind sie als Reittiere überaus beliebt.«

Luise mischte sich ein: »Sie sollten gleich noch meine Stute Jeltje kennenlernen. Sie ist eine Zierde ihrer Rasse und außerdem mindestens so klug wie ich.«

De Vries neigte amüsiert den Kopf. »Sie sind doch die Komtess, die gedenkt, demnächst zu studieren? Wollen Sie etwa andeuten, Jeltje könne dabei mithalten?« Luise und er lachten sich an, und auch der alte Graf ließ seinen Schnurrbart zucken.

Marie hatte den Eindruck, als habe ihre Freundin während des frühen Lunches mit dem Züchter Freundschaft geschlossen. Nur so war zu erklären, dass sie ihn gleich in ihr gewaltiges Vorhaben des Studiums eingeweiht hatte. Luise hatte es noch nie über sich gebracht, mit jemandem gut zu tun, der ihr zuwider war, nur weil sie vielleicht etwas Bestimmtes erreichen wollte. Offenbar mochte sie den alten Pferdekenner also wirklich.

Das schien auf Gegenseitigkeit zu beruhen, denn De Vries sah sie nun von der Seite an und sagte: »Wenn ich unserer Femke von Ihnen erzähle, wird sie Sie gewiss kennenlernen wollen, Komtess. Wie ich schon erwähnte, hatte die jüngste Tochter meines Sohnes als kleines Kind die Lähmung und ist seitdem auf den Rollstuhl angewiesen. Sie ist unser aller Sonnenschein, ist schlau für zehn und immer auf der Suche nach Vorbildern, denen sie nacheifern kann. Ich glaube, Sie würden sich dazu eignen.«

»Es wäre mir eine Freude, die Bekanntschaft Ihrer Enkelin zu machen«, entgegnete Luise ganz ehrlich.

De Vries lächelte beinahe liebevoll. »Davon werde ich ihr gern schreiben. Sie wird begeistert sein.« Dann wurde er ernst. Und Marie war gespannt, wie er nun Wilhelms Frage beantworten würde: »Jetzt verstehe ich die Zusammenhänge. Und so verrate ich Ihnen gern, wie ich es beweisen kann, wenn Ihr Hengst tatsächlich mein Gjalt sein sollte.« De Vries blieb stehen, und die Gruppe bildete einen Halbkreis um ihn. Der alte Mann reckte die rechte Hand gen Himmel und schien von dort etwas zu pflücken, das er dann auf die linke Seite seiner Brust legte. Dann sah er sie alle der Reihe nach an.

Auf den meisten Gesichtern in der Runde zeichnete sich Ratlosigkeit ab.

Doch Marie sank das Herz in unendliche Tiefen. Und als sie zu Wilhelm sah, erkannte sie, dass auch er verstand.

»Gjalt hatte als Fohlen einen kleinen Unfall«, erklärte De

Vries, immer noch die Hand auf der Brust. »Er hatte schon damals viel Temperament und behielt von dieser Verletzung eine sternenförmige Narbe zurück, genau hier.« Leicht klopfte er mit den Fingern auf die Stelle.

Marie begegnete dem Blick ihres Vaters. Er hob die Brauen. Sie nickte einmal, während bleierne Trauer sich in ihren Gliedern auszubreiten begann.

Wilhelm räusperte sich. »Dann ist er es«, sagte er mit belegter Stimme. »Wir gingen davon aus, dass er sich die Narbe während der Zeit seines Umherstreifens zugezogen haben musste, denn er hatte so einige Blessuren. Aber nun wissen wir, dass der Stern sehr viel älter ist als seine Zeit allein im Wald.«

Graf Hermann schien verwundert, dass ausgerechnet sein Sohn über so ein Detail Bescheid wissen sollte. Er schien es erst zu glauben, als auch Paas es bestätigte.

»Ich wusste es«, sagte De Vries. Gerade so erfreut, dass es nicht triumphierend klang, sondern auf eine Weise glücklich, die einem wohl nur beschieden war, wenn ein vermisster Schatz wiedergefunden wurde.

Marie konnte es nachempfinden. Wenn sie selbst Stürmer verloren hätte, dann wäre ihr Gefühl nun dasselbe gewesen. So aber kehrte es sich für sie ins Gegenteil. Denn De Vries' Glück würde zu ihrem Kummer werden.

»Dann sollen Sie nicht länger warten, ihn zu sehen«, beschied Graf Hermann, und sie gingen raschen Schrittes weiter um die Pförtnerhausecke herum.

Da stand er.

Marie hatte Stürmer gebürstet und mit feuchten Tüchern abgerieben. Sein tiefschwarzes, dichtes Winterfell glänzte wie Rabenschwingen. Seine lange Mähne fiel fast bis zum Karpalgelenk hinab, und er blickte ihnen aufmerksam entgegen.

Heimlich beobachtete Marie den alten Züchter, während sie zum Gatter im Koppelzaun hinübergingen. Es war De Vries anzumerken, wie außerordentlich bewegt er war. Seine Schritte waren steif, und um seine Mundpartie zuckte es verräterisch. Den Blick unverwandt auf den Hengst gerichtet, murmelte er etwas auf Niederländisch, aus dem Marie ein leises »Da bist du!« zu erkennen glaubte. Auch die beiden niederländischen Stallburschen grinsten sich an und nickten sich zu.

Als ob Stürmer wüsste, dass sie alle nur gekommen waren, um ihn anzuschauen, stand er vollkommen still mit stolz erhobenem Kopf mitten auf der Koppel.

»Ist dies Ihr verschollener Hengst, Herr De Vries?«, erkundigte Graf Hermann sich formell.

Der Angesprochene nickte. »Das ist der letzte Nachfolger meines berühmten und inzwischen verstorbenen Deckhengstes Rigel aus meiner eigenen Zucht«, bestätigte er mit Kennerblick.

»Ein wahrhaft schönes Tier«, erklärte Graf Hermann nickend.

De Vries und er tauschten einen Blick, der Graf neigte den Kopf, und De Vries deutete dem einen seiner Burschen mit einer Geste an, dass er Stürmer aus der Nähe sehen wolle.

»Ich hole ihn«, hörte Marie sich sagen. Doch ihre Stimme war vor Aufregung viel zu dünn, und der fremde Stallbursche hatte bereits nach dem Halfter samt Strick gegriffen, das über dem Gatter hing.

Stürmer hob alarmiert den Kopf, als der Fremde sich näherte.

Der Mann ging ruhig, aber bestimmt auf ihn zu. In der unerschütterlichen Gewissheit, das Pferd werde ihn wiedererkennen und sich ohne Schwierigkeiten aufhalftern lassen.

Zu ihrer Erleichterung hörte Marie, wie der Stallbursche sanft mit Stürmer sprach. In ihren Albträumen hatte sich Marie vorgestellt, wie der Hengst bei seinem ehemaligen Besitzer malträtiert und hart angefasst worden war, sodass er seine Scheu entwickelt hatte. Doch die Vorsicht, die der Stallbursche nun walten ließ, erzählte von einem anderen, würdigen Umgang mit den Vierbeinern. Auch der Mann hatte bemerkt, dass das Pferd durch sein Herankommen nervös wurde. Er drosselte sein Tempo, streckte die Hand aus und hielt sie Stürmer zum Beschnuppern hin. Dennoch hob dieser mit geweiteten Augen den Kopf.

Marie spürte, wie Wilhelm, der neben ihr stand, sie ansah, doch sie konnte den Blick nicht von Pferd und Mann auf der Mitte der kleinen Koppel lösen.

Der Stallbursche strich mit der flachen Hand an Stürmers Schulter entlang und hinunter zur Brust. Ein Blick reichte, um die sternförmige Narbe dort auch im Winterfell ausmachen zu können. Seitlich neben dem Hengst stehend, griff der Mann mit der rechten Hand unter dessen Hals hindurch und strich so auf der anderen Seite wieder hinauf, offenbar in der Absicht, Stürmer dazu zu bewegen, den hocherhobenen Kopf zu senken und das Halfter anzunehmen. Marie sah Stürmers weit geblähte Nüstern, den raschen Atem, den er in kleinen Wolken ausstieß, seine am ganzen Körper angespannten Muskeln. Sie ballte die Hände zu Fäusten.

Zuerst schien es, als wolle Stürmer die ruhige, aber zielstrebige Behandlung mitmachen. Doch als die Hand des Mannes nach oben in die Nähe von Stürmers Ohren fuhr und dort Druck ausübte, war es um die Beherrschung des Hengstes geschehen.

»Stürmer, nicht!«, hörte Marie sich selbst noch rufen. Doch da war es bereits zu spät. Er quietschte auf, riss den Kopf zur

Seite und sprang mit einem einzigen Satz in den Galopp, wobei er den Stallburschen beinahe von den Füßen riss, der hastig zur Seite stolperte. Mit erhobenem Schweif und Augen, in denen das Weiß zu sehen war, preschte Stürmer davon. Er stoppte erst kurz vor dem Zaun und trabte dort auf und ab. Seine Flanke zitterte.

Der Stallbursche, der diesen Misserfolg nicht auf sich sitzen lassen wollte, ging erneut los. Doch De Vries erkannte so gut wie Marie selbst, was geschehen würde, und rief den Mann mit Namen an. Allerdings war dieser schon zu nah an Stürmer herangekommen. Der Hengst drehte abrupt um, galoppierte in die andere Richtung, schlug vor ihrer Gruppe einen Haken und jagte am Zaun entlang.

Er sucht einen Ausweg!, schoss es Marie durch den Kopf. In ihr hatte sich alles schmerzhaft zusammengezogen. Der Anblick des panischen Pferdes erinnerte sie an die ersten Tage mit Stürmer hier auf dieser Wiese, wo er jeder Annäherung so begegnet war. Sie war so konzentriert auf Stürmer, dass sie die Reaktionen der anderen auf diese missglückte Aktion nur wie durch einen dichten Nebelschleier registrierte. Das unwillkürliche Aufstöhnen, das Fritz entfuhr. Das erschrockene Flüstern zwischen Luise und Clara. Den leisen Ausruf des anderen Stallburschen neben De Vries. Dieser selbst stand wie erstarrt und hatte auf den fragenden Blick seines Burschen keine Antwort. Graf Hermann von Scheweney sah zu Paas, der die Lippen aufeinanderpresste.

»Was ist denn mit ihm?«, brummte der Graf. »Ich dachte, er weiß sich inzwischen zu benehmen.« Es war deutlich, dass Stürmers Gebaren ihm vor dem niederländischen Pferdezüchter peinlich war.

De Vries seinerseits betrachtete sein Pferd mit zusammengezogenen weißen Brauen. »Es ist Gjalt, ganz eindeutig. Ich sehe seinen Vater in ihm. Und die Narbe bezeugt es. Aber so kenne ich ihn nicht. Er war nie kopfscheu, sondern hat sich problemlos halftern lassen. Was ist geschehen?« Damit wandte er sich an Graf Hermann, der sich nun plötzlich in der Position dessen sah, der sich rechtfertigen musste.

Paas erkannte die Bredouille und sprang rasch ein, indem er sich an De Vries wandte: »Ich versichere Ihnen, Herr De Vries, wir haben das Pferd nur gut behandelt. Aber als es nach Friesenhain kam, war es sehr verstört. Niemand konnte es anfassen bis auf …« Sein Blick suchte den von Marie.

»Das stimmt«, sagte sie. »In der Zeit nachdem er verschwunden war und bevor er hierher zu uns kam, muss ihm etwas widerfahren sein, das ihn derart ungut beeinflusst hat. Er wurde sicher sehr schlecht behandelt.« In den Augen ihres Vaters erkannte sie die unausgesprochene Bitte nach ihrem Eingreifen. Ob sie es wagen sollte anzubieten, Stürmer selbst aufzuhalftern?

Doch ehe sie etwas sagen konnte, setzte sich eine andere Person in Bewegung: Wilhelm.

Weil sie beide zwei Schritte vor getan hatten, blickten sie einander an. Seine Augen, so wohlbekannt, seit jeher. Die Frage darin: *Kann ich es wagen, Marie? Wird er mir vertrauen?*

Sie blieb stehen und erwiderte seinen Blick kurz. Versuchte alle Zuversicht hineinzulegen: *Ja, du wirst es schaffen!*

Ein kaum merkliches Lächeln, das nur in seinen Augenwinkeln spielte. Dann wandte er sich um und ging los. Auf den Stallburschen zu, der sich gerade wieder mit ratlos erhobenen Schultern zu ihnen gesellen wollte.

Wilhelm nickte dem Mann zu, streckte die Hand nach Halfter und Strick aus und fasste beides mit sicherem Griff.

Marie sah, wie Graf Hermann sich alarmiert aufrichtete, den Blick starr auf seinen Sohn gerichtet. Alles an seiner

Haltung sagte: *Halt! Tu das nicht!* Was sollte er auch anderes denken? Schließlich kannte er Wilhelm nicht anders als im Umgang mit scheuenden Pferden sehr zurückhaltend. Doch Wilhelm vermied den Blickkontakt zu seinem Vater und konzentrierte sich ganz auf Stürmer, der am Koppelzaun entlangtrabte.

Der Graf, der sich vor dem Züchter keine Blöße geben wollte, würde nichts sagen, aber Marie spürte, wie auf ihrer anderen Seite Luise sich rührte, die ein paar hastige Worte mit Clara gewechselt hatte. Also hob sie rasch die Hand und griff den Ellenbogen der Freundin. Als die ihr leichtes Kopfschütteln sah, schloss Luise den bereits geöffneten Mund wieder.

Nur Paas wusste um das Geheimnis. Er trat ein paar Schritte zur Seite in Maries Richtung, sodass sein Mantelärmel den von Marie berührte. Sie wusste, so sprach er ihr Mut zu und sagte ihr: *Es wird ihm gelingen! Ich glaube daran!*

Ihr Herz weitete sich vor Liebe zu ihrem Vater. Und zugleich hielt sie vor Spannung den Atem an. Gebannt sah sie zu, wie der Grafensohn über die Koppel schlenderte, beinahe, als habe er gar nichts Besonderes vor.

Stürmer, der ihn inzwischen beinahe ebenso gut kannte wie Marie, beruhigte sich, als er sah, wer dort seitlich zu ihm ging.

Wilhelm atmete laut aus, schnaubte ein bisschen, um dem Hengst zu vermitteln, dass er selbst entspannt war und keinerlei Grund zur Furcht bestand.

Dann näherte er sich langsam seitlich und mit weit ausgestreckter Hand. Stürmer wandte den Kopf in seine Richtung, schnupperte an seinen Fingern, schnaubte ebenfalls.

Marie spürte plötzlich einen behandschuhten Griff an ihrer eigenen Hand, die immer noch Luises Ellenbogen umklammerte. Ihre Freundin, die sie mit großen Augen verwundert ansah.

Auch Clara beobachtete fasziniert, wie ihr Bruder mit dem erschreckten Pferd kommunizierte.

Ein kurzer Blick zu Graf Hermann sagte Marie, dass dieser vollkommen überrascht dem Geschehen folgte.

Und als sie nun selbst beobachten konnte, wie Wilhelm all jenes umsetzte, was sie monatelang gemeinsam geübt hatten, erblühte in Marie ein warmer Stolz auf ihn und das Pferd. Jeder konnte sehen, dass sie einander vertrauten. Denn nachdem Stürmer noch einige Mal nervös mit dem Kopf geschlagen hatte, beruhigte er sich. Er ließ sich von Wilhelm anfassen und wagte es, seine Manteltaschen auf Leckereien zu beschnuppern. In seiner feinen Kleidung, nicht für den Stall gedacht, hatte Wilhelm freilich nichts dabei. Doch das kümmerte Stürmer nicht. Er kannte den Menschen, vertraute ihm. Und als Wilhelm ihm schließlich das Halfter hinhielt, senkte Stürmer bereitwillig den hoch getragenen Kopf und ließ es sich ohne jede Scheu überstreifen.

Ein Raunen ging durch ihre kleine Gruppe. De Vries und seine Burschen murmelten einander ein paar Brocken auf Niederländisch zu, deutlich beeindruckt, Clara entkam ein erleichtertes Seufzen, und Luise flüsterte bewundernd: »Unser Bruder! Schau an!«

Doch das alles nahm Marie nur wie durch einen Schleier wahr. Sie sah Wilhelms schlanke, geschickte Hände, wie sie sanft und ruhig das Halfter schlossen. Hörte ihn leise und freundlich mit dem Pferd sprechen, ganz so, wie sie es selbst nun getan hätte. Seine Finger fuhren Stürmers Hals entlang bis hinunter zu seiner Brust, wo sie ihn ein wenig kraulten. Und Marie konnte förmlich die vertraute, duftige Wärme des Pferdekörpers spüren. Der Hengst bog sich in Wilhelms Richtung, so nah standen sie nun beieinander, dass ihr Atem sich vor Mund und Nüstern zu einer einzigen silbernen

Wolke vermischte. Innehaltend in einem Moment, der ihre währende Freundschaft erneut besiegelte.

Diesen Anblick würde sie auf immer in Erinnerung behalten.

Und dies war der Moment, als Wilhelm leicht den Kopf zur Seite neigte. Er musste sie in der Gruppe der hier Stehenden nicht erst suchen. Seine Augen fanden auf Anhieb die ihren. Mit einem Ausdruck von Stolz, Dankbarkeit und noch etwas anderem, das den Knoten, der nun seit Wochen in ihrer Brust wohnte, schmelzen ließ. Marie holte tief Luft.

Wilhelm kam mit gelassenem Schritt auf ihre Gruppe zu, Stürmer am langen Strick mit sich führend. Der Hengst folgte ihm vertrauensvoll, wohl wissend, dass ihm in Wilhelms Gegenwart nichts Böses widerfahren würde.

»So sieht also der zukünftige Herr dieses beeindruckenden Gestüts aus. Meinen Respekt, werter Graf!«, sagte De Vries in diesem Augenblick.

Seine Worte holten Marie ins Hier und Jetzt zurück.

Sie registrierte, dass der Graf zwar nichts zu Wilhelm sagte, doch als der nun wieder in ihren Kreis trat, während De Vries sich behutsam Stürmer näherte, legte der Graf die Hand kurz auf die Schulter seines Sohnes. Er schien vor unterdrückter Begeisterung regelrecht zu beben, und sein mächtiger gezwirbelter Schnurrbart bog sich.

Wilhelm lächelte ihm zu, erwiderte das väterliche Nicken. Dann glitt sein Blick weiter zu Marie. Er lächelte. Und als sie nun einander erneut in die Augen sahen, wusste sie mit einem Schlag, dass ihr Disput aus der Welt war. Im Augenblick dieses heimlichen Triumphes war die ernste Verstimmung um das Notizbuch vergessen. Und was immer es zu verzeihen gegeben haben sollte, es war vergeben.

Sein Lächeln war so frei und kam von tief drinnen, dass

Marie die Winterkälte nicht mehr spürte. Alles schien in diesem Gefühl von Frühling und Zuversicht aufzugehen.

Wie lange sahen sie sich so an? Während Graf Hermann zu De Vries trat und mit ihm Stürmer begutachtete, der sich nun brav präsentierte und berühren ließ. Während die beiden Paas hinzuzogen und Fritz sich zu den niederländischen Stallburschen gesellte. Luise trat ebenfalls zu den Männern, die Stürmers Exterieur lobten. Doch Clara war stocksteif stehen geblieben. Und ihr Blick war es, dem Marie nun begegnete, als sie ihren eigenen endlich von Wilhelms Gesicht lösen konnte.

Clara hatte dieselben blauen Augen wie ihr Bruder. Und in ihnen stand mit einem Male ein sonderbarer Ausdruck. Eine leise Verwunderung, ebenso wie ein plötzliches Begreifen.

Gerade noch hatte Marie Glück und Erleichterung empfunden. Doch nun erschrak sie über das Verstehen, das sie im Blick ihrer Freundin erkannte.

Der Moment dauerte nur einen Wimpernschlag lang, dann hörte sie Luise sagen: »Nun da wir geklärt haben, dass unser Stürmer eindeutig Ihr Gjalt ist, Herr De Vries, gilt es wohl eine Sache zu klären.«

De Vries, der gerade mit der nackten Hand über Stürmers Kruppe fuhr, um die Muskeln unter dem Fell genauer zu spüren, sah auf.

»Ganz recht, Komtess. Da ist immer noch die Frage, wie Gjalt hierherkommen konnte«, sagte er. »Es ist keine Weltreise, nein, aber trotzdem eine weite Strecke.«

Luise räusperte sich. »Das ist natürlich auch eine Sache, der wir auf den Grund gehen sollten. Dazu haben wir uns schon einige Gedanken gemacht. Er ist von der großen Pferdeschau in Enschede, nahe der Grenze, verschwunden, nicht wahr? Vielleicht waren Pferdediebe beteiligt? Im letzten Jahr gab es auch auf Friesenhain einen Überfall, bei dem es die Halunken eindeutig auf unsere wertvollsten Stuten abgesehen hatten«, sagte sie beinahe sachlich. Doch dann legte sie auf charmante Weise den Kopf schief. »Allerdings sind diese Überlegungen nicht das, worauf ich anspielen wollte. Die Sache, die zu klären wäre, ist folgende: Wie Sie wissen, heirate ich in zwei Tagen. Und unser lieber Vater hat mir Stürmer als Geschenk versprochen.«

Einen Wimpernschlag lang war es totenstill. Luise hatte locker und leicht gesprochen. Doch ihre aufrechte Haltung und geraden Schultern zeigten deutlich, wie es um ihre innere Haltung bestellt war.

Aber nicht nur sie wartete angespannt auf die nun folgende Reaktion. Die ganze Gruppe schien für einen Moment in überraschter Erstarrung eingefroren.

Marie wechselte einen Blick mit Wilhelm. Doch als ihr Blick weiterwanderte zu Graf Hermann, löste sich plötzlich dessen verdutzte Miene, und er legte den Kopf in den Nacken, um schallend zu lachen. De Vries schaute verwirrt zwischen Vater und Tochter hin und her, offenbar der Meinung, einen Witz nicht verstanden zu haben.

»Verzeihen Sie, De Vries!«, dröhnte der Graf, in seinem Überschwang ganz die förmliche Anrede vergessend. »Kinder sind doch durch nichts zu ersetzen. Sie halten uns immer den Spiegel vor, nicht wahr? Indem sie einen eisernen Willen zeigen wie wir selbst zum Beispiel.« Er tätschelte Luises Arm, kopfschüttelnd unter seinem Lachen. »Oder sie überraschen uns derart, dass wir uns nicht zu helfen wissen.« Damit wandte er sich an Wilhelm. »Was sagst du dazu, mein Sohn? Würdest du, als zukünftiger Herr von Friesenhain auch dafür plädieren, dass wir einen weiteren Friesenhengst aufnehmen?«

Marie schnappte nach Luft. In welche Richtung lief dieses Gespräch? Sie war davon ausgegangen, dass Stürmers Schicksal besiegelt wäre, sobald De Vries ihn als seinen Hengst identifiziert hatte. Aber nun preschte Luise derart vor. Und der Graf war über den Triumph seines Sohnes so gut gelaunt, dass er darauf einging – obwohl er Stürmer vor ein paar Monaten noch dem Abdecker hatte überantworten wollen. Und Wilhelm … ja, Wilhelm? Der lächelte zwar, doch seine Augen blickten entschlossen, als er sagte: »Ich bin der Meinung, dass Stürmer-Gjalt auf jeden Fall hierbleiben sollte.«

Alle sahen sie De Vries an. Der schaute überrumpelt zurück.

»Was für ein, wie sagt man, Malheur, ein Ungeschick, eine Bredouille? Denn Gjalt ist auf keinen Fall zu verkaufen.« Er neigte den Kopf zum Grafen, während Marie nach diesem unerwarteten Hoffnungsschub die nun einsetzende Enttäuschung kaum zu verkraften meinte. »Als ernsthafter Züchter müssen Sie das verstehen, werter Graf. Gjalt ist das Ergebnis von jahrzehntelangen Mühen. Er ist die Krönung meines Lebenswerkes. Ein paar Wochen vor der Pferdeschau bekam ich schon einmal ein Angebot für ihn. Ein reicher Amerikaner wollte ihn unbedingt haben. Er bot mir einen spektakulären Preis, für den er hätte ein Dutzend bester Pferde bekommen können. Aber auch dieses Angebot habe ich abgelehnt. Gjalt darf auf keinen Fall nach Übersee. Er gehört in unsere Region, aus der er stammt.«

Alle wandten die Köpfe, um Stürmer anzusehen. Der schnaubte und streckte den Hals, um noch einmal an Wilhelms Taschen zu schnuppern. Marie hätte aufschreien mögen vor Verzweiflung. Paas, der ihren inneren Kampf wohl spürte, griff tröstend nach ihrer Hand.

Da erhob sich eine Stimme, die bisher in der Gruppe noch

gar nicht zu hören gewesen war. Clara, die es von klein an gewöhnt war, bei Geschäftsbesuchen für das Gestüt stumm dabei zu sein, aufmerksam zuzuhören und zu lernen, ergriff das Wort: »Wir alle auf Friesenhain haben Verständnis für dieses Argument, Herr De Vries«, sagte sie mit ihrer ruhigen, verständigen Stimme. »Und es ist deutlich, welchen enormen ideellen Wert dieser Hengst für Sie haben muss. Zudem die Rasse im Bestand so stark zurückgegangen ist und nicht mehr viele so typische Tiere zum Kauf stehen. Allerdings habe ich bei meiner Korrespondenz mit dem Zuchtbuchamt und dortigen Ansässigen erfahren, dass Sie die Zucht aufgeben? Die Nachzucht des letzten Jahres sollte Ihre letzte sein, nicht wahr? Wollen Sie das ändern, jetzt, wo Sie Gjalt wiedergefunden haben?«

Paas' Griff an Maries Hand verstärkte sich. Auch sie starrte Clara an. Fassungslos und mit klopfendem Herzen. Denn sie hatte nicht damit gerechnet, dass auch ihre andere Freundin das Wort für Stürmer erheben würde. Clara hatte sich wie immer bestens informiert und ein gutes Argument parat. Sie alle wollten also, dass Stürmer blieb: Clara, Luise, Wilhelm und sie. Sogar Graf Hermann schien nicht abgeneigt.

De Vries sah von einem zum anderen und dann wieder zum Pferd.

»Nun, Sie sind recht informiert, Komtess. Und ich muss sagen, darüber habe ich noch gar nicht nachgedacht«, begann er. »Allerdings glaube ich nicht, dass diese Frage etwas an meiner Entscheidung ändern wird, ob ich Gjalt verkaufen will oder nicht.«

Graf Hermann legte die Hände aneinander und blickte zu Wilhelm. Auf eine neue, beinahe gleichberechtigte Weise.

»Wissen Sie, De Vries, Sie gefallen mir«, sagte der Graf nach diesem kurzen, wortlosen Austausch mit seinem Sohn.

»Und es wäre doch schade, wenn Sie die weite Reise nur für einen Morgen auf Friesenhain getan hätten. Ich lade Sie ein! Seien Sie bei uns zu Gast, feiern Sie mit uns die Hochzeit unserer Tochter! Denken Sie in Ruhe nach. Und wenn Sie dann nach der Feier, also sagen wir in einer Woche, wieder abreisen, teilen Sie uns mit, ob Sie Stürmer mitnehmen wollen oder ob er bleiben darf. Ich versichere Ihnen, mir ist bewusst, welch stolzen Kurs ein solches Pferd bedeutet. Aber so wie Sie von Ihrer kleinen Enkelin Femke erzählen, wird es Sie nicht überraschen, wenn ich bereit bin, diesen Preis für die Erfüllung von Luises Wunsch aufzubringen.«

Die beiden Männer sahen sich an, gleichermaßen Geschäftsleute wie auch Familienoberhäupter.

Marie presste die Hand ihres Vaters so fest, dass es wehtun musste. Doch er sagte nichts.

Schließlich verzog der niederländische Züchter den Mund zu einem Lächeln. »Es ist mir eine Ehre, Ihre Einladung anzunehmen«, sagte er.

Marie konnte nicht anders, ihr Blick flog zu Wilhelm. Und der erwiderte ihn. In seinen Augen standen die Worte, die sie in sich pochen spürte: Eine Woche! Eine Woche, in der sich Stürmers Schicksal entscheiden würde.

Clara

14

Die Christuskirche zu Ibbenbüren lag oberhalb des Marktes und war ein erhabener Bau mit einem stolzen Turm, den man sogar über eine innen liegende Treppe erklimmen konnte. Von dort oben bot sich ein herrlicher Blick über das Städtchen in ihrem schönen Tecklenburger Land bis zum Schafberg hinaus.

Heute Morgen gab es allerdings auch hier unten jede Menge zu sehen. Komtess Luise von Scheweney trat in den Bund der Ehe mit dem Fabrikanten Herrn Max Brugge. Die halbe Stadt war herbeigeströmt, um dieser Sensation beizuwohnen, einen Blick auf das Brautpaar zu erhaschen und vielleicht eine der Münzen zu fangen, die gewiss reichlich geworfen würden. Ein paar fliegende Händler hatten die Gelegenheit genutzt und am Rande des Marktes ihre fahrbaren Stände aufgestellt. Obwohl es Ende Januar war, herrschte die Atmosphäre des Maivolksfestes. Man lachte und plauderte, und die gehobene Bürgerschaft zerriss sich die Mäuler darüber, wie es hatte kommen können, dass Graf und Gräfin von Scheweney ihre älteste Tochter mit einem Sozialdemokraten und Journalisten verheirateten.

Von alldem war im Inneren der Kirche nichts zu merken.

Die versammelte Hochzeitsgesellschaft saß andächtig in den Bänken. Ganz vorn war Clara, zwischen ihrer Mutter und Wilhelm, vollkommen davon gefangen, was am Altar geschah.

Pastor Lenk hatte in seinem besten Talar bereits den Gottesdienst gehalten. Und nun bat er das Brautpaar, das auf zwei Stühlen vor dem Altar gesessen hatte, zu sich.

Max bot Luise die Hand, und gemeinsam traten sie vor den Geistlichen.

Mit klopfendem Herzen sah Clara zu, wie der Pastor ihrer Schwester und ihrem baldigen Schwager das Ehegelöbnis vorlas und erst Max und dann Luise seine Worte wiederholten.

In ihrem cremeweißen Seidenkleid mit Schleier und Blumenschmuck im sorgsam gesteckten Haar war Luise so schön wie eine Märchenprinzessin. Auch Max bot in seinem schwarzen Frack samt schwarzer Weste und Zylinder einen attraktiven Anblick. Die weiße Fliege kleidete ihn, und die Blume an seinem Revers harmonierte mit Luises Brautkranz.

»… dich zu lieben und zu ehren«, sagte Max in diesem Moment mit rauer Stimme, und Clara spürte ihre eigenen Hände in ihrem Schoß aufgeregt flattern.

So war es also, wenn zwei liebende Menschen einander das Jawort gaben. Nicht weil sie von Eltern, Gesellschaft und Konventionen dazu gebracht worden waren, sondern weil es ihr eigener, freier Wille war. Noch mehr als das: So wie Luise nun ihren Max ansah, war gewiss jedem unter dem Kirchengewölbe klar, dass diese Heirat ihr sehnlichster Wunsch war. Und so wie Max' Augen leuchteten, wusste Clara, dass auch seine Gefühle denen ihrer Schwester in nichts nachstanden.

»So antworten Sie mit Ja«, sagte Pastor Lenk ernsthaft an Max gewandt.

»Ja!«, erscholl Max' Antwort laut und deutlich.

Es war sehr still in der Kirche. Als hielte die ganze Gemeinde den Atem an.

»Und ich frage Sie, Komtess Luise Frederike von Scheweney …«

Aus den Augenwinkeln sah Clara, wie die blassen, schlanken Hände ihrer Mutter in ihrem Schoß das Spitzentaschentuch drückten. Es standen ihr keine Tränen in den Augen, doch sie atmete flach.

»Ja«, klang da auch Luises Stimme durch die Kirche, klar, hell und voller Freude in einer einzigen Silbe.

Unwillkürlich atmete Clara auf. Hatte Luise im Vorfeld doch etliche Mal beteuert, ihr werde gewiss etwas Unangemessenes herausrutschen, wenn sie die alles entscheidende Frage beantworten sollte.

»Somit erkläre ich euch für Mann und Frau«, sagte Pastor Lenk salbungsvoll.

Mit ineinander verschränkten Händen standen Luise und Max voreinander und blickten sich einen Moment lang an.

Dann löste Max vorsichtig seine Finger und hob behutsam Luises Schleier an. Zärtlich hauchten sie einander einen Kuss auf die Lippen.

Schon im nächsten Moment setzte mit Gebrause die Orgel ein.

Max bot Luise den Arm, und gemeinsam wandten sie sich dem Mittelgang auf die große Tür hin zu.

Dort sprangen Alfred und Rudi, die in ihren Wollanzügen und mit sorgsam gescheiteltem Haar ganz fremd aussahen, schon zu den Türflügeln, um sie aufzureißen. Sogleich drangen von draußen Jubel und laute Rufe herein.

Als das Brautpaar vorbeiging, huschte kurz Luises Blick zu Clara. Ihre Augen leuchteten.

Auch Max strahlte, so als wollte er aller Welt sagen: *Seht her! Ich halte die wundervollste Frau an meinem Arm! Bin ich nicht der glücklichste Mann überhaupt?*

Als sie vorüber waren, erhoben sich Graf und Gräfin. Claras Mutter nahm den Arm ihres Vaters, und sie folgten Tochter und frisch gebackenem Schwiegersohn. Daraufhin bot auch Wilhelm Clara den Arm, und sie schritten ebenfalls Seite an Seite, den Eltern nach, den Mittelgang der Kirche entlang.

Links saßen die Gäste der Braut. Grafen und Baroninnen, Komtessen und Baronessen, Verwandte und alte Bekannte der von Scheweneys. Sie lächelten und grüßten höflich, als Clara an Wilhelms Arm vorüberkam. Doch einige von ihnen, das konnte Clara hier und da ausmachen, warfen leicht argwöhnische Blicke hinüber auf die andere Seite des Kirchenschiffs. Denn hier saßen viele jüngere Damen und Herren. Elegant und herausgeputzt und dennoch in allem eine Spur unkonventionell und besonders. Es waren Parteifreunde von Max, Frauen aus der Bewegung, Paulas und Hedwigs Freundinnen, Frau Klingemann, die unentbehrliche Sekretärin aus der Tapetenmanufaktur, sowie der alte Vormund der Geschwister Brugge, der gerade ergriffen in ein großes, rot gemustertes Taschentuch schnäuzte. Diese Seite der Gästeschar schien die andere kaum wahrzunehmen, sondern betrachtete miteinander raunend und den beiden zuwinkend das Brautpaar.

»Ob Luise und Max wohl merken, dass die Gästeschar sich aufgeteilt hat wie das Rote Meer vor Moses?«, flüsterte Clara Wilhelm amüsiert zu, während ihnen von draußen bereits die Bravorufe entgegenschallten.

Wilhelm schmunzelte kurz, während sein Blick suchend über die Seite der Familie von Scheweney huschte. »Ich bezweifle, dass die beiden irgendetwas davon, was um sie herum passiert, registrieren«, gab er leise zurück.

Clara bemerkte, dass sie soeben an der Bank vorbeikamen, in der Baron und Baronin von Assen samt Tochter saßen. Doch Wilhelm schien sie in dem Gewirr von Gesichtern nicht zu sehen. Stattdessen suchten seine Augen die hinteren Kirchenbänke ab, wo ein Großteil der Bediensteten Friesenhains in ihrem besten Sonntagsstaat saß. Der alte Albrecht hielt sich so aufrecht, als habe er das wortwörtliche Zepter der stolzen Kammerdiener verschluckt. Sein schmucker Nachfolger Emil Neumann sprach gerade freundlich lächelnd mit der ganz in Schwarz gekleideten Haushälterin Frau Mecken, während Frau Rühl mit hochroten Wangen den Mägden zuzischelte. Gewiss ging es dabei schon um Anweisungen zu dem gleich anstehenden Hochzeitsmahl auf Friesenhain.

Und da war Marie, direkt neben ihrem Vater. Sie zwinkerte Clara mit ihren haselnussbraunen Augen zu, die vor Freude über Luises Glück glänzten.

Clara lächelte bewundernd zurück. Zwischen all den herausgeputzten Bediensteten wirkte Marie in ihrem nachtblauen Kleid mit den hellgrauen Applikationen, das der stolze Paas ihr zu diesem Anlass hatte schneidern lassen, seltsam fehl am Platz. Ihr weißblondes Haar war zu einem Knoten gesteckt, von dem einige Locken wie fließende Seide in ihren Nacken und über ihre Schläfen fielen. Ihre Haut, die im Sommer von der Sonne stets gebräunt war, schimmerte wie feinstes Porzellan.

Clara wollte Wilhelm auf ihre Freundin aufmerksam machen, nur um festzustellen, dass sein Blick bereits auf Marie ruhte. Derselbe Blick, der gerade noch suchend durch die Reihen geirrt war.

»Schau nur, wie hübsch Marie aussieht!«, wisperte sie ihm zu, als sie vorübergingen.

Zu ihrer Verwunderung nickte ihr sonst in solchen Dingen

eher zurückhaltender Bruder nicht nur, sondern murmelte: »Ja. Wunderschön.«

Er lächelte, doch seine Augen blickten ernst. Und Clara dachte an den Moment am vorgestrigen Tag, als sie alle zusammen an Stürmers Koppel gestanden hatten. Dieser Blickwechsel zwischen Wilhelm und Marie war ihr aufgefallen. Er hatte lange gedauert, hatte von einer großen Vertrautheit gesprochen. Und sie selbst hatte kurz gestutzt. Es war ihr gewesen, als verstehe sie plötzlich etwas, das ihr bisher entgangen war. Doch hatte sie seitdem nicht mehr daran gedacht. Die Aufregung um De Vries' Besuch hatte sie mit Beschlag belegt. Die anstehende Entscheidung Stürmer betreffend. Und das unerwartete Zusammentreffen mit Richard bei dem verletzten Reh.

Clara musste kurz blinzeln, als sie daran dachte. Schnell schob sie den Gedanken fort und versuchte, sich lieber auf ihren Bruder und Marie zu konzentrieren.

Doch ihre Freundin hatte sich bereits umgewandt und sprach mit Paas, ein breites Lächeln auf dem Gesicht. Auch Wilhelm hatte den Blick wieder nach vorn gewandt.

Hatte sie sich diesen Moment gerade nur eingebildet? Vielleicht ebenso wie den intensiven Blick zwischen den beiden, als Wilhelm Stürmer so gekonnt beruhigt hatte?

In diesem Moment traten ihr Bruder und sie nebeneinander aus dem Portal, und der Jubel der dort Versammelten brandete um ein Vielfaches lauter an sie heran. Glückwünsche prasselten um sie her, und mehrere Leute warfen Blumen auf das Brautpaar, das die Blüten lachend auffing. Solche Pracht im Januar!

Luise und Max nahmen alle Glückwünsche breit lächelnd und winkend entgegen, riefen hierhin und dorthin ein paar Worte und lachten, als Max die Münzen warf und kleine wie große Kinder sich kreischend darauf stürzten.

Clara, die immer noch Wilhelms Arm hielt, sah sich in der Menge um. Es waren viele bekannte Gesichter darunter. Kaufleute, Post- und Polizeibeamte, der Schankwirt aus dem Ort ebenso wie die Kinderhorde, die sommertags gern ihre Reifen über die Straßen trieb.

Doch als Clara nach allen Seiten geschaut hatte, spürte sie plötzlich eine seltsame Enttäuschung in sich wachsen. Es schien, als sei beinahe ganz Ibbenbüren und das gesamte Umland hierher zur Christuskirche geströmt. Aber eben nur beinahe.

Tief ausatmend schalt sie sich selbst. Hatte sie allen Ernstes geglaubt, ein von Thebe würde hier beim Fußvolk erscheinen und einer Komtess von Scheweney zujubeln? Nein, Richard würde ganz sicher nicht hier auftauchen, um seine Glückwünsche zu überbringen. Was für ein dummer Gedanke das war. Mit einem Anflug von Ärger schüttelte Clara rasch den Kopf. Sie sollte sich lieber auf all das Schöne konzentrieren, das diesen Tag ausmachte. Das Wetter hatte in den letzten Tagen mitgespielt. Es hatte nicht erneut geschneit, sondern war kalt, aber trocken geblieben. So hatten sie Luises Wunsch nach der weißen Hochzeitskutsche erfüllen können, die nun vorfuhr. Wolff saß würdevoll auf dem Bock, gekleidet in seine mit goldenen Knöpfen verzierte Livree. Die vier glänzend schwarzen Friesen sahen prächtig aus, und ein Ah und Oh erklang über den Platz.

Fritz sprang herbei und öffnete den Schlag. Max half Luise hinauf, und die beiden ließen sich nebeneinander auf dem Polster nieder. Sogleich schnalzte Wolff, und die Friesen trabten munter an.

Hinter ihnen strömte nun die gesamte Hochzeitsgesellschaft aus dem Kirchenschiff. Alle geladenen Gäste strebten den wartenden Kutschen entgegen. Auch die Bediensteten durften heute fahren. Damit die meisten von ihnen der

Hochzeitszeremonie beiwohnen und danach rasch wieder auf dem Gestüt ihren heutigen, besonderen Pflichten nachgehen konnten, hatte die Familie den Jagdwagen und alle Kutschen eingesetzt sowie zwei weitere geliehen.

Clara stieg hinter ihren Eltern in den Landauer, den Paas lenkte. Wilhelm grüßte noch kurz mit einer Verbeugung zur Familie von Assen hinüber, die gerade dabei war, ebenfalls in ihre große Kutsche zu steigen. Natürlich würden sie diese gleich auf Friesenhain als ihre Gäste begrüßen. Dann nahm Wilhelm den Tritt und schloss die Tür.

»Was für eine Zeremonie!«, schwärmte Gräfin Anna und strahlte in die Runde. »Hermann, die weiße Kutsche ist wundervoll mit dem Friesengespann! Luise schwebt wie auf Wolken, hast du es gesehen?«

Graf Hermann legte den Zylinder neben sich auf den Sitz und nahm die Hand seiner Frau, die in einem langen weißen Handschuh steckte, in seine eigenen.

»Ich will doch meinen, dass das Strahlen unserer Tochter nicht nur von der Kutsche herrührt«, antwortete er schmunzelnd.

Clara konnte nicht anders, als auf die Hände ihrer Eltern zu starren. Sie erinnerte sich nicht daran, jemals eine solche Geste der beiden gesehen zu haben.

»Natürlich«, erwiderte ihre Mutter mit Grübchen in den Wangen. »Es hängt gewiss auch mit ihrem Kleid zusammen, und vor allem mit dem Festessen, das uns gleich und am Abend zum Ball erwartet.« Und obwohl sie ihre Worte mit einem verschmitzten Lächeln begleitete, klopfte sie nur kurz mit den Fingern auf den Handrücken ihres Mannes und entzog sich ihm dann wieder.

Als Clara dies sah und das leichte Zucken in den Mundwinkeln ihres Vaters, spürte sie einen Stich.

Friedrich von Thebe hatte ihre Mutter die Hand nicht versagt. Er durfte sie sogar an sein Gesicht pressen, während sie in der alten Jagdhütte ihr heimliches Stelldichein hatten.

Erschrocken über diesen aufblitzenden Gedanken drehte Clara sich rasch weg und sah aus dem Fenster. Warum nur schlichen sich die von Thebes heute ständig in ihre Gedanken?

»Auf das Essen, das muss ich wirklich sagen, freue ich mich allerdings auch sehr«, sagte sie schnell, um sich abzulenken.

Ihre Eltern lachten auf, beide bester Dinge.

Dann beugte ihr Vater sich ein Stückchen zu Wilhelm. »Und es bleibt dabei? Unsere … Überraschung für die Gesellschaft?«

Der Anflug des Lächelns, das gerade noch auf Wilhelms Gesicht gelegen hatte, verschwand. Er nickte. Graf Hermann lehnte sich zufrieden in seinen Sitz zurück. Als er Claras fragenden Blick bemerkte, tanzten seine Schnurrbartenden amüsiert.

»Auch du musst dich ein wenig gedulden, liebe Clara«, sagte er schmunzelnd. »Du willst dich doch nicht um die Überraschung bringen?«

***

An dieses Fest würde man sich auf Friesenhain lange erinnern. Clara hatte das Anwesen noch nie so prächtig geschmückt gesehen. Die Gärtner hatten im großen Treibhaus Blumen gezogen, die sonst nur im Sommer blühten. Sträuße von Immortellen, Lilien und Iris waren allerorten arrangiert. So wie Girlanden und hübsche Wandbehänge, deren florale Muster ganz sicher Paula Brugges Kunst zuzuschreiben waren.

Beim Hochzeitsmahl, das sie alle erwartete, bogen sich die Tische im großen Saal unter den köstlichen Speisen. Brüggen, Meyers und Glüsenkamp hatten rechtzeitig geliefert, und Frau Rühl war zur Höchstform aufgelaufen. Exotische Früchte wie Ananas, Aprikosen und Orangen krönten die Platten mit diversen Braten, Wild und Geflügel, Gemüse, Soßen und Backwaren.

Lächelnde, lachende, glückliche Gesichter, wohin Clara auch blicken mochte. Sogar die in der Kirche noch so deutliche Spaltung ihrer Hochzeitsgesellschaft schien aufzuweichen. Denn dort drüben plauderte Baroness von Oschen mit einem jungen Journalisten, und weiter unten an der Tafel lachten gerade Paula und Hedwig mit einer alten Großtante aus den Niederlanden. Luise und Max saßen der großen Tafel vor und kamen vor Trinksprüchen und Glückwünschen kaum zum Essen.

Der erste Hausdiener Ranke jonglierte regelrecht mit Flaschen vom feinsten Wein und Champagner. Auch Emil Neumann war zum Bedienen in eine Livree geschlüpft, während der alte Albrecht mit Adlerblick die angeheuerten zusätzlichen Diener dirigierte. Obwohl die Bediensteten alle Hände voll zu tun hatten, strahlten auch sie. Offenbar genossen es alle, Friesenhain in solchem Glanz zu erleben. Und als Clara einmal kurz in die Küche hinunterging, um nach dem Rechten zu sehen, fand sie Frau Rühl und die Mägde voller Tatkraft eilend, aber bester Dinge, weil alles reibungslos lief, wie Frau Mecken stolz verkündete. Die erzählte, dass auch das Fest in der Fabrik bereits in vollem Gange sei. So wurden Luise und Max heute also an gleich mehreren Orten gefeiert.

Wieder oben im Saal stellte Clara fest, dass die Sitzordnung sich aufzulösen begann. Man stand oder saß locker in kleinen Gruppen zusammen, wobei sich die Gäste von Braut und Bräutigam noch weiter zu vermischen begannen. Was für eine erfreuliche Entwicklung.

So gesellte Clara sich zu Marie und deren Vater, die auf Luises ausdrücklichen Wunsch bei der Feier ebenfalls als Gäste geladen waren. Marie sah schier bezaubernd aus und plauderte charmant mit De Vries, der ebenfalls ihre Gesellschaft gesucht hatte. Paas jedoch wirkte, als fühle er sich in seinem feinen Anzug vollkommen fehl am Platz und wünsche sich hinaus in den Hof, um bei den Stallburschen zu sitzen und mit einem Bier anzustoßen.

»Geht doch nichts über eine so prächtig ausgerichtete Vermählung!«, dröhnte in ihrer Mitte gerade der alte Oberst Leuthagen, ein Freund des Grafen, der im Krieg einen Großteil seines Gehörs eingebüßt hatte, was er durch sein lautes Stimmorgan wettmachte. »Je älter ich werde, desto mehr zieh ich eine Hochzeitsfeier mit gutem Essen und Branntwein einer Jagdgesellschaft vor. Das Kaminfeuer, wissen Sie, De Vries. So ein Feuerchen wirkt beim Rheuma in meinen alten Knochen wahre Wunder.«

»Aber später werden Sie mich doch zu einem Tanz auffordern, Oberst Leuthagen?«, mischte Clara sich ein und nahm dankend das gefüllte Kristallglas entgegen, mit dem Ranke wie aus dem Nichts zur Stelle war.

Der Oberst lachte brüllend. »Komtess! Der Himmel bewahre! Haben Sie denn nicht mehr die Flüche meiner Frau, der Herr hab sie selig, im Ohr? Sie hat stets behauptet, auf dem Parkett hätte ich zwei linke Füße. Und das ist im Alter nicht besser geworden, müssen Sie mir glauben. Nein, nein, Sie halten sich besser an die jungen Männer hier im Saal. Ich rate Ihnen da zu einem der drei Söhne von Graf Dammertz. Wahre Helden in allem, was sie tun, wenn man ihrem Vater glauben darf.« Er kicherte, was bei seiner Leibesfülle sehr komisch wirkte. Marie und Paas mussten beide ein Grinsen unterdrücken. Clara sah zu der genannten adeligen Familie hinüber und begegnete prompt dem Blick eines der jungen Grafen. Welcher genau es war, konnte sie nicht ausmachen, denn die jungen Männer waren jeweils nur ein Jahr auseinander und sahen sich mit ihrem strohigen Haar und der wuchtigen Kinnpartie zum Verwechseln ähnlich. Rasch sah sie wieder fort.

»Hm, ja, Sie haben recht«, stimmte Oberst Leuthagen ihr zu, der ihrem Blick gefolgt war. »Für einen Tanz mit einem schmucken Begleiter wohl doch nicht die rechte Wahl. Mal schauen, wen haben wir denn da noch?« Er schien Geschmack an diesem Spiel zu finden und sah sich munter weiter im Saal um. Verlegen wollte Clara gerade anmerken, dass es doch nicht seine Aufgabe sei, ihr einen geeigneten Tanzpartner zu suchen, als der Oberst einen Laut der Überraschung ausstieß. Dann jedoch dämpfte er die Stimme und brummte: »Da hol mich doch …! Was tun die denn hier?«

Clara sah ebenfalls in die Richtung und spürte, wie ihr die Farbe aus dem Gesicht wich.

In der großen Flügeltür, die in den Flur Richtung Eingangshalle führte, standen vier Personen. Drei hochgewachsene, schlanke Männer in Frack samt Zylinder, zwei davon mit schwarzem, einer mit braunem Haar, und eine elegante Dame mit federgeschmücktem Hut. Die Dame und einen der Männer kannte Clara vom Kirchgang: Es waren der jetzige Besitzer des Nachbargutes Baron Otto von Thebe und dessen Frau Karoline. Die beiden anderen Männer sahen aus wie eine ältere und jüngere Ausgabe des perfekten Gentlemans. Clara starrte den Jüngeren an. Es war tatsächlich Richard von Thebe. Und er war in Begleitung seines Vaters, Friedrich von Thebe.

Nicht nur der alte Oberst schien die neuen Gäste bemerkt zu haben. Überall im Saal verstummten Gespräche und wurden Köpfe gedreht.

Obwohl die Musik weiterspielte, schien es Clara, als würden auf einen Schlag alle Geräusche gedämpft. Als schnurrte auch das Bild, das sich in dieser großen Gesellschaft bot, eng zusammen und ließe nur diesen einen kleinen Ausschnitt zu.

Sie registrierte vage, wie Marie und Paas neben ihr einen Blick tauschten und dass Oberst Leuthagen verstohlen zu ihren Eltern hinüberschielte, die der Tür gerade den Rücken zudrehten. Soeben trat Ranke zu ihnen, neigte sich zum Grafen, um ihm etwas zuzuraunen.

Clara sah, wie ihr Vater ruckartig den Kopf zur Tür wandte. Auch ihre Mutter folgte seinem Blick. Aus beiden Gesichtern schwand das Lächeln, das den ganzen Tag über darin gewohnt hatte. Auf der Stirn ihres Vaters bildete sich eine steile Falte, während ihre Mutter so blass wurde, als weiche alles Blut aus ihr. Ebenso blass, wie Clara sich fühlte.

Kurz schien es so, als wolle der Graf den Kopf schütteln. Doch dann schaute er zu Luise und Max hinüber, die gerade mit einer Cousine aus den Niederlanden lachten und noch nicht registriert hatten, dass etwas höchst Ungewöhnliches vorging. Die unbeschwerte Heiterkeit seiner Tochter schien den Ausschlag zu geben, denn Graf Hermann nickte Ranke zu, und der machte sich erneut auf den Weg durch den Saal, um dann die kleine Gruppe an der Tür mit einer einladenden Geste hereinzuführen.

Die unerwarteten Besucher kamen an Clara, Marie, Paas und Leuthagen vorbei. Während der Rest der Gruppe den Blick auf das Grafenpaar gerichtet hatte, sah Richard unverwandt Clara an. Er war der Letzte in der Reihe, und als er sie erreichte, hielt er inne, zog den Zylinder und verbeugte sich vor Clara ebenso wie vor Paas, Marie und dem Oberst.

»Komtess Clara, guten Tag zu diesem wunderschönen Anlass«, grüßte er. Wie immer war er glatt rasiert, auch wenn eine feine Linie quer über seine linke Wange von dem Kratzer zeugte, den Clara mit ihrem Taschentuch abgetupft hatte. Eine schwarze Locke seines stets etwas zu langen Haares fiel ihm in die Stirn, und die Kälte hatte ihm lebhafte Farbe auf die Wangen gezaubert.

Claras Herz schlug ihr bis zum Hals.

»Was tun Sie hier?«, wollte sie am liebsten rufen. »Was tut vor allem Ihr Vater hier?« Doch bis auf ein höfliches Nicken zum Gruß blieb sie stumm, bis Richard seinem Vater, dem Onkel und der Tante gefolgt war. Einen Moment lang stand sie wie erstarrt an Ort und Stelle, unfähig, auf Maries fragenden Blick etwas zu antworten. Dann ging auch sie los, einen Fuß vor den anderen setzend. Sie kam gerade bei ihren Eltern an, als Otto von Thebe sagte: »Verzeihen Sie das ungebührliche Eindringen in Ihre Festlichkeit, werte Gräfin, werter Graf. Wir haben mit einer Entscheidung gerungen und sind schließlich übereingekommen, dass dieser Anlass eine gute Gelegenheit böte, durch die herzliche Gratulation unsere besten, nachbarschaftlichen Absichten kundzutun. Mein lieber Bruder, der zurzeit bei uns zu Besuch ist, wollte sich uns anschließen. Unseren Neffen kennen Sie ja bereits.«

Die Männer zogen die Zylinder und verbeugten sich allesamt tief, während Baronin Karoline von Thebe bei ihrem eleganten Knicks den Kopf neigte. Mittlerweile verstummten immer mehr der angeregten Gespräche um sie her. Viele Gäste wandten die Köpfe und sahen zu ihnen her.

Beim Blick in die versteinerte Miene ihres Vaters und auf die flatternden Lider ihrer Mutter hatte Clara den Eindruck, dass die Luft im Saal nicht mehr ausreichte.

Ihr Vater schaffte es, die Verbeugungen mit einem höflichen Nicken zu beantworten.

»Sehr freundlich von Ihnen, Baron von Thebe, Baronin

von Thebe.« Er hielt kurz inne, während sein Blick an Friedrichs Gesicht hängen blieb, der ihn seinerseits mit durchgedrücktem Rücken beinahe lauernd ansah, als warte er auf die erste Reaktion. »Selbstverständlich sind Sie als Gratulanten willkommen«, sagte Graf Hermann nun mit seiner sonoren Stimme und schien aus dieser Höflichkeit seine Fassung zurückgewinnen. »Luise? Max?«

Die beiden hatten den unerwarteten Besuch gerade bemerkt und traten zu ihnen. Luise wirkte verwirrt und sah Clara fragend an. Die hob sachte die Schultern und zog dann die Mundwinkel hoch, um ihrer Schwester zu vermitteln, dass sie Contenance bewahren sollte.

Luise schaffte dies mit ihrem herzlichen Lächeln weit besser als sie selbst, fand Clara, die ihre Hände im Stoff ihres Rockes verbergen musste, damit deren Zittern nicht auffiel.

Während die unerwarteten Gäste ihre Vorstellung auch gegen das Brautpaar wiederholten, musterte Clara heimlich Richards Vater, der direkt neben Graf Hermann zum Stehen gekommen war.

Gegen den überaus schlanken, biegsam wirkenden Friedrich von Thebe sah ihr Vater plötzlich klein aus, bemerkte Clara bestürzt. Die Schultern des Grafen, die sie immer als breit und kraftvoll empfand, schienen mit einem Mal ein wenig in sich zusammengesunken zu sein.

Als ihr Blick weiter zu ihrer Mutter glitt, erschrak sie bis ins Mark. Deren Augen glänzten verdächtig, während ihre Hände so ineinander verkrampft waren, als befürchte sie, eine von ihnen zu verlieren. Sämtliche Gäste, der Ablauf der Feier, der in den letzten Wochen Mittelpunkt ihres Lebens gewesen war, alles schien für sie in den Hintergrund zu rücken, während sie mit mühsam aufrechterhaltener Fassung dort stand. Ihr Blick war fest auf Friedrich von Thebe gerichtet, der nun seinerseits nervös die Hand hob und sich über die silbergraue Schläfe und die glatt rasierte Wange strich. Er blieb vorerst stumm, während sein Bruder, der Gutsbesitzer, das Wort an das Brautpaar richtete.

»Werte Komtess von Scheweney, werter Herr Brugge, wir gratulieren von Herzen zur Vermählung«, sagte Otto von Thebe und verneigte sich erneut tief vor Luise und ein wenig salopper vor Max, ehe er eine schmale Schachtel überreichte.

Luise nahm sie ein wenig zögernd entgegen, während ihr Blick zu ihren Eltern und wieder zu Clara huschte. Auf Max' Nicken hin hob sie den Deckel. Auf feinem Samt lag ein mit drei Rubinen verzierter silberner Brieföffner, dem seine Kostbarkeit gleich anzusehen war.

»Was für ein wunderschönes Stück«, bemerkte Luise mit einem echten Lächeln, das sich in erster Linie an die Baronin richtete. »Haben Sie es ausgesucht, Baronin von Thebe?«

Karoline von Thebe war eine schmale Frau, deren Gesicht ein wenig gräulich und verhärmt wirkte. Doch als sie nun herzlich zurücklächelte, erkannte Clara darin die Schönheit vergangener Tage.

»Die Herren überlassen solcherlei Aufgaben gern uns, nicht wahr?«, sagte sie. »Und wir haben dann unsere Freude daran.«

»Oh, da haben Sie recht. Aber wissen Sie, die allergrößte Freude habe ich persönlich beim Aussuchen eines guten Pferdes. Ich hoffe, das zählt auch?«, antwortete Luise darauf. Das Glück des Tages schien wie ein Schild um sie zu stehen und sie vor dem Schrecken zu schützen, den Clara selbst ebenso wie ihre Eltern in Anwesenheit dieses Besuchs empfand. Sie wagte nicht, sich im Saal umzusehen, in all die neugierigen Gesichter, die ihnen inzwischen zugewandt waren. Sie wollte nicht das Tuscheln hinter vorgehaltenen Händen oder Fächern sehen. Ebenso mied sie es auch, zu

Richard hinzusehen, nahm seine Gegenwart jedoch so stark wahr, als könne sie seine Wärme spüren wie Sonnenstrahlen auf der Haut. Und war da nicht auch der angenehme Duft nach Sandelholz und Orange, der kaum wahrnehmbar an sie heranwehte?

»Wenn wir von geschmackvoller Einrichtung sprechen, Baronin, sollten Sie meine Schwester kennenlernen«, setzte Max hinzu und sah sich bereits suchend um.

Doch da mischte Friedrich von Thebe sich ein: »Sehr freundlich von Ihnen, werter Herr Brugge, aber es lag nicht in unserer Absicht, Ihre Gastgesellschaft mit längerer Anwesenheit zu stören.« Seine Stimme war der Richards ähnlich, mit angenehmem Timbre. »Wir wollten nur die besten Wünsche unserer gesamten Familie überbringen.« Das Wort *gesamten* betonte er besonders, während seine Augen den Blick der Gräfin suchten. Und Gräfin Anna sah nicht fort. Sie erwiderte seinen Blick, während ihr Lächeln verkrampft und bemüht wirkte.

Max schien die reservierten Mienen in der Runde und die Blässe seiner Schwiegermutter wie Schwägerin zu bemerken und schloss sich Luise an, die sich lächelnd bedankte und einen schönen Tag wünschte.

Es wurde erneut verneigt und geknickst. Dann wandten die von Thebes sich zur Tür um.

»Ich begleite Sie«, hörte Clara sich sagen, ehe sie noch recht überlegt hatte.

Luises hochgezogene Brauen ignorierte sie ebenso wie Wilhelms fragenden Blick, als sie auf dem Weg in die Halle an ihm vorbeikamen. Er stand mit der Familie von Assen zusammen. Margarete trug ein violettes Kleid, das in allen Farben des Regenbogens schimmerte, und hatte erfreulicherweise heute auf einen toten Vogel an ihrer Garderobe verzichtet.

Als Ranke die kleine Gruppe in die Halle kommen sah, wies er bereits eine der Aushilfen an und eilte selbst nach den Mänteln. Als die von Thebes am Windfang ankamen, waren ihre warmen Kleidungsstücke schon zur Stelle.

»Bitte richten Sie Ihrer Familie noch einmal unseren herzlichen Dank für das Willkommen aus«, sagte Karoline von Thebe zu Clara.

»Ein wunderbares Fest!«, bemerkte Otto von Thebe.

»Es war mir eine Freude, auch Sie kurz kennenzulernen, Komtess«, sagte Friedrich von Thebe. »Einen schöneren Rahmen hätte es wohl kaum geben können.«

Clara spürte in sich Hitze aufsteigen. Und plötzlich wünschte sie sich, ebenso temperamentvoll aufbrausen zu können wie Luise. Wie gern hätte sie diesen Mann gefragt, was er mit seinem Auftauchen hier im Hause bezweckte. Wieso er sich das Recht herausnahm, nach annähernd drei Jahrzehnten zurückzukehren und so zu tun, als habe er irgendeinen Anspruch darauf, ihrer Mutter von seinen Herzensabgründen zu erzählen oder deren Hand an seine Wange zu pressen? Warum er ausgerechnet an Luises Hochzeitstag ihre Eltern derart aus der Fassung bringen musste. Doch das Wahrhaftigste, was sie auf diese Aussage hin zustande brachte, war ein nur angedeutetes Lächeln und Schweigen.

Der Blick zu Richard tat ihr beinahe körperlich weh. Wie hatte er den Auftritt seiner Familie zulassen können? Die Frage, ob er womöglich sogar von dem heimlichen Stelldichein seines Vaters mit ihrer Mutter wusste, brannte in ihr. War ihm klar gewesen, welche Botschaften sich in den von ihm überbrachten Briefen verbargen?

Seine dunklen Augen schienen ihr unergründlich.

»Ich hoffe, dass unsere guten Wünsche zur Vermählung Ihrer Schwester ein wenig dazu beitragen können, unsere

Güter wieder miteinander zu versöhnen, Komtess. Nichts würde mich mehr freuen«, sagte er. Dabei wirkte er so unverstellt freundlich, dass es Clara unvorstellbar schien, dass er ein Mitwisser des Geheimnisses seines Vaters war. Und doch mahnte etwas in ihr nach wie vor zur Vorsicht.

»Das geht mir ebenso, Baron von Thebe«, erwiderte sie mit zittriger Stimme.

Er verneigte sich, und als er sie wieder ansah, meinte sie für einen kurzen Moment, in seinen Augen zu versinken.

»Gestern in der Dämmerung habe ich unser Reh gesehen«, teilte er ihr mit gedämpfter Stimme leise mit, sodass nur sie ihn hören konnte. »Ich hatte ein Fernglas dabei, als ich vier dieser schönen Gestalten auf den hinteren Koppeln äsen sah. Und da habe ich entdeckt, dass eines dabei war, das ein dünnes Band um einen Vorderlauf trug. Ihr Schützling hat also seine Familie wiedergefunden, und es geht ihm gut.«

Schwindel erfasste Clara. Dass er sie daran erinnerte, ausgerechnet jetzt. Sie daran erinnerte, wie nah sie sich beim letzten Mal gekommen waren und wie tief sie die Erkenntnis getroffen hatte, die plötzlich aus dem Nichts herangeschossen war und vor der sie Hals über Kopf geflohen war.

Sie war froh, dass er eine Antwort nicht abwarten konnte, denn Ranke trat an sie heran und hielt ihm den Mantel, in den Richard sogleich schlüpfte. Nach einem letzten, kurzen Blick zu ihr folgte er sodann Vater, Onkel und Tante zur Tür hinaus.

Clara wartete nicht, bis Ranke wieder aus dem Windfang trat und sie in seiner Miene die Verwunderung über diesen Besuch würde sehen können. Stattdessen eilte sie durch die Halle, strebte jedoch nicht wieder dem Saale zu, sondern bog nach links in die Bibliothek ab. Sie schloss die Tür hinter sich.

Die Hände in den Stoff ihres Rockes gegraben, lief sie eine

kleine Weile an der langen Fensterfront hin und her. Durch die dicke Mauer konnte sie die Musik und all die Stimmen im Saal nur gedämpft hören. Ihr war, als dränge das, was in ihr vorging, alle Geräusche und alles, was nebenan vorging, in den Hintergrund.

Was sollte sie von dem Auftritt der Familie von Thebe nur halten? Und Richard? Wusste er von den Vorgängen an jenem Nachmittag, an dem sie selbst ihre Mutter und seinen Vater belauscht hatte? Hieß er etwa gut, dass Friedrich von Thebe erneut eine Kerbe zwischen Claras Eltern hieb?

Steckte womöglich hinter diesem Gratulationsbesuch anlässlich der Vermählung der älteren Komtess von Scheweney gar keine gute Absicht, wie Richard gerade mit so treuherzigem Blick angedeutet hatte? Handelte es sich vielmehr womöglich um eine Provokation?

War Richard viel mehr der Enkel des Mannes, der vor dreißig Jahren Claras eigenen Großvater im Duell tödlich verwundet hatte, als sie angenommen hatte?

Nachdem Clara selbst erst im letzten Jahr von diesen Umständen erfahren und sie auch Richard mitgeteilt hatte, war sie zuerst davon ausgegangen, dass der junge Baron stets in guten Absichten handelte, als zukünftiger Erbe das Verhältnis zwischen ihren Gütern wieder zu verbessern suchte. Aber, dachte Clara mit bangem Flattern in der Brust, konnte sie da wirklich sicher sein?

Vom Hin und Her ihrer Schritte und Gedanken ganz aufgewühlt, ließ Clara sich hinter dem quer stehenden Bücherregal in einen Sessel sinken. In dieser Stunde würde sie keine Antwort auf diese Frage finden können. Am besten beruhigte sie sich nun und schob den Vorfall erst einmal in den Hintergrund. Das Fest war in vollem Gange und würde hoffentlich genug Ablenkung bieten.

Gerade wollte sie sich erheben, um wieder zu den anderen zu gehen, als sie hörte, wie sich die Tür öffnete. Verwundert wandte sie sich um. Alle Festlichkeiten fanden im großen Saal und für die Bediensteten draußen im Hof statt. Für einen Besuch zwischen den Büchern bestand kein Grund. Das Regal, hinter dem sie sich zurückgezogen hatte, verbarg nicht nur sie, sondern auch die Eintretenden vor ihren Blicken.

Dass es mehr als eine Person war, hörte sie an den Schritten.

Das Rascheln eines Kleides. Ein Räuspern.

Eiskalt durchfuhr sie der Schreck. Das war ihr Vater!

Und da war die Stimme ihrer Mutter: »Nun? Was gibt es Wichtiges, das du dringend mit mir besprechen musst, während unsere Tochter nebenan ihre Vermählung feiert?«

»Anna«, antwortete ihr Vater. Der Ernst in seiner Stimme jagte Clara eine Gänsehaut den Rücken hinunter. »Bitte lass uns keine Scharade miteinander spielen. Damals war es etwas anderes. Wir kannten uns nicht. Nichts war versprochen. Aber heute …«

»Ich weiß nicht, was du meinst«, erwiderte die Stimme ihrer Mutter, offenbar bemüht, ganz normal zu klingen. Doch ihre ungewohnte Höhe verriet die Nervosität. Auch Claras Vater erkannte das mühelos.

»Anna!«, wiederholte er, diesmal wesentlich entschiedener.

»Was willst du von mir?«, entgegnete Anna von Scheweney abwehrend. »Ich war von diesem Auftritt gerade ebenso überrascht wie du.«

Der Graf räusperte sich erneut. »Heißt das, du wusstest nicht, dass Friedrich wieder im Lande ist?«

Schweigen.

»Ahnte ich es doch«, murmelte er. Nach einer kleinen Weile setzte er hinzu: »Du siehst mich nicht einmal an. Hat das kurze Zusammentreffen dich derart verstört? Wie ist das möglich, nach so langer Zeit? Er braucht nur für wenige Minuten vor dir zu erscheinen, und dir steht das schlechte Gewissen ins Gesicht geschrieben? Wie …?« Er brach ab. Begriff offenbar. Seine dunkle Stimme bebte, während er weitersprach: »Es war nicht eure erste Begegnung, nicht wahr? Seit Friedrich auf dem Nachbargut zu Besuch ist, habt ihr euch schon einmal gesehen, stimmt es? Und du hast es vor mir verheimlicht! Womöglich habt ihr euch schon mehrmals in aller Verschwiegenheit getroffen?«

»Nicht mehrmals, nein«, fuhr Anna dazwischen. Clara zuckte auf ihrem Lauschposten regelrecht zusammen, so schneidend klang die Stimme ihrer Mutter. »Und wir hätten uns nicht heimlich treffen müssen, wenn ich nicht hätte sicher sein können, dass du eben so reagierst, wie du es nun tust.«

Meinte Clara es nur, oder konnte sie ihren Vater tatsächlich atmen hören? Wie er vergeblich um Fassung rang? Ihr Herz zog sich schmerzhaft zusammen. Ihr geliebter Vater, stets beherrscht, ein Fels in der Brandung, derart außer sich?

»Was erwartest du, Anna?«, fragte er schließlich. »Dass ich meinen alten Freund aus Jugendzeiten, der mit einem Schlag zu meinem größten Rivalen wurde, auf Friesenhain willkommen heiße? Das letzte Mal, dass ich ihn sah, hatte er gerade versucht, mit meiner Braut auf und davon zu laufen.«

»Aber das ist dreißig Jahre her!«, fiel sie ihm mit kippender Stimme ins Wort.

Kurz herrschte Stille. Dann antwortete er: »Dreißig Jahre. Und doch nicht lang genug. Denn sieh: Er versteht es wieder, uns zu entzweien – durch seine bloße Anwesenheit.«

Annas Kleid raschelte, und für einen kurzen Schreckmoment glaubte Clara, ihre Mutter würde womöglich um das Regal herumkommen und ihre jüngste Tochter hier sitzen sehen. Doch dann hauchte Anna, als habe sie den Grafen gar nicht gehört, und sagte es vielmehr zu sich selbst als zu ihm: »Und ich war nicht deine Braut!«

Dieser Satz, so leise er auch gesprochen war, ließ alles in Clara erzittern. Sie ballte die Hände zu Fäusten. In diesem kurzen Satz lag noch sehr viel mehr als nur die schlichte Tatsache, dass Hermann der jungen Anna damals noch keinen Antrag gemacht hatte. In Annas Worten schwang auch die unleugbare Wahrheit, dass sie niemals die Gräfin von Scheweney geworden wäre, wenn ihr Fluchtplan mit Friedrich nicht entdeckt und vereitelt worden wäre.

Die Stille im Raum dehnte sich aus wie eine zähe, klebrige Masse, die auch Clara zu erreichen schien. Sie fesselte sie an den Sessel, ihre Füße an den Boden, ihre Fäuste in ihren Schoß. Sie war unfähig, sich zu bewegen, und gezwungen, mit anzuhören, wie wenige Schritte von ihr entfernt zwei Menschen, die sie liebte, einander Schmerzen zufügten.

»Sag mir nur eins«, verlangte Graf Hermann schließlich. Seine Stimme klang fremd. »Wirst du ihn wiedersehen? Und bitte sei ehrlich. Etwas anderes ertrage ich nicht.«

Clara hielt die Luft an. Die Nägel ihrer Finger schnitten ihr ins Fleisch. Doch sie ignorierte den Schmerz. Warum bat ihr Vater ihre Mutter nicht einfach, auf weiteren Kontakt zu Friedrich von Thebe zu verzichten? Ja, warum kehrte er nun nicht den Hausherrn heraus wie bei vielen anderen Entscheidungen? Warum verbot er es ihr nicht? Doch mit dem nächsten flachen Atemzug, den Clara tat, erkannte sie die Antwort auf diese verzweifelte Frage: Weil er seine Frau nicht unterwerfen wollte. Clara unterdrückte ein Schluchzen. Ja, so war es. Ihr Vater wollte in dieser Sache nicht seine Macht als Familienoberhaupt ausüben. Stattdessen wollte er, dass Anna freiwillig zu seinen Gunsten entschied. Ihr wurde schwindelig bei dem Gedanken, was er mit dieser Haltung riskierte: Wenn Anna sich für Friedrich und gegen ihre Ehe mit ihm entschied, würde ihre Familie auseinanderbrechen! Und dies wäre eine Katastrophe, die der Familie von Scheweney, die Gut Friesenhain den Rücken brechen würde.

Trotzdem schlug Graf Hermann nicht mit der Faust auf den Tisch, sondern hielt seiner Frau eine lang verschlossene Tür offen. Sie selbst sollte entscheiden, ob sie hindurchgehen oder an seiner Seite bleiben würde.

Mit enger Kehle konnte Clara nicht anders, als ihren Vater für diese aufrechte Haltung zu bewundern. Er wollte nicht, dass zum zweiten Mal eine so wichtige Entscheidung über Annas Kopf hinweg getroffen würde. Er wollte sie nicht zwingen, weil er sie … liebte.

Clara meinte das Ringen jenseits der Bücherwand zu spüren.

»Ich weiß es selbst nicht«, sagte Anna von Scheweney leise. »Und das ist die Wahrheit.«

Stille.

»Komm«, hörte Clara dann ihre Mutter sagen. Ihr Tonfall klang versöhnlich, beruhigend. Sie hoffte von Herzen, dass sie ihre Worte mit einer ausgestreckten Hand begleitete. »Lass uns wieder hinübergehen.«

Doch wenn sie die Hand gereicht hatte, schaffte Claras Vater es offenbar nicht, sie zu ergreifen.

»Geh du«, hörte Clara ihn mit belegter Stimme antworten. »Ich bleibe noch einen Moment.«

Anna seufzte. »Nun. Wie du willst. Gleich werden sie die Hochzeitstorte anschneiden. Dabei sollten wir als Luises Eltern nicht fehlen.«

Vielleicht tauschten sie einen Blick? Eine wenn auch kleine, aber liebevolle Geste? Clara hoffte es inständig. Denn als Nächstes war die Tür zu hören, die geöffnet und wieder geschlossen wurde.

Sie saß wie erstarrt, die Hände verschlungen.

War ihr Vater wirklich allein zurückgeblieben? Als der Hausherr, am Tag der Vermählung seiner älteren Tochter?

Clara saß dort vollkommen unbeweglich, mit gespitzten Ohren in Richtung Tür horchend.

Gerade als sie glaubte, ihr Vater sei wohl doch hinausgegangen, hörte sie ein Geräusch, das ihr das Blut in den Adern gefrieren ließ. Es war leise und doch eindeutig: ein mühsam unterdrücktes Stöhnen wie unter großem Schmerz. Und da war noch etwas anderes.

Entsetzt umklammerte Clara die Sessellehne. Weinte ihr Vater etwa? Sie hatte ihn noch nie weinen gesehen. Nur eine einzelne Träne war ihm entkommen, als Paas sein altes Jagdpferd im hohen Alter von seinem Leiden erlösen musste.

Aber weinen? Nein.

Bis ins Mark erschüttert saß sie dort und hätte sich am liebsten die Ohren zugehalten, um diesem inneren Kampf ihres Vaters nicht zuhören zu müssen.

Es dauerte nicht lang, dann hatte Graf Hermann von Scheweney sich wieder in der Gewalt. Er schnäuzte sich und hüstelte ein paarmal. Erst dann wurde die Tür erneut geöffnet und geschlossen. Clara war allein. Und fassungslos. Wie oft hatte sie in der letzten Zeit gehört, dass dieser Tag zukunftsweisend sein würde. Nun ahnte sie dunkel, dass er das gewiss auch sein würde. Aber womöglich auf eine ganz andere Weise, als sie alle gehofft hatten.

Marie

15

»Möget ihr einer wunderbaren Zukunft entgegengehen!«, rief Paula Brugge, als Luise und Max gemeinsam die Hochzeitstorte anschnitten. Sie erhob ihr Glas. »Auf das Brautpaar!«

Fast alle im Saal taten es ihr nach. Das Kristall der Sektgläser blitzte mit den freudestrahlenden Augen um die Wette.

Auch Marie prostete Luise und Max zu, die sich lachend nach allen Seiten bedankten. Im nächsten Moment fing sie einen Blick aus blauen Augen auf, der ihr Herz schneller schlagen ließ. Wilhelm, der nahe bei seiner Schwester und dem neuen Schwager stand, sah quer durch den Raum zu ihr her.

Schon wollte Marie auch ihm zuprosten, angesteckt von der allgemeinen Fröhlichkeit. Doch etwas hielt sie zurück. Da lag ein Ernst in Wilhelms Miene, der sie plötzlich zögern ließ.

So oft hatte sie heute zu ihm geblickt, ihn fröhlich und sich lebhaft unterhalten gesehen. Doch nun, wo er sie ganz offensichtlich schon seit ein paar Momenten betrachtet hatte, wirkte er plötzlich ganz anders. Sie sah, wie seine Lippen sich voneinander lösten, als wolle er etwas sagen. Doch der halbe Saal lag zwischen ihnen, und so konnte sie nur ahnen, was ihn bewegte. Warum nur kam ihr intuitiv der Gedanke, er wolle sie um Verzeihung bitten? War nicht ihr dummer Streit wegen des Notizbuches ausgeräumt? Wieso nun dieser entschuldigende Blick?

In diesem Moment schlang Luise einen Arm um Wilhelms Mitte, und er wandte sich seiner Schwester zu. Nur einen Wimpernschlag später lachte er bereits wieder.

Hatte Marie sich den kurzen, ernsten Moment nur eingebildet?

Luise jedenfalls schien nichts bemerkt zu haben. Marie konnte ihre Freundin nur bewundern. Luise war die schönste Braut, die Marie sich nur denken konnte. Und obwohl der Nachmittag bereits in den Abend überging, schien sie nicht müde zu werden, mit den Gästen zu plaudern, Aufmerksamkeiten anzunehmen und allen die ihr eigene Herzlichkeit zu schenken.

Marie selbst war so viele Menschen nicht gewohnt. Die Zeremonie in der Christuskirche hatte sie genossen. Doch die vielen fremden Gesichter hier im Saal, die neugierigen Blicke, die sie und ihren Vater streiften, Wortfetzen auch in Niederländisch, Englisch und Französisch, und dazu das Knicksen und Verneigen und die höfliche Etikette – all das erschöpfte Marie allmählich. Zu gern wäre sie zur Tür hinausgeschlüpft und hätte draußen im Stall bei Stürmer eine Pause eingelegt, in der Stille und inneren Ruhe, die das Zusammensein mit den Pferden für sie meist bedeuteten. Vielleicht sollte sie zumindest kurz in die Küche hinunter und dort das Lob überbringen, das sie von allen Seiten über das famose Essen vernahm?

Auch bei der dreistöckigen Hochzeitstorte mit rosa Marzipanrosen und feinsten Zuckergirlanden, die nun in großzügigen Stücken an die Gäste verteilt wurde, hatte Frau Rühl sich wahrlich übertroffen. Die Köchin würde sich gewiss freuen, Marie kurz zu sehen und ihre Eindrücke der Feier geschildert zu bekommen. Und doch zögerte Marie hinunterzugehen. Bestimmt würde die Köchin, die für sie seit jeher eine Art Mutterfigur war, sie auch fragen, mit wem sie selbst gesprochen und wen sie kennengelernt hatte. Und da hätte Marie nicht viel berichten können. Denn obwohl niemand Anstoß daran zu nehmen schien, dass auch der Stallmeister und dessen Tochter bei der Feier anwesend waren, so suchte doch auch niemand der Fremden ihre Nähe. Sie selbst hätte nie gewagt, sich unter die Grafenfamilien und die herumschlendernden Baronessen zu mischen. Und die Frauenrechtlerinnen wie auch Max' Parteifreunde und Journalisten wirkten ebenfalls wie eine eingeschworene Gemeinschaft. Marie fühlte sich ihnen ebenso fremd wie den Gästen des Adels. So stand sie immer noch mit ihrem Vater, dem niederländischen Pferdezüchter De Vries und dem alten Oberst Leuthagen zusammen, der ihre kleine Runde mit seiner laut dröhnenden Stimme erschütterte und regen Anteil nahm an allen Pferdegeschichten, die De Vries zu erzählen wusste, während Paas nur hin und wieder eine Bemerkung beisteuerte.

Marie bemerkte die besorgten Blicke, die ihr Vater hin und wieder aus den Augenwinkeln zu ihr wandern ließ. Sicher war auch ihm klar, dass sie die einzige junge Dame war, die nicht mit Gleichaltrigen plauderte und lachte.

Verstohlen sah Marie immer mal wieder zu Wilhelm hinüber, der seiner Pflicht als junger Graf nachkam. Er ging viel im Saal herum, sprach hier mit einem Freiherrn, tanzte dort mit einer Baroness. Doch er ließ auch die Bürgerlichen nicht außer Acht. Jetzt gerade wirbelte er mit einer Freundin von Paula über das Parkett, und die beiden schienen sich glänzend zu unterhalten. Es war eine ausgesprochen schöne, junge Dame mit modisch frisiertem kohlrabenschwarzem Haar und einem beinahe forschen Gesichtsausdruck, in dem der Schalk stand. Eine so selbstbewusste junge Dame passte gut zu Wilhelm, stellte Marie fest. Die beiden gaben ein wunderbares Paar miteinander ab. Der Gedanke versetzte ihr einen feinen Stich. Und doch konnte sie sich nicht abwenden. Noch nie hatte sie an einem Ball auf Friesenhain teilgenommen. So weit reichte ihre Integration in die Grafenfamilie nicht. Und nun war ihr plötzlich so, als sehe sie Wilhelm noch einmal mit neuen Augen. Wie er in völliger Selbstverständlichkeit die Schritte tat, währenddessen Konversation betrieb und die anderen Paare im Auge behielt. Die Bewegung zur Musik schien ihm im Blut zu liegen. Er tanzte wirklich ausgesprochen gut, und nicht wenige Augenpaare im Saal folgten dem Paar mit Blicken.

Als das Musikstück beendet war, führte der Grafensohn Paulas Freundin zu ihrer Gruppe zurück, sie bedankte sich mit einem reizenden Lächeln und hakte sich sodann bei einer der anderen Frauen ein. Marie sah, wie eine andere in ihrem Kreis, eine Rotblonde mit krausen Locken, Wilhelm einen erwartungsvollen Blick zuwarf. Der aber schien nichts zu bemerken, wandte sich um und schritt durch den Saal. Zielgerichtet und entschlossen ging er. Geradewegs auf Maries kleine Gruppe zu.

Ihr Herz wollte kurz aussetzen, als sie begriff, dass er tatsächlich auf sie zuhielt.

Als er vor ihnen stand, verstummte das Gespräch der Männer. Alle sahen sie Wilhelm an.

»Erlauben Sie, Paas, dass ich Ihre Tochter auf die Tanzfläche entführe?«, richtete er sich an Maries Vater. »Es geht nicht an, dass eine bezaubernde junge Dame noch gar nicht getanzt hat.«

Während Maries Herz gerade noch erschrocken stillstehen

wollte, setzte es nun an, im Galopp aus ihrer Brust zu sprengen. Wilhelm wollte mit ihr tanzen? Hier? Vor all den Leuten? Wie im Nebel sah Marie, wie ihr Vater lächelnd nickte. Sie erkannte in seiner Miene die Erleichterung, dass sie endlich von der Männergruppe erlöst wurde. Doch war da nicht auch die leise Sorge in seinen Augen, die sie neulich im Hengststall darin hatte glimmen sehen?

»Das habe nicht ich zu entscheiden, gnädiger Herr«, antwortete ihr Vater im nächsten Moment und drehte sich zu ihr.

Wilhelm hob die Hand und reichte sie Marie. »Würdest du mir die Ehre erweisen, Marie?«, fragte er. Meinte sie es nur, oder klang seine Stimme ein wenig rauer als sonst?

»Natürlich«, hörte Marie sich leise sagen, und sie legte ihre Hand in seine.

Das kleine Orchester begann gerade wieder zu spielen. Ein Walzer, wie Marie erkannte. Wilhelm führte sie an den Rand der Tanzfläche und legte seine andere Hand an ihren Rücken, während sie mit den Fingerspitzen seine Schulter berührte.

Es war ein langsamer Takt, dem sie problemlos folgten. Während sie über das Parkett glitten, stellte Marie fest, dass ihr Eindruck von außen tatsächlich der Wahrheit entsprach: Wilhelm führte sehr versiert. Der Takt der Musik gab ihre Schritte vor, und Wilhelm lenkte sie scheinbar mühelos an den anderen Paaren vorüber. Das Neue an ihm, das sie gerade beim Beobachten von außen bemerkte hatte, fügte sich in das ohnehin schon so positive Bild, das sie vom Grafensohn hatte. Und während sie sich drehten, immer der Musik folgend, die Maries Herz hob, spürte sie mit einem Mal eine Leichtigkeit wie schon seit Wochen nicht mehr.

Die neugierigen Blicke der im Saal stehenden Damen waren ihr plötzlich vollkommen gleichgültig. Was kümmerte es sie, was die Adeligen darüber dachten, dass der Grafensohn mit der Tochter des Stallmeisters tanzte? Wilhelm war hier, hielt ihre Hand, hielt ihren Körper. Und nichts konnte ihr Hochgefühl trüben.

»Marie«, sagte er in diesem Moment leise. Sie hob den Blick und sah in sein Gesicht. In seinem Blick stand nicht die Heiterkeit, die er beim Tanz mit den anderen Damen gezeigt hatte. Nein, jetzt wirkte er ernst und beinahe ein wenig furchtsam. »Marie, ich muss dir etwas sagen. Schon seit gestern will ich …« Er brach ab, als sie nah an Luise und Max vorbeikamen, die am Rande mit Verwandten im Gespräch standen. Luise hatte sie bemerkt und winkte. Wilhelm lächelte seiner Schwester zu. Und schon waren sie vorüber.

Marie wartete, ob Wilhelm wieder anheben wollte. Doch der kurze Blickkontakt mit Luise schien ihn aus dem Konzept gebracht zu haben. Scheinbar ratlos starrte er an ihr vorbei.

»Du willst mir etwas sagen, Wilhelm?«, half sie ihm und drückte kurz seine Hand.

Er wandte erneut den Kopf und sah sie an. So leicht war Marie, beinahe schwerelos. Sie tanzten miteinander. Etwas, das sie nie auch nur in Erwägung gezogen hatte. Was sollte er ihr nun Schweres zu sagen haben? Sie lächelte ihn aufmunternd an.

Wilhelms Blick glitt über ihr Gesicht.

»Ja«, stieß er dann hervor. »Ja, das möchte ich. Aber seit gestern früh, seitdem es feststeht, gab es einfach keine Gelegenheit. Wir waren beide sehr beschäftigt. Und dann war ja auch De Vries hier und …« Hilflos brach er ab, suchte offenbar nach Worten.

»Ist es wegen Stürmer?«, wollte Marie wissen, schlagartig auch in Sorge. Wilhelm schüttelte leicht den Kopf, und Erleichterung durchflutete sie. Wenn es nichts damit zu tun hatte, dass Stürmers Schicksal bereits besiegelt war und er

Friesenhain verlassen würde, konnte es doch nichts anderes Schlimmes sein.

»Nein, es hat nichts mit ihm zu tun, Marie, sondern mit uns. Oder vielmehr nur mit mir. Ich will sagen … ich möchte nicht, dass du davon überrascht wirst, Marie. Obwohl es für alle eine Überraschung sein soll, so wie Vater es sich ausgedacht hat. Es ist so, dass …«

In diesem Moment beendeten die Streicher das Musikstück. Die Paare hielten inne und applaudierten. Dann führten die Männer die Damen zu ihren Plätzen im Saal zurück.

Auch Wilhelm hatte innegehalten. Dann sagte er leise: »Wollen wir den nächsten Tanz auch noch …?«

Doch da erklang nicht weit entfernt die Stimme von Paula Brugge.

»Fräulein Paas, möchten Sie sich nicht zu uns gesellen?« Sie deutete zu einer kleinen Gruppe hinüber, die unweit der Kapelle ein Fleckchen für sich beanspruchte. Dort stand Hedwig Schmeid neben zwei Männern, beide sehr groß, doch sonst von Grund auf unterschiedlich: der eine mit Vollbart, mächtig wie ein Bär, der andere glatt rasiert und gertenschlank. Es waren Josef Schlinger und Eduard Schmeid, die Marie bei deren Besuch auf Friesenhain neulich nur kurz beim Aufbruch gesehen hatte. Auch Fräulein Gehmlich war mit von der Partie, die Marie natürlich aus der gemeinsamen Unterrichtszeit mit den Komtessen kannte. Ein jähes Gefühl von Dankbarkeit erfüllte Marie, denn gewiss hatte Paula registriert, dass sie schon viel zu lange mit ihrem Vater und den beiden alten Männern zusammengestanden hatte.

Nun sah Marie zu Wilhelm auf. Der zögerte. Er hatte noch nicht gesagt, was er ihr dringend mitteilen wollte, und in Marie brannte die Neugierde. Doch siegte im nächsten Moment seine gute Erziehung, und er lächelte Paula an.

»Wenn Sie mir versprechen, dass ich Ihnen Fräulein Paas gleich noch einmal entführen darf, überlasse ich Ihnen fürs Erste die Aufgabe, sie bestens zu unterhalten«, sagte er galant.

Paula lachte auf. »Wir werden unser Bestes geben, Graf Wilhelm.«

Damit nahm sie Maries Arm und führte sie zu der wartenden Gruppe hinüber.

Hier wurde sie herzlich empfangen, allen vorgestellt und sogleich in ein angeregtes Gespräch gezogen. Ihr Herz jedoch pochte noch einige Minuten aufgeregt von dem gerade Erlebten. *Ein Walzer! Mit Wilhelm!*, jubelte es in ihr immer wieder. Und er würde wiederkommen und sie zu einem weiteren Tanz auffordern!

»Sind die beiden nicht ein wundervolles Paar?«, warf gerade Hedwig in die Runde. Sie alle sahen zu Luise und Max hin, die nun ebenfalls über den Tanzboden schwebten, offensichtlich ganz versunken ineinander und sich der vielen Blicke, die ihnen folgten, nicht bewusst.

»Ehrlich gesagt habe ich immer daran gezweifelt, dass mein Bruder mal eine gescheite junge Frau findet, die ihm die Stirn bieten würde«, teilte Paula ihnen in betont vertraulichem Ton mit. Ihr Grinsen verriet jedoch ihre innere Freude. »Dass es ausgerechnet eine Komtess sein würde, hätte ich natürlich niemals in Erwägung gezogen. Erinnert ihr euch an Max' Rede zum Adelsdünkel?« Die Runde lachte. Nur Fräulein Gehmlich warf einen besorgten Blick um sich, ob auch niemand die Worte aufgeschnappt hatte.

»Sosehr er seine eigenen Vorurteile überwinden musste, hatten die beiden aber auch gegen die Ablehnung der Grafenfamilie zu kämpfen«, sagte sie gerade so laut, dass es nur an die dafür bestimmten Ohren dringen konnte. »Ich habe mir große Sorgen um Komtess Luise gemacht.«

Hedwig streckte die Hand aus und drückte Fräulein Gehmlichs Arm. »Dein Mitgefühl zeichnet dich stets aus, Elsie! Du kennst den Balanceakt zwischen Adel und Bürgerlichen, weil du ihn in deiner Funktion als Privatlehrerin seit Jahren selbst vollführst. Ist es nicht umso schöner, dass wir nun heute diese Hochzeit feiern? Unser Streben zur Gleichheit der Klassen schreitet voran. Die Grenzen verschwimmen mehr und mehr. Und wenn so etwas wie das hier möglich ist«, sie nickte in Richtung Tanzfläche, »dann deute ich das als ein gutes Zeichen für die Zukunft.«

Wieder sahen sie zur Tanzfläche und betrachteten das glücklich lächelnde Hochzeitspaar, das sich dort drehte und schwang.

Marie spürte Hedwigs Worte in sich nachklingen. Die Grenzen verschwammen. Ein gutes Zeichen für die Zukunft.

Wenn doch nur die beiden Liebenden in Wilhelms Geschichte auch in einer Welt leben würden, in der solches Glück möglich wäre, schoss es ihr plötzlich durch den Kopf. Wenn der junge Ballonmacher um die Tochter des Großgrundbesitzers würde freien dürfen und niemand sich ihnen in den Weg stellen würde.

Mit einem Mal war da ein sehnsüchtiges Brennen in ihrer Brust, als gelte es unbedingt die beiden jungen Menschen aus dem ihnen vorbestimmten Kummer zu reißen. Wie seltsam war dieses aufbrandende Gefühl in Marie. Schließlich war es nur eine Geschichte. Eine Geschichte in einem Notizbuch, die noch nicht einmal für ihre Augen bestimmt gewesen war. Wie kam sie nur darauf?

»Ein gutes Zeichen für die Zukunft ist es wohl auch, dass du die erste Prüfung im Zeichenseminar mit Auszeichnung bestanden hast«, sagte Paula nun gerade mit einem verschmitzten Lächeln.

»Wie bitte?«, rief Josef Schlinger, der als Architekt der Nichte seines Freundes zu dem Studienplatz an der Hochschule für Architektur verholfen hatte. »Warum erfahre ich erst jetzt davon?«

Hedwig errötete tief bis zu den Haarwurzeln und berichtete von diesem ersten kleinen Triumph.

Abschließend erklärte sie bescheiden: »Zudem ist es von Vorteil, dass der Professor aus niederen Verhältnissen stammt und für seine Stellung schwer hat schuften müssen. Er hat ein Auge auf alle, die nicht in das übliche Raster passen.«

»Aber deswegen würde Tolenhöfer niemanden in seinen Kursen fördern, wenn er nicht vom Können der Person überzeugt wäre!«, erklärte Josef Schlinger entschieden. »Du bist eben gut, liebe Hedwig!«

»Vor allem bin ich froh, mich endlich beweisen zu können«, erwiderte sie verlegen. »Auch wenn etliche Kommilitonen das gewiss nicht gern sehen.«

»Bekommst du Gegenwind?«, erkundigte sich ihr Onkel Eduard Schmeid mit hochgezogenen Brauen. Der glatt rasierte, schlanke Edelmann war äußerlich das genaue Gegenteil seines Gefährten. Und doch wirkte er mit seinem noblen Gesicht ebenso entschlossen wie dieser.

»Bekommen wir den nicht immer, wenn wir für unser Recht eintreten?«, entgegnete Hedwig grimmig. »Oder für das Recht derer, die auf unseren Schutz angewiesen sind.«

Bei diesem Stichwort merkte ihr Onkel auf. »Du spielst auf die Kinder an, von denen ihr erzählt habt? Die Kleinen von diesem Pferdehändler? Wie hieß er noch?«, fragte er.

»Reuben«, sagte Paula düster.

Josef Schlinger zog die dichten Augenbrauen zusammen. »Der Vater muss ein wahrer Tunichtgut sein, nicht wahr?« Dabei wandte er sich besonders an Marie.

»Ich fürchte, da kann ich nicht widersprechen«, sagte sie daher. »Ich habe einige der Pferde kennengelernt, die er für eine Weile bei sich hatte, und sie sind alle verstört und ängstlich. Mein Vater sagt, dass solche Menschen, die mit Tieren nicht rücksichtsvoll und verständig umgehen, es mit den Menschen auch nicht tun.«

»Eine kluge Schlussfolgerung«, bemerkte Eduard Schmeid.

Seine Nichte fasste nicht nur Marie, sondern auch Fräulein Gehmlich ins Auge, als sie ihnen mitteilte: »Gestern waren auf unsere Bitte hin die Rechtsanwälte Frau und Herr Ulmbein beim Reuben-Hof.«

»Wie das?«, rief Fräulein Gehmlich überrascht.

Auch Marie hob die Brauen. Sie hatte das Anwaltspaar von der Frauenversammlung her noch in guter Erinnerung. Sie: groß, dick und energisch. Er: klein, mager, mit den gütigsten Augen. Beide hatten sie für die Rechte der Schwächsten gebrannt, der Kinder.

»Wir dachten, es sei eine gute Idee, uns langsam vorzutasten, wenn wir diesen Kindern helfen wollen. Dazu wäre es gut, wenn erfahrene Menschen die Lage einschätzen«, erklärte Paula Brugge und setzte hinzu: »Allerdings war Herr Reuben diesbezüglich anderer Meinung.«

Marie schlug erschrocken die Hand vor den Mund. Hedwig Schmeid schüttelte zischend den Kopf. »Vom Hof jagen wollte er sie.«

»Oh nein!«, entfuhr es Fräulein Gehmlich.

Doch Hedwig winkte ab. »Keine Bange, Elsie, du hast die Ulmbeins doch kennengelernt. Er ist zäh wie ein Terrier, wenn es um das Wohl von Kindern geht. Und sie … Nun, niemand würde sich weniger von irgendwo fortjagen lassen als Frau Ulmbein.«

Paula und Fräulein Gehmlich nickten grimmig.

»Als die beiden älteren Mädchen während des Besuchs aus dem Haus kamen, haben die Ulmbeins mit eigenen Augen gesehen, zu welchen Grobheiten gegen sie dieser Reuben in der Lage ist«, berichtete Hedwig weiter. »Im Grunde hat er uns also in die Hände gespielt, denn nun sind die beiden voll und ganz auf unserer Seite. Sie finden ebenfalls, dass die Kinder dort nicht länger bleiben sollten.«

»Aber was kann man tun?«, rutschte es Marie aufgeregt heraus.

»Auf den rechten Zeitpunkt warten«, erläuterte Josef Schlinger. »Und dann mit der Polizei eingreifen.«

»Ich hoffe nur, wir haben es mit diesem Vorstoß für die Kinder nicht schlimmer gemacht«, sagte Paula beklommen. »Reuben kann sicher eins und eins zusammenzählen und wird draufkommen, dass es zwischen dem Besuch der Anwälte und Friesenhain eine Verbindung gibt.«

Marie konnte diese Sorge nachvollziehen. Ehe noch jemand sie beruhigen konnte, nahm sie plötzlich wahr, dass die Stimmung im Saal sich verändert hatte. An ihnen vorbei schritt Graf Hermann, mit einer Sektflöte in der Hand, und stieg auf das kleine Podest, woraufhin die Musiker ihr Stück rasch ausklingen ließen.

Irgendwo im Saal wurde mit Silber an Kristall geklopft. Doch das wäre wohl nicht nötig gewesen, denn die Gespräche verstummten bereits und alle Aufmerksamkeit richtete sich auf Friesenhains Hausherrn.

Auch Marie sah ihn gespannt an. Er wirkte ein wenig hölzern, ganz anders als bei der Brautrede, die er zum Essen bei Tisch gehalten hatte. Da hatte er gestrahlt und in alle Richtungen sein dröhnendes Lachen geschickt. Vielleicht ging es ihm ähnlich wie Marie und die Anstrengung der ununterbrochenen Konversation begann, ihn zu ermüden? Solche Anfälligkeit hatte Marie bei den Herbstjagden noch nie an ihm gesehen. Nachdenklich musterte sie ihn. Zugleich war sie sehr gespannt auf seine Worte, denn sie ahnte, was nun kommen würde. Wilhelm hatte nämlich seine kleine Rede noch nicht vorgetragen.

»Hochverehrte Gäste«, setzte Graf Hermann an. »Die Familie von Scheweney kann sich glücklich schätzen, die Vermählung einer unserer Töchter in solchem Kreise zu feiern. Und ehe das Fest noch lauter und ausgelassener wird …«, es wurde gelacht und applaudiert, »möchte ich meinen Sohn Graf Wilhelm zu einer kleinen Rede bitten. Wilhelm?«

Marie sah dem jungen Grafen entgegen, der schwungvoll durch den Saal ging. Obwohl einige seiner Regimentsfreunde in Uniform erschienen waren, hatte Wilhelm den Frack gewählt, und der stand ihm ausgezeichnet. Darin war dem Grafensohn seine Eleganz ebenso anzusehen wie seine Kraft. Das kastanienbraune Haar leuchtete über dem gestärkten weißen Hemdkragen samt Fliege.

Wilhelm stieg auf das Podest, nahm den Platz neben seinem Vater ganz selbstverständlich ein und zog ein einzelnes Blatt aus der Tasche seines Rockes. Marie meinte, seine Aufregung zu fühlen, und sandte ihm eine stille Ermutigung. Als habe er dies gemerkt, fand sein Blick sie, und kurz zuckten seine Mundwinkel.

Dann räusperte er sich und begann: »Wohl dem, der eine Schwester hat. Und noch wohler, sind es derer zwei …«

Im Saal wurde geschmunzelt, während er seine kurze Rede vortrug. So wie er es auf ihrem Ausritt bei Jahresanfang gesagt hatte, handelte sie von dem großen Gut der Liebe und Zuneigung. Mit wenigen Worten beschrieb Wilhelm zudem Luise, ihre Stärke und gefürchtete Willenskraft, ihr Temperament und ihre Durchsetzungsfähigkeit. Auch zu Max hatte er wunderbar passende Worte gefunden, die brüderlich zugetan und doch in ihrem wahren Kern lustig wirkten. Alle lachten. Luise und Max hielten einander breit grinsend an den Händen. War die Rede von Graf Hermann ein Traditionsstück gewesen, das bei allen Rührung ausgelöst hatte, so war dies nun ein kleines Feuerwerk der Wortkunst. Wilhelms Liebe zu seiner Schwester und sein Wunsch, sie möge glücklich werden, war darin deutlich zu spüren.

Wärme begann sich in Marie auszubreiten, beginnend an der Stelle, an der die Rippenbogen aufeinandertrafen. War das Stolz? Hatte sie denn ein Recht, stolz auf den jungen Grafen Wilhelm von Scheweney zu sein? Und wieder dachte sie an die Geschichte, die sie verbotenerweise in seinem Notizbuch gelesen hatte. Auch dabei hatte sie dieses warme Gefühl empfunden. Seine Worte waren einfach wunderbar, und sie hätte ewig zuhören können.

Nach seiner Rede glitt sein Blick über die Köpfe hinweg. Seine Augen fanden ihre. Marie lächelte und nickte ihm begeistert zu. Doch der Ausdruck in seinem Gesicht blieb ernst.

Marie zog kurz die Brauen zusammen und legte fragend den Kopf schief. Doch da wandte Wilhelm sich bereits ab und verließ das Podest, um durch die Menge zu gehen, die ihn immer noch mit Applaus würdigte. Für einen Moment glaubte Marie, er würde wieder zu ihr kommen und den reservierten weiteren Tanz einfordern. Prompt begann ihr Herz wieder zu flattern. Doch dann erkannte sie, dass er eine andere Richtung einschlug. Und sie schalt sich still für ihre auffahrende Aufregung.

Es dauerte einen Moment, bis Graf Hermann sich wieder Gehör verschaffen konnte, denn immer noch wurde gelacht und hier und da in die Hände geklatscht.

»Ja, verehrte Gäste, ich gebe Ihnen recht«, sagte er mit seiner lauten Stimme. »Auch ich bin heute nicht nur mit Stolz auf unsere Tochter, sondern auch auf unseren Sohn erfüllt. Nicht nur, weil er es versteht, eine so viel bessere Hochzeitsrede zu verfassen als sein Vater …« Gelächter. »Sondern auch aus einem anderen Grund, den ich nun gern mit Ihnen teilen will, ehe die Kapelle erneut aufspielt …«

Er machte eine wohlgesetzte Pause, und erwartungsvolle Stille breitete sich im Saal aus.

Marie wandte den Kopf und sah zu Wilhelm. Er war zur anderen Seite des großen Raumes hinübergegangen. Dort stand er mit angespannter Miene bei Familie von Assen. Die Gesichter von Baron und Baronin von Assen strahlten, während die Baroness mit rosa überhauchten Wangen zu Boden sah.

Das warme Gefühl in Maries Bauch verklumpte sich zu einer furchtbaren Ahnung. Ihre Ohren schienen sich mit einem Mal zu verschließen. Da war das Rauschen ihres eigenen Blutes. Und so hörte sie nur gedämpft und wie von fern, wie der Graf fortfuhr: »Zum heutigen freudigen Anlass darf ich eine weitere Jubelnachricht verkünden. Erst gestern wurde es beschlossen: Wir freuen uns, das Verlöbnis zwischen unserem Sohn Graf Wilhelm von Scheweney und Baroness Margarete von Assen bekannt geben zu dürfen.«

Irgendetwas stimmte nicht mit dem Boden. Er schwankte. Doch als Marie sich erschrocken umsah, wurde ihr klar, dass nur sie es spürte. Alle anderen rissen begeistert die Augen auf, lachten, applaudierten erneut und riefen etwas.

Sie musste klatschen, sagte sie sich selbst, die Hände heben und gegeneinanderschlagen. Wenigstens lächeln. Doch sie stand nur wie erstarrt.

Sie registrierte, wie Wilhelm sacht Margaretes Arm nahm, die Baroness den Kopf hob und ihn ungewöhnlich scheu anlächelte. Die beiden nickten in alle Richtungen, aus denen ihnen Glückwünsche entgegengerufen wurden. Und dann waren da plötzlich Wilhelms Augen. Sein innig vertrauter Blick, der den ihren traf.

Marie spürte, wie der Raum zwischen ihnen zusammenzuschrumpfen schien. Sie waren wieder beim Tanzen. Nein, draußen im Hof, als Wilhelm mit Stürmer am Strick zu De Vries und ihnen herüberkam. Jetzt auf dem Ausritt Anfang des Monats, als sie lachend um die Wette galoppiert waren und plötzlich gleichauf gewesen waren.

In seinem wohlbekannten Gesicht lag ein fremder Ausdruck, voller Ratlosigkeit und der unausgesprochenen Bitte um Verzeihung.

Und schon im nächsten Moment beugte Baron von Assen sich vor und raunte seinem zukünftigen Schwiegersohn etwas zu.

Wilhelm löste seinen Blick, lächelte angestrengt und hob die eine Hand, um sich Gehör zu verschaffen.

»Vielen Dank!«, rief er in die Menge, während sich überall im Saal Sektflöten in die Luft erhoben. »Sie sehen mich ein wenig überrumpelt, denn mit dieser Verkündigung hatte ich erst später am Abend gerechnet.« Hier und da wurde gelacht. Wilhelm sprach weiter, doch seine Worte drangen nicht mehr zu Marie her.

Sie schaffte es, den Kopf zu drehen. Doch konnte ihr Blick kein Ziel finden. Er irrte umher wie ein panisches Tier in der Falle. Irgendwo war Clara. Auch sie wirkte von der Nachricht überrascht, lachte aber, klatschte mit. Sie wandte den Blick. Eine oder zwei Sekunden sahen sie einander an. Claras Miene veränderte sich. Das Lachen fror ein. In ihr Gesicht trat Bestürzung. Marie wusste sich nicht anders zu helfen, als rasch fortzusehen.

Ihr Vater, dort drüben, bei De Vries. Seine lieben, ernsten

Augen, die sie ansahen. Er wusste, was in ihr vorging, da war sie sicher. Er schaute in sie hinein und erkannte den Wirbelsturm, der in ihr tobte. Seine Lippen bewegten sich tonlos, als wolle er ihr über die Meter hinweg Trost spenden. Sonst beachtete niemand Marie, denn alle schauten zu dem Verlobungspaar hinüber.

Still entfernte sie sich Schritt für Schritt von der kleinen Gruppe, die sie gerade noch so herzlich aufgenommen hatte. Dort drüben stand immer noch Clara. Doch Marie mied ihren Blick, wandte sich um und ging sehr langsam und mit geradem Rücken nahe der Wand zur Tür.

Im Saal wurde etwas gerufen. Die Musik spielte auf. Sie sah Luise in ihrem cremefarbenen Kleid in Max' Armen über das Parkett wirbeln. Neben ihnen Wilhelm und Margarete. Da war Ranke, der mit einem Tablett im Weg stand, die Augen bewundernd auf die beiden Paare gerichtet.

Endlich die Tür. Weit offen.

Sie ging hinaus. Ihre Schritte hallten auf den blau-weißen Fliesen und zwischen den hohen Säulen der Eingangshalle. Im Flur, der in den Hof führte, lag Gimpel in der Garderobennische und hob den Kopf, als sie vorbeiging. Sein Blick schien ihr voller Mitgefühl zu sein, und prompt würgte es in ihrer Kehle. Tränen schossen ihr in die Augen, die sie hastig fortwischte.

»Marie?« Hinter ihr, in der Tür, die zur Treppe in den Gesindetrakt führte, stand das Kammermädchen Agnes. Sie hielt zwei Weinkaraffen in den Händen und sah sie fragend an.

»Ich …«, begann Marie und wusste nicht weiter. Fluchtartig drehte sie sich um, öffnete die Tür und war bereits hinaus, während sie hinter sich noch Agnes' besorgte Stimme hörte.

Im Hof waren zwei große Zelte aufgebaut, mit Tischen darin, auf denen sich Speisen und Getränke türmten. Ein kleines Feuer brannte in der Mitte des Hofes und drum herum saßen die Burschen und Knechte. Sie lachten und plauderten, waren beschäftigt mit ihren Bierhumpen. Nur Alfred sah zu ihr hinüber, wollte schon aus dem Kreise aufspringen, doch Marie hob nur die Hand und eilte weiter.

Durch das Tor, das dunkle Tor, durch das sie erst vor zwei Tagen neben Wilhelm gegangen war, seine Nähe so deutlich spürend. Und wie er sie angesehen hatte danach. Wie er zu Stürmer gegangen war, ihn gestreichelt hatte. Wie der Triumph ihre Zwietracht beiseitegefegt hatte. Als sei nichts geschehen.

Hatte er es da schon gewusst? Wenn es seit gestern feststand, musste er doch da schon den Entschluss gefasst haben. Den Entschluss, Margarete von Assen zur Frau zu nehmen.

Seine Blicke heute. Der gemeinsame Tanz, den er initiiert hatte, um mit ihr zu sprechen. *Ich möchte nicht, dass du davon überrascht wirst, Marie,* hatte er gesagt. Er hatte es ihr sagen wollen, nicht wahr? Aber machte das einen Unterschied?

Als sie aus dem Tor rannte, wollte sie zuerst zum Pförtnerhaus fliehen, hinauf und sich auf ihr Bett werfen. Doch dann fiel ihr ihr Vater ein. Hatte er beobachtet, wie sie den Saal verlassen hatte? Dann würde er sie suchen. Und sie dort zwischen ihren Kissen finden wie das Kind, das sie doch nicht mehr war. Sie wollte ihm und sich selbst nicht so hilflos erscheinen. Also lief sie ein Stück geradeaus den Fahrweg entlang, bog dann nach rechts ab zum Hengststall.

Das große Rolltor war gegen die Kälte geschlossen. Marie nahm die kleine Tür hinein in die finstere Stallgasse. Hier blieb sie einen Augenblick stehen, atmete die Stille ein. Wenn niemand hier war, brannte keine der Laternen. Januardunkelheit lag jetzt, am frühen Abend, in allen Winkeln. Marie hörte, wie sich die fünf Pferde in ihren Boxen bewegten, offenbar neugierig, was der Besuch bedeutete. Ganz hinten gab Stürmer einen leisen Begrüßungslaut von sich, eine Mischung aus Schnauben und tiefem Brummen, mit dem er sie stets empfing. Er brauchte kein Licht, um sie zu erkennen. Kannte er doch ihre Bewegungen und ihren Geruch so gut. Dennoch entzündete Marie auf der Kiste, die neben der Tür bereitstand, zwei der Laternen. Deren Griffe fest umklammernd ging sie durch die Stallgasse. Bei jedem Schritt quietschte die eine Laterne laut. Ihr Griff musste dringend geölt werden. An Stürmers Box hängte Marie die Leuchter rechts und links an den dafür vorgesehenen Haken auf. Das Licht reichte nicht weit, doch für alles, was sie zu sehen wünschte.

Stürmer streckte den Kopf über die Tür und schnupperte sehr vorsichtig an ihrer Schulter. Marie wich ein kleines Stück zurück, um ihr wertvolles Kleid nicht zu gefährden, und hielt ihm stattdessen ihre Hände hin.

»Hier, die riechen vertraut«, sagte sie leise zu ihm. »Nicht wie dieses Kleid, das du gar nicht kennst und das nach so vielen Fremden riecht, nach lauten Stimmen und … Enttäuschung.«

Ihre Augen füllten sich schlagartig erneut mit Tränen. Ja, Enttäuschung war das richtige Wort. Eine Täuschung war beendet worden. Ein stiller, feiner Betrug, den sie sich selbst zugefügt hatte. Niemand sonst war für ihren jetzigen Schmerz zuständig, nur sie allein. Sie hatte sich selbst über ihre Gefühle getäuscht, hatte sich eingeredet, Wilhelm und sie seien nur befreundet. Ihn konnte sie für ihren jetzigen Schmerz nicht verantwortlich machen.

Was hatte sie geglaubt? Dass es ewig so weitergehen würde? Der Grafensohn und die Stallmeistertochter bei heimlichen Treffen zum Training eines Pferdes? Nein, die Blase, in der sie sich selbst vorgemacht hatte, es ginge um nichts anderes als Stürmers Wohlergehen und einen freundschaftlichen Austausch, war geplatzt. Nun konnte sie sich selbst nicht länger belügen. Ihr Vater hatte recht gehabt. Er hatte sie gewarnt. Und sie hatte getan, als läge er mit seinem Verdacht falsch.

Was sie aber gefühlt hatte, als Graf Hermann die Verlobung verkündete, war mehr als deutlich. Sie konnte vor sich selbst nicht länger so tun, als würde sie für Wilhelm nicht mehr empfinden als für einen großen Bruder, einen besten Freund. Sie konnte sich selbst nicht mehr vormachen, dass sie ihn nicht … liebte.

Der Gedanke ließ ihre Augen überlaufen. Ja, wirklich, sie liebte ihn. Mit jeder Faser ihres Herzens. Und vielleicht schon immer. Schon damals, als er ihr die Geschichte von Fuchs und Hase vorgelesen hatte. Diesen beiden, die so unterschiedlich waren in ihrer Art und doch gemeinsam das schier Unmögliche schafften: dem Jäger zu entkommen, glücklich zu sein.

»Er und ich haben auch etwas scheinbar Unmögliches vollbracht, Stürmer«, wisperte Marie, während sie sanft die Wangen des Hengstes kraulte. Das liebte er und senkte genüsslich Kopf und Lider. »Wir haben dir das Vertrauen in die Menschen zurückgegeben und dich zu einem Pferd gemacht, das den Umgang mit uns wieder schätzt. Luise hätte in dir ein wundervolles Reittier gehabt …« Sie brach ab, denn ihr wurde bewusst, dass sie in der Vergangenheit sprach. Dass sie nicht mehr daran glaubte. Die Bilder aus ihren Albträumen erschienen ihr. Doch diesmal war De Vries nicht der gemeine, fiese Kerl, der Stürmer einfach mit sich zerrte. Diesmal sah Marie das freundliche Gesicht des alten Mannes, die langen silbergrauen Haare, die bis in seinen Nacken fielen, das Bedauern in seiner Miene, aber auch die Entschlossenheit eines

Züchters, der in sein Lebenswerk alles investiert hatte und es nun nicht einfach hergeben wollte.

In diesem Augenblick wusste sie, dass alle Hoffnung umsonst gewesen war. Auch hier hatte sie sich selbst getäuscht. Auch wenn Stürmer in ihrem Herzen einen festen Platz hatte, gehörte er nicht nach Friesenhain. De Vries würde ihn wieder mit sich nehmen, und sie würde ihn wohl nie wiedersehen. Denn niemand fragte nach dem Herzen einer jungen Stallmeistertochter.

Die Vision, die in ihren Träumen ihren Anfang genommen hatte, wurde beinahe greifbar. Während sie zärtlich Stürmers Kopf streichelte, konnte sie vor sich sehen, wie er mit De Vries ging. Weil Stürmer wieder gelernt hatte, dass die Menschen ihm Gutes taten. Würde er sich noch einmal nach ihr umdrehen?

In diesem Moment schlug der Hengst die unter ihrem Kraulen genüsslich geschlossenen Augen auf und hob den Kopf. Maries erster Gedanke war, dass er die Bilder in ihrer Vorstellung irgendwie empfangen haben musste. Doch dann hörte sie es auch: die Stalltür wurde geöffnet und wieder geschlossen. Kurze Stille. Sie blinzelte in die Dunkelheit, die sich außerhalb der Reichweite ihrer Laterne ausbreitete.

Schritte auf der Stallgasse. Ein wenig unsicher auf sie zukommend.

»Papa«, sagte sie, und ihre Kehle verengte sich. Er hatte sie gefunden, natürlich.

Doch die Gestalt, die sich nun aus dem Dunkel löste und die Gasse entlangkam, war nicht ihr Vater. Es war ein großer Mann mit breiten Schultern in Wollhose, Pullover und dickem Jackett.

Hastig fuhr Marie sich mit den Händen über ihre Wangen und wischte notdürftig die Tränenspuren fort.

»Kurt? Was tust du hier?«

Der unsichere Schritt, den sie zunächst für den ihres Vaters mit dem Holzfuß gehalten hatte, rührte wohl daher, dass der Stallbursche etliche Bier zu viel gehabt hatte.

»Hab Se vorbeigeh'n sehn«, brummte er und kam noch näher heran. Bei Stürmers Box angekommen, lehnte er sich gegen das Holz der Tür. Stürmer legte kurz die Ohren an. Als Kurt ihn nicht weiter beachtete, drohte er nicht weiter, blieb aber auf der Hut. Marie konnte es ihm nicht verdenken. Auch sie hatte bei diesem Kerl ein ungutes Gefühl. Und er war derjenige auf Friesenhain, den sie in diesem Moment am allerwenigsten in ihrer Nähe haben wollte.

»Und was tust du jetzt hier? Es ist alles in Ordnung mit den Pferden. Davon habe ich mich schon selbst überzeugt«, sagte sie, in der Hoffnung, er werde rasch wieder gehen. Doch Kurt sah sie mit flackerndem Blick an.

»Hab mich gefragt, was Se hier woll'n. Wo Se doch drinnen sein können, bei den Herrschaft'n. So fein, als wär'n Se selbst eine von denen.« Er musterte ihr Kleid und die sorgfältig gesteckte Frisur, bei der Agnes ihr vor dem Fest geholfen hatte. »Ham 'ne Stimme drinnen, bei denen. Auf Se hört man«, fuhr er fort und rückte nun so nah, dass sie seinen malzigen, schalen Atem riechen konnte. Marie drehte den Kopf ein wenig zur Seite.

»Nicht mehr als auf andere, die sich zu benehmen wissen«, erwiderte sie.

Kurt hob die Hand, und Stürmer wich erschrocken zurück. Doch der Stallbursche wollte sich offenbar nur wichtigtun. Trotzdem registrierte Marie, wie der Hengst auf ihn reagierte. Hatte es noch mehr als nur die eine von ihr beobachtete Situation im Hof gegeben, in der Kurt grob mit ihm gewesen war?

»Hab mich gefragt, ob Se 'n Wort einleg'n für mich«,

lallte Kurt. »Weg'n dem Lohn. Der reicht vorn bis hint'n nich. Für die schwere Arbeit 'n ganzen Tag. Wenn Se das für mich tun wür'n, würd ich mich auch revan … reeevansch … revanchier'n.« Mit einem Grinsen, das er wohl für charmant hielt, neigte er den Kopf zu ihr. Angeekelt wich Marie zurück.

»Dein Lohn würde sehr wohl reichen, wenn du nicht alles in den Bierpalast tragen würdest«, antwortete sie, während Kurt sich etwas schwankend an der Boxentür festhielt.

»Is das 'n Nein?«, knurrte er. Wartete ihre Antwort erst gar nicht ab, sondern setzte sofort um einiges lauter hinzu: »Hätt ich mir denken könn'n! Sind sich zu fein für unsereins, hä?« Er rutschte nach, und Marie wich noch weiter zurück. Schon spürte sie die Stallwand hinter sich.

»Werd bitte nicht so laut«, mahnte sie ihn, denn nicht nur Stürmer hatte nun den Kopf gehoben. Auch die anderen vier Hengste begannen, unruhig zu werden. »Du machst die Pferde scheu.«

»Ich?«, wiederholte Kurt mit drohend zusammengezogenen Brauen. »Ich mach die Pferde scheu? Was interessieren mich die Gäule?«, brüllte er. »Das ganze Geschiss, das die oben um die machen! Den Viechern geht's besser als mir!«

»Kurt, sei leise!«, versuchte Marie es noch einmal. Doch er achtete nicht auf sie, kam stattdessen noch näher und schrie ihr ins Gesicht: »Du denkst doch auch, du bist was Besond'res! Nur weil dein Krüppel von Vater vor Jahrzehnten dem Alten aus der Patsche geholfen hat!« Kurt streckte die Hand aus, um nach ihr zu greifen. Doch Marie tauchte gerade noch rechtzeitig unter seinem Arm durch. Sie wollte vor ihm fliehen, da hatte er sie mit seiner großen Hand am Rock gepackt. Sie schlug auf seine Finger, doch er hielt sie fest.

»Lass mich!«, zischte sie. Ihr Herz schlug schmerzhaft gegen ihren Brustkorb.

»Du bist nichts Besseres!«, belferte Kurt. In seinen Augen waren vom Trinken Adern geplatzt und durchzogen rot das Weiße darin. »Bild dir das bloß nich ein!«

Maries Kehle war wie zugeschnürt. Sein fester Griff, den sie mit ihren ungeschützten, kalten Fingern nicht zu lösen vermochte, versetzte sie in Panik.

»Dir sollte man mal zeigen, wo du hingehörst!«, grollte er. Im nächsten Moment holte er mit der anderen Hand aus. Vielleicht, um sie zu ohrfeigen oder derb zu stoßen. Doch so weit kam es nicht, denn Marie stieß ihn ihrerseits vor die breite Brust. Unbeholfen vom Trinken taumelte er zurück und ließ ihren Rock los. Seine Hände ruderten wild durch die Luft, als er versuchte, das Gleichgewicht zu halten und gegen Stürmers Boxentür stieß.

Marie hastete über die Stallgasse zur Tür. Doch da hörte sie hinter sich plötzlich ein Geräusch, das sie innehalten ließ. Das Quietschen der Stalllaterne. Sie fuhr herum.

»Ich würd bleiben«, schnarrte Kurt mit einem breiten Grinsen. Die eine Hand hielt die Laterne, die Marie gerade entzündet hatte. Die andere nestelte am Riegel zu Stürmers Box herum. »Wenn de nich willst, dass dein feines Pferchen Feuer unterm Hintern kriecht.«

Er ruckelte an dem Riegel. Offenbar hatte Fritz den noch nicht repariert, denn er klemmte immer noch, stellte Marie erleichtert fest.

»Lass das sein, Kurt!«, befahl sie mit möglichst fester Stimme und ging mit ausgestreckten Händen wieder auf ihn zu. Als sie ihn erreichte, roch sie erneut seinen Alkoholatem. »Gib mir die Laterne!« Sie griff danach, doch obwohl Kurt so betrunken war, war er schneller als sie und entriss sie ihr. Er ließ vom Riegel ab, schwang stattdessen den Arm mit der Laterne hoch, offenbar in der Absicht, sie zu Stürmer in die Box zu schleudern.

Marie geriet in Panik, mit einer Kraft, die sie sich selbst nicht zugetraut hätte, fiel sie dem Stallburschen in den Arm. Mit voller Wucht traf sie seine Brust. Und während sie ihm die Laterne entwand, stieß sie ihm mit dem Ellenbogen so heftig unters Kinn, dass seine Zähne aufeinanderschlugen.

»Na warte!«, keuchte er und umfasste mit beiden Händen ihre Kehle.

»Hilfe!«, krächzte Marie, während er zudrückte. Ihre Stimme viel zu dünn, ihr Ruf viel zu leise, als dass jemand nebenan auf dem Fest es hätte hören können.

Während sie mit der einen Hand den Laternengriff umklammerte, versuchte sie, mit der anderen den eisernen Griff um ihren Hals zu lösen. Sie wand sich und trat mit den Füßen, erwischte Kurt am Knie. Er ächzte und knurrte nur umso wütender, während er sie mit seinem Körper gegen die Boxentür presste.

Stürmer wieherte schrill, und die anderen Hengste fielen ein.

Kleine, bunte Lichter erschienen vor Maries Augen. Sie bekam keine Luft mehr. Die Laterne entglitt ihren Fingern. Mit einem Klirren fiel sie zu Boden.

Marie riss die Hände hoch, krampfte sie um Kurts starke, raue Finger, die unbarmherzig zudrückten.

Wenn ein Kerl zudringlich wird, hörte sie plötzlich eines der Dienstmädchen in ihrem Kopf sagen, *hilft nur eines.* Das Lachen der anderen Mädchen unten in der Küche, als sie die Bewegung ausführte, schallte in Maries dröhnendem Kopf. Und so riss sie in dem weiten Rock das Knie hoch. Und traf.

Kurt heulte auf und klappte in sich zusammen. Im Fallen riss er Marie mit sich. Sie versuchte, zur Seite auszuweichen, doch er ließ sie nicht los, sie stolperten, stürzten, und er begrub sie unter sich.

Verzweifelt versuchte Marie, den schweren Körper von sich

zu schieben. Doch Kurt bekam mit der einen Hand ihre beiden zu fassen und hielt sie wie in einem Schraubstock fest. Er war so stark, jaulte immer noch vor Schmerz, der ihn offenbar rasend machte, fluchte und besprühte sie mit Spucke. Und dann fand seine andere Hand erneut ihre Kehle und drückte zu. Marie bäumte sich auf, schlug mit dem Kopf hin und her. Vor ihren Augen flimmerte es. Gesichter tauchten auf. Papa. Wilhelm. Luise und Clara, wie sie gemeinsam lachten. Wilhelm. Wie sie tanzten. So nah. So fern. Es wurde schwarz um sie her. Das Dröhnen in ihren Ohren wurde unerträglich, füllte ihren gesamten Kopf aus. Ihre Lunge brannte. Hier und jetzt also, dachte sie in einem letzten klaren Moment. Auf diese schmachvolle Weise würde sie sterben.

Doch da, plötzlich, mit einem gewaltigen Ruck wurde das Gewicht des Körpers auf ihr fortgerissen. Ihr Hals war frei.

Marie schnappte nach Luft, die kühl in ihre Brust drang. Wieder und wieder holte sie Atem, während dicht neben ihr zwei große Körper schnaufend miteinander rangen. Keuchen und Ächzen. Ein mächtiger Schlag. Ein dumpfer Schrei ertönte. Irgendetwas knackte laut. Ein Stöhnen. Und dann war es schlagartig still.

»Marie! Marie?« Zwei Hände griffen nach ihren Schultern und schüttelten sie sachte. Marie schlug die Augen auf und blickte in das Gesicht von Emil Neumann.

»Dem Himmel sei Dank!«, entfuhr es ihm.

Marie musste husten und drehte den Kopf zur Seite. Ihr Hals schmerzte schrecklich. Emil stützte sie, während sie sich mühsam aufsetzte.

»Ich dachte schon, ich sei zu spät!«, murmelte er fassungslos, während er immer noch ihre Schultern umfasst hielt.

Emil Neumann war hier. Er hatte sie gerettet. Die Gefahr war vorüber. Sie würde hier und heute nicht sterben müssen.

Aber die Laterne? Als sie sich hastig umblickte, sah sie die Lampe zerbrochen am Boden, die Flamme erloschen.

Ein trockenes Schluchzen entfuhr ihr. Und dann brach ein Damm in ihr. Tränen strömten ihr übers Gesicht, mehr und mehr. Sie konnte nicht aufhören, zu wimmern und ihre Angst, den Todesschrecken herauszuweinen.

Emil hielt sie im Arm, wiegte sie, strich ihr beruhigend übers Haar und murmelte tröstende Worte.

»Es ist alles gut, Marie, keine Angst. Du bist in Sicherheit«, sagte er immer wieder leise, während sie mit ihren Tränen seine Livree durchnässte.

Marie hatte keine Vorstellung davon, wie viel Zeit vergangen war. Doch irgendwann wurde die Tür im Rolltor aufgeschoben, und eilige Schritte waren zu hören.

»Marie!«, donnerte Paas. Als Marie den Kopf von Emils Schulter hob, sah sie ihren Vater auf sie zustürzen. Dicht gefolgt von Fritz, Alfred und Rudi.

»Papa!« Marie streckte ihm die Hand entgegen, während Emil sie behutsam losließ. Ihr Vater ergriff ihre Arme und half ihr vom Boden auf, um sie in eine innige Umarmung zu ziehen. An seiner Schulter murmelte sie beruhigend: »Es geht mir gut, Papa, dank Herrn Neumann.«

»Was ist geschehen?«, wollte ihr Vater wissen und versuchte sich aus der Situation einen Reim zu machen, indem er Marie, Emil und den bewusstlos am Boden liegenden Kurt ansah.

»Kurt hat in betrunkenem Kopf einen Streit angefangen«, erklärte Marie leise. »Er wollte mich dazu bringen, für ihn einzutreten, damit er mehr Lohn bekommt. Und als ich mich weigerte, wollte er die Stalllaterne in Stürmers Box werfen.«

Ein empörter Aufschrei ließ sie zusammenzucken, und sogleich schlug Alfred sich erschrocken und ein wenig verlegen die Hand vor den Mund. Doch niemand rügte ihn. Stattdessen sagte Fritz: »Was für ein Schurke!«

Die Stallburschen bedachten die mit ausgestreckten Armen und Beinen in der Stallgasse liegende Gestalt mit wütenden und verächtlichen Blicken. Ihr Fräulein Paas angreifen! Und dann auch noch das Schlimmste überhaupt anrichten wollen: ein Feuer!

»Wenn Herr Neumann nicht gewesen wäre …«, setzte Marie hinzu und fuhr sich mit den Fingern über die Stelle am Hals, wo der grobe Kerl sie gewürgt hatte.

Paas bemerkte die Bewegung, neigte den Kopf, um genauer sehen zu können. Marie spürte, wie ihr Vater sich am ganzen Körper versteifte. Mit gefährlich verengten Augen schaute er zu Kurt. Noch nie hatte sie ihn derart bedrohlich erlebt.

Doch dann ging ein leichter Ruck durch ihn, und er wandte sich an Emil.

»Ich bin Ihnen zu tiefem Dank verpflichtet, Herr Neumann!«, sagte er.

Der Kammerdiener wehrte beinahe verlegen ab. »Es ist doch eine Selbstverständlichkeit einzugreifen, wenn Not ist«, erwiderte er.

Marie schüttelte benommen den Kopf. »Wie sind Sie eigentlich hierhergekommen? Sie haben doch drinnen auf dem Fest zu tun«, wollte sie dann wissen und musterte ihn. »Oje, Ihre Livree! Die wird für diesen Abend nicht mehr brauchbar sein.«

Emil sah ebenfalls an der ramponierten Jacke herab und zuckte mit den Schultern. Dann erinnerte er sich an ihre Frage. »Agnes hat gesagt, dass Sie hinausgerannt sind«, erklärte er, halb an Marie, halb an ihren Vater gewandt.

Marie fiel auf, dass er sie nun wieder siezte, während er so vertraulich zu ihr gesprochen hatte, als er sie tröstete. Vielleicht war dies dem ersten Schrecken geschuldet gewesen?

»Wir haben uns zufällig im Flur getroffen. Sie war auf dem Weg in die Halle, und ich kam von dort. Es ließ mir keine Ruhe, und da bin ich kurz in den Hof gegangen. Ich dachte, vielleicht ist Ihnen nicht gut und jemand sollte Ihren Herrn Vater unterrichten. Und da kam Alfred zu mir.«

Er sah zu dem Jungen hinüber, und alle folgten seinem Blick. Alfred wurde bei all der Aufmerksamkeit unruhig, bohrte die Hände in die Hosentaschen und scharrte mit den Füßen.

»Ich hatt' doch geseh'n, dass Sie zum Tor raus sind, Fräulein Paas. Und dann ist der Kurt hinterher. Da dachte ich, ich sag's dem Herrn Neumann, weil … Ich weiß nich, ich trau dem Kurt nich.« Die letzten Worte spuckte er regelrecht aus, während er zu dem am Boden Liegenden schaute.

»Du bist recht, Alfred! Gut gemacht!«, lobte Paas den Stallburschen, der daraufhin noch verlegener wurde, jedoch grinste. Rudi klopfte ihm anerkennend auf die Schulter.

»Herr Neumann, wie kann ich Ihnen danken?«, richtete Marie sich mit heiserer Stimme an den Kammerdiener.

»Nicht doch, Fräulein Paas. Das hätte jeder andre an meiner Stelle auch getan!«, erwiderte er. Dann sah er an sich herab. »Ich sollte mich wohl umkleiden und sehen, dass ich meinen Aufgaben auf dem Fest nachgehe.« Im Hinausgehen tätschelte auch er kurz Alfreds Schulter und sagte: »Gut aufgepasst, Junge!«

Alfred schien ein paar Zentimeter zu wachsen.

»Was passiert jetzt mit dem Kurt?«, wollte Rudi wissen, während er näher trat und den Bewusstlosen mit der Stiefelspitze anstieß. Kurt begann laut zu schnarchen.

Mit angewidertem Gesicht wandte Paas sich an den ältesten der Burschen. »Fritz, sorg du dafür, dass diese Ausgeburt hier verschwindet, ja?« Er nickte zu Kurt hinunter. »Er darf seinen

Rausch in der Sattelkammer ausschlafen. Aber wenn er wach wird, mach ihm klar, dass er gut daran tut, wenn er mir nicht mehr unter die Augen kommt. Ich will ihn auf Friesenhain nicht mehr sehen.«

»Ganz recht, Herr Paas«, brummte Fritz und sah aus, als hätte er noch ein paar weitere Ideen, wie mit ehemaligen Stallburschen zu verfahren sei. Doch er tat, was der Stallmeister ihm sagte, und nickte den beiden Jungen zu. »Packt mit an, ihr zwei. Wir laden ihn in die Karre und bringen ihn rüber. So können wir ihn im Auge behalten, bis er aufwacht und sich davonmachen kann.«

Marie sah noch, dass die drei Stallburschen mit Kurt nicht eben sanft umgingen, dann spürte sie, wie ihr Vater sie zur Tür führte. Sie drehte sich noch einmal zu Stürmer um, der den Kopf über die Boxentür streckte und leise schnaubte. Alles in ihr schien taub und ohne Gefühl zu sein.

Ihr Vater hielt sie eng an sich gedrückt, während sie schweigend den Fahrweg überquerten.

Marie sah durch das dunkle Tor hinein in den Hof, in dem das gedämpfte, fröhliche Stimmengewirr der Stallburschen und Knechte zu hören war. Drüben im Ostflügel des Herrenhauses waren die Fenster des Ballsaals hell erleuchtet. Das Licht der Lüster ließ alles golden erstrahlen. Die Musik drang durch die Fenster, so leicht, so heiter erzählte sie von der Eleganz der dort drinnen Versammelten. Männer mit hohen Zylindern und weißen Kragen, Frauen in bunten, kostbaren Kleidern und prächtigem Kopfschmuck zeichneten sich gegen die Scheiben ab, lachend, fröhlich ins Gespräch vertieft.

Kurz musste Marie blinzeln. Hatte sie selbst tatsächlich dort drinnen bei den anderen Gästen gestanden? Hatte sie sich zu den Takten der Musik gedreht? Ganz so, als wäre sie eine von ihnen? Das alles schien weit entfernt zu sein. Wie eine Szene aus einer anderen Welt. Einer Welt, zu der Marie nicht gehörte.

Sie wandte den Kopf ab.

Ihr Vater öffnete die Tür des Pförtnerhauses und schob Marie sanft hinein in die schlichte Stube mit ihrem blank geschrubbten Holzboden und den wenigen, bequemen, jedoch in die Jahre gekommenen Möbeln. Hierher gehörte Marie. Hier war ihr Zuhause, nicht dort drüben.

Nachdem Theo Paas die Tür geschlossen hatte, standen sie kurz voreinander. Dann zog er sie wortlos an sich, ohne Rücksicht darauf, dass ihr verschmutztes Kleid auch seinen feinen Anzug in Mitleidenschaft ziehen würde. Ihr Vater hielt Marie liebevoll umfangen, wie er es ihr ganzes Leben lang getan hatte.

Marie barg ihr Gesicht an seiner Brust. Erneut kamen ihr die Tränen. Doch diesmal war es nicht das haltlose Schluchzen des Schreckens und der Angst, das sie an Emils Brust geschüttelt hatte. Was im Stall mit Kurt geschehen war, wirkte zwar noch in ihr nach. Doch es rückte in den Hintergrund. Sein Überfall hatte nur gelingen können, weil sie sich so verletzt und schwach gefühlt hatte. So vollkommen erschüttert durch das, was sie auf der Feier drinnen im Haus erfahren hatte.

Diesmal weinte Marie um die Täuschung, der sie erlegen war. Die Enttäuschung und den Schmerz, die sie empfand. Sie weinte um Stürmers Schicksal, das sie wieder trennen würde. Weinte um die nächste Hochzeit auf Friesenhain. Während ihr Vater ihr tröstend übers Haar strich, ließ Marie ihren Tränen freien Lauf und konnte lange nicht aufhören.

Luise

16

»Es ist so schön, wie du fortwährend an meiner Seite bist«, raunte Luise Max zu. Der Abend ihrer wunderschönen Hochzeitsfeier war bereits fortgeschritten, und sie legten gerade an einem kleinen Tisch eine Pause vom Tanzen ein, um eine Erfrischung zu sich zu nehmen. Es war der erste Moment des langen Tages, an dem sie nahezu ungestört zu zweit waren.

Max nahm ihre Hand und beugte sich zu ihr. Während er durch den Saal blickte, erwiderte er leise: »Das wird von nun an meist so sein. Ich hoffe, es wird dir nicht jetzt schon zu viel?«

Als er den Kopf wandte und sie anblickte, klopfte Luises Herz prompt schneller. Wie machte er das nur? Dass sie von Anfang an in seiner Gegenwart solch ein inneres Flattern empfand? Schon damals, auf ihrer ersten Frauenversammlung, als sie ihn kennengelernt und für einen unverfrorenen, dreisten Kerl gehalten hatte.

»Ich kann nicht behaupten, dich nach wenigen Stunden unserer Ehe bereits sattzuhaben«, entgegnete Luise verschmitzt.

»Warum tanzt du dann nicht mehr mit mir?«, erkundigte er sich in gespieltem Ernst.

Luise sprang auf und zog ihn von seinem Stuhl. Lachend

traten sie wieder aufs Parkett und mischten sich erneut unter die anderen Tanzpaare.

So glücklich wie an diesem Tag hatte Luise sich ihr ganzes Leben lang noch nicht gefühlt. Ja, sie hatte nicht einmal zu träumen gewagt, solch einen Sternenregen jemals geschenkt zu bekommen.

Wie feierlich die Zeremonie gewesen war. Der Pfarrer derart stolz und seines Amtes voll bewusst. Die halbe Stadt hatte vor der Kirche gewartet, um Max und sie für wenige Augenblicke zu bejubeln. Dabei hatte es im letzten Jahr so gar nicht nach einem solch glücklichen Verlauf ausgesehen. Ein Sozialdemokrat und eine Komtess – unmöglich! Das Einverständnis von Graf und Gräfin von Scheweney hatte diese Verbindung erst erhalten, als Max nicht nur einige wertvolle Stuten vor den Pferdedieben, sondern dabei auch Luise das Leben gerettet hatte. Ja, da hatte Luises Mutter plötzlich von der einen großen Liebe gesprochen, der sie sich nicht entgegenstellen wollte.

Als habe er ihre Gedanken erraten, fragte Max leise an ihrem Ohr: »Wie hat eure Mutter den überraschenden Gratulationsbesuch der von Thebes verwunden?«

Nach ihrer Verlobung im letzten Jahr hatte Luise ihm anvertraut, was sie selbst erst gerade durch ihre Mutter erfahren hatte: Dass zwischen Gräfin Anna und Baron Friedrich von Thebe ein Liebesverhältnis bestanden hatte, welches die Fehde zwischen den Familien und schließlich den Tod ihres Großvaters im Duell zur Folge gehabt hatte.

Luise suchte in der Menge ihre Eltern und fand sie im Gespräch mit einem Paar aus der Nachbarschaft. Sie wirkten ganz wie immer, höflich und freundlich.

»Ein seltsamer Moment war das, nicht wahr? Da schien das Gefüge unseres perfekten Tages plötzlich ein wenig ins

Wanken zu geraten«, gestand sie. »Mama wirkte regelrecht erschüttert, und Papa war recht blass. Sogar Clara war für eine Weile verschwunden.«

»Aber zum Anschneiden der Torte waren sie alle wieder da«, bemerkte Max, dem das also auch aufgefallen war. »Es scheint also nicht allzu schlimm gewesen zu sein.«

Luise lächelte bei der Erinnerung an Claras aufmunterndes Nicken. *Nichts soll diesen Tag trüben!,* hatten ihre Augen gesagt. Und wie recht Clara wieder einmal hatte. Denn für Sorgen blieb morgen noch Zeit genug. Und so ließ Luise sich von Max nun weiter über die Tanzfläche drehen, während an deren Rand die Gesichter vieler lieber Menschen vorbeizogen.

Die Feier war von solcher Pracht, dass alle Gäste voll des Lobes waren.

»Und, mein Lieber? Was denkst du jetzt über all den Pomp, wie du es genannt hast, als wir noch in der Planung steckten? Es scheint dir nicht unangenehm zu sein, dass unsere Gäste sich so wohlfühlen«, neckte sie Max.

Er schmunzelte. »Ja, wer hätte gedacht, dass nicht nur die adeligen Familien der Umgebung, sondern auch meine engen Parteifreunde, die aus der Zeitungsredaktion und sogar die Damen aus der Frauenbewegung von gutem Essen und hübschem Ambiente zu bezaubern sind.«

Luise lachte.

»Und schau dir Frau Klingemann an, die gute Seele!«, wies sie ihn auf ein ganz besonderes Paar hin. Sie blickten beide über die Tanzfläche.

Graf Hermann hatte Max' Sekretärin aufgefordert, die offenbar nicht recht wusste, wie ihr geschah, denn sie trug eine verdutzte Miene zur Schau, über die Luise heimlich schmunzeln musste.

Max lächelte liebevoll. »Es war ihr nicht auszutreiben, erst auf der Feier in der Tapetenmanufaktur nach dem Rechten zu sehen. Aber seitdem sie sich davon überzeugt hat, dass dort alles ganz wunderbar läuft, unterhält sie sich hier ganz ausgezeichnet. Auch wenn sie in ihrem neuen Kleid sehr ungewohnt wirkt.«

»Immer wenn sie dich ansieht, strahlt sie wie eine stolze Mutter«, bemerkte Luise amüsiert.

In diesem Moment tanzten Hedwig und Josef Schlinger mit viel Energie vorüber, während Paula mit Eduard Schmeid sehr viel eleganter einherschwang. Luises Schwägerin und deren Gefährtin hatten mit ihrem Hochzeitsgeschenk alle übertroffen, denn sie hatten eine Reise nach Italien entworfen. Rom, Florenz, Mailand. Lauter verlockende Städtenamen. All dies sollte das Brautpaar ganz nach Belieben genießen können: vielleicht schon übermorgen, vielleicht auch erst im April, wenn in diesem Land mit beständigem Sonnenschein gerechnet werden konnte.

Aber es war der Anblick der beiden männlichen Tanzpartner, bei deren Anblick Luise ein aufgeregtes Kribbeln im Bauch verspürte. Der Architekt und sein Gefährte schienen ihr wie ein Leuchtfeuer für die aufregende Zukunft an der Hochschule in Hannover, die sie nun erwartete.

Sie kamen an Clara vorbei, die vom alten Oberst Leuthagen sehr schwungvoll durch den Saal manövriert wurde.

Doch wo war Marie? Luise reckte den Hals, aber vergebens. Ihre Freundin war nirgends auszumachen. Auch Paas konnte sie nicht entdecken. Stattdessen fiel Luises Blick auf Wilhelm, der soeben Margarete von Assen von der Tanzfläche führte.

Bei diesem Anblick entkam ihr ein leises Seufzen. Hoffentlich hatte ihr Bruder sich diesen Schritt reiflich überlegt. Ja, es stimmte, die beiden waren ein hübsches Paar, wie alle Gäste begeistert kundgetan hatten. Er: dunkelhaarig, groß und von einer vornehmen Zurückhaltung. Sie: zart, weizenblond, mit einem Lächeln, das mal schüchtern und mal keck wirken konnte.

Aber Luise konnte sich einfach nicht überwinden, für Margarete echte herzliche Sympathie zu empfinden. Die junge Baroness war für Luises Geschmack zu affektiert, ausschließlich an Mode und ihrer eigenen Wirkung in bester Gesellschaft interessiert. Was Marie über deren Umgang mit dem armen Amigo erzählt hatte, hatte Luises Abneigung nur noch gesteigert. Und diese junge Frau sollte zukünftig die Herrin über Friesenhain sein? Über das Geschick des Gestüts bestimmen, das doch eine pferdeverständige, sanfte Hand gewohnt war – wie die von Marie zum Beispiel. Wo war die Freundin nur?

»Ich hätte nicht vermutet, dass dein Bruder so ein Heimlichtuer ist«, sagte Max, der ihrem Blick gefolgt war. »Wusstest du wirklich nichts von der Verlobung?«

Luise schüttelte den Kopf. »So wie ich Mutter verstanden habe, hat er ihr gestern den Antrag gemacht. Eigentlich wollte er nicht, dass Vater es heute verkündet, weil es allein unser Tag sein sollte. Aber du hast ja inzwischen auch schon Bekanntschaft mit dem Dickkopf des Grafen von Scheweney gemacht.«

»Den zumindest seine ältere Tochter von ihm geerbt zu haben scheint«, setzte Max hinzu und grinste sie an, als sie ihn in gespielter Empörung ansah. »Und den ich demnach einfach lieben muss, denn er macht dich zu einer unverwechselbaren, starken … zu *meiner* Luise!« Die letzten Worte raunte er ihr ins Ohr, während er den Kopf zu ihr neigte. Ein wohliger Schauer rann Luise über den Rücken.

»Und wie gern ich die bin, mein Max«, flüsterte sie zurück.

Sie sahen einander an. Für einen Moment erkannte sie im

Licht der Leuchter ihr Spiegelbild in seinen braunen Augen, die so engagiert und entschlossen blicken konnten, wenn es um seine politischen Ziele ging, aber auch so liebevoll und zärtlich, wenn er sie anschaute.

Wie schon öfter an diesem Tag war ihr, als würde die gesamte Hochzeitsgesellschaft, womöglich sogar der Rest der Welt hinter einem hellen Nebel verschwinden. Eine schützende, wenn auch durchlässige Wand, die nur Max und sie selbst umschloss.

Der gesamte Abend zog an ihr vorüber. Mit vielen kleinen Gesprächen, Gelächter und fröhlichen Stimmen. Die Mitternachtssuppe wurde serviert, und der Duft von Lauch und Zwiebeln zog durch den Saal. Die Hochzeitstorte erfreute sich erneut der Zusprache, als habe es den ganzen Tag über nichts zu essen gegeben.

»Wo ist denn Marie?«, erkundigte Luise sich bei Clara, die sich bei Tisch neben sie setzte. »Erst gestern noch hat sie unten in der Küche behauptet, sie werde die Hälfte der Torte allein verdrücken. Und jetzt kann ich sie schon eine ganze Weile nirgends ausmachen.«

Die Miene ihrer Schwester wurde ernst, und schlagartig ergriff eine unangenehme Ahnung von Luise Besitz.

»Was ist passiert?«, flüsterte sie Clara zu.

Clara ließ beklommen den Löffel in ihre Suppe sinken.

»Es gab einen Vorfall, draußen im Hengststall«, raunte sie. »Der neue Stallbursche, dieser Kurt, hat Marie betrunken angegriffen.«

»Oh nein!«, entfuhr es Luise entsetzt, und sie dämpfte rasch ihre Stimme, denn ein paar Plätze weiter hoben zwei ihrer weiter entfernt verwandten Cousinen neugierig die Köpfe. »Es geht ihr doch gut?«

Auf ihrer anderen Seite beugte Max sich unauffällig ein

wenig vor, um von dem geflüsterten Gespräch auch etwas mitzubekommen.

»Dank Emil Neumann, ja«, antwortete Clara. »Er konnte eingreifen und hat Kurt k. o. geschlagen.«

»Aber …?« Gerade noch so überglücklich hätte Luise nie gedacht, dass irgendetwas an diesem Abend ihr derart die Sprache verschlagen würde. Sie brachte nichts weiter heraus.

Mit gesenktem Blick wisperte Clara ihr und Max zu: »Paas hat es Vater erzählt. Und ich stand zufällig dabei. Luise, es klang tatsächlich, als habe Emil Marie das Leben gerettet. Dieser Kurt hat …«, Clara musste innehalten, »er hat sie gewürgt.«

Max sog scharf die Luft ein. Schockiert starrte Luise ihre Schwester an. Dann schob sie mit einem Ruck den Stuhl zurück, um aufzuspringen.

Max legte seine Hand an ihren Arm. »Luise«, sagte er leise.

Clara ergriff ihre andere Hand. »Es geht ihr gut, Lulu. Sie ist im Pförtnerhaus, Paas bleibt bei ihr. Und diesen Kurt müssen wir alle nicht wiedersehen. Fritz und die anderen Stallburschen sorgen bestimmt dafür, dass er schon früh am Morgen auf Nimmerwiedersehen vom Hof getrieben wird«, erklärte sie halb beruhigend, halb grimmig.

»Ich will trotzdem schauen, wie es ihr geht«, erklärte Luise, noch in der Schwebe zwischen Stehen und Sitzen.

»Sie braucht jetzt etwas Ruhe, Lulu«, sagte Clara. »Keine aufgeregte Braut, die um sie herumflattert. Bestimmt wäre es ihr schrecklich unangenehm, wenn du wegen ihr deine eigene Hochzeitsfeier verlässt.«

Luise sah in die vertrauten blauen Augen ihrer Schwester. Clara hatte recht. Marie würde das nicht wollen und sich am Ende noch selbst Schuld daran geben, ihrer Freundin die Freude an der Feier verdorben zu haben. Langsam ließ sie sich wieder auf ihren Stuhl sinken.

In ihr pulsierte der Schreck über das gerade Gehörte. Aber noch etwas anderes machte ihr zu schaffen. Irgendetwas war seltsam an dieser Geschichte. Und dann fiel es ihr auf.

»Was hat Marie im Hengststall getan?«, wollte sie wissen. »Gerade heute Abend? Ihr neues Kleid. Ihre Schuhe. Ist sie etwa so in den Stall gelaufen? Warum?«

Mit einem Mal verschloss sich Claras Gesicht auf sonderbare, ungewohnte Weise.

»Du kennst sie doch«, murmelte sie und wich Luises Blick aus, indem sie den Löffel wieder aufnahm. »Sie hat immer nur die Pferde im Kopf und vergisst darüber auch mal, dass sie für eine Stallvisite nicht passend gekleidet ist.«

Nachdenklich schaute Luise sie an. Doch offenbar wollte ihre Schwester nicht mehr dazu sagen.

Auch Max, der von der anderen Seite her von einem seiner Zeitungskollegen angesprochen wurde, konnte das Thema nicht weiter vertiefen.

Und so stocherte Luise in ihrem Stück Torte herum und grübelte darüber, wie nah Glück und Unglück manchmal beieinanderlagen. Während sie hier drinnen in Max' Arm über die Tanzfläche geschwebt war, hatte Marie drüben im Hengststall um ihr Leben fürchten müssen.

Doch Emil Neumann war eingeschritten und ihr zu Hilfe geeilt, nicht wahr? Der Kammerdiener im Hengststall? Das war allerdings noch merkwürdiger als Maries eigener Wechsel von der Feier dorthin. Wie war es wohl dazu gekommen?

Luise legte nachdenklich den Kopf schief. In der letzten Zeit hatte sie sich wegen der Vorbereitungen zur Hochzeitsfeier häufiger als sonst im Gesindetrakt aufgehalten. Da war die eine oder andere Bemerkung von Frau Rühl gefallen. Kleine Andeutungen, die sich um ein mutmaßliches Interesse eines gewissen jungen Mannes an einer gewissen jungen

Frau drehten. Luise hatte es als Klatsch abgetan. Doch war ihr selbst nicht einmal diese Idee gekommen? Als sie vor ein paar Wochen die kleine Szene zwischen Marie und Emil Neumann im Hof miterlebt hatte? Vielleicht war es also doch nicht so überraschend, dass Neumann Maries Nähe gesucht und auf diese Weise gerade rechtzeitig dazugekommen war?

Wer wusste schon, was im Rahmen einer solchen Feier wie der heutigen geschehen konnte? Was zuerst wie ein Unglück aussehen mochte, könnte sich womöglich recht romantisch entwickeln? So jedenfalls wünschte es Luise ihrer lieben Freundin von Herzen.

»Ranke?«, rief sie den ersten Hausdiener kurz zu sich, als er an ihr vorüberkam.

»Komtess?«

»Bitte seien Sie so gut und stellen Sie ein besonders großes Tortenstück für Marie zurück. Ihr ist nicht wohl. Aber morgen wird sie sich gewiss darüber freuen«, bat sie ihn. Ranke neigte den Kopf und eilte davon.

Luise bedachte den sahnigen Kuchen auf ihrem eigenen Teller mit einem prüfenden Blick. Wenn sie für ihre liebe Freundin nichts anderes tun konnte, als ihr eine Süßigkeit aufzuheben, dann wollte sie zumindest dies getan haben.

Nach diesem kurzen Zwischenspiel, das Luises Hochstimmung ein wenig gedämpft hatte, verflog die Zeit erneut wie von Zauberhand.

Die Standuhr in der Halle schlug eins, dann zwei. Allmählich begann der Saal sich zu leeren. Die auswärtigen Gäste verabschiedeten sich, hüllten sich in ihre dicken Mäntel, Hüte und Schals und kletterten in der Auffahrt rasch in die bereitstehenden Kutschen.

Ein paar Verwandten aus den Niederlanden hatte Gräfin Anna die Gästezimmer auf Friesenhain angeboten. Und so schritten Tanten und Onkel, Vettern und Basen die Treppe hinauf, was bei dem ein oder anderen eher zu einem Wanken geriet. Nur die Familie van Leeuwen fehlte, rund um Annas Base Maxime und deren Sohn Johan. Luise war nicht traurig darum. Denn sosehr sie Johan anfangs auch geschätzt hatte, ja, einer Zukunft mit ihm nicht abgeneigt gewesen war, so sehr hatte sie später ihre innere Ablehnung empfunden, als sie erfahren hatte, was er wirklich über sie und ihr großes Ziel des Studierens dachte.

Als die letzten Gäste gegangen waren, zog sich auch der Rest der Familie von Scheweney zurück. Luise nahm neben Max die Stufen hinauf in die Beletage.

Ihre wunderschöne, gemütliche Landvilla Schwalbe war noch längst nicht fertig zum Einzug. Und so würde ihre Wohnsituation noch eine Weile bestehen bleiben. Mit dem Unterschied, dass Max nun das Recht hatte, ebenfalls in Luises Zimmer zu übernachten.

Als sie ihn nun an der Hand in ihre Räume führte, fiel die Müdigkeit, die sie in der letzten Stunde zunehmend empfunden hatte, von ihr ab. Sie zog die Handschuhe von ihren Fingern und versuchte dabei, das Zimmer mit fremden Augen zu sehen, welches bisher einen Großteil ihrer Welt ausgemacht hatte. Das ihren Kummer ebenso wie ihre größten Freuden gesehen hatte.

Agnes hatte den Raum in ihrer Abwesenheit mit Blumen geschmückt, die vor den Fensternischen auf dem Boden, auf dem Sekretär und dem Frisiertisch standen. Im Kamin prasselte ein behagliches Feuer, das den Raum angenehm wärmte und zudem als einzige Lichtquelle die vertrauten Möbel und Gegenstände beinahe magisch erscheinen ließ.

Max blieb an der Tür stehen und sah sich um. Wie sonderbar es war, ihn hier in diesem vertrauten Raum zu sehen. Sein

Blick glitt über die Bilder an den Wänden, die Teppiche, zu den tiefen Fenstern, vor die die schweren Vorhänge gezogen waren. Und dann zum Bett, auf dem die Decke einladend zurückgeschlagen war.

Luise sah, dass Agnes zwei weitere Kissen hinzugelegt hatte, auf die Seite des Bettes, die näher zur Tür lag. Und es war der Anblick dieser beiden Kissen, die plötzlich ihre Knie weich werden ließ.

Max kam mit großen Schritten zu ihr und umfing ihre Taille. »So schwach mit einem Mal?«

Luise lehnte den Kopf an seine Brust und meinte, darunter seinen raschen Herzschlag zu hören.

»Es ist nur so warm hier drinnen. Vielleicht sollten wir …« Mit klopfendem Herzen schob sie ihre Daumen unter das seidige Revers seines Fracks und ließ ihm die feine Anzugjacke über die Schultern gleiten.

Max hielt ganz still und betrachtete dabei ihr Gesicht. Als das Jackett mit einem leisen Geräusch zu Boden fiel, legte Luise ihre Finger um seine Hände und hob sie hinauf in ihren Nacken, zum Verschluss des Kragens. Max' Augen ruhten immer noch auf ihrem Gesicht. Er schluckte.

Langsam drehte Luise sich herum und spürte, wie seine Finger, zunächst ein wenig steif, dann immer geschickter, die mit Seide bezogenen Knöpfe Stück für Stück durch die engen Schlaufen schoben. Als er auch den letzten gelöst hatte, wandte Luise sich wieder ihm zu, streifte in der Bewegung das Oberteil ihres zweiteiligen Hochzeitskleides ab und ließ es ebenfalls auf den Teppich gleiten.

Das enge Korsett, das sie heute gewählt hatte, hob ihre Brüste in ihrem Unterkleid, und Max strich sanft mit der Spitze seiner Daumen über deren Ansatz.

Das Prickeln stieg von dieser Stelle auf bis hinauf zu ihrem

Haaransatz. Luise glaubte, dass sämtliche feine Härchen an ihrem Nacken sich aufrichteten.

Rasch stellte sie sich auf die Zehenspitzen und küsste ihren Mann. *Ihren Ehemann.*

Max erwiderte den Kuss mit der Zärtlichkeit, die sie von seinen Küssen kannte und die sie so liebte. Doch dann veränderte sich etwas. Seine Zunge wurde forschender, seine Hände schienen durch den dünnen Stoff des Mieders auf ihrer Taille zu glühen. Auch Luise, zum ersten Mal ganz gewiss, dass niemand sie stören würde oder Anstoß nehmen könnte, ließ alle Zurückhaltung fahren. Ihre Küsse wurden heftiger, leidenschaftlicher, während ihre Körper sich aneinanderschmiegten. Mit zittrigen Fingern löste sie die weiße Fliege und knöpfte Max' Hemd auf, spürte ihn rascher atmen, als ihre nackte Hand unter die Biesen fuhr und seine Haut berührte.

»Und nun?«, sagte sie, ebenfalls atemlos. »Wie geht es jetzt weiter?«

Max lächelte sie an und sah zu ihrem Entzücken plötzlich verlegen aus.

»Du verlangst doch nicht, dass ich es dir in allen Einzelheiten erkläre?«, murmelte er mit einem schiefen Grinsen.

Luise lachte laut auf. »Herr Brugge! Was denken Sie?«, rief sie. »Ich bin auf einem Gestüt aufgewachsen. Da erfahren auch die Töchter so einiges.«

Sah er erleichtert aus? Sie musste fast schmunzeln. Doch dann griff sie in seinen Nacken und fuhr mit den Fingern in sein Haar hinein. »Keine Bange, mein lieber Mann, du musst mir nichts erklären. Aber es mir zeigen, das könntest du.«

Max erwiderte nichts. Stattdessen senkte er den Kopf und berührte ihre Lippen erneut mit seinen.

Marie

17

Am nächsten Morgen ging Marie schon zu ungewohnt früher Stunde hinüber ins Herrenhaus. Sie wollte vermeiden, dass sie Wilhelm im Hof begegnen würde. Darüber hätte sie sich freilich nicht sorgen müssen. Der Innenhof Friesenhains lag noch im Dunkel. Bis zum Sonnenaufgang war noch Zeit, und niemand der Familie war hier unterwegs.

Doch in der Gesindestube war bereits die Dienerschaft versammelt, denn nach der Feier und mit den Gästen im Hause gab es viel zu tun. Marie murmelte einen Gruß und setzte sich möglichst unauffällig zu Paas, Fritz, Rudi und Alfred auf ihren angestammten Platz an die eine Seite des Tisches.

Meinte sie es nur, oder breitete sich nun eine erwartungsvolle Stille im Raum aus?

»Wo ist der Stuten?«, brummte der alte Albrecht. Und als er ihm gereicht wurde, säbelte er eine dicke Scheibe ab und schob sie Marie auf ihr Brettchen.

Frau Rühl stellte die Schüssel mit dem Rührei vor ihr ab. »Nimm dir, Marie!«, sagte sie mit einer so sanften Stimme, als säße sie am Bett einer Schwerkranken. »Nach dem gestrigen Schrecken musst du hungrig sein. Du hast ja die Mitternachtssuppe verpasst.«

Sie wussten es also alle.

Marie griff rasch nach dem Messer und butterte die Scheibe Stuten.

»Danke. Aber es geht mir schon wieder gut«, antwortete sie leise, während sie in die Stulle biss und langsam kaute.

Mit leicht gesenktem Kopf sah sie zum anderen Tischende hinüber, wo Emil Neumann saß und ebenfalls sehr beschäftigt mit seinem Frühstück war. Als habe er ihren Blick gespürt, wandte er den Kopf und lächelte sie aufmunternd an.

Paas, der sich gerade Kaffee nachnahm, sagte: »Kurts Platz können Sie wieder räumen, Frau Rühl.«

»Natürlich!«, sagte die Köchin und winkte einer der Mägde zu, die Brettchen und Becher von Kurts Platz hastig zusammenschob.

Dann wandte sie sich wieder Marie zu. »Und es geht dir wirklich gut, Mariechen? Ich … Also, im Grunde weiß ich gar nicht so recht, was genau geschehen ist. Aber …«

»Doch, es ist alles in Ordnung, Frau Rühl. Sie können ganz beruhigt sein«, beeilte Marie sich zu sagen und schob ihr Halstuch zurecht. Es verbarg die rot und blau schimmernden Male an ihrer Kehle, die sie beim Aufstehen im Spiegel entdeckt und mit Schaudern betrachtet hatte.

Frau Rühl spitzte kritisch dreinschauend den Mund. »Hm«, machte sie und wartete offenbar auf eine Erklärung. Als nichts kam, sagte sie: »Nicht dass mich das wundert, dass der Kurt was verbrochen hat. Er hat so was Gewöhnliches, das nicht hierhergehört, wie ich mein.«

Marie spürte, wie Alfred ihr gegenüber auf seinem Stuhl unruhig hin und her rutschte. Dann platzte er plötzlich heraus: »Wenn Herr Neumann nicht gewesen wär, hätt der Kurt unser Fräulein Paas erdrosselt in seinem Suff!«

Nun sahen alle am Tisch auf. Sämtliche Diener, Mägde

und Hausmädchen schauten auf den neuen Kammerdiener. Dem alten Albrecht klappte der Kiefer herunter.

»War das so?«, wollte er wissen, zwischen Strenge und Bewunderung schwankend.

»Ich war nur zur rechten Zeit am rechten Ort«, sagte Emil Neumann achselzuckend. Marie bemerkte, dass alle weiblichen Augen am Tisch zu glänzen begannen.

»Nicht so bescheiden, Herr Neumann!«, mischte Frau Mecken sich ein und stieß mit einem Kopfnicken Käthe an, die daraufhin dem Kammerdiener erneut die Platte mit dem besten Käse reichte.

»Nein, wirklich. Mehr braucht darüber nicht gesagt zu werden«, versicherte Emil. »Außer dass sowohl Agnes als auch Alfred so aufmerksam waren, mich darauf hinzuweisen, dass etwas im Gange sein könnte. Ohne die beiden hätte ich auch nichts ausrichten können.«

Alfred saß wie vom Donner gerührt. Das hohe Lob vor all den Ohren schien den Jungen geradezu zu versteinern. Und nur langsam verzog sich sein Mund im sommersprossigen Gesicht zu einem verlegenen Grinsen.

Agnes dagegen war blutrot angelaufen und blinzelte nervös, während sie scheu zu Emil Neumann hinübersah. Der lächelte sie an und tauschte dann einen einvernehmlichen Blick mit Paas und Albrecht, die beide nickten. Dann hob Emil seine Tasse und nahm einen Schluck.

Obwohl alle am Tisch ganz offensichtlich darauf brannten, mehr zu erfahren, fragte nach dieser Aussage niemand nach. Und doch spürte Marie, wie die Blicke um sie herumflogen: von Emil Neumann zu ihr, und wieder zurück. Dass sie beide mit ihrem Frühstück beschäftigt taten, schien die Vermutungen, die in allen Augen standen, nur noch mehr anzuheizen.

Marie war regelrecht erleichtert, als Käthe hören ließ:

»Werden die Brautleute in den Räumen der Komtess frühstücken? Vielleicht sogar im Bett?«

Frau Rühl klatschte mit der flachen Hand auf die blank geschrubbte Tischplatte. »Käthe! Also wirklich! Was sind das für Unverschämtheiten!«, fuhr sie die Küchenmagd an. Worauf Käthe einen Blick mit den beiden anderen Mägden tauschte. Alle drei unterdrückten ein Kichern.

Nun, da die Aufmerksamkeit von ihm abgelenkt war, spürte Marie Emils Blick auf ihrem Gesicht. Sie verzog ihre Lippen ein wenig, und er zwinkerte ihr beruhigend zu.

Alle hier in der Stube nahmen gewiss an, dass ihre gedrückte Stimmung am heutigen Morgen allein von dem Vorfall im Stall herrührte. Und diese Vermutung konnte ihr nur recht sein. Sicher war ihr Vater der Einzige, der auch den zweiten Grund kannte, der ihr so sehr auf der Seele lastete.

»Wenn ihr fertig seid, geht ihr zum Misten in den Stall«, wandte der sich jetzt gerade an die Burschen. »Ich muss in den Ort und mich nach einem neuen Burschen umsehen. Für den Winter brauchen wir die beiden zusätzlichen Hände dringend«, erklärte er.

Ihre kleine Tafel begann sich aufzulösen. Marie ließ sich absichtlich Zeit, um den Stuten herunterzuwürgen und ihren Kaffee auszutrinken, während alle anderen bereits den Raum verließen.

»Agnes?«, sprach Marie das Kammermädchen an, das sich als Letzte am Tisch ebenfalls erhob. Die junge Frau hielt wie ertappt in der Bewegung inne und sah sie befangen an.

»Ich wollte mich nur bedanken«, sagte Marie, streckte kurz die Hand aus und strich an Agnes' Arm hinab. »Wenn du Herrn Neumann gestern Abend nicht gesagt hättest, dass ich so kopflos hinausgestürzt bin, hätte es ein böses Ende nehmen können.«

Agnes' Wangen flammten erneut auf. Sie freute sich ganz offensichtlich über Maries Worte. Doch da war auch noch etwas anderes in ihrer Miene. Eine sonderbare Verlegenheit.

»Ich wusste nicht, was tun, Marie. Ich war in Sorge«, stammelte sie.

»Du hast es genau richtig gemacht«, sagte Marie.

Agnes erwiderte: »Natürlich hätte ich auch deinem Vater Bescheid geben können. Aber Emil war ...« Ihre Augen weiteten sich, und sie brach erschrocken ab, um nun rot wie die Kehle eines Truthahns zu werden. »Herr Neumann war der Erste, der mir über den Weg lief«, brachte sie den Satz hastig zu Ende.

Da lief der Hase also lang. In Gedanken war der neue Kammerdiener für Agnes bereits *Emil.* So weit war es also mit den allgemeinen Schwärmereien gediehen. Sie tat, als sei ihr nichts weiter aufgefallen.

Sie nickte Agnes lächelnd zu. Und als das Kammermädchen hinauseilte, hatte Marie den Eindruck, dass jene über das Ende ihres kurzen Gesprächs sehr erleichtert war.

Seufzend erhob sie sich selbst und trug ihr Geschirr in die angrenzende Spülküche hinüber.

Als sie von dort hinaus in den Flur trat, sah sie Emil und Agnes am Fuß der Treppe stehen. Agnes bemerkte sie sogleich, nickte ihr rasch zu, wandte sich um und nahm mit flottem Schritt die Stufen hinauf.

Emil blieb stehen und sah Marie freundlich lächelnd entgegen.

»Fräulein Paas, wie geht es Ihnen wirklich?«, erkundigte er sich mit leiser Stimme.

Marie erwiderte sein Lächeln, während ihre Hand ganz wie von selbst hinauf an ihren Hals wanderte und den Schal zurechtzog.

»Es … geht mir schon besser«, antwortete sie ausweichend. Doch dann griff sie nach seinem Arm und hielt ihn mit beiden Händen umfasst.

»Danke«, sagte sie, während sie ihm in die grauen Augen schaute.

Er erwiderte ihren Blick ernst. Nickte.

Dann wandten sie sich voneinander ab. Er stieg die Treppe hinauf, und Marie nahm die Tür zum Hof. Sie eilte an dem verlassen daliegenden Festzelt vorbei, direkt auf das Tor zu und wandte sich dahinter nach links zum Pförtnerhaus.

Ihr Vater hatte es gerade selbst gesagt: Jetzt wo Kurt nicht mehr da war – und sie war mehr als froh darum –, wurde jede zusätzliche Hand gebraucht. Also würde sie ihre Holzpantinen gegen die Stiefeletten eintauschen und beim Misten helfen.

Die Tür des kleinen Häuschens, in dem sie aufgewachsen war, führte direkt in die Stube. Sie entledigte sich des Schals und des kurzen Mantels. Neben der Tür hing ihre Stalljacke am Haken, und die Stiefel standen darunter. Sie hatte gerade den ersten zugeschnürt, als es an die grün gestrichene Holztür klopfte.

Verwundert öffnete sie. Und gefror in der Bewegung.

»Guten Morgen, Marie«, sagte Wilhelm und starrte sie an, als habe er sie hier gar nicht erwartet. Vor seinem Mund stob sein Atem in kleinen Wölkchen. Er atmete tief, als sei er gerannt. Er trug Reithosen, Stiefel und einen warmen Pullover. Aber keine Jacke. Nicht einmal die Schiebermütze, wie sie bei den Burschen beliebt war und die er selbst bei der Arbeit in den Stallungen aufsetzte. Nur ein Schal lag lose um seinen Hals, als habe er ihn im Hinausrennen rasch vom Haken gerissen.

»Wilhelm«, erwiderte sie vollkommen überrumpelt, ihn

hier auf der Schwelle zu sehen. Und vor Überraschung über sein unerwartetes Auftauchen platzte sie mit dem Erstbesten heraus: »Ich dachte, ihr schlaft alle noch.«

Verdutzt blinzelte er. »Nein, ich … nun, ich zumindest nicht«, antwortete er das deutlich Erkennbare.

Ein scharfer, kalter Windstoß riss ihm fast den Schal herunter und fegte in die Stube. Ohne darüber nachzudenken, ob das schicklich sein mochte, tat Marie einen Schritt zurück, den einen Fuß im Stiefel, den anderen nur bestrumpft. »Komm herein! Es ist kalt.«

Wilhelm folgte rasch ihrer Aufforderung, indem er hereinschlüpfte und die Tür hinter sich schloss.

Schon in diesem Moment bereute Marie ihre höfliche Aufforderung zum Eintritt. Was sollte sie denn nun sagen?

Für einen kurzen Augenblick standen sie einander wortlos gegenüber.

Meine Güte, wie groß er war. Marie kannte in diesem Raum nur ihren Vater. Und der war, obwohl kräftig gebaut, längst nicht so groß wie der junge Graf. In diesem vertrauten Zimmer kam Wilhelm ihr plötzlich seltsam fremd vor.

Dann platzte Wilhelm atemlos heraus: »Geht es dir gut? Ich traf gerade deinen Vater, der sich in den Ort aufmacht, und er teilte mir mit, was sich gestern Abend im Hengststall zugetragen hat. Und ich … Marie!«, unterbrach er sich selbst heftig. »Was hat der Kerl dir getan?« Marie sah, dass seine entsetzt geweiteten Augen auf ihren entblößten Hals gerichtet waren.

Hastig griff sie nach dem Schal über dem Haken und schlang ihn sich um. Sie wagte kaum, Wilhelm anzuschauen.

Dass er Hals über Kopf hierherkam, so vollkommen aufgelöst, ließ auch etwas in ihr aufgeregt flattern. Doch sie gebot diesem Etwas Schweigen. Gewiss wäre er zu seinen Schwestern ebenso besorgt gerannt, wenn ihnen etwas geschehen wäre.

»Es ist schon in Ordnung, Wilhelm«, hörte sie sich selbst mit überraschend ruhiger Stimme sagen. »Herr Neumann hat mich Gott sei Dank …« Sie hielt kurz inne und wiederholte dann, was der Kammerdiener selbst gesagt hatte: »Er war zur rechten Zeit am rechten Ort.«

»Neumann?«, wiederholte Wilhelm. Seine Stirn krauste sich kurz.

»Ja, er wollte nachsehen, ob alles in Ordnung ist«, erklärte sie.

Wie kühl ihre Worte klangen. So distanziert, wie sie noch nie mit ihm gesprochen hatte. Aber etwas anderes gelang ihr einfach nicht.

»Was für ein Glück!«, stieß Wilhelm aus. Doch in diesen wenigen Worten schwang nicht nur ehrliche Erleichterung, die Marie berührte, sondern auch Verwirrung.

Während sie mit fahrigen Fingern den Schal um ihren Hals zurechtrückte, sagte sie: »Ja, ich darf mir gar nicht ausmalen, was ohne ihn geschehen wäre. Alle waren doch auf dem Fest. Auch Fritz, der ja sonst im Hengststall schläft, war im Hof.« Marie schloss instinktiv kurz die Augen. Die Laterne, die hoch in die Luft schwang. Stürmers ängstliches Wiehern. Die Hände an ihrem Hals. Der Körper, der sie zu Boden drückte.

Als sie die Lider wieder aufschlug, sah sie direkt in Wilhelms Augen. Seine Lippen bebten.

Wie hätte dieser Anblick, wie hätte seine Anteilnahme sie gestern Morgen noch bewegt. Doch nun hatte sich etwas Entscheidendes geändert. In Maries Leben, und zwischen ihnen.

»Alle waren auf dem Fest, ja, das ist wahr«, murmelte Wilhelm jetzt schuldbewusst und schüttelte beklommen den Kopf. »Bei Gott, gestern Abend gab es auf Friesenhain zwei Welten. Die drinnen im Festsaal. Und die draußen im Stall.«

Die Welt drinnen im Festsaal, hallte seine Stimme in Maries Kopf nach. Ja, und was dort verkündet worden war.

Obwohl alles in Marie schmerzhaft dagegen protestierte, richtete sie sich gerade auf und hob den Blick. Er sollte ihr nicht vorwerfen können, dass sie nichts von Höflichkeit und Umgangsformen verstand.

Was sie nun tun musste, war ihre Pflicht als eine der Angestellten des Guts, nicht wahr?

Sie räusperte sich, während sie ihren bestrumpften Fuß unter dem Stoff des Rockes zu verbergen suchte.

»Über alldem bin ich noch gar nicht dazu gekommen«, begann sie steif. »Ich gratuliere zur Verlobung, Wilhelm.«

Es war heraus. Einige wenige Worte. Und doch bedeuteten sie so viel. In ihr krampfte sich das Etwas zusammen, das bei Wilhelms Ankunft vor wenigen Minuten noch freudig erregt flattern wollte. Ihre Augen brannten. Und als sie nun einander ansahen, meinte sie, auch in seinen ein Flackern zu entdecken.

Marie drückte den Rücken durch, so weit es ging. Wilhelm starrte sie einen Moment lang an, als könne er kaum fassen, was sie gesagt hatte. Dann senkte er den Blick.

»Danke«, antwortete er tonlos und schob die Hände in die Taschen seiner Reithose.

Dann herrschte Schweigen. Marie war sicher, dass sie noch mehr sagen sollte. Doch ihr fiel nicht ein einziges Wort ein. Vielmehr musste sie an die missglückte Übungseinheit mit der prätentiösen Baroness und dem armen Amigo denken, was ihre Kehle regelrecht zuzuschnüren schien.

»Du musst glücklich sein«, hörte sie sich schließlich sehr förmlich sagen. »Die Baroness von Assen ist eine sehr hübsche junge Dame.« Das war das Netteste, das ihr zu sagen einfiel. »Und immer so modisch gekleidet …«

Da trat Wilhelm plötzlich einen Schritt vor, und gleichzeitig griff seine Hand nach Maries Arm. Ihr blieb fast das Herz stehen vor Schreck.

»Ich wollte nicht, dass du es so erfährst, Marie«, sagte er flehend, während er ihren Arm umfasst hielt. »Das Verlöbnis steht erst seit vorgestern Abend fest, und mein Vater war ganz begeistert von der Idee der Baronin, es auf der Hochzeitsfeier zu verkünden. Ich fand keine Gelegenheit, dich allein zu sprechen. Es war … Es … tut mir leid.«

Marie musste schlucken. Sie versuchte es mit einem Lächeln, das wohl ein wenig schief geriet.

»Warum solltest du es ausgerechnet mir vor der offiziellen Verkündigung sagen?«, fragte sie hölzern, während ihr Arm sich in einen Stock zu verwandeln schien, so gefühllos wirkte er plötzlich. »Nicht einmal deine Schwestern wussten davon, nicht wahr?«

Er öffnete den Mund, als wolle er widersprechen. Doch dann überlegte er es sich anders. Auch schien ihm erst jetzt aufzufallen, dass er ihren Arm umfasst hielt. Rasch ließ er los, als habe er sich an ihr verbrannt.

Und mit seinem Rückzug kehrte auch das Gefühl in Maries Arm zurück. Obwohl er nicht ihre Haut, sondern ihre wollene Bluse berührt hatte, schien die Stelle darunter zu brennen.

»Du hast recht«, murmelte er mit belegter Stimme. »Warum hätte ich das tun sollen?«

Schweigen breitete sich zwischen ihnen aus. Und doch schien er nicht gehen zu wollen. Sein Blick wanderte durch den Raum, und Marie widerstand nur mit Mühe der Versuchung, sich ebenfalls umzusehen. Sie kannte die Stube nur zu gut, die beiden alten Sessel vor dem Bücherregal, den zerschlissenen Teppich, den kleinen geliebten Schreibtisch in der Ecke, der einst ihrer Mutter gehört hatte und der nun arg in die Jahre gekommen war. Im Kamin neben dem Treppenaufgang hinauf in das obere Stockwerk glühten noch die Kohlen in der sauber gehaltenen, aber uralten steinernen Umrandung. Marie liebte den vertrauten Raum, aber da sie die Eleganz und die kostbaren Möbel im Herrenhaus kannte, überkam sie plötzlich eine Scham, die sie noch nie empfunden hatte. Und im nächsten Moment züngelte Wut wie eine Flamme in ihr herauf.

Mit welchem Recht kam er hierher, in ihr Zuhause, ließ sie für dessen Schlichtheit Scham empfinden? Warum ging er nicht wieder?

»Ich war lange nicht hier drinnen«, sagte Wilhelm in diesem Moment.

Verblüfft starrte sie ihn an. Dass er nach dem gerade behandelten Thema so etwas sagte, brachte sie vollkommen durcheinander. Selbst ihre Wut fiel in sich zusammen.

»Du warst schon einmal hier?«, wollte sie stattdessen wissen.

Er nickte. Marie konnte ihm die Erleichterung darüber ansehen, dass sie bereitwillig auf seinen Themenwechsel einging.

»Als deine Mutter noch lebte«, sagte er mit einem leichten Nicken zum Schreibtisch, auf dem ein gerahmtes Bild der Eheleute Paas stand. »Sie war wunderbar.«

»Ach ja, du … du kanntest sie«, murmelte Marie.

Er nickte und bedachte sie mit einem vorsichtigen Blick. »Sie war die Freundlichkeit in Person, genau wie du. Und mit Luise und mir war sie stets ein bisschen albern, was wir beide liebten. Sie schien wie dafür gemacht, Mutter zu sein.« Er brach ab, presste die Lippen aufeinander. »Oje, ich fürchte, nun habe ich etwas Falsches gesagt. Es tut mir leid. Dies ist wohl nicht das rechte Thema für diesen Morgen.«

Zu ihrer eigenen Verwunderung schüttelte Marie jedoch heftig den Kopf.

»Es ist vielleicht das einzige rechte Thema!«, schoss es aus ihr heraus. Hatte sie gerade, als es um den gestrigen Abend und Margarete ging, keine Worte gefunden, so purzelten sie ihr nun fast ohne ihr Zutun aus dem Mund. »Niemand sonst spricht mit mir über Mutter. Vater redet nie von ihr. Obwohl ich weiß, dass er sie immer noch vermisst. Sie war seine große, seine einzige Liebe. Und durch mich hat er sie verloren. Solch einen Schatz, wie nicht viele im Leben ihn überhaupt gewinnen können. Wie wir alle kaum hoffen können, je zu finden«, brachte sie leidenschaftlich hervor.

Wilhelm, die Lippen ein wenig geöffnet, sah sie mit einem Ausdruck an, den sie schwer deuten konnte. Es lag Überraschung darin, aber auch Trauer und Verzweiflung.

»Solch einen Schatz …«, wiederholte er leise und senkte dann die Augen. »Nein, das können wir wohl alle kaum erhoffen.«

Was sagte er da?

Gestern Abend hatte er seine Verlobung mit einer jungen Adeligen verkündet. Eine Verbindung, die seine Familie guthieß und die ihn hätte glücklich machen sollen. Warum stand er nun hier und sah so bekümmert aus?

Er räusperte sich und sagte leise: »Ich war selbst noch ein Kind damals, Marie. Aber eines weiß ich über deine Mutter ganz sicher zu sagen: Sie hatte großes Einfühlungsvermögen. Und sie war das Verständnis in Person. Manchmal, wenn du und ich zusammen mit Stürmer gearbeitet haben, dachte ich, dass du deine Gabe von ihr geerbt hast.«

Marie musste schlucken. Das hatte er gedacht? Und es ihr nie gesagt?

Wilhelm verschlang die Finger ineinander.

»Danke, Marie.«

»Wofür?« Es war kaum mehr als ein Flüstern, das sie herausbrachte.

»Dass du mit deiner unendlichen Geduld und deinem Einfühlungsvermögen nicht nur Stürmer, sondern auch mir so sehr geholfen hast«, antwortete er. »Wir beide wissen, dass seine Vorführung vor De Vries ganz anders verlaufen wäre, wenn du mir nicht all dein Wissen beigebracht hättest, wenn du nicht so konsequent und ausdauernd gewesen wärest in deinen Schulungen.«

»Ihr wart beide wunderbare Schüler«, warf Marie rasch ein, die es kaum aushielt, dass er ihr die gemeinsame Zeit mit dem Hengst so deutlich vor Augen führte. So viele Stunden, in denen sie glücklich gewesen war.

»Zwei Schüler, die es ohne dich nie geschafft hätten«, hielt er dagegen. »Erst bei De Vries' Besuch wurde mir klar, wie wichtig das war, was du mir geschenkt hast, Marie. Es wird meinem Leben eine neue Richtung geben. Ich glaube nicht, dass ich noch einmal vor einem ängstlichen Pferd zurückschrecken werde. Durch dich ist mir klar geworden, dass wir Menschen es sind, die ihnen Vertrauen geben und sie beruhigen müssen. Und nun weiß ich auch, wie das geht. Stürmer und du habt es mir gezeigt.«

Seine Worte entfachten in Marie einen regelrechten Wirbelsturm an Gefühlen. Seine Dankbarkeit berührte sie tief. Und doch schmerzte in ihr heiß die Enttäuschung darüber, dass ihre gemeinsame Zeit in Wilhelm nichts weiter bewirkt hatte als Erkenntlichkeit.

Konnte sie ihm das vorwerfen? Sicher nicht. Er trug keine Schuld an ihren eigenen Gefühlen, die in eine ganz andere Richtung gewachsen waren als die seinen. Ihre Empfindungen, die sie gestern Abend schier überwältigt hatten.

Aber es gab etwas anderes, auf das Wilhelm Einfluss nehmen konnte. Und ehe sie noch überlegt hatte, war sie schon herausgeplatzt: »Wirst du dich für ihn einsetzen, Wilhelm?«, bat sie flehentlich. »Ich weiß, De Vries war es wohl nicht, der Stürmer so scheu gemacht hat. Und doch glaube ich, dass es für ihn nicht gut wäre, hier wieder fortzumüssen.«

Wilhelm legte seine Hände ineinander. Wie gut sie sie kannte, diese kräftigen und doch geschmeidig wirkenden Hände.

»Ich verspreche dir, dass ich mein Bestes geben werde, Marie«, sagte er ernst. »Aber wenn De Vries entscheidet, dass er nicht verkaufen will, dann werde auch ich ihn nicht umstimmen können.«

Marie senkte nur den Kopf. Ihr war, als würde ihr gesamtes Leben nun ausschließlich von anderen entschieden. Über ihren Kopf hinweg wurden Träume und Wünsche, so sehnlich sie auch sein mochten, wie Löwenzahnsamen im Wind davongetrieben.

Wilhelm räusperte sich. »Ich denke, ich werde wohl besser wieder gehen.«

Aus den Augenwinkeln sah Marie, wie er sie anschaute. Es war, als wollte er sie um einen letzten Blick bitten. Und doch zwang sie sich, nicht den Kopf zu heben. Solche Blicke würden ihre Qual nur noch größer machen. Am besten, sie fing gleich damit an, sie zu meiden.

Also nickte sie und sagte möglichst sachlich: »Eure Gäste werden bestimmt gleich herunterkommen. Und als zukünftiger Hausherr wirst du dich kümmern müssen.«

Obwohl freundlich gesprochen, taten ihre eigenen Worte ihr weh. Wilhelm würde als der junge Graf gleich mit Teilen der Hochzeitsgesellschaft frühstücken. Und sie würde zu ihren Leuten in den Stall gehen, zum Misten.

»Hab einen guten Tag, Marie«, sagte er. Wieder streckte er die Hand in ihre Richtung aus. Doch diesmal war sie auf die Bewegung gefasst und wandte sich wie unabsichtlich zur Seite. Sosehr sie sich seine Berührung wünschte, würde sie zukünftig auch darauf achten müssen, solche Vertraulichkeiten zwischen ihnen nicht mehr zuzulassen.

Wilhelm von Scheweney war der zukünftige Graf und Gutsherr Friesenhains und nun auch der Verlobte einer Baroness. Und sie, Marie, war die Tochter des Stallmeisters.

Clara

18

Die alte Jagdhütte im Wald lag verlassen da.

Clara ging zögernd darauf zu. Sie wusste nicht, was es war, doch etwas in ihr sagte ihr, dass dort womöglich eine Gefahr lauerte. Zugleich konnte sie sich nicht dazu entscheiden umzudrehen.

Da knackte es hinter ihr im Unterholz, und sie fuhr herum.

Neben einer großen Eiche stand Richard von Thebe.

»Clara«, sagte er. Er sprach ihren Vornamen aus, ganz ohne jede förmliche Anrede. Und hatte sie selbst das nicht auch schon unzählige Male getan? Von ihm als *Richard* gedacht? Wünschte sie sich nicht heimlich, er möge auch sie so vertraut bei ihrem Vornamen nennen? Ihr wurde warm und leicht, denn in diesem einen Wort lag so viel mehr, als sie zu hoffen gewagt hatte.

»Was tust du hier, Clara?«, fragte er und tat ein paar Schritte auf sie zu. »Meinst du nicht, dass es besser ist, wenn wir die Vergangenheit ruhen lassen?«

Er sprach die Worte leise und bedacht, und doch spürte Clara sie wie Sand zwischen den Zähnen. Nach seiner vertraulichen Ansprache verstörten sie sie.

»Aber das will ich ja!«, rief sie empört. »Aber ihr lasst es nicht zu! Ihr von Thebe könnt nicht damit aufhören, alles wieder aufzuwühlen und unserer Familie von Neuem zu schaden!«

Sein Gesicht war sehr ernst, sein Blick dunkel.

»Du spielst auf meinen Vater an, nicht wahr? Aber wie kannst gerade du ihm verübeln, dass er seine Liebe nicht aufgeben will?«

»Du weißt also davon! Du weißt, was zwischen unserer Mutter und deinem Vater damals geschehen ist?«, rief sie entsetzt.

»Das ist doch für jeden ganz klar zu sehen«, erwiderte er mit einem Schulterzucken. »Und er tut doch nichts Schlimmes damit.«

»Er tut nichts Schlimmes?«, echote sie. »Wenn meine Mutter sein Flehen erhört, wenn sie unseren Vater verlässt, uns alle verlässt … Das wäre eine entsetzliche Katastrophe!«

»Tatsächlich?« Richard trat näher an sie heran, sein Blick glitt über ihr Gesicht und ihren Hals. Es fühlte sich an wie eine sanfte Berührung. Sie musste schlucken.

»Aber natürlich«, stammelte sie, von seiner Nähe und dem Blick verwirrt. »Unsere Familie würde zerstört werden, auseinandergerissen! Solch ein Skandal würde Friesenhain an den hintersten Rand der guten Gesellschaft katapultieren. Wir könnten uns nirgends mehr sehen lassen. Vielleicht wäre es das Ende des Gestüts.«

Nun hob er die Hand, sachte und langsam. Seine schlanke, bewegliche Hand, die sie schon über Ähren hatte streichen sehen. Seine Fingerspitzen berührten die Haut an ihrem Hals, an dem sie kein Tuch trug. Sie strichen langsam darüber, bis sein Daumen an ihrem Kinn liegen blieb.

»Und das ist das Furchtbarste, was du dir denken kannst,

Clara?«, fragte Richard sie mit rauer Stimme. »Ist es nicht viel grausamer, wenn zwei Seelen, die zusammengehören, zwei Herzen, die nur füreinander schlagen, auf immer getrennt sein müssen?«

»Sprichst du immer noch von deinem Vater und meiner Mutter, Richard?«, hauchte sie, vollkommen gelähmt durch seine Berührung.

Sein Daumen schob sich leicht hinauf und berührte ihre Lippen.

»Was denkst du, Clara? Sollten wir auch über zwei andere Menschen sprechen?«

Erneut musste sie schlucken, spürte dabei Richards Fingerspitzen leicht wie die Berührung eines Schmetterlings an ihrer Haut. Sie wollte mit ihm über zwei andere Menschen sprechen. Über ihn. Über sich selbst. Sie wollte …

Ein Hund bellte.

Verwirrt sah Clara sich um. Diese tiefe, dröhnende Stimme kannte sie. Es war Gimpel.

Ja, es war Gimpel.

Gimpel bellte, dass es von den Wänden widerhallte.

Von den Wänden? Aber sie standen hier doch mitten im Wald.

Mit einem Ruck schlug Clara die Augen auf und blinzelte. Keine Spur von Wald oder Jagdhütte. Und natürlich erst recht kein Richard von Thebe. Nur Gimpel war echt. Er war draußen im Flur auf der Empore. Die Scheite im Kamin ihres Schlafzimmers glühten nur noch leicht. Es musste mitten in der Nacht sein.

Clara stöhnte verhalten. Was für ein Traum war das gewesen. Gewiss würde er sie den ganzen Tag verfolgen. Sie fühlte, wie Hitze durch ihren Körper schoss, als sie an Richards Fingerspitzen an ihrem Hals dachte. Um Himmels willen. Und was hatte Gimpel denn nur? Er bellte, als sei er schier rasend und wollte sich nicht beruhigen. Solch ein Radau sah ihm gar nicht ähnlich. Das einzige Mal, als er derart wütend gewesen war, war die Nacht im letzten Oktober, als Pferdediebe versucht hatten, drei von Friesenhains wertvollen trächtigen Stuten zu stehlen.

Hatte Gimpel etwa draußen auf dem Gelände etwas bemerkt? Seufzend schlüpfte Clara unter der dicken Decke hervor und huschte in ihrem Nachthemd ans Fenster, um durch einen Spalt zwischen den zugezogenen Vorhängen zu spähen.

Der Mond schien hell.

Waren da nicht Stimmen zu hören? Laute Stimmen, die etwas riefen? Angestrengt starrte Clara hinaus. Und dann sah sie kurz am Rande des Vorplatzes eine Gestalt, die dort stand und am Haus hinaufsah.

Clara kniff die Augen zusammen. War das einer der Stallburschen? Die Gestalt kam ihr auf seltsame Weise vertraut vor. Aber nein, keiner der Burschen würde einen derart unpraktisch langen Mantel tragen, dessen offene Schöße hinter dem schmalen Körper flatterten. Und dann die Kleidung unter dem Mantel. Es sah fast aus, als trüge die Person dort unten ein helles Kleid. Und um den Kopf eine Art Schultertuch geschlungen. Schon im nächsten Moment wandte die Gestalt sich vom Rande des Kiesweges ab und verschwand unter den ersten Bäumen des Parks, die an die Auffahrt grenzten.

Clara fuhr sich über die Arme, auf denen sich eine Gänsehaut gebildet hatte, obwohl es im Raum angenehm warm war.

Gimpels Stimme dröhnte weiterhin auf der Empore.

Barfuß lief Clara zur Tür. Doch ehe sie sie erreichte, wurde sie von außen aufgerissen. Luise stand im Raum. In ihrem

Nachthemd. Die langen hellbraunen Locken wild um den Kopf.

»Friesenhain brennt!«, rief sie. »In die Stiefel Clara! Wir müssen helfen!« Gimpel stürmte an den Zimmern entlang und bellte ohrenbetäubend.

Auf der anderen Seite der Empore stürzten soeben ihr Vater und Wilhelm zur Treppe, beide in Hosen und notdürftig übergeworfenen Pullovern. Sie riefen sich etwas zu, sahen nicht einmal zu ihr herüber.

Da stolperte auch schon Max neben ihnen aus Luises Zimmertür. Er stopfte sein Hemd in die Hose und kämpfte dabei mit den Stiefeln.

Clara fühlte sich von Luise an der Hand gefasst und quer durch den Raum zum Ankleidezimmer gezogen. Erst als ihre Schwester ihr eine Hose zuwarf, die sie üblicherweise unter ihrem Reitrock trug, löste sich Claras Starre. Sie fing das Kleidungsstück auf, fuhr hinein und griff rasch nach den Stiefeln. Die warme Winterreitjacke über das Nachthemd gezogen. Beinahe gleichzeitig waren sie fertig und sahen sich für einen Wimpernschlag an.

In Luises Augen stand dasselbe Entsetzen, das Clara in sich spürte. Doch da war auch dieses andere, das ihre ältere Schwester so sehr ausmachte: wilder Mut und Entschlossenheit. Solange Luise an ihrer Seite war, würde Friesenhain nichts geschehen!

Gemeinsam eilten sie durchs Zimmer, auf den Flur und die Empore entlang.

Gräfin Anna erschien auf der anderen Seite vor ihren Räumen.

»Mama!«, rief Clara ihr zu.

Doch ihre Mutter winkte ab, während sie mit fahrigen Händen ihre Bluse schloss. »Lauft! Ich komme sofort!«

Und so flog Clara mit Luise die Treppe hinunter, begleitet von dem aufgeregten Gimpel. Unten in der Halle war Rennen und Rufen. Sämtliche Dienerschaft schien durcheinanderzulaufen und ebenso wie sie durch den Flur hinaus in den Hof zu drängen. Als Clara hinter Luise die Außentreppe hinunterlief, waren Ranke und Neumann bereits dabei, alle zu Eimern und zum Brunnen zu kommandieren.

Beißender Rauchgeruch hing in der Luft. Die Pferde wieherten schrill in ihren Boxen. Doch hier drinnen im Hof waren keine Flammen zu sehen.

»Die Stuten aus den Nordboxen raus!«, donnerte gerade die Stimme von Graf Hermann über die Köpfe. »Das Feuer ist von der Scheune aufs Gebäude übergesprungen! Wir müssen verhindern, dass es sich durch die Boxen in den Hof hineinfrisst! Lasst die Tiere im Park frei und wässert die Wand der Nordseite im Stall!«

Clara warf einen gehetzten Blick zu den Zwingern, in denen die Meute tobte. Doch die Jagdhunde schienen vorerst in Sicherheit. Besser, sie an Ort und Stelle zu lassen, ehe sie hier noch mehr Chaos stiften konnten. Es reichte schon, dass die Doggen durcheinanderstoben.

Aber die Pferde! Luise rannte bereits über das Rasenkarree und riss eine Boxentür auf. Clara tat es ihr nach, schlang der Fuchsstute drinnen den Strick um den Hals, der dort hing, und führte das tänzelnde Tier so ruhig wie möglich in Richtung Tor. Es war nicht leicht, ihrer Schutzbefohlenen deutlich zu machen, dass sie nur das Beste für sie wollte, bei all dem Geschrei und der Hektik um sie her. Und so wollte das Pferd am Tor nicht weiter. Die Stute roch den Rauch, der von der Außenwand des Gebäudes in den Hof drang. Hitze schlug ihnen entgegen. Der Instinkt sagte dem Tier, in die andere Richtung zu fliehen. Clara stemmte sich mit den Absätzen ihrer Stiefel in den Boden, als die Stute zurückweichen wollte. Da tat das Tier plötzlich einen Satz nach vorn. Der junge Stallbursche Rudi hatte ihm einen kräftigen Klaps aufs Hinterteil versetzt. Clara ließ das eine Strickende los, und das Pferd galoppierte mit geweiteten Augen durch den Durchgang und hinaus in Sicherheit. Draußen im Park würde ihm nichts geschehen können. Die Pferde kannten ihr Zuhause und die Umgebung so gut, dass sie den Weg zurückfinden würden.

»Danke!«, rief Clara dem Jungen zu. Doch der sprang bereits weiter und öffnete seinerseits eine Boxentür, um die nächste Stute herauszuholen.

Durch das Nordtor kam Fritz gelaufen, das Gesicht von Ruß geschwärzt.

»Die Scheune bricht ein! Da können wir nichts mehr ausrichten! Rettet den Hof!«, brüllte er, drehte um und rannte wieder davon.

Clara sah, wie die Dienerschaft bereits zwei Eimerketten bildete, vom Brunnen im Hof in die sich nun leerenden Boxen, um dort die Nordwände zu wässern, und zum Nordtor, durch das sie die entflammte Außenwand des Vierkanthofes mit dem rettenden Wasser zu erreichen suchten. Ranke, Albrecht, sogar Frau Mecken reichten sich gegenseitig die schweren Eimer, Max mitten unter ihnen. Da stürzte Wilhelm an Clara vorbei.

»Wilhelm?«, rief sie.

»Die Hengste! Ihr Stall liegt direkt neben der Scheune, und bei dem Wind ist er in Gefahr!«, schmetterte er. »Ich helfe dort!« Und schon hatte das dunkle Loch des Tores ihn verschluckt. Kurz starrte Clara ihm nach, ihre Kehle eng von unguter Vorahnung. Doch dann trieb Luise eine Stute mit Fohlen an ihr vorbei hinaus. Clara gab sich einen Ruck und lief hinüber zu der Löschkette. Sie reihte sich ein, und niemand der Bediensteten warf ihr auch nur einen verwunderten Blick zu. In dieser Stunde waren sie alle gleich. Getrieben von dem Wunsch, ihr Zuhause zu retten.

Luise

19

Waren es nur Minuten oder Stunden? Luise holte Pferd um Pferd aus den Boxen. Als sie Jeltje freiließ, krampfte ihr Herz sich kurz schmerzhaft zusammen. Doch ihr Verstand wusste, dass es ihrer Stute dort draußen besser ergehen würde. Mit Rudis und Alfreds Hilfe schaffte Luise es, die Tiere des Nordflügels allesamt durchs Tor hinauszuschicken.

Als diese Arbeit getan war, reihte sie sich zu den anderen in die Löschkette ein. Die hatte einen raschen Rhythmus gefunden, in dem die gefüllten Wassereimer von Mensch zu Mensch weitergereicht wurden – bis hinein in die Stallgasse, wo sie das Feuer, das sich von der Nordseite her ins Gebäude fressen wollte, mit vereinten Kräften in Schach halten konnten. Die jungen Stallburschen rannten mit den leeren Eimern zurück zum Brunnen, an deren Pumpe Max sich mit Kutscher Wolff abwechselte.

Ab und zu warf Luises Mann ihr einen Blick zu. Seine braunen Augen wollten sie trösten, das erkannte sie, ihr Mut zusprechen. *Wir schaffen das!*, versuchte er ihr ganz ohne Worte zu sagen. Doch Luise spürte in ihrer Brust ein angstvolles Rasen. Immer wieder fragte sie sich, was draußen auf dem Gelände vorging.

Seit Fritz verkündet hatte, dass die Scheune, so groß wie sie war, im Feuer einbrach, suchte sie eine Schreckensvision nach der anderen heim. Hatten die Hofkatzen es alle hinausgeschafft? Hatte Wilhelm tatsächlich recht mit seiner Befürchtung, und der Hengststall, anders als der steinerne Hof selbst ganz aus Holz gebaut, brannte ebenfalls? Wo waren Marie und Paas? Draußen bei den Hengsten? Hatten sie alle retten können? Die Bilder, die sich ihr von brennenden Boxen und sich aufbäumenden Pferden aufdrängten, versuchte sie, mit Gewalt beiseitezuschieben. Nein, das durfte nicht sein!

»Herr im Himmel, erhör mein Gebet! Bitte lass Friesenhain nicht abbrennen!«, hörte sie da eine leise zitternde Stimme beten. Es war eine der Mägde aus der Küche, die junge Käthe mit ihren vierzehn Jahren. Beständig und ohne nachzulassen, griff sie nach dem nächsten Wassereimer und reichte ihn an Erna, die neben ihr stand. Über ihr erhitztes Gesicht liefen Tränen. Sie alle spürten die Winterkälte nicht.

Durch die Angst in den jungen Augen sich ihrer Aufgabe plötzlich wieder bewusst, wollte Luise dem Mädchen schon Mut zusprechen. Doch da ertönte ein gellender Schrei: »Das Tor brennt!«

Einer der Stallburschen deutete hin. Und tatsächlich: Dort quoll mit einem Mal dunkler Rauch durch den einzigen Durchgang nach draußen zu ihnen herein. Flammen leckten unter dessen Decke hinauf zum Heuboden. Da auf dem gewaltigen Vierkanthof, als der Friesenhain erbaut worden war, das komplette Gebäude miteinander verbunden war, würde der brennende Heuboden die Vernichtung weiterschicken: nach Westen, wo sie vor zwei Nächten noch auf der Hochzeitsfeier getanzt hatten und wo die Bibliothek lag, nach Osten, wo in der ersten Etage Claras und ihre eigenen Räume lagen. Eine Welle von Begreifen und ohnmächtiger

Angst schwappte über den Hof. Entsetzt aufgerissene Augen und Münder überall.

Aus der weit offen stehenden Tür zur Stallgasse stürzte Luises Vater, der den Ruf ebenfalls vernommen hatte, und blieb dann wie angewurzelt stehen. Erstarrt blickte er zum Nordtor. Dem einzigen Zugang in den Innenhof. Wenn das Feuer diesen versperrte, würden die restlichen Pferde aus dem West- und Ostflügel Friesenhains hier drinnen gefangen sein. Und das Feuer hätte ein Leichtes, sich vorzufressen bis zur Südseite, dem Herrenhaus der Familie.

Einen winzigen Moment lang stand alles still. Alle Anwesenden schienen den Atem anzuhalten. Selbst das Hundegebell verstummte für einen Augenblick.

»Nein!«, brüllte Graf Hermann von Scheweney da und stürzte in Richtung Tor. Über die Schulter donnerte er: »Hierher mit allen Eimern! Vorwärts!«

»Vater!«, hörte Luise Clara rufen. Sicher erkannte sie ebenso wie alle anderen die grauenhafte Gefahr, in die ihr Vater sich begab. Entsetzt beobachtete Luise, wie ihr Vater am Tor kurz innehielt, um sich einen Überblick zu verschaffen. Um sich vor der Hitze abzuschirmen, hob er schützend den Arm vors Gesicht.

»Paas! Fritz! Hört ihr mich?«, brüllte er gegen das Brausen der Flammen an. »Ich komme zu euch!«

Schon machte er Anstalten, unter den an der Decke des Durchgangs prasselnden Flammen hindurchzutauchen, da ertönte ein weiterer Schrei, hoch und voller Panik.

Von der Südseite her rannte eine schlanke Frau über den Hof. Die eine Hand raffte den Stoff des Rocks, die andere hielt sie ausgestreckt, um den Hausherren aufzuhalten. Es war ihre Mutter, Anna von Scheweney.

Der Graf drehte sich noch einmal um, seinen Bediensteten

entgegen, die bereits seiner Aufforderung nachkamen und die Löschkette aufs Tor ausrichteten.

Er rief etwas. Luise verstand nicht alles. Nur so viel, dass er etwas abstützen wollte. Hustend wagte er sich ein paar Schritte in den Durchgang.

Wieder ertönte ein markerschütternder Schrei. Eine der Mägde deutete mit ausgestrecktem Arm. Und da sah Luise es auch: Einer der Balken, die das Dach des Durchgangs stützten, knickte langsam in sich zusammen.

Anna von Scheweney rannte, schrie.

Doch ehe Luises Mutter das Tor erreichte, tat es einen ohrenbetäubenden Krach und der Balken, der Jahrzehnte so gute Dienste getan hatte, brach mittendurch.

Steine, Bretter und Mörtel regneten herab. Ein Haufen von Trümmerteilen.

Da rannte Luise ebenfalls los, mit heiß schmerzender Brust. Hinter sich hörte sie Max ihren Namen rufen, laut, verzweifelt.

Doch sie hielt nicht an. Sie rannte so schnell sie konnte. Obwohl sie wusste, dass es vergeblich war. Obwohl sie wusste, dass sie nicht mehr rechtzeitig ankommen würde.

Marie

20

Marie war vom Poltern in der Schlafkammer neben ihrer geweckt worden. Als sie Paas' laute Stimme gehört hatte, wusste sie gleich, dass etwas Schreckliches geschehen sein musste. Einen Blick zum Fenster reichte aus. Sie sah den hellen Widerschein des Feuers jenseits des Fahrwegs.

Schon war sie in ihre Hose geschlüpft, hatte das Nachthemd hineingestopft und eilte hinter ihrem Vater die Treppe hinunter. Bei schon offener Tür rissen sie ihre Arbeitsjacken vom Haken, fuhren in die Stiefel und rannten los. Über den Fahrtweg hinweg ließen sie das Nordtor rechts liegen und liefen auf das Feuer zu.

Die Scheune, ein gewaltiges Holzgebäude zwischen Vierkanthof und Hengststall, brannte lichterloh. Dach und Wände bogen sich. Sicher würden sie nicht mehr lange halten. Trotz des Prasselns der Flammen und des Knarrens der Balken hörte Marie im nur sechzig Schritt entfernten Stall die Hengste schrill wiehern.

Aufgrund seines Holzfußes war ihr Vater nicht so schnell wie sie. Deswegen war es Marie, die als Erste auf die Stallburschen Fritz und Erwin traf. Die beiden hatten ihr Schlaflager im Hengststall und waren jetzt mit Decken bewaffnet, mit denen sie wütend das steinerne Gebäude des Hofes gegen herüberwehende Funken von der Scheune verteidigten.

»Jemand muss in den Ort! Wir brauchen Hilfe!«, rief Fritz ihr entgegen. Sein Gesicht war rot vor Anstrengung und rußverschmiert. Als Marie mit dem Blick seinem ausgestreckten Arm folgte, sah sie, dass der Wind Funken zur Rückseite Friesenhains getragen hatte, und dort bereits gierig die Flammen leckten. Obwohl sie an dem Steingebäude nicht so rasch Nahrung finden würden, mussten sie sie unbedingt aufhalten.

Paas erreichte sie und überschaute die Lage mit einem Blick. »Erwin«, wandte er sich an den jungen Mann. »Sattle Ikarus und mach so schnell du kannst in den Ort. Sie sollen die Sturmglocke läuten und mit den Spritzenwagen kommen. Rasch!«

Der Stallbursche rannte bereits los.

»Somit haben wir nur noch vier Hengste, die wir zu den Ausläufen bringen müssen«, stellte Paas beinahe grimmig fest und fasste kurz erneut die Scheune ins Auge. Als Marie seine wilde Entschlossenheit spürte, wurde auch sie plötzlich ruhiger. Ihr Vater hatte den Krieg überlebt und das Leben des Grafen verteidigt. Hier war der umsichtige Mann, dem sie blind ihr Leben anvertrauen würde. Und der entschied nun: »Fritz, lauf in den Hof und teil dem Grafen mit, dass die Scheune verloren ist. Sie sollen das Haus retten!«

Während sie Fritz nachschauten, wie er zum Nordtor lief, kam dort eine Fuchsstute herausgeschossen. Es war Anneli, wie Marie erkannte, und die Stute verschwand in gestrecktem Galopp im Park.

»Sie lassen die Pferde frei, gut!«, beschied Paas knapp, griff nach der Decke, die Erwin hatte fallen lassen, und schlug damit einen glühenden Holzspan aus, der gerade zu ihren Füßen niedersank. Marie schnappte sich die andere, und bis Fritz wieder aus dem Tor auftauchte und keuchend bei ihnen ankam, hatten sie Dutzende von Funken und herbeiwehende Glutnester beiseitegeschlagen.

Marie warf dem Stallburschen die Decke zu und rief: »Ich bringe die Hengste raus!«

»Das schaffst du nicht allein«, widersprach ihr Vater. »Sie werden sich losreißen. Das dürfen wir nicht zulassen, nicht mit den Stuten frei im Park!« Noch während er das letzte Wort ausstieß, tat er einen Satz zur Seite und schlug nach einem undefinierbaren verkohlten Fetzen, der durch die Luft segelte und beinahe das Dach des Hengststalls erreicht hätte.

Fritz hetzte in die andere Richtung, wo er ebenfalls eine Glut löschte. Es war mehr als deutlich, dass ein Mann die Arbeit hier nicht allein schaffen könnte.

»Aber wir müssen sie dort rausholen«, rief Marie, entsetzt bei der Vorstellung, nur das Gebäude verteidigen zu können und den Tieren in ihrer Not nicht helfen zu können. Sie hörte doch an dem schrillen Wiehern, dass die Hengste in schierer Panik waren.

»Marie, Paas!«, ertönte da eine tiefe Stimme, in der sowohl Schrecken als auch Erleichterung schwangen. Ihr Herz tat einen Satz.

Dass Wilhelm hier war! Bei ihnen! »Geht es allen hier gut?«

»Gnädiger Herr!«, erwiderte Paas, und klang nicht auch er erleichtert? »Wie sieht es drinnen im Hof aus?«

»Wir löschen mit Eimern in der Stallgasse und halten das Tor frei. Die Pferde in den Nordboxen entlassen wir in den Park«, teilte Wilhelm ihnen mit. Und wie um seine Worte zu unterstreichen, trabte gerade rasch die braune Rose mit ihrem Hengstfohlen Rebell auf den Fahrweg hinaus und suchte für sich und ihr Kleines im Park Schutz. Dicht hinter ihr folgte einer der Kutschwallache. Offenbar ging es mit der Evakuierung der Pferde rasch voran.

Das war der Moment, in dem hinter ihnen Erwin den aufgeregt tänzelnden Ikarus aus dem Stall führte. Der Stallbursche gurtete den Sattel nach, schwang sich hinauf, winkte ihnen zu, und schon stob das schnelle Pferd mit ihm im Sattel davon, in Richtung Ibbenbüren.

»Nicht lange, dann sind sie mit den Spritzenwagen hier«, verkündete ihr Vater, und Marie war ihm für die Zuversicht in seiner Stimme dankbar. Doch als Wilhelm nun die Scheune in Augenschein nahm, erkannte sie in seiner Miene den Schrecken, den er kaum verbergen konnte.

»Das gesamte Winterheu«, sagte er und presste kurz die Lippen zusammen. »Wie oft hat Clara gesagt, wir brauchen ein zweites Heulager, mehr als den Heuboden über den Boxen.« Doch dann besann er sich und wandte sich mit einem Ruck zu ihnen. »Was soll ich tun?«, verlangte er zu wissen.

»Hilf mir mit den Hengsten!«, brach es aus Marie heraus. »Sie müssen einzeln herausgeführt werden, zu den kleinen, hoch eingezäunten Ausläufen hinterm Birkenwäldchen.« Die Ausläufe lagen gut dreihundert Meter entfernt, vorerst in Sicherheit also. »Allein schaff ich das nicht.«

Sie tauschten einen kurzen Blick. Dann sah Wilhelm zu Paas. Noch vor einer Woche hätte ihr Vater dieser Aufteilung nicht zugestimmt, weil er zu diesem Zeitpunkt noch nicht gesehen hatte, wie Wilhelm mit Stürmer umging. Doch nun nickte er. »Wenn Sie das tun wollen, gnädiger Herr? Ich selbst bin durch den Fuß nicht so beweglich. Das Rennen hier, ja, das geht. Aber wenn einer der Hengste durchgeht oder steigt …«

Wilhelm nickte ihm zu. »Natürlich.«

Marie wartete nicht länger, sondern lief los, einen Blick über die Schulter werfend. Der junge Graf folgte ihr rasch.

Die zwei Hannoveranerhengste und die beiden Friesen gebärdeten sich wie wild in ihren Boxen. Sie drehten sich im Kreis, rissen die Köpfe hoch. Und Amadeus, der noch nicht lange hier auf Friesenhain war, machte sogar Versuche, über die Tür zu steigen – in dem verzweifelten Versuch zu entkommen.

»Wir fangen mit ihm an«, entschied Marie und griff nach der Hengstkette, die neben der Box an der Wand hing.

»Warte du hier, Wilhelm. Wenn ich ihn aufgehalftert habe und sich die Tür öffnet, wird er ausbrechen wollen. Du musst ihn aufhalten«, sagte sie. Und fand den rechten Augenblick, um zu Amadeus zu schlüpfen und ihm den Strick über den Hals zu werfen.

Kurz kämpfte er dagegen an. Doch Marie schaffte es, ihm rasch das Halfter überzustreifen und die Hengstkette einzubinden. Nun hatte sie eine gute Basis, um ihn führen zu können. Und doch war da der knifflige Moment, in dem die Boxentür sich vor dem Hengst öffnete und er die Chance zur Flucht sah. Sie musste Wilhelm keinerlei Anweisungen geben. Alles lief, als hätten sie es schon hundertmal miteinander geübt. Groß aufgerichtet und ruhig atmend stand er im Gang, die Hände erhoben. Als Amadeus sich an Marie vorbeidrängte, ließ sie den Führstrick los und Wilhelm griff geschickt danach. So machten sie es auch bei der Tür hinaus aus der Stallgasse.

Als Amadeus das Feuer nicht nur roch und hörte, sondern nun auch die brüllenden Flammen sah, machte er einen gewaltigen Satz. Doch Wilhelm hing wie ein Mühlstein am Strick.

Marie sicherte die andere Seite, nach der Amadeus immer wieder ausbrechen wollte. Als er merkte, dass sie sich vom Feuer entfernten, beruhigte er sich ein wenig. Der Weg bis zu den Ausläufen schien endlos. Doch endlich hatten sie diesen erreicht, ließen Amadeus hinein und rannten sogleich den Weg zurück.

Zwischen den Bäumen standen wie verirrte Geister ein paar der Stuten, die sich schnaubend aneinanderdrängten und vereint mal hierhin, mal dorthin trabten.

Wieder am Hengststall, machte der Friesenhengst Donner es ihnen schwer. Es dauerte viel zu lange, bis Marie ihn endlich halftern konnte und sie den Weg hinaus zu den Ausläufen antreten konnten.

Als sie aus dem Stall mehr stolperten als gingen, warf Marie einen Blick hinüber zum Vierkanthof. Entsetzt sog sie die Luft ein. Auch Wilhelm folgte ihrem Blick.

»Himmel! Das Tor!«, rief er entsetzt.

Das Feuer hatte sich, angetrieben von einem auffrischenden Ostwind bis zum Eingang in den Hof gefressen. Die immer offen stehenden Holzflügel des Tores brannten hell. Die Flammen loderten bereits unter der Decke des fünfzehn Meter langen Durchgangs hindurch und schienen einen Weg in den Innenhof zu suchen.

Maries Herz krampfte sich zusammen. Damit war die Verbindung zwischen ihnen hier draußen und jenen dort drinnen unterbrochen. Hoffentlich waren sie alle unversehrt. Und die Pferde. Waren alle aus den Boxen im Hof in Sicherheit? Sollte der Innenhof brennen, gäbe es für sie kein Entrinnen …

»Keine Angst!«, keuchte Wilhelm, während er Donner weiter eisern festhielt und sie raschen Schrittes auf das Birkenwäldchen zuliefen, hinter dem sie Amadeus kläglich wiehern hörten. »Mein Vater wird nicht zulassen, dass den Pferden etwas geschieht. Wenn noch welche drinnen sind, wird er sie notfalls über die Treppe und durch die Halle hinausbringen.«

Die Vorstellung von den Pferden auf der Freitreppe, in der doppelflügeligen Tür und auf den blau-weißen Fliesen der herrschaftlichen Halle mit ihren weißen Marmorsäulen und Palmen war absurd. Doch Marie klammerte sich daran wie eine Ertrinkende an eine helfende Hand. Ja, Wilhelm hatte recht. Der Graf würde nicht zulassen, dass Mensch oder Tier etwas geschah.

Trotzdem mied sie bei ihrer Rückkehr zum Stall den Blick auf das von Flammen und Qualm versperrte Loch, das sonst Ein- wie auch Ausgang war.

Von ferne drang plötzlich ein Geräusch an ihr Ohr, das ihr mehr als willkommen war: das Sturmläuten vom Kirchturm her. Nun würden alle aus ihren Betten fahren. Schon bald würden die Spritzenwagen und Dutzende weitere Helfer hier sein. Die Friesenhainer waren nicht mehr allein in ihrem Kampf.

»Kasper hat sich verletzt. Er lahmt«, rief Marie Wilhelm zu, als sie den alten Hannoveranerhengst aus dem Stall führten. In diesem Moment brach nur ein Stück neben ihnen die große Scheune mit einem fast menschlichen Ächzen und Stöhnen in sich zusammen. Funken flogen in die Nacht zu den Sternen wie ein Feuerwerk, eine hellrote Säule stieg auf, spuckte Rauch und umherfliegende Scheite. Eine Hitzewelle fuhr über sie hinweg, und Marie wandte rasch das Gesicht ab. Kasper riss wiehernd den Kopf hoch, Wilhelm hing am Strick.

Paas und Fritz riefen sich gegenseitig zu, rannten, schlugen wie wild mit den Decken.

Hinter Marie im Stall wieherte verzweifelt Stürmer.

»Rasch!«, schluchzte sie, und Wilhelm und sie liefen so schnell sie es mit dem verletzten Pferd konnten. Sie mussten weiterhin ruhig bleiben, mit Bedacht vorgehen. Sie durften nicht in Panik verfallen. Doch um diesen Vorsatz war es geschehen, als Wilhelm und sie kurze Zeit später zurückkehrten. Die Lage hatte sich dramatisch verschlimmert. Die einstürzende Scheune hatte brennende Scheite in alle Himmelsrichtungen verteilt. Etliche waren auch auf den Hengststall geregnet. Das Dach brannte und die südliche Seitenwand, die gen Hof lag, ebenfalls.

Marie stürzte in den Stall. Und prallte zurück. Hitze schlug ihr entgegen, und sie riss die Arme vors Gesicht. Zwischen der Stalltür und Stürmers Box, die ganz hinten lag, loderte eine Wand aus Flammen.

In stummem Entsetzen stand Marie für einen Wimpernschlag wie erstarrt.

Stürmer schrie erneut in heller Panik, und durch die prasselnden Flammen konnte sie sehen, wie er mit den Vorderhufen über die Boxentür zu gelangen versuchte.

Sie musste zu ihm. Doch da hielt eine Hand sie eisern fest. Wilhelm. Der direkt hinter ihr stand.

»Die Hintertür!«, schrie er ihr zu.

Natürlich. Daran hatte sie in ihrem Grausen gar nicht gedacht. Die Burschen nutzten die Tür am anderen Ende des Stalles für gewöhnlich, um von der Wasserpumpe dort die Tränken zu befüllen.

Marie warf sich herum. Seite an Seite rannte sie mit Wilhelm auf der Nordseite des Stalles um das Gebäude herum. Sie wollte schon die Tür aufreißen, als Wilhelm sie wiederum zurückhielt.

»Warte!« In einem verzweifelten Versuch betätigte er die Pumpe. Doch es rührte sich nichts. Sicher war das Wasser in den Rohren eingefroren.

Kurz entschlossen griff er stattdessen nach einer alten Pferdedecke, die dort lag, ausgemustert, feucht von Raureif, vor Schmutz und Kälte starr. Er hielt sie hoch wie einen Umhang, und Marie schlüpfte an seine Seite. Kurz sahen sie sich an. In

Wilhelms Augen stand dieselbe Entschlossenheit, die Marie auch in sich spürte. Dann nickte sie, und er riss die Tür auf.

Das Feuer im Inneren brüllte auf, dankbar um die neue Luft, die es als Nahrung bekam.

Eng aneinandergedrückt liefen Marie und Wilhelm unter der kältestarren Decke zu Stürmers Box. Der Hengst tobte verzweifelt und erkannte sie unter der Decke und in seiner Panik nicht.

Nur noch wenige Augenblicke!, dachte Marie, während alles in ihr bebte. Sie würden es schaffen! Gewiss würden sie es schaffen!

Doch als Wilhelm den Riegel der Tür zurückschieben wollte, zuckte er mit einem Schmerzenslaut zurück. Das Metall musste kochend heiß sein. Marie drängte vor, schob ein Stück der Decke darüber und mühte sich, den Schieber zurückzubringen. Doch die Schließe, ohnehin klemmend, schien sich in der Hitze vollkommen verzogen zu haben.

Ein Schluchzen entfuhr ihrer Kehle, als sie spürte, dass sie nichts ausrichten konnte.

»Zur Seite!«, rief Wilhelm gegen das Tosen der Flammen an und schubste Marie sacht aus dem Weg. Er selbst ließ die schützende Decke fahren, hielt sich einen Arm vor Mund und Nase und trat mit aller Kraft gegen den Riegel. Und noch einmal. Die Boxentür sprang auf. Stürmer schoss heraus. Im ersten Augenblick glaubte Marie voller Entsetzen, der Hengst wolle den ihm bekannten Weg zur großen Vordertür nehmen. Doch er scheute vor den Flammen und floh in die andere Richtung, direkt auf Marie zu.

Sie ließ die Decke fallen, hob die Hände und fürchtete schon, er würde sie in seiner Panik niederrennen. Doch im letzten Augenblick stoppte er vor ihr, riss schrill wiehernd den Kopf hoch und stieg.

»Ruhig, Stürmer, ruhig!«, rief Marie ihm zu und versuchte, ihn durch Gesten zu beschwichtigen.

Da war auch schon Wilhelm neben ihr. Die eine Hand, mit der er den Riegel umfasst hatte, hielt er an den Körper gepresst.

»Schnell, Marie!«, rief er.

Marie schlang den Strick um Stürmers hochgereckten Hals und betete zu Gott, dass sie ihn trotz seiner Angst irgendwie würde erreichen können.

Mit weit aufgerissenen Augen, in denen das Weiße leuchtete, und geblähten Nüstern warf er den Kopf herum. Während sie beruhigende Worte ausstieß, hörte sie in ihrer eigenen Stimme die Furcht. Und doch gelang es ihnen gemeinsam, dem tänzelnden Hengst das Halfter überzustreifen.

»Raus!«, keuchte Wilhelm mit schmerzverzerrtem Gesicht.

»Du musst ihn draußen aufhalten!«, rief Marie ihm zu.

Kurz schien es, als wolle Wilhelm widersprechen, sie zuerst zur Tür hinausschicken. Doch in nur einer Sekunde fügte er sich ihrer Entscheidung und setzte durch den Flammenring, der die Holztür nun umgab.

Über ihren Köpfen knarrte es verdächtig. Und ehe Marie sich sammeln konnte, um Wilhelm den Strick zuzuwerfen, fiel vorn am Rolltor ein Balken herab. Stürmer schlug mit aller Macht nach hinten aus, und der Ruck riss Marie von den Füßen, schleuderte sie ein paar Meter zurück in die Stallgasse. Sie verlor das Gleichgewicht und stürzte.

Die Welt um sie her schien zu explodieren.

Da waren wirbelnde Hufe, die sie jedoch nicht trafen. Wilhelm brüllte auf. Schrie ihren Namen. Stürmer wieherte. Mit Mühe hob sie das Gesicht aus Staub und Asche. Balken stürzten vom Dachfirst herab, lodernd, vor Hitze glühend, sodass sie glaubte, ihre Augen, ihre Haare, ihre ganze Haut stünden in Flammen.

»Marie!«, schrie Wilhelm gellend. »Steh auf! Steh um Himmels willen auf, Marie!«

Und da war er bei ihr. Sie spürte seine Hände unter ihren Achseln und rappelte sich mühsam hoch.

»Lauf!«, rief er und schleppte sie mit sich. Marie konnte in all dem hellen Brennen kaum den Umriss der Tür erkennen. Doch dann war es fast geschafft. Wilhelm ließ sie bereits los, da ertönte ein weiterer lauter Krach, wie eine Explosion.

Marie spürte einen Stoß, durch den schmalen Durchgang, der hinaus in die Rettung führte. Sie taumelte, rang keuchend um frische Luft, die süß und kühl in ihre Lunge drang.

Da vorn irgendwo war Fritz, der den sich wie wild gebärdenden Stürmer am Strick hielt und von ihm herumgeschleudert wurde.

Sie hatten es geschafft. Sie hatten Stürmer gerettet.

Marie wandte sich um. Doch da war kein Wilhelm.

Der Durchgang, der einmal eine Tür gewesen war, war leer. Dahinter nur das Tosen des Feuers.

Marie schrie auf.

Genau in den Augenblick, in dem ihr Vater um die Ecke gehumpelt kam, drehte Marie sich um und stürzte sich erneut in den Stall.

»Marie!«, hörte sie ihren Vater wie wahnsinnig brüllen.

Doch sie konnte nicht. Sie musste. Wilhelm.

Da lag er. Keine drei Schritte von der Tür entfernt. Zusammengekrümmt und vor Schmerzen laut stöhnend. Mit beinahe übermenschlicher Kraft krallte Marie ihre Finger in Wilhelms Pullover, fand Halt unter seinen Achseln und zerrte ihn zur Tür.

Sie hörte ihren Vater rufen. Da waren zupackende Hände, die ihr halfen. Doch Marie selbst vermochte ihren Griff nicht zu lockern. Sie umklammerte Wilhelms Schultern und zog mit aller Kraft. Nur fort, nur weit genug fort von diesem Schrecken.

Den jungen Grafen schien alle Kraft verlassen zu haben. Er konnte nicht laufen, beide Hände über die Augen gelegt und laut stöhnend vor Schmerz.

»Dort rüber«, hörte Marie ihren Vater keuchen und folgte ihm zu der Stelle neben dem Brunnen.

Hier gaben auch ihre Beine nach, und sie sank haltlos schluchzend neben Wilhelm zu Boden, den ihr Vater schützend umfangen hielt.

Von ferne drang Paas' Stimme an ihr Ohr: »Bring den Hengst zum Auslauf, Fritz. Wir brauchen dich hier!« Und das Geräusch der aufgeregt auf der Stelle trabenden Hufe entfernte sich.

»Wilhelm! Was ist mit dir?«, wimmerte Marie und versuchte, seine Hände von seinem Gesicht zu ziehen. Doch er schrie vor Schmerz auf, und sie wagte nicht mehr ihn zu berühren. Entsetzt sah sie, wie Blut seine Schläfe herablief.

Ihr Hilfe suchender Blick ins Gesicht ihres Vaters fand dort dieselbe Sorge, die in ihr tobte.

»Ich kann die Schellen der Spritzenwagen hören«, versuchte sie Wilhelm mit bebender Stimme Mut zu machen.

»Sie sollen Friesenhain retten«, murmelte Wilhelm. Dann sackte er in Paas' Armen bewusstlos zusammen.

Marie

21

Der Morgen brach an. Mit dem heraufziehenden Tageslicht wurde das gesamte Ausmaß der Zerstörung auf Friesenhain sichtbar.

Marie stand auf dem Fahrweg an der Nordseite des Vierkanthofes und sah zu, wie der Spritzenwagen über den Fahrweg davonrumpelte, begleitet von etlichen Männern aus dem Ort.

Alle Glutnester waren gelöscht. Doch an der Stelle, an der früher der stolze Hengststall und die gut gefüllte Scheune gestanden hatten, lagen nun qualmende Trümmerhaufen.

Fritz kam mit zwei der anderen Stallburschen aus dem Tor, dessen eine Seite inzwischen freigeräumt worden war. Alle trugen sie die stellenweise verkohlte und nach Rauch stinkende Kleidung der Nacht.

»Ihr Vater schickt uns, die versprengten Pferde in den Offenstall zu bringen«, erklärte Fritz ihr, als sie vorübergingen. Er humpelte. »Komtess Luise will sich dann dort um die Verletzten unter ihnen kümmern.«

»Das ist gut«, sagte Marie. »Aber wollt ihr euch nicht etwas anderes anziehen? Ein paar der Stuten werden euch mit diesem Rauchgeruch wohl nicht an sich heranlassen.«

»Würden wir gern, Fräulein Paas«, erwiderte der jüngere Paul mit bedauernder Miene. »Aber unsre Sachen sind alle verbrannt.«

Marie starrte ihn einen Moment lang betroffen an. Dann nickte sie ihnen zu.

»Dann muss es so gehen. Ihr werdet das schon hinbringen«, sagte sie.

Die jungen Männer lächelten sie an und gingen davon. Drei Helden, die in der Nacht alles gegeben hatten, um Friesenhain zu retten. Andere, wie Erwin, Rudi und Alfred, waren nicht mit so kleinen Blessuren davongekommen, sondern lagen mit ihren Verletzungen oben im Herrenhaus in den Dienstbotenkammern.

Marie nahm die Stufen zum Pförtnerhaus und stand drinnen kurz in der Stube. Der gestrige Abend, an dem sie hier mit ihrem Vater gesessen und gelesen hatte, schien ihr unendlich weit fort. Da war ihre Welt noch so gewesen, wie sie sie kannte.

Sie lief hinauf in ihr Zimmer, machte sich mit dem eiskalten Wasser aus der Waschschüssel kurz ein wenig frisch, tauschte ihr Nachthemd, das sie immer noch unter der Jacke trug, gegen eine Bluse.

Als sie das Häuschen wieder verlassen wollte, fiel ihr Blick auf das Foto auf dem Schreibtisch, das ihre Eltern am Tage ihrer Hochzeit zeigte.

Als Kind hatte Marie in Gedanken oft mit ihrer Mutter gesprochen, ihr lauter kleine Nichtigkeiten berichtet. Sie hatte geglaubt, dass ihre Mutter von droben im Himmel auf sie herabsah und eine schützende Hand über sie hielt.

Diese kindliche Gewohnheit hatte Marie schon seit vielen Jahren abgelegt. Doch als sie jetzt auf das verblasste Papier starrte, ertappte sie sich dabei, wie sie leise ein flehentliches »Bitte!« flüsterte.

Dann wandte sie sich rasch ab und lief wieder hinaus.

Sie wandte sich zum Nordtor. Dessen Flügel hingen verkohlt in ihren Angeln, und die nun rabenschwarze Decke war mit eilig herbeigeholten Bohlen abgestützt worden. Gegen die von den Trümmerteilen immer noch aufsteigenden Dämpfe hielt Marie die Luft an, während sie durch diesen dunkel klaffenden Schlund in den Innenhof ging. Die linke Seite des Durchgangs war noch nicht passierbar. Dort räumten Burschen und Helfer aus dem Ort Teile fort, die in der Nacht herabgestürzt waren. Über ihren Köpfen, das wusste Marie, war der Heuboden zerstört von Flammen und Wasser.

Im Innenhof herrschte Betriebsamkeit. Niemand hatte bisher Schlaf bekommen.

Marie sah sich um. Die gen Nordosten liegenden Pferdeboxen waren nicht zu benutzen. Und rechts vom Tor, Richtung Westen, hatte das Feuer einen Teil der Sattelkammer und im Stock darüber die Unterkunft der Stallburschen erobert, ehe es gestoppt werden konnte.

Alles in allem habe man Glück gehabt, hatte der Hauptmann der Spritzenmannschaft zu dem der Wassermannschaft gesagt, ehe sie die handbetriebenen Kolbenpumpen samt der langen Lederschläuche wieder hinter die Pferde gespannt hatten.

Glück? Ja, vielleicht. Immerhin war niemand getötet worden, versuchte Marie sich selbst zu überzeugen, während sie den Hof überquerte.

»Da sind Sie ja schon wieder«, sprach sie jemand von der Seite an. »Hat Ihr Vater nicht gesagt, Sie sollten sich ein wenig ausruhen?«

Emil Neumann wuchtete soeben einen der schweren alten Sättel aus dem gähnenden Loch, das einmal die Tür zur Sattelkammer gewesen war. Er trug den arg in Mitleidenschaft gezogenen Reitsitz zum Rasenstück und warf ihn dort auf einen Haufen, auf dem Marie nur noch vage jene vertrauten Gegenstände erkennen konnte, die sie seit ihrer Kindheit begleiteten.

Es gab noch zwei weitere Haufen: einen mit Dingen, die nur ein wenig beschädigt waren, und einen mit unversehrten. Letzterer war am kleinsten, stellte Marie bestürzt fest.

»Ich kann nicht«, gab sie mit einem Kopfschütteln zu. »Nicht, wenn ich weiß, dass es hier so viel zu tun gibt.«

Emil rieb sich die schmutzigen Hände an der alten Hose ab, die er heute trug – im Gegensatz zu seiner sonstigen ausgesprochen feinen Kleidung. Auch der etwas zu enge braune Wollpullover war sicher ein altes, abgelegtes Kleidungsstück. Offensichtlich scherte er sich nicht darum, dass er als Kammerdiener des Grafen in der Hierarchie der Dienstboten weit oben stand, sondern fasste ohne Zaudern auch bei den dreckigen, schweren Arbeiten mit an.

Jetzt bedachte er sie mit einem mitfühlenden Blick aus seinen grauen Augen. »Das geht mir ebenso. Ich habe das Gefühl, irgendetwas tun zu müssen. Wenn ich schon drinnen nichts ausrichten kann …« Dabei hob er den Blick in den Westen des ersten Stocks, wo die Zimmer des Grafen Hermann lagen.

»Ist es unverändert?«, wollte Marie bang wissen.

Emil presste die Lippen aufeinander. »Der Arzt ist noch immer beim gnädigen Herrn und bei Graf Wilhelm. Der gnädige Herr hat das Bewusstsein noch nicht wiedererlangt.«

Marie wagte nicht zu fragen, was mit Wilhelm war. Besser, sie überzeugte sich selbst.

Als sie die Treppe zum Hintereingang des Herrenhauses hinaufging, kehrte sie dem Chaos hinter sich den Rücken und gab sich kurz der Illusion hin, alles sei wie immer. Das Feuer hatte gestoppt werden können, ehe es auf die Seitenflügel des Vierkanthofes oder gar auf das Herrenhaus hatte übergreifen können. Hier war das Gebäude unversehrt.

Im Flur ging die Tür zum Arbeitszimmer des Grafen ab. Es erschien Marie seltsam, ihn nicht dort drinnen zu wissen. Stattdessen lag er oben in seinem Bett und war nicht bei Bewusstsein. Als Marie nun über die blau-weißen Fliesen der Halle ging, erhob sich Gimpel müde von seinem Stammplatz an einer der Palmen und wedelte schwächlich, als wisse er, dass wahre Freude heute nicht angebracht sei.

In diesem Moment erschienen oben auf dem Treppenabsatz Max und der Arzt des Ortes, Dr. Viert. Beim Anblick der beiden ernsten Mienen wurde Maries Brust eng, und sie blieb wie angewurzelt stehen, während die beiden die Treppe herunterkamen.

»Fräulein Paas, Ihnen geht es gut?« Der Mediziner bedachte sie mit einem besorgten Lächeln. Sie nickte, und er seufzte als Antwort.

Dann richtete er sich an Max: »Ich komme heute Nachmittag wieder, um nach den Patienten zu sehen. Oh, nein danke«, wehrte er ab, als Max ihn zur Tür begleiten wollte, »ich finde allein hinaus. Sie haben anderes zu tun.« Er nahm Mantel und Hut von einem Tisch, schlüpfte hinein und war bereits zur Vordertür hinaus.

Marie sah Max bang an. Beim Anblick seiner kummervollen Miene wurden ihre Hände schwitzig. Max wirkte ebenfalls übernächtigt, hatte sich aber, wie sie selbst, schon eine kurze Katzenwäsche gegönnt und war in frische Sachen geschlüpft.

»Marie«, sagte er mit deutlich rauer Stimme. Auf der Hochzeit hatte Luise darauf bestanden, dass sie beide sich mit Vornamen nannten und Du zueinander sagten. *Es geht nicht an, dass mein Ehemann und meine beste Freundin so förmlich miteinander sind,* hatte sie gesagt. *Am Ende komme ich noch durcheinander und fange auch wieder an, dich zu siezen, Max!* Sie hatten gemeinsam gelacht. Dieser Moment kam Marie nun unendlich weit fort vor.

»Du siehst erschöpft aus«, bemerkte Max fürsorglich. »Bist du hungrig? Frau Rühl hat unten in der Stube den Tisch mit lauter guten Dingen beladen, an denen sich alle bedienen können. Beste Sachen, die vom Fest übrig sind.« Kurz hielt er inne und fuhr sich mit zwei Fingern über die gerunzelte Stirn. »Meine Güte, ist das erst zwei Tage her?«, stieß er laut hervor, was Marie gerade noch gedacht hatte.

Sie zuckte mit den Achseln. »Müde bin ich, ja, aber Appetit habe ich keinen.«

Er forschte in ihrem Gesicht. »Hättest du dann einen Augenblick, um bei den Kranken vorbeizusehen?«, fragte er. Es fuhr wie ein Blitz durch Marie, und sie dachte nur einen Namen: *Wilhelm*! Er wollte sie sehen! Hatte nach ihr verlangt! Doch da setzte Max hinzu: »Der kleine Stallbursche Alfred fragt nach dir.«

Sie musste schlucken und schalt sich selbst ihrer spontanen Erwartung, die doch so unangebracht war, wie sie wusste.

»Ich schaue nach ihm«, versprach Marie, nickte Max noch einmal zu, drehte um in den kleinen Flur und nahm die Treppe der Dienstboten, die sowohl hinunter in den Gesindebereich als auch hinauf zu den Schlafkammern führte. Oben unter dem Dach hielt sie kurz inne. Nach Osten hin lag die Tür zum Frauenbereich, nach Westen die der Männer, die eine weibliche Angestellte üblicherweise nicht öffnen durfte. Frau Mecken achtete streng auf Einhaltung dieser Regel. Doch Max hatte Marie ja ausdrücklich dazu aufgefordert. Also klinkte Marie die Tür auf und ging hinein.

Als sie den Gang entlangschritt, unsicher, wo man die Patienten wohl untergebracht hatte, trat aus einer der Kammern der erste Hausdiener Ranke. Marie erschrak, denn quer über sein Gesicht zog sich eine rote, verkrustete Schramme.

»Ah, da sind Sie«, sagte er, als habe er sie erwartet. »Komtess Clara bittet darum, dass Sie im Laufe des Tages zu ihr kommen«, teilte er ihr mit. »Sie ist beim jungen gnädigen Herrn.«

»Ist mit ihm alles …?« Sie wusste nicht weiter.

Rankes Miene verdüsterte sich. »Er hat starke Schmerzen.«

»Natürlich.« Sie hielt kurz inne und sagte dann bestürzt: »Ranke, ich wusste nicht, dass auch Sie verletzt sind.«

Einen Moment sah er sie verwirrt an. Dann hob er eine Hand ans Gesicht. »Ach das. Das ist nichts. Die Jungen werden ihre Heldentat weit länger zu spüren haben.« Damit hielt er die Tür offen, durch die er gerade getreten war.

Marie ging hinein, während Ranke die Tür hinter ihr wieder schloss, und fand Agnes, die gerade einen Lappen in einer Waschschüssel auswrang. Dass das Kammermädchen der Komtessen hier als Pflegerin Dienst tat, hätte Marie unter anderen Umständen gewundert. Doch heute schien ganz Friesenhain sich nicht um Etikette und Hierarchien zu scheren. Alle fassten da an, wo Hilfe gebraucht wurde.

In den Kissen der beiden Betten lagen zwei bleiche Gesichter. Eines mit verschwitzten dunklen Haaren vom Fieber. Das andere mit Sommersprossen übersät.

»Fräulein Paas!«, rief Alfred krächzend und wollte sich aufrichten, sank aber wieder ins Leinen zurück, ehe Agnes ihn noch rügen konnte.

Rudi, im Bett auf der anderen Seite, schlug ebenfalls kurz die Augen auf. »Bin gleich so weit«, murmelte er. »Nur noch ein bisschen …«

»Scht«, machte Agnes, trat zu dem Burschen, der plötzlich so überraschend jung wirkte, und tupfte ihm mit dem Lappen die Stirn. An Marie gewandt hob sie die Brauen und wies mit dem Kopf auf den einen Arm des Jungen, der bandagiert auf der Bettdecke lag. »Der Arm ist gebrochen.«

»Oh nein!« Marie sah erschrocken zu Rudi, dem die Augen wieder zufielen.

»Der Doktor hat ihm Äther gegeben und den Bruch gerichtet. Ein paar Wochen wird es dauern, sagt er«, erklärte Agnes.

Alfred holte rasselnd Luft. »Bei mir ist es nur die Lunge, Fräulein Paas«, keuchte er. »Und der Kopf, der schwirrt mir.«

Marie tat die wenigen Schritte zu dem eisernen Bettgestell und setzte sich zu dem Jungen, der zwischen der gestärkten Wäsche so winzig wirkte. Sie nahm seine Hand.

»Das soll wohl sein, Alfred, dass dir der Kopf schwirrt. Die Burschen erzählen, dass Rudi und du geholfen habt, den gnädigen Herrn zu retten.«

Bei ihren Worten leuchteten seine Augen auf. »Erzähl'n se das? Ja, das war so. Und dabei hätt ich nie gedacht, dass es mal so kommt. Weil ich doch immer mal einem Grafen das Leben retten wollte, so wie Ihr Vater, unser Herr Paas, es getan hat.«

Marie strich über die schwielige, noch so zarte Jungenhand des Zwölfjährigen. »Das hast du gut gemacht, Alfred. Aber du darfst nicht so viel sprechen. Deine wichtigste Aufgabe ist jetzt, gesund zu werden, hörst du?«

Kurz grinste Alfred sein übliches scheues Grinsen. »In diesem Bett schlaf ich erst mal hundert Jahr, Fräulein Paas. Aber dann spring ich auf und fass mit an!«

Marie lächelte ihm zu. »So ist es recht! Wir brauchen dich mehr denn je, Alfred. Rudi wird ein paar Wochen ausfallen, und da müssen wir alle mehr anpacken, jetzt, wo wir wegen Kurt sowieso eine Kraft weniger haben.«

Alfred griff fest nach ihren Fingern. »Der Kurt!«, schoss er heraus und musste prompt husten. So heftig, dass ihm die Tränen nur so aus den Augen sprangen. Marie wartete mit nervösem Flattern in ihrer Brust, bis er sich beruhigt hatte. Denn diese beiden kurzen Worte rührten an etwas in ihr. »Der Kurt war's bestimmt!«, krächzte Alfred dann. »Der hatte so 'ne Wut, hatte der, als er morgens gehen musste, noch mit besoff'nem Kopp. Hat gesagt, dass Herr Paas und der Graf und überhaupt ganz Friesenhain das noch bereuen werden.«

Marie wurde es eiskalt. In all dem Chaos der Nacht und des Morgens, bei all den Sorgen um die Schwerverletzten hatte die Frage, wie dieses Feuer sich so rasch hatte ausbreiten können, immer wieder an ihrem Bewusstsein gezupft. Brände entstanden oft aus einer Unachtsamkeit. Einem weggeworfenen Zündholz. Einer herabfallenden Glut aus einem Herd. Aber in der letzten Nacht hatte in der Scheune ganz sicher keine Laterne gebrannt. Offenes Feuer war dort strikt untersagt. Aber die Laterne, ja, die Laterne, die Kurt hoch in die Luft geschwungen hatte, um sie in Stürmers Box zu werfen, die war ihr selbst auch schon in den Sinn gekommen. Bisher hatte Marie noch mit niemandem über diesen Gedanken gesprochen, doch er nagte an ihr.

»Das ist ein schwerwiegender Verdacht, Alfred«, sagte sie leise und erwiderte den Druck seiner Finger. »Ich werde mich darum kümmern, dass ihm nachgegangen wird.«

»Versprochen, Fräulein Paas?«, ächzte der Junge.

»Versprochen!«, gab Marie ihm ihr Wort, erleichtert, dass sie nun nicht selbst diesen Verdacht aufbringen musste.

Erleichtert ließ Alfred den Kopf ins Kissen sinken. Sein Griff lockerte sich, und die Augen fielen ihm zu.

Die Tatsache, Marie seinen Verdacht mitgeteilt zu haben, schien den Jungen so sehr zu erleichtern, dass er endlich loslassen konnte und innerhalb weniger Wimpernschläge in den Schlaf hinüberglitt.

»Der Graf!«, murmelte Rudi im Bett auf der anderen Kammerseite undeutlich und warf den Kopf mit den schweißnassen Haaren hin und her. »Wir müssen den Grafen retten!« Agnes murmelte ihm beruhigend zu und fuhr ihm erneut mit dem feuchten Tuch über Stirn und Gesicht.

»Die beiden waren die ersten, die hinstürzten, als der vordere Teil des Tores eingebrochen war und den gnädigen Herrn unter sich begraben hatte«, sagte sie leise. »Sie haben nicht überlegt, ihr eigenes Leben riskiert. Zwei kleine Jungen.« Ihre Stimme kippte, und Marie sah, wie sie eine Träne fortwischen musste.

Sie stand von Alfreds Bett auf und legte Agnes eine Hand auf die Schulter. »Sie haben es geschafft, mit vereinten Kräften und Hilfe der anderen. Alles wird wieder gut. Keine Angst.«

Kurz sahen sie einander an, wohl wissend, dass ihre Zuversicht und ihrer aller Kraft es war, auf die es nun für Friesenhain ankam.

»Ich gehe wieder hinunter und schaue, wo ich helfen kann«, sagte Marie. Die junge Frau nickte ihr zu, und Marie verließ den Raum.

Sie lief die Treppe hinunter. Doch auf halber Höhe hielt sie inne. Hier, in der Beletage, lagen die privaten Räume der Grafenfamilie.

Im Ostflügel, wo sich Luises und Claras Zimmer befanden, war sie schon oft gewesen. Doch der Westflügel war Graf, Gräfin und Wilhelm vorbehalten. Sie konnte sich nicht erinnern, dorthin jemals einen Fuß gesetzt zu haben. Dennoch trat sie nun aus der Tür, die die schmale Treppe verbarg, und ging zögerlich um die Empore herum.

Hier vorn lag der Salon der Gräfin. Dahinter ihre privaten Räume. Dann folgten die Räume des Grafen. Marie schlich über den kostbaren Teppich, um niemanden hinter der doppelflügeligen Tür zu stören.

Dann kam sie bei den nächsten Räumen an.

Wenn sie sich nicht täuschte, musste hier Wilhelm seinen Privatbereich haben.

Sie zögerte einen Moment, ehe sie wagte, an die Tür zu klopfen.

Claras Stimme antwortete ihr. Marie öffnete und ging hinein. Ihr Blick fiel sofort auf das Bett aus Mahagoniholz an der Wand gegenüber. Die weißen Kissen waren am hohen Kopfteil aufgetürmt, und darin lag Wilhelm.

Bei seinem Anblick erschrak Marie bis ins Mark. Die verbrannte Hand lag bandagiert und reglos auf der Decke, als gehöre sie nicht zu dem jungen Mann. Doch das Schlimmste war sein Gesicht. Ein fester Verband war mehrfach um den Kopf geschlungen und bedeckte Augen, Stirn und den Großteil der Nase.

Sie stand wie angewurzelt da und konnte sich nicht rühren.

»Der Doktor hat ihm etwas zum Schlafen gegeben«, sagte Clara in diesem Moment mit leiser Stimme. Sie saß auf einem Stuhl neben dem Bett, sah blass und erschöpft aus. »Komm doch näher, Marie«, bat sie.

Mit klopfendem Herzen trat Marie näher, nahm wie im Nebel die geschmackvollen Möbel aus rotem Kirschholz und den Perserteppich wahr, das Ölgemälde von Komet an der Wand neben den Fenstern. Langsam, als könne ein schneller Schritt den Kranken erschrecken oder sie selbst zum Stolpern bringen, ging Marie um das Bett herum und kam schließlich neben Clara zum Stehen. Im Gegensatz zu ihrer rauen Kehle, in der es unangenehm kratzte, fühlten Maries Knie sich sonderbar weich an, als wollten sie ihre Besitzerin nicht länger tragen. Wilhelms Gesicht. Bandagiert. Und jede Stelle, die davon zu sehen war, schien verbrannt und von Schnitten übersät zu sein. Seine Brust hob und senkte sich rasch, als fiele das Atmen ihm auch im Medikamentenschlaf schwer.

Marie konnte den Blick nicht abwenden. Auch wenn sie spürte, dass Clara sie von der Seite besorgt musterte.

Obwohl im Kamin ein Feuer loderte und es warm im Raum war, schienen Eiskristalle durch Maries Adern zu rieseln. Ein Zittern erfasste ihre Schultern, und sie schlang hastig die Arme um sich.

Da spürte sie eine zarte Hand an ihrer Seite. Ihre Freundin war bereits vom Stuhl neben dem Bett aufgestanden und zog sie nun auf den Sitz.

Marie wollte widersprechen, doch Clara wisperte ihr zu: »Du siehst aus wie ein Gespenst, das gleich in Ohnmacht fällt.« Da war tatsächlich ein Flackern am Rande ihres Sichtfeldes, und Marie ließ sich auf den Stuhl sinken.

Sie fühlte, wie Claras Hand ihr über den Rücken strich. Eine sicher tröstlich gemeinte Geste, doch Marie spürte, wie auch die Finger ihrer Freundin bebten. Clara löste sich von ihr. Schritte durch den Raum. Dann wurde ein Fenster geöffnet, und ein wenig frische Luft wehte herein.

Gierig sog Marie sie auf, schloss kurz die Augen und wünschte sich, wünschte sich so sehr, dass alles wieder gut werden würde.

»Wie geht es ihm?«, erkundigte sie sich schließlich zittrig.

»Das Sprechen fällt ihm schwer«, teilte Clara ihr vom Fenster her behutsam mit. »Und seine Augen schmerzen mehr als alles andere.«

»Oh«, brachte Marie nur heraus. Dann versuchte sie, sich zusammenzureißen. Wilhelm lag hier vor ihr, mühsam um Atem ringend, mit verbundenen Augen in einem grauenvollen Dunkel gefangen. Und sie war bis auf ein paar kleine Verbrennungen, Lappalien, unverletzt. Ja, sie würde sich zusammenreißen. Und doch war sie froh, dass er jetzt gerade schlief und nicht miterlebte, wie sehr sein Anblick sie entsetzte.

»Die Pferde?«, fragte Clara hinter ihr.

Marie griff nach diesem Wort wie nach einem rettenden Ring, der zu ihr in das tiefe Wasser geworfen wurde, in dem sie zu versinken drohte.

»Die Burschen sammeln die Stuten samt Fohlen und die Wallache gerade im Park ein«, berichtete sie und konnte ihrer Stimme anhören, wie dünn sie klang. »Vater und ich haben vorhin schon nach ihnen gesehen. Einige haben durch die Aufregung ein paar Blessuren davongetragen. Aber nichts Schlimmes. Sie haben sich zusammengeschart und werden in den Offenstall gebracht. Luise wird sich um sie kümmern, sie hat alle Salben dafür parat.«

Wenn es doch nur auch eine passende Medizin für Wilhelm gäbe! Wenn es ihm doch nur rasch besser ginge! Ihr Magen zog sich zu einer schmerzhaften Kugel zusammen.

»Und Kasper und Stürmer?«, erkundigte Clara sich weiter. »Diese beiden Namen waren neben deinem das Einzige, das Wilhelm herausgebracht hat.«

Eine Hand aus Eisen griff nach Maries Kehle. Er hatte sich nach ihr erkundigt? Er hatte also doch nach ihr gefragt? Wie gern sie jetzt seine unverletzte Hand in ihre genommen hätte.

»Kasper lahmt, und Luise hat für ihn Wickel angeordnet. Wie gut, dass sie durch die Prüfungsvorbereitungen inzwischen so viel über solche Verletzungen weiß. Sie glaubt, es wird nichts Bleibendes sein«, berichtete sie, sich mühsam kontrollierend. »Und Stürmer hat ein paar Brandverletzungen auf der Kruppe und der linken Flanke.«

»Er lebt«, flüsterte Clara.

Und zu ihrem Entsetzen merkte Marie, wie sich ihre Augen plötzlich mit Tränen füllten. Ein paar Wimpernschläge lang kämpfte sie vergeblich. Doch dann schlug sie schluchzend die Hände vors Gesicht.

»Es ist meine Schuld!«, wimmerte sie, während zwischen ihren Fingern Tränen hervorstürzten. »Wir haben die Hengste gemeinsam aus dem Stall geholt. Stürmer war der letzte. Er … Er hat sich erschrocken, und ich bin gestürzt. Wilhelm war schon durch die Tür. Er war schon in Sicherheit. Nur wegen mir ist er noch einmal herein. Nur wegen mir …« Sie konnte nicht länger an sich halten und weinte haltlos.

Clara schlang ihre Arme von hinten um sie und schmiegte ihr Gesicht an Maries Wange. Auch Claras Stimme bebte, als sie leise raunte: »Es ist nicht deine Schuld, Marie. Sag nicht so etwas!«

»Aber verstehst du denn nicht?«, begehrte Marie auf, während sie sich an die Freundin klammerte. »Er ist nur wieder in den Stall gekommen, um mir zu helfen. Wäre er doch draußen geblieben. Ich hätte es schon geschafft. Aber … Oh, Wilhelm, mein lieber Wilhelm!« Sie schluchzte so sehr, dass sie würgen musste. Was, wenn seine Augen für immer geschädigt waren? Was, wenn er starb? Dieser Gedanke war mehr, als Marie ertragen konnte. Es schüttelte sie am ganzen Körper.

Clara hielt sie eng an sich gepresst und strich ihr immer wieder übers zerzauste Haar.

Erst nach einer ganzen Weile konnte Marie sich langsam beruhigen.

Vorsichtig löste sie sich von ihrer Freundin und betrachtete deren Gesicht. Auch Claras Wangen waren tränenbenetzt, ihre Augen gerötet.

Für einen kurzen Moment trafen sich die Blicke der beiden, und Marie wusste sofort, dass Clara erraten hatte, was ihr selbst noch nicht so lange klar war. Sie ahnte, wie es in Maries Innerem aussah. Und blickte sie dennoch immer noch so zärtlich und voller Verständnis an, wie nur eine wahre Freundin es konnte.

Gerade öffnete Clara den Mund, als es an der Tür klopfte. Noch ehe eine von ihnen hereinbitten konnte, wurde geöffnet, und Ranke stand im Rahmen.

»Der Graf ist aufgewacht«, teilte er ihnen mit, wobei seine Stimme seltsam hohl klang.

»Oh, wie wundervoll!«, rief Clara, und Marie selbst sprang auf. Aber als sie Ranke näher ins Gesicht sah, wurde ihr klar, dass dies nicht alles war.

»Was ist denn?«, wollte da auch schon Clara alarmiert wissen. »Nun sprich schon, Ranke! Was ist mit Vater?«

Der Diener wusste vor Verlegenheit kaum, wo er hinschauen sollte. »Vielleicht sollten Sie selbst hinüber, Komtess Clara?«

Darauf erwiderte Clara nichts mehr, sondern raffte den Rock und lief rasch an Ranke vorbei hinaus.

Marie sah Ranke fragend an. Der blickte beklommen zurück.

»Vielleicht wollen Sie auch hinübergehen, Fräulein Paas?«, schlug er vor. Und es kam mehr einer dringenden Bitte gleich. »Ich bleibe hier beim jungen Herrn.«

Dass der erste Hausdiener es offenbar für erforderlich hielt, dass Marie ihrer Freundin und deren Mutter beistand, beunruhigte sie mehr als alles. Sie sah auf Wilhelm hinab, der unverändert in den Kissen lag. Wie falsch kam es ihr vor, nicht hier an seiner Seite zu bleiben. Doch Wilhelm schlief. Während sie nebenan womöglich wirklich gebracht wurde?

»Natürlich«, erwiderte sie leise und beeilte sich, schweren Herzens Clara zu folgen.

Die Räume des Grafen lagen ebenfalls im Westflügel, Seite an Seite mit denen seines Sohnes und seiner Frau. Clara hatte Marie hinter sich bemerkt und sah sie voller Sorge an, als sie an die Tür des Grafenschlafzimmers klopfte.

Sie öffnete. Drinnen stand Luise am Kamin, der den Raum behaglich wärmte.

»Clara«, sagte sie leise, als sie ihre Schwester hier stehen sah. »Marie.« Die Hände hielt sie zu Fäusten geballt an ihrer Seite.

Auf einem Stuhl am Bett, nah bei ihrem Mann, saß Gräfin Anna.

Ihre sonst so stolze, aufrechte Haltung hatte deutlich gelitten. Mit an den Mund gelegten Fingern sah sie ihnen mit einer Miene entgegen, die Marie an ihr noch nie gesehen hatte. Die Gräfin von Scheweney wirkte in höchstem Maße verzweifelt. Ihre Augen waren gerötet und glänzten feucht.

»Papa«, flüsterte Clara und ging mit leichten Schritten hinüber zum Bett, wo der Graf in den Kissen lag.

Auch er trug einen mächtigen Verband um den Kopf, der sein Gesicht ungewohnt klein erscheinen ließ. Der Schnurrbart, auf den er stets so stolz war, war stark eingekürzt. Eine Verletzung an Nase und Lippe war blutverkrustet. Doch was Marie von alldem am meisten erschreckte, war der Ausdruck in seinen blauen Augen, die abwesend zu den Fenstern hinausstarrten.

Auch als Clara seine Hand nahm, rührte er sich nicht. Ängstlich beobachtete Marie, wie ihre Freundin erst zur Mutter, dann zur Schwester blickte.

»Er erkennt uns nicht«, sagte Gräfin Anna. Ihre Stimme nur ein zitternder Hauch. »Herr im Himmel. Was soll nur werden? Er weiß nicht, wer wir sind.«

Clara

22

Der Abend hatte sich schon längst übers Tecklenburger Land gesenkt. Clara geleitete Doktor Viert durch die Halle zur Eingangstür.

»Morgen früh schaue ich sogleich wieder nach meinen Patienten auf Friesenhain, Komtess. Bis dahin sind sie alle gut versorgt und werden meiner wohl nicht bedürfen. Sollte aber etwas Unvorhergesehenes eintreten, schicken Sie einen Burschen«, sagte er.

»Etwas Unvorhergesehenes?«, wiederholte Clara ratlos. »Sie meinen, wenn es Vater oder Wilhelm plötzlich doch schlechter geht?«

Der Mediziner sah sie eindringlich an. »Oder das Gegenteil, Komtess. Denken Sie daran, es kann jede Stunde geschehen, dass der werte Graf wieder zu sich findet. Ein solches Ereignis, der Brand, der Einsturz der Decke, das hat wohl einen massiven Schock ausgelöst«, wiederholte er die Worte, die er heute schon mehrmals gesagt hatte, wohl, um ihr Mut zu machen.

Clara seufzte. »Und wir können uns darauf verlassen, dass sein Zustand nicht die Runde im Ort macht?«

Der Mediziner sah sie beinahe empört an. »Bei meiner Ehre, Komtess!«

Clara öffnete ihm die Tür. »Es ist schon gut, Doktor Viert. Ich wollte nur …« Sie brach erschrocken ab, denn auf dem obersten Treppenabsatz, die Hand bereits zum Glockenzug ausgestreckt, stand Richard von Thebe. Im Licht, das aus der Eingangshalle auf die Auffahrt fiel, sah Clara seine Rappenstute, die er am Geländer der Treppenüberdachung angebunden hatte.

Der Arzt und der junge Baron begrüßten sich.

»Empfehle mich«, sagte Doktor Viert dann und lief die Treppe hinunter, den Kopf gegen die Kälte zwischen die Schultern gezogen, zu seiner wartenden Kutsche.

»Baron von Thebe«, sagte Clara und konnte die Überraschung in ihrer Stimme nicht verbergen.

Richard sah sie mit seinen dunklen Augen so intensiv prüfend an, dass sie spürte, wie ihre Wangen heiß wurden.

»Komtess, ich wollte nur …«, begann er. Dann zog er seinen Hut, drehte ihn in den behandschuhten Händen.

»Möchten Sie hereinkommen?«, bot Clara ihm höflich an.

Er krampfte die Finger um die Hutkrempe und sah sie erneut besorgt an, eine feine Falte auf der Stirn. »Oh nein, ich will auf keinen Fall stören. Ich wollte mich nur davon überzeugen, dass es Ihnen gut geht.«

Obwohl der kalte Abendwind des frühen Februars ging, spürte Clara in sich eine angenehme Wärme aufsteigen. Der Tag war so anstrengend und nervenzehrend gewesen, dass sie sich von seinen Worten plötzlich getröstet fühlte. Er hatte an sie gedacht.

»Mir geht es gut, danke«, antwortete sie mit einem kleinen Lächeln, das sie sogleich wieder erlöschen spürte, als sie fortfuhr: »Aber leider sind mein Vater und mein Bruder schwer verletzt worden.«

»Ich hörte davon«, gestand Richard. »Und da ich selbst in

Kent einen älteren Bruder habe, wie Sie wissen, einen Bruder, der mir zugleich ein guter Freund ist, glaube ich zu ahnen, wie Sie sich fühlen mögen. Natürlich wünsche ich für die Versehrten nur das Beste! Der Doktor stellt doch hoffentlich ihre komplette Genesung in Aussicht?«

»Gewiss!«, erwiderte Clara mit aller Überzeugung, zu der sie fähig war.

Richard lächelte deutlich erleichtert. Und Clara wünschte sich, dass ihre Worte der Wahrheit entsprechen würden. Oder, und dieser Wunsch erschreckte sie selbst ein wenig, dass sie ihm die volle Wahrheit sagen könnte. Doch riet ihr Instinkt als Gutstochter, den sie ihr ganzes Leben geschult hatte, dass es besser sei, wenn möglichst wenige Menschen vom wahren Zustand ihres Vaters erfuhren. Ohne ihn fühlte sich ihre Familie schrecklich angreifbar und verloren an.

»Und wie geht es Gimpel und Tessa?«, wollte Richard nun mit gesenkter Stimme wissen, als wolle er nur ihr zeigen, dass er sich auch um diese beiden Friesenhainer sorgte.

Jetzt musste auch sie lächeln. »Sie erkundigen sich auch nach den beiden, Baron. Das tut nur ein wahrer Tierfreund.« Blitzartig erschien vor ihren Augen die Szene, als sie gemeinsam das Reh von seiner Fessel befreit hatten und sie sich mit einem Mal ihrer bestürzenden Gefühle bewusst geworden war. Mit einem kurzen Kopfschütteln wehrte sie die Bilder ab. »Es geht den beiden gut. Tessa hat sich inzwischen ebenso beruhigt wie die anderen Pferde. Und Gimpel, der Gute, hat in der Brandnacht Alarm geschlagen, er ist immer da, wenn jemand einen verlässlichen Freund an der Seite braucht.«

Ihre Blicke tauchten ineinander.

»Unsere Stallungen sind zu einem großen Teil zerstört«, sagte Clara dann mit einem kleinen Räuspern. »Und dazu der Hengststall. Am schlimmsten trifft uns der Verlust der Scheune mit dem gesamten Winterfutter. Wir haben viel zu tun mit dem Aufräumen und müssen dann neu aufbauen. Derweil werden wir uns irgendwie behelfen. Sowohl, was die Unterbringung der Pferde angeht, als auch ihre Versorgung.«

Das Mitgefühl in seinen Augen schien sich noch zu intensivieren. »Sie haben viel zu tun. Umso weniger will ich Sie weiter aufhalten«, sagte er. »Ich möchte Sie nur wissen lassen: Wenn wir helfen können, wenden Sie sich gern jederzeit an mich, Komtess.«

Clara hätte das Gespräch gern noch länger hinausgezogen. Dass sie sich am Abend der Hochzeitsfeier so sehr über den Auftritt der Familie von Thebe geärgert hatte, war auf einen Schlag in den Hintergrund getreten. Es war so viel geschehen seitdem. Und sie konnte vor sich selbst nicht leugnen, wie wohl ihr Richards Gegenwart tat. Seine Anteilnahme, seine Worte waren wie beruhigender Balsam, der sich auf eine brennende Wunde legte.

Doch er neigte bereits den Kopf, setzte den Hut wieder auf und lief die Stufen hinunter zu seinem Pferd.

»Baron von Thebe?«, hatte Clara ihm nachgerufen, ehe sie es recht überlegt hatte.

Er blieb stehen und wandte sich zu ihr um. Das Licht aus der Halle fiel auf sein Gesicht und ließ es vor dem Hintergrund der Winternacht golden aufleuchten.

Claras Kehle wurde eng.

»Danke, dass Sie vorbeigeschaut haben«, brachte sie mit dünner Stimme heraus.

Er lächelte und verneigte sich.

Die Arme um den Körper geschlungen gegen die kalte Luft, die in den Aufgang strömte, sah Clara zu, wie er die letzten Stufen nahm, seine Stute losband und sich in den Sattel schwang. Noch einmal zog er den Hut. Sie hob als Gruß die Hand. Er wendete das Pferd und trabte die Auffahrt hinauf.

Clara widerstand der Versuchung, dem jungen Baron nachzuschauen, bis er an der Anhöhe ihrem Blick entschwinden würde, sondern schloss die Tür und wandte sich um.

Einen kurzen Moment stand sie still. Dann gab sie sich einen Ruck und ging durch die Halle in den kleinen Flur.

Dort lag Gimpel in der Nische mit den Mänteln und klopfte bei ihrem Erscheinen mit dem Schwanz.

»Du guter Geist Friesenhains«, raunte Clara ihm leise zu und strich ihm über den Kopf. »Ruh dich nur aus.« Der Rüde grunzte leise und legte den schweren Kopf wieder ab.

Clara erhob sich wieder und nahm die Treppe hinunter in den Gesindetrakt.

»Komtess Clara, ist oben alles …?«, begrüßte Frau Mecken sie, die gerade den schmalen Gang zwischen Küche und Stube entlangkam. Sie war so ordentlich und korrekt gekleidet wie immer. Und doch wirkte sie seltsam zerzaust, denn offenbar war sie sich mehrmals durchs Haar gefahren.

»Alles unverändert«, teilte Clara ihr mit, und die Hauswirtschafterin atmete aus. »Es ist nur so, dass unsere Mutter in den nächsten Tagen wohl nicht wie üblich die Mahlzeiten mit Ihnen wird besprechen können. Daher haben Sie in der kommenden Woche vollkommen freie Hand. Sie können zusammen mit Frau Rühl einen Plan aufstellen.«

»Sie werden mit uns zufrieden sein, Komtess Clara. Wir wären ja eine feine Haushälterin und Köchin, wenn wir nicht all die Vorlieben der Herrschaften kennen würden«, antwortete Frau Mecken und senkte bereits nachdenklich den Blick, als gehe sie im Kopf schon verschiedene Speisen durch. Ein jähes Gefühl der Zuneigung und Dankbarkeit regte sich in Clara.

Zu solchen kleinen Szenen war es bereits den ganzen Tag immer wieder gekommen. Alle Bediensteten schienen wild entschlossen, ihr bestes Wissen und Können in den Ring zu werfen, während Friesenhain sich von diesem Schock zu erholen versuchte.

Clara nickte Frau Mecken noch einmal zu und ging dann die Treppe wieder hinauf, tief in Gedanken versunken. Wenn nur alles so leicht zu regeln wäre wie ein Speiseplan!

Die großen Probleme lagen nun vor ihnen. Die Scheune, der Hengststall und die Boxen im Hof des Guts würden durch ihren Wiederaufbau viel Geld verschlingen, ganz zu schweigen von dem Winterfutter, das ebenfalls verbrannt war.

Wie sollten sie all dies möglichst rasch in die Wege leiten?

Bei dieser Frage tönte in ihrem Kopf die Stimme ihres Vaters.

»Ein echter Scheweney gibt nicht auf!«, hatte er ihr oft gesagt. Ein Leitspruch, der auch in ihr brannte. Doch jetzt gerade fühlte Clara sich schrecklich allein mit all den Aufgaben, dem Berg an Problemen, den es zu bewältigen galt.

Auf ihren Vater konnten sie dabei nicht hoffen.

Seit er aus seiner Bewusstlosigkeit erwacht war, jedoch nur mit geöffneten Augen vor sich hin starrte, war das gesamte Haus erschüttert. Alle hatten darauf gehofft, dass der Hausherr bald wieder die Zügel in der Hand halten würde. Doch das schien nun unmöglich. Auch Wilhelm, der hinter dem Vater in Sachen Entscheidungen an zweiter Stelle stand, durfte mit Fragen zu den Räumarbeiten auf dem Gestüt und notwendigen Maßnahmen zur Aufrechthaltung des Betriebes nicht behelligt werden. Egal, wie dringend manche Fragen einer Antwort bedurften, Entscheidungen gefällt werden mussten.

Doktor Viert war darin mehr als deutlich gewesen: Wilhelm brauchte absolute Ruhe. Keinerlei Aufregung.

Wilhelm. *Mein lieber Wilhelm*, hörte Clara wieder das leise Echo in ihrer Erinnerung. Das waren die Worte, die Marie heute Morgen gesprochen hatte. Während Clara die Halle durchquerte, entkam ihrer Kehle ein tiefes Seufzen. Wie hatte sie nur so blind sein können?

Sie waren gemeinsam aufgewachsen, Marie, Wilhelm, Luise und sie selbst. Wilhelm, der sieben Jahre Ältere, hatte von klein auf zu jeder von ihnen ein besonderes Verhältnis gehabt. Luise war rau und wild genug, um beim Abschlagen mitzuhalten und vor ihm auf jedem hohen Baum zu sein. Clara selbst hatte durch ihr eigenes reges Interesse am Gestüt viele der brüderlichen Fragen beantworten können und Wilhelm trotz des Altersunterschieds oft beigestanden, wenn ihr Vater von ihm zu diesem oder jenem eine Meinung wissen wollten. Und Marie, ja, Marie war in Claras Augen für Wilhelm so etwas wie eine Seelenverwandte gewesen, denn sie liebten beide Bücher und gingen ganz in den Geschichten auf, die sie miteinander teilten. Wie oft hatten ihre Freundin und ihr Bruder früher die Bibliothek den Ländereien vorgezogen und lieber dort drinnen zwischen den Regalen neue Abenteuer entdeckt. Doch nie, nie im Leben wäre Clara darauf gekommen, dass Marie und Wilhelm …

Dabei hätte sie durchaus einen Verdacht hegen können, stellte sie nun mit leisem Vorwurf an sich selbst fest. Seit Stürmers Ankunft war Wilhelms häufiges Verschwinden, besonders am Morgen, doch auffällig gewesen. Hatten die beiden diese Zeiten gemeinsam mit Stürmer verbracht? Wie sonst hätte ihr Bruder, den sie nicht anders als mit einer instinktiven Scheu vor temperamentvollen oder ängstlichen Pferden kannte, solch einen Triumph erwirken können wie am Morgen mit De Vries? Und dann, der eine oder andere Blick, der zwischen ihm und Marie geflogen war. Als der niederländische Züchter den Hengst anschaute. Aber auch auf dem Hochzeitsfest, abends im Saal. Wie blass Marie geworden war, als der Graf Wilhelms Verlobung mit Baroness von Assen bekannt gab. Wie Wilhelm ihrer Freundin nachgesehen hatte, als diese daraufhin rasch den Saal verließ. Es hatte gewirkt, als wäre er ihr am liebsten hinterhergeeilt – nur aufgehalten von all den Gästen, die gratulieren wollten.

Doch was sollte sie mit dieser neuen Erkenntnis nun tun? Sollte sie Marie etwa darauf ansprechen? Ihre liebe Freundin, die ihrerseits nie ein Wort zu ihren Gefühlen verloren, sich Clara nie anvertraut hatte?

Clara raffte ihren Rock und nahm langsam die Stufen hinauf in die Beletage. Im Grunde konnte sie Maries Haltung verstehen. Denn waren ihre Gefühle für Wilhelm nicht vollkommen aussichtslos? Und würde es die Situation nicht für alle noch erschweren, wenn sie sich jemandem anvertraute?

Ohne es selbst recht zu merken, schüttelte Clara den Kopf. Nein, sie sollte Marie besser nicht behelligen. Alles war entschieden. Die Heirat mit Margarete würde jeder noch so kleinen Hoffnung ein Ende bereiten. Und warum sollte sie die arme Marie dann quälen?

Als Clara nun die Empore umrundete, erschien an der Ecke zum Westflügel die schmale Gestalt der Gräfin. Um deren Beine strich die weiße Hummeltje, die sich seit dem Brand nicht einen Wimpernschlag lang von ihrer Herrin trennte.

»Ich wollte dich gerade an Vaters Bett ablösen«, teilte Clara ihr mit.

Ihre Mutter sah unendlich müde aus. Die Schatten unter ihren Augen sprachen von tiefer Sorge.

»Albrecht ist bei ihm«, teilte sie Clara mit. »Der gute Mann ist vollkommen erschüttert und hat darauf bestanden, selbst die Nachtwache zu übernehmen. Bei niemandem sonst ist Hermann so gut aufgehoben.« Sie tauschten ein kleines, wehmütiges Lächeln, die unverbrüchliche Treue des alten Kammerdieners rührte sie beide. Albrecht hatte sich seit dem Unglück als genau das wertvolle Mitglied der Dienerschaft erwiesen, das er immer gewesen war. Er delegierte, behielt alle Aufgaben im Blick und war Anlaufstelle für jegliche Fragen.

»Und wie geht es Vater?«, konnte Clara es nicht lassen, zu fragen. Vor wenigen Minuten hatte Doktor Viert ihr noch erklärt, alles sei unverändert. Doch die Hoffnung pochte in ihr, es könne in der Zwischenzeit das Wunder geschehen sein, auf das sie alle warteten.

Gräfin Anna schloss kurz die Augen, was Antwort genug war.

»Er schläft nun«, sagte sie dann. »Ebenso wie Wilhelm. Der Doktor hat ihm noch einmal etwas gegen die Schmerzen gegeben. In seinem Fall ist Schlaf wohl das Gnädigste«, setzte sie hinzu. »Ich hoffe, ich werde gleich auch welchen finden.«

Clara konnte die Sehnsucht nach ein paar Stunden sorglosen, tiefen Dämmerns nachvollziehen.

Sie streckte die Hand aus und strich am Arm ihrer Mutter hinab. »Das wünsche ich dir auch, Mama.«

Doch anstatt ihr eine gute Nacht zu wünschen, nahm Gräfin Anna ihre Hand und sah sie zögernd an.

»Hast du einen Moment für mich, Clara?«, bat sie.

»Gewiss.«

Ihre Mutter winkte sie mit sich in ihre Räume, wo sie Fräulein Trebitz aufschreckten. Die Zofe ihrer Mutter war auf einem Stuhl an der Tür zum Ankleideraum eingenickt.

»Gnädige Frau, Komtess, Verzeihung!«, stammelte sie und erhob sich mühevoll.

»Nicht doch, Fräulein Trebitz«, sagte die Gräfin. »Wenn ich gewusst hätte, dass Sie auf mich warten, hätte ich Sie längst zu Bett geschickt. Gehen Sie nur. Ich komme zurecht. Morgen wartet ein weiterer schwerer Tag auf uns.«

Die Kammerzofe knickste und schloss dann leise die Tür hinter sich.

»Soll ich dir behilflich sein?«, bot Clara an und meinte das Auskleiden.

Doch ihre Mutter fasste sie ernst ins Auge. »Ja, Clara, du kannst mir deine Meinung kundtun. Mir geht nicht aus dem Kopf, wie es zu dieser Katastrophe hat kommen können. Offenes Feuer in der Scheune! Vor einer Stunde sprach ich mit Paas, und er berichtete, dass Fritz bei der ersten Sichtung der Scheunentrümmer eine seltsame Kanne gefunden habe. Wie die, in der Apotheker ihre Gemische aufbewahren. Er sagt, er sei sicher, dass der Behälter nicht zu Friesenhain gehört.«

Clara stockte der Atem.

»Eine Kanne? Womöglich mit irgendeiner brennbaren Flüssigkeit? Oh, Mama!«, stieß sie hervor.

Gräfin Anna presste kurz die Augen fest zusammen und nickte.

»Für morgen hat sich Oberwachtmeister Berthel angekündigt. Die Polizei will prüfen, ob es ein Unglücksfall war oder …« Sie hielt inne, als sei der Gedanke allein unvorstellbar. »Oder eine geplante Tat. Clara! Ein solch verheerender Brand in voller Absicht?« Kurz presste sie die Hand an den Mund und holte dann tief Luft. »Und nun diese Kanne. Wer könnte so etwas tun? Hast du eine Idee, Clara? Oder bei der Dienerschaft etwas aufgeschnappt?«

Clara musste sich räuspern, denn natürlich war dies die Frage, die alle beschäftigte.

»Marie hat erzählt, dass der kleine Alfred einen Verdacht

vorgebracht hat. Vielleicht nur die Fantasie eines Kindes, aber je länger ich darüber nachdenke, desto eher bin ich geneigt, mich diesem Verdacht anzuschließen.« Sie holte tief Luft. »Womöglich könnte unser ehemaliger Stallbursche Kurt das Feuer absichtlich gelegt haben.«

Die Augen ihre Mutter weiteten sich erschrocken. »Um Himmels willen, Clara!«, stieß sie hervor. »Warum sollte er das tun?«

Clara biss sich kurz auf die Lippe. »Am Abend der Hochzeitsfeier ist etwas vorgefallen, von dem du vielleicht noch nichts weißt.« In knappen Worten berichtete sie von Kurts Überfall auf Marie und seiner Drohung, Rache zu üben.

Ihre Mutter fasste nach ihrem Arm.

»Das müssen wir Berthel mitteilen! Diese Sache muss untersucht werden!«, hauchte sie.

Clara legte ihre Hand auf die ihre. »Luise hat das auch gleich gesagt.«

»Ich höre ein Aber?«

Sie hob die Schultern. »Marie hat eingewandt, dass wir mit einem solchen Verweis auf Kurt dessen Schicksal besiegeln würden. Sollte sich herausstellen, dass er nichts mit dem Feuer zu tun hat, würde ein solcher Verdacht dennoch an ihm haften wie Teer und Schwefel. Mit solchem Ruf würde niemand ihn noch anstellen wollen.«

Gräfin Anna schüttelte halb ungläubig, halb bewundernd den Kopf. »Die gute Marie«, flüsterte sie. »Sie ist wie ihre liebe Mutter. Denkt selbst dann noch an ihr Gegenüber, wenn sich dieses so respektlos und dreist verhalten hat wie dieser Kurt.« Dann hob sie den Kopf und sah forschend in Claras Gesicht. »Aber was ist deine Meinung dazu? Denkst du nicht, wir sollten etwas unternehmen?«

Clara blickte zum bodentiefen Fenster. Auch von hier

konnte sie über den Balkon hinweg auf den Vorplatz und die Auffahrt sehen, ganz wie von ihrem eigenen Zimmer aus.

»Als Gimpel in der Brandnacht so bellte, dachte ich zuerst an Eindringlinge und bin ans Fenster getreten«, erzählte sie. »Da habe ich unten am Rande des Vorplatzes eine Gestalt gesehen, die sich dann zwischen den Bäumen entfernte. Ich konnte nicht erkennen, wer es war, bin mir aber recht sicher, dass die Person einen langen, offenen Mantel und darunter … nun, ein Kleid trug.«

»Ein Kleid?«, wiederholte ihre Mutter verblüfft. »Du meinst, du hast eine Frau gesehen?«

Clara zuckte mit den Schultern. »Ich bin mir überhaupt nicht sicher. Es war mitten in der Nacht. Zwar schien der Mond, aber trotzdem schien alles so unwirklich.«

»Auch darüber sollten wir die Polizei unterrichten, nicht wahr?«, fragte ihre Mutter.

Clara nickte leicht. »Es ist zwar kein besonders hilfreicher Hinweis. Aber zumindest ein Beweis, dass sich offenbar eine fremde Person hier herumgetrieben hat.«

Ihre Mutter zog sie in ihre Arme. Ihr zarter Duft nach Rose und Veilchen hüllte sie ein.

»Auf dich ist immer Verlass, mein Kind!«, seufzte Gräfin Anna und drückte ihr einen Kuss aufs Haar. Dann schob sie sie ein Stück von sich, ließ sie los und blickte Clara offen ins Gesicht. Die schlaflose Nacht und die ununterbrochene Sorge hatten Spuren im Gesicht der Gräfin hinterlassen. Ihre sonst so stolzen Schultern sanken nach vorn, und ihre Lider schienen zu schwer, um sie noch lange aufzuhalten.

»Du verstehst von uns allen am meisten von den Geschäften Friesenhains«, sagte sie, und für einen kurzen Moment durchflutete so etwas Unwichtiges und Lächerliches wie Stolz Claras Brust.

»Sag mir, was du als am dringendsten erachtest, Clara. Was müssen wir tun?«, verlangte ihre Mutter dann unumwunden zu wissen.

Clara sog kurz an ihrer Unterlippe, während sie den Stoff ihres Rockes mit den Händen knetete. Dann besann sie sich und sagte: »Freilich ist es tragisch, dass wir an der Nordseite die Boxen und einen Teil der Sattelkammer und der Unterkünfte verloren haben. Aber die Burschen sind oben in den leer stehenden Kammern gut untergebracht. Für alle Sättel und Zäume, die noch taugen, haben wir bei den Kutschen Platz geschaffen. Und die Stuten und Wallache kommen im Offenstall gut zurecht. Aber der Wiederaufbau von Scheune und Hengststall sollte rasch erfolgen.«

Ihre Mutter fuhr sich mit der Hand über die Stirn. »Die Hengste, ja, richtig. Wo sind sie überhaupt?«

»Drei von ihnen stehen immer noch in den Ausläufen, in die Wilhelm und Marie sie während des Brandes gebracht haben.« Bei der Erwähnung dieser beiden Namen in einem Atemzug hielt Clara kurz inne. Doch die Miene ihrer Mutter blieb unverändert. Und so berichtete sie weiter:

»Kasper lahmt, und Stürmer hat Brandverletzungen. Die beiden hat Paas in dem kleinen alten Stall hinter dem Pförtnerhaus notdürftig untergebracht. Luise kümmert sich um sie. Dort ist aber kein Platz für die anderen drei. Jetzt im Winter können sie nicht die ganze Zeit draußen stehen.«

Die Lider ihrer Mutter flatterten nervös. Sie war es nicht gewohnt, sich um solche Details zu kümmern. »Wie lange wird es dauern, den Stall wieder aufzubauen?«

Clara griff fester in den Rockstoff. »Nun, es wird noch eine Weile dauern, bis der Schutt und alle Reste des alten fortgeräumt sind. Und dann müssen wir das Material bestellen, das wir für den neuen brauchen. Das Holz. Die schmiedeeisernen Gitter. Tür und Tor. Die Schindeln. Dazu kommt das Wetter. Paas meint, dass wir in Kürze Schnee erwarten müssen. Sicher wird der Stall nicht vor April stehen«, schloss sie letztendlich.

»April«, wiederholte ihre Mutter tonlos.

Clara nickte. »Darüber habe ich schon nachgedacht. Denkst du, wir können Oberst Leuthagen darum bitten, die drei Hengste vorübergehend bei sich aufzunehmen? Er hat heute einige seiner Knechte zum Aufräumen geschickt und weitere Hilfe angeboten«, fuhr Clara fort.

Gräfin Anna hob erfreut die Brauen und fasste kurz nach Claras Arm. »Das ist eine wunderbare Idee, Clara. Leuthagen mag alt und laut sein, aber er ist von untadeligem Charakter und hilft bestimmt. Ein wahrer Freund in der Not.« Sie schenkte Clara ein kleines Lächeln. »Und die Scheune? Am Ende hast du da auch eine Idee?«

Clara musste schlucken, denn hier lag noch ein ganz anderes Problem. »Die Scheune ist auch wichtig. Aber da wir unsere gesamten Wintervorräte an Heu und Stroh mit ihr verloren haben, müssen wir auch sehen, woher wir das Futter für die Pferde hernehmen. Für die nächsten Tage haben wir noch ausreichend auf dem Heuboden über den Boxen, die nicht gebrannt haben. Aber schon nächste Woche wird es eng, wenn wir nichts zu kaufen finden«, fuhr Clara fort.

Ihre Mutter seufzte tief. »Das wird wahrscheinlich nur eine Sache des Preises sein.«

Nun holte Clara tief Luft. »So ist es, Mutter. Und ich fürchte, um Friesenhains Finanzen steht es derzeit … nicht besonders gut.«

Die Gräfin fuhr sich mit der Zungenspitze über die Lippen. »Letztes Jahr das neue Gewächshaus, von dem euer Vater wollte, es solle größer und prächtiger sein als die anderer Grafenfamilien. Bei der Hochzeit haben wir auch an nichts gespart«, gab sie zu. »Und der Landsitz für deine Schwester …«

Mit Mühe löste Clara ihre Hände aus der Verkrampfung und strich den Stoff ihres Rockes glatt. »Ja, beim ersten Blick in die Bücher, den ich heute getan habe, habe ich festgestellt, dass das neue, große Treibhaus mit den vielen exotischen Pflanzen im letzten Jahr beinahe alle Ersparnisse aufgefressen hat. Vater hat den Kauf der Villa Schwalbe und die Umbau- und Renovierungsarbeiten dort mit einem Kredit finanziert. Offenbar hat er damit gerechnet, ihn mit den Verkäufen ans Heer im Frühjahr wieder auslösen zu können.«

Sie sahen sich beklommen an.

»Friesenhain hat also keine Rücklagen mehr?«, fasste Gräfin Anna zusammen. »Und ist auch noch belastet?«

Clara holte tief Luft. »So ist es, Mutter. Es wird nicht ohne einen weiteren Kredit von der Bank gehen. Und zwar in einer Höhe, die unsere kleine in Ibbenbüren nicht wird geben können. Dazu muss es das große Bankhaus in Osnabrück sein.«

Wieder blinzelte ihre Mutter und wirkte plötzlich nicht nur erschöpft, sondern auch ängstlich. »Ich habe mich um die Geschäfte nie gekümmert«, gestand sie. »Das hat stets euer Vater erledigt. Ich habe keine Ahnung von Krediten, Gegenwerten, Zinsen.«

Was seit gestern immer mal wieder vage durch Claras Kopf geisterte, schoss nun heraus: »Wenn du es mir zutraust, kann ich diese Aufgabe übernehmen, Mutter«, bot sie an. Mit einem Schlag sogar ein wenig aufgeregt. Denn diese Idee war ihr bisher nicht gekommen. Die Idee, dass in der jetzigen Lage nicht nur ihre Meinung in Sachen Gestüt gefragt war. Sondern dass womöglich wichtige Entscheidungen und Verhandlungen für Friesenhain in ihren Händen liegen würden. »Ich war mit Vater ein paarmal in der Bank in Osnabrück.

Der Direktor kennt mich. Das wird es wohl leichter machen, mit ihm zu verhandeln, obwohl ich … nun, eine Frau bin. Gibst du mir freie Hand?«

Als sie die Erleichterung auf dem Gesicht ihrer Mutter sah, spürte sie ihr Herz klopfen. Sie konnte etwas tun, das Friesenhain half.

Die griff mit beiden Händen nach Claras Schultern. Gräfin Anna war, ebenso wie Luise, ein ganzes Stück größer als ihre jüngste Tochter, und so musste Clara nun zu ihr aufsehen.

»Du bist ein so gutes Kind«, sagte ihre Mutter mit feuchten Augen. »Und dazu eine tapfere Frau. Was würden wir nur ohne dich tun?« Und dann setzte sie hinzu: »Ich gebe dir freie Hand, Clara. Führe du die Verhandlungen und besprich die Ergebnisse mit mir. Wir wollen hoffen, dass es deinem Vater und Wilhelm recht bald wieder so gut geht, dass ihr Zustand erlaubt, auch sie einzubinden.«

Nun streckte auch Clara die Arme aus und umarmte ihre Mutter. Ihr Gesicht an deren Hals geschmiegt, während Annas Lippen ihre Schläfe leicht berührten, standen sie einen Moment da.

Dann lösten sie sich voneinander.

»Und jetzt geh schlafen!«, befahl die Gräfin in liebevollem Tonfall.

»Ruh auch du dich aus! Gute Nacht«, erwiderte Clara. Noch ganz erfüllt von dem ungewohnten Gefühl des tiefen Vertrauens, das ihre Mutter offenbar in ihre Fähigkeiten setzte. Leise schloss sie die Tür hinter sich und ging über die Empore in Richtung Ostflügel, der dem ihrer Eltern gegenüberlag. Da wurde die Tür zur Dienstbotentreppe geöffnet, und der junge Kammerdiener des Grafen trat heraus, über dem Arm einen tadellos gebürsteten Anzug.

»Herr Neumann?«, sprach sie ihn an. Er sah auf. Wie

alle auf Friesenhain sah er müde und erschöpft aus. Dennoch leuchtete in seinen hellgrauen Augen ein unbeugsamer Wille. »Was tun Sie denn noch hier?«, wollte Clara wissen. Sie mochte den jungen Nachfolger des alten Albrechts. Er war gewissenhaft, stets freundlich und gut gelaunt. Und weil Clara sich stets für die Belange der Dienerschaft interessierte, hatte auch er zu ihr ein deutliches Vertrauen gefasst.

Jetzt hielt er den Anzug in die Höhe. »Ich habe den grauen Dreiteiler noch ausgebürstet, Komtess. Bei der vielen Arbeit tagsüber im Hof und drüben an der Scheune bin ich zu meinen üblichen Pflichten nicht gekommen.«

Bestürzt sah sie ihn an. »Aber … Herr Neumann, das müssen Sie doch nicht tun! Mein Vater … Der Graf wird den Anzug in den nächsten Tagen nicht benötigen.«

Der gut aussehende junge Mann reckte das Kinn mit Grübchen. »Ich gebe niemals auf, solange noch ein schwacher Funken Hoffnung besteht«, erwiderte er.

Gerührt blickte sie ihn an. Solche Haltung war unersetzbar.

»Dafür danke ich Ihnen im Namen meiner ganzen Familie, Herr Neumann«, sagte sie mit einem Lächeln. »Sicher ist Ihr Einsatz nicht selbstverständlich für jemanden, der erst seit so kurzer Zeit auf Friesenhain lebt.«

»Sehr freundlich von Ihnen, Komtess«, antwortete er ernst. »Ich lebe zwar noch nicht lange hier auf Friesenhain. Und doch hegte ich schon seit einer ganzen Weile den Wunsch, hier Dienst zu tun. Dass Herr Albrecht quittieren musste, war mein großes Glück. Ich hänge bereits sehr an diesem Ort.«

»Sie hatten auch vorher gute Stellungen«, warf Clara ein, die sich an seine hervorragenden Zeugnisse erinnerte.

Er neigte zustimmend den Kopf und schaffte es, darin dennoch einen freundlichen Widerspruch erkennen zu lassen.

»Das wohl, Komtess, doch erhoffe ich mir hier nicht nur ein Zuhause, sondern auch eine Familie zu finden.« Auf ihren fragenden Blick hin erklärte er: »Es gibt eine, der Friesenhain sehr am Herzen liegt. Und um ihretwillen würde ich alles für das Gestüt tun.«

Kaum hatte er es ausgesprochen, entglitt ihm die Miene. Es war ihm anzusehen, dass er die Worte gern zurücknehmen wollte. Doch sie waren gesprochen. Und Clara überlegte rasch. Wen meinte er?

»Gnädigste Komtess«, begann er in schrecklicher Verlegenheit. »Bitte verzeihen Sie. Ich weiß nicht, wie ich dazu komme ... Es ist wohl der Brand. Die Flammen. Und an jenem Abend der Hochzeitsfeier wäre es doch auch schon fast dazu gekommen ...« Er brach ab, mit einem Male bleich, und sah zu Boden.

Clara musterte ihn. Der Abend der Hochzeitsfeier. Emil Neumann war es gewesen, der Marie zum Hengststall gefolgt war und nicht nur sie, sondern auch den Stall vor dem pöbelnden Kurt gerettet hatte. Und jetzt erinnerte sie sich auch an eine kleine Bemerkung, die Frau Rühl vor kurzer Zeit einmal in ihrer Anwesenheit zu Paas getan hatte. In der war es auch darum gegangen, dass der umschwärmte Kammerdiener möglicherweise ein reges Interesse an dem Pferdefräulein entwickelt haben könnte. Damals hatte Clara nicht weiter darüber nachgedacht, denn solchen Klatsch gab es haufenweise beim Personal. Doch nun begriff sie, dass mehr daran gewesen sein musste.

»Ich verstehe«, sagte sie schnell und hob die Hand. »Sie müssen nichts weiter sagen. Ihr Geheimnis ist bei mir in Sicherheit, Herr Neumann. Es ist bereits vergessen.«

Sie sah ihn schlucken. Dann schüttelte er den Kopf, als könne er selbst nicht glauben, was ihm da entschlüpft war.

Clara besann sich. Sie konnte die Gelegenheit nutzen und ihn fragen, was ihr bereits beim Gespräch mit ihrer Mutter durch den Kopf gegangen war: »Hören Sie, Herr Neumann, als Kammerdiener wissen Sie selbst um den Wert von Verschwiegenheit. Darf ich Sie um einen Gefallen bitten?«

»Jeden!«, erwiderte er ein wenig heiser.

»Ich wüsste gern, wo sich Kurt gestern Nacht herumgetrieben hat. Ob er in der Nähe von Friesenhain war«, erklärte sie vorsichtig und sah ihn fragend an. »Aber es müsste diskret geschehen. Ich möchte nicht, dass alle Welt erfährt, dass wir ihn verdächtigen, etwas mit dem Feuer zu tun zu haben.«

Emil Neumann straffte die Schultern. »Darum kümmere ich mich, Komtess Clara.«

Mit einem kleinen Lächeln nickte sie ihm zu, und sie setzten ihre jeweiligen Wege fort.

Als Clara in ihr Zimmer trat, sah sie, dass Agnes noch Feuer im Kamin gemacht hatte, ehe sie schlafen gegangen war. Sie knöpfte ihre Bluse auf und schlüpfte aus dem Rock.

Emil Neumann hatte also mehr als nur ein Auge auf Marie geworfen. Ob Marie davon wusste? Würde sie überhaupt merken, was ein junger Mann von gutem Aussehen und bester Stellung für sie empfand? So wie Marie an Wilhelms Bett seinen Namen geschluchzt und die Hand nach ihm ausgestreckt hatte, könnte es für Emil womöglich vergebens sein. Aber wer wusste schon, welche verschlungenen Pfade Gefühle manchmal nahmen? Womöglich würde Maries Schmerz mit der Zeit verklingen. Und dann gäbe es vielleicht doch eine Chance, dass Claras liebe Freundin mit diesem reizenden Mann glücklich werden könnte. Denn dass Emil Neumann ein guter Mann war, davon war Clara überzeugt. Nun würde sie also auch sein Liebesgeheimnis hüten müssen. Nach dem ihrer Mutter und dem Maries.

Kurz, nur ganz kurz, dachte sie an das glatt rasierte, schmale Gesicht Richard von Thebes, wie er draußen auf der Treppe gestanden hatte, die Winternacht im Rücken, doch ein Leuchten im Gesicht. Die dunkle Locke, die ihm stets in die Stirn fiel. Dann schob sie auch diesen Gedanken zur Seite. Es gab so viel anderes zu tun.

Luise

23

Früh am übernächsten Morgen erwachte Luise und wandte auf dem Kissen den Kopf. Als sie blinzelte, sah sie, dass Max sich auf einen Arm aufgestützt hatte und sie völlig versunken betrachtete.

Sie lächelte. »Wie lange siehst du mich schon so an?«

»Lange genug, um mich zu wundern, wie eine so wunderschöne Frau wie du einen schnöden Mann wie mich wählen konnte«, antwortete er leise.

»Vielleicht liegt es an seiner Art zu küssen?«, erwiderte Luise neckend. Und wie sie gehofft hatte, beugte er sich über sie, um mit den Lippen zärtlich ihre Stirn, Wangen, Schläfen zu berühren. Als sie seinen Atem auch in ihrem Nacken spürte, überzog eine wohlige Gänsehaut ihre Arme.

»Max?«, flüsterte sie.

»Hm?«, raunte er versunken.

»Ich weiß nicht, wie ich die momentane Situation ertragen könnte, wenn ich dich nicht an meiner Seite wüsste.«

Er nahm ihr Gesicht in beide Hände, und sie blickten einander an. In seinen warmen braunen Augen lag alle Liebe, die sie sich je gewünscht hatte, aber auch Ansporn und Zuversicht.

»Solange wir zusammen sind, werden wir alles schaffen, mein Wirbelwind«, versprach er ihr. Sie schlang die Arme um seinen Nacken, und kurz presste sie sich an ihn, gestattete sich, hilflos, klein und bedürftig zu sein. Er ließ es zu und streichelte sanft ihren Rücken. Doch dann löste sie sich von ihm und wurde wieder zur Komtess Luise von Scheweney, die sich von keinem Schicksalsschlag in die Knie zwingen lassen würde.

»Lass uns aufstehen«, entschied sie. »Vielleicht gibt es heute endlich gute Neuigkeiten von Papa oder Wilhelm.«

Unten im Frühstücksraum trafen sie auf Clara, die neben ihrer Kaffeetasse die Zeitung ausgebreitet hatte.

»Wie geht es …?«, begann Luise.

Doch Clara kam ihr zuvor: »Wilhelm scheint es ein wenig besser zu gehen. Er hat etwas gegessen.«

»Oh, wie schön!«, freute Luise sich mit einem erleichterten Lachen. Doch dann wurde sie wieder ernst. »Und Vater? Nichts Neues?«

Mit kummervoller Miene schüttelte Clara den Kopf.

Dann deutete sie auf den Bericht, der in der Zeitung eine gesamte Seite einnahm. »Seht nur.« Auf dem Bild war Friesenhain zu sehen. Von der Allee aus war es an einem Sommertag in all seiner Erhabenheit fotografiert worden, samt prächtigem Vierspänner und Wolff in Livree auf dem Kutschbock. Die Familie davor: Graf und Gräfin, alle drei Kinder. Es mochte zwei oder drei Jahre her sein, dass die Aufnahme gemacht worden war. »Sie berichten über den Brand, und es klingt grauenvoll. Als sei Friesenhain nicht zu retten.« Kopfschüttelnd schlug sie das Blatt zu.

»Gib nichts darauf«, erwiderte Max tröstend und rückte Luise ihren Stuhl zurecht. Dann ging er zum Büfett, um ihnen Eier, Brot und Käse auf die Teller zu legen. Keiner von ihnen verlor ein Wort darüber, dass Ranke nicht wie üblich an seiner Position stand. Es gab so viel wichtigere Aufgaben, als die gesunden Familienmitglieder beim Frühstück zu bedienen.

»Ruht Mama noch?«, erkundigte Luise sich bei ihrer Schwester.

Clara schüttelte den Kopf. »Sie ist schon wieder bei Papa.« Dann zögerte sie, und Luise sah, wie ihr Blick kurz zu Max wanderte. Wenn sie selbst sich noch nicht daran gewöhnt hatte, dass ihr Ehemann – ihr Ehemann! – nun ganz selbstverständlich auch bei familiären Gesprächen anwesend war, wie musste es dann Clara gehen? Doch da fuhr ihre Schwester schon fort: »Nachdem ich mir die Bücher angeschaut hatte, habe ich mit Mama gesprochen. Ich sag es nicht gern, aber wir sollten alle wissen, wie schlecht es um Friesenhain steht. Das Geld zum Wiederaufbau und fürs Winterfutter müssen wir von der Bank erbitten. Ich habe Mama versprochen, an ihrer Stelle hinzufahren und einen Kredit auszuhandeln.«

Allein der Gedanke daran ließ in Luises Kehle einen Knoten anschwellen.

»Also doch einen Kredit? Aber das mussten wir noch nie«, antwortete sie betroffen. Auch Max hatte in seinem Tun innegehalten und sich zu ihnen umgewandt.

Clara seufzte. »Leider doch, Luise. Vater hat mit den Frühjahrsverkäufen gerechnet und das Geld für die gerade anstehenden Ausgaben geliehen.«

Luise schüttelte verwirrt den Kopf. »Davon wusste ich nichts.« Ihre Schwester presste die Lippen aufeinander. »Ich auch nicht, ehe ich in die Bücher gesehen habe«, gestand Clara.

»Max?« Luise drehte den Kopf zu ihm. »Kann die Manufaktur ein Darlehen gewähren?«

Er sah sie betreten an. »Ich fürchte nicht, Luise. Selbstverständlich spreche ich gern noch einmal mit Paula, und wir schauen, wie wir helfen können. Aber wir haben vor ein paar Monaten die neue Halle gebaut und die drei Dutzend Webstühle angeschafft, weitere Arbeiterinnen eingestellt. Wir mussten selbst einen erheblichen Kredit aufnehmen und die Fabrik als Sicherheit bieten.« Er schnalzte mit der Zunge. »Vielleicht sollten wir Villa Schwalbe aufgeben und mit dem Kauf eines Hauses warten, bis die Lage sich geklärt hat?«

Luise tat sich der Boden auf. Ihr zukünftiges Zuhause wieder aufgeben, in dem sie sich schon mit ihrem Mann gesehen hatte?

Doch dann schluckte sie kräftig. »Wenn das eine Lösung wäre …«, begann sie, doch Clara unterbrach sie.

»Ich fürchte, das wäre es nicht«, sagte sie kopfschüttelnd. »Ich will ehrlich sein: Diese Möglichkeit habe ich bereits erwogen und hätte mit euch gewiss als Erste darüber gesprochen. Doch der Kauf und alle Nebenkosten sind abgehandelt, der Kredit festgesetzt. Daran gibt es nichts zu rütteln.«

Betreten blickte Luise auf den Teller vor sich. Wenn sie geahnt hätte, was auf Friesenhain zukam, hätte sie gern auf das Leben in ihrem Traumhaus verzichtet.

»Nun, dann werde ich in den nächsten Tagen zur Bank fahren und dort vorsprechen. Wir sind schon so lange Kundschaft. Es wird hoffentlich kein Problem sein«, sagte Clara entschieden.

»Ich begleite dich!«, bot Luise sofort an.

»Und ich auch, wenn es euch recht ist«, stimmte Max zu. Und hängte klug an: »Gewiss kannst du auch allein verhandeln, Clara. Aber falls es Fragen gibt, unterstütze ich gern.«

Die beiden lächelten einander an. Schwägerin und Schwager. Luise dachte wieder an ihre Worte vorhin im Bett. Ja, sie war unendlich froh, dass Max bei ihnen war.

Das Frühstück verlief sehr ruhig.

Dann trennte ihre kleine Gruppe sich, da sie Unterschiedliches zu erledigen hatten.

Luise machte eine kurze Visite bei ihrem Vater und Wilhelm. Letzterer saß aufrecht in den Kissen, nachdem Neumann ihm in einen frischen Pyjama geholfen hatte, und schien tatsächlich etwas weniger Schmerzen ertragen zu müssen.

Dann ging sie hinaus in die Stallungen. Zwei der Stuten hatten sich bei ihrer wilden Flucht vor dem Feuer draußen im Park kleine Blessuren zugezogen. Oberflächliche Verletzungen, die aber dennoch im Auge behalten und täglich mit einer Salbe behandelt werden mussten.

Fritz hielt die Stuten am Halfter, während Luise die Behandlung vornahm. Sie kontrollierte die Wundränder der einen Abschürfung und öffnete behutsam eine andere Stelle, an der sich in einer kleinen Vertiefung Wundwasser gesammelt hatte, das abfließen musste.

Als die beiden Pferde versorgt waren, ging Luise mit Verbandszeug und Salbe durch das Tor, um im kleinen Stall hinter dem Pförtnerhaus nach Kasper und Stürmer zu sehen.

Wie gestern Morgen auch schon traf sie dort auf Marie, die Futter verteilt hatte und nun den Stall mistete.

Als Luise hereinkam, schoss Maries Kopf herum, auf ihrem Gesicht das brennende Verlangen nach guten Neuigkeiten.

»Gibt es …?«, erkundigte sie sich sofort.

Luise gönnte ihr ein Lächeln. »Wilhelm hat gegessen und sagt, dass sein Kopf weniger schmerzt.«

Das Aufleuchten auf Maries Gesicht ließ auch Luise mehr Zuversicht empfinden. »Da kann es nur eine Frage der Zeit sein, dass es auch Vater wieder besser geht, nicht wahr?«, setzte sie hinzu. »Erwin zumindest ist seit eben wieder auf den Beinen. Er behauptet, eine ausgerenkte Schulter sei kein Grund, um im Bett herumzuliegen. Und Rudis Fieber sinkt weiter. Alfred ist ganz aus dem Häuschen darüber. Ich glaube, er hat sich wirklich Sorgen gemacht.«

Marie nickte. »Ja, wer hätte gedacht, dass die beiden mal wie Brüder füreinander sein würden.«

Luise sah zu Stürmer, der den Kopf über die Boxentür streckte und dann mit angelegten Ohren zu Kasper hinüberdrohte, der in diesem engen Stall nur zehn Meter entfernt stand. Für zwei Hengste ihres Kalibers im Grunde viel zu nah. Doch der alte Kasper reagierte nur mit einem Schnauben. Er stand wohl inzwischen über diesen Dingen.

»Wie geht es den beiden?«, fragte Luise und spähte in Kaspers Box. »Er belastet ja das verletzte Bein ganz normal.«

»Deine Wickel wirken Wunder«, teilte Marie ihr mit. »Komm, schau es dir an.« Gemeinsam lösten sie die Bandage, und Luise ließ die flache Hand über Kaspers Fessel gleiten. Tatsächlich war die Schwellung zurückgegangen. Bei einem kleinen Gang durch die Stallgasse tickte er noch, doch das starke Lahmen war verschwunden.

»Wir machen noch zwei oder drei Tage weiter«, entschied Luise zufrieden. Dann tränkte sie den Wickel mit der entsprechenden Tinktur und verband Kasper erneut, während Marie seinen Kopf streichelte und beruhigend mit ihm sprach.

»Welche Fortschritte du schon gemacht hast, Luise«, sagte Marie bewundernd, als sie ihr beim Verbinden zusah. »Wenn du erst an der Hochschule studierst, wirst du noch viel mehr wissen. Dann kann ich von dir lernen, und wir können die Pferde selbst versorgen, wenn eines mal krank ist.«

Diese Worte taten Luise so wohl, dass sie sie wie eine liebevolle, warme Hand spürte. Sie zeigten doch, dass das Leben weitergehen würde, dass ihr Ziel nicht für immer hinter dem Horizont verschwand – egal wie grausam das Schicksal gerade mit ihnen umging. Während sie Stürmers Brandverletzungen versorgten, sprachen sie davon, wie es wäre, wenn sie erst als Tierärztin so nah an Friesenhain leben würde. Stürmer ließ alles brav mit sich geschehen, und Luise freute sich einmal mehr an dem Vertrauen, das der junge Hengst auch ihr inzwischen entgegenbrachte.

»Es wirkt fast so, als wisse er, dass ich ihm helfen will«, sagte sie zu Marie, während sie mit der Hand über seine Brust strich. Er mochte es besonders, wenn sie ihn zwischen den Vorderbeinen kraulte. Dann reckte er den Hals und zog eine lustige Grimasse.

»Das spürt er ganz sicher«, beteuerte Marie.

Und noch ehe Luise etwas erwidern konnte, waren draußen vor dem Stall Stimmen zu hören. Clara, wenn sie sich nicht täuschte, und eine Männerstimme.

Marie hatte es auch gehört und sah mit angespannter Erwartung auf.

Die Tür wurde geöffnet, und tatsächlich kam Clara herein. Hinter ihr folgte ein Mann in dickem Wintermantel, breitkrempigem Hut und einem Wollschal, der sein Gesicht fast vollständig verbarg. Trotzdem erkannte Luise sofort, wer es war.

»Herr De Vries, guten Morgen!«, begrüßte sie ihn überrascht und verließ Stürmers Box. »Seien Sie uns willkommen!« Sie streckte ihm die Hände entgegen, mal wieder ohne Handschuh, denn die wären bei der Arbeit mit den Pferden nur im Wege. Also zog sie sie rasch zurück und verbarg sie in den Manteltaschen. »So früh am Tag haben wir nicht mit Besuch gerechnet, wie ich fürchte. Aber bestimmt können wir ein Frühstück …«

»Herr De Vries ist nicht als Besuch hier, Luise«, unterbrach Clara sie. Ihre Stimme klang angespannt, und ihre Haltung verriet, dass sie nervös war.

Auch Marie hatte sich beim Erscheinen des niederländischen Züchters merklich aufgerichtet, war jedoch in der Box geblieben. Die Hand ließ sie auf Stürmers Schulter liegen, als wolle sie die Verbindung zu ihm möglichst lange aufrechterhalten.

»Guten Morgen, Komtess Luise.« De Vries verneigte sich, ebenso vor Marie. »Gnädiges Fräulein Paas.«

Marie deutete einen Knicks an.

»Zunächst möchte ich auch Ihnen wiederholen, was ich Ihrer werten Schwester schon sagte«, begann De Vries. »Ich selbst und meine ganze Familie bedauern sehr, welches Verhängnis Friesenhain ereilt hat. Selbstverständlich sind die schrecklichen Nachrichten gleich in den Ort und in das Gasthaus gedrungen, in dem ich logiere. Ich wollte Ihnen nur die Zeit lassen, die ein solcher erster Schrecken braucht, um überwunden zu werden – sonst hätte ich früher vorgesprochen. Aber solch ein Brand ist mehr als eine Katastrophe. Es ist ein Schicksalsschlag. Es tut mir sehr leid.« In seinen Augen, die ihr gleich so sympathisch gewesen waren, stand echtes Mitgefühl. Doch beim Blick in die ernste Miene des alten Pferdekenners wurde es ihr nun doch ein wenig flau. Vor allem, weil sie sah, dass Marie vor Angst nur flach atmen konnte.

»Welch grauenhafter Umstand, dass weder ihr werter Vater noch der junge Graf Wilhelm in der Lage sind, dieses Gespräch zu führen«, fuhr De Vries fort.

»Laut unserer Mutter dürfen auch wir für die Familie sprechen, Herr De Vries«, teilte sie ihm selbstsicherer mit, als sie sich fühlte. »Ich nehme an, es geht um Stürmer, oder Gjalt, wie er bei Ihnen heißt?«

De Vries neigte den Kopf zu Clara. »Ihre Schwester war so freundlich, mir eine kurze Notiz in den Gasthof zu senden, dass Gjalt ein paar Verletzungen erlitten hat, ansonsten aber wohlauf ist. Es wird alles verheilen?«

Luise nickte entschieden und wies auf Stürmer, der von der Box aus mit Marie an seiner Seite ihre kleine Versammlung neugierig beäugte.

Der alte Züchter trat näher und ließ seinen Kennerblick über das Pferd gleiten. Fachmännisch betrachtete er die Stellen, an denen Stürmer kleine Verbrennungen erlitten hatte.

»Ich sehe, er ist bei Ihnen in besten Händen, Komtess«, sagte De Vries dann zu Luise. »Und daher möchte ich Ihnen meine Entscheidung bezüglich seines Verkaufs mitteilen.«

In den letzten Tagen hatte sie die anstehende Entscheidung verdrängt. Doch nun schoss ihr das Gespräch mit Clara und Max während des Frühstücks wieder in den Sinn. Und mit eiskaltem Entsetzen begriff Luise, dass sie dem Züchter für den wertvollen Hengst kein Angebot würden machen können, egal für welchen Preis er sich entschieden hatte. Nicht, wo es um die Finanzen des Gutes so schlecht stand.

Sie begegnete Claras Blick. In deren Augen stand dasselbe Wissen. Beide sahen sie zu Marie, die ins Stroh hinabstarrte, während ihre Hand sich in Stürmers Mähne verkrampfte.

De Vries fasste sie alle drei ins Auge. Und schließlich richtete er seinen Blick auf Stürmer, der ihn mit wachem Interesse beobachtete. »Ich habe Ihnen Gjalts Bedeutung für meine Zucht ja bereits dargelegt. Und es bleibt leider dabei, Komtess Luise, Komtess Clara, Fräulein Paas, dass ich Gjalt nicht verkaufen werde.«

Luise sackte das Herz noch weiter, und sie hörte Marie mit einem leisen Schluchzer ausatmen. Clara hielt sich an ihren eigenen Ellenbogen fest. Sie öffnete den Mund, um etwas zu sagen, doch De Vries kam ihr zuvor. Er griff in die Tasche seines weiten Mantels und zog einen Briefumschlag heraus. Erst blickte er darauf, dann sie an, während er das Papier hob.

»Ich habe Post bekommen«, sagte er. Luise blinzelte, denn sie hatte keine Ahnung, worauf er hinauswollte. »Von unserer kleinen Femke, meiner Enkeltochter. Sie erinnern sich?«

»Gewiss.« Luise nickte und schaffte ein herzliches Lächeln bei dem Gedanken an das Mädchen im Rollstuhl, das eine Weltentdeckerin werden wollte.

»Ich habe ihr von Ihnen berichtet, Komtess Luise. Von Ihrem großen Vorhaben des Studiums. Und wie erwartet, ist sie vollkommen begeistert. Sie will nun auch studieren. Damit habe ich gerechnet.« Er schmunzelte. Dann wurde er wieder ernst. »Auch von der Zwickmühle bezüglich des Hengstes habe ich ihr erzählt. Schlau wie ein Füchslein, das sie ist, meint Femke, wenn ich Gjalt nicht verkaufen will, er Ihnen, Komtess, aber als Geschenk versprochen sei, dann solle doch *ich* Ihnen das Pferd schenken.« Luise spürte, wie ihre Augen sich weiteten. Auch Clara sah verblüfft aus. Und Marie hob langsam den Kopf und starrte den Züchter an. »Diesem Vorschlag meiner Enkeltochter kann ich leider nicht folgen, wie Sie sicher verstehen werden. Das Kind hat noch keine Ahnung vom ideellen Wert eines solchen Tieres. Aber ihre Idee hat mich auf einen Gedanken gebracht, den ich Ihnen gern unterbreiten würde.« Fragend sah er erst Clara, dann sie an. Luise nickte hastig. Worauf würde dies alles hinauslaufen?

»Mein Sohn möchte schon länger, dass ich zu ihm und seiner Familie ziehe. Ich selbst wäre tatsächlich auch gern näher bei meiner schlauen Enkeltochter, von der ich noch viel zu lernen gedenke. Mein eigenes Anwesen macht viel Freude und Arbeit und würde einem Pächter bestimmt gefallen. Aber ein Pferd wie Gjalt würde ich an meinem Alterswohnsitz nicht halten können. So müsste ich eine gute Bleibe für ihn suchen. Wo man ihn versteht, gut mit ihm umgeht, ihn so wertschätzt, wie ich selbst es tue.« Wieder sah er in die Runde.

Er schien darauf zu warten, ob eine von ihnen begriff, worauf er hinauswollte.

»Sie meinen, dass Stürmer auf unserem Gestüt stehen soll, als Beschäler für Anfragen von Friesenzüchtern?«, versuchte sie ihm den Gefallen zu tun.

De Vries war sichtlich entzückt, dass sie es gleich erfasst hatte.

»Sie möchten ihn hier auf Friesenhain haben, Komtess. Ich möchte, dass er weiterhin unter meinem Titel im Zuchtbuch zur Wahrung dieser schönen Rasse zur Verfügung steht. Das sind schon zwei gute Argumente. Das dritte aber ist, dass ich meine Enkelin nicht enttäusche und Stürmer-Gjalt bei dieser bewunderungswerten, mutigen Frau lasse, die ihn im Wald gerettet hat.«

Luise starrte ihn an, wie er dort stand und vergnügt auf den Fußballen wippte. Dann sah sie zu Clara, die wie vom Donner gerührt zum Züchter blickte und leise etwas von »Lichtblick in dieser dunklen Zeit« murmelte. Marie aber hatte die Hände an den Mund gehoben, ungeachtet, dass sie von der Versorgung der Pferde ganz schmutzig waren.

»Die Frage ist nun jedoch«, fuhr De Vries fort und sah sich in dem beengten Stall um. »Wäre der Hengst Ihnen nach dieser Katastrophe noch willkommen? Haben Sie den Platz für ihn? Oder wäre er eher eine Last?«

»Niemals!«, platzte Luise heraus und sah, wie Clara ebenfalls den Kopf schüttelte.

»Unsere anderen Hengste sind gestern bereits vorübergehend zu einem guten Freund unserer Eltern umgezogen«, sagte sie. »Oberst Leuthagen haben Sie auf der Hochzeitsfeier kennengelernt, nicht wahr? Und für Stürmer und Kasper wird es hier gehen, bis der neue Stall fertig ist.«

De Vries rieb sich die Hände in seinen dicken Handschuhen. »Nun, dann spricht wohl nichts gegen ein solches Abkommen, nicht wahr?«, sagte er und sah sie der Reihe nach an.

»Stürmer darf hierbleiben?«, wiederholte Marie mit hoher Stimme ungläubig.

Der Züchter lächelte breit. »Solange die Familie von Scheweney ihn hierbehalten will«, bestätigte er.

Marie

24

Marie rannte, nein, sie flog die Außenstufen hinauf. Zur Tür hinein, durch den Flur, die Halle und die breite Treppe zur Empore hinauf, in den Westflügel.

Erst vor Wilhelms Zimmertür stoppte sie abrupt ab und versuchte, zu Atem zu kommen. In einem vergeblichen Versuch, sich ein wenig herzurichten, fuhr sie sich übers Haar und steckte ein paar verirrte Strähnen in den weißblonden Knoten an ihrem Hinterkopf. Dann blickte sie den Flur entlang und stellte erschrocken fest, dass ihre Stallschuhe auf dem Teppich Spuren hinterlassen hatten. Sie sah hinunter, wo die Stiefelspitzen unter dem kurzen Rocksaum zu sehen waren. Nun, jetzt schienen sie zumindest einigermaßen sauber.

Mit einem übermütigen Grinsen klopfte sie an die Tür.

Von drinnen ertönte Wilhelms Stimme, leise, aber verständlich mit einem »Herein«. Sie öffnete und trat ein.

Seit dem Morgen nach dem Brand war sie mehrmals hier gewesen, um nach dem Versehrten zu sehen. Immer hatte ihr Herz geschmerzt bei seinem Anblick. Jetzt aber kam sie mit guten Nachrichten. Und Wilhelm hatte heute Morgen etwas gegessen, wie Luise berichtet hatte. Er saß aufrecht, von den

Kissen in seinem Rücken gestützt. Der Anblick seines verbundenen Kopfes war freilich immer noch erschreckend. Doch sie würde sich wieder nichts anmerken lassen.

Der junge Graf war nicht allein. Am Tisch neben seinem Bett stand Emil Neumann und war gerade dabei, mit ein paar Apothekerfläschchen zu hantieren. Für einen kurzen Moment stand Marie still, die Klinke noch in der Hand. Emil Neumann sah sie fragend an.

Wilhelm lauschte zur Tür.

»Mutter?«, fragte er, als sie sich nicht rührte.

»Ich bin es, Marie«, sagte sie schnell. »Guten Morgen, Wilhelm. Guten Morgen, Herr Neumann.«

Der Kammerdiener erwiderte ihren Gruß und widmete sich dann wieder der Medizin.

»Was gibt es, Marie? Du klingst außer Atem?«, erkundigte Wilhelm sich besorgt.

Da fiel die Scheu von Marie ab, und sie eilte zum Bett. Am liebsten hätte sie ihn berührt, doch das wagte sie unter Emil Neumanns Blicken nicht. So knetete sie stattdessen die eigenen Finger.

»Es gibt wunderbare Neuigkeiten, Wilhelm!«, platzte sie heraus. »Stürmer darf bleiben!«

Ein Zucken ging durch den jungen Mann im Bett. Er ächzte leise, als habe die rasche Bewegung ihm Schmerzen bereitet, doch dann streckte er die Hand nach ihr aus. Auf solche Weise aufgefordert, nahm sie sie in die ihren. Aus den Augenwinkeln konnte sie sehen, wie Emil Neumann verstohlen zu ihnen herüberschielte.

»Was sagst du? Will De Vries verkaufen? Zu einem Preis, den wir uns leisten können?«, wollte er wissen. Seine immer noch schwache Stimme bebte.

»Nein. Verkaufen will er nicht. Aber ein Brief seiner kleinen Enkelin hat ihn auf eine Idee gebracht …« Marie berichtete begeistert, welchen Vorschlag der niederländische Züchter gemacht hatte und dass Clara und Luise im Namen der Familie mit Freuden zugesagt hatten.

Wilhelm drückte ihre kalten Finger. »Gute Nachrichten, Marie! Siehst du, doch kein Abschied. De Vries ist Geschäftsmann und hat doch das Herz am rechten Fleck. Ein Ehrenmann.«

»Das ist er!«, stimmte Marie ihm zu, und sie hätte gern noch mehr Lob über den alten Herrn ausgeschüttet. Wären da nicht Emil Neumanns markant graue Augen gewesen, die sich während des Anrichtens von Medikamenten und Teetablett immer wieder auf ihre ineinander verschränkten Finger richteten.

»Du bist kalt«, stellte Wilhelm in diesem Moment fest. »Setz dich. Hast du gefrühstückt?« Erst jetzt schien er sich der Anwesenheit des Kammerdieners wieder bewusst zu werden. Er wandte den Kopf in dessen Richtung.

»Neumann, Sie haben sicher jede Menge Arbeit, die unten auf Sie wartet. Fräulein Paas kann mir behilflich sein«, sagte er. Emil Neumann zögerte. Wilhelm spürte es wohl ebenfalls. »Haben Sie keine Bedenken«, setzte er hinzu. »Fräulein Paas und ich sind seit unserer Kindheit wie Geschwister. Niemand hier gibt etwas darauf, wenn wir allein in einem Raum sind.«

Bei diesen Worten spürte Marie einen scharfen Schmerz, der ihr durch die Brust fuhr. Doch sofort schalt sie sich selbst. Spätestens seit der Hochzeitsfeier wusste sie, dass ihre Stellung neben Wilhelm nie eine andere als die einer Art Schwester sein würde. Sie musste sich daran gewöhnen. Besser früher als später. Daher lächelte sie den Diener möglichst unbefangen an. Emil lächelte zurück, offenbar beruhigt. Und vielleicht lag sogar auch noch etwas anderes in seiner Miene? Erleichterung?

»Wie Sie wünschen, gnädiger Herr«, sagte er. »Es wartet in der Tat viel Arbeit auf mich. Und wenn Sie erlauben, möchte ich für eine Stunde in den Ort gehen. Eine wichtige Erledigung.«

Wilhelm nickte. »Tun Sie das, Neumann.«

»Vielen Dank, gnädiger Herr. Wenn Sie etwas brauchen, klingeln Sie nur. Ich werde dafür sorgen, dass immer jemand für Ihre Wünsche zur Stelle ist«, sagte er. Obwohl Wilhelm es gar nicht sehen konnte, verneigte der Kammerdiener sich vor ihm, nickte auch Marie mit einem herzlichen Lächeln zu und ging hinaus.

Als die Tür ins Schloss fiel, sagte Wilhelm: »Ein famoser Mann.«

Marie, der das Herz immer noch von der Neuigkeit zu Stürmer sang und die glücklich war, Wilhelm schon ein wenig aufgeräumter vor sich zu sehen, stimmte ihm enthusiastisch zu.

»Oh ja, er ist wirklich fabelhaft. Kümmert sich um euren Vater und dich und schuftet zusätzlich unten im Hof wie ein Berserker. Er packt an für drei und scheint Kräfte wie ein Bär zu besitzen.«

Wilhelm schwieg kurz. »Und dich hat er vor diesem Kurt gerettet«, sagte er dann, mit einer Spur von Frage in der Stimme.

»Ja, das hat er«, bestätigte sie. »Es kam gerade zur rechten Zeit.«

Wieder Schweigen.

»Ranke sagt, dass auch unten in der Stube alle ganz angetan sind«, fuhr Wilhelm stockend fort. »Neumann ist ein gut aussehender Mann, in bester Stellung.«

Jetzt schmunzelte sie. »Ja, die Mägde bekommen alle rote Wangen, sobald er hereinkommt.«

»Nur die Mägde?«, hakte er nach.

Marie wollte schon lachend erwidern, dass sie auch Frau Rühl und sogar die strenge Frau Mecken in Verdacht hatte, ein wenig für den Kammerdiener zu schwärmen, da wurde ihr klar, dass Wilhelm das wohl nicht meinte mit seiner Nachfrage. Und das war der Moment, in dem sie selbst tiefrot wurde.

»Solltest du nicht ein wenig ausruhen, Wilhelm?«, schwenkte sie rasch auf ein anderes Thema. »Der Arzt hat absolute Ruhe angeordnet, sagt Clara. Ich kann auch später wiederkommen.«

»Oh nein!«, widersprach Wilhelm, dem ihr Ausweichen durchaus aufzufallen schien. »Bitte bleib hier, wenn ich ein wenig ruhe, ja?« Er versuchte, im Bett hinunterzurutschen, doch ein leises Stöhnen entfuhr ihm.

»Warte.« Marie fasste seinen Arm und half ihm, indem sie zwei der Kissen beiseitenahm und die Decke höher zog. Seine Hilflosigkeit rührte in ihr eine Saite an, die lange nachklang. Auch, als sein Atem bereits ruhiger und gleichmäßiger zu werden begann.

Nach einer Weile meinte sie, dass er eingeschlafen sei. Aber als es um die Lunchzeit an die Tür klopfte, antwortete er mit matter Stimme: »Ja, bitte?«

»Wilhelm«, ertönte die Stimme der Gräfin von Scheweney. Marie sprang rasch von ihrem Stuhl auf. »Und Marie, guten Tag. Ich wusste nicht, dass du hier bist.«

»Marie hat Neumann abgelöst, Mutter. Gibt es etwas von Vater?« Seine Stimme klang angespannt und voller Schmerz.

»Leider nicht«, antwortete die Gräfin. Und doch stand ein bemühtes Lächeln auf ihrem Gesicht. Dessen Grund sich sogleich offenbarte: »Ich wollte nachsehen, ob du dich wohl genug für einen kurzen Besuch fühlst.« Sie kam ganz herein, trat zur Seite, und hinter ihr erschienen die Baronin und die Baroness von Assen.

Wilhelm versuchte, sich wieder aufzusetzen, verzog jedoch den Mund und sank in die Kissen zurück.

»Wer ist es?«, wollte er wissen.

»Baronin und Baroness von Assen, mein Lieber«, sagte die Gräfin und wandte sich an die beiden Damen. »Sie kennen Fräulein Paas bereits, nicht wahr? Die Tochter unseres Stallmeisters?«

Die Baronin nickte. »Sie war wegen des Pferdes bei uns. Nicht wahr, Margarete?«

Baronin von Assen sprach sie nicht an, sondern über sie – etwas, das jeden Respekt fehlen ließ. Obwohl Marie den direkten Blick zu den beiden Besucherinnen mied, konnte sie spüren, dass sie aus zwei Augenpaaren gemustert wurde. Plötzlich wurde sie sich ihrer Kleidung bewusst: der grobe Stallrock, die zwar saubere, aber an etlichen Stellen mit alten Flecken bedeckte Bluse samt wollenem Schultertuch. Und ihre Stiefel, oh weh, die Stiefel.

Als sie einen Blick zu den beiden stets so elegant nach neuestem Chic gekleideten Damen wagte, stellte sie fest, dass Baroness Margarete von Assen nicht mehr sie, sondern Wilhelm ansah. Und der Ausdruck in ihren blassblauen Augen war das schiere Entsetzen. Freilich boten der dicke Verband um den Kopf, der seine Augen bedeckte, die mit Jod behandelten Stellen im Gesicht und am Hals sowie die feste Bandage um Hand und Arm einen ungewohnten Anblick. Doch Bett- und Verbandszeug waren sauber. Nirgends eine Spur von Blut oder Schmutz.

Warum schien die junge Baroness denn nun einer Ohnmacht nahe?

Baronin von Assen griff nach den behandschuhten Fingern ihrer Tochter und presste sie mahnend zusammen.

»Guten Tag, Wilhelm«, piepste die daraufhin. Doch sie erkannte wohl selbst, wie kläglich sie klang, denn prompt drückte sie den Rücken durch und gab sich einen Ruck. Als ihre Mutter sie dann auch noch vorwärtsschob, tat Margarete von Assen einige Schritte in Richtung Bett.

Marie sah den Blick, den die Baronin der Gräfin zuwarf, der auch sie selbst mit einfasste und dann zu den Stühlen an der Wand wanderte.

Gräfin Anna räusperte sich. »Baronin, ich muss mich entschuldigen, dass gerade auf Friesenhain nichts so geht wie gewohnt. Marie, in Ermangelung eines Dieners: Würdest du bitte einen weiteren Stuhl heranrücken, sodass Wilhelms Besuch sich setzen kann?«

»Aber Mutter, das …«, begann Wilhelm. Doch Marie kam ihm zuvor: »Gewiss, gnädige Frau.«

Sie stellte zwei Stühle neben den, auf dem sie gerade gesessen hatte.

Die Baronin nahm Kurs auf einen der Stühle, wobei ihr Blick mit hochgezogenen Brauen das Teetablett streifte.

Gräfin Anna sah es ebenfalls.

»Oh, und wenn du hinuntergehst, nimm doch bitte das Tablett mit«, bat sie Marie. »Und sage Ranke, oder wen immer du dafür antriffst, dass wir gern frischen Tee und eine kleine Erfrischung hätten.«

Marie nickte, hob das Tablett an und ging zur Tür.

Margarete von Assen stand immer noch Meter vom Bett entfernt. Sie schien bereits vergessen zu haben, dass Marie überhaupt im Raum war. So wie sie sie bei ihrem Treffen mit Amigo wohl auch schon eine Minute später vergessen hatte. Marie war in ihren Augen eben nur die Tochter des Stallmeisters, eine Bedienstete, der sie keine Aufmerksamkeit zu schenken brauchte.

»Wie geht es dir, Wilhelm? Hast du Schmerzen?«, hörte Marie die Baronin fragen, als sie selbst mit dem Tablett auf der einen Hand mühsam die Tür öffnete und hindurchging.

»Alle Schmerzen lassen sich ertragen«, antwortete Wilhelm. Es klang wie einstudiert. Prompt ergingen die Damen sich in Beteuerungen, dass er gewiss bald wieder gesund sein werde.

Marie schloss die Tür und ging den Flur des Westflügels entlang auf die breite Treppe zu, die von der Empore in die Halle führte.

Doch dann besann sie sich. Das Tablett in der Hand, drehte sie ein paar Schritte um. Dort nahm sie die Tür zur Dienstbotenstiege.

Clara

25

Nachdem De Vries sie nach Überbringung der wunderbaren Botschaft wieder verlassen hatte, verbrachte Clara die restlichen Stunden des Vormittags im Arbeitszimmer ihres Vaters über den Büchern. Die gewaltige Freude über die wunderbaren Neuigkeiten zu Stürmer hatten sie kurz aus Kummer und Sorge gerissen. Doch sobald sie hier im Raum ihres Vaters angetreten war, hatte sie alles wieder eingeholt. Sie wollte einfach nicht wahrhaben, dass es um Friesenhain derart schlecht stand, und hatte zwischen den Zahlen und Pachtverträgen nach Möglichkeiten und Schlupflöchern gesucht. Doch vergeblich. Sie würde um einen Besuch bei der Bank in Osnabrück nicht herumkommen. Schon an der Tür des Arbeitszimmers stehend sog sie noch einmal den würzigen Geruch nach Zigarre ein, den sie mit ihrem Vater verband.

»Ach, Papa«, flüsterte sie leise. »Komm zurück zu uns! Wir brauchen dich so sehr!« Dann schloss sie leise die Tür und schritt durch den Flur hinüber in die Halle.

Ranke stand am Fuße der Treppe, die ihre Mutter gerade herunterkam, Hummeltje mit hochgerecktem, flauschigem Schwanz dicht hinter ihr.

»Ich habe die Barone von Thebe bereits in den Salon geführt, gnädige Frau«, sagte er und deutete hinüber.

Clara erschrak bis ins Mark. Am Hilfe suchenden Blick ihrer Mutter erkannte sie, dass auch die nicht mit dieser Aufwartung gerechnet hatte.

Und was bedeutete es, dass Ranke in der Mehrzahl von den *Baronen* von Thebe sprach? Waren es die beiden Brüder, Friedrich und sein älterer Bruder, der junge Otto von Thebe, jetziger Besitzer des Guts? War etwa auch Richard bei ihnen?

»Gut, dass du da bist, Clara«, sagte die Gräfin und winkte sie mit sich. »Bitte leiste unserem Besuch und mir Gesellschaft.« In ihrer Stimme schwang eindeutig Erleichterung, dass sie den Gästen nicht allein gegenübertreten musste.

Die Herren standen im Salon am Kamin. Als Ranke ihrer Mutter und ihr die Tür öffnete und sie eintraten, verneigten sich beide und sahen dabei mehr denn je wie die junge und ältere Ausgabe eines echten englischen Gentlemans aus: beide groß, sehr schlank, dunkeläugig und mit rabenschwarzem Haar, das beim Älteren an den Schläfen von silbernen Fäden durchzogen war.

Bei Richards Anblick durchfuhr Clara ein kurzer und, wie sie sich eingestehen musste, freudiger Schreck. Doch sie nahm wahr, wie ihre Mutter flacher atmete.

Unversehens spürte Clara in sich einen Groll aufsteigen.

Richards Erscheinen am Abend nach dem Brand, seine Anteilnahme hatten sie tief berührt und sie mit dem Auftritt bei der Hochzeitsfeier fast wieder versöhnt. Doch warum brachte er seinen Vater nun erneut mit hierher?

Während man sich begrüßte und die Herren ihr Mitgefühl und ihre Bestürzung über die schrecklichen Umstände aussprachen, bemühte sie sich um ein Lächeln. Doch schon als die Gräfin auf die Sitzgruppe am Feuer wies und sie sich dorthin begaben, bemerkte Clara, wie ihre Mutter und der ältere Baron sich ansahen.

Ihr wurde ganz flau bei diesem Anblick. Denn in beiden Augenpaaren, den Gesichtern und leisen Gesten der Hände lagen viele unausgesprochene Worte, die in Gesellschaft von Tochter und Sohn nicht herausdurften. Clara war froh sitzen zu dürfen, denn ihr wurde davon regelrecht schwindelig. Von diesem Hinsehen und Fortschauen, dem leichten Zittern der Finger ihrer Mutter, das sie zu verbergen suchte, indem sie die Hände in Hummeltjes Fell grub. Ebenso verräterisch war jedoch auch die Miene des Barons Friedrich von Thebe, das Zucken seiner Mundwinkel zu einem unwillkürlichen Lächeln, gegen das er nicht anzukommen schien und das seine Gefühle so offenkundig darlegte, als spräche er sie aus.

Clara hatte das peinigende Gefühl, bei etwas sehr Privatem, Intimem zuzuschauen, und wusste kaum, wie sie die nächsten Minuten überstehen sollte. War dies hier nicht genau das, was sie schon auf dem Hochzeitsfest wahrgenommen hatte? Und das nur bestätigte, was sie auf ihrem Lauschposten an der Jagdhütte unwillentlich mitgehört hatte? Diese beiden Menschen verbanden Gefühle, die Jahrzehnte überdauert hatten. Und sie waren kaum in der Lage, sie zu verheimlichen.

Als sie aufsah, begegnete sie Richards intensivem Blick. Herrje, hatte er sie schon länger so angesehen? So prüfend und forschend, als wolle er in ihre Seele dringen, um herauszufinden, was sie fühlte, was sie dachte. Sein Blick steigerte ihre Verwirrung, was wiederum ihren Ärger schürte. Sie legte die Hände in ihren Schoß auf den Stoff des dunkelgrün schimmernden Rockes und verschränkte sie ineinander, als wolle sie sich selbst festhalten.

»Es tut uns sehr leid, in diesen unglücklichen Tagen Ihre

Zeit zu beanspruchen«, kam Friedrich von Thebe dann umgehend auf den Punkt. »Mein älterer Bruder Otto von Thebe, der das Gut derzeit führt, und mein Sohn, als dessen Nachfolger, möchten Friesenhain nachbarschaftliche Hilfe anbieten.«

Gräfin Anna sah nun überrascht aus. »Hilfe? Inwiefern?«

Da ergriff Richard das Wort: »Wir haben noch Platz in unseren Ställen und könnten bis zu zwanzig Ihrer Stuten über den Winter aufnehmen. Die Tiere wären gut versorgt, bräuchten hier weder Futter noch Schmied und würden für Friesenhain keine Belastung bedeuten.«

Clara hielt den Atem an. In ihr tobten plötzlich zwei Kräfte miteinander. Der berechtigte Groll in ihr rang mit der unerwarteten Freude über das Angebot einer solchen Erleichterung. Die Offerte selbst war überaus ehrenvoll und würde ihnen tatsächlich eine große Hilfe bedeuten. Doch warum nur kam Richard nicht mit seinem Onkel, dessen Aufgabe dies als derzeitiger Gutsbesitzer doch gewesen wäre?

Als habe Richard ihre Gedanken erraten, setzte er hinzu: »Mein Onkel lässt sich entschuldigen, und ich soll seine besten Wünsche überbringen. Er ist zu Hause leider nicht abkömmlich. Der alte Baron Otto, mein Großvater, hat seit einigen Wochen eine sehr schwere Zeit.« Verlegen hielt er kurz inne. »Mein Onkel kann dann am besten mit ihm umgehen.«

Clara dachte an jenen Tag im letzten Herbst, als sie selbst zum Nachbargut geritten war und dort den alten Mann getroffen hatte. Er war geistig sehr verwirrt und hatte gewähnt, eine Jagdgesellschaft anführen zu müssen. Kurz schämte sie sich für ihr Misstrauen.

Doch da sagte Friedrich von Thebe: »Und ich wollte mich gern mit eigenen Augen davon überzeugen, dass es Ihnen gut geht.« Und die Art und Weise, wie er dabei ausschließlich ihre Mutter ansah, ließ Clara augenblicklich diese Beschämung wieder vergessen. Stattdessen machte ihr Ärger sich umso mehr Platz.

»Es tut uns leid, dass es Ihrem Vater und Großvater so schlecht geht«, sagte Gräfin Anna ein wenig steif.

»Es wird schon wieder werden. Es ist ein ständiges Auf und Ab mit ihm«, antwortete Baron Friedrich. »Aber was ist mit unserem Vorschlag?«

Clara spürte den Blick ihrer Mutter auf sich, nervös und ratlos, und holte tief Luft. Sie würden ihren persönlichen Ärger für das Wohl Friesenhains beiseiteschieben müssen.

»Das Angebot Ihres Onkels ist höchst ehrenwert«, richtete sie ihre Worte an Richard. »Zwanzig Stuten sicher untergebracht zu wissen, wäre uns in der Tat eine große Hilfe.«

Richard rutschte auf dem Polster nach vorn, die Hände beinahe eifrig auf den Knien aufgestützt.

»Ich kam auf die Idee, als Sie sagten, dass mit der Scheune auch das Winterheu und alles Stroh verbrannt ist«, erklärte er. »Und mein Onkel war sofort dafür, unseren Nachbarn in diesem Unglück zur Seite zu stehen.«

Clara nickte, wobei sie den Blick zu Richards Vater mied. Sie durfte sich jetzt nicht ablenken lassen durch Gedanken, die um ihn und ihre eigene Mutter kreisten. Hier und jetzt war sie als Leiterin des Gestüts gefragt. Eine Rolle, die sie erst noch erlernen musste.

Und so wusste sie nun nicht recht, wie sie formulieren sollte, was doch auch dringend besprochen werden musste. Sie dachte daran, wie oft sie ihrem Vater in Verhandlungen zugehört hatte, während sie nur stumm dabeisitzen durfte. »Wie möchten Sie diesen Dienst bezahlt haben? Das Futter? Die Pflege?«

Von Richards Miene zog sich das Lächeln zurück. »Wir

sind nicht hier, um Geschäfte zu machen, Komtess Clara«, antwortete er mit ruhiger Stimme, der jedoch anzuhören war, dass ihre Nachfrage ihn brüskierte. »Wenn wir dazu beitragen können, dass Ihre Familie weniger Sorgen zu tragen hat, ist uns das Lohn genug.«

Ihre Mutter beugte sich auf ihrem Stuhl vor, Überraschung und Dankbarkeit überdeutlich im Gesicht. Vielleicht wollte sie zustimmen, doch Clara wusste, dass ihrem Vater das nicht recht wäre, und sagte daher rasch: »Vorerst wollen wir es so halten, Baron von Thebe. Doch wenn wir wieder auf sicheren Füßen stehen, wird Friesenhain eine Entschädigung an Sie zahlen.« Sie erhob die Stimme, als sie merkte, dass Richard widersprechen wollte. »Und dass Sie irgendwann in der Zukunft diese Entschädigung annehmen, ist unsere Bedingung, unter der wir Ihr freundliches Angebot sehr gerne annehmen wollen.«

Clara spürte von der Seite, wie ihre Mutter sie mit einem leicht verwunderten Blick bedachte. Ein wenig fühlte Clara sich selbst von ihrer eigenen Selbstsicherheit und Bestimmtheit überrascht. So fühlte es sich also an, wenn sie Entscheidungen nicht für sich allein, sondern für Friesenhain zu treffen hatte. Es war eine große, sie ganz und gar ausfüllende Gewissheit, das Rechte für sie alle tun zu müssen: ihre Familie, die Bediensteten, die Tiere, die hier lebten.

Auch die beiden Männer sahen sich an, deutlich beeindruckt, wie es schien. Friedrich von Thebe hob leicht die Schultern.

»Dann soll es so sein«, entschied sein Sohn.

»Nun, dann …«, sagte Clara und stand auf. Prompt sprangen die beiden Herren ebenfalls von ihren Sitzen. Erleichterung machte sich in Clara breit.

»Ich schicke Ihnen einen Burschen, wenn wir hier so weit

sind, um die Pferde den Stall wechseln zu lassen«, sagte Clara und läutete nach Ranke, der sogleich erschien.

Die Verabschiedung fiel knapp aus, da Clara bereits zur Tür eilte. Und wie sie es gehofft hatte, folgten ihr zwar die beiden Besucher, doch ihre Mutter blieb mit Hummeltje im Salon zurück.

Ranke kam ihnen in der Halle bereits mit Mänteln und Hüten entgegen.

»Bitte, auf ein Wort!«, hörte Clara sich da zu ihrem eigenen Entsetzen zu Richard sagen.

Der hielt inne, nickte seinem Vater zu, der daraufhin Ranke in den Windfang zur Eingangstür folgte und sich dort von ihm in den Mantel helfen ließ.

»Bitte bringen Sie Ihren Herrn Vater nicht mehr hierher, Baron!«, zischte Clara Richard zu. »Um der Vergangenheit willen!«

Zum ersten Mal, seit sie ihn kannte, entdeckte sie auf Richards Stirn eine feine Falte, die sich zwischen seinen Brauen bildete, als er sie jetzt ansah. »Ich hatte geglaubt, unser Besuch und das damit verbundene Hilfsangebot wäre willkommen auf Friesenhain«, erwiderte er ein wenig pikiert.

Clara holte tief Luft. »Für Ihr Angebot danke ich Ihnen von Herzen, Baron. Ich möchte nicht unhöflich erscheinen. Dennoch muss ich Sie um diesen einen Gefallen bitten.«

»Ich verstehe durchaus, dass Sie Bedenken haben, Komtess«, entgegnete Richard steif. »Allerdings war ich der Meinung, dass unsere Gratulation zur Hochzeit Ihrer Schwester schon einen großen Schritt getan hat, um die alte Fehde zwischen unseren Familien endlich zu begraben. Der Jagdunfall ist rund dreißig Jahre her. Und, glauben Sie mir, meine Familie hat dafür gebüßt.« Clara wollte aufmerken, doch er sprach rasch und erregt weiter, wobei sein englischer Akzent stärker durchbrach. »Mein Großvater hat nie verwunden, dass sein jüngerer Sohn wegen dieses Jagdunfalls die Familie verlassen und zu unseren Verwandten nach England gehen musste. Ein Schuss hatte sich gelöst! Es war ein Unfall!«

»Aber …«, gelang es Clara einzuwerfen.

Wieder redete er weiter, offenbar höchst verärgert. »Ein tragischer und überaus bedauernswerter Unfall, ja, aber doch keine Arglist, kein willentlich zugefügter Mord. Und ich sehe nicht, wieso diese alte Geschichte weiterhin einer …«, er rang nach Worten, »guten Nachbarschaft im Wege stehen sollte. Und so kann und will ich meinem Vater nicht vorschreiben, wo er sich bewegt und wem er seine Aufwartung machen kann.«

Clara starrte ihn an. Sie spürte, dass ihre Lippen sich voneinander gelöst hatten. Rasch schloss sie ihren Mund wieder, ehe sie flüsterte: »Sie wissen es nicht!« Und zu ihrer eigenen Überraschung erfüllte diese Erkenntnis sie mit Erleichterung.

Richard sah sie konsterniert an, die Brauen hoch erhoben.

Clara schluckte heftig. Ihr Herz schlug von innen gegen ihre Rippen, als wolle es gewaltsam aus seinem Käfig brechen.

Sollte es etwa hier sein? Jetzt? Was sie so sorgsam hatte vorbereiten wollen und weswegen sie ihn schon einmal aufgesucht hatte, an dem Tag, an dem sie gemeinsam das Reh retteten.

Sie sah zum Windfang hinüber, in dem Friedrich von Thebe sich gerade einen weißen Schal um den Hals schlang. Der Schal oben in ihrem Zimmer, in der Schublade ihrer Kommode fiel ihr ein. Der dort lag, seit sie an jenem Tag heimgekommen war.

Richards Vater schien Ranke etwas zu fragen, denn dieser nickte, und die beiden Männer unterhielten sich. Ihre Stimmen waren nur gedämpft durch die Glastür zu hören.

Obwohl Richard und sie nah beieinanderstanden und niemand sonst zu sehen war, senkte Clara ihre Stimme. »Sie wissen nicht, dass es diesen Jagdunfall damals gar nicht gegeben hat?«, wisperte sie. In die dunklen Augen ihr gegenüber trat Verblüffung. »Und Sie wissen nicht um die Verbindung, die damals zwischen Ihrem Herrn Vater und meiner Mutter bestanden hat?«, setzte sie schnell hinzu, ehe der Mut sie verlassen würde.

Jetzt öffnete Richard den Mund, brachte jedoch ein paar Sekunden nichts hervor, ehe er stammelte: »Mein Vater sprach von einer damals bestehenden Freundschaft. Aber … was hat das mit …? Wenn es keinen Jagdunfall gab, was hat dann Ihren Großvater, Graf Wilhelm, getötet?«

Jetzt galt es! Clara ballte die Hände zu Fäusten.

»Er wurde beim Duell unserer Großväter schwer verwundet und erlag wenig später der Verletzung. Ihr Vater wurde fortgeschickt, damit er und meine Mutter keinen Kontakt mehr zueinander haben konnten«, presste sie heraus.

Richard schnappte nach Luft. Er sah zu seinem Vater, der ihnen den Rücken zugedreht hatte und mit Ranke sprach.

»Offenbar hatte man beschlossen, uns Kinder nicht einzuweihen«, flüsterte Clara. »Meine Geschwister und ich haben diese Umstände erst im letzten Herbst erfahren.«

Der junge Mann vor ihr war sichtlich erschüttert. Gewiss spielte er seine Bestürzung nicht. Die Farbe war aus seinen Wangen gewichen, und seine Kiefermuskeln mahlten.

Er konnte von diesen Verstrickungen nichts gewusst haben, oder?

»Der Brief«, sagte er schließlich tonlos, während er durch die Halle starrte. »Er hat mich mit einem Brief hierhergeschickt und um direkte Antwort gebeten. An dem Tag …«

»An dem Tag, als ich Sie genau hier zufällig traf und Sie uns vor dem Glatteis auf den Straßen warnten«, half Clara ihm.

Er sagte nichts, sondern schüttelte nur immer wieder ungläubig den Kopf.

Clara nahm all ihren Mut zusammen. Nun kam das Schwerste. Das, was in ihren Eingeweiden brannte wie Feuer. Doch es musste heraus. Er musste die ganze Wahrheit wissen, damit er ihr half, diese gefährliche Situation zu entschärfen. Sie spürte ein Zittern, das ihren ganzen Körper zu erfassen drohte.

»Es hat ein Treffen gegeben«, raunte sie ihm zu. »Zwischen Ihrem Vater und meiner Mutter, draußen in der Jagdhütte. Vor drei Wochen etwa.« Bei ihren Worten sah sie ihm forschend ins Gesicht. Würde sie nun darin erkennen, ob er davon wusste? Immerhin war er damals ganz in der Nähe unterwegs gewesen. Doch in seiner Miene war nur Bestürzung zu lesen. »Ich kam zufällig vorbei, weil ich Sie … ach, die Umstände interessieren doch nicht!«, unterbrach sie ihre Erklärung hastig. »Ich konnte hören, was meine Mutter und Ihr Herr Vater sprachen. Und, Herr Baron, es war ganz eindeutig.« Hiermit flammten ihre Wangen auf. Sie konnte es an der Hitze spüren, die ihr in den Kopf stieg. Und auch Richard von Thebe wechselte bei diesen Worten erneut die Gesichtsfarbe.

»My goodness«, murmelte er, eher zu sich als an sie gewandt. »Haben Sie …?« Er holte Luft und sah zum Windfang, wo sein Vater soeben in seine Handschuhe schlüpfte und einen fragenden Blick über die Schulter warf. »Haben Sie sich bemerkbar gemacht?«

Clara schüttelte den Kopf, plötzlich beschämt. Denn ihr damaliges Davonrennen kam ihr selbst mit einem Mal kindisch vor. »Ehrlich gesagt war ich zu bestürzt. Und dann sah ich ja auch Sie.«

»Mich?«

»Ja, Sie kamen zusammen mit Ihrem Großvater den Weg herauf. Ich war zu durcheinander, um Ihnen in dieser Lage zu begegnen.« Sie senkte den Kopf. »Es tut mir leid.«

Richard schluckte und presste die Lippen aufeinander.

»Warum haben Sie mir nichts davon erzählt?«, fragte er leise. Die Enttäuschung in seiner Stimme traf Clara mehr als seine Entrüstung zu Beginn ihres leisen Gesprächs.

»Ich wollte es«, gab sie zu. »An dem Tag mit dem Reh. Doch dann ...« Ihre Hände bebten. »Dann verließ mich der Mut«, log sie. Denn wie hätte sie ihm gestehen können, was in diesem Tag wirklich in ihr vorgegangen war?

»Vor drei Wochen?«, wiederholte er. »Das muss der Tag gewesen sein ...«, murmelte er dann, eher zu sich selbst.

»Bitte?«

Er griff nach ihrer Hand und drückte sie kurz. »Haben Sie Dank, Komtess Clara, dass Sie mir das alles erzählt haben. Aber verzeihen Sie mir. Nun muss ich los.« Er sah sie mit einer Intensität an, die eine warme Spur in sie hineinbrannte – auch wenn sie sich dagegen zu wehren versuchte. »Verzeihen Sie mir«, wiederholte er. Dann ließ er ihre Hand los und eilte hinaus, ohne sich noch einmal umzusehen.

Sein Vater und er traten durch die von Ranke geöffnete Tür und waren verschwunden.

Ranke kam herein, schloss den Windfang und bedachte sie mit einem fragenden Blick. Doch Clara wandte sich ab und lief erneut in den kleinen Flur und von dort ins Arbeitszimmer des Grafen. Tief in Gedanken versunken ging sie dort auf und ab. War es richtig gewesen, Richard einzuweihen? Sie hatte ihn mit diesen Neuigkeiten regelrecht überfallen. Vielleicht platzte er nun direkt vor seinem Vater damit heraus? Mit Vorwürfen, warum dieser ihm nie etwas über die wahren Umstände erzählt hatte, die zum Zerwürfnis zwischen den benachbarten Familien in Preußen geführt hatten? Und womöglich auch mit Fragen zu dem aktuellen Verhältnis zwischen ihm und ihrer Mutter?

Clara hatte keine Ahnung, wie lange sie hier auf und ab gegangen war, sich der Abwesenheit ihres Vaters schmerzlich bewusst, als es an der Tür klopfte.

»Herein«, rief sie und blieb mit gefalteten Händen stehen.

Es war Emil Neumann.

»Gibt es etwas? Mein Vater? Wilhelm?«, erkundigte sie sich rasch.

Er neigte den Kopf. »Das nicht, Komtess. Ich komme aus dem Ort. Sie baten doch darum, dass ich in Erfahrung bringen möchte, wo der Stallbursche Kurt sich in der Nacht des Brandes herumgetrieben hat.«

»Sie haben schon etwas gehört? So schnell?«, erwiderte Clara und winkte ihn zu sich herein.

Er folgte ihr und nickte. »Unten in der Gesindestube bekommt man so einiges mit. Da habe ich einmal gehört, wie Kurt damit prahlte, den Betreiber vom Bierpalast gut zu kennen. Er lässt wohl gern anschreiben.« Er schnalzte missbilligend mit der Zunge. »Als ich dort nachfragte, habe ich sehr darauf geachtet, nicht in den Verdacht zu geraten, mit Kurt in bester Verbindung zu stehen. Und daran habe ich gut getan, denn der Wirt, sein angeblicher Freund, war gar nicht mehr gut auf ihn zu sprechen.«

»Und warum?«, hakte Clara rasch nach.

»Als Herr Paas ihn wegen des Angriffs auf Fräulein Paas rausgeworfen hat«, er zog unwillig die Brauen zusammen, was Clara durchaus registrierte, »war Kurt wohl Dauergast im Bierpalast. Hat eine große Runde gegeben, angeblich hatte er noch Lohn von Friesenhain zu erwarten. Er selbst war viel zu betrunken, um mit all denen zu zechen, die plötzlich seine besten Kumpel waren. Er lag den Abend und die halbe Nacht in einer Ecke vom Schrankraum und ist erst am nächsten Morgen aufgewacht. Als er dann erfuhr, was in der Nacht auf Friesenhain geschehen war, hat er wohl eins und eins zusammengezählt. Hat noch zum Wirt gesagt, dass er gewiss als Sündenbock an den Pranger gestellt werden soll. Und als dann ein Händler kam und der Wirt beschäftigt war, hat Kurt sich aus dem Staub gemacht. Seitdem hat man ihn in Ibbenbüren nicht mehr gesehen. Einer der Bauern hat ihn auf seinem Karren Richtung Lingen mitgenommen. Kurt hatte sein Bündel dabei und hat von sich gegeben, er wolle auf Reisen. Ts. Die Zeche hat er freilich nicht gezahlt, versteht sich.«

Clara schüttelte leicht den Kopf. »Er war also schon fort, als der Brand gelegt wurde, Neumann?«

»Es sieht ganz danach aus«, antwortete er.

Nun konnte Clara ein Seufzen nicht zurückhalten. »Dann bin ich froh, dass ich seinen Namen nicht erwähnt habe, als Oberwachtmeister Berthel hier war und uns nach möglichen Tätern befragt hat. Die Geschichte des Wirts bezeugt ja ganz offensichtlich, dass Kurt es nicht gewesen sein kann.« Sie rieb sich mit einem Finger das Kinn. »Die in den Trümmern der Scheune gefundene Kanne, die die Polizei mitgenommen hat, deutet aber sehr darauf hin, dass jemand mutwillig Feuer gelegt hat. Dieser Jemand wollte wohl sichergehen, dass der Brand verheerend wird. Er muss einen gewaltigen Groll auf Friesenhain hegen. Nur fällt mir niemand ein, auf den das zutrifft, und das beunruhigt mich. Zeigt es doch, dass es jemanden geben muss, von dem wir nicht ahnen, wie sehr er das Gut und die Menschen darauf hasst.«

Emil Neumann nickte zustimmend. »Vielleicht ist da interessant, was ich noch erfahren habe, Komtess Clara.«

Gebannt sah sie ihn an. »Der Wirt erzählte nämlich, dass

ein fremder Herr im Ort gewesen sei. Niemand aus Ibbenbüren. Er hat auch im Bierpalast nachgefragt.«

»Nachgefragt? Was wollte er denn wissen?«, drängte Clara.

»Ob die Berichte in der Zeitung stimmen. Ob Friesenhain verheerenden Schaden genommen hat. Und ob der Graf und Graf Wilhelm tatsächlich beide an der Schwelle zum Tode stehen.«

»Aber das stimmt doch gar nicht!«, rief Clara entsetzt aus. »Ich wusste gar nicht, dass solche Gerüchte umgehen.«

»Die Leute reden«, antwortete er und wirkte beschämt. Obwohl er sicher zu den Rechtschaffenen gehörte, die solche Unwahrheiten nicht in Umlauf brachten. »Je schlimmer es ist, desto gieriger stürzen sich alle darauf.«

Clara überlegte fieberhaft. »Wer kann dieser Mann gewesen sein, und welches Interesse kann er daran haben zu erfahren, wie schlecht es um Friesenhain wirklich steht?«

Der Kammerdiener hob die Brauen. »Zu seinen Interessen weiß ich nichts. Aber ein anderer Gast wusste den Namen des Mannes, weil er selbst bei einer Zeitung arbeitet und den Herrn von früher kennt. Dessen Papierfabrik hat ehemals das Zeitungshaus beliefert.«

Clara beschlich ein ungutes Gefühl. »Wie heißt dieser Herr, der so großes Interesse an Friesenhains Unglück hat?«

Emil Neumann sagte nur zwei Worte: »Hans Fabel.«

Luise

26

»Hans Fabel?«, wiederholte Luise schockiert und fuhr sich mit den Fingern an den Hals, denn sie spürte sogleich, wie ihr allein der Gedanke an den Mann die Kehle einengte. »Um Himmels willen, an den habe ich schon lange nicht mehr gedacht. Nicht seit …« Sie hielt erschrocken inne. Das Bild des fein gekleideten Herrn in Zylinder stieg vor ihr auf, wie er ihr in der neuen Webhalle gegenübergestanden hatte, die Augen gefährlich funkelnd auf sie gerichtet.

Ihre Schwester und auch Marie sahen sie gespannt an. Gestern hatten sie alle so viel zu tun gehabt, dass sie sich kaum gesehen hatten. Doch heute Morgen, direkt nach dem Frühstück, hatte Clara sie und Marie in ihr Zimmer gebeten, da sie ihnen etwas mitzuteilen habe. Dort standen sie nun zusammen. Unerhört war das, was Clara berichtete. Vor allem, wenn Luise jetzt an die Situation von damals dachte.

»Ich habe euch doch von Fabels Auftritt in der Tapetenmanufaktur erzählt«, erinnerte sie nun ihre Schwester und ihrer beider beste Freundin. Beide nickten.

»Zur Verabschiedung hat er sich die Dreistigkeit rausgenommen, dir einen Handkuss aufzuzwingen«, wusste Clara noch und schauderte, als sei ihr allein der Gedanke zuwider.

»Und er hat eine Drohung ausgestoßen«, hauchte Marie mit bleichem Gesicht.

Luise beugte sich zu den beiden. »*Passen Sie auf, dass die Probleme Ihres Mannes nicht auch zu den Ihren werden*, hat er gesagt!«, wiederholte sie die damals gesprochenen Worte des Fabrikanten.

»Aber was hätte er davon, wenn er auf Friesenhain Feuer legen würde?«, fragte Marie bang.

»Er ist ein Unruhestifter, nicht wahr?«, erwiderte Clara. »Zudem ein Mann mit ungutem Stolz, der es gewiss nicht gern auf sich sitzen lässt, wenn er derart in seine Schranken gewiesen wurde.« Offenbar hatte Clara seit Emil Neumanns Bericht an sie am gestrigen Tag schon über diese Antwort nachgedacht.

»Aber wenn man ihn erwischen würde … Dafür könnte man ihn hängen. Es wäre versuchter vielfacher Mord«, entgegnete Marie vollkommen erschüttert.

Mit einem leisen Schnauben sagte Luise: »Wenn er dahintersteckt, dann hat er es gewiss nicht selbst getan. So wie er vermutlich Männer anheuert, die die Frauenversammlungen stören, wird er auch dafür jemanden gedungen haben.« Und dann sah sie ihre Schwester und die gemeinsame beste Freundin ratlos an.

»Und was tun wir nun mit diesem Wissen?«, fragte sie.

Clara, die offensichtlich Vorsprung im Nachdenken zu dieser Frage hatte, kniff grimmig die Lippen aufeinander. »Ich fürchte, wir können vorerst nichts tun. Wir können schlecht einen durchaus angesehenen Bürger bei der Polizei anzeigen, nur weil er sich in Ibbenbüren nach Friesenhain, unserem Vater und Wilhelm erkundigt hat.«

Luise wollte gern aufbegehren, wild entschlossen dafür zu sprechen, dass sie einen Weg finden mussten, um Fabel zumindest ins Gespräch zu bringen. Doch je länger sie über die Sache nachdachte, desto unwahrscheinlicher schien auch ihr, dass sie damit durchkommen würden. Clara hatte wieder einmal recht. Jetzt gerade waren ihnen die Hände gebunden.

»Ich fürchte, damit liegst du richtig, Clara«, seufzte sie. »Der feine Herr Fabel wird es so eingefädelt haben, dass er mit weißer Weste dasteht und wir uns mit einem solchen Verdacht nur lächerlich machen würden.« Plötzlich vermisste sie Max an ihrer Seite. Vielleicht hätte er eine Idee, wie sie vorgehen könnten, um den Fabrikanten doch in den Fokus der polizeilichen Untersuchungen zu rücken. Doch nachdem ihr Mann noch vor dem Frühstück bei den Aufräumarbeiten an der Scheune geholfen hatte, war er nach einem hastigen Frühstück und Umkleiden in den Ort gefahren, um den Geschäften der Tapetenmanufaktur die Aufmerksamkeit zu schenken, derer sie bedurften. Sie beschloss, später ausführlich mit ihm darüber zu sprechen.

»So wenig wir in dieser Sache gerade ausrichten können, so sehr freut es mich, dass zwanzig der Stuten nun bei den von Thebes unterkommen«, hörte sie da Marie sagen, die wie immer an die Tiere dachte.

Luise schob den Gedanken an Hans Fabel ebenfalls beiseite und lächelte die Freundin zustimmend an. Die frohe Kunde über diese nachbarschaftliche Hilfe hatte auf Friesenhain schon gestern die Runde gemacht. Gemeinsam mit Paas und Marie hatte Luise die Pferde ausgesucht, die schon am morgigen Tag auf das Nachbargut umziehen sollten.

»Darüber bin ich auch mehr als glücklich«, sagte sie mit einem zufriedenen Nicken. »Gerade für die tragenden Stuten ist es wichtig, dass sie ihren eigenen Bereich haben und nicht im Offenstall möglichen Konflikten ausweichen müssen.«

»Sie fehlen mir jetzt schon«, gestand Marie und grinste schief. »Stern, Prudencia und Florentina besonders.«

Luise lachte. »Du kannst doch hinüberreiten und deine Schützlinge zum Tee besuchen«, schlug sie vor und zwinkerte Clara zu, mit der zusammen sie gern Marie wegen deren Anhänglichkeit an jedes der Pferde neckte.

Doch Clara schwieg. Wirkte in sich gekehrt und still.

»Clara?«, sprach Luise sie an, das verschmitzte Lächeln noch auf den Lippen. »Du sorgst dich, wie es mit Friesenhain weitergeht, nicht wahr? Freust du dich denn nicht über diese Hilfe?«

Ihre Schwester sah auf, und in ihren Augen stand ein Ernst, der Luise sogleich das Lächeln gefrieren ließ.

»Ich muss euch etwas erzählen«, sagte Clara. Sie ging rasch zur Tür, öffnete sie einen Spalt, spähte hinaus, schloss sie wieder und kam zu ihnen zurück.

Plötzlich wurde es Luise eng in der Brust. Wenn ihre Schwester derart besorgt war, nur ja nicht von jemandem gehört zu werden, musste es eine wirklich wichtige Sache sein.

Und das war es denn auch.

Mit leiser Stimme und immer wieder stockend berichtete Clara von einem Morgen, an dem sie mit Tessa auf die Ländereien hinausgeritten war. Und dann, an der alten Jagdhütte …

»Das kann nicht sein!«, entfuhr es Luise, als ihre Schwester geendet hatte.

Marie war blass geworden.

»Leider ist es nur zu wahr«, bestätigte Clara. »Ich bin auf und davon, weil ich so durcheinander war. Daher weiß ich nicht, wie die Szene weiterging. Aber der Auftritt der von Thebes auf eurer Hochzeit, Luise, der hat Mama an den Rand der Beherrschung gebracht.«

Luise versuchte, sich den Besuch der Nachbarn ins Gedächtnis zu rufen. Der Tag, die Feier, alles schwamm in einer glitzernden Blase aus Glückseligkeit, die ihr umso schillernder erschien, da so kurz danach die Katastrophe über sie hereingebrochen war.

Doch dann tauchte das Bild ihrer Mutter aus dieser farbenfrohen Pracht auf. Weiß wie eine getünchte Wand und …

»Ihre Hände haben gezittert«, erinnerte sie sich, plötzlich beklommen.

»Und Vater sank regelrecht in sich zusammen«, setzte Clara hinzu.

Marie sah betroffen zwischen ihnen hin und her. Luise wusste, dass sie an diesem Abend drüben im Hengststall mit diesem grässlichen Kurt ihren eigenen Schrecken erlebt hatte, an den sie bestimmt nicht gern zurückdachte.

Clara räusperte sich und fuhr dann noch leiser und mit bebender Stimme fort: »Ich war für einen Moment in der Bibliothek, um zur Besinnung zu kommen. Und das Schicksal bestimmte mich schon wieder zum Mithören einer Szene, die nicht für meine Ohren bestimmt war. Mama und Papa. Und beide vollkommen aufgelöst.«

Luise hob die Hand an den Mund.

»Was …?«, brachte sie heraus.

»Er hat sie gefragt, ob sie Baron Friedrich wiedersehen wird. Und … Und sie hat geantwortet, sie wisse es nicht«, hauchte Clara.

Nun spürte Luise, wie ihre eigenen Finger an ihren Lippen zitterten.

»Ich musste es euch unbedingt sagen«, setzte Clara beinahe flehend hinzu. »Es drückt mir seitdem die Brust ab.«

Marie schlang sofort den Arm um sie und zog sie tröstend an sich. Clara lehnte kurz ihren Kopf an ihre Schulter. Doch ihr Blick suchte den Luises.

»Dann weiß auch sonst niemand davon?«, fragte Luise.

Da war ein kurzes Zögern. Doch dann schüttelte Clara den Kopf.

»Es darf auch niemand sonst davon erfahren!«, entschied Luise und fasste Freundin und Schwester beide am Arm.

»Wir müssen unser Wissen für uns behalten, hört ihr?«, wisperte sie entschieden. »Die Umstände haben sich geändert. Sicher hat Mama nun anderes im Sinn, als sich heimlich mit ihrem Galan zu treffen. Und das ist überaus gut so. Vielleicht spielt die Zeit für uns. Denn wenn es anders kommen sollte ...« Sie musste schlucken, schaffte es jedoch nicht, den Kloß in ihrer Kehle zu beseitigen. »Eine Komtess, die einen Bürgerlichen heiratet, das mag für den Kaiser gerade noch angehen. Aber die Scheidung eines Grafenpaares? Wo seine Herrlichkeit die von Scheweneys am Hofe empfängt? Das wäre das Ende Friesenhains!«

Sie brauchten alle drei eine Weile, um sich von dem gerade Erzählten, dem unglaublichen Gehörten zu erholen. Dann löste Clara sich sanft von Marie.

Sie strich ihren Rock glatt und richtete sich auf.

»Mir scheint, derzeit dreht sich alles nur darum, Friesenhains Ende abzuwenden«, sagte sie. »Daher muss ich nun hinunter und Bauer Kloope empfangen. Er hat Winterfutter anzubieten, und ich muss mit ihm den Preis verhandeln.«

Marie stieß ein lautes Stöhnen aus. »Oh weh! An dem wirst du dir die Zähne ausbeißen, Clara!«, meinte sie. Es lag so viel ehrlich empfundenes Gefühl darin, dass Luise ihre Freundin gern geküsst hätte.

Doch da wandte Clara sich bereits an sie selbst: »Deswegen hoffe ich auch, dass du dabei sein wirst, Lulu? Es wäre mir eine Hilfe, dich an meiner Seite zu haben.«

Sie griff die Hand ihrer Schwester und drückte sie.

»Gewiss!«, antwortete sie möglichst fest, um Clara alle Unterstützung zuzusichern. »Gemeinsam werden wir es schaffen!«

Und so verließen sie zu dritt Claras Zimmer, drei Geheimnishüterinnen, die zu neuen Zielen aufbrachen.

Unten in der Halle sahen sie, dass Ranke im gläsernen Windfang soeben die Tür hinter einem Besucher schloss und ihm Hut und Mantel abnahm.

»Da ist er schon«, murmelte Clara.

»Ich wünsche euch viel Glück!«, raunte Marie ihnen zu und verschwand in den Flur, der zum Hinterausgang in den Hof führte.

Luise fasste Claras Ellenbogen leicht, und gemeinsam gingen sie Bauer Kloope entgegen, der von Ranke in die Halle geleitet wurde.

»Guten Tag, Komtess Clara, Komtess Luise«, grüßte der vierschrötige Mann und verneigte sich zackig vor jeder von ihnen. »Sie baten darum, mich zu sprechen?«

Clara verschränkte die Hände auf eine Art, die Luise schon oft bei ihrer Mutter gesehen hatte. Diese Geste schien das Wort *Hausherrin* beinahe auszusprechen. Bewundernswert, wie Clara dies einzusetzen verstand.

»Sicher haben Sie von dem Unglück gehört, das Friesenhain widerfahren ist, Herr Kloope«, sagte ihre Schwester.

»Im Ort spricht man über nichts anderes. Seit dem großen Brand in Ibbenbüren, der den ganzen Ortskern niedergemacht hat, hat es so was nicht mehr gegeben«, erwiderte der Großbauer. »Mit Verlaub möchte ich mein Bedauern über diesen Schicksalsschlag aussprechen.«

Clara nickte regelrecht gnädig, fand Luise und unterdrückte ein heimliches Schmunzeln. Wie geschickt sie dieses Gespräch vorbereitete. Hatte ihre Schwester das vom

Vater gelernt? Oder lag es ihr im Blut? Gebannt hörte sie weiter zu.

»Unsere Scheune mit den Wintervorräten ist komplett abgebrannt«, erläuterte Clara nun sachlich. »Wir brauchen also Heu, Stroh und Hafer, um über den Winter zu kommen.«

Kloope wiegte den Kopf. »Hab ich alles da, Komtess Clara. Ist nur 'ne Sache vom Preis.«

»Nun, dann lassen Sie uns verhandeln«, erwiderte Clara, ohne zu zögern, wies durch die Halle zur Tür des Salons und nickte Ranke zu: »Ein Kaffeetablett, bitte, Ranke. Und auch gern eine Flasche Kornbrand dazu.«

Ranke neigte den Kopf und war bereits auf dem Weg.

Auch Clara ging los, und Luise tat es ihr gleich, als sie merkte, dass der Bauer ihnen nicht folgte. Er stand immer noch am selben Fleck.

»Mit Verlaub, Komtess«, sagte er. In den hellen Augen im wettergegerbten Gesicht stand ehrliches Bedauern. »Ich verhandle wohl besser mit Ihrem gnädigen Herrn Vater oder dem jungen Grafen.«

In Luise erhob sich ein dumpfes Grummeln. Wie ärgerlich es war, dass sie als junge Frauen nicht ernst genommen wurden. Zu gern hätte sie ein paar Worte zu dieser Ansicht verloren, hielt es jedoch für besser, vorerst nur zuzuhören und ihren Gast nicht gar zu verärgern.

Clara schien im Gegensatz zu ihr eine solche Ansage erwartet zu haben. Ohne auch nur zu blinzeln, antwortete sie: »Der Graf und unser Bruder liegen seit dem Brand beide krank, Bauer Kloope. Sie sind nicht in der Lage zu verhandeln.«

Der Landwirt räusperte sich. »Also stimmt es, was man sich erzählt?«

»Wenn Sie die Gerüchte meinen, dass beide dem Tod geweiht sind, nein, diese Schmäh stimmt nicht«, erklärte Clara mit bewundernswerter Ruhe. »Ich hätte erwartet, dass Sie solchem Getratsche keinen Glauben schenken. Dennoch sind beide schwach und brauchen viel Ruhe.«

Der Bauer zog die Mundwinkel herab.

»Nun, dann … komme ich wieder, wenn die Herrn wieder wohlauf sind«, brummte er, zwar höflich, aber deutlich in seiner Ablehnung. Damit wollte er auf dem Absatz umdrehen.

Luise hatte schon empört den Mund geöffnet, als sie neben sich eine schneidend scharfe Stimme hörte. In der ersten Sekunde hätte sie ihre Schwester beinahe nicht erkannt.

»Sollten Sie jetzt Friesenhain verlassen, Bauer Kloope, brauchen Sie nicht wiederzukehren!«, sagte sie in einem Tonfall, der keinen Zweifel an ihren Worten ließ. »Meine Eltern und mein Bruder haben mich ausdrücklich ermächtigt, die Geschäfte zu führen, solange sie Zeit für die Genesung brauchen. Wenn Sie sich diesem Wunsch nicht beugen wollen, nun, es werden noch andere Bauern Futter zu verkaufen haben. Schlohmeier oder Harschmer werden keine Probleme damit haben, mit der Komtess von Scheweney Geschäfte zu machen. Aber denken Sie nicht, dass mein Vater fortan noch auf Ihre Dienste zurückkommen wird, wenn er hört, dass Sie mich als Vertreterin Friesenhains abgewiesen haben.«

Bauer Kloope starrte mit großen Augen die entschlossene junge Frau vor ihm an. Er wirkte zutiefst überrascht von Claras Rede. Wenn wohl auch nicht so sehr wie Luise selbst, die sich beherrschen musste, ihre Schwester nicht mit offenem Mund anzustarren.

Clara wartete in Seelenruhe ab, die Hände vor dem Körper verschränkt. Schließlich ging ein Ruck durch den Mann.

»Sie müssen verzeihen, Komtess Clara«, sagte er entschuldigend. »In meinen Augen waren Sie noch das kleine Kind, das immer still dabeisaß, wenn Ihr Vater und ich Geschäfte besprachen. Mir muss entgangen sein, wie Sie erwachsen geworden sind.« Er blickte zur Salontür. »Dann sollten wir über die Preise sprechen, nehme ich an.«

»Ganz Ihrer Meinung«, antwortete Clara mit einem höflichen Lächeln, das ihren zuvor gezeigten Schneid jedoch nicht milderte, und ging ihnen voran.

In der nächsten halben Stunde staunte Luise nicht schlecht.

Ihre kleine Schwester war derart geschickt, mit dem Bauern umzugehen, dass sie ihn rasch von dem Wucher kurierte, der ihm zunächst vorschwebte.

Beidseitig zufrieden schlugen sie schließlich ein: die große Pranke in die zarte Hand. So wie es Sitte war, schenkte Clara danach Schnaps in zwei Gläser – Luise lehnte dankend ab – und ließ sich nicht lumpen, ihres nach dem Anstoßen mit dem Bauern auf den Handel in einem Rutsch zu leeren.

Als die Anlieferung des Futters besprochen war und der Landwirt von Ranke hinausgeleitet wurde, platzte Luise erleichtert heraus: »Wie gut, dass du ihm gleich zu Anfang klargemacht hast, dass wir bei jemand anderem kaufen, wenn er sich sperrt!«

Clara, die aussah, als könne sie den guten Ausgang ihrer Verhandlung selbst noch nicht recht glauben, schüttelte den Kopf und antwortete: »Wenn Bauer Kloope besser mit seinen Konkurrenten stände, wüsste er, dass Schlohmeier und Harschmer in diesem Jahr nichts mehr zu verkaufen haben.«

Nun fiel Luise tatsächlich der Unterkiefer herunter. »Clara!«, zischte sie dann. »Du bist ja gewiefter als so mancher Händler!«

Ihre Schwester sah sie in einer Mischung aus Unglauben, Freude und Erleichterung an. »Das bin ich«, stellte sie verblüfft fest und hob sogleich den Zeigefinger. »Aber ich bin es für eine gute Sache!« Dann grinste sie Luise an und setzte verschmitzt hinzu: »Weißt du, ich denke noch oft an die Frauenversammlung vor ein paar Wochen. Als Frau Ulmbein sagte, dass unser Zweck viele Mittel heiligt, solange sie niemandem schaden. Und da Kloope sich nicht über ein schlechtes Geschäft beklagen kann, trifft Letzteres gewiss zu.« Sie grinste beinahe verschlagen, und Luise musste lachen.

»Die Versammlung scheint bleibenden Eindruck auf dich gemacht zu haben«, bemerkte sie amüsiert und mit nicht wenig Triumphgefühl in der Brust. Dies war schließlich ihre kleine Schwester, die Luise im letzten Jahr noch dringend von der Idee hatte abbringen wollen, einer solchen Zusammenkunft beizuwohnen.

»Ich war gewiss nur so stark, weil ich dich an meiner Seite wusste«, erwiderte Clara bescheiden.

Doch sie lächelte ebenso breit.

Da klopfte es an die Tür, und Ranke erschien erneut.

»Doktor Viert ist hier, Komtess Clara, Komtess Luise«, sagte er. »Zusammen mit einem anderen Mediziner. Ich habe ihn bereits hinauf zum jungen Grafen gebracht.«

Luise warf Clara einen raschen Blick zu. Dann rafften sie beide die Röcke und liefen aus dem Salon, die Treppe hinauf.

Oben vor Wilhelms Tür trafen sie auf ihre Mutter, die auf dem Gang stand und ihnen die Hände entgegenstreckte.

»Doktor Viert hat einen Facharzt mitgebracht«, flüsterte sie, während Luise und Clara jeweils eine ihrer Hände nahmen. Das Gesicht ihrer Mutter glänzte hoffnungsvoll. Doch es stand auch Angst darin. »Dessen Spezialgebiet ist das Augenlicht. Sie wollten Wilhelm den Verband abnehmen und bei zugezogenen Vorhängen den Schaden ausmachen und diskutieren, wie dieser behoben werden kann.«

»Er ist also zuversichtlich?«, freute Luise sich.

Ihre Mutter neigte den Kopf. »Auf alle Fälle sollten wir es

sein, nicht wahr? Es wäre so gut für Wilhelm, wenn er endlich wieder seine Augen benutzen könnte und nicht auf Hilfestellungen durch Ranke oder Neumann angewiesen sein muss.«

In diesem Moment waren auf der Treppe hastige Schritte zu hören. Schwer atmend und mit erhitztem Gesicht kam Marie um die Ecke des Flures gebogen. Bei ihrem Anblick verlangsamte sie.

»Vierts Kutscher kam gerade in den Hof und sagte, es sei noch ein weiterer Doktor dabei?«, keuchte sie, bemüht ihre Stimme zu dämpfen.

»Warte mit uns, Marie«, sagte Gräfin Anna und lächelte sie ein wenig zittrig an. »Sicher kommen die Herren bald wieder heraus, und dann wissen wir mehr.«

Doch die beiden Ärzte blieben länger als erwartet in Wilhelms Zimmer. Über eine Stunde wartete Luise an der Seite ihrer Mutter, Clara und Marie auf dem Gang vor der Tür.

Als die Doktoren endlich heraustraten, erkannte Luise sofort an ihren ernsten Mienen, dass sie schlechte Nachrichten hatten.

Im Zimmer hinter ihnen blieb es still. Das fröhliche »Kommt herein!« ihres Bruders, auf das Luise gehofft hatte, blieb aus. Doktor Viert schloss leise die Tür hinter ihnen.

»Es tut mir sehr leid, gnädige Frau, leider gibt es keine guten Nachrichten«, teilte er der Gräfin mit, wobei er auch Luise, Clara und Marie einbezog, und sah dann zu seinem Kollegen, dem Spezialisten.

Der räusperte sich umständlich und erläuterte: »Es handelte sich nicht um ein Verblitzen der Augen, wie zuerst angenommen wurde. So etwas geschieht ja leicht bei solchen Unfällen oder auch mal im hohen Schnee oder in der Schmiede.«

»Also ist es keine Verletzung der Hornhaut, die von sich

aus wieder ausheilt?«, hakte Luise nach, weil ihre Mutter zu erschrocken schien, um etwas zu sagen.

Der Arzt schüttelte bedauernd den Kopf. »Es tut mir leid«, wiederholte er Vierts Worte.

Clara, die ihre Mutter tröstend am Arm gefasst hatte, fragte: »Aber was bedeutet das? Was kann nun getan werden, wenn es nicht von selbst ausheilt? Welche Therapien schlagen Sie vor?«

Die Art, wie der Spezialist und Doktor Viert sich kurz ansahen, ließ Luise Schlimmes befürchten. Doch es kam noch furchtbarer: »Für diese Art der Verletzung, die eine bleibende Linsentrübung herbeigeführt hat, gibt es leider keine Therapie, die wir empfehlen können«, sagte der fremde Arzt.

Es war, als würde sich der Boden des Flures vor ihnen auftun.

Ihre Mutter schnappte nach Luft. Clara keuchte. Wie von ferne spürte Luise, dass Marie gegen die Wand neben ihr sank.

Sie selbst schüttelte energisch den Kopf. Nein, das war unmöglich. Dieser Mediziner konnte doch nicht meinen, was sie aus seinen Worten zu lesen glaubte.

»Keine Therapie?«, wiederholte sie. »Aber irgendetwas müssen Sie doch tun können. Sie wollen doch nicht sagen …« Sie hielt inne, sah Clara an, deren Augen in Tränen schwammen, ihre Mutter, die sich wie eine Ertrinkende an die Hand ihrer jüngeren Tochter klammerte, und Marie, der bereits Tropfen über die Wangen rannen. »Wollen Sie sagen, dass unser Bruder blind bleiben wird?« Bei den letzten Worten glich ihre Stimme nur einem Flüstern.

Der Spezialist nickte. Und als sie sich an Doktor Viert wandte, schlug dieser den Blick nieder.

Da richtete Gräfin Anna sich mit einem Mal auf. »Darf ich zu meinem Sohn?«, fragte sie.

»Selbstverständlich«, sagte Doktor Viert, öffnete ihr die Tür, und sie trat ein.

»Wilhelm?«, hörte Luise sie noch leise sagen. Dann zog der Arzt die Tür wieder ins Schloss.

»Ich sehe noch nach dem Grafen«, sagte er mit einer Stimme, die auf Beerdigungen angemessen wäre. »Nein, bitte bemühen Sie sich nicht. Ich kenne ja den Weg.« Er verneigte sich. »Komtess Luise, Komtess Clara, Fräulein Paas.«

Damit schritten er und sein Kollege den Gang entlang. Doktor Viert klopfte an die Tür ihres Vaters, und auf das »Herein« von Albrecht drinnen traten die beiden Herren dort ein.

Luise fasste mit der einen Claras und mit der anderen Maries Hand und zog die beiden mit sich, den Flur entlang, über die Empore, hinüber in den Westflügel und in ihr Zimmer.

Als sie die Tür hinter ihnen geschlossen hatte, wandte sie sich zu den beiden um.

»Was können wir nur tun?«, fragte sie, während sie zur Fensterfront eilte, kurz hinaussah und dann dort hin und her lief. Es war ihr unerträglich stillzustehen.

Clara schüttelte den Kopf und sank auf den Stuhl am Sekretär, während Marie wie versteinert an der Tür stehen blieb. Beide wirkten ebenso ratlos, wie Luise sich fühlte.

Die Standuhr in der Halle unten schlug eins.

Gleich würde Ranke im Speisezimmer den Lunch servieren. Doch Luise war nicht zumute, als könne sie jemals wieder etwas essen.

»Was meinst du mit *tun*?«, wollte Marie leise wissen. »Der Arzt hat doch gesagt, dass sie keine Behandlung vorschlagen können. Es gibt also keine … Hoffnung.« Erneut verzog ihr Gesicht sich, und sie verbarg es hinter ihren Händen.

»Das lasse ich nicht gelten!«, erwiderte Luise heftig, eilte zu

Marie und nahm sie in den Arm. Die Schultern ihrer Freundin bebten. Was war sie für ein wunderbarer Mensch, dass sie derart mitfühlen konnte.

»Wenn ich durch die Vorbereitung auf das Studium eines gelernt habe, dann, dass Mediziner niemals einer Meinung sind. Wo die einen keinen Rat wissen, erkennen andere womöglich eine Chance. Sollten wir nicht nach denen suchen, die eine Möglichkeit sehen, Wilhelm zu heilen? Irgendetwas müssen wir doch tun können.«

Clara hatte die Hände auf die polierte Holzfläche des Sekretärs gelegt und starrte auf die Fächer mit dem Briefpapier. »Clara?«

Jetzt hob sie den Kopf. »Du hast recht!«, sagte sie, während in ihrer Miene Trauer und frische Zuversicht miteinander zu kämpfen schienen. »Mir fällt jedoch nichts anderes ein, als an sämtliche Universitäten zu schreiben, die womöglich Rat wissen.«

Marie löste sich aus Luises Arm und blickte mit geröteten Augen zu Clara hinüber.

»Die Universitäten?«, wiederholte sie zaghaft.

»Aber ja!«, stieß Luise hervor. »Das wäre zumindest ein erster Schritt!« Ein Brausen erhob sich in ihr. Die wilde Energie, die sie stets in sich spürte, wenn es etwas anzupacken galt.

»Lass uns gleich in die Bibliothek gehen und schauen, ob wir in den Verzeichnissen Adressen finden, von denen wir uns vielleicht Hilfe versprechen können«, schlug sie vor.

Marie sah sie mit einem Blick an, in dem neben Dankbarkeit auch so etwas wie Bewunderung lag. Clara erhob sich von ihrem Stuhl und kam zu ihnen herüber. So dicht standen sie zu dritt, dass ihre Schultern sich berührten. Auf den beiden vertrauten Gesichtern erkannte Luise ein zaghaftes Lächeln.

»Du gibst nie auf, Lulu. Das macht auch mir neuen Mut«, sagte Clara mit einem liebevoll anmutenden Kopfschütteln.

Luise hob die Arme und legte sie um die Taillen ihrer Schwester und ihrer Freundin.

»Gemeinsam«, flüsterte sie mit aller Zuversicht, zu der sie in der Lage war. »Gemeinsam schaffen wir es!«

Marie

27

Seit einer Woche hatte der Winter das Tecklenburger Land fest in seinem Griff. Auf dem Schafberg und den Anhöhen rund um Ibbenbüren lag eine dichte Schneedecke und ließ die Landschaft zugleich fremd und wunderschön erscheinen. Geschäfte und Boten brauchten nun länger, denn nicht alle verfügten über Schlitten, die Güter transportieren konnten, oder Pferde, die gut schneegängig waren. Marie war froh, dass die Überführung der zwanzig Zuchtstuten zum Gut der von Thebes noch vor dem großen Schneefall über die Bühne gegangen war. Die Tiere waren dort durch einen der älteren Friesenhain-Stallburschen gut versorgt.

Eine Woche war auch vergangen, seit Doktor Viert und der Augenspezialist ihnen die niederschmetternde Diagnose zu Wilhelms Verletzung mitgeteilt hatten.

Jeden Tag hatte Marie von ihrer Zeit etwas abgeknapst und war bei Wilhelm gewesen. Manchmal hatte sie nur an seinem Bett gesessen, während er schlief. Wenn er wach war, hatte sie ihm von den Pferden berichtet oder die Zeitung vorgelesen, wobei sie versuchte, über den einen oder anderen Artikel ein anregendes Gespräch zu beginnen. Doch vergebens. Der junge Graf hatte sich ganz in sich zurückgezogen. Er schien in den Dämmerzustand zurückzukehren, in dem er sich direkt nach dem Brand aufgrund der Schmerzmittel befunden hatte. Nur dass diesmal keine Medikamente ihn vor der Welt um ihn herum abschirmten. Diesmal war es seine untröstliche innere Haltung, die weder Aufmunterung noch Anregung wollte.

Wie er sagte, konnte er schemenhaft Hell und Dunkel ausmachen, aber nicht mehr. Er konnte keinen Gegenstand greifen, ohne ihn umzustoßen, erkannte kein Gesicht. Und die düstere Zukunftsprognose der Mediziner hatte auch sein Inneres verdunkelt.

Zusammen mit Clara und Luise hatte Marie täglich neue Briefe abgeschrieben, die sie an Universitäten und berühmte Ärzte senden wollten. Irgendjemand, so hofften sie alle, musste doch eine Möglichkeit kennen, wie Wilhelm geholfen werden konnte. Doch bis ein solcher Hoffnungsschimmer am Horizont auftauchen würde, so fürchtete Marie, würde der junge Graf immer tiefer in das dunkle Loch hinabrutschen.

»Oh, heute gibt es in *Vom Fels zum Meer* einen neuen Abschnitt von den *Poggenpuhls*!«, sagte sie gerade betont munter und raschelte mit dem Papier. »Fontane mögen wir doch beide so gern. Soll ich dir vorlesen?«

Sie saß auf dem Stuhl neben seinem Bett, auf dem sie sich mit Clara, Luise und auch der Gräfin abwechselte, wann immer weder Ranke noch Emil Neumann Zeit hatten, sich um ihren jungen Herrn zu kümmern.

Wilhelm, der in die Kissen zurückgesunken war, hob die Lider.

Der Verband war ihm nicht wieder umgelegt worden. Die Brandverletzungen rund um seine Augen, die Marie erst so erschreckt hatten, verheilten inzwischen recht gut. Doch als er nun den Kopf in ihre Richtung wandte, sah sie nicht das leuchtende Blau, das sie immer so geliebt hatte. Stattdessen wirkten seine Augen trübe und gräulich, als habe jemand helle Tinte hineingegossen.

»Ich weiß nicht, Marie«, sagte er matt.

»Bist du denn gar nicht gespannt? Ich bin jedenfalls sehr neugierig, wie es damit weitergeht!«, behauptete sie, während sich in ihrer Brust etwas schmerzhaft zusammenzog.

»Du kannst die Zeitung gern mit hinunternehmen«, antwortete er. »Mir nutzt sie hier ja eh nichts. Und wenn der Text etwas taugt, kannst du mir morgen vorlesen. Ich bin müde und will etwas schlafen.«

Marie verkniff sich den Hinweis, dass er nachts wieder wach liegen und grübeln würde, wenn er tagsüber zu lange schlief. Stattdessen faltete sie das Blatt zusammen und legte es auf den Nachttisch.

»Dann gehe ich hinunter und schaue, wo ich helfen kann«, schlug sie vor.

»Tu das«, sagte er dumpf. »Und bitte bestell den anderen, dass ich ein wenig allein sein möchte.«

Marie sah für einen Moment auf sein Gesicht hinunter, die rot glänzenden Narben, die die Partie um die Augen bedeckten. Am liebsten wäre sie weinend an sein Bett gesunken. Immer und immer wieder, wenn sie ihn so kummervoll hier liegen sah, trat wieder dieser Moment im brennenden Stall vor sie. Wie sie gestürzt war, als Stürmer scheute, und sich kurz nicht wieder hatte aufrappeln können. Wie Wilhelm geschrien, ihren Namen gebrüllt hatte gegen das Tosen der Flammen. Und immer wieder wünschte sie verzweifelt, er wäre nicht zurückgekehrt zu ihr. Sie hätte es gewiss geschafft. Doch er hatte ihr helfen wollen. Und das war ihm zum Verhängnis geworden. Das schlechte Gewissen nagte Tag und Nacht an ihr. Doch Wilhelm zuliebe kam es natürlich nicht infrage, es ihm gegenüber anzusprechen. Er hatte schon genug Kummer, auch ohne dass er sie noch hätte trösten müssen.

»Ich komme heute Abend noch einmal. Vielleicht magst du dann etwas hören. Ohne dich werde ich es jedenfalls nicht lesen!«, entschied sie in möglichst bestimmtem Ton, obwohl ihr innerlich ganz klamm zumute war, klopfte kurz auf das Bettende und ging hinaus.

Draußen auf dem Flur blieb sie für einen Moment stehen und atmete tief durch.

Im Gang in Richtung Empore trat eine Gestalt aus einem der anderen Räume und schloss leise die Tür. Mit ihr war etwas Kleines, Weißes gehuscht und strich nun um die Beine der Person. Es war Gräfin Anna mit Hummeltje, und sie sah Marie im selben Moment.

»Soll ich zu …?«, hob sie an. Doch Marie schüttelte den Kopf und ging rasch zu ihr, damit Wilhelm sie nicht würde sprechen hören können.

»Er ist müde, möchte allein sein und schlafen«, teilte sie der Hausherrin mit.

Die nickte. »Vielleicht hilft ihm der Schlaf«, sagte sie hoffnungsvoll. Marie wollte nicht widersprechen, war aber ganz anderer Meinung.

»Der Graf schläft ebenfalls. Es sieht so aus, als sei die Zeit für eine Ruhepause auch für uns«, stellte die Gräfin mit einem erschöpften Lächeln fest.

»Darf ich fragen, gnädige Frau …«, hörte Marie sich sagen, ehe sie noch recht nachgedacht hatte.

»Was denn, Marie?«

Nun hatte sie den Anfang gemacht. Nun würde sie auch fragen.

»Darf ich fragen, warum die Baroness von Assen nicht

mehr kommt?«, erkundigte sie sich vorsichtig. »Es ist wegen des Schnees, nicht wahr? Aber ich meine auf dem Hof des Gutes einen prächtigen Schlitten gesehen zu haben, in dem eine Fahrt bestimmt Freude macht.«

Die Gräfin reagierte so prompt, dass Marie erschrak, denn mit einem Mal sah sie sich scharf und prüfend gemustert.

»Warum fragst du, Marie? Ist dir etwas zu Ohren gekommen?«, wollte die Hausherrin wissen.

Verwirrt schüttelte sie den Kopf. »Nein, gnädige Frau. Was sollte ich denn gehört haben?«

Anna von Scheweney schien ihr zu glauben. Auf Maries fragenden Blick hin zögerte sie, seufzte schließlich und hob die blassen Hände. »Als wären wir nicht schon gestraft genug mit Wilhelms unglücklichem Zustand und dem Gedächtnisverlust des Grafen, kommen auch noch unselige Gerüchte auf.« Sie griff fest in den Stoff ihres Rockes, wurde dessen gewahr und strich ihn wieder glatt. »Die Baronin von Assen hatte mich gebeten, ihrer Tochter die Zustimmung zur Teilnahme am Ball bei den Baronen von Offertbach zu geben. Immerhin würde Wilhelms Zustand, das Leid ihres Verlobten, den Besuch eines Balls sehr merkwürdig aussehen lassen. Doch die von Offertbachs sind gute Freunde der von Assens. Die Baroness ist Margaretes Freundin und feierte ihren einundzwanzigsten Geburtstag. Ich sah keinen Grund, Margarete diese Freude zu verwehren. Doch wurde mir nun zugetragen, dass sie auf dieser Festlichkeit auch getanzt hat, und zudem öfter als angebracht mit einem gut aussehenden, jungen Mann. Ein Fabrikant und aufstrebender Politiker der Konservativen.«

Marie schwieg. Alles in ihr sträubte sich bei diesem Gedanken. Wie hatte Margarete das nur tun können? Sie selbst wäre niemals auf den Gedanken gekommen, Wilhelms Seite für einen Ball zu verlassen. Und jede gute Freundin hätte doch verstanden, dass einer Verlobten unter diesen Umständen nicht nach Feiern zumute sein musste.

Jetzt fasste Gräfin Anna sie fest ins Auge. »Du achtest doch darauf, dass Wilhelm nichts von diesem Gerücht erfährt, Marie? Vielleicht könntest du unten bei der Dienerschaft unauffällig nachhören. Es reicht, wenn ich mich darum sorge, ob die von Assens ihre Tochter nach wie vor in die Ehe mit ihm geben wollen. Denn das, liebe Marie, könnte durchaus infrage stehen.«

»Natürlich, gnädige Frau. Ich werde darauf achten, dass kein Klatsch umgeht.« Eher würde Marie sich selbst die Zunge herausreißen, als Wilhelms Lage durch Weitergabe eines solchen Berichts noch zu verschlimmern.

Die Gräfin lächelte sie dankbar an. »Und was immer dir einfällt, um ihn aufzuheitern, du hast meine Erlaubnis, es auszuprobieren«, sagte sie nun beinahe flehentlich. »Deine Mutter war auch so begabt darin zu erspüren, was Menschen am meisten erfreuen könnte.«

Bei diesen Worten horchte Marie auf. »Sie haben sie gut gekannt, nicht wahr, gnädige Frau?«, wagte sie einen kleinen Vorstoß.

»Ja, sie war sehr freundlich zu mir, als ich damals hierherkam.« Kurz hielt die Gräfin inne und schien in Bildern der damaligen Zeit zu versinken. »Und sie beherrschte es wie keine Zweite, den Menschen ins Herz zu sehen. Vielleicht so, wie du es bei den Pferden kannst, Marie. Du spürst, was sie brauchen und was du ihnen geben musst, damit es ihnen gut geht. Das eine braucht sichere Führung, das nächste mehr Geduld, ein weiteres ein bisschen Strenge. Du weißt es so ganz aus dir heraus. Und deine Mutter konnte dasselbe mit Menschen.«

Marie musste unwillkürlich lächeln. »Danke, dass Sie mir das erzählen, gnädige Frau«, sagte sie leise. »Das zu hören bedeutet mir viel.«

Gräfin Anna tat etwas, das sie noch nie getan hatte: Sie hob die Hand und strich an Maries Arm hinab. Dann wandte sie sich ab und ging den Gang entlang, um in ihren Räumen zu verschwinden. Um ihre Füße die flauschige Katze, die ihr auf Schritt und Tritt folgte.

Marie blickte ihr nach. Das Gespräch wirkte in ihr wie ein glitzernder Zauber. Wenn ihre Mutter solch ein Einfühlungsvermögen in Menschen gehabt hatte, vielleicht konnte sie ja in sich selbst auch ein wenig davon finden.

Während ihre Schritte sie hinunterlenkten, überlegte sie fieberhaft. Womit würde sie Wilhelm aus seiner selbst gewählten Isolation herauslocken können? Was würde ihn derart fesseln, dass er sein Unglück vergaß und wieder einen Schritt ins Leben wagte?

Stürmer? Ja, vielleicht würde sie ihn mit zu dem Hengst nehmen können, und sie würden dort eine schöne Stunde verbringen. Stürmer würde es gleich sein, ob Wilhelm ihn mit den Augen oder nur mit den Händen wahrnahm.

Marie erinnerte sich daran, wie sie zur kleinen Koppel hinter dem Pförtnerhaus gegangen war, um Mann und Pferd dort für eine ihrer geheimen Schulungen zu treffen. Oft war Wilhelm schon dort gewesen und hatte auf sie gewartet, oft einen Roman in der Hand. Oder ein Notizbuch.

Marie hob den Kopf.

Notizbuch.

Mitten in einem Schritt hielt sie inne, plötzlich wie erstarrt. Ja, natürlich. Wie hatte ihr das nicht gleich einfallen können? Die Lösung war doch so offensichtlich!

Mit einem Male wusste sie ganz genau, was Wilhelm mehr

als alles bedeutete und was ihn sich selbst fühlen lassen würde. Aber es wäre ein großes Risiko. Besonders da die letzte Auseinandersetzung mit diesem Thema zu ihrem ersten schlimmen Streit geführt hatte. Womöglich würde es ihr wiederhergestelltes gutes Verhältnis erneut ins Wanken bringen, wenn sie es wieder aufbringen würde? Vielleicht würde es ihn nur noch tiefer in seine Trauer ziehen, wenn sie ihn damit konfrontierte? Sie ballte die Hände zu Fäusten. Sie musste es versuchen!

Clara

28

Als Wolff die Kutsche vor der Bank in Osnabrück anhielt, tauschte Clara noch einen Blick mit Luise und Max, die ihr gegenübersaßen.

Sie trug ihren wärmsten Mantel und hatte die Hände im Muff vergraben, während ihre Beine von Fellen bedeckt waren. Und doch war die Kälte ihr in alle Glieder gedrungen. Wahrscheinlich war es die Aufregung, denn heute würde sich das Schicksal Friesenhains entscheiden.

Luise lächelte ihr betont heiter zu, und Max nickte aufmunternd. Doch Clara erkannte daran, wie die beiden sich ansahen, dass auch sie nervös waren.

»Warten Sie auf dem Vorplatz, Wolff«, bat Clara den Kutscher, als er ihnen den Schlag aufhielt und sie ausstiegen. »Wenn wir hier fertig sind, will ich noch in die Apotheke, um Medizin für den Grafen und unseren Bruder abzuholen.«

Wolff neigte den Kopf zum Einverständnis, saß bereits wieder auf dem Bock und schnalzte den Pferden zu. Während der Schlitten durch die Schneespur fortglitt, wandte Clara sich ebenso wie ihre Schwester und ihr Schwager dem Portal der Bank zu.

Clara war froh um die Unterstützung durch ihre Schwester

und ihren neuen Schwager. Trotzdem fühlte sie sich ein wenig beklommen, als sie nun durch die von Max aufgehaltene Tür hinein in die Halle der Bank schritt.

Am Empfang brauchte sie ihren Namen nicht zu nennen. Der Herr dort kannte sie von Besuchen mit ihrem Vater, begrüßte sie freundlich mit Namen und bat sie, in einer kleinen Sitzecke Platz zu nehmen, die vor Blicken aus der Halle durch einen halbhohen Paravent halb verborgen war.

»Sie lassen uns warten?«, wisperte Luise ihr zu, als sie sich auf die Bänke dort setzten.

Clara war ebenfalls irritiert. »Vater wurde immer gleich zum Direktor hineingeleitet«, teilte sie ihrer Schwester und Max flüsternd mit.

Sie saßen dort, während nur wenige Menschen durch die Halle gingen. Wegen des Wetters war im Ort nicht allzu viel Verkehr.

Umso mehr fiel der eine Herr auf, der aus dem Büro des Direktors trat und sich mit Handschlag von dem Angestellten dort verabschiedete. Er war äußerst fein gekleidet und trug einen Otterpelz über dem Arm.

Clara blinzelte kurz, denn er kam ihr vage bekannt vor. Da raunte Luise Max bereits zu: »Sieh nur, Hans Fabel.«

Wie er jetzt durch die Halle ging, mit forschem Schritt, breitem Rücken und unter strohblondem Haar charismatisch leuchtenden Augen, hatte er etwas Raubtierhaftes an sich, das zugleich geschmeidig und gefährlich wirkte.

Dies war der Mann, der sich nach dem Brand auf Friesenhain in Ibbenbüren nach dem Stand der Dinge auf dem Gut erkundigt hatte. Der Mann, der nicht nur Max, sondern auch Luise auf subtile Art gedroht hatte. Der Mann, den sie verdächtigten, seine Hände beim Feuer im Spiel gehabt zu haben. Und nun begegnete er ihnen ausgerechnet heute hier.

Eine junge Dame, die am Arm ihrer Mutter schritt, drehte sich so überdeutlich zu seiner beeindruckenden Gestalt um, dass sie sich eine mütterliche Rüge einfing.

Fast schon hatte Herr Fabel die Halle durchquert, als er den Hals reckte und seinen Blick auf die kleine, halb verborgene Sitzgruppe richtete.

Clara erkannte in seiner Miene ein Aufleuchten. Wenn sie nichts über ihn gewusst hätte, hätte sie vermutet, er habe liebe Bekannte gesichtet. Prompt trat er zu ihnen, blieb aber in Entfernung einiger Meter stehen.

»Sieh an, die Komtess von Scheweney und das Ehepaar Brugge. Ich gratuliere zur Vermählung«, sagte er, wobei seiner Stimme der Spott anzuhören war.

Luise holte Luft, doch Max legte seine Hand auf ihre. »Wir danken, werter Herr. Doch für ein ausführliches Geplänkel haben wir leider keine Zeit.«

Hans Fabel schien zu begreifen. Sein Blick glitt zurück zu der Bürotür, aus der er gerade getreten war, und ein Grinsen spielte in seinen Mundwinkeln.

»Verstehe«, bemerkte er süffisant. »Nun, so schnell kann das Blatt sich wenden, Herr Brugge, nicht wahr? Hochmut kommt oft vor dem Fall, sagt man doch. Ich bin bereits auf gutem Wege, meine Angelegenheiten bestens zu regeln. Aber Ihnen steht das Bittstellertum wohl noch bevor. Nun werden Sie wohl zu spüren bekommen, was es heißt, auf Hilfe angewiesen zu sein – wenn man ohne eigenes Verschulden in Schwierigkeiten geraten ist.«

»Unterstehen Sie sich, das Unglück unserer Familie mit dem Ihrigen zu vergleichen!«, zischte Luise, die bei seinen Worten wutrote Wangen bekommen hatte.

Hans Fabel bedachte sie mit einem nahezu amüsierten Blick, der Luises Blut bestimmt zum Schäumen brachte.

»Wie Sie meinen«, entgegnete er und setzte hinzu: »Frau Brugge. Empfehle mich.« Damit tippte er sich an den Hut und setzte seinen Weg fort.

Luise schnaubte erbost und machte fast den Eindruck, als wolle sie aufspringen und dem grässlichen Kerl hinterherlaufen, um ihm zu sagen, was sie von ihm hielt. Doch Max hatte seine Hand auf ihren Arm gelegt und flüsterte ihr beruhigende Worte zu.

Die wenigen Worte dieses Mannes hatten Clara unangenehm berührt. Hatte sie sich bisher wegen der ungewohnten Situation lediglich unsicher gefühlt, so kam nun plötzlich ein Zweifel hinzu. Der wuchs noch an, als ein Angestellter im Anzug auf ihre kleine Gruppe zuhielt.

»Komtess von Scheweney«, sagte er und verneigte sich vor ihr. »Mein Name ist Erlein. Entschuldigen Sie, dass Sie warten mussten.«

Herr Erlein war von schmächtiger Statur und erinnerte Clara mit seinem schmalen Gesicht an einen Nager. Flink huschte er vor ihnen durch die Halle, hielt ihnen die Tür seines Büros auf und bat sie auf den drei Stühlen Platz zu nehmen, die seinem Schreibtisch gegenüberstanden. Keine Spur von den großzügigen Ledersesseln, dem Tischchen mit der Cognac-Karaffe und der Zigarrenschatulle, mit denen sie im Direktorenzimmer stets begrüßt worden waren.

Irritiert sah Clara sich um. »Sprechen wir nicht mit Direktor Klage oder dessen Sohn?« So hatte sie es bisher stets erlebt, wenn sie ihren Vater hierherbegleiten durfte.

Die Frage schien Herrn Erlein in Verlegenheit zu stürzen.

»Herr Direktor Klage ist heute sehr beschäftigt, Komtess von Scheweney, bedaure«, antwortete er und beugte sich betont eifrig über die Papiere, die vor ihm auf dem Tisch lagen. »Aber er hat mir Ihren Briefwechsel der letzten Tage mit ihm überlassen, mich instruiert und beauftragt, dieses Gespräch zu führen.« Dabei ließ er den Finger über die Zeilen fahren. Eine Weile blieb es still, abgesehen von einigen »Hm« und »Aha«, die Herr Erlein von sich gab.

»Gibt es Probleme, Herr Erlein?«, erkundigte Clara sich.

Der Mann wiegte den Kopf. Dann hob er den Blick und sah sie mit einem Ausdruck an, der Clara das Herz rutschen ließ. Sie erkannte, wie unangenehm ihm war, was er mitteilen musste. Und gerade das brachte sie aus der Fassung.

»Es tut mir sehr leid, Komtess von Scheweney«, sagte er dann tatsächlich. »So wie die Dinge liegen, wird die Bank Friesenhain keinen Kredit zum Wiederaufbau gewähren können.«

»Aber …«, begann Clara und wusste vor Entsetzen nicht weiter. Bauer Kloope wartete darauf, dass sie die Rechnung für das gelieferte Futter bezahlten. Die Handwerker, die zum Aufbau des Stalles das Material bestellten, mussten ebenfalls entgolten werden. Und nun sagte dieser Bankangestellte ihr, dass sie das dringend benötigte Geld nicht bekommen würden?

»Gibt es ausschlaggebende Gründe?«, half Max ihr. »Friesenhain ist wohlhabend. Das Land, die Pferde, das Herrenhaus und sämtliche Besitztümer.«

Herr Erlein drehte die Handflächen nach oben, als handele es sich bei der Entscheidung um eine gottgegebene.

»Die laufenden Kredite für den Landsitz und das Treibhaus sind mit diesen Werten abgegolten. Aber der gewünschte Betrag für den Wiederaufbau braucht Sicherheiten. Und die kann Friesenhain gerade nicht bieten, jetzt, wo der Graf und sein Erbe so schwer krank sind. Unter wessen Leitung soll das Gut sich wieder erholen?«

»Meine Mutter und ich sind da und führen die Geschäfte

weiter!«, entgegnete Clara möglichst bestimmt. »Unterstützt von meiner Schwester und ihrem Mann.« Luise nickte dazu bekräftigend.

Herr Erlein räusperte sich. Selbst in ihrem Schrecken tat er Clara fast ein bisschen leid, dass er von der Geschäftsleitung derart vorgeschickt wurde für diese prekäre Aufgabe.

»Graf von Scheweney ist der Gutsbesitzer«, sagte er.

Jetzt mischte sich auch Luise ein: »Unser Vater ist nach seinem Unfall beim Brand zu schwach, um herzukommen und selbst die Geschäfte zu regeln.«

Der Bankangestellte spitzte die Lippen, was ihn umso mehr wie ein kleines Tier aussehen ließ. »Nun, dann wäre es eine Möglichkeit, dass ich hinauskomme und auf Friesenhain mit ihm spreche?«

Clara war, als würde jemand einen Eimer eiskalten Wassers über ihr ausgießen. Mit einem Mal wurde ihr klar, was hier geschehen war: Es musste sich, wie auch immer, bis in die Osnabrücker Bank herumgesprochen haben, wie es wirklich um ihren Vater stand. Und womöglich heulten die Gerüchte noch lauter. Auch Bauer Kloope hatte etwas zu wissen geglaubt: *Also stimmt es, was man sich erzählt?*, hatte er gefragt, und gemeint, dass sowohl ihr Vater als auch Wilhelm im Sterben lagen.

Herr Erlein fing die Blicke auf, die nun zwischen Luise, Max und ihr flogen. Und so beeilte Clara sich zu sagen: »Sicher spielen Sie auf den Klatsch an, der umgeht. Von dem haben wir gehört. Aber weder unser Vater noch unser Bruder stehen an der Schwelle zum Himmelreich. Sie sind nur lediglich beide zu schwach, um derartige Verhandlungen zu führen. Sie werden mit mir vorliebnehmen müssen.«

Es folgte eine Stille, die schier unerträglich war. Clara wagte kaum zu atmen. Bis schließlich Herr Erlein laut ausatmete und die Mappe mit den Papieren vor sich sanft schloss.

»Es tut mir sehr leid«, sagte er.

* * *

Auf dem Heimweg sprachen in erster Linie Luise und Max. Letzterer schlug vor, mit Paula zu sprechen, ob nicht eventuell doch ein Bürgen mit ihrer Tapetenmanufaktur möglich wäre. Luise dagegen wollte davon nichts wissen und erinnerte ihren Mann zu Recht daran, wie viele Männer und Frauen von der Arbeit dort abhängig waren und dass sie deren Wohl auf keinen Fall aufs Spiel setzen durften. Denn wer wusste schon, was geschähe, wenn der Betrieb durch einen unkalkulierbaren Unglücksfall auf diese Weise in fremde Hände geraten würde.

Stattdessen setzte Luise darauf, ihr Glück bei einer anderen Bank, vielleicht in Hannover oder gar in Berlin, zu versuchen.

Clara hörte nur mit halbem Ohr hin und hing ihren eigenen Gedanken nach. Bei der Verabschiedung hatte Herr Erlein noch bemerkt, dass sie sich melden sollten, sobald der Graf oder sein Erbe sich in der Lage zu einem solchen Gespräch fühlten.

Ihr Vater war zu nichts in der Lage. Er nahm die Nahrung zu sich, die sie ihm einflößten. Doch erkannte er scheinbar niemanden und hatte noch kein Wort gesprochen, seit er die Augen geöffnet hatte.

Wilhelm dagegen … Clara seufzte tief, während sie abwesend die vorbeifahrende Winterlandschaft betrachtete. Alle Bäume waren noch mit Schnee bedeckt. Als sie auf einer kleinen Brücke einen Bachlauf überquerten, sah sie die Eiszapfen, die von der Steinbrüstung herabhingen. Solch ein Ding, dachte Clara und kämpfte gegen das Brennen in ihrem

Hals, solch ein Ding steckte wohl in ihrem Herzen. Denn sie machte sich schreckliche Sorgen um ihren Bruder. Seit er die niederschmetternde Diagnose der Ärzte erhalten hatte, schien er immer tiefer in einem dunklen Loch zu verschwinden. Er hatte darum gebeten, keinen fremden Besuch zu ihm vorzulassen. Und sie wusste, dass er damit in erster Linie Margarete von Assen meinte. Die hatte regelrecht erleichtert gewirkt, als Clara ihr bei ihrer letzten kurzen Visite berichtete, dass Wilhelm sich zu unwohl für Konversation fühle. Seitdem war die junge Baroness nicht mehr auf Friesenhain gewesen. Zwar erreichten täglich kleine Karten oder Blumengrüße das Gut, doch Clara hatte den Verdacht, dass die eher auf die Baronin selbst, Margaretes Mutter, zurückgingen.

Was, fragte Clara sich, musste in Wilhelm vorgehen, wenn er die Gesellschaft seiner Verlobten scheute?

Sie selbst legte weder jetzt noch unter sonstigen Umständen großen Wert auf eine Plauderei mit der Baroness. Aber sie hatte ja auch nicht entschieden, sie zu ehelichen.

Sollte sie vielleicht mit Wilhelm darüber sprechen, wie wichtig es für sie alle war, dass er den Weg zurück ins Leben fand? Ein blinder Erbe würde aus Sicht der Bank das Gut wohl leiten können. Aber nicht einer, der sich gehen ließ und dem Tod in den Rachen zu rutschen drohte.

Mit solch schweren Gedanken belastet, kletterte Clara hinter Luise im Hof Friesenhains aus dem Schlitten. Bedrückt gingen sie gemeinsam die breite Treppe zum Hintereingang des Herrenhauses hinauf. Drinnen begrüßte sie Gimpel, der winselnd um sie herumstrich. Der arme Kerl war seit dem Brand so durcheinander wie sie alle. Er liebte einen geregelten Tagesablauf und kleine Ausflüge mit Luise oder ihr zu Pferde. Aber leider stand die Welt Friesenhains ja nicht nur für den Doggenrüden Kopf.

»Ich werde mich umziehen und beim Tor anpacken. Dann schaffen wir es heute wohl«, entschied Max energisch, während Clara dem Hund die Ohren kraulte. »Ich muss jetzt mit meinen Händen etwas anfassen und Gutes wirken, sonst platze ich.« Beim Hindurchfahren durch den Eingang zum Hof hatten sie gesehen, dass Paas, Fritz und einige Helfer dabei waren, die provisorischen Stützen gegen massive Balken auszutauschen.

Luise nickte zustimmend. »Und ich werde die verletzten Pferde behandeln. Im Grunde macht mir nur noch Kaspers Fessel etwas Sorge. Ich möchte mit Doktor Heuser besprechen, wie wir ihn kontrolliert bewegen können. Die Wunden der anderen heilen sehr gut. Vielleicht fallen uns beim Tun noch weitere Lösungen für Friesenhain ein, die wir heute Abend mit Mutter besprechen können?«

Seite an Seite mit ihrem Mann ging ihre ältere Schwester die Treppe in die Beletage hinauf. Sie verschwanden im Ostflügel, wo Luises Zimmer lagen, welche die beiden so lange gemeinsam bewohnten, bis die Villa Schwalbe bezugsfertig sein würde.

Von Luise wusste Clara, dass es Max belastete, demnächst einen Landsitz zu bewohnen, dessen Kauf und Umbau Friesenhain in Schulden gestürzt hatte. Ebenjene Schulden, die nun verhinderten, dass das Gestüt die notwendige Unterstützung erhielt. Doch das ließ sich nicht rückgängig machen. Sie mussten einen Weg finden, um zumindest die bereits entstandenen Rechnungen begleichen zu können.

Während Clara unschlüssig mitten in der Halle stand, öffnete sich die Tür des Salons und Ranke trat heraus. Er schien überaus erleichtert, sie zu sehen, und schloss die Tür rasch hinter sich.

»Ranke? Was gibt es?«, erkundigte sie sich.

Er eilte zu ihr, neigte den Kopf und sagte leise: »Ein Herr

möchte Sie sprechen, Komtess Clara. Ich habe ihm gesagt, dass Sie im Ort sind, aber er bestand darauf zu warten. Albrecht hat mir aufgetragen, ihn nicht allein im Salon zu lassen. So habe ich ein wenig … abgestaubt.« Ranke schien ob dieser Aufgabe deutlich verlegen.

»Ein Herr?«, wiederholte Clara verwundert.

»Der Vater der kleinen Mädchen, die ein paarmal hier waren«, teilte der Hausdiener ihr mit. »Herr Reuben.«

»Was …?«, begann Clara vollkommen verblüfft, fing sich aber sogleich. »Hat er gesagt, was er will?«

»Ein Angebot machen, Komtess Clara«, antwortete Ranke.

Ein Angebot? Hatte er etwa über den Besuch des Anwaltsehepaares Ulmbein nachgedacht und war nun bereit, seine Kinder in bessere Hände als seine eigenen abzugeben? Was tat er dann hier? Offiziell hatten die von Scheweneys mit dem Besuch der Ulmbeins bei ihm doch nichts zu tun.

»Soll ich Tee bringen, Komtess Clara?«, fragte Ranke.

Sie schüttelte den Kopf. »Nein, ich möchte nicht, dass dieser Herr sich hier zu wohlfühlt. Aber bleiben Sie in der Nähe, bitte. Für den Fall, dass er … schnell wieder gehen sollte.«

Ranke verstand und nickte mit einem fast schon verschwörerischen Lächeln.

Dann eilte er ihr voraus zur Salontür, öffnete sie und deutete mit dem Kopf kurz neben die Tür. Clara verstand. Er würde hier warten. Sie wappnete sich mit einem tiefen Einatmen und ging hinein.

»Herr Reuben, guten Tag«, sagte sie, während Ranke hinter ihr die Tür wieder schloss.

Der Pferdehändler hatte am Kamin gesessen und erhob sich nun.

Clara ging zu ihm, und als sie ihn unverwandt ansah, verneigte er sich. »Guten Tag, Komtess.«

»Wie unser Diener mir mitteilte, sind Sie hier, um ein Angebot zu machen. Ein Angebot in welcher Angelegenheit?«, erkundigte sie sich, um gleich auf den Punkt zu kommen.

Der Mann hob im grausam wirkenden, verhärmten Gesicht die Brauen. »Sind Sie so in Eile, dass wir im Stehen verhandeln müssen, Komtess?«

Mit der Hand wies sie auf den Stuhl, von dem er sich erhoben hatte.

Er wartete, bis sie auf dem Sofa Platz genommen hatte, setzte sich dann auch und zeigte ein Lächeln, bei dem er gelbliche Zähne entblößte.

»Ich habe gehört, dass Sie nun die Geschäfte führen?«, begann er.

»Ist das ein Problem für Sie?«, erwiderte Clara, von dem Gespräch mit dem Bankangestellten noch ganz aufgerieben und die kurze Auseinandersetzung mit Bauer Kloope im Sinn.

»Keineswegs«, entgegnete Reuben jedoch zu ihrer größten Überraschung. »Ich will nur sichergehen, dass ich mit der zuständigen Person spreche.«

»Das tun Sie.« Clara nickte ihm zu. Der Mann war ihr ganz und gar zuwider. Vielleicht, weil sie wusste, dass er seine Kinder geschlagen hatte und es sicher weiterhin tun würde, wenn sie nicht eingegriffen hätten.

Jetzt leckte Reuben sich mit blasser Zunge über die Zähne, wobei sich sein Gesicht grotesk verzog. Clara sah zur Seite.

»Ich möchte Ihnen ein Angebot zum Kauf von zehn Hannoveranern machen«, sagte er dann.

Überrumpelt blickte sie ihn wieder an. »Zehn Pferde? Und zu diesem Zeitpunkt? Wie kommt es dazu?«

Er lächelte erneut. »Sie haben Ihr gesamtes Heu und Winterfutter verloren, wie mir zu Ohren kam. Da dachte ich, es käme Ihnen gelegen, ein paar Mäuler weniger zu stopfen zu haben. Und das Geld für die Pferde käme doch gewiss nicht ungelegen?«

Misstrauisch musterte Clara seine Züge, denen er vergeblich einen harmlosen Anschein zu geben versuchte.

»Betrachten Sie es als nachbarschaftliche Hilfe«, beantwortete er ihre unausgesprochene Frage. »Andere haben sie auch angeboten, wie ich hörte.« Sicher hatte sich unter den Pferdemenschen im Tecklenburger Land herumgesprochen, dass die von Thebes zwanzig Friesenhainer Zuchtstuten über den Winter brachten.

»Ich nehme Ihnen Dreijährige ab, die schon eingeritten sind«, setzte Reuben seine Rede fort. »Und ich zahle sofort. Anders als das Oldenburgische Dragoner-Regiment Nummer 19, das die Pferde erst im Frühling übernehmen würde, nicht wahr?«

Er kannte sich wirklich aus. Genauso war es. Manchmal dauerte es zudem etliche Wochen, ehe die Tiere, die ans Heer gingen, bezahlt wurden. »Ich habe nur eine Bedingung«, setzte er hinzu.

»Und die wäre?«, fragte Clara. Ihre Handflächen wurden feucht. Zehn Pferde. Damit könnten sie das Futter und die Handwerkerrechnungen bezahlen. Und hätten noch einen Rest übrig. Der würde rasch verschlungen sein, aber …

»Ich feilsche nicht«, stellte Reuben klar. »Ich biete Ihnen eine gewisse Summe. Sie suchen die Pferde aus. Da vertraue ich Ihnen, denn Friesenhain hat nur Gutes zu bieten. Aber ich nenne den Preis.«

Clara musste schlucken. »Dann nennen Sie ihn.«

Er sprach die Zahl aus, und ihr wurde kurz schwindelig. Ihr erster Impuls war, aufzustehen und ihn hinauszuwerfen. Doch sie bezwang sich.

»Das ist nicht einmal die Hälfte von dem, was die Pferde

wert sind, Herr Reuben. Das wissen Sie sehr gut«, sagte sie mühsam beherrscht.

»Wenn Sie im Winter verkaufen wollten, können Sie nicht mehr verlangen«, entgegnete er und erhob sich. »Ich sehe, dass Sie erst über mein Angebot nachdenken müssen, Komtess. Ich komme in genau einer Woche wieder. Sollten Sie mich vorher sprechen wollen, wissen Sie ja, wo Sie mich finden. Mein Hof dürfte Ihnen inzwischen fast so vertraut sein wie mir.« Clara öffnete den Mund, doch er sagte: »Ich finde zur Tür. Vielen Dank.«

Damit war er hinaus.

Marie

29

Sie musste es wagen. Nicht nur Wilhelms Seelenheil hing davon ab, dass er einen Ausweg aus dieser Düsternis fand, die ihn nun seit fast zwei Wochen umgab.

Auch Friesenhain bedurfte seiner. Gestern waren Clara und Luise aus Osnabrück mit den schlechtesten Nachrichten von der Bank zurückgekehrt. Clara hatte es ihr unter dem Siegel der Verschwiegenheit anvertraut. Niemand sollte vorerst davon wissen, dass die Bank den Kredit abgelehnt hatte. Auch Wilhelm sollte nichts davon erfahren, hatten die Gräfin und die Komtessen entschieden. Marie hielt dies für richtig. Denn es würde dem jungen Grafen nur noch mehr auf der Seele lasten.

Nein, wenn sie ihn zurück ins Leben holten wollte, dann gab es nur einen Weg, dessen war sie inzwischen sicher.

Und so trat sie ihren heutigen Besuch bei Wilhelm mit wilder Entschlossenheit an.

Nach ihrem Anklopfen und seinem müden »Herein« tauschte Marie an der Tür noch einen kurzen Blick mit Emil Neumann, der ihr ein Lächeln schenkte. Sie begegneten sich oft auf dieser Schwelle. Viel häufiger, als sie sich früher gesehen hatten. Und mittlerweile hegte Marie eine große Sympathie für den jungen Mann, der sich derart um Wilhelm sorgte. Sie konnte sich Friesenhain inzwischen nur schwer ohne ihn vorstellen.

Nachdem Emil hinaus war, war Marie mit Wilhelm allein, so wie jeden Morgen.

Marie holte tief Luft und schritt dann ohne Zögern durchs Zimmer hinüber zu dem Sekretär, der dem Bett gegenüber an der Wand stand. Sie öffnete eine der Schubladen, fand darin Briefpapier, schloss sie wieder.

»Was tust du da?«, wollte Wilhelm wissen, den Kopf in ihre Richtung gedreht.

»Wonach klingt es denn?«, erwiderte sie beinahe keck und zog die nächste Lade auf. Tusche. Pergament. Ein Abroller. Sie schloss sie wieder.

»Was willst du an meinem Schreibtisch?«, erkundigte Wilhelm sich ein wenig beunruhigt.

»Ich suche etwas«, verriet sie ihm und sprach dabei über die Schulter: »Sicher hast du erwartet, dass ich mich wie jeden Morgen an dein Bett setze und dich zwinge, mir zuzuhören, während ich Nichtigkeiten plappere oder aus der Zeitung vorlese, nicht wahr? Ich werde auch lesen. Aber etwas anderes.«

Er lauschte. »Marie?« Seine Stimme schwang in einer Mischung aus Ahnung, Furcht und Ärger.

Die große Lade unten war verschlossen. Marie sah zwischen die kleinen Fächer, in denen etliche Briefe und Grußkarten steckten.

»Ah«, machte sie und fingerte dann nach dem kleinen Schlüssel, den sie dort ausgemacht hatte. Sie steckte ihn ins Schloss, drehte ihn um und zog die Lade auf. Darin lagen Seite an Seite Dutzende von Notizbüchern. Alle von dem gleichen Format wie jenes, das Wilhelm vor ein paar Wochen im Stall vergessen und das zu jener Auseinandersetzung zwischen ihnen geführt hatte.

Einen kurzen Moment hielt sie inne, strich zart mit den Fingerspitzen über die Kladden. Dann wandte sie sich um und ging zum Bett.

»Sag mir, womit wir anfangen sollen«, verlangte sie.

Wilhelm hatte sich in seinen Kissen aufgerichtet. Er war so blass, dass die frischen Narben auf seiner Haut rot leuchteten. Emil Neumann hatte ihn rasiert. Weil auch Wilhelms Oberlippe verletzt war und sie auf diese Weise besser versorgt werden konnte, hatten sie ihm den Schnäuzer abgenommen. Er sah dadurch geradezu nackt und verletzlich aus.

Für einen winzigen Augenblick kam Marie sich grausam vor. Aber dann sagte sie sich fest, dass sie es für ihn tat. Damit es ihm besser ging.

Als Wilhelm nicht antwortete, hakte sie nach: »Welches ist das erste Notizbuch? Das, worin die Geschichte mit dem jungen Mann beginnt, der am Ballon näht und damit in die Luft steigen will?« *Der junge Mann, der die Tochter des Großgrundbesitzers liebt, die so unerreichbar für ihn ist,* setzte sie in Gedanken hinzu.

Meinte sie es nur, oder hielt Wilhelm tatsächlich die Luft an?

»Nun?«, drängte sie, obwohl ihr Herz bis in ihren Hals klopfte.

»Was … Was hast du vor?«, fragte Wilhelm statt einer Antwort.

Marie nahm all ihren Mut zusammen und sagte: »Ich will endlich wissen, wie die Geschichte beginnt. Was am Anfang geschieht. Lass es mich lesen!« Flehentlich setzte sie hinzu: »Bitte!«

Er wirkte wie erstarrt. Befeuchtete seine Lippen mit der Zungenspitze.

»Wovor hast du Angst?«, erkundigte sie sich ein bisschen

sanfter. »Ich kenne dein Geheimnis nun ohnehin. Natürlich hätte ich das Buch, das du im Stall vergessen hast, nicht lesen dürfen. Aber es ist geschehen und lässt sich nicht rückgängig machen. Ich weiß es doch!«

»Was weißt du?«, fragte er.

»Dass du schreiben kannst, Wilhelm«, antwortete sie leise, aber eindringlich. »Dass du Geschichten erfinden kannst, ganze Romane. Und ich weiß, wie sehr du es liebst. Dieses Talent musst du vor mir nicht verstecken, sei gewiss. Ich bewundere dich dafür. Und ich würde so gern den Rest der Geschichte kennen.«

Er zögerte. Sie konnte in seinem Gesicht, diesem verletzten und geliebten Gesicht, sehen, wie es in ihm arbeitete.

Schließlich seufzte er tief.

»Du sollst deinen Willen haben, Marie«, brummte er. »Wenn du es still für dich liest. Und wenn es bedeutet, dass ich heute meine Ruhe vor der Zeitung habe, mit ihren Neuigkeiten und ihrem Klatsch.«

»Nun, darauf wirst du dann tatsächlich verzichten müssen«, erwiderte Marie frohlockend.

Wilhelm hob die Hand für einen letzten Einspruch. »Aber versprich mir ...!«

»Ja?« Sie war schon fast auf dem Weg zum Schreibtisch.

»Sprich mit niemandem darüber! Auch nicht mit meinen Schwestern«, verlangte er.

Marie war sicher, dass Luise und Clara über die Gabe ihres Bruders entzückt wären. Doch, ohne zu zögern, antwortete sie: »Darauf gebe ich dir das Hase-und-Fuchs-Versprechen!«

Er lächelte müde, als könne die Erinnerung an ihren Kindheitsschwur ihn bestenfalls melancholisch stimmen. Wie immer, wenn gute Zeiten so lange zurückliegen und nie wiederkehren werden.

Dann nickte er in ihre Richtung. »Die Bücher liegen in der richtigen Reihenfolge, von links nach rechts. Ganz links finden sich ein paar Stümpereien, die du bitte nicht anschaust. Der erste Band, der zu der Geschichte mit dem Ballonmann gehört, müsste der fünfte in der Reihe sein.«

Wie sicher er darin war. Er musste den Inhalt dieser Lade auswendig kennen, wie einen Schatz, den er hütete und immer wieder herausnahm, um ihn anzusehen.

Marie griff nach dem fünften Notizbuch von links und schlug es auf. Die erste Seite war mit einem Datum aus dem letzten Jahr versehen. Wilhelm schien schon Monate an diesem Text geschrieben zu haben. Dann folgte ohne jede Überschrift oder einen Titel der erste Satz.

»Es war ein strahlend schöner Junimorgen, als Ferdinand seinen großen Traum zum ersten Mal jemandem anvertraute«, las sie entzückt.

»Oh, bitte!«, meldete sich Wilhelm vom Bett. »Lies leise! Ich will schlafen.« Demonstrativ rutschte er in den Kissen herab und schloss die Augen.

Marie schlich auf Zehenspitzen zu ihm zurück, setzte sich auf den Stuhl neben der Bettstatt, das Notizbuch auf den Knien, und betrachtete das vertraute Gesicht.

»Und sieh mich nicht so an«, knurrte es aus der gestärkten Wäsche.

Sie schmunzelte. Dann schlug sie das Buch auf, konzentrierte sich auf Wilhelms ordentliche, steile Handschrift und begann zu lesen.

Zuerst war Wilhelm wach, das war ihm anzumerken. Sein Atem verriet ihn, und wie er kurz horchte, wenn sie an einer Stelle leise lachte oder die Luft anhielt. Einmal wirkte es fast so, als triebe die Neugierde ihn so weit, sie zu fragen, an welcher Stelle der Geschichte sie gerade war und was sie amüsierte. Doch dann beherrschte er sich leider und tat weiterhin so, als bekäme er ihre leisen Reaktionen auf seinen Text nicht mit. Der Text, in dem Marie die Lebendigkeit und Wortgewandtheit des Wilhelms fand, den sie von früher kannte und den sie so sehr in ihr Herz geschlossen hatte, dass nichts ihn daraus würde lösen können, da war sie sicher. Ob sie es schaffen könnte, jenen Wilhelm erneut zu wecken und zu ihnen, zu sich ins Leben zurückzuholen?

Irgendwann, wohl während sie das dritte Notizbuch las, schlief Wilhelm dann tatsächlich ein. Leise tauschte Marie die Kladde gegen die vierte. Sie hielt das Notizbuch in den Händen, in dem sie vor einem Monat schon einmal gelesen hatte. Erneut verschlang sie die Seiten. Was sie schon beim ersten Lesen in diesem Text gespürt hatte, trat nun noch viel deutlicher vor sie: das tiefe, unumstößliche Gefühl, das der Ballonmacher Ferdinand für Johanna, die Tochter des Großgrundbesitzers, empfand. So viel Sehnsucht lag darin und so viel Schmerz, als sie nicht mehr erschien und er wähnen musste, dass sie seine Gesellschaft ganz bewusst mied.

Marie ließ ihre Fingerspitzen über die Zeilen gleiten. Die Frage, die damals, nachts in ihrem Bett, schon blass und vage in ihr aufgestiegen war, nahm nun deutlichere Gestalt an.

Wie kam es, dass Wilhelm eine solche Liebesgeschichte niederschrieb? Über den qualvollen Wunsch nach einer Zweisamkeit, die laut den Konventionen einfach nicht sein durfte. Ferdinand war arm. Er hatte einer reichen Tochter wie Johanna nichts zu bieten. Und doch, da war Marie ganz sicher, war er der Richtige für sie. Denn was zählte mehr als die bedingungslose Liebe, die er ihr entgegenbrachte, die zwischen allen Zeilen schwang?

Hatte Wilhelm beim Erfinden des Textes frei fantasiert? Oder hatte er hier etwas festgehalten, was er selbst kannte?

Und wenn Letzteres zutraf: Wer war in seinem eigenen Leben jene *Johanna*? Margarete von Assen konnte es doch nicht sein. Denn sie war seinem Stand angemessen, alle befürworteten die Verbindung. Wer also …? Sie wagte nicht weiterzudenken.

Als sie die letzten Zeilen gelesen hatte, legte sie das Buch zu den anderen und griff nach dem nächsten.

Doch darin wurde die Geschichte nur über ein paar Seiten fortgesetzt. Dann brach der Text ab. Marie blätterte, fand nur weißes Papier.

Rasch zog sie weitere Notizbücher heraus und spähte hinein. Es waren andere Texte, andere Figuren, ihr völlig fremd. Aber diese Geschichte hier, die sie so sehr fesselte, schien mit den letzten Worten auf der halb gefüllten Seite einfach abzureißen.

Ein Gefühl erfasste sie, wie sie es bisher nur einmal in ihrem Leben gespürt hatte: als sie heimlich in der Nacht Wilhelms Notizbuch beendet hatte und zurückgeblieben war mit einem unstillbaren Hunger nach mehr.

Damals, vor mehr als einem Monat, hatte sie davon ausgehen können, dass irgendwo die Fortsetzung zu finden sein würde. Zwar unerreichbar für sie, doch sie hatte geglaubt, dass das Ende an einem geheimen Ort regelrecht auf sie zu warten schien.

Nun aber lagen die Dinge anders.

Ehe sie recht überlegt hatte, war sie bereits zum Bett zurückgegangen, diesmal nicht leise schleichend, um den Schlafenden nicht zu stören. Im Gegenteil, sie gab sich keinerlei Mühe, Ruhe zu halten. Stattdessen fasste sie Wilhelm einfach an der Schulter und rüttelte daran.

Er erwachte ruckartig und riss die Augen auf.

Inzwischen war Marie das blicklose Starren gewöhnt. So

störte sie sich nicht daran, als er hilflos den Kopf nach links und rechts wandte.

»Was ist los? Wer ist da?«, brachte Wilhelm noch halb im Schlaf stammelnd heraus. »Marie? Bist du das?«

»Ja, ich bin es, Marie«, antwortete sie und hörte selbst die Empörung in ihrer Stimme. »Genau die Marie, der du nicht mitgeteilt hast, dass diese Geschichte kein Ende hat!«

Er atmete ein paarmal heftig ein und aus, um zu Verstand zu kommen, dann schnauzte er sie an: »Und deswegen weckst du mich?«

Marie zischte unwillig. »Du hast nicht gesagt, dass du das Buch bisher nicht beendet hast! Du hast mich lesen lassen, obwohl es mitten an der spannendsten Stelle abbricht!«

Er wirkte überrumpelt von ihrer Empörung. Und darüber schien er seine Lethargie ganz zu vergessen.

»Die spannendste Stelle?«, wiederholte er perplex.

Sie ließ sich auf den Stuhl sinken und rückte mit diesem noch näher ans Bett. »Ferdinand ist gerade auf dem Rummel, wo er von der unheimlichen Wahrsagerin seine Zukunft vorausgesagt bekommt, als er durch die Zeltwand das Gespräch zwischen Bürgermeister und Großgrundbesitzer belauscht. Das Gespräch, in dem die beiden die Verlobung des Sohnes des einen mit der Tochter des anderen abmachen. Die arme Johanna, die seit Wochen in ihrem Zimmer eingesperrt wird, damit sie nicht zu ihrem geliebten Ferdinand laufen kann«, erklärte sie ihm. »Wenn das keine spannende Stelle ist!« Sie fuchtelte mit dem Notizbuch vor seinem Gesicht herum, was Wilhelm zwar nicht sehen, aber wohl hören und spüren konnte, denn er lehnte sich sicherheitshalber ein wenig zur Seite. »Ich wusste, dass diese beiden Herren in der Sache drinstecken!«, ereiferte Marie sich weiter, noch ganz in der Geschichte gefangen. »Ich konnte mir nicht vorstellen, dass die junge Frau aus freien Stücken den Kontakt zu Ferdinand abgebrochen hat. Und der Bürgermeister will eine gute Partie für seinen eigenen Sohn. Deswegen hat er auch diese schreckliche Hetze gegen Ferdinand in Umlauf gebracht, nicht wahr?«

»Aber nicht doch!«, widersprach Wilhelm, der den Schlaf nun endgültig abgeschüttelt hatte. »Das wäre doch zu einfach. Hast du etwa keine anderen Ideen?«

»Nun sag nicht, dass der Krämer es war!«, erboste Marie sich. »Auf den lenkst du doch gleich zu Anfang den Verdacht. Ich weiß, dass manche Schriftsteller das so tun. Aber da hätte ich doch Besseres von dir erwartet.«

Wilhelm tat gekränkt, doch sie konnte ihm ansehen, dass er sich heimlich freute, wie weit entfernt sie von der Lösung dieses Rätsels war.

»Was hast du gegen den Krämer?«, erwiderte er. »Er ist eine famose Figur!«

»Und gerade deswegen finde ich, dass er sich am Ende als der Retter in der Not herausstellen sollte«, beharrte Marie.

Auf diese Weise diskutierten sie hitzig noch eine Weile weiter. Wilhelm konterte, argumentierte, erklärte und bei Maries hanebüchenen Verdächtigungen lachte er. Er lachte!

In solch einem Moment klopfte es an die Tür.

»Ja?«, rief Wilhelm munter, jedoch sichtbar unwillig über die Unterbrechung ihrer hitzigen Diskussion.

Gräfin Anna erschien in der Tür. Marie erkannte an ihrer nahezu ungläubigen Miene, dass sie ihr gemeinsames Gelächter vor der Tür gehört haben musste.

»Ich bin es, Wilhelm«, sagte sie und warf Marie mit hochgezogenen Brauen einen fragenden Blick zu. Marie lächelte.

»Mama«, antwortete er. »Wie geht es dir heute?«

»Nun …« Gräfin Anna kam bei geöffneter Tür einige

Schritte herein. »Mir geht es gut. Und auch deinem Vater scheint es etwas besser zu gehen.«

Wilhelm nickte mit voller Anteilnahme in ihre Richtung. »Das sind gute Neuigkeiten, Mama.«

Sie presste kurz die Lippen zusammen, ehe sie sagte: »Leider hast du wohl keinen rechten Appetit gehabt? Neumann sagte, du habest kaum etwas angerührt vom Frühstückstablett. Ich wollte daher fragen, ob ich dir etwas bringen lassen soll.« Dem resignierten Ton ihrer Stimme war anzuhören, dass solche Angebote in den letzten Tagen abschlägig beantwortet worden waren. Doch zur Überraschung der Gräfin und auch zu Maries nickte Wilhelm.

»Gerne, Mutter. Vielleicht kann Frau Rühl mir ein paar Pfannkuchen herrichten?«

Auf dem Gesicht der Gräfin erschien ein überraschtes Lächeln.

»Wunderbar. Ich werde Frau Rühl sagen, dass sie dir etwas heraufschickt.«

Sie lächelte Marie erneut an und zog die Tür sacht hinter sich zu.

Das Erscheinen seiner Mutter hatte Wilhelm aus der heilsamen Blase ihrer Diskussion gerissen. Plötzlich wirkte er wieder ernster.

»Willst du den Text nicht beenden?«, fragte Marie. »Ich bin sicher, dass auch andere Freude daran hätten, ihn zu lesen. Vielleicht könntest du ihn drucken lassen?«

Für einen Moment schien Wilhelm nachzudenken. »Ob du es glaubst oder nicht, aber ich habe deswegen tatsächlich schon einmal mit einem Verleger in Osnabrück korrespondiert.«

Vor plötzlich aufschießender Aufregung rutschte Marie bis auf die Stuhlkante vor. »Aber das ist ja wundervoll, Wilhelm!«, sagte sie entzückt. »Du wirst sehen, es wird ein Erfolg!«

Doch ihre Worte lösten das Gegenteil von dem aus, was sie erhofft hatte. Mit einem Mal verschloss sich seine Miene wieder komplett.

»Wilhelm?«

Er schüttelte den Kopf. »Warum quälst du mich, Marie? Ich werde den Text nie beenden können. Wie sollte ich, wenn ich nicht sehen kann, was ich schreibe?«, sagte er mit heiserer Stimme.

Heiß spürte Marie seinen Schmerz und seine Resignation in ihrer eigenen Brust. Aber sie wusste, dass sie jetzt nicht einfach nachgeben durfte.

»Weißt du denn erst, wie die Geschichte endet, wenn du sie niederschreibst?«, wollte sie wissen.

Er schnaubte. »Natürlich nicht. Ich weiß alles, was geschehen wird. Aber im Niederschreiben bekommt es seine endgültige Form. Das sorgfältige Formulieren eines jeden Satzes macht eine ausgedachte Geschichte erst zu einem Buch. Und das …«, er machte eine kurze Pause, als schmerze ihn diese Wahrheit zu sehr, um sie auszusprechen. »Das wird mir nie wieder möglich sein.«

»Aber ich …«, wollte Marie widersprechen, doch er hob die Hand.

»Bitte!«, sagte er und wirkte nun vollkommen erschöpft. »Lass es gut sein für heute, Marie. Ich glaube, ich würde jetzt gern ein wenig allein sein. Bis Neumann kommt, um mir das Lunchtablett zu bringen.«

Marie zögerte kurz, stand dann auf, legte das letzte Notizbuch in die Lade zurück, verschloss sie und verstaute den Schlüssel dort, wo sie ihn gefunden hatte. Dann ging sie zur Tür.

»Du wirst doch tatsächlich etwas essen?«, fragte sie von dort aus. »Deine Mutter hat sich so gefreut, als du nach etwas verlangt hast.«

»Ich werde etwas essen!«, versprach Wilhelm und setzte mit einem schiefen Lächeln hinzu: »Unsere Diskussion hat mir tatsächlich Appetit gemacht. Danke dir dafür, Marie.«

Sie wünschte, ihre Hilfe wäre von längerer Dauer gewesen. Also erwiderte sie nur: »Bis morgen, Wilhelm.«

Als sie auf den Gang trat und die Tür hinter sich schloss, kam soeben die Gräfin von der Treppe aus wieder in ihre Richtung. Ihr Gesicht wirkte zum ersten Mal seit dem Brand wieder heiter und nicht gramzerfurcht.

»Marie, was für eine Gnade, dich bei uns zu haben! Deine Anwesenheit hat Wilhelm so wohlgetan. Ich habe ihn gerade zum ersten Mal wieder lachen gehört!«, sagte sie und griff nach Maries Hand, um sie zu drücken. »Wie hast du das geschafft?«

Marie dachte an das Hase-und-Fuchs-Versprechen und neigte lächelnd den Kopf.

»Das kann ich selbst nicht sagen, gnädige Frau. Ich muss einer glücklichen Eingebung gefolgt sein«, antwortete sie leichthin.

Gräfin Anna bedachte sie mit einem prüfenden, doch zugleich wohlwollenden Blick.

»Ich sehe, dass du mir etwas verschweigst, Marie. Aber was immer dein Geheimnis sein sollte: Wenn es Wilhelm derart aufmuntert, soll es mir recht sein.« Sie nickte, wie um sich selbst etwas zu bestätigen. »Du bist nicht länger das Kind, das mir zu allem Rede und Antwort steht, hast dein eigenes Leben. Das habe ich fast verpasst. Was meinst du, sollte ich nun auch *Sie* und *Fräulein Paas* zu dir sagen?«

Marie schnappte nach Luft. »Der Himmel bewahre, gnädige Frau! Wie käme ich mir vor! Wie eine Fremde.«

Die grünen Augen der Gräfin, denen von Luise so ähnlich, musterten sie anerkennend. »Der Graf hat recht daran getan, dich mit unseren Kindern zusammen den Unterricht besuchen zu lassen«, sagte sie. »Nicht nur um deines Vaters und um deiner lieben Mutter willen. Du selbst hast dich als würdig erwiesen. Du bist den Komtessen und nun auch dem jungen Grafen eine wahre Freundin! Danke!«

Marie spürte, wie sie rot wurde. Dann knickste sie und wandte sich rasch ab. Was, wenn die Gräfin wüsste, was sie sich tief in ihrem Herzen heimlich sehnlichst wünschte? Dass nämlich Wilhelm so viel mehr in ihr sehen würde als *eine Freundin.* Dass sie seine *Johanna* war.

Clara

30

Der Februar schritt dahin. In den drei Wochen seit dem Brand war nur allmählich der Alltag auf Friesenhain zurückgekehrt.

Reubens Besuch lag drei Tage zurück, und seitdem hatte Clara an kaum etwas anderes gedacht. Sie hatte Für und Wider erwogen, sich mit ihrer Mutter, Luise und Max besprochen. Und dann war ihr am gestrigen Abend plötzlich eine Idee gekommen. Sie hatte sich im Bett hin und her gewälzt, und Gedanken waren wie ein Schwarm Hornissen durch ihren Kopf gestoben. Und da waren plötzlich auch Bilder vor ihr aufgetaucht, die nichts zu tun hatten mit der Frage, ob sie Reubens unverschämtes Angebot zum Kauf der zehn Pferde annehmen oder ablehnen sollten.

Statt über die rechte Antwort darauf nachzudenken, hatte Clara sich wieder in der Halle stehen sehen, zusammen mit Richard von Thebe. Ihr Herz hatte erneut wild gegen ihre Rippen geschlagen, als sie sich an seine erschütterte Miene erinnert hatte. Der Ausdruck von Unglauben und Entsetzen auf seinem Gesicht, als sie ihm von dem Geheimnis erzählte, welches damals ihre Familien entzweit hatte. Und dann hatte sie gemeint, wieder seine Worte zu hören, die er bei ihrer Begegnung davor draußen auf der Treppe im kalten Abendwind gesagt hatte: *Wenn wir helfen können, wenden Sie sich gern jederzeit an mich, Komtess*, hatte er gesagt.

Und da hatte sie plötzlich im Bett gesessen und in die Glut des Kamins gestarrt.

Heute Morgen dann hatte sie nur Luise von ihrer Idee erzählt. Ihre Mutter wollte sie lieber nicht mit Fragen behelligen, die mit der Familie von Thebe zu tun hatten.

Doch Luise war angetan, regelrecht begeistert gewesen.

»Sie wollen doch die Pferdezucht erweitern, nicht wahr?«, hatte sie gesagt. »Das hat Richard von Thebe doch erzählt, als er im letzten Jahr hier seine Aufwartung machte. Und dann haben sie uns diese beiden vielversprechenden Stuten vor der Nase weggeschnappt. Vielleicht haben sie dann wirklich Interesse, uns ein paar Tiere abzukaufen?«

»Du meinst also, ich soll hinreiten und ihn danach fragen?«, hatte Clara noch unsicher gefragt.

Luise hatte entschieden genickt, dann jedoch innegehalten und leiser hinzugesetzt: »Aber erzähl Mama nichts davon. Wir wollen sie nicht … aufregen.« Und sie hatten einen einvernehmlichen Blick getauscht.

Und so war Clara heute Morgen auf dem Weg zu ihren Nachbarn.

Vorher jedoch galt es noch etwas anderes zu erledigen. Etwas, das auch in gewisser Weise geheim geschah. Während Clara auf ihrer Schimmelstute Tessa nach Ibbenbüren hineinritt, über die Straßen, auf denen sich der Schnee bereits in harschigen Matsch verwandelt hatte, fragte sie sich zum wiederholten Male, was Wilhelm wohl zu all den Briefen sagen würde, die in ihrer Satteltasche wohlverstaut waren. Adressiert waren die Kuverts an Universitäten, Krankenhäuser und Augenspezialisten. Mit Luise und Marie zusammen hatte sie alle

Adressen angeschrieben, die ihnen einigermaßen vertrauenswürdig erschienen, und um Rat gebeten.

Würde ihr Bruder diesen Versuch, ihm zu helfen, als unsinnig abtun, ihren Mut vergeblich nennen? Nun, sie würden sehen, was er dazu meinte, wenn sie erst positive Antworten erhielten.

Clara ritt in das Zentrum des kleinen Ortes hinein und stieg vor dem Postamt vom Pferd. Dort band sie Tessa an, die es gewohnt war, auf sie zu warten, und ging in den warmen Raum samt Tresen.

Der Beamte Herr Pohl war gerade dabei, Päckchen zu sortieren, die er jedoch sogleich zur Seite schob, als er sah, wer dort sein Reich betreten hatte.

»Komtess Clara, welche Ehre!«, sagte er und trat rasch an den Schalter. »Wie kommt es, dass Sie niemanden für die Erledigungen schicken?«

Clara kannte den Postmann schon seit ihrer Kindheit. Sie mochte ihn gern, war aber immer ein wenig auf der Hut, denn seine klatschsüchtige Ehefrau saß meist in der Stube hinter dem dicken Vorhang und sperrte die Ohren auf. Das Postamt war neben dem Bierpalast und der Apotheke der Hort an Gerüchten und Geschichten des Ortes.

»Ich bin ohnehin in einigen Geschäften unterwegs, da wollte ich niemanden in das Wetter hinaussenden«, erklärte sie.

Während Herr Pohl die Kuverts sichtete und frankierte, warf er ihr einen freundlichen Blick zu.

»Ich hoffe, es geht dem gnädigen Herrn Grafen und dem werten jungen Grafen Wilhelm besser?«, erkundigte er sich und versuchte deutlich, dabei harmlos zu wirken.

»Die Genesung geht bei beiden voran, Herr Pohl, danke der Nachfrage«, antwortete Clara möglichst leichthin, sich der immer noch kursierenden Gerüchte zum baldigen Tod der beiden wohl bewusst.

Da kam es auch schon: »Dann wird man sie bestimmt bald wieder im Ort sehen?«

Sie lächelte und verbarg dahinter geschickt ihre Nervosität und Sorge, als sie erwiderte: »Das wird wohl noch etwas dauern. Sie müssen sich noch schonen.«

»Ah, ich sehe …« Herr Pohl hob einige der Umschläge. »Die gehen alle an Krankenhäuser, bis hin nach Berlin.« Dabei huschte sein Blick zum Vorhang hinüber. Sicher würde er einen ordentlichen Rüffel von seinem Eheweib erhalten, wenn er nicht versuchte, etwas aus ihr herauszubekommen. Das war der wahre Grund, aus dem sie keinen der Diener geschickt hatte. Denn die wären einem kleinen Verhör durch den Postmeister vielleicht nicht gewachsen gewesen.

»Oh ja«, erwiderte Clara munter. »Graf und Gräfin hätten gern eine zweite Meinung. Sie wissen ja: Fragen Sie mehrere Doktoren, werden Sie verschiedene Antworten bekommen. Wir möchten die Ansicht der Besten erfahren.«

»Ah, das ist recht. Ein gutes Vorgehen!«, stimmte Herr Pohl ihr zu. Sie konnte ihm ansehen, dass er vor Neugierde fast platzte. Doch bis er alle Briefe frankiert hatte, fiel ihm offenbar nicht ein, wie er sie weiter befragen könnte. Also zahlte sie, grüßte freundlich und ging hinaus.

Mit dem Rücken zur Tür atmete sie tief ein und wieder aus. Dies wäre geschafft. Nun stand ihr noch eine weitere Prüfung bevor. Zunächst aber musste sie wieder hinauf in den Damensattel kommen.

Sie hatte Glück. Tischler Heumann, der inzwischen mit den Renovierungsarbeiten an der Villa Schwalbe begonnen hatte, kam gerade mit dem Schlitten des Weges und schickte seinen Lehrling, um ihr behilflich zu sein.

»Wie steht es auf Friesenhain, Komtess Clara?«, wollte auch er wissen. »So ein Schicksalsschlag ist schwer zu verkraften, nicht?«

Auch ihn lächelte Clara an, obwohl es in ihr ganz anders aussah. Doch sie musste den hartnäckigen Gerüchten etwas entgegensetzen. Offenbar erzählte man sich im Ort, die beiden Grafen seien dem Tode nah, und solcher Rede musste sie Einhalt gebieten. »Es wird bereits, Herr Heumann. Bald sind wir wieder ganz die alten«, sagte sie, bedankte sich bei dem jungen Mann, der ihr in den Sattel geholfen hatte, hob die Hand zum Gruß und trabte mit den besten Wünschen des Handwerkers davon.

Das waren hoffentlich alle Lügen gewesen, derer sie sich heute bedienen musste. Doch waren sie bestens platziert. Bei Pohl ging der halbe Ort ein und aus, denn alle hatten Post zu erledigen oder Päckchen aufzugeben. Und wenn man schon mal dort war, konnte man auch nach den frisch gehörten Neuigkeiten fragen. Und Tischler Heumann kam viel herum und erzählte ebenfalls, was er von der Komtess persönlich gehört hatte.

Auf diesem Wege würden sie hoffentlich den kursierenden Gerüchten etwas entgegenwirken können.

Diese Aufgabe war recht leicht gewesen. Die bevorstehende verlangte von Clara weit mehr Mut, als sie Luise hatte eingestehen wollen.

Claras Nerven waren zum Zerreißen gespannt, als sie eine gute halbe Stunde später den sanften Hügel hinunter und auf das herrschaftlich wirkende Gutshaus der Familie von Thebe zuritt. Das hübsche Sandsteingebäude bot mit den zwei von Zinnen gezierten Türmen im Osten und Westen einen absolut symmetrischen Anblick. Auf beiden Seiten des von Säulen gestützten Portals blitzten die spiegelnden Fensterscheiben.

Clara ritt bis vor die breite Freitreppe, die zur prächtigen Eingangstür hinaufführte. Als sie sich gerade umsah, ob sie Tessa irgendwo hier würde anbinden können, wurde die Tür geöffnet und zwei Hausdiener eilten über die Schwelle ihr entgegen, der eine mit bereits ergrauendem Haar, der andere noch ein halber Junge.

»Guten Tag, werte Komtess von Scheweney«, begrüßte der Ältere sie. Sie kannte ihn vom Sehen aus der Kirche. Der alte Kammerdiener ihres Vaters, Albrecht, hatte erst kürzlich noch seinen Namen erwähnt, denn Albrecht war durch seinen Enkel, der hier bei den von Thebes in Stellung war, stets bestens informiert. Und Clara hatte Glück, dass sie immer darauf achtete, auch die Namen der Bediensteten zu kennen.

»Guten Tag, Herr Achterhausen«, grüßte sie also zurück und sah in seiner Miene die bodenlose Überraschung und dann den Stolz, dass sie ihn anzureden wusste. »Sind die Herrschaften zu Hause?«

»Nur der junge Baron, Komtess. Und natürlich der alte gnädige Herr. Soll ich Sie melden?«, antwortete er. Ah, das war besser, als sie erwartet hatte. Bei diesem Gespräch nur mit Richard zu reden, würde ihr leichter fallen, als auch noch seinem Onkel, seiner Tante und gar seinem Vater gegenüberzusitzen.

»Sehr gerne, wenn es nicht ungelegen kommt«, bat Clara.

Achterhausen griff nach Tessas Zügel und nickte dem Jüngeren zu, der ums Pferd herumkam und Clara die Hand für den Abstieg reichte. Sie rutschte hinunter, bedankte sich, und er führte Tessa fort, die ihm bereitwillig folgte.

Clara wurde von Achterhausen in das Foyer des Gutshauses geleitet. Die Halle war geschmackvoll mit hellen Fliesen, sonnengelben Wänden, herrlichen Kristallleuchtern und Kandelabern auf kostbaren Tischchen eingerichtet. Dies war also der

Ort, den sie sich als Kind als dunkle Räuberhöhle vorgestellt hatte? Als einen Platz, bei dem es nur verständlich wäre, dass alle Welt ihn mied und ihre Familie hier keinen Umgang pflegen wollte? Alles sah so hell, freundlich und nach einem herzlichen Willkommen aus, dass Clara blinzeln musste, um die alte Idee vom Feindesland endgültig abzustreifen.

Achterhausen freilich merkte nichts von ihrer kurzen Irritation, der so positiven Überraschung, die selbst ihre vage Vorstellung in den Schatten stellte. Er half ihr aus dem schweren Mantel, dessen Kapuze sie beim Ritt gegen die Kälte geschützt hatte, legte ihn kurzerhand auf einem Tischchen ab und ging ihr dann voraus an der eleganten Treppe vorüber, die sich an der linken Seite der Halle hinauf in den ersten Stock schwang. Direkt dahinter befand sich eine hübsch verzierte Tür, an die der Diener nun klopfte und beim ertönenden »Herein« eintrat.

Clara blieb stehen und hörte, wie Achterhausen sie meldete. Eine Männerstimme antwortete ihm eilig, in der sie Richard zu erkennen glaubte, und schon war der Diener wieder bei ihr und wies ihr den Weg.

Da stand bereits Richard in der Tür, auf seinem Gesicht eine Mischung aus Überraschung, Freude und aufkeimender Sorge. Doch bevor Clara ihn begrüßen konnte, ertönte ein Kläffen, und schon musste sie sich des stürmischen Willkommens der kleinen Belle erwehren. Die junge Spanielhündin sprang mit wild wippenden Schlappohren winselnd um sie herum und ließ ihr Hinterteil wackeln.

»Sie sind es tatsächlich!«, rief Richard von Thebe durch das Jaulen.

Der Blick aus seinen dunklen Augen traf sie und löste in ihrem Inneren ein warmes Pulsieren aus. Für einen Moment starrten sie einander an, beide seltsam befangen, denn bei ihrer letzten Begegnung hatten sie über wahrlich Heikles gesprochen. In dem Bedürfnis, sich irgendwo festzuhalten, griff Clara in den dichten Stoff ihres Reitrocks.

Richard schien in diesem ersten Moment ebenso wenig wie sie zu wissen, wie er sich verhalten, was er sagen sollte. Und so schalt er halbherzig Belle, die nicht daran dachte, sich zu beruhigen, und bat Clara mit einer einladenden Geste herein. »Kommen Sie ans Feuer, Komtess. Bestimmt sind Sie ganz durchgefroren.«

Sie trat in den Raum und sah ihren Eindruck eines behaglichen Zuhauses, den die Halle bereits gemalt hatte, auch hier fortgesetzt. Die Wände waren mit einer roten Tapete geziert, über die sich verschlungene weiße Ornamente zogen. Porträts von Menschen, Hund und Pferd gaben allem eine persönliche Note. Und dort drüben am Kamin stand eine einladende Sitzgarnitur, bestehend aus mehreren Sesseln und einer Chaiselongue.

Dorthin winkte Richard sie nun, zu den munter prasselnden Flammen, die eine angenehme Wärme verbreiteten. Belle hüpfte ihnen voraus, sich immer wieder zu Clara umschauend, als sei die junge Frau allein ihr Gast.

Direkt über dem Kamin hing das Porträt eines streng dreinblickenden Mannes, in dem Clara sogleich den alten Baron Otto von Thebe zu erkennen glaubte. Nur dass er auf dem Gemälde weit jünger war als jene Ausgabe von ihm, die in dem Sessel neben dem prasselnden Feuer saß und sie nun aus dunklen Augen skeptisch musterte. Vielleicht stammte das Porträt aus der Zeit jenes Duells, bei dem ihr eigener Großvater durch den Mann darauf tödlich verletzt worden war? Dieser Gedanke blitzte in Clara auf und ließ sie kurz stocken. Doch dann hatte sie sich wieder im Griff und setzte rasch ein höfliches Lächeln auf.

»Guten Tag, Baron von Thebe!«, grüßte Clara auch den alten Mann. Doch der Baron mit dem schütteren schlohweißen Haarkranz starrte sie nur an, als erwarte er, sie schon im nächsten Augenblick zu erkennen.

Verlegen wandte sie sich an Richard, der über die fehlende Reaktion seines Großvaters ebenfalls beschämt schien. »Es tut mir leid, dass ich meinen Besuch nicht angekündigt habe, Baron. Ich wollte bei diesem Wetter keinem der Burschen mit einer Nachricht den langen Weg aufbürden«, entschuldigte sie sich.

»Stattdessen kommen Sie selbst?«, erwiderte er mit einer Mischung aus Verwirrung und Amüsiertheit. Doch dann fasste er sich und fragte: »Wollen Sie nach Ihren Pferden sehen, Komtess? Sie werden feststellen, dass sie zu Ihrer vollsten Zufriedenheit untergebracht sind.«

Clara hob die behandschuhte Hand. »Aber nein, das heißt ja. Ich meinte, nein, es hat nichts mit den Stuten zu tun, die derzeit bei ihnen stehen. Oder vielleicht doch. Je nachdem, wie Sie entscheiden…«

Richard sah sie ratlos an. »Es tut mir leid, ich kann Ihnen nicht folgen.«

Sie legte die Hände ineinander und sah erst ihn, dann den alten Baron und den wartenden Achterhausen an. Richard von Thebes dunkelbraune Augen weiteten sich ein wenig. Offenbar hatte er verstanden, was sie ihm zu sagen versuchte: Dass sie unter vier Augen mit ihm zu sprechen wünschte. Denn er wandte sich an den alten Hausherren in seinem Sessel, dessen Blick inzwischen abwesend zum Fenster hinausgeglitten war.

»Ich glaube, es ist an der Zeit für deine heiße Milch, Großvater«, sagte Richard freundlich zu ihm und nickte Achterhausen zu, der sogleich herüberkam und dem alten Mann beim Aufstehen behilflich sein wollte.

»Was denn? Was wollen Sie? Wer sind Sie überhaupt?«, setzte der alte Baron Otto von Thebe sich erbost zur Wehr und entzog dem Diener seinen Arm.

»Achterhausen ist schon seit vielen Jahren bei uns Hausdiener, Großvater. Du hast ihn selbst angestellt«, erklärte Richard geduldig.

Der alte Baron fixierte den Diener scharf, der ihm langmütig zunickte. Dann wurde seine Miene weich. »Ach, richtig. Nichts für ungut, Achterhausen. Aber lassen Sie sich den Bart wieder stehen. So rasiert kennt man Sie ja gar nicht.«

Nun ließ er sich von seinem Diener bereitwillig hinausführen. Auf der Schwelle hörte Clara ihn noch sagen: »Aber das mit der Milch, Achterhausen, das war doch wohl ein schlechter Scherz. Ich weiß, wo die Cognacflasche steht.« Er kicherte heiser. Dann schloss sich die Tür hinter den beiden.

Für einen Moment wagte Clara nicht, zum jungen Baron hinzusehen. Dann machte Richard es ihr leicht, indem er einfach das Thema ansprach, an das sie beide dachten: »Seit Sie mir erzählt haben, was damals wirklich geschah, sehe ich Großvater mit ein wenig anderen Augen«, erklärte er ihr. »Dass der vermeintliche Jagdunfall in Wahrheit ein Duell war, und der Grund, aus dem es stattfand, hat mich wahrlich erschüttert.« Kurz schaute er zu jenem Porträt auf, das Clara beim Hereinkommen ins Auge gefallen war. »Mein Großvater lebt immer mehr in dieser anderen Welt der Vergangenheit«, fuhr er fort.

»Manchmal schaffen wir es, ihn zu erreichen. Aber seit ein paar Wochen schwankt er beständig zwischen dem Heute und einem Damals. Es ist zwanzig Jahre her, dass Achterhausen einen Bart getragen hat. Aber bitte, lassen Sie uns doch hinsetzen.« Er bot Clara einen bequem aussehenden Lehnstuhl an, der gerade so nah am Kamin stand, dass es dort angenehm warm, aber nicht zu heiß war. Außerdem hatte sie von hier einen schönen Blick durch den hübschen Raum und hinaus aus den Fenstern auf die verschneite Landschaft.

»Dass er sich so deutlich an etwas erinnern kann, das zwanzig Jahre zurückliegt!«, staunte sie.

Richard seufzte. »Das ist es ja gerade. Er erinnert sich an manche Dinge von damals so gut, dass er glaubt, es sei erst gestern gewesen.«

Ein kurzes Schweigen entstand. Clara fragte sich, ob er die gleichen Gedanken hegte wie sie selbst.

»Erinnert er sich auch an … nun an damals?«, erkundigte sie sich rasch, ehe der Mut sie verlassen würde. »Das Duell und seine Folgen?«

Mit seiner feinen Hand fuhr Richard sich über die Augen.

»Das weiß nur er«, antwortete er dann und hob wieder den Blick zu ihr. »Er hat mir gegenüber noch nie die wahren Umstände erwähnt, die zum Tod Ihres Großvaters geführt haben, Komtess«, sagte er eindringlich. Es schien ihm wichtig zu sein, dies zu betonen.

»Gewiss«, erwiderte sie schnell, denn sie wollte ihn nicht glauben lassen, dass sie ihm unterstellte, bereits davon gewusst zu haben.

Wieder trat Stille ein. Sicher dachte auch er an die Szene in der Halle, als sie ihm anvertraut hatte, was auch sie selbst erst seit kurzer Zeit wusste.

Clara zupfte an den Fingerspitzen ihrer Reithandschuhe. Hier drinnen waren diese Dinger viel zu warm. Luise an ihrer Stelle hätte sie schon längst ausgezogen. Doch ziemte es sich vor einem fremden Herrn nicht. Ebenso wenig wie allein mit ihm im Salon seines Hauses zu sitzen, dachte sie. Doch auf solche gesellschaftlichen Regeln konnte sie nun keine Rücksicht nehmen, nicht wahr? Bei diesem Gedanken entledigte sie sich der Handschuhe, während er sagte: »Großvater ist zwar verwirrt, doch dabei ist er keineswegs bösartig oder gar gefährlich. Er würde keiner Fliege etwas zuleide tun, das müssen Sie mir glauben!«

»Jetzt vielleicht nicht mehr«, hatte Clara bereits geantwortet, ehe sie noch recht überlegt hatte. »Aber damals hat er in jenem Duell unseren Großvater tödlich verletzt, obwohl dieser absichtlich danebengeschossen hatte.«

Prompt verschloss sich Richards Miene, und für einen kurzen Moment sah er ärgerlich aus. Doch dann schüttelte er den Kopf.

»Das ist nicht zu leugnen, Komtess«, gab er zu. »Ich habe mit meinem Vater gesprochen, und er hat Ihren Bericht bestätigt.«

»Sie haben mit Ihrem Vater gesprochen?«, setzte sie sofort nach. »Und er hat Ihnen gestanden, was damals passiert ist? Und das geheime Treffen in der Jagdhütte leugnet er auch nicht?«

Sie sah Richard schlucken.

»Er hat es zugegeben«, antwortete er und senkte den Blick. »Doch wollte er mir nicht zusichern, von weiteren solcher Treffen abzusehen. Auch nicht, als ich ihm mitteilte, was sein Handeln womöglich schon an Schaden angerichtet hat.«

Clara fuhr sich mit der Hand an die Brust. Um Himmels willen! Er konnte doch nicht wissen, zu welchem Zerwürfnis zwischen ihren Eltern es am Abend der Hochzeitsfeier gekommen war?

Doch Richard hatte ihre unbewusste Bewegung nicht bemerkt. Stattdessen fuhr er mit gesenktem Blick fort: »Sie müssen wissen, dass dies durchaus der Tag gewesen sein könnte, der Großvater noch tiefer in die Vergangenheit gezogen hat.«

Clara starrte ihn an.

Er holte tief Atem und erklärte: »An jenem Tag hatte Belle ein Kaninchen entdeckt und ist bei der wilden Hatz in einen Luftschacht der alten Flözgrube gestürzt.«

Erschrocken blickte Clara zu der Hündin, die sich gerade auf dem Kaminvorleger ausstreckte.

»Ihr ist nichts geschehen«, versicherte ihr Herrchen gleich, der Claras besorgten Blick richtig deutete. »Aber ich musste ihr helfen und war damit eine Weile beschäftigt. Als ich mit dem zappelnden Tier unterm Arm zurückkehrte, kam Großvater soeben aus dem Wald. Er war vollkommen durcheinander, redete wirres Zeug, hielt mich für meinen Vater und flehte mich an, von meiner unseligen Leidenschaft abzulassen.« Er machte eine kleine Pause, in der sie einander vorsichtig ansahen. »Damals wusste ich nicht, was er sprach, und hielt es für unsinniges Fantasieren. Doch als Sie mir mitteilten, was an jenem Tag geschehen ist, sah ich die Sache plötzlich anders.« Nun sah er sie wieder an, unruhig und zweifelnd, wie ihr schien. »Vielleicht war er in der Zwischenzeit den Hang hinauf und zur Jagdhütte gegangen?«

Clara spürte ihre Lider rasch schlagen. »Meinen Sie, er hat … etwas gesehen?«

Nun wussten sie beide nicht, wohin sie blicken sollten. Es war eines, dieses Geheimnis mit Luise und Marie zu besprechen. Doch in Richards Gegenwart fühlte Clara sich nie so sicher. Er hatte etwas an sich, das sie immerfort in Verlegenheit brachte.

Schließlich überwand sie sich und fragte leise: »Haben Sie ihrem Herrn Vater davon erzählt, dass ich unfreiwillig Zeugin war?«

Richard schüttelte den Kopf. »Keine Angst, er weiß nicht, wie ich davon erfahren habe.« Wieder der unsichere Blick zu ihr. »Und die Gräfin, weiß sie …?«

»Meine Mutter hat keine Ahnung, dass ich zufällig vorüberkam und sie beobachtet habe«, antwortete Clara schnell. »Und mir wäre es auch lieb, wenn das so bliebe, Baron.«

Richard beugte sich kurz vor. »Selbstverständlich. Wie Sie es wünschen, Komtess. Ihre Familie hat gerade solch schwere Last zu schultern, nicht wahr?« Sein mitfühlender Ton brachte in ihr eine Saite zum Schwingen, die nur für ihn reserviert zu sein schien.

»Die furchtbaren Ereignisse auf Friesenhain haben alles überschattet.« Sie senkte den Blick, weil sie plötzlich einen Kloß in ihrer Kehle spürte. Sie musste es sagen. Sie musste ihm die Wahrheit sagen und ihm erklären, warum sie hier war. Ehe sie der Mut verließ, der sie bis hierher gebracht hatte.

»Die Bank hat unseren Kredit nicht bewilligt«, platzte Clara heraus. Und schon erzählte sie ihm von dem Gespräch, das im Büro des Bankangestellten Erlein stattgefunden hatte.

»Es war demütigend«, schloss sie letztendlich.

»Ich würde es eher skandalös nennen«, korrigierte er sie mit ruhiger Stimme, die ihr sofort ihre Nervosität nahm. Er verurteilte sie nicht, weil sie ihm ihr ganzes Elend dargelegt hatte, sondern schien auch hier mitzufühlen. »Aus geschäftlicher Sicht könnte ich die Entscheidung der Bank verstehen. Doch ist Friesenhain, die Familie von Scheweney, nicht irgendein dahergelaufener Geschäftspartner. Ihre Familie ist die einflussreichste im Tecklenburger Land. Das muss Bankdirektor Klage doch bewusst sein.«

Clara sah zu Boden. »Die Gerüchte um meinen Vater und Bruder halten sich hartnäckig und dringen auch nach Osnabrück.«

»Aber denen werden sie doch entgegentreten können!«, meinte Richard entschieden. »Wenn Ihr Vater sich erst wieder im Ort blicken lassen kann und wenn Ihr Bruder zu Pferde …« Seine Stimme wurde leiser und verklang, als er ihr ins Gesicht sah. »Komtess Clara, stimmen die Gerüchte etwa?«, fragte er dann heiser.

Zu ihrem Entsetzen spürte Clara ein verräterisches Brennen hinter ihren Augen. Sie musste schlucken. Auf keinen Fall durfte sie ihm vom Grafen erzählen. Vom Zustand ihres Vaters durfte niemand erfahren, sonst wären ihre Bemühungen des Morgens vergebens. »Wilhelm wird vermutlich nie wieder sehen können«, presste sie hervor.

Einen Moment lang war es still. Dann erhob Richard sich von seinem Stuhl und nahm auf jenem neben Clara Platz. Er streckte die Hand aus und umfasste ihre. Seine Finger an ihrer nackten Haut ließen sie zusammenzucken und erschaudern. Auf eine wohlige, entsetzlich sehnsüchtige Weise.

»Wie kann ich, wie können *wir* helfen?«, wollte er wissen, ohne zu ahnen, was seine Berührung in ihr für einen emotionalen Tumult ausgelöst hatte.

Clara versuchte, seine Hand auf ihrer eigenen ganz außer Acht zu lassen. Sie räusperte sich und sagte: »Ich weiß, dass Sie die Hannoveranerzucht auf Ihrem Gut stärken wollen. Schließlich haben Sie uns im letzten Jahr zwei prachtvolle Stuten vor der Nase weggekauft.« Hier wagte sie endlich wieder aufzuschauen und blickte in seine dunklen Augen, die sie konzentriert ansahen. »Nun frage ich mich … Hätten Sie Interesse daran, von Friesenhain Nachwuchs für Ihre Zucht zu erstehen? Wir haben ein Angebot erhalten, sollten Sie wissen. Darin geht es um zehn unserer Pferde, die eigentlich für das Regiment gedacht waren. Also nicht von Interesse für Sie als Gestüt. Aber vielleicht möchten Sie zehn Stuten kaufen? Der Preis, der uns geboten wurde, ist gewiss erfreulich für Sie. Und wir würden ihn lieber Ihnen als Verhandlungsbasis nennen, als dem anderen Bieter den Zuschlag zu geben. Denn gegen ihn haben wir moralische Bedenken.«

Als sie ihm die Höhe des Preises nannte, riss Richard vor Überraschung den Mund auf. »Für zehn Pferde? Aber das ist viel zu wenig! Gleich, ob es kostbare Zuchtstuten sind oder eingerittene Dreijährige!«

Clara hob sacht die Schultern, um ihm zu verstehen zu geben, dass die Dinge aber nun einmal so lagen.

Er zog seine Hand zurück, und sofort spürte sie auf ihrer Haut eine kühle Leere.

Verlegen rieb sie darüber, als könne er ebenfalls spüren, was sie empfand.

Doch Richard schien mit seinen Gedanken woanders zu sein. Er stand auf und ging im Raum auf und ab. Belle verfolgte die Schritte ihres Herrchens mit den Blicken, während Clara auf eine Antwort wartete und kaum zu atmen wagte.

Schließlich blieb Richard neben ihr stehen. »Tatsächlich habe ich über eine solche Möglichkeit auch schon nachgedacht«, sagte er. »Mein Onkel, der das Gut noch leitet, wollte erst nicht über den Kauf von Friesenhain-Pferden sprechen, damit unsere Zuchten einander nicht zu ähnlich geraten. Dann hat er nachgegeben.« Clara hätte vor Erleichterung fast aufgeschluchzt. Doch da setzte er hinzu: »Allerdings nur in Bezug auf zwei Stuten. Mehr wird nicht zu machen sein.«

»Nur zwei?« Ihre Erleichterung zerbarst in bodenlose Enttäuschung.

»Für die aber werden wir einen angemessenen Preis zahlen, darauf bestehe ich«, erklärte Richard.

Clara brauchte einen Moment, um die Enttäuschung herunterzuschlucken. Dann straffte sie die Schultern, hob den Blick und lächelte ihn an.

»Ich danke Ihnen, Baron von Thebe.«

In seinem Lächeln, mit dem er ihres erwiderte, fand sie ein wenig Trost. Trost darüber, dass sie also das erpresserische Angebot von Reuben würde annehmen müssen.

Marie

31

»Ich weiß wirklich nicht, wozu das gut sein soll«, murrte Wilhelm. Er war dick eingepackt in einen warmen Wintermantel samt Schirmmütze und Schal, an den Füßen festes Schuhwerk. Seine Schritte tasteten sich nur langsam voran. Marie spürte in dem bedachtsamen Vorwärts, dass er fürchtete, jeden Moment vor eine Wand geführt zu werden.

»Wir sind gleich da«, teilte sie ihm mit, die eine Hand sicher um seinen Arm geschlossen und darauf bedacht, ihn auf jede Unebenheit aufmerksam zu machen. »Hier ist schon die Ecke des Pförtnerhauses, und dann sind es nur noch ein paar Meter bis zum Stall.«

Als wisse er, dass der junge Mann an Maries Seite Ansporn brauchte, wieherte ihnen Stürmer von drinnen entgegen. Marie erkannte seine Stimme. Und Wilhelm ging es auch so.

»Ich komme ja schon«, brummte er. Doch Marie meinte zum ersten Mal, seit sie den Vorschlag zu diesem kleinen Ausflug gemacht hatte, so etwas wie Vorfreude in seiner Stimme zu hören.

Es war beinahe eine Woche her, dass sie in seinem Zimmer so hitzig über sein Manuskript diskutiert hatten. Und seit jenem Tag schien in Wilhelm eine Veränderung vorzugehen, langsam und allmählich, aber dennoch spürbar.

Zwar hatte seine spontane Munterkeit schlagartig wieder nachgelassen, als ihm klar wurde, dass er den Text nicht würde beenden können. Doch schien er durch die große Freude seiner Mutter über seine bessere Stimmung begriffen zu haben, dass er einen Weg zurück ins Leben finden musste, einen Weg zurück zu ihnen. Und so hatte er sich schon am selben Tag von Emil Neumann aufhelfen lassen, um einige Schritte im Zimmer zu tun. Von da an hatten seine Übungen immer größere Kreise gezogen. Bis er es heute zum Lunch bereits ins Speisezimmer geschafft hatte.

Das hatte für Marie den Ausschlag gegeben, und sie hatte ihn geradezu angefleht, mit ihr zusammen Stürmer einen Besuch abzustatten.

»Du hast ihm noch gar nicht deine Freude darüber mitgeteilt, dass er auf Friesenhain bleiben darf«, hatte sie argumentiert. Trotzdem hatte Wilhelm nur widerwillig nachgegeben.

Emil Neumann hatte ihn angekleidet und bis an die Hintertür geleitet. Dann hatte Marie übernommen, mit Emil einen verschwörerischen Blick tauschend. Denn auch der Kammerdiener schien erfreut, dass Wilhelm zum ersten Mal hinauswollte.

Im Hof war Marie froh gewesen, dass Wilhelm die Blicke nicht sehen konnte, welche die Burschen ihnen von ihrer Arbeit her zuwarfen. Für den jungen Grafen gab es nur sie an seiner Seite und den nächsten Schritt.

Auf diese Weise waren sie bis hierher gekommen. Und dann war auch schon die Stalltür erreicht, die Gasse, Stürmers Box.

Der Hengst streckte den Kopf über die Tür und wieherte leise zur Begrüßung. Wilhelm tastete nach dem Riegel, schob ihn auf und ging, ohne zu zögern, hinein.

Nie wäre das vor ein paar Monaten möglich gewesen, dachte Marie. Aber Wilhelm schien gar nicht in Erwägung zu ziehen, dass es gefährlich sein könnte, zu dem temperamentvollen Hengst in die Box zu treten. Er vertraute Stürmer, und das Pferd vertraute ihm. Es schnaubte in Wilhelms Haar, während dieser mit ausgestreckter Hand seinen Hals streichelte.

»Mein Guter, hast du mich vermisst?«, murmelte Wilhelm, sichtlich berührt von der freudigen Begrüßung des Pferdes.

Auch Marie spürte, wie ihre Augen feucht wurden, und wischte sich verstohlen darüber. Es war kalt in diesem alten Stall, und der Februarwind pfiff durch die Ritzen. Doch Wilhelm sah so vollkommen zufrieden, beinahe glücklich aus, dass sie ihm einfach nur zusehen wollte, wie er mit Stürmer umging.

So standen sie eine ganze Weile, Wilhelm in leiser Zwiesprache mit dem Pferd, das ihm durch Schnauben und Stupsen zu antworten schien.

»Wie verkraftet er es, dass du gerade so wenig Zeit für ihn hast?«, erkundigte Wilhelm sich, als er schließlich wieder heraustrat und die Boxentür hinter sich schloss.

»Er langweilt sich ohne unsere Übungseinheiten«, sagte sie. Und bereute die Worte im selben Moment, denn sofort verdunkelten sich Wilhelms Züge.

»Das wird nie wieder möglich sein«, antwortete er düster. »Das nicht. Und auch unsere gemeinsamen Ausritte nicht.«

Marie meinte, es fast nicht aushalten können, ihn so resigniert sprechen zu hören. »Das weißt du nicht«, erwiderte sie. »Komet würde alles für dich tun. Er könnte sicher daran gewöhnt werden, einen Reiter zu tragen, der nicht …« Hilflos brach sie ab.

»… der nicht mehr sehen kann«, vollendete Wilhelm für

sie. »Sprich es ruhig aus, Marie. Wir alle müssen uns daran gewöhnen, es zu sagen: blind.«

Sie wollte widersprechen, ihn schelten, weil er sich selbst Schmerz zufügte. Doch dann begriff sie, dass er recht hatte. Sie mussten sich alle daran gewöhnen. Denn es half ihm nicht, wenn sie um die schreckliche Wahrheit herumredeten.

»Lass uns wieder ins Haus gehen«, bat er sie. Und da sie ihm ansah, wie sehr ihn ihr kleiner Ausflug erschöpft hatte, stimmte sie gleich zu, und sie machten sich auf den Rückweg.

Im Haus kam ihnen Emil Neumann schon entgegen.

»Wieder hinauf, gnädiger Herr?« Er sah Marie fragend an.

Sie schüttelte den Kopf. »Nehmen Sie Graf Wilhelm nur Mantel, Schal und Mütze ab, bitte«, entschied sie. »Der Weg hinauf ist anstrengend. Wir machen zuerst eine kleine Pause in der Bibliothek.«

Und so fanden sie sich schon kurz darauf in der bequemen Sitzecke vor dem Kamin, in dem Emil Neumann das Feuer noch einmal schürte. Als das erledigt war, blieb er unschlüssig stehen, während sein Blick zwischen Marie und Wilhelm hin und her wanderte.

Wilhelm schien die unausgesprochene Frage zu spüren.

»Ich rufe Sie, wenn Sie mir hinaufhelfen können, Neumann«, sagte er. »Geben Sie mir zehn Minuten zum Aufwärmen.«

»Natürlich, gnädiger Herr.« Emil Neumann verneigte sich, und Marie hatte das eigentümliche Gefühl, dass er auch sie in diese Ehrerbietung einschloss. Dann ging er hinaus.

Die Flammen im Kamin sorgten für angenehme Wärme, und doch bemerkte Marie, dass Wilhelm leicht zitterte. Ohne darüber nachzudenken, griff sie nach einer der Decken, die auf dem Sofa lagen, breitete sie aus und legte sie fürsorglich über seine Beine.

Er saß ganz still, während sie sich über ihn beugte, das Gesicht ihr zugewandt. Erst als sie wieder in dem anderen Sessel Platz genommen hatte, sagte er: »Du scheinst so gar keine Scheu vor mir zu haben, Marie. Zuckst nie zurück.« Er hob eine Hand und betastete vorsichtig sein Gesicht. Die Narben um seine Augen herum, von denen einige noch wulstig waren. »Dabei spüre ich, dass ich wohl nicht mehr so aussehe wie früher. Man könnte mich wohl als entstellt bezeichnen.«

Sie hatte Mühe, ihre Erschütterung zu verbergen. Das schlechte Gewissen begann sogleich wieder an ihr zu nagen. Nachdem sie tief ein- und wieder ausgeatmet hatte, antwortete sie ruhig: »Du redest Unsinn, Wilhelm. Manche Narben zieren. Es ist, als würden sie flüstern, dass du ein Held bist. Du hast mich und auch Stürmer gerettet. Wie könnte ich da zurückzucken?«

»Nun, andere tun es«, erwiderte er.

Sie öffnete schon den Mund, um ihm zu erklären, dass weder Ranke noch Neumann und schon gar nicht die Gräfin, Luise oder Clara je vor seinem veränderten Gesicht zurückgewichen waren, als ihr klar wurde, von wem er sprach: Er meinte Margarete von Assen. Seine Verlobte.

Nachdem sie diese bittere Erkenntnis heruntergeschluckt hatte, fragte sie vorsichtig: »Kommt sie denn nicht mehr?«

Wilhelm hob die Brauen. »Ich habe darum gebeten, keinen Besuch empfangen zu müssen. Alle halten sich daran.«

»Ich wäre nicht abzuhalten!«, platzte Marie heraus und hielt sich sofort erschrocken die Hand vor den Mund.

Wilhelm neigte lauschend den Kopf.

»Nicht? Was würdest du tun?«, wollte er neugierig wissen. »Ich meine, neben allem, was du sowieso schon tust? Du opferst jeden Tag Stunden deiner Zeit, um bei mir zu sitzen, mich zu unterhalten. Und denk bloß nicht, dass ich nicht weiß, wie sehr du dich bemühst, mir immer wieder Mut zuzusprechen. Du bist mehr als ein guter Geist für mich, Marie. Du bist …« Er hielt inne, als zaudere er auszusprechen, was er hatte sagen wollen. Dann schloss er mit leicht rauer Stimme: »Ein wahrer Halt in dieser schweren Zeit.«

Wie gut, dass er nicht sehen konnte, wie rot sie nun wurde. Sie war sein Halt? Er nahm wahr, was sie alles für ihn tat? Und noch mehr zu tun bereit war?

»In solch schweren Zeiten ist Zusammenhalt noch wichtiger als üblich, nicht wahr?«, stammelte sie, bemüht, sich den Sturm in ihrem Innern nicht anmerken zu lassen. »Und was ich noch weiter tun würde? Tun möchte? Nun, ich würde gern mit dir schöne Dinge unternehmen. Um dich auf andere Gedanken zu bringen.«

Er lachte leise. »Zum Beispiel mich bei eisiger Kälte in einen alten Stall zerren?«

Als sie nicht antwortete, schüttelte er den Kopf. »Lass dich von mir nicht necken, Marie. Ich weiß es sehr zu schätzen, dass du dich darum bemühst, mich aus meinem Zimmer herauszuholen. Es tut mir gut«, gestand er. »Besonders hier zu sein. Wo ich diesen Raum so liebe. Weißt du, dass ich mir einbilde, die Bücher riechen zu können?«

»Aber das bildest du dir nicht ein!«, erwiderte sie lebhaft. »Ich kann sie auch riechen. Besonders die alten Folianten, vor denen wir sitzen. Der große Atlas riecht wie die Welt selbst, nicht wahr?«

Sie stand auf, zog mit sicherem Griff das schwere Buch aus dem Regal und legte es Wilhelm auf den Schoß. Er strich mit den Fingerspitzen darüber, streichelte den Einband und klappte das Buch dann willkürlich auf.

»Wo bin ich hier?«, fragte er und legte den Zeigefinger an eine Stelle.

»Indien«, antwortete Marie und freute sich über dieses Stichwort. »Weißt du noch, dass ich früher immer erzählte, einmal dorthin zu reisen, weil ich unbedingt auf einem Elefanten reiten wollte?«

Er lächelte. »Das kannst du immer noch. Du kannst alle deine Träume in Erfüllung gehen lassen, Marie.« *Im Gegensatz zu mir,* sprach er nicht aus, aber es stand im Raume.

»Wo du selbst von der Erfüllung eines Traumes sprichst«, sagte sie und kam endlich auf das zu sprechen, das ihr schon seit Tagen im Kopf herumging. »Warum willst du es nicht wenigstens versuchen und Ferdinands Geschichte an den Verleger schicken, mit dem du korrespondiert hast?«

Sie hielt den Atem an, gespannt auf seine Antwort. Und Wilhelm runzelte die Stirn. Er wirkte leicht verärgert.

»Was soll die Frage, Marie? Du weißt, warum ich das nicht tun kann: Das Manuskript ist unvollendet. Es fehlen die letzten Kapitel.«

Marie beugte sich zu ihm. »Aber du hast selbst gesagt, dass du längst weißt, was geschehen wird.«

»Ja, aber …«

»Was wäre, wenn du es mir diktierst?«, unterbrach sie ihn schnell.

Er reagierte nicht. Hatte er sie nicht gehört? Warum saß er nur so da und sagte nichts?

»Wilhelm?«, sagte sie schließlich zaghaft.

Das schien ihn wachzurütteln. Er legte beide Handflächen auf die Seite des Atlas vor sich.

»Das geht nicht«, sagte er dann. Aber Marie hörte den Zweifel. Vielleicht sogar die Bitte, sie möge widersprechen.

»Warum nicht? Ich weiß, ich bin keine Sekretärin, die bestimmt viel schneller schreiben könnte. Aber ich werde es schon hinbringen, keine Bange«, erklärte sie daher.

»Und deine Arbeit am Hof? Du opferst mir ohnehin schon all deine Freizeit«, wandte er weiter ein. »Heute hast du den Kirchgang versäumt, um bei mir zu bleiben und mich zu unterhalten.«

»Ob ich meine Freizeit damit vertue, dir aus der Zeitung vorzulesen oder so etwas Wertvolles schaffe, wie die letzten Kapitel deines ersten Buches niederzuschreiben – der Zeit ist es gleich«, argumentierte sie und konnte sehen, wie seine Hände begannen, unruhig auf den Seiten herumzustreichen, als würde der Gedanke an diese Möglichkeit, sie umtreiben. Von Indien über den Ozean nach Afrika. Aber noch zögerte Wilhelm.

»Es ist … Nun … es wäre, als würdest du in meinen Kopf hineinschauen«, druckste er herum.

Die Stelle unter Maries Rippenbogen flatterte. »Ist es dir unangenehm? Weil der Roman in gewisser Hinsicht auch recht persönlich ist?«

Er schwieg.

Hatte sie ihn verschreckt?

»Ach, Marie«, sagte er dann sehr leise. »Ich weiß wirklich nicht …«

»Warum nicht?«, fragte sie kurzerhand. »Habe ich nicht bewiesen, dass ich vertrauenswürdig bin?« Damit spielte sie darauf an, dass sie seiner Mutter nichts über die Notizbücher in seinem Schreibtisch verraten hatte. Doch sie fragte nicht weiter nach dieser einen Sache. Sie fragte nicht danach, wem jene Tochter des Großgrundbesitzers im Buch nachempfunden war.

Der Moment zog sich hinaus. Die Stille zwischen ihnen war fast greifbar. Ihr dringender Wunsch. Sein Zögern.

Nach einer Weile, die Marie schier endlos erscheinen wollte, schloss Wilhelm den Atlas und faltete die Hände auf dem Einband.

»Nun gut«, sagte er, und bei diesen beiden Worten wäre Marie ihm am liebsten um den Hals gefallen. »Aber die Frage mit dem Verleger ist hiermit nicht abschließend geklärt. Zuerst muss das Buch beendet werden. Dann können wir weitersehen. Und mit dem Diktieren beginnen wir nicht jetzt. Ich bin zu müde nach unserem Ausflug.«

»Dann heute Abend?«, schlug sie vor.

Kurz erschien die steile Falte zwischen seinen Brauen, doch dann glättete sich seine Stirn, und er lachte leise.

»Marie, du verbringst zu viel Zeit mit meiner älteren Schwester. Ich glaube, der Umgang mit einer so entschlossenen angehenden Tierärztin tut dir nicht gut«, sagte er.

Sie lachte auch, denn es war sonnenklar, dass er im Grunde genau das Gegenteil meinte. In ihr jubelte es. Denn hiermit hatte sie einen Sieg errungen, nicht wahr? Einen Sieg, der vielleicht der Anfang von etwas war.

»Und?«, hakte sie nach, ermutigt durch die deutliche Entspannung zwischen ihnen.

»Heute Abend«, bestätigte er mit einem Nicken.

Clara

32

Clara betrachtete sich noch einmal im Spiegel, während Agnes die letzte Haarnadel in den sorgfältig frisierten Knoten schob.

»Und, sehe ich aus wie Friesenhains Geschäftsführerin?«, wollte sie von ihrem Kammermädchen wissen.

Agnes betrachtete sie eingehend. Sie hatte das dunkelgraue Kleid mit den hellgrauen Nähten vorgeschlagen, in dem Clara sich stets sehr förmlich fand.

»Das tun Sie. Und wenn Sie mit diesem Herrn Reuben verhandeln wollen, sollten Sie genau diesen Eindruck machen, Komtess Clara«, hatte die junge Frau erwidert. Nun schien Agnes mit ihrem Werk zufrieden.

»So wie Sie jetzt aussehen, könnten Sie auch ein Pensionat leiten, Komtess«, bemerkte sie. »Ein recht strenges, würde ich meinen.«

Darüber musste Clara lachen. »An diese Worte will ich denken, wenn es schwierig wird in den Verhandlungen, Agnes. Dann werde ich mal hinuntergehen.«

Als sie gerade die letzten Stufen in die Halle nahm, erschien aus dem Flur zur Dienstbotentreppe Ranke und schritt zur Eingangstür, um zu öffnen.

Clara warf einen Blick auf die Standuhr. Reuben war deutlich zu früh. Offenbar machte der Mann sich seine Regeln gern, wie es ihm gerade gefiel. Bei allem, was sie aus den Kindermündern von Änne, Berta und Gertrud bisher über ihn vernommen hatte, schien zumindest das verlässlich an ihm zu sein. Sie seufzte und ging durch die Halle, um den Pferdehändler gleich selbst zu empfangen.

Doch als Ranke den Herrn in den Windfang treten ließ, blieb ihr vor Überraschung die Luft weg. Es handelte sich nicht um den Pferdehändler Reuben. Es war jemand anderes, dem sie ebenfalls vor genau einer Woche begegnet war: der Bankangestellte Herr Erlein.

Der kleine Mann schüttelte die Schneeflocken ab, die sich auf seinen Schultern niedergelassen hatten, und reichte Ranke dann Mantel und Hut. Nur die schmale Aktentasche, die Clara gleich ins Auge fiel, behielt er in der Hand.

»Herr Erlein, guten Tag und herzlich willkommen«, begrüßte sie ihn, konnte jedoch nicht vermeiden, dass ihre Verwunderung über sein unerwartetes Erscheinen in ihrer Stimme hörbar war.

»Guten Tag, Komtess von Scheweney«, erwiderte er, weit aufgeräumter, als sie ihn in seinem Büro erlebt hatte.

»Ich hoffe, ich komme nicht ungelegen?«

»Nur unerwartet«, antwortete Clara geschickt. »Kommen Sie doch herein.« Sie nickte Ranke zu, der daraufhin eilte, um ihnen die Tür zum Salon zu öffnen.

»Unerwartet, ja«, wiederholte Herr Erlein und wirkte dabei nur geringfügig beschämt. »Aber ich bringe wirklich gute Nachrichten. Herr Direktor Klage junior meinte, ich solle keinen Boten vorschicken, sondern höchstpersönlich direkt zu Ihnen fahren. Und hier bin ich.« Neugierig sah er sich um und erfasste mit seinem umherhuschenden Blick den blau-weiß gefliesten Boden der hohen Halle mit den weißen Marmorsäulen. Den mittig herabhängenden, schweren Kristallleuchter bestaunte der Mann ebenso wie die exotischen Palmen, die Gemälde an den Wänden und die kostbaren Wandleuchter. Selbst Gimpel, der aus dem Flur zum Hintereingang herangeschritten kam, wirkte nicht lustig verspielt wie so oft, sondern geradezu majestätisch.

Mit einem ungewohnten Empfinden von Genugtuung, weil ihr Zuhause sich diesem Menschen derart prächtig präsentierte, ging Clara dem Besuch voraus in den Salon. Sie bot Herrn Erlein Platz nicht auf den unbequemen Stühlen, sondern in der gemütlichen Sitzgruppe an, und während er bereits hinüberging, beugte sie sich zu Ranke.

»Treiben Sie meine Schwester, meinen Schwager und die Gräfin auf«, raunte sie ihm zu. »Sagen Sie ihnen, dass Herr Erlein von der Bank hier ist und vielleicht gute Nachricht hat, dass aber nicht klar ist, was das bedeutet. Sie sollen bloß keine Bemerkung zu seinem unangekündigten Erscheinen machen. Und sich um Himmels willen beeilen!«, setzte sie flehentlich hinzu. Ranke erfasste die Dringlichkeit sogleich, neigte den Kopf und war schon verschwunden.

Clara ging zur Sitzgruppe hinüber und nahm Herrn Erlein gegenüber auf dem Sofa Platz, wobei sie einen stillen Dank zu Agnes sandte, die ihr zu diesem steifen Kleid geraten hatte. Es half ihr deutlich, Haltung zu bewahren.

»Sicher bringt unser erster Hausdiener gleich ein Kaffeetablett. Oder ist Ihnen Tee lieber?«, fragte sie.

»Kaffee wäre wunderbar. Vielen Dank.« Herr Erlein sah sich auch in diesem Raum aufmerksam um, musterte Mobiliar, Tapete, Teppich, das Klavier, die Gemälde und die kleinen Erinnerungsstücke auf dem Kaminsims, während seine Finger leise auf die Aktenmappe trommelten, die er auf dem Schoß hielt.

»Das Wetter macht allen zu schaffen. Leider ist der Frühling ja noch weit«, versuchte Clara mühsam ein wenig Konversation.

»Da haben Sie sicher recht«, erwiderte der schmächtige Mann. Vielleicht, so meinte sie, handelte es sich heute um einen etwas sympathischeren Nager. Der Gedanke hätte sie beinahe hysterisch auflachen lassen. Sofort verbot sie sich jegliches weitere gedankliche Abschweifen.

»Dieser Teil Friesenhains war vom Brand nicht betroffen?«, erkundigte Herr Erlein sich, der wohl beschlossen hatte, zum Anliegen seines Besuches zu kommen.

»Nein, wie in meinem Brief geschrieben, den ich unserem Besuch in der Bank vorwegschickte, sind Scheune und Hengststall heruntergebrannt. Und ein Teil der Nordseite des Vierkanthofes wurde beschädigt. Aber wir sind bereits dabei, es wieder herzurichten«, antwortete sie.

»Sehr gut, sehr gut«, sagte er und schenkte ihr ein Lächeln, bei dem seine Vorderzähne noch deutlicher zum Vorschein kamen. »Denn schauen Sie, Komtess von Scheweney, Herr Direktor Klage junior hat mich beauftragt, Ihnen folgendes Angebot vorzulegen …« Er öffnete die Aktentasche und zog ein paar Blätter eng beschriebenes Papier heraus.

In diesem Moment wurde die Tür aufgerissen, und Luise kam hereingeschossen wie ein Sektkorken aus der Flasche. Claras Herz setzte fast aus. Ihre Schwester trug Hosen, und Bluse und Hände sahen aus und rochen, als hätten sie gerade eines der Pferde mit einer stinkenden Tinktur behandelt. Doch irgendwie schaffte sie es, trotzdem wie eine der Hausherrinnen aufzutreten, indem sie stocksteif stehen blieb und wartete, bis Herr Erlein sich hastig erhoben und vor ihr verneigt hatte.

»Komtess von … werte Frau Brugge«, korrigierte der Mann sich rasch.

»Guten Tag, Herr Erlein«, begrüßte Luise ihn beinahe lieblich. »Und da kommt auch schon mein Mann.«

Clara atmete auf, als Max eintrat, in ordentlichem Anzug und Hemd. Die beiden setzten sich zu ihnen. Luise immer noch schwer atmend und bemüht, sich zu sammeln. Sicher war sie aus dem Stall hereingestürzt.

»Herr Erlein überbringt ein Angebot von Herrn Direktor Klage«, erklärte Clara ihrer Schwester mit warnendem Blick. »Fahren Sie doch fort«, wandte sie sich dann an den Bankangestellten.

Der ließ sich nicht lange bitten. »Herr Direktor Klage junior«, betonte Herr Erlein, »hat mich beauftragt, Ihnen folgendes Angebot zu einem Kredit zu unterbreiten.« Damit reichte er Clara die Papierbogen, die sie entgegennahm.

Hoffentlich fiel ihm nicht auf, dass ihre Hand dabei ein wenig zitterte.

Die Buchstaben auf dem Papier tanzten kurz vor ihren Augen, während sie die Zeilen überflog.

»Ein Kredit mit der Laufzeit über ein Jahr«, las sie leise vor und hob kurz den Blick in Richtung Luise und Max, die sie gespannt ansahen. »Die Höhe entspricht so gut wie unseren ursprünglichen Vorstellungen.« Luise sah sie aus großen Augen ungläubig an.

»Wie kommt es, dass die Bank uns nun den Kredit doch gewähren will?«, war sie bereits herausgeplatzt, ehe sie Claras unauffälliges Kopfschütteln registrieren konnte. Himmel, hoffentlich war es nicht von Nachteil, wenn ihre Schwester nach dem Grund des Sinneswandels der Bankdirektoren fragte, dachte Clara inständig.

Herr Erlein machte einen spitzen Mund und hob die Brauen. »Soviel ich weiß, hat Direktor Klage junior die Lage wohl noch einmal überdacht. Ich vermute, er hat sich beraten lassen von seinem …?« Den Rest des Satzes schluckte Herr Erlein hastig hinunter, als ginge ihm auf, dass er im Begriff war, Geheimes auszuplaudern.

In Clara loderte eine heiße Flamme der Neugierde auf. Von wem hatte der junge Klage sich beraten lassen? Wer hatte ihn umgestimmt, Friesenhain doch in seiner Not zu helfen?

Fieberhaft überlegte sie, wie sie ihn unauffällig zur Herausgabe des Namens des Wohltäters bringen könnte, als Max sich erkundigte: »Ich nehme an, dass ein Gutachter herauskommen wird?« Er klang beruhigend sachlich, nicht im Mindesten so aufgeregt, wie Clara sich fühlte.

»Oh ja, Herr Brugge.« Herr Erlein rutschte eifrig bis auf die Stuhlkante vor. »Das ist so üblich. Der Gegenwert muss geschätzt werden. Aber das wissen Sie natürlich, denn so sind wir vor der Errichtung der neuen Halle der Tapetenmanufaktur auch vorgegangen, nicht wahr?«

»Ganz recht«, antwortete Max und nickte ihm zu. »Und ich glaube doch, dass dies auf Friesenhain kein Problem darstellen wird?«

Der Bankangestellte sah sich erneut im Raum um. »Aber nein, gewiss nicht. Eine reine Formsache, Herr Brugge. Frau Brugge, Komtess von Scheweney«, wandte er sich dann rasch an die beiden Töchter des Hauses.

In diesem Moment wurde die Tür erneut aufgeklinkt. Ranke trat ein und öffnete sie weit. An ihm vorbei schritt in ihrer legendären Eleganz Gräfin Anna von Scheweney, den schlanken Arm unter den ihres Sohnes geschoben.

Wilhelm hielt in der anderen Hand den von einem hübsch gestalteten Pferdekopf gekrönten Stock, mit dem er vor sich über den Boden tastete.

Erneut sprang Herr Erlein auf und verneigte sich tief.

»Gräfin von Scheweney, Graf von Scheweney«, grüßte er dabei.

Max übernahm die Vorstellung. Ranke, der nur für einen Wimpernschlag verschwunden war, rollte den Teewagen mit Kaffeekanne und Tassen herein. Auch Hummeltje trippelte vorüber und suchte sich zielsicher den besten Platz auf dem Kaminvorleger.

Kurz schien überall Bewegung im Raum. Und Clara widerstand nur mühsam der Versuchung, aufzustehen und Wilhelm zu einem Stuhl zu führen. Das hätte seine bisweilen noch große Unsicherheit nur betont. Erleichtert stellte sie fest, dass ihre Hilfe nicht benötigt wurde. Mit sicherem Griff legte ihre Mutter Wilhelms Hand auf die Lehne eines der Sessel und durchquerte dann selbst die Sitzgruppe, womit sie Herrn Erleins Blick von ihrem Sohn ablenkte. Wilhelm schaffte es derweil, recht geschickt Platz zu nehmen.

»Wenn ich das sagen darf, werter Graf«, sagte Herr Erlein, nachdem erst die Gräfin und dann er selbst sich gesetzt hatten und Ranke die Kaffeetassen herumreichte. »Ich freue mich sehr zu sehen, dass es Ihnen weit besser geht, als die Menschen im Ort befürchten. Im Namen des ganzen Bankhauses wünsche ich weiterhin eine rasche Genesung!« Dabei wanderte sein Blick über Wilhelms Gesicht, und Clara war froh, dass ihr Bruder nicht wusste, wie scheu der Bankangestellte die roten Narben musterte.

Stattdessen sagte Wilhelm mit einem eher bemühten Lächeln: »Herzlichen Dank, Herr Erlein. Sehr freundlich von Ihnen.«

Eine kurze Pause entstand. Dann räusperte sich Luise. »Möchtest du Mutter und Wilhelm nicht die gute Nachricht mitteilen, Clara?«

Und Clara empfand das sonderbare Kribbeln, das sie in der letzten Zeit hin und wieder überkam, wenn sie als die erste Ansprechpartnerin für das Gut galt. So viele Jahre hatte sie nur stumm dabeisitzen dürfen, wenn es um die Belange Friesenhains ging, dass es sich nun unwirklich anfühlte, das Wort zu führen. Rasch fasste sie zusammen, was sie bisher wusste. »Und es ist sogar mehr als nur ein Angebot. Herr Erlein hat direkt den Vertrag mitgebracht«, schloss sie ihre kleine Erklärung.

»Aber das ist ja wundervoll«, sagte ihre Mutter mit einem reizenden Lächeln. Clara konnte nicht anders, als sie für ihre undurchschaubare Haltung zu bewundern. Wenn Herr Erlein eine Einladung zu einem Nachmittagsausflug im Frühling überbracht hätte, hätte die Erwiderung der Gräfin kaum anders ausgesehen. Und dies war perfekt. Denn auf keine andere Weise hätten sie dem Bankvertreter klarmachen können, dass das Angebot zwar gelegen kam, jedoch keineswegs von solch gravierend rettender Wirkung war, die es in Wahrheit für sie bedeutete.

Gräfin Anna strich über den glänzenden Stoff ihres dunkelblauen Rockes und sagte an ihren Sohn gewandt: »Nicht wahr, Wilhelm?«

Dieser nickte in Richtung ihrer Stimme und lächelte ebenfalls. »Ausgesprochen erfreulich, Herr Erlein«, kommentierte er, wobei er die Position des Besuchers im Raum recht gut ausmachte. »Exakt um solche erfreulichen Neuigkeiten zu hören, bin ich heruntergekommen.« Er klang ein wenig hölzern, doch Clara hoffte, dass dies nur ihr und wohl auch Luise auffallen würde.

»Und der werte Herr Graf?«, erkundigte Herr Erlein sich in die folgende kleine Pause hinein.

»Mein Mann schläft noch sehr viel«, antwortete Gräfin Anna würdevoll. Und niemand wäre auf den Gedanken gekommen, nun darum zu bitten, den Hausherren zu wecken.

»Das soll die beste Medizin sein«, erwiderte Herr Erlein prompt.

Clara, die die Unterlagen überflogen hatte, sah auf.

»Eine Frage, Herr Erlein.« Sie tippte auf die entsprechende Stelle des Angebotes. »Hier steht, dass die Unterschrift vom Gutsherrn selbst geleistet werden muss. Heißt das, ich darf nicht in Vertretung unterzeichnen?«

Kurz erschien ein Zögern auf dem Gesicht des Bankangestellten. Dann antwortete er: »Ich fürchte, es ist so, wie es dort steht, Komtess. Aber Ihr Herr Vater, der werte Graf, muss ja nur seine Unterschrift leisten. Mehr ist es nicht.«

Clara vermied es, zu Luise oder ihrer Mutter zu sehen, denn keinesfalls wollte sie, dass ihre Blicke sie nun verrieten.

»Dann wäre ja alles geklärt«, mischte Max sich ein und klopfte mit der Hand auf seinen Schenkel. »Selbstverständlich muss der Anwalt noch einen Blick auf den Vertrag werfen. Aber ich selbst muss wegen des Betriebes ja sowieso alle naselang nach Osnabrück. Bei solcher Gelegenheit werde ich Ihnen den Vertrag samt Unterschrift hereinreichen.«

Herr Erlein nickte, mit dieser Lösung überaus zufrieden. Doch Clara hatte alle Mühe, ihre Erschütterung zu verbergen. Eine solche Chance! Eine rettende Möglichkeit! Und dann eine Klausel, die alles hinfällig machte.

Auch Luise saß wie vom Donner gerührt. Und so versuchte Clara, zusammen mit Max und ihrer Mutter die Konversation zu bestreiten, während man den Kaffee nahm. Das Geplauder über das Wetter und das geplante kleine Caféhaus in Osnabrück gleich neben der Bank zehrte an ihren Nerven. Nach einer knappen Viertelstunde, die ihr wie eine Ewigkeit erschien, verabschiedete Herr Erlein sich und wurde von Ranke hinausgeleitet.

Clara wartete, bis sie sicher sein konnte, dass der Bankangestellte außer Hörweite war. Dann sagte sie verzweifelt: »Und nun? Was sollen wir nur tun?«

Luise

33

»Und nun? Was sollen wir nur tun?«, sagte Clara und rang die Hände. Als Luise sich in der Runde umschaute, sah sie auch bei den anderen sorgenvolle Gesichter.

»Ja, wie sollen wir das hinbekommen?«, murmelte ihre Mutter ratlos. »Euer Vater kann in seinem Zustand unmöglich unterschreiben! Er wüsste nicht, was er tut. Ich bezweifle, dass er seinen Namen kennt, von seiner üblichen Unterschrift abgesehen.« Sie war blass im Gesicht, und einmal mehr fielen Luise die dunklen Schatten unter ihren Augen auf, die sich in der letzten Zeit dort eingenistet hatten.

Sie selbst überlegte fieberhaft, wie sie dieser Zwickmühle zwischen rettendem Kredit und der gleichzeitigen Unmöglichkeit einer rechtsgültigen Unterzeichnung würden entkommen können.

»Wir brauchen nichts weiter als Vaters Unterschrift!«, brach es da aus ihr heraus. Sie sprang auf und sah sich im Raum um, ob irgendwo Schreibzeug zu entdecken war. »Ich bin sicher, dass ich seine Schrift würde kopieren können.«

Doch da spürte sie eine warme Hand, die nach ihrer griff. Max, der sie von seinem Stuhl neben ihr aus liebevoll ansah.

»Das darfst du nicht, Luise. Eine Unterschrift zu fälschen

ist strafbar. Insbesondere wenn sie unter einem so wichtigen Vertrag steht.« Sie blickte auf seine Finger hinunter, die sanft die ihren drückten.

»Aber …«, begann sie schwach, denn sie wusste, dass er recht hatte.

»Die Bank besitzt etliche Unterschriften von Vater«, stimmte Clara nun auch Max' Einwand zu. »Was, wenn sie sie vergleichen? Oder wenn sonst wie herauskäme, dass Vater den Vertrag gar nicht unterschrieben haben kann? Nein, Max hat recht, Luise. So geht es nicht.«

Sie biss sich auf die Lippe und ließ sich wieder auf den Sitz sinken. »Dass sie deine Unterschrift nicht akzeptieren, Clara, hat Herr Erlein deutlich gemacht. Aber was ist mit dir, Wilhelm?« Sie beugte sich zu ihrem Bruder, der seit Erleins Abgang weniger aufrecht wirkte, sondern zusammengesunken dasaß.

»Auch ich bin nicht der Hausherr«, erwiderte er mit seiner dunklen Stimme, die jetzt zudem so ratlos klang. »Meine Unterschrift zählt ebenso wenig wie deine, solange Friesenhain in Vaters Besitz ist. Es ginge nur mit einer Vollmacht.«

Allen im Raum war klar, dass sie hiermit an demselben Hindernis scheitern würden wie mit der gräflichen Unterschrift unter dem Vertrag.

Eine Weile war es still im Raum. Dann rutschte Max neben ihr unruhig hin und her, und Luise sah ihn fragend an. Sie kannte ihn inzwischen so gut, um zu ahnen, dass er eine Idee hatte. Wenn auch vielleicht eine, die ihnen nicht besonders gefallen würde. Das jedenfalls sah sie in seiner Miene und dem angespannten Zug um den Mund.

»Nun sprich schon!«, forderte sie ihn auf und bewegte seine Hand, die sie immer noch festhielt. Alle sahen zu ihnen, auch Wilhelm drehte den Kopf.

»Es gäbe wohl einen Weg«, begann Max zögerlich und sprach es dann endlich aus: »Wilhelm muss das Gut notariell überschrieben bekommen. Doktor Viert müsste seinen Zustand attestieren und du, Schwiegermama, müsstest dein Einverständnis geben.«

Als wäre ein Blitz zwischen sie gefahren, reagierten sie alle prompt.

»Auf keinen Fall!«, rief Wilhelm empört, während ihr selbst nur ein entsetztes »Max!« entfuhr.

»Aber Vater ist doch nicht tot!«, sagte Clara im nächsten Moment erschüttert.

Nur ihre Mutter saß auf ihrem Platz und sagte nichts.

»Friesenhain wird an den ältesten männlichen Nachkommen weitervererbt, wenn der Hausherr stirbt«, erklärte Clara, als wüssten sie es nicht alle genau.

»Und was wäre ich für ein Gutsherr in meinem Zustand«, ergänzte Wilhelm in bitterem Ton.

Auch Luise selbst schüttelte den Kopf, während sie ihren Mann anblickte, dessen Augen wie um Entschuldigung bittend in ihre sahen. »So etwas wäre vollkommen ungewöhnlich, Max«, sagte sie und formulierte vorsichtig: »Diese Dinge mögen im Bürgertum anders gehandhabt werden. Aber der Adel hat seine eigenen Regeln. Und die besagen, dass Erbe durch Tod entschieden wird.«

Sie erkannte, dass in ihrem Mann der Widerstreit tobte. Genau so sah er in manchen politischen Diskussionen aus. Immer wenn er von der Richtigkeit seiner Ansicht überzeugt war, sich jedoch einem schwachen Gegner gegenübersah, den in Grund und Boden zu reden unter seiner Ehre war. Er wollte seine Idee gern weiter ausführen, doch der komplette vereinte Widerstand ließ ihn zögern.

Komplett vereint?

Luise sah zu ihrer Mutter. Gräfin Anna saß aufgerichtet da, die Hände im Schoß, und blickte nachdenklich vor sich hin.

»Mutter?«, sprach Luise sie an.

Die hob den Kopf und bedachte erst sie, dann Max mit einem langen Blick. Max schaute unerschrocken zurück.

Nach dem anfänglichen massiven Widerstand ihrer Eltern gegen ihre Liebe hatte Luise nicht erwartet, dass sich gerade zwischen ihrer Mutter und ihrem Ehemann ein Band entwickeln würde. Und doch schienen die beiden sich nun ohne Worte zu verständigen. Und mehr als das schienen sie auch einer Meinung zu sein.

»Ich halte diese Idee für die einzig gängige Möglichkeit«, erklärte Gräfin Anna dann überzeugt.

Luise schnappte nach Luft und sah, dass es Clara und Wilhelm ebenso ging. Fassungslos starrte sie ihre Mutter an.

»Wir wissen nicht, wann euer Vater wieder aus seinem … Zustand erwacht«, sagte die und hielt kurz inne. »Im Grunde wissen wir nicht einmal, *ob* das jemals geschehen wird. Es geht nicht nur um den Kredit, dessen wir so dringend bedürfen. Es geht um die gesamte Zukunft Friesenhains«, führte sie dann aus.

Luise sah, wie Wilhelm unwillig den Kopf schüttelte.

»Auf keinen Fall werde ich dem zustimmen!«, sagte er mit seiner dunklen Stimme. Doch Luise konnte darin eine Unsicherheit hören, die sie nun selbst erfasste. Max war so überzeugt von seinem Vorschlag. Und ihre Mutter wirkte so klar, wie sie es seit dem Brand nicht mehr gewesen war.

Clara bewegte stumm die Lippen.

»Aber wie sollen wir …?«, begann Luise zaghaft.

Ihre Mutter hob eine ihrer schlanken, blassen Hände. »In unserer direkten Nachbarschaft gibt es ein Beispiel für diese zugegebenermaßen ungewöhnliche Erbregelung, bei den von Thebes«, sagte sie. »Als der alte Baron Otto zunehmend geistig verwirrt wurde, entschieden sein älterer Sohn Otto und dessen Frau in Übereinstimmung mit dem jüngeren, in England lebenden Sohn Friedrich …« Bei der Erwähnung dieses Namens blinzelte sie kurz, fiel Luise auf. »Nun, sie entschieden, dass das Gut schon zu Lebzeiten des alten Barons an den Nachfolger übergeben werden sollte. So halten sie es seit ein paar Jahren. Und nun hat der heutige Baron Otto von Thebe seinen Neffen als Nachfolger ausgewählt, weil er selbst kinderlos ist. Ihr seht, es muss auch im Adel nicht immer alles so gehen wie seit Jahrhunderten«, schloss sie schließlich und wirkte plötzlich erleichtert darüber, den Diskurs über die benachbarte Familie beenden zu können.

Luise sah zu Clara. War ihrer Schwester auch aufgefallen, dass ihre Mutter ungewöhnlich unsicher wirkte, wenn sie von den von Thebes sprach?

Doch Clara erwiderte ihren Blick nicht. Sie sah auf ihre Hände hinab, ernst und nachdenklich.

Wilhelm jedoch wurde unruhig. »Wie soll das gehen, Mutter? Ich bin nicht in der Lage, das Gut zu führen, das ist gewiss jedem klar.«

»Dein Vater kann es noch weniger, Wilhelm«, unterbrach die Gräfin ihn ruhig.

Wilhelm schüttelte heftig den Kopf. »Aber ich kann nichts sehen!«, brach es verzweifelt aus ihm heraus. »Weder kann ich die Entwicklung der Pferde einschätzen noch den Zustand der Ländereien. Das Gut zu leiten ist eine immense Verantwortung. Wenn mir dabei Fehler unterlaufen, kann das Friesenhain in den Ruin führen. Das kann ich nicht riskieren. Ich … Ich kann einfach nicht!«, endete er mit einem Ächzen.

Luise konnte es kaum ertragen, seine Angst vor seinem eigenen Versagen so deutlich zu spüren.

Da erhob Clara sich von ihrem Stuhl und legte den Arm um Wilhelms Schultern. »Du bist nicht allein, Bruder. Wir sind alle da, um dich zu unterstützen. Ich werde auf jeden Fall an deiner Seite sein und übernehmen, was du nicht schaffst«, sagte sie, beugte sich hinunter und küsste ihn auf die Schläfe. Mit einem Mal wirkte die zarte, kleine Clara plötzlich sehr viel größer und raumgreifender als sonst.

Wilhelm gab ein gequältes Geräusch von sich, das Luise ins Herz schnitt.

»Wie willst du das schaffen, Clara?«, erwiderte er zweifelnd. »Willst du etwa bei den Pächtern die Zahlungen einholen und mit dem Dragoner-Regiment über die Preise für die Dreijährigen verhandeln?«

»Warum denn nicht?«, entgegnete Clara mit erhobenem Kopf.

Wilhelm seufzte. »Ich weiß, dass du das kannst, Clara. Aber ich kenne auch diese Leute. Was ist, wenn sie dich nicht ernst nehmen als junge Frau?«

Luise fing einen Blick ihrer Mutter auf, die den Tränen nahe zu sein schien und sie Hilfe suchend ansah.

»Du hast unsere Schwester nicht erlebt, als sie mit Bauer Kloope verhandelt hat, Wilhelm«, sagte Luise rasch, stand auf und ging ebenfalls zu ihrem Bruder. Sie griff ihn am Arm und beugte sich zu ihm. »Zunächst wollte er nicht, das ist wahr. Aber als sie bei den Zahlen ankamen und er merkte, wie versiert sie ist, hatte er sie vollkommen akzeptiert und sich auf ein faires Geschäft eingelassen.«

Clara lächelte sie dankbar für ihre Unterstützung an.

»Kloope?«, wiederholte Wilhelm leise für sich und klang widerwillig beeindruckt.

»Und du hast nicht nur Clara an deiner Seite, Wilhelm«, erklärte Luise. »Max und ich werden auch überall sein, wo wir gebraucht werden. Dessen kannst du gewiss sein«, versicherte sie. Max gab ein zustimmendes Murmeln von sich.

»Nun …«, sagte Wilhelm langsam.

»Der Notar muss so bald wie möglich herkommen«, entschied Gräfin Anna, die dies wohl als Einlenken deutete. »Besser heute als morgen. Er muss ein Schriftstück aufsetzen, mit dem der gesamte Besitz vorzeitig an Wilhelm übertragen wird. Wir können Friesenhain nicht retten, wenn uns die Hände gebunden sind.«

»Mutter!«, begehrte Wilhelm noch einmal auf. »Ich glaube nicht, dass Vater …« Er brach ab und kniff die Augen zusammen. Vielleicht sah er ihren Vater in seiner Erinnerung nun ebenso leibhaftig vor sich, wie Luise es tat. Und vielleicht wusste er ebenso wie sie, was Graf Hermann von Scheweney nun entscheiden würde.

»Dein Vater würde alles daransetzen, das Gestüt zu retten, Wilhelm!«, antwortete ihre Mutter leise und sprach somit aus, was Luise selbst dachte. »Und sollte er, so Gott will, den Weg zu uns zurückfinden, wird er mit diesem Schritt einverstanden sein. Er wird auf dich stolzer sein denn je!«

Es dauerte einen Moment. Das leise Prasseln des Feuers war das Einzige, das im Raum zu hören war.

Luise wagte kaum zu atmen.

Wie oft hatte sie schon gedacht und auch Clara gesagt, dass ihre Schwester viel besser geeignet wäre, das Gut zu leiten. Doch selbst wenn Clara die Erstgeborene der drei Geschwister wäre, würde der Besitz an Wilhelm fallen.

Natürlich könnte Clara Friesenhain unter diesen Umständen nicht leiten. Luise hatte zwar durch Paula und Hedwig in den Reihen der Frauenbewegung auch Geschäftstreibende und sogar eine Fabrikantin kennengelernt, patente Frauen, die mit viel Energie und eisernem Willen einen oft steinigen Weg gingen – doch diese Damen waren allesamt durch den vorzeitigen Tod ihrer Gatten in diese Position geraten. Und sie waren Bürgerinnen. Im Adel wurde die Rollenverteilung noch ungleich strenger gehandhabt.

Und Wilhelm? Wie musste er sich fühlen, wenn nun sein ungeliebtes Schicksal so viel früher heran sein sollte als gedacht? Sicher traf es ihn hart. Für einen kurzen Moment lief ein Zweifel durch Luise wie ein kalter Schauder. Was, wenn Wilhelm sich weigerte? Wenn seine Angst vor dem Versagen so groß war, dass er den Versuch nicht wagen wollte?

Doch ihr Bruder hatte sein Leben lang nichts anderes getan, als sich in die ihm zugedachte Rolle zu fügen. Auch jetzt tat er nichts anderes. Und obwohl es für Friesenhain das einzig Richtige war, wurde es Luise dumpf in der Brust, als Wilhelm nun den Kopf hob und mit einem bemühten Lächeln sagte: »Wie sollte ich mit so viel guter Unterstützung noch ablehnen? Wenn ich euch alle zur Seite habe, dann wird es wohl gelingen.«

Clara und sie, immer noch rechts und links von ihm, folgten beide demselben spontanen Impuls und umarmten ihren Bruder von beiden Seiten.

»Erstickt mich nicht, sonst ist es aus mit dieser Lösung«, brummte er, bemüht, die Fassung zu behalten.

Ihre Mutter atmete tief ein und wieder aus, und Max strahlte regelrecht, froh, dass sein Vorschlag letztendlich doch zum Ziel geführt hatte.

»Ich bringe dich wieder hinauf und schicke jemanden in den Ort zum Notar«, entschied Gräfin Anna und strich über ihren eleganten Rock. »Was predige ich euch immer? Seid jederzeit auf wichtigen Besuch vorbereitet!«, fügte sie an. Vor lauter Erleichterung war sie offenbar zum Scherzen aufgelegt und musterte Clara in deren schlichten, aber eleganten Hauskleid beifällig. Dann glitt ihr Blick weiter zu Luise, und kurz begegneten sich ihre Blicke.

Luise konnte sehen, welche widerstreitenden Gefühle in ihrer Mutter vorgingen. Sicher war sie kurz davor, ihre ältere Tochter wieder einmal wegen ihres unangemessenen Auftretens in Hosen und mit schmutzigen Händen zu tadeln. Doch andererseits saß Luises Mann in der Runde, und Max schien nichts an ihr auszusetzen zu haben.

»Andererseits«, fügte Gräfin Anna also hinzu, und Luise meinte, sogar ein kleines Lächeln in ihren Mundwinkeln spielen zu sehen. »Scheint es auch anders zu gehen. Es schadet nie zu zeigen, dass wir selbst anzupacken verstehen.«

»Das ist mein Stichwort«, sagte Max und erhob sich ebenfalls. »Ich muss dringend in die Fabrik und mich dem Stapel an Arbeit widmen, der sich dort in den letzten drei Wochen fortwährend anhäuft. Vielleicht darf ich bei dieser Gelegenheit die Aufgabe übernehmen und beim Notar vorbeisehen, um ihn herzubestellen, werte Schwiegermama?«, schlug Max vor.

Gräfin Anna war einverstanden, alle brachen auf. Max verabschiedete sich mit einem Kuss von Luise, und so stand sie nach kurzer Zeit allein mit Clara in der Halle. Beide waren sie noch aufgewühlt von dem, was gerade entschieden worden war.

»Nie hätte ich es geglaubt, wenn mir jemand vor einem Jahr erzählt hätte, welche Veränderungen jetzt auf Friesenhain vorgehen«, sagte sie.

Clara seufzte. »Es wird nicht leicht für Wilhelm sein. Sein Leben nimmt eine Wende, die für ihn alles nur noch schwerer macht.«

Luise neigte den Kopf und sah sie fragend an. »*Alles*? *Noch* schwerer?«, wiederholte sie.

Ihre Schwester hob die Schultern. »Ach, Luise, es ist doch ganz deutlich: Margarete von Assen ist nicht Wilhelms Herzensdame. Die Vermählung bedeutet für ihn etwas vollkommen anderes, als es für dich mit Max bedeutet hat. Und nun auch noch die Bürde, das Gestüt früher zu übernehmen als je geglaubt.«

In Luise regte sich so etwas wie ein schlechtes Gewissen. Immerhin hatte sie sich genommen, was sie vom Leben wollte. Sie hatte einen nicht standesgemäßen Mann geheiratet und würde demnächst hoffentlich studieren, um Tierärztin zu werden. Ihr Bruder aber …

Luise knabberte an ihrer Unterlippe.

»Aber auch Wilhelm hatte doch die Wahl, was seine Verlobte angeht. Ihn haben Mutter und Vater nicht so gedrängt wie mich«, wandte sie ein, weil ihr der Gedanke so unbehaglich war.

»Das nicht. Aber bei ihm brauchten sie das auch nicht, Lulu«, wandte Clara ein. »Er weiß, was von ihm verlangt wird und was dafür zu tun ist. Von uns dreien bist du der Dickkopf. Und ich sage das mit Bewunderung, denn du weißt, was du willst, und setzt dich dafür ein. Wilhelm aber ist von klein auf mit dem Ziel der Pflichterfüllung aufgewachsen und hat sich nie dagegen gewehrt.«

Beklommen musste Luise vor sich selbst eingestehen, dass es tatsächlich so war, wie Clara wahrscheinlich schon lange begriffen hatte.

»Er hätte auch eine junge Frau aus dem Adel wählen können, die weniger … prätentiös ist«, machte Luise einen letzten Versuch, ihrem Bruder mehr Handlungsspielraum zuzusprechen.

Clara murmelte etwas, und Luise glaubte die Worte »Ja, aus dem Adel« zu verstehen.

»Wie bitte?«

Ihre Schwester sah sie zögernd an, so als überlege sie, ob sie ihr etwas anvertrauen solle.

Da erschien Ranke hinter ihnen, nickte ihnen zu und ging zur Tür, an der es offenbar geläutet hatte, um zu öffnen.

»Oh nein!«, stöhnte Clara leise. »Ich habe Reuben ganz vergessen.«

Tatsächlich erschien der Pferdehändler im Windfang, heute zusammen mit seinem erwachsenen Sohn, dem er mit einem Kopfnicken bedeutete, sich ebenfalls seines schneefeuchten Reitmantels zu entledigen.

»Was sage ich ihm jetzt?«, wisperte Clara ihr zu.

Luise zuckte mit den Schultern. »Die Wahrheit: Wir brauchen sein Geld nicht mehr.«

Als die beiden Männer, gleichermaßen sehnig wie kraftvoll, in ihren Reithosen und Pullovern durch die Halle auf sie zukamen, hörte Luise, wie Reuben seinem Sohn zuzischte: »Jetzt sperr Augen und Ohren auf, du Nichtsnutz. Bald musst du selbst Geschäfte übernehmen. Da darfst du nicht stümpern, klar?«

Der junge Mann knurrte etwas zurück und blickte den Vater mit gesenktem Kopf düster an.

»Guten Tag, Herr Reuben«, begrüßte Luise ihn.

Reuben verbeugte sich knapp vor ihnen beiden, was sein Sohn beinahe ein wenig widerwillig nachahmte.

»Frau Brugge, ich hatte noch keine Gelegenheit, Ihnen zur Vermählung zu gratulieren«, antwortete er. »Werden Sie bei unserem Gespräch zu meinem hilfsbereiten Angebot an Friesenhain dabei sein?«

Luise konnte ein Schnauben nicht unterdrücken. »Wir

wissen beide, dass Ihr Angebot keineswegs hilfsbereit ist, Herr Reuben. Stattdessen muss man annehmen, Sie wollten aus dem Unglück anderer Kapital schlagen.«

Clara neben ihr räusperte sich nervös. Luise schloss lieber den Mund, ehe sie diesem Mann noch deutlich sagen könnte, was sie von ihm hielt.

Reubens Augen funkelten gefährlich. Doch ehe er etwas erwidern konnte, schritt Clara ein, indem sie sagte: »Ich wollte just einen Boten zu Ihnen senden, Herr Reuben. Denn soeben haben sich Umstände ergeben, die es uns möglich machen, sämtliche bei uns verbliebenen Pferde bis zum Frühjahr zu halten, um sie dann an das Regiment zu verkaufen. Die Dragoner zahlen den regulären Preis, müssen Sie wissen.«

Im ersten Moment schien Reuben schier überfallen und sprachlos von diesem Empfang. Doch die Überraschung ließ ihn nur kurz erstarren. Dann bildeten sich auf seiner Stirn bedrohliche Falten, seine Brauen zogen sich derart zusammen, dass seine Augen zu kleinen Schlitzen wurden.

»Was soll das heißen?«, presste er heraus.

Clara strich kurz mit den Händen über den dunkelgrauen Stoff ihres Rockes, ehe sie sie ineinanderlegte.

»Es tut mir sehr leid, dass Sie sich umsonst hierherbemüht haben, Herr Reuben«, sagte sie. Und obwohl sie dabei freundlich und höflich wie immer klang, hätte ihre Aussage nicht eindeutiger sein können.

Reuben schnappte nach Luft, ehe er blaffte: »Sie haben mich die Strecke von unserem Hof hierherreiten lassen und sagen mir jetzt, dass Sie nicht an mich verkaufen?«

Sein Sohn verkniff sich ein Grinsen.

»Wie ich schon sagte, wollte ich gerade einen Boten an Sie senden«, wiederholte Clara geduldig. »Die veränderte Situation hat sich kurzfristig ergeben.«

Im nächsten Moment zuckten sie beide erschrocken zurück, denn Reubens Zeigefinger schoss nach vorn und fuchtelte vor ihren Gesichtern herum.

»Das lasse ich mit mir nicht machen«, fauchte er. »Bereuen werden Sie das!«, spie er aus. »Bitter bereuen! Ich lass mich nicht für dumm verkaufen. Und wenn Sie solche Saiten aufziehen wollen, Gnädigste, dann kann ich auch anders.« Er zeigte ihnen nun die geballte Faust. »Und einschüchtern lass ich mich auch nicht mehr vom invaliden jungen Grafen! Nicht von einem Krüppel!«

»Halten Sie den Mund!«, fuhr Luise ihn an. Wie kam dieser Kerl dazu, Wilhelm derart zu betiteln?

»Herr Reuben, ich muss Sie bitten, in unserem Haus meinen Bruder nicht …«, sagte Clara im selben Moment.

»Ob in Ihrem Haus oder sonst wo, ich lass mir von den von Scheweneys nichts mehr verbieten!«, bellte Reuben. Sein Blick huschte zwischen ihnen hin und her. Plötzlich trat ein listiger Ausdruck in seine verhärmte Miene. Er lachte freudlos auf. »Nun, dann können wir ja auch das Versteckspiel rund um meine Kinder aufgeben. Es wird den Gören nicht gefallen, aber ich denke nicht, dass ich weiterhin Spielzeug im Haus sehen möchte, das aus solcher Quelle stammt. Ebenso wenig werde ich weiterhin dulden, dass Ihresgleichen um meinen Hof herumschleicht und meine eigene Brut gegen mich aufbringt.«

Luise tat einen Schritt vor. Claras warnende Hand an ihrem Arm nahm sie zwar wahr, doch sie konnte nicht an sich halten.

»Das können Sie nicht tun!«, platzte sie heraus. »Die Kinder bestrafen, weil wir ein Geschäft mit Ihnen ablehnen, das deutlich zu unserem Nachteil gereichen würde.«

Reuben sah sie mit erhobenen Brauen an. »Ach? Kann ich

nicht?«, wiederholte er. Und weil er mit einem Mal nicht mehr laut und polterig war, sondern betont leise sprach, wirkte er auf sie umso bedrohlicher. »Denken Sie etwa, Frau Brugge und werte Komtess, ich habe Ihre Pläne nicht durchschaut? Dieses dreiste Anwaltspaar, das neulich auf meinem Grund und Boden auftauchte, um mich nach den Kindern auszufragen, und sie am liebsten gleich eingepackt hätte, die kommen doch von Ihnen!« Luise hörte, wie Clara erschrocken die Luft einsog. »Aber das ist jetzt vorbei, verstehen Sie? Ende!«, fuhr Reuben zischend fort. »Wenn ich auch nur eine Nasenspitze von Ihnen oder jemand von Ihnen Gesandtes an meiner Hofmauer erblicke, schieße ich. So halte ich es mit den Ratten auch. Und fortan werde ich Mitglieder Ihrer Familie nicht anders behandeln. Komm!« Er knuffte seinen Sohn in die Seite, der kurz zusammenzuckte und sich dann mit griesgrämiger Miene ebenfalls umwandte. Reuben riss dem empört dreinblickenden Ranke die Mäntel aus dem Arm, öffnete sich selbst und rannte bereits hinaus. Sein Sohn folgte ihm hurtig.

Luise raffte ihren Rock und wollte ihnen nacheilen, doch Clara hielt sie am Arm fest.

»Nicht, Lulu! Du machst es nur schlimmer, wenn du ihn beschimpfst«, mahnte sie. Doch als Luise aufgebracht den Kopf wandte, sah sie, dass auch Claras Wangen hochrot waren und ihre Augen funkelten. »Obwohl dieser Halunke es wahrlich verdient hätte, dass jemand ihm die Meinung sagt!«, setzte ihre Schwester nun auch noch hinzu. »Aber die Kinder …«

Die letzten Worte drangen mit einem Schlag zu Luise vor und ließen zu ihrer Wut in Sekundenschnelle sich eine unmäßige Ohnmacht gesellen.

Aufgewühlt blickten sie einander an.

Claras Gesicht spiegelte die Sorge um Änne, Gertrud und Berta, die Luise auch in sich selbst spürte. Ihr war, als schnüre etwas ihr eng die Brust ein.

Ranke, der die Tür hinter den beiden Reubens geschlossen hatte, trat auf sie zu und neigte den Kopf. In seiner Miene war immer noch die Empörung über das Betragen des Pferdehändlers zu lesen.

»Soll ich Ihnen einen Tee in den Salon bringen, Komtess Clara, Komtess Luise?«, bot er an. Der Gute. Es war seine Art, seine Anteilnahme an dieser unschönen Situation auszudrücken, wusste Luise.

Clara schaffte es tatsächlich, den Hausdiener anzulächeln. »Das wäre wunderbar, Ranke. Vielen Dank«, sagte sie. Er lächelte zurück und ging davon.

Derweil spürte Luise in sich die Wut ein wenig abflauen. An ihre Stelle trat ein Gefühl von Scham, denn der Verdacht kam ihr, dass sie mit ihrem Anteil am Gespräch die Lage der Kinder verschlimmert haben könnte.

Sie neigte sich zu Clara und legte kurz ihre Stirn an deren Scheitel. »Es tut mir leid«, seufzte sie zerknirscht. »Ich fürchte, ich habe diesen Widerling provoziert.«

Doch Clara schüttelte den Kopf und strich ihr tröstend über die Wange. »Dich trifft keine Schuld, Lulu. Reuben ist ein jähzorniger und herrschsüchtiger Mensch. Es war nur eine Frage der Zeit, bis wir an diesen Punkt kommen würden.« Auch sie holte tief Luft und stieß sie dann angespannt wieder aus. Ihre Hände krallten sich in den Stoff ihres Rockes. »Aber ist es nicht furchtbar? Gerade sah es so aus, als könne jetzt alles gut werden und Friesenhain wieder Grund gewinnen. Aber …« Sie schüttelte den Kopf. »Aber nun müssen wir uns erneut um die Mädchen sorgen. Auch wenn sie nicht zum Gut gehören, sind sie uns allen doch so ans Herz gewachsen, dass ihr Schicksal mich heute Nacht bestimmt kaum schlafen lässt«, seufzte sie.

Luise griff nach ihrer Hand. »Da hast du recht, Clara. Obwohl sie nicht hier leben, gehören Änne, Berta und Gertrud trotzdem irgendwie zu uns.« Sie überlegte kurz. »Wenn Reuben nun erneut grob mit den Kleinen wird, müssen wir sie von ihm wegholen. Ich weiß zwar noch nicht wie, aber eines verspreche ich dir, Clara: Wir werden einen Weg finden!«

Marie

34

Durch die dünne Schneedecke des voranschreitenden März reckten rechts und links des Fußweges vorwitzige Schneeglöckchen die grünen Spitzen. Marie ging vom Pförtnerhaus hinüber zum Tor, das in den Innenhof Friesenhains führte.

Hier waren die Handwerker rege, und Marie rief ihnen einen Gruß zu, der vielstimmig erwidert wurde. Täglich waren Veränderungen zu sehen, die diese Seite des Vierkanthofes mehr und mehr in den ursprünglichen Zustand versetzten. Verkohlte Balken wurden ausgetauscht, abgeplatzter Mörtel heruntergeschlagen. Sollte die Temperatur weiter so ansteigen, konnte an ein baldiges Verputzen des Mauerwerks gedacht werden.

Marie sah zu der neuen Scheune und dem im Rohbau befindlichen Hengststall hinüber. Nicht mehr lange, und er würde in seiner alten, repräsentativen Pracht dort stehen. Dann könnten die drei derzeit bei Oberst Leuthagen gut versorgten Hengste zurück in ihr Zuhause ziehen.

Die neue Scheune war deutlich kleiner als die alte, die den Flammen zum Opfer gefallen war. Hier lagerte nur etwa die Hälfte der Futtervorräte, die die alte gefasst hatte. Clara, Wilhelm und Luise hatten entschieden, statt der einen großen lieber zwei kleinere zu bauen. Die eine auf der Südseite, die andere nördlich vom Hengststall. Auf diese Weise würde bei einem Unglück wie dem überstandenen Brand nicht alles vernichtet. Marie hatte mit Clara schon früher oft über eine solche Lösung gesprochen. Doch Claras Worte waren ungehört verklungen. Das hatte sich nun geändert.

Wilhelm, der seit Ende Februar offiziell Herr auf Friesenhain war, fragte seine Schwester in allen Belangen um Rat. Die beiden arbeiteten gut zusammen, dachte Marie, während sie nun durch das Tor in den Hof ging und diesen hinüber zur Treppe ins Herrenhaus überquerte. Vielleicht ähnlich wie sie selbst und Wilhelm, wenn es um dessen Geschichte ging.

Seit drei Wochen trafen sie sich allmorgendlich in der Bibliothek. Wilhelm diktierte ihr, wie die Geschichte rund um den jungen Ballonmacher Ferdinand weiterging. Zuerst war es nur stockend vorwärtsgegangen. Ein paar Worte. Zaudern. Durchstreichen. Eine andere Formulierung suchen. Wilhelm hatte mit sich gerungen. Insbesondere wenn es um Johanna, die Tochter des Großgrundbesitzers, gegangen war, hatte Wilhelm stets lange gezögert, ehe er etwas diktierte. Gerade diese Stellen interessierten Marie am meisten. Wilhelms Scheu hatte in Marie ein leises, banges Zittern ausgelöst. Doch sie hatte nie etwas gesagt, sondern nur notiert, was er aussprach.

Nach und nach war Wilhelms deutlich spürbarer Zwiespalt zwischen dem, was er eigentlich zu schreiben wünschte, und dem, was er für Marie als zuträglich erachtete, mehr und mehr zusammengeschrumpft. Die anfängliche Sprödigkeit war vergangen. Wilhelm erzählte lebhaft, führte aus, fand treffsicher die rechten Worte, sprach manchmal so schnell, dass Maries Feder nur so über das Papier flog. Hin und wieder hielt er inne. Aber nicht aus Verschämtheit, sondern weil er von ihr wissen wollte, ob sie diese oder jene Idee besser fände, wie sie einen bestimmten Gedanken formulieren würde. Oft griff er ihre Vorschläge auf, baute sie ein, dankbar für die wertvolle Hilfe. Und Marie war dabei so leicht und warm ums Herz, dass diese Momente sie durch den restlichen Tag trugen wie auf einer kleinen weichen Wolke. War es zwischen ihnen nicht ein wenig wie zwischen Ferdinand und Johanna, die einen Weg gefunden hatten, sich heimlich weiter zu treffen und gemeinsam am Ballon zu arbeiten, die weite Reise zu planen?

Heute, das wusste sie, würden sie den Text beenden. Der Heißluftballon war fertiggestellt. Der gewaltige Korb war gepackt. Ein Ort zum Aufstieg war gefunden. Ferdinand und Johanna hatten Tag und Stunde vereinbart, zu der sie einander verabschieden wollten. Denn natürlich würde der Großgrundbesitzer sie nicht ziehen lassen. In Marie kribbelte es vor Aufregung, während sie beschwingt die Stufen zum Hintereingang hinauf nahm. Noch wusste sie nicht, welchen Ausgang Wilhelm für die Geschichte erdacht hatte. Doch mit jeder Faser ihres Herzens, dem inneren Glühen einer leidenschaftlichen Leserin hoffte sie, dass Johanna all ihre Zweifel wortwörtlich über Bord werfen und mit Ferdinand in die Lüfte steigen würde. Fort von allem, was sie beide beschwerte.

Fröstelnd schloss Marie die Tür hinter sich und hängte ihren Mantel an die Garderobe in der Nische. Wenn sie im Stall arbeitete, trug sie stets eine warme Wolljacke über dem derben Rock. Doch zu den Treffen mit Wilhelm in der Bibliothek wählte sie immer eines der beiden Kleider für den Kirchgang, mit Puffärmeln und langem Rock, und dazu passte der Mantel besser.

Gimpel, der wie immer auf seinem Platz neben der Türe lag, klopfte mit dem Schwanz auf den Boden und winselte leise. Marie hockte sich kurz zu ihm und streichelte den großen schwarzen Kopf, aus dem die braunen Hundeaugen sie ratlos anblickten. Obwohl seine große Liebe den beiden Komtessen galt, schien es ihn zunehmend zu verstören, dass der Hausherr nicht mehr, wie üblich, im Arbeitszimmer auf und ab ging, Zigarre rauchte und Besuch empfing.

»Dies ist kein verlorener Posten«, raunte Marie dem Doggenrüden zu. »Der Graf ist körperlich auf dem Weg der Besserung, sagen alle. Es kann alles wieder gut werden, Gimpelchen.«

Der Hund hob die Ohren und sah sie fragend an. Von diesem treuen und liebevollen Blick fühlte Marie sich ganz und gar durchschaut. Als wisse der Rüde recht genau, dass für sie selbst ein solch gutes Ende ausgeschlossen war. Von diesem Gedanken so plötzlich aus ihrer Hochstimmung gerissen, strich sie Gimpel rasch ein letztes Mal über den Kopf, erhob sich und ging durch den Flur in die Halle. Das Ende der Geschichte, dachte sie, mit einem Mal viel grüblerischer als gerade noch. Würde dies auch das Ende der gemeinsamen Vormittage bedeuten? Hätte Wilhelm sich für diese Aufgabe noch die Schonzeit genommen, die ihm die Stunden mit Marie ermöglichten, und würde nach der Vollendung zu alldem übergehen, was von ihm als Gutsherr erwartet wurde?

Die Vorstellung von einem Wilhelm, der sich nicht weiterhin Geschichten ausdenken würde, sondern stattdessen über Rechnungen brütete, Verhandlungen führte und Pächter mit ihren Anliegen empfind, ließ etwas in Marie schmerzhaft aneinanderreiben wie zerbrochenes Glas. Wahrscheinlich sah niemand außer ihr, zu was der junge Graf in der Lage war, denn niemand wusste davon. Stattdessen betrachteten ihn nun alle nur von einer Seite: der des Gestütsleiters.

Während Marie die Halle durchquerte, versuchte sie,

diesen unschönen Gedanken beiseitezuschieben. Stattdessen dachte sie lieber an die Fortschritte, die Graf Hermann machte. Er wurde körperlich kräftiger, denn er nahm alle Speisen zu sich, die Frau Rühl sorgsam für ihn zubereitete. Emil Neumann berichtete in der Gesindestube davon, wie der Graf es zuließ, dass Emil ihn in den Morgenrock kleidete und seine vorsichtigen Schritte durchs Zimmer oder oben über die Flure begleitete.

Clara hatte erzählt, dass ihr Vater bisweilen den stummen Blick auf sie, Luise oder ihre Mutter richtete und dabei ein sonderbarer, ratloser Ausdruck in seine Augen trat. Clara war der Meinung, er sei tief verzweifelt darüber, nicht zu wissen, wer diese Menschen waren, die sich so rührend um ihn sorgten.

Und da waren auch die Ärzte, die nicht viel Hoffnung machten, was die komplette Genesung des Grafen anging. Sie sprachen davon, dass je länger dieser Zustand der Amnesie andauerte, die Wahrscheinlichkeit schwand, dass er zu seinem alten Selbst zurückkehren werde. Wahrscheinlich hatte dies Wilhelms letzte Zweifel an seiner Einsetzung als Gutsherr beseitigt, die ihm anfangs deutlich anzumerken gewesen waren.

Marie spreizte entschlossen die Finger. Wenn Wilhelm von nun an in dem goldenen Käfig gefangen sein würde, in den er geboren worden war, sollte der heutige Tag einer der leuchtenden darin sein. Indem er ihr das letzte Kapitel seines Romans diktierte und sie gemeinsam die Vollendung feiern würden.

Voller Vorfreude durchquerte sie die Halle, klopfte kurz an die Tür der Bibliothek und trat nach Wilhelms »Ja, bitte!« rasch ein. Schwungvoll bog sie um das Regal, das den größten Teil des Raumes vom Eintritt trennte – um dann dort in der Bewegung zu verharren. Ihr Magen zog sich schlagartig zusammen, um wie ein Stein in ihrem Bauch zu liegen, und sie hielt die Luft an.

Wilhelm stand vor seinem üblichen Platz, einem breiten Sessel in der Sitzgruppe am Kamin. Doch er war nicht allein. Gräfin Anna, nah bei ihm stehend, hatte die Hand an seinen Arm gelegt. Während den beiden gegenüber, vor dem Sofa mit dem geblümten Bezug, Baronin und Baroness von Assen die Köpfe kurz in Maries Richtung wandten. Es war das erste Mal seit Wochen, dass Marie die beiden Damen wieder auf Friesenhain sah.

»Ah, Marie, komm herein«, sagte Gräfin Anna und drehte sich dann wieder zum Besuch. Auch die Baronin schien das Auftauchen der Stallmeistertochter nicht weiter aus dem Konzept zu bringen. Doch Margarete sah derart abschätzend an Marie hinab und wieder herauf, dass Marie sich in ihrem Sonntagskleid ebenso unpassend fühlte, wie es in ihrer Stallkleidung der Fall gewesen wäre. Die Baroness hob eine der hellen Brauen, und eine feine Falte entstand kurz auf ihrer Stirn, ehe sie sich wieder umwandte.

Baronin von Assen, die bei Maries Eintreten wohl gerade in der artigen Verabschiedung begriffen gewesen war, fuhr fort, ohne sie zu beachten: »Wie gesagt, sind der Baron, meine Tochter und ich sehr erleichtert, Sie in so guter Verfassung vorzufinden, werter Graf. Und wenn für Sie dieses Treffen ebenso anregend war wie für uns, wollen wir es gerne bald wiederholen und den regen Kontakt wieder aufnehmen. Dies ist der sehnlichste Wunsch unserer Tochter, möchte ich betonen.« Sie sah zu Margarete, deren Wangen sich daraufhin mit einer reizenden rosaroten Farbe übergossen, während sie die Augen niederschlug. Von ihrer Position neben dem Regal konnte Marie sehen, wie die junge Frau dabei einen ängstlichen Blick auf Wilhelms verletzte Hand warf. Vor ein paar

Tagen hatte der Doktor den Verband abgenommen, und nun leuchtete an Fingern und Ballen die zarte neue Haut, die über den grauenvoll verbrannten Stellen wuchs.

»Das würde mich sehr freuen«, erwiderte Wilhelm nun der Baronin und neigte höflich den Kopf. Insgesamt wirkte er außerordentlich höflich in seiner ganzen Haltung.

»Da hören Sie es, liebe Baroness. Graf Wilhelm kann es kaum erwarten«, sagte Gräfin Anna, was Margaretes Röte vertiefte und ihre Mutter milde lächeln ließ.

Die Frauen verabschiedeten sich von Friesenhains Hausherrn mit einem Knicks, den Wilhelm nicht sehen konnte und der daher wohl eher seiner Mutter galt. Dann wandten sie sich zur Tür.

Marie huschte schnell zur Seite und knickste. Doch als die Damen vorübergingen, blieb Margarete von Assen vor ihr stehen.

Verwundert hob Marie den Blick und begegnete jenem aus den hellblauen Augen, der sie so irritiert musterte, als habe sich ein Huhn aus dem Hof zu ihnen hereinverirrt. Diese offensichtliche Verwunderung über ihr selbstverständliches Erscheinen in der Bibliothek traf Marie. Sie wusste, dass sie nicht wirklich hierhergehörte. Sie wusste, dass es Außenstehenden sonderbar vorkommen musste, wenn sie bei den Herrschaften so vertraut ein und aus ging. Doch heute versetzte Margaretes Blick ihr einen besonders schmerzhaften Stich.

»Ach, Sie sind es, Fräulein Paas«, flötete die Baroness, als habe sie Marie tatsächlich erst jetzt erkannt. »Sagen Sie, nachdem nun auf Friesenhain wieder alles seiner Wege geht, wäre es da nicht möglich, dass Sie wieder zu uns kommen und meinem Wallach endlich Manieren beibringen?«

Marie spürte, wie ihre Lider kurz flatterten.

»Sehr wohl, Baroness«, erwiderte sie und knickste erneut.

Margarete von Assen nickte ihr gnädig zu und schloss sich dann ohne jede Verabschiedung ihrer Mutter an.

Dann waren die Besucherinnen in Begleitung der Gräfin hinaus. Die Tür schloss sich hinter ihnen. Für einen kleinen Moment war es still im Raum.

»Marie? Du bist doch noch da?«, fragte Wilhelm und streckte die gesunde Hand aus. Marie ging rasch zu ihm, griff seine Finger und legte sie auf die gedrechselte Armlehne des Sessels, damit er nicht umhertasten musste, wenn er sich wieder setzen wollte.

»Natürlich«, antwortete sie möglichst unbefangen.

»Sie haben dich nicht begrüßt«, bemerkte er. Sie meinte in seiner Stimme eine Spur Verärgerung wahrzunehmen. Oder bildete sie sich das nur ein?

»Nun … Nein …«, murmelte sie. »Warum sollten sie? Ich bin nur eine Bedienstete.«

»Nun, zumindest daran scheint Margarete sich erinnert zu haben«, brummte er.

Marie wusste nicht, was sie antworten sollte. Die recht rüde Ansprache der Baroness hatte sie an ebenjener empfindlichen Stelle getroffen, die sie vor Wilhelm lieber nicht zeigen wollte.

Daraufhin schwieg auch er eine Weile, während er sich wieder in den Sessel sinken ließ.

In Marie überschlugen sich Gedanken und Gefühle. Vielleicht war es das unerwartete erneute Auftauchen von Baronin und Baroness von Assen, das dieses dumpfe Pochen in ihr machte. Der abschätzige Blick der Baroness, der Marie umso deutlicher gemacht hatte, wo ihr Platz war.

»Ich werde mein eigenes Gebaren den Dienstboten unserer Bekannten gegenüber wohl auch einmal überprüfen müssen und sie freundlicher behandeln«, stellte Wilhelm nachdenklich fest. »Clara ist in diesen Dingen viel besser als ich. Sie weiß die Namen der Hausdiener sämtlicher Familien, mit denen wir verkehren. Immer hat sie ein freundliches Wort für sie, erkundigt sich nach Eltern oder Kindern.«

Marie zwang sich zu einem kleinen Lachen. »Ja, die gute und so kluge Clara. Sie interessiert sich für alle, mit denen sie umgeht.«

»Es ist eine Frage von Respekt und Höflichkeit«, erklärte Wilhelm. »Du gehörst ebenso zu Friesenhain wie meine Schwestern oder ich selbst.«

Überrascht hielt Marie den Atem an. Er fand, dass sie ebenso hierhergehörte wie er selbst, wie Luise und Clara?

»Es zeigt deinen guten Kern, dass du das so siehst, Wilhelm«, sagte sie. »Aber andere, gerade die anderen Herrschaften, betrachten es wohl anders.«

»Diese Meinung jener anderen interessiert mich nicht«, antwortete er ein wenig heftiger als notwendig.

Etwas Warmes, Wohliges reckte sich in Maries Brust. Er stand für sie ein und, was für sie noch viel wertvoller war, handelte dabei aus seiner tiefen Überzeugung. Margarete von Assen mochte seine Verlobte sein, doch in dieser Sache stand er eindeutig auf ihrer Seite.

Von diesem warmen Gefühl ganz unerwartet getröstet, wollte Marie das unschöne Gesprächsthema möglichst rasch beiseiteschieben.

Sie ging zum Sekretär und nahm das Notizbuch heraus, das sie gestern dort hineingelegt hatte. Niemand außer ihnen nutzte diesen Schreibtisch, und so waren sie übereingekommen, dass sie die jeweils aktuelle Kladde dort aufbewahren wollten.

»Wir sind auf den letzten Seiten, Wilhelm«, sagte sie, während sie das Buch auf die Schreibfläche legte und aufschlug. »Aber ehe wir anfangen, möchte ich dir einen Vorschlag machen.«

»Hm?«, machte er, mit den Gedanken offenbar woanders. Womöglich bei der Baroness von Assen?

»Besitzt du noch die Korrespondenz mit dem Verleger, von dem du erzählt hast?«, erkundigte Marie sich harmlos.

Er legte den Kopf schief. »Gewiss. Oben in meinem Schreibtisch. Aber von Korrespondenz kann nicht die Rede sein. Ich habe ihm eine Anfrage geschrieben, ob er an Zusendung von unaufgeforderten Manuskripten interessiert ist. Er antwortete: Ja, das sei er, denn auf diese Weise hätte der Verlag schon so manchen Schatz entdeckt. Und das ist es bereits.«

»Hervorragend!«, sagte Marie betont munter. »Dann bist also du mit deiner Antwort an der Reihe.«

Wilhelm merkte auf. »Welche Antwort?«

Jetzt durfte sie nicht zögern! Sie musste so selbstverständlich wie entschlossen sein und jeden aufkommenden Zweifel im Keim ersticken.

»Die Antwort, in der du ihm deine Geschichte umreißt und die ersten kopierten einhundert Seiten beilegst. So kann er einen Eindruck bekommen, wie du schreibst und worum es in deinem Buch geht«, erklärte sie daher mit fester Stimme.

Für einen kurzen Moment schien Wilhelm wie erstarrt.

»Aber …«, begann er dann und brach ab.

»Aber?«, wiederholte Marie. »Ich bin gespannt, welche überzeugenden Argumente dir nun einfallen werden, um dies nicht zu tun. Welche gegen all die guten Argument sprechen, die sagen: *Tu es!*«

Er zögerte. Und plötzlich wusste sie es: Sie wusste, dass auch er schon daran gedacht haben musste! Innerlich jubelte sie.

»Ich … bin jetzt Herr über Friesenhain«, sagte er schließlich wenig überzeugend.

»Und? Ist das ein Grund, warum du keine Bücher schreiben solltest?«, erwiderte sie gleich eifrig, denn auf diesen Einwand war sie vorbereitet. »Aber selbst wenn du nicht möchtest, dass alle Welt von deiner Leidenschaft weiß, gibt es doch die Möglichkeit, unter einem anderen Namen zu veröffentlichen. Denk nur an Jane Austen oder die Brontë-Schwestern.«

Wilhelm dachte nach. Dann hob er die Hand mit den Narben zu einer ratlosen Geste.

»Und die Kopien?«, fragte er. »Ich kann das nicht tun, wie du weißt. Jemanden damit zu beauftragen, möchte ich nicht …«

»Ich bin bereits fast fertig«, teilte Marie ihm mit und konnte den leisen Triumph in ihrer Stimme nicht unterdrücken.

»Du?«, stieß er verblüfft aus.

»Ja. Statt zu lesen, habe ich abends aus den ersten Kladden den Text auf leere Blätter kopiert. Ich hoffe, es ist ordentlich genug geworden.«

Wilhelm schien den Atem anzuhalten.

Doch dann veränderten sich seine Züge. Sie wurden weich. »Marie«, sagte er dann leise. »Wie kann ich dir das je vergelten?«

Seine Worte rührten sie so tief, dass sie beim ersten Ansatz einer Antwort keinen Ton herausbrachte. Doch dann räusperte sie sich und überspielte ihre Empfindung, wie sie es in den letzten Wochen so oft getan hatte.

»Das kann ich dir sagen: Du wirst mir jetzt das letzte Kapitel diktieren. Sodass ich endlich weiß, wie diese Geschichte endet. Zu keinem anderen Zweck hätte ich mich auf all diese Stunden eingelassen«, sagte sie scherzhaft.

Er lachte nicht. Stattdessen wirkte er plötzlich gequält.

Bestürzt wollte sie gerade fragen, ob er Schmerzen habe, da gab er sich einen deutlichen Ruck und nickte.

»Ich habe keine Ahnung, woher du stets so gut weißt, was ich mir wünsche oder was mir guttut, Marie. Aber wie heißt es so schön? *Wenn der Himmel dir einen Engel sendet, solltest du ihm nicht die Tür weisen*«, sagte er. »Lass uns beginnen.«

Luise

35

Nach dem sonntäglichen Kirchgang war Luise mit Max in Ibbenbüren geblieben, und nun wanderten sie schon eine Weile im Haus herum. Sie beratschlagten, welche der dunklen Herrenmöbel, wie Luise sie scherzhaft nannte, den Umzug zur Villa Schwalbe mitmachen sollten.

»Was findest du nur an diesem grässlichen Schreibtisch?«, wunderte Luise sich gerade, während sie in dem Salon des großbürgerlichen Hauses standen, welches in den allermeisten Fällen sehr hübsch eingerichtet war. Die Wände wurden freilich von den kostbaren Tapeten geziert, die die Fabrik der Geschwister Brugge herstellte. Florale Muster boten Eleganz. Gerahmte Gemälde, die Paula ebenfalls meisterhaft in Szene setzen konnte, luden immer wieder zum Bestaunen ein. Papageien, fremdartige Früchte und Blüten erweckten hier und dort den Eindruck, dass sie sich in einer fernen Welt befanden.

Ein wenig fühlte Luise sich auch so. Denn hier, in dem Haus, in dem Max lange mit seiner Schwester und deren Liebsten gewohnt hatte, war von den dunklen Wolken nichts zu spüren, die seit dem Brand über Friesenhain dräuten.

Wenn sie nur ein bisschen dieser Leichtigkeit mitnehmen könnte, die hier meist herrschte.

Weniger erpicht war sie jedoch auf einige Möbelstücke, die bereits auf ihre Liste gewandert, wieder durchgestrichen worden waren und nun erneut zur Diskussion standen.

»Es ist ein Unikat«, argumentierte er nun mit verliebtem Blick auf das Scheusal von Schreibtisch.

Luise lachte schallend. »Da hast du recht. Ich habe noch nie eine so grauenhafte Mischung aus verschiedensten Stilen gesehen. Dann diese Farbe. Was will sie sein? Schwarz? Braun? Grau? Und diese Drachenköpfe und geifernden Fabelwesen überall.« Sie tat, als würde sie vor einem der geschnitzten gruseligen Gesichter zurückschrecken, die den Aufbau des Sekretärs auf fragwürdige Weise verzierten. Max nutzte die Gelegenheit, sie aufzufangen und eng an sich zu ziehen.

»Max!«, wisperte sie leise und schielte zur Tür. »Was soll Irmgard denken?« Sie konnte die Haushälterin und zugleich Mädchen für alles bei den Brugges in der Küche mit Töpfen klappern hören.

»Dass meine Ehefrau gnadenlos ist und mir nicht die kleinste alltägliche Freude gönnt«, flüsterte Max zurück und küsste sie zärtlich auf den Hals. Eine wohlige Gänsehaut überlief ihren Nacken, und ihr kam der Verdacht, dass er mit unfairen Mitteln spielte. »Vielleicht freundest du dich mit dem Schreibtisch an, wenn ich dir sage, dass ich daran den Artikel verfasst habe, der dich damals dazu brachte, auf Jeltje hierherzugaloppieren und mir auf offener Straße zu erklären, wie wundervoll du mich findest?«, schlug er vor.

»Nicht dich«, korrigierte sie ihn amüsiert. »Sondern deine offenen Worte, denen deine Unterstützung der Frauenrechte so deutlich zu entnehmen waren.« Doch als seine Lippen zu ihren wanderten und sie in einem tiefen Kuss versanken, war sie selbst nicht mehr ganz so sicher, was das anging.

»Also meinetwegen«, sagte sie schließlich, als sie sich wieder voneinander lösten. »Nehmen wir ihn mit.«

Sie legte die Liste mit den Möbeln auf dem Esstisch ab, wo auch der kleine Bücherstapel wartete, mit dem Tierarzt Doktor Heuser sie nach dem Kirchgang versorgt hatte. Luise freute sich über seine Anteilnahme an ihren Prüfungsvorbereitungen für die Hochschule. Immer wenn neben all den Aufgaben, die auf Friesenhain in den letzten Wochen angefallen waren, Zeit war, las Luise in der ausgeliehenen Literatur und lernte Fachbegriffe. An so manchen Abenden saß sie zusammen mit Clara in der Bibliothek, beide über Bücher gebeugt. Sie selbst murmelte die Namen von Tierkrankheiten oder lateinische Begriffe für Knochen und Gelenke vor sich hin, während Clara die Geschäftsbücher wälzte, rechnete und Ausgaben kürzte, wo es nur ging. Auf diese Weise war auch Luise stärker als zunächst gedacht in die Belange des Gestüts eingetaucht. Sie hatte Max von den Zahlen berichtet. Und so war es gekommen, dass er darauf bestanden hatte, die Kosten für die Umbauten an der Villa Schwalbe selbst zu tragen. Was ihm bei all den kürzlich in der Tapetenmanufaktur getätigten Investitionen nicht leichtfiel, wie Luise wusste.

Dass ihre Hochzeitsreise nach Italien deswegen auf unbestimmte Zeit verschoben werden musste, war Luise gleich. Die Fachliteratur mahnte sie, dass es noch viel zu tun gab. Und die Stunden, in denen sie zusammen mit Max ihre gemeinsame Zukunft plante, waren Leuchtstreifen, die auch dunklere Stunden erhellen konnten.

Als sie nun den Deckel eines Buches über Krankheiten beim Hund aufschlug, um einen kurzen Blick hineinzuwerfen, hörte Luise die Haustür gehen. Sie stürzte zur Salontür, dicht gefolgt von Max.

Vorn an der Garderobe legten Paula und Hedwig ihre

Mäntel und Hüte ab, sodass Luise nicht gleich in ihren Gesichtern forschen konnte. Doch spürte sie die gedrückte Stimmung, die mit ihrer Schwägerin und deren Gefährtin in den Flur geweht war.

»Da seid ihr endlich! Habt ihr sie gesehen?«, wollte Luise wissen, obwohl sie die Antwort schon ahnte.

Paula seufzte laut. Ihre gesamte kleine, rundliche Gestalt machte einen niedergeschlagenen Eindruck. Hedwig dagegen, größer und in ihrer gesamten Erscheinung samt Damenanzug drahtig, wirkte eher wütend.

»Wir konnten Änne sehen«, teilte sie ihr und Max mit, während sie im engen Flur Paula den Vortritt ließ. Die beiden kamen zu ihnen in den Salon, und Paula ließ sich, sichtlich mitgenommen, auf das Sofa plumpsen.

»Habt ihr mit ihr gesprochen?«, hakte Luise rasch nach. »Wie geht es ihr und den beiden Kleinen? Hat Reuben etwa seine Wut auf uns wirklich an ihnen ausgelassen?«

Seit Reubens unangenehmem Auftritt in der Halle Friesenhains vor drei Wochen waren Clara, Marie und sie mehrfach in Richtung des Hofes geritten. Doch waren ihre Versuche vergeblich gewesen, die drei Reuben-Mädchen in der Hofeinfahrt oder der Nähe des heruntergekommenen Anwesens anzutreffen. Und so war Luise begeistert gewesen, als Paula und Hedwig am Morgen vorgeschlagen hatten, mit der Kutsche hinzufahren und ihrerseits ihr Glück zu versuchen.

Während Paula den Kopf schüttelte, das Gesicht in den Händen verborgen, lief Hedwig ruhelos auf und ab.

»Gesprochen haben wir sie nicht«, erzählte sie, während sie die Fäuste in die Hosentaschen grub. »Aber wir konnten ihr Gesicht hinter dem Fenster im Erdgeschoss sehen. Sie hat uns zugewunken. Und …«

»Ja?«, machte Luise atemlos.

»Sie hat geweint«, flüsterte Paula und hob den Kopf. »Ich bin mir ganz sicher. Das arme Kind muss völlig verzweifelt sein. Zuständig für die jüngeren Schwestern, das Zubereiten vom Essen für Vater und Bruder, die Versorgung vom Vieh. Und dann hat dieser Unhold ihnen gewiss das Spielzeug fortgenommen, so wie er es euch gegenüber angedroht hat. Ganz sicher aber ist, dass er ihnen verbietet, zu uns Kontakt aufzunehmen. Ich weiß genau: Wenn Änne gekonnt hätte, wäre sie schnell wie der Blitz bei uns gewesen. Aber so konnten wir nur winken und eine Kusshand zuwerfen.« In Paulas Augen, die Luise auf Frauenversammlungen und in politischen Diskussionen schon vor Eifer und Tatendrang hatte blitzen sehen, standen Tränen der Hilflosigkeit.

»Was können wir tun?«, fragte Luise und wandte sich an Max, der zu seiner Schwester getreten war und ihre Schulter streichelte. »Vor ein paar Monaten hat es gefruchtet, dass Wilhelm diesem Kerl mit seinen angeblichen Freunden vom Regiment gedroht hat. Unser Bruder hat einfach behauptet, dass jene Soldaten, die aus dem Freiwilligen Jahr als Reserveoffiziere hervorgegangen und an den Universitäten in Verbindungen versammelt sind, solches Unrecht, von dem sie zu hören bekommen, auf ihre ganz eigene Weise sühnen. Vielleicht könnten wir Reuben auf ähnliche Art einschüchtern?« Ihre Eltern hatten sie nach Recht und Ordnung erzogen. Doch in diesem Falle war sie bereit, ebenso wie Wilhelm im letzten Jahr, diese Grenze zu überschreiten.

»Ich glaube, wir müssen die Polizei einschalten«, wandte Hedwig ein, die ans Fenster getreten war und sich nun abrupt zu ihnen umdrehte. »Wenn wir Reuben drohen und das herauskommt, haben wir am Ende gar keine Handhabe mehr, die Kinder mithilfe des Gesetzes dort herauszuholen.«

»Gesetz?«, spuckte Paula aus. »Ihr habt doch Frau Ulmbein auf der Versammlung gehört. Das Gesetz steht nicht auf der Seite der Schwachen.«

Max nickte mit ernster Miene. »Wenn wir nicht beweisen können, dass Reuben den Kleinen schadet, wird die Polizei sich hüten, einem Mann seine Kinder fortzunehmen. Besonders, wenn wir keinen Platz für sie haben, sondern sie dann in ein Waisenhaus müssten.«

Bei diesem Wort zuckte Paula regelrecht zusammen.

Luise ließ ihren Blick über den Schreibtisch wandern, über den sie gerade mit ihrem Mann diskutiert hatte. In seinen Zimmern oben war bereits über alle Sachen entschieden, und heimlich hatte sie sich gefragt, was Paula und Hedwig wohl mit den Räumen tun würden, wenn sie erst einmal leer geräumt wären.

Vielleicht war es diese Frage, die ihr plötzlich eine Idee durch den Kopf schießen ließ.

»Wären die Chancen größer, die Kinder von dort fortzuholen, wenn wir einen guten Platz für sie hätten?«, erkundigte sie sich bei den anderen.

Max nickte entschieden. »Herr Ulmbein hat berichtet, dass in ähnlichen Fällen die Justiz eher ein Einsehen hatte, wenn nachgewiesen werden konnte, dass es den Kindern in einem neuen Zuhause so viel besser gehen wird.« Luise überlegte kurz. War ihre Idee verrückt? Konnte sie es einfach so sagen?

»Vielleicht gäbe es ja eine Lösung«, sagte sie dann und spürte, wie ihre Hände leicht schwitzig wurden.

Ihr Mann, ihre Schwägerin und deren Gefährtin sahen sie verwundert und aufmerksam an.

»Nun, ich erinnere mich, dass ihr einmal davon gesprochen habt, ein Kind aufzuziehen sei ein Wunsch von euch?«, wandte Luise sich an die beiden Letzteren.

Hedwig wirkte plötzlich wie vom Blitz getroffen. Sie streckte die Hand aus und griff an Paulas Schulter, wo sich ihre Finger in den Blusenstoff gruben.

Als Paula zu ihr aufsah und den Ausdruck auf dem Gesicht ihrer Liebsten deutete, begriff auch sie plötzlich. Prompt schoss ihr das Blut ins Gesicht, und ihre Lippen lösten sich voneinander, um tief Luft zu holen.

»Du meinst …?«, wisperte sie, als getraue sie sich nicht, die Worte laut auszusprechen. »Du meinst, wir sollten … die Kinder zu uns nehmen?«

»Warum denn nicht?«, rief Luise und presste die Hände aneinander. »Schließlich entführe ich euch den Mitbewohner, der seine Zimmer räumt. Und bevor ihr euch in einem Armenhaus umschaut, welchem Würmchen ihr ein Zuhause geben wollt, liegt diese Lösung doch nahe.«

Max schaute vollkommen verdattert drein. Doch Hedwig und Paula schienen gedanklich bereits einen Schritt weiter zu sein.

»Es war immer die Rede von *einem* Kind«, sagte Hedwig tonlos, während ihre Augen in die Paulas tauchten.

»Aber warum eigentlich?«, antwortete die zögernd. »Wenn eines bei uns Unterschlupf, Erziehung und Bildung haben könnte, warum dann nicht …«

»… gleich drei?«, beendete Hedwig ihren Satz.

Einen Moment schien alles in der Schwebe zu hängen, und Luise hätte nicht sagen können, ob ihre Idee in Köpfen und Herzen der Beteiligten auf Zuspruch oder entsetzte Ablehnung stieß.

Doch dann zuckten Hedwigs Mundwinkel. Vorsichtig, als getraue sie es sich nur ganz langsam, begann sie zu lächeln. Und Paula lächelte zurück. Ihre Augen begannen zu glänzen.

»Änne könnte ein eigenes Zimmer haben, und die beiden Kleinen teilen sich eines«, sagte sie leise.

»Wir können ihnen Schreiben, Lesen und Rechnen beibringen und sie dann in die Schule schicken, damit sie auch mit anderen Kindern zu tun bekommen«, ergänzte Hedwig.

»Ich weiß, dass Berta sehr gut zeichnet. Vielleicht haben die beiden anderen auch Talente, die wir fördern können«, setzte Paula fort.

Da ging ein Ruck durch Hedwig, und sie wurde plötzlich wieder ernst. »Solange ich studiere, bin ich unter der Woche oft fort«, gab sie zu bedenken. »Du würdest die meiste Arbeit mit ihnen haben, Paula.«

Doch die war bereits von dem Gedanken an die drei Mädchen im Brugge-Haus so angetan, dass ihre Augen nur so blitzten.

»Arbeit nenne ich das nicht!«, erklärte sie. »Schon gar, wenn so viel Schönes auf uns wartet. Außerdem hat Irmgard sich schon beschwert, dass ja kaum zu tun bleibt, wenn Max erst einmal draußen auf dem Land wohnt. Sie wird begeistert sein von einer neuen Aufgabe.«

Luise blickte zu Max.

Der schüttelte schmunzelnd den Kopf.

»Ich sehe schon, ich muss mir keine Sorgen machen, wie ihr ohne mich zurechtkommen werdet«, sagte er.

»Du findest die Idee auch gut, Max?«, erkundigte Luise sich.

Er streckte die Hand nach ihr aus, und sie ergriff sie, während sie beide zu seiner Schwester und deren Gefährtin schauten.

»Ich finde, es ist eine wundervolle Idee, Paula, Hedwig! Allerdings …« Er hob den Zeigefinger der freien Hand. »Allerdings müssen wir uns gut überlegen, wie wir vorgehen wollen. Und zuallererst sollten die drei Mädchen gefragt werden, ob sie so einen Wechsel in ein neues Zuhause überhaupt wollen.«

Bestürzt sahen Paula und Hedwig ihn an. Dann fassten sie sich beide rasch.

»Natürlich!«, stieß Hedwig aus. »Es soll nichts gegen ihren Willen geschehen.«

»Aber wie wollen wir …?«, begann Paula ratlos.

Luise erfasste, was sie sagen wollte: Wie wollten sie die Kinder erreichen und ihnen diesen Plan mitteilen?

Sie überlegte bereits fieberhaft.

»Es geht nicht sofort«, sagte sie dann. »Wir brauchen Geduld und etwas Zeit – für die Planung und für besseres Wetter.«

Die anderen drei sahen sie fragend an. Sie hob die Schultern. »Sobald sich niemand von uns mehr bei Reuben blicken lässt, wird er annehmen, dass wir die Mädchen aufgegeben haben«, erklärte sie. »Natürlich werden wir Änne eine Nachricht zukommen lassen, damit sie weiß, dass dem nicht so ist, und nicht den Mut verliert. Sicher werden Alfred und Rudi dabei gern mitwirken.« Sie drückte Max' Finger, der in gespieltem Schmerz das Gesicht verzog, so enthusiastisch war sie. »Und dann werden erneut Treffen mit den Kindern an einem vereinbarten Treffpunkt außerhalb vom Hof viel leichter sein. Zur ersten Gelegenheit werdet ihr die Kinder fragen können, ob sie bei euch leben wollen. Und wenn sie zustimmen, weihen wir die Ulmbeins ein und schmieden mit ihnen einen Plan, wie wir vorgehen können!«

Mit funkelnden Augen sah Luise sich in ihrer kleinen Runde um. Paula hing mit hoffnungsvollem Blick an ihrem Gesicht. Hedwig reckte eine Faust in die Höhe. Und Max lächelte breit.

»Den Kampf lohnt es«, sagte er.

Und wie im Chor antworteten Luise, Paula und Hedwig: »Dann werden wir kämpfen!«

Marie

36

»Schau, Pegasos, die Decke kennst du ja schon«, sagte Marie zu dem zweijährigen Hannoveraner-Wallach, den sie in der Stallgasse angebunden hatte. Sie ließ ihn an der Satteldecke schnuppern, strich damit über seine Brust und seinen Hals und legte sie ihm dann über. »Heute kommt noch etwas anderes dazu.« Damit nahm sie den leichten Sattel, den Alfred ihr auf dem Bock bereitgestellt hatte. Der kleine Stallbursche stand mit ein wenig Abstand und beobachtete genau, wie Marie das junge Pferd zuerst den Sattel erkunden ließ und ihn dann ohne großes Zögern auf dessen Rücken legte.

Pegasos, ein hübscher Brauner, stand zuerst ganz still. Dann wandte er beinahe verwundert den Kopf und versuchte, an dem Ding auf seinem Rücken zu schnuppern. Marie musste schmunzeln.

»So ist es recht«, sagte sie leise und strich ihm lobend über den Hals. An Alfred gewandt, erklärte sie: »Siehst du? Wenn wir ihnen genug Ruhe und die Gelegenheit geben, sich mit der neuen Situation anzufreunden, wehren sie sich gar nicht gegen den Sattel. Wir müssen ihnen nur gleich die Furcht nehmen. Dann ist es kein Problem. Und nicht zu lang. Immer aufhören, solange das Pferd es noch brav duldet.« Damit zog sie den Sattel wieder herab und legte ihn zurück auf den Bock.

Alfred wollte noch etwas fragen, doch da ertönte von der Stalltür her ein Räuspern, das Marie an diesem Ort seltsam fremd erschien, da sie es nur aus dem Haus kannte. Es war der erste Hausdiener, der über seine übliche Livree notdürftig einen Mantel geworfen hatte.

»Ranke, was tun Sie denn hier?«, erkundigte sie sich verwundert und leicht beunruhigt.

»Der gnädige Herr hat mir aufgetragen, Sie augenblicklich aufzusuchen und um Ihr Erscheinen in der Bibliothek zu bitten, Fräulein Paas.« Der Mittdreißiger mit der biegsamen Figur, die seinem Namen alle Ehre machte, warf einen resignierten Blick auf seine Schuhe hinunter, die üblicherweise auf Hochglanz poliert waren, nun jedoch deutliche Spuren von Schneeregen und Matsch zeigten. »Es war nicht einmal Zeit, um in die Stiefel zu wechseln.«

Marie schrak zusammen. Was konnte so wichtig sein, dass Wilhelm Ranke so eilig hinausjagte.

»Was ist passiert?«, wollte sie sofort wissen. Doch da Ranke nur die Schultern hob, wandte sie sich an Alfred: »Bring Pegasos zurück in die Box und gib ihm Futter.«

»Mach ich, Fräulein Paas«, erscholl Alfreds noch helle Jungenstimme. »Und darf ich dann hinauf zu Rudi? Ich habe heute noch gar nicht nach ihm geschaut.« Der Arm des zwei Jahre älteren Stallburschen verheilte gut. Doch noch musste er in der Dienstbotenkammer unter dem Dach Ruhe halten, was ihm zunehmend schwerfiel.

»Natürlich.« Marie nickte ihm zu und beeilte sich dann, Ranke zu folgen, der sich bereits wieder umgewandt hatte. Als sie aus der Stalltür trat, sah sie ihn ein wenig ungelenk über den Kiesweg entlang der Boxen staksen. Sie selbst machte sich nicht die Mühe, den saubereren Weg zu wählen, sondern eilte quer über die matschige Rasenfläche in der Mitte des Hofes, erreichte die Treppe hinauf lange vor Ranke und schlüpfte hinein. Viel zu aufgeregt war sie nach dieser überraschenden Aufforderung. Was konnte dort drinnen nur geschehen sein? Ging es Wilhelm etwa schlecht? Machten seine Augen ihm zu schaffen, der Schmerz, den er immer mal wieder dahinter verspürte? Oder gab es gar Neuigkeiten zum Grafen? Aber warum ließ Wilhelm sie dann in die Bibliothek holen?

Halt, nein! Es musste etwas mit den Kindern sein! Luise hatte Clara, Wilhelm und sie gestern in die Pläne eingeweiht, die den Reuben-Kindern dazu verhelfen sollten, fortan ein glücklicheres Leben zu führen als bei ihrem gewalttätigen Vater. Ja, gewiss! Solche Dringlichkeit hatte gewiss mit ihnen zu tun.

Drinnen im Haus schnürte sie mit fliegenden Fingern hastig die Stiefel auf, ließ sie an Ort und Stelle liegen und rannte nur auf Strümpfen den Flur entlang und durch die große Halle.

Die Bibliothekstür war nur angelehnt. Sie klopfte rasch und trat fast zeitgleich ein.

Als sie um das Regal herumschlidderte, sah sie Wilhelm an seinem üblichen Platz. Er stand hinter seinem Lieblingssessel und hatte die Hände um dessen hohe Lehne gelegt.

»Hier bin ich«, keuchte sie und kam im nächsten Moment neben ihm zum Stehen. »Ist etwas mit Änne und ihren Schwestern? Habt ihr etwas gehört?«

Sie fasste Wilhelm genauer ins Auge. Er wirkte angespannt, doch auf höchst erregte Weise.

Da griff er in die Tasche seiner Weste und zog etwas heraus. Einen Briefumschlag.

»Gerade kam die Morgenpost«, teilte er ihr mit. »Und der gute Ranke hat genau getan, worum ich ihn gebeten habe: Wenn ein Brief von einem gewissen Absender unter den Schreiben sein sollte, diesen auf direktem Wege zu mir zu bringen und zu niemandem sonst ein Wort darüber zu verlieren.«

Marie holte tief Atem. »Oh, Wilhelm! Heißt das, der Verleger hat geantwortet? Schon? Kann er denn die hundert Seiten bereits gelesen haben?«

Als Antwort streckte er die Hand mit dem Kuvert darin aus. Das Papier zitterte.

»Lies vor!«, bat er, seine Stimme ebenso aufgeregt, wie sie sich nun fühlte.

Marie nahm den Umschlag, öffnete ihn und entfaltete das Blatt.

»*Sehr verehrter Graf von Scheweney*«, las sie. »*Ihr Päckchen erreichte mich zu günstiger Stunde, und so habe ich mich gleich dem wunderbaren Genuss Ihres Manuskriptes hingeben können … Wunderbarer Genuss*, schreibt er!«, unterbrach sie sich selbst entzückt. »Das steht hier wortwörtlich!«

»Weiter!«, verlangte Wilhelm, mit beiden Händen wedelnd.

Marie schluckte und fand die Zeile wieder: »*Mit größtem Interesse habe ich die Geschichte von Ferdinand und seiner Suche nach dem Glück gelesen und kann es kaum erwarten, auch den Rest des Textes vor mir zu haben.* – Hörst du, Wilhelm? Er kann es kaum erwarten! – *Bitte entschuldigen Sie daher die Eile, zu der ich dränge. Denn da ich am Mittwoch für einige Zeit nach Italien reise, bliebe für ein Treffen und ein Gespräch über die vertraglichen Bedingungen zur Veröffentlichung* … Oh!« Marie stieß ein Geräusch zwischen Jubel und Schluchzer aus, ehe sie weiterlesen konnte: »… *vertragliche Bedingungen zur Ver-*

öffentlichung nur der Dienstagnachmittag. Wenn Ihre Zeit und Ihre sonstigen Geschäfte es gestatten, würde ich mich freuen, Sie zum Tee in unserem Verlagshaus in Osnabrück begrüßen zu dürfen. Bitte um Nachricht per Telegramm. Hochachtungsvoll, Gustav Lobrecht, Verleger.«

Sie ließ das Blatt sinken.

Wilhelm stand starr wie eine Statue.

»Er will es drucken!«, flüsterte Marie. Wiederholte es lauter: »Er will es drucken, Wilhelm!«, und sehr laut: »Er will dein Buch drucken!« Sie konnte einfach nicht anders, als diese unbändige Freude herauszulassen, die sie empfand.

Und damit schien auch Wilhelm aus seiner Versteinerung zu erwachen. Seine Mundwinkel hoben sich, und ein Lachen drang aus seiner Kehle, das Marie schon viel zu lange nicht mehr gehört hatte. Es war kein amüsiertes oder heiteres Lachen, nein, es war ein Lachen des Glücklichseins.

»Er kann es kaum erwarten!«, rief Wilhelm und schlug mit beiden Händen auf die Sessellehne, dass es klatschte.

»Und den ersten Teil hat er *genossen*!«, frohlockte Marie. »Du musst auf jeden Fall morgen hinfahren, Wilhelm! Wer weiß, wie lange Herr Lobrecht weg sein wird. Im aufgehenden Winter ist Italien bestimmt verlockend. Am Ende sind es Wochen. Das könnte ich nicht aushalten. Du fährst doch morgen, nicht?« Ehe sie sichs versah, stand sie dicht neben ihm und hatte seinen einen Arm gefasst.

Wilhelm grinste sie an. Er konnte sie nicht sehen, und doch grinste er mitten in ihr Gesicht, das ihn ebenso anstrahlte.

»Und ob ich fahren werde!«, sagte er. Doch mit diesen Worten erlosch der größte Teil der Freude in seinen Zügen.

Er wurde still. Und Marie ahnte, was nun kommen würde.

»Allein geht es nicht«, sagte er denn tatsächlich. »Ich kann ja schlecht Wolff mit ins Verlagshaus nehmen. Der gute Mann würde vor Verlegenheit nicht wissen, wie er stehen und wohin er sehen soll.«

Marie überlegte. »Du könntest Luise oder Clara fragen«, schlug sie vor.

Wilhelm schien diese Möglichkeit kurz zu erwägen. Doch dann schüttelte er den Kopf.

»Luise und Max fahren am Mittwoch nach Hannover, wo Luise ihre Prüfung vor den Studienräten an der Tiermedizinischen Hochschule bestehen muss«, erinnerte er sie. »Sie hat sich auf ihrem Zimmer in den Büchern vergraben. Und Clara hat derzeit auf dem Gut alle Hände voll zu tun. Ich bin noch lange nicht so weit, alles Geschäftliche zu übernehmen, wie du weißt. Und wo sie mich schon so hervorragend vertritt, will ich sie mit einem ganzen Tag, den der Ausflug dauern wird, nicht vom Notwendigen hier abhalten. Außerdem möchte ich erst von dieser Neuigkeit erzählen, wenn es wirklich sicher ist«, wandte er weiter ein. »Wer weiß? Vielleicht ist Herr Lobrecht vom Rest meiner Geschichte gar nicht mehr so begeistert und will es am Ende dann doch nicht. Wie stehe ich dann da?«

»Als jemand, der es mit ganzer Kraft versucht hat!«, antwortete Marie sofort aus tiefster Überzeugung. »Ich würde nicht einen Moment an dir zweifeln, sondern einen anderen Verleger suchen!« Ein kurzes Zögern. Dann hatte sie es bereits gesagt: »Ich könnte dich begleiten.«

Doch ehe Wilhelm antworten konnte, ertönte ein lautes Klopfen an der Tür.

Wilhelm rief: »Herein!«, und Marie ließ seinen Arm los, trat hastig einen Schritt zur Seite.

Es war Gräfin Anna, die um das Regal herumkam und sie beide verwundert musterte, während sie mit vor sich verschränkten Händen neben dem Regal stehen blieb.

»Ich ging gerade durch die Halle und hörte … Rufe?«, sagte sie. »Gibt es Anlass zur Freude?«

Marie senkte den Blick und hielt den Brief möglichst unauffällig so an ihrer Seite, dass er der Gräfin nicht auffallen mochte. Als sie aus den Augenwinkeln zu Wilhelm schielte, sah sie, dass er zu zögern schien.

Dann ging ein Ruck durch ihn.

»Das ist in der Tat so, Mama«, sagte er. »Womöglich gibt es tatsächlich Anlass zur Freude. Aber bis ich dir davon erzählen kann, vergeht noch ein Tag. Ich werde morgen nach Osnabrück reisen. Marie begleitet mich.«

Für einen kurzen Augenblick erwartete Marie Widerspruch. Dann sah es so aus, als ringe die Gräfin mit sich und wolle liebend gern nachfragen. Doch zu Maries Überraschung entschied die Hausherrin sich auch dagegen. Der oft so strenge Zug im schönen Gesicht der Gräfin glättete sich, und ein kleines Lächeln erschien.

»Es wird auch Zeit für gute Neuigkeiten, Wilhelm«, sagte sie schlicht. »Ich werde Wolff sagen, er soll das Coupé vorbereiten. Es hat die breiteren Räder und ist leichter. So kommt ihr besser über die aufgeweichten Straßen.« Und mit diesen Worten ging sie wieder hinaus.

Marie

37

Marie konnte sich nicht daran erinnern, jemals so lange vor dem kleinen Spiegel in ihrem Zimmer gestanden zu haben. Nicht einmal zur Hochzeit von Luise und Max. Doch heute Morgen wollte sie einfach nicht zufrieden werden mit ihrem Erscheinungsbild. Zunächst hatte sie die Haare zu einem Knoten gesteckt. Den fand sie zu streng und hatte sich an den Schläfen Locken frisiert. Das erschien ihr jedoch albern, und sie hatte eine lockere Steckweise mit Pony versucht.

»Vielleicht sollte ich froh sein, dass ich beim Kleid keine Wahl habe«, brummte sie sich selbst im Spiegel zu.

Ihr Festkleid von der Vermählungsfeier wäre viel zu pompös, hatte sie befunden. Außerdem hatte es bei Kurts Angriff im Stall Schaden genommen, und sie war noch nicht dazu gekommen, dies zu korrigieren.

Von ihren beiden Sonntagskleidern war das eine für den späten März zu dünn, selbst wenn sie ihren dicken Mantel darüber trüge. Also hatte sie nun ihr dunkelbraunes angezogen, in dem sie sich normalerweise regelrecht fein fühlte. Doch heute entdeckte sie plötzlich, dass es an den Ellenbogen ein wenig abgetragen wirkte. Und sah man dem Spitzenkragen nicht an, dass er schon ein paar Jahre alt war?

Unten in der Stube hörte sie ihren Vater hin und her laufen. Er hatte vorgegeben, unbedingt ein paar Dinge in seinen Büchern nachschlagen zu müssen. Doch sie kannte ihn zu gut, um diese Ausreden zu glauben, und ihr Herz weitete sich bei dem Gedanken, dass er ihre Aufregung spürte und ihr beistehen wollte.

Als sie hinunterlauschte, unentschlossen, ob sie endlich gehen sollte, obwohl noch Zeit bis zur Abfahrt war, hörte sie plötzlich ein Klopfen an der Tür. Die Schritte ihres Vaters. Seine Stimme. Und eine weibliche, die ihm antwortete. Rasch verließ sie ihre Kammer und eilte die schmale Stiege hinunter.

»Clara? Ist etwas passiert?«, wollte sie erschrocken wissen. Obwohl sie ihre Freundin drüben in den Stallungen oder im Haus oft traf, kam es selten vor, dass eine der Komtessen hier am Pförtnerhaus auftauchte.

Clara lächelte ihr beruhigend entgegen.

»Keine Sorge, Marie, es ist alles in Ordnung. Ich wollte dich nur kurz sprechen«, sagte sie, während ihr Blick kurz zu Maries Vater huschte, sodass Marie der spontane Gedanke kam, es wäre der Freundin lieber gewesen, sie allein anzutreffen. Doch falls dem so war, überspielte Clara es gekonnt und streckte ihr den Arm entgegen, über dem sie einen wunderschönen dunkelgrünen Stoff trug. »Ich weiß zwar nicht, was Wilhelm und du in Osnabrück vorhabt, Marie«, sagte sie mit erneutem Blick zu Paas. Und plötzlich war Marie um die Anwesenheit ihres Vaters froh, denn gewiss wäre sie vor neugierigen Fragen ihrer Freundin sonst nicht sicher gewesen. »Aber es ging mir nicht aus dem Kopf. Und schau, was ich gerade mit Agnes herausgesucht habe.« Damit streckte Clara ihr den Arm mit dem Stoff entgegen. Marie sah genauer hin. Was Clara ihr hinhielt, war eines ihrer schönen Kleider, welches

Marie stets bewundert hatte: dunkelgrüner Samt mit zarten silbernen Stickereien auf Rock und Oberteil.

»Was soll denn …?«, begann sie vollkommen verblüfft.

»Ich fand schon immer: Mit meinem dunklen Haar kommt diese schöne Farbe gar nicht recht zur Geltung«, sagte Clara. »Dir, mit deiner weißblonden Pracht, wird es wunderbar stehen. Ich möchte es dir schenken. Den Mantel dazu brauche ich zurück. Aber er passt einfach ganz wunderbar zum Kleid.« Ohne zu zaudern, hob Clara ihr die Kleider entgegen, und Marie nahm sie verdattert an.

»Worauf wartest du?«, fragte Clara sie, während ein Lächeln in ihren Mundwinkeln spielte. »Wolff spannt gerade an. Du solltest dich beeilen. Paas, einen guten Tag!«, grüßte sie dann auch in Richtung von Maries Vater. Und schon hatte sie sich umgedreht und war die Stufen hinunter.

»Aber Clara«, stammelte Marie entgeistert. »Du kannst doch nicht einfach …«

»Beeil dich!«, rief ihre Freundin, winkte noch einmal und setzte dann ihren Weg in Richtung Tor fort.

Überrumpelt stand Marie an der Schwelle und blickte hinab auf den glänzenden Stoff in ihren Armen.

»Ich denke, du solltest ihrem Rat folgen«, meldete sich ihr Vater, der hinter ihr stand, um die Tür wieder zu schließen.

Ehe Marie einen klaren Gedanken fassen konnte, hatte er sie zur Treppe geschoben, und sie stand schon wieder oben in ihrer Kammer. Das Umkleiden ging schneller als gedacht, denn Clara hatte nicht nur die ideale Farbe gewählt, sondern auch einen Schnitt, bei dem Marie keine Hilfe beim Ankleiden brauchte. Sie stieg in den Rock und schloss das Oberteil vorn. Als sie dann den Spiegel von der Wand nahm, um sich in Etappen von oben bis unten zu begutachten, klopfte ihr Herz plötzlich so heftig, dass sie sich wunderte, es nicht hören zu können.

Oh, liebe, gute Clara, beste Freundin!, dachte sie. *Du weißt nicht einmal, wohin ich deinen Bruder begleiten soll. Und schon gar nicht weißt du, wie wohlig schwindlig oder kläglich ängstlich ich mich in seiner Gegenwart fühle, seit ich mir selbst meiner Gefühle klar geworden bin. Aber du schenkst mir solch einen Schatz von Kleid! Danke!*

Zu dieser Aufmachung passte nun auch die Frisur wunderbar. Zuletzt legte Marie noch die dünne Kette mit dem Medaillon ihrer Mutter an. Sie hoffte, dass sie den Glücksbringer nicht brauchen würden, doch sicher war sicher, nicht wahr?

Als sie nun erneut die Stiege herunterkam, den weit schwingenden Rock mit beiden Händen gerafft, stand Paas unten und sah ihr entgegen. Von ein paar Stufen höher sah ihr kräftiger, muskulöser Vater ungewohnt klein aus. Seine braunen Augen leuchteten unter dem roten Haar. Marie las Stolz darin. So hatte er sie auch am Tag der Hochzeit in ihrem schönen nachtblauen Kleid anschaut. Doch heute lag noch etwas anderes in seinem Blick. Eine Sorge, die sie an ein gewisses Gespräch vor etlichen Wochen im Stall erinnerte.

»Du siehst bezaubernd aus«, sagte ihr Vater jetzt mit solcher Bewegung in der Stimme, dass auch Marie selbst schlucken musste. »Zu gern würde ich wissen, wohin ihr heute fahrt, der gnädige Herr und du. Aber wenn du es mir gestern nicht verraten wolltest, wirst du es heute sicher auch nicht tun?«

Sie lachte, um ihre Rührung zu überspielen. »So viel ist sicher. Ich habe es Wilhelm doch versprochen. Aber heute Abend sollst du alles erfahren.«

»Du wirst doch auf dich achten, Marie?«, stieß ihr Vater da mit ungewohnter Heftigkeit hervor, als habe er mit sich gerungen, diese Worte zurückzuhalten. »Du weißt, worüber wir vor einiger Zeit sprachen, als es um deine gesellschaftliche Stellung im Gegensatz zu unserem jungen Grafen ging …« Verlegen brach er ab.

Rasch beugte Marie sich vor, schlang die Arme um seinen Hals und küsste ihn auf die Wange.

»Ich achte auf mich, Papa, so viel ist versprochen«, flüsterte sie an seiner Schulter und fühlte sich von ihm kurz fest gedrückt. Dann löste sie sich von ihm und streckte ihm den Mantel hin. »Hilfst du mir schnell hinein?«, bat sie.

Sicher durchschaute er ihr kleines Ablenkungsmanöver. Doch er tat ihr den Gefallen und sagte nichts, während er ihr in das warme Kleidungsstück mit dem jadegrünen, breiten Kragen half. Dann küsste er sie noch einmal auf die Stirn und öffnete ihr die Tür. Als Marie hindurchging, kam es ihr vor, als trete sie durch etwas anderes als den Ein- und Ausgang ihres Zuhauses, das sie von klein auf kannte. Und als sie noch einmal zurücksah, erkannte sie in den vertrauten Zügen ihres Vaters, dass es ihm wohl ganz ähnlich ging.

***

Wolff hatte das zweisitzige Coupé mit den beiden braunen Wallachen davor bereits vor die hintere Treppe gefahren. Als Marie den Hof überquerte, sah sie, dass der eine Flügel der Haustür von innen geöffnet wurde und Wilhelm in Begleitung von Emil Neumann heraustrat.

Der Kammerdiener begleitete seinen jungen Herrn die Stufen hinunter, mit einer Besonnenheit, die Marie nur bewundern konnte. Niemand hätte den Eindruck gewinnen können, dass Wilhelm von Scheweney schwach oder gar hinfällig sein könnte, denn er hielt sich gerade und setzte seine Schritte so fest wie möglich. Emil unterstützte ihn darin unauffällig, und so gaben sie das Bild zweier gut aussehender Männer ab, die beide in der Blüte ihrer Jahre standen. Nur dass Maries Herz beim Anblick des einen wie wild zu klopfen begann.

»Guten Tag, Fräulein Paas«, rief Emil ihr zu. Und auch darin war er umsichtig, denn auf diese Weise kündigte er dem jungen Grafen ihr Erscheinen an.

Marie begrüßte sie beide und lächelte Emil an. Emils Blick aber glitt immer wieder an ihr hinab und wieder herauf.

»Herr Neumann, ist etwas?«, fragte sie beinahe ein wenig keck, während Wolff gerade Wilhelm in die Kutsche half.

Ein leichtes Kopfschütteln war die Antwort, und ein beinahe schüchternes Lächeln.

»Tut mir leid, wenn ich gestarrt habe, Fräulein Paas«, sagte Emil. »Es ist nur … Sie sehen heute sehr …«, er suchte offenbar nach einem passenden Wort, das weder sie noch ihn selbst in Verlegenheit bringen würde, »… elegant aus«, schloss er dann.

»Vielen Dank, Herr Neumann«, sagte sie und spürte auch in sich eine kleine Befangenheit. Sie war es nicht gewohnt, Komplimente zu bekommen.

»Marie?«, sprach Wilhelm sie da aus dem Coupé heraus an. Seine Stimme klang ungeduldig und vielleicht auch ein wenig ärgerlich?

Sie nickte Emil noch einmal lächelnd zu, was er erwiderte, ehe er eilig die Stufen hinauf nahm und im Haus verschwand. Dann nahm Marie Wolffs Hand und stieg in die Kutsche.

Das Coupé war nur ein Zweisitzer, in dem Wilhelm und sie dicht beieinandersaßen. Im ersten Moment irritierte sie dies. Doch dann breitete Wolff vorsorglich Decken über ihre Knie, zwei getrennte, wie sie erleichtert registrierte. Und doch war sie sich Wilhelms körperlicher Nähe vollkommen bewusst, und ihr Herzschlag beschleunigte sich ein wenig. Paas' Gesicht trat wieder vor sie. Der Stolz und die Sorge in seiner Miene. Während Wolff losfuhr und im Kutscheninneren eine Weile Schweigen herrschte, versuchte sie, möglichst nicht an seine Worte zu denken. Doch immer wieder huschten sie ihr durch den Sinn.

Was ihr Vater mit seiner Bitte gemeint hatte, sie solle auf sich achten, war doch vollkommen klar: Sie sollte Anstand und Schicklichkeit wahren. Sollte ihre Gefühle nicht offenbaren und vor allem nicht den kleinen, dummen Impulsen folgen, die sie so lange hatte unterdrücken können, doch die sie in der letzten Zeit immer stärker spürte.

Wilhelms Nähe, der leichte, angenehme Duft, den sie nun so deutlich wahrnahm, ließ sie Dinge denken, die sie sich sonst nur abends in ihrer Kammer zugestand. Sie schaute auf seine Hände, von denen er die Handschuhe gezogen hatte, um sie ein wenig zu reiben. Die verheilenden Brandwunden juckten, wie er einmal gesagt hatte. Doch als Marie nun sah, wie seine Finger über die neue, zarte Haut strichen, kam ihr unwillkürlich der Gedanke, wie es sich anfühlen mochte, von diesen Fingerkuppen behutsam berührt zu werden.

Ihre eigenen Hände lagen nicht weit von seinen entfernt. Die Vorstellung, sie könne nach seinen greifen und seine Wärme spüren, erfüllte sie mit einer heißen Welle aus Aufregung und plötzlicher Scham. Sie musste schlucken und wandte rasch den Blick ab. Wie kam sie nur dazu, solche Dinge zu denken, während er so dicht neben ihr saß? Vielleicht eben weil er so nah war? Immer wenn die Kutsche über eine unebene Stelle fuhr und kurz hin und her schwang, berührten sich ihre Arme.

Und sein Duft. Der Innenraum der Kutsche schien mittlerweile vollkommen davon ausgefüllt zu sein.

»Neumann erzählte, dass du seine Briefe an seine Schwester mitnimmst, wenn du zu Baroness von Assen reitest, um mit Amigo zu trainieren?«, fragte Wilhelm in diesem Augenblick.

Eine eiskalte Welle spülte über Marie hinweg und ließ sie kurz erstarren.

Sie saß hier und dachte an Wilhelms Fingerspitzen auf ihrer Haut. Während seine Gedanken in eine ganz andere Richtung gewandert waren – zu seiner Verlobten.

»Oh ja«, antwortete sie und hörte ihre eigene Stimme unsicher kippeln. »Die beiden Geschwister hängen sehr aneinander. Und so ist es eine gute Gelegenheit, schneller Kontakt zu halten.«

»Macht Amigo Fortschritte?«, erkundigte Wilhelm sich.

»Er hat sich schon immer ein wenig schwergetan mit dem Lernen. Aber wenn man recht mit ihm spricht, in seiner Sprache, dann tut er, was von ihm verlangt wird«, erwiderte sie ausweichend.

»Und Margarete? Wie macht sie sich?«, wollte er wissen.

Marie zögerte.

Dieser Name, in größter Vertraulichkeit ausgesprochen, wirkte plötzlich wie eine Barriere zwischen ihnen in der engen Kutsche. Wie hatte sie sich gerade noch so wohlfühlen können? Wie hatte sie sich dummen Tagträumen hingeben können? Wilhelm nannte die Baroness bei ihrem Vornamen, weil sie verlobt waren.

»Ich fürchte, die beiden sind kein ideales Paar. Aber ich werde es schon hinbringen«, sagte sie schließlich stockend.

»Natürlich«, gab Wilhelm mit vollster Überzeugung zurück. »Was Pferde angeht, schaffst du alles, Marie.«

»Warum hast du die Baroness nicht gefragt, ob sie dich zum Verleger begleitet?«, war es aus Marie herausgeplatzt, ehe sie darüber hatte nachdenken können.

Wilhelm zuckte regelrecht zurück. Eine Weile herrschte Schweigen.

»Wäre es dir lieber gewesen, wenn ich mit ihr gefahren wäre?«, erkundigte er sich dann.

Hastig schüttelte Marie den Kopf.

»Nein, natürlich nicht«, sagte sie beklommen. »Das sollte es nicht heißen. Ich habe mich nur gefragt, ob ein solch großer Schritt nicht mit dem Menschen begangen werden sollte, der zukünftig an deiner Seite sein wird«, versuchte sie zu erklären und bereute schon beim Aussprechen jedes einzelne dieser Worte. Sie waren so scharf wie Frau Rühls beste Klingen. Und es fühlte sich an, als füge Marie sich mit ihnen in voller Absicht Schnitte zu.

Wieder antwortete Wilhelm nicht sofort. Hin und wieder ging ein leichter Ruck durch ihn, als wolle er etwas sagen. Aber dann blieb er doch stumm.

Nach einer Weile, in der sich die Stille zwischen ihnen unangenehm ausdehnte, sagte er: »Margarete weiß nichts von meiner Leidenschaft zum Schreiben. Noch nicht …«, korrigierte er sich rasch. »Ich werde ihr natürlich davon erzählen müssen, wenn wir erst verheiratet sind.«

Ein schrecklicher Druck an Maries Hals raubte ihr den Atem. Doch anstatt nach Luft zu schnappen, purzelten ihr die nächsten Worte aus dem Mund: »Du wirst ihr gewiss davon erzählen *wollen*?«, fragte sie gepresst. Und ahnte bereits, dass seine Antwort ihr weiteren Schmerz bereiten würde.

»Gewiss«, erwiderte Wilhelm denn auch sofort.

Die Pferde trabten. Die Kutsche rollte weiter dahin. Und Marie fragte sich, wie um alles in der Welt sie auf ein anderes Thema kommen könnten. Irgendetwas, das nicht zwischen ihnen stand wie ein unüberwindbares Hindernis.

Da wandte Wilhelm plötzlich den Kopf und fragte: »Trägst du ein anderes Kleid als üblich, Marie?«

Vollkommen verwirrt starrte sie ihn an.

Ihre Sätze zu Margarete schienen auch Wilhelm nicht angenehm zu sein. Doch wie kam er nun darauf, sie auf ihre Garderobe anzusprechen?

»Warum …?«, begann sie zaghaft.

»Neumann«, antwortete er, ehe sie ihre Frage formuliert hatte. »Ich habe gehört, was er draußen an der Kutsche zu dir gesagt hat.«

Sie brauchte einen Moment, ehe sie begriff, dass er Emils Worte über ihre elegante Erscheinung meinte.

Dann räusperte sie sich und berichtete von Claras Erscheinen im Pförtnerhaus und ihrem Geschenk.

Da lächelte Wilhelm und nickte. »So ist Clara, nicht wahr? Sie denkt immer an alles.« Marie konnte nicht anders, als ihm zuzustimmen. Doch weil sie das Reden über ihre Kleidung in Verlegenheit brachte, wechselte sie das Thema und erzählte von einer Novelle, die sie gestern Abend zu lesen begonnen hatte.

Während der restlichen Fahrt nach Osnabrück unterhielten sie sich über nichts anderes als Bücher, was ihr nur recht sein konnte.

»Oh, Himmel hilf, Marie!«, stöhnte Wilhelm schließlich, als sie sich der Stadt schon näherten. Er vergrub kurz das Gesicht in den Händen. »Unser Vorhaben kommt mir plötzlich so sinnlos vor, geradezu größenwahnsinnig. Wie sollte ein Verleger ausgerechnet *mein* Manuskript drucken wollen?«

Ohne nachzudenken, griff Marie nach seiner Hand und umschloss sie mit ihren beiden.

»Weil es wirklich gut ist«, antwortete sie mit dem Brustton der Überzeugung.

Und erst als sie des überraschten Ausdrucks auf seinem Gesicht gewahr wurde, begriff sie, was sie da tat.

Hastig ließ sie seine Hand wieder los. Doch meinte sie zu spüren, dass er ihre Finger nur widerwillig fahren ließ.

Als Antwort auf ihre Worte schnaubte er nur leise, sie konnte ihm aber ansehen, dass diese ihm wohltaten.

Seine linke Hand, die sie gerade noch in ihren gehalten hatte, strich sanft über die Decke, als suche sie nach etwas.

»Sind wir nicht bald da? Da ist doch schon Pflaster unter den Rädern«, sagte er mit schief gelegtem Kopf.

»Das stimmt«, erwiderte sie und legte möglichst viel Zuversicht in ihre Stimme: »Siehst du, wie gut du dich schon zurechtfindest. Und das, obwohl dies dein erster richtiger Ausflug ist, seit … seit …«

»Ich erblindet bin«, vollendete er ihren Satz. Wie konnte sie nur diese unglückliche Formulierung wählen? Ausgerechnet jetzt, da sie von dem beklemmenden Thema der Baroness auf eine so wunderbare Unterhaltung gekommen waren. Und da sie gerade noch seine Hand in der ihren gespürt hatte.

Doch da hörte sie, wie Wolff draußen auf dem Bock den Pferden ein »Hoooh!« zurief und sie brav anhielten. Die Bremse ruckte, Wolff kletterte vom Bock und öffnete den Wagenschlag.

»Wir sind da, gnädiger Herr.« Er klappte den Tritt aus und half erst Marie, dann Wilhelm hinaus auf den Bürgersteig.

Wilhelm stand mit hocherhobenem Kopf da.

»Können Sie hier warten, Wolff?«, erkundigte er sich.

»Jawohl, gnädiger Herr«, antwortete Wolff.

Wilhelm streckte den Arm aus, und Marie ergriff ihn, um sich bei ihm einzuhaken. So wahrten sie zumindest den Anschein eines Herren, der eine Dame geleitete, auch wenn es in Wahrheit andersherum war.

Auf der anderen Seite mit dem Stock tastend, ging Wilhelm vorsichtig mit ihr. Sie öffnete die breite Holztür mit dem Glaseinsatz, in den der Name des Verlags geschliffen war.

Drinnen erwartete sie ein kleiner Empfangsraum, an dessen Tresen ein junger Mann mit nahezu kahlem Kopf und dafür umso dichterem Bart stand und ihnen entgegensah.

Marie schritt langsam auf ihn zu, Wilhelm an ihrer Seite.

»Guten Tag«, begrüßte der Verlagsangestellte sie.

»Ebenfalls einen guten Tag«, erwiderte Wilhelm freundlich. »Graf Wilhelm von Scheweney. Ich habe einen Termin bei Herrn Lobrecht.«

Der junge Mann konsultierte ein Buch, das aufgeschlagen auf dem Tresen lag, und verneigte sich dann.

»Graf von Scheweney, Gräfin von Scheweney«, sagte er. »Herzlich willkommen in unserem Haus. Ich geleite Sie gern zu unserem Verleger. Bitte folgen Sie mir.«

Marie, die bei seiner selbstverständlichen Annahme, sie sei Wilhelms Ehefrau, die Hitze in sich aufsteigen spürte, hatte keine Ahnung, ob sie widersprechen sollte.

Wilhelm tat nichts dergleichen. Und so beschloss sie, die falsche Annahme auch einfach zu übergehen.

Sie wurden über einen verwinkelten Gang geführt, der vor einer schweren Eichentür endete. Hier klopfte der junge Mann an.

Von drinnen ertönte ein munteres »Herein, herein!«, er öffnete ihnen die Tür und kündigte sie an mit: »Graf und Gräfin von Scheweney, Herr Lobrecht.«

»Herein, herein!«, wiederholte der Mann, der hinter dem mächtigen Schreibtisch saß. Herr Lobrecht mochte auf die sechzig zuschreiten, war im Gegensatz zu seinem Angestellten glatt rasiert, besaß dafür aber volles, annähernd silbriges

Haar. »Bitte den Tee und einen kleinen Imbiss, Ludwig!«, orderte er und klatschte in die Hände. »Ich verdurste bereits. Kommen Sie, setzen Sie sich, gnädige Frau, werter Graf! Aber nein, nicht hier. Wir machen es uns dort gemütlich!« Er deutete auf eine kleine Sitzgruppe vor einem Bücherregal, in dem sich so viele Buchrücken aneinanderreihten, dass es Marie schon beim Anblick schwindelig wurde.

Dieses Gefühl verstärkte sich für einen kurzen Moment, als Herr Lobrecht um den Schreibtisch herumkam. Denn er ging nicht, sondern fuhr geschickt in einem Rollstuhl mit hoher Lehne aus Korbgeflecht.

Marie stutzte kurz, was ihm natürlich auffiel.

»Verzeihen Sie, dass ich nicht aufstehe, gnädige Frau. Die Schlacht von Sedan hat mich dieser Möglichkeit barster Höflichkeit beraubt. Im Scharmützel hat mich ein Granatsplitter im Rücken getroffen«, erklärte er ohne jede Scheu, während sein Blick wie nebenbei über Wilhelms Gesicht tastete.

»Ich sitze im Rollstuhl, Graf von Scheweney«, erklärte Lobrecht daraufhin an ihn gerichtet.

»Und ich bin blind«, erwiderte Wilhelm prompt.

»Zwei Dinge, die uns im täglichen Leben wohl behindern, aber nicht davon abhalten, wunderbare Bücher an die Leute zu bringen«, meinte Lobrecht und klopfte auf die Lehne eines Stuhles, ehe er diesem gegenüber auf der anderen Seite des niedrigen Tisches seinen Rollstuhl positionierte. Wilhelm verstand die Aufforderung, streckte die Hand aus, fand den Platz und ließ sich dort nieder.

Schwungvoll beugte Lobrecht sich vor und fragte Marie mit wahrer Begeisterung in der Stimme: »Dann habe ich also Ihnen die wahrlich schönste Handschrift einer Leseprobe zu verdanken, die mich je erreichte, werte Gräfin?«

Marie wusste kaum, was sie mehr aus dem Konzept

brachte: das überschwängliche Lob oder die Ansprache mit dem Adelstitel.

»Ich bin nicht …«, begann sie zaghaft. Doch Wilhelm war schneller: »Meine Mutter, die Gräfin von Scheweney, befindet sich derzeit auf unserem Landsitz, Gut Friesenhain, nahe bei Ibbenbüren«, sagte er. »Aber es gibt auch zwei Komtessen von Scheweney, meine Schwestern, und …«

»Oh, wie dumm von mir!«, rief Lobrecht und riss die Hände hoch. »Verzeihen Sie mir, Komtess.«

Marie erwiderte sein Lächeln unsicher. Doch wie es schien, wollte Wilhelm die Annahme des Verlegers, dass Marie seine Schwester sei, nicht richtigstellen. Gewiss war das besser so, nicht wahr? Sicher wäre der Verleger irritiert, wenn er erführe, dass die Tochter des Stallmeisters den jungen Grafen zu solch einem geschäftlichen Termin begleitete. Als seine Schwester ginge dies freilich durch. Doch der Gedanke, dass dieser kleinen Schwindel für Wilhelm der Wahrheit sehr nah kam, legte sich ihr schwer auf die Brust. Sah er womöglich in ihr tatsächlich so etwas wie eine kleine Schwester? Mit einem Mal schienen ihr ihre Gedanken zum Beginn der Kutschfahrt und dieses prickelnd warme Gefühl in seiner Nähe beschämend albern.

»Nun lassen Sie uns aber über Ihren famosen Roman sprechen, werter Graf!«, schlug Lobrecht in diesem Augenblick vor. Und das taten sie in aller Ausführlichkeit.

Während sie Tee und Gebäck zusprachen, tat Lobrecht seinem Namen alle Ehre und pries Wilhelms Geschichte über die Maßen.

Währenddessen lebte Wilhelm immer mehr auf. Er sprach mit aller Lebhaftigkeit, zu der er früher fähig gewesen war. Marie lauschte fasziniert der vertrauten Melodie seiner Stimme, wenn er von seinen Figuren und deren Entwicklung sprach. Hin und wieder vergaß Marie ganz, dass er kein Augenlicht mehr besaß, denn er lachte und erzählte, gestikulierte euphorisch und schien seine alte Lebenskraft ganz zurückgewonnen zu haben.

»So machen wir es also«, sagte Lobrecht schließlich. »Sie senden das handschriftliche Manuskript per Boten ins Verlagshaus, wo eine Abschrift angefertigt wird. Anhand derer erfolgt dann noch ein wenig Textarbeit und später der Druck.« Er rollte geschickt seinen Stuhl zurück. »Da die vertraglichen Fragen nun alle geklärt sind, entschuldigen Sie mich bitte für eine kleine Weile. Mein Sekretär wird den Vertrag aufsetzen. Bedienen Sie sich doch in meiner Abwesenheit noch am Imbiss.«

Damit war er bereits an der Tür. Wilhelm stand ehrerbietend von seinem Stuhl auf. Und da schloss sich die Tür bereits wieder leise.

»O Himmel, Marie!«, hauchte Wilhelm. »Es geschieht wahrhaftig!« Er streckte beide Hände in ihre Richtung, und Marie sprang auf und ergriff sie.

Als Wilhelm ihre Finger an seine Wange presste, entfuhr ihr ein leises Lachen, während ihr Herz wild gegen ihre Rippen pochte.

»Was für ein Glücksrausch, Marie!«, flüsterte er.

»Aber das ist doch nur verständlich«, entgegnete sie, mit mühsam beherrschter Stimme. Wie nah sie einander waren! Noch näher als in der Kutsche vorhin, weil sie nun nicht nebeneinander, sondern dicht voreinander standen. Sie meinte, durch die feinen Ausgehhandschuhe Wilhelms Atem auf ihrer Haut zu spüren. »Es ist, als ob ein Traum in Erfüllung ginge, nicht wahr?«

Sie betrachtete sein Gesicht, das sie in den letzten Wochen nur ernst und oft sogar düster gesehen hatte. Wie schön es war, wenn Glück ihn erfüllte. Alle seine Narben, die manche Menschen wohl entstellend fanden, verloren an Kontur und Farbe. Wilhelms Züge waren so weich wie der Flaum der jungen Schwalben, die jeden Sommer die Nester im Stall zu Dutzenden verließen.

Auch er schien zu ihr hin zu horchen, legte den Kopf ein wenig schief und lächelte. Und wie er lächelte.

»So muss Ferdinand empfunden haben, als sich schließlich der Korb unter dem Ballon vom Boden hob und ihn und seine Johanna hinauftrug, in die Freiheit«, raunte er. »Weit, weit fort von allem, was sie beschwerte und am Boden hielt. Weit fort von den Zwängen, denen sie sich nun nicht mehr beugen müssen.«

Ein leichter Schwindel erfasste Marie. Denn mit einem Mal war ihr, als spräche er nicht allein von seinen Buchfiguren. Ihre Hände an sein Gesicht gedrückt, schien er mit seinen Worten noch so viel mehr ausdrücken zu wollen.

»Danke, Marie, für deinen Beistand und den unerschütterlichen Glauben an mich!«, sagte er mit plötzlich rauer Stimme. Und dann, sehr vorsichtig, glitten seine Finger über ihren Handrücken und ihren Arm hinauf bis zu ihrer Schulter.

Marie wagte nicht, sich zu rühren. Was geschah hier?

Wilhelms Fingerspitzen strichen leicht über den Samtkragen des Kleides hinweg zu ihren Wangen, ertasteten vorsichtig ihr Gesicht. Das sie zärtlich streichelten.

Marie spürte ihr Herz in wildem Galopp, als wolle es aus dem Körper fliehen, vor lauter Angst, und vor lauter Sehnsucht. Was taten sie hier? Jeden Moment konnte der Verleger wieder hereinkommen!

Als Wilhelm ihren Mundwinkel zart mit zwei Fingern berührte und mit dem Daumen sacht über ihre Lippen strich, stieg ein Zittern in ihr auf.

»Ich weiß genau, wie du aussiehst«, raunte Wilhelm. »Dein Lächeln. Deine Augen.« Seine Hand glitt ein Stückchen hinauf. Und obwohl sie doch glaubte, sich nicht bewegen zu können, schmiegte sie die Wange in seine Hand. Während sein Gesicht näher und näher kam.

Er musste sie nicht sehen. Ihre Lippen fanden sich auch so. Er roch so vertraut. Und er schmeckte so wohlig nach etwas, von dem sie noch nie gekostet hatte.

Alle Zeit schien zusammenzuschrumpfen. Sie küssten einander wie zwei, die von einer Seligkeit einfach so überrascht worden waren. Weich und warm war es, wie sie sich so aneinanderlehnten. Dies war mehr als der erste Flug mit einem Heißluftballon.

Jedes Zeitempfinden kam Marie abhanden, jedes Gefühl für den Ort, an dem sie sich befand. Ihre Knie wurden weich und schienen sie nicht mehr tragen zu wollen. Doch dafür waren ja Wilhelms Arme da, die sie hielten, sicher, warm, fest an ihn gepresst. Und zugleich so sanft, so unendlich zärtlich.

Und dann murmelte er plötzlich etwas in ihr Haar, zog sich ein wenig zurück und seine Hände legten sich leicht auf ihre Schultern.

»Was hast du gesagt?«, flüsterte Marie, ganz trunken von seiner Nähe. Sie musste sich verhört haben. Sie hatte gewiss Worte gehört, nach denen sie sich sehnte, die er aber unmöglich gesprochen haben konnte.

Doch da wiederholte er sie, diesmal ein wenig lauter. »Heirate mich, Marie Paas!«, sagte er.

Ein Schauder überlief sie heiß und kalt. Und mit einem Mal fuhr sie zusammen. Als hätten die wenigen Worte, von denen sie immer geträumt hatte, sie aus der Blase ihrer Seligkeit gerissen.

Obwohl sich alles in ihr dagegen sträubte, löste sie sich

sanft von ihm. Wie von fern nahm sie wahr, wie sie einen Schritt zurück tat.

»Heiraten? Was redest du da, Wilhelm? Du bist verlobt«, hörte sie sich mit einer fremden Stimme sagen, die plötzlich von ihr Besitz ergriffen hatte.

»Verlobt mit einer Frau, die ich nicht liebe«, erwiderte er heftig. »Ja, ich habe sie gefragt. Weil alle Welt es von mir erwartete. Und weil ich glaubte, dass du meine Gefühle nicht erwidern könntest. Dass du in mir nur einen Bruder sahst.«

Ihr schwindelte. Er hatte geglaubt, sie sehe in ihm einen großen Bruder? So wie sie stets gefürchtet hatte, er empfinde für sie nichts anderes als für eine Schwester?

»Ich …«, setzte sie an. Doch wieder übernahm dieses andere Ich die Kontrolle und ließ sie verstummen. Wollte sie tatsächlich dem jungen Grafen von Scheweney ihre Liebe gestehen? Ihm sagen, dass sie ihm inniglich zugetan war und sich keinen anderen vorstellen konnte? Sie, die Tochter des Stallmeisters? Eine Angestellte Friesenhains, dessen Herr er war?

»Ja, Marie? Was willst du sagen?«, horchte Wilhelm auf und streckte die Hand aus, um nach ihrer zu tasten.

Nichts lieber wollte sie tun, als seine Finger zu ergreifen. Doch sie widerstand und verschränkte ihre Hände hinter ihrem Rücken.

»Was ist mit Margarete?«, entgegnete sie, anstelle der Worte, die sie eigentlich am liebsten herausgeschrien hätte. »Was ist mit ihren Gefühlen? Hast du denn nicht an sie gedacht?«

Er wirkte bestürzt.

»Ich glaube nicht, dass sie …«, begann er.

»Woher willst du wissen, wie sie fühlt?«, unterbrach sie ihn. »Wenn sie dich wirklich liebt, und das scheint sie doch zu tun, wenn sie nun auf eine vorgezogene Hochzeit drängt, dann wäre schon diese Situation hier für sie ein Stoß ins Herz.«

Ebenso wie die Verkündigung der Verlobung am Abend der Hochzeitsfeier ihr eigenes Herz zerrissen hatte, nicht wahr?

»Und deine Eltern? Denkst du, sie würden mich als Schwiegertochter akzeptieren?«, fuhr Marie fort.

Alles in ihr bebte, so sehr wünschte sie sich, dass er ihr widersprechen würde. Dass er voller Glauben an das Einverständnis von Graf und Gräfin seinen Antrag wiederholen würde.

Bitte, Wilhelm! Sag es noch einmal! Schlag meine Bedenken in die Flucht! Frag mich, ob ich trotz alledem deine Frau werden will, und ich sage Ja, dachte sie mit rasendem Puls, während ihre Finger sich ineinanderkrallten.

Doch er schwieg.

»So viele Einwände, Marie?«, sagte er schließlich sehr leise. »Und kein Geständnis deiner Gefühle?«

Sie öffnete den Mund, wollte antworten, wollte ihm sagen, dass sie doch nur ihre Zweifel geäußert hatte.

Doch sie brachte kein Wort heraus.

Während er auf ihren Atem lauschte, verschloss sich Wilhelms Gesicht, und er fuhr sich mit der Hand darüber und ins Haar.

»Ich habe mich zum Narren gemacht, nicht wahr?«, flüsterte er. »Im Überschwang der Freude über diesen Tag habe ich dich zu etwas gebracht, was du nicht willst. Ich …« Sie sah ihn mehrfach schlucken. »Es tut mir leid, Marie. Verzeih mir!«

Sein Anblick schnitt ihr durch die Brust.

Sie streckte die Hand aus und wollte seine nehmen. Doch in diesem Moment wurde hinter ihnen die Klinke niedergedrückt.

Sie schraken beide zusammen.

Marie sah zur Tür, wo Lobrecht sich noch zum Flur hinwandte: »Das ist schon recht so, Ludwig. Nur bringen Sie das Schriftstück gleich.«

Während der Verleger mit dem Manövrieren durch die Tür beschäftigt war, mied Marie den Blick zu Wilhelm, der immer noch an Ort und Stelle stand und vollkommen erschüttert wirkte.

»Darf ich behilflich sein, Herr Lobrecht?«, fragte sie und eilte dem Verleger entgegen.

Fort von Wilhelm. Fort von seiner Brust, die sie an ihrer gespürt hatte, seinem Atem auf ihrer Wange, seinen Lippen auf ihrem Mund. Fort von dem, was sie so sehr ersehnt hatte und nie hätte zulassen dürfen.

Luise

38

»Ich werde kläglich versagen!«, prophezeite Luise leise flüsternd mit Grabesstimme. »Alles Lernen, sämtliche Bücher und alle Stunden, die ich mit Tierarzt Heuser verbracht habe, scheinen wie weggeblasen zu sein. Es fühlt sich an, als sei in meinem Kopf alles gelöscht.« Max wollte schon antworten, doch sie straffte bereits die Schultern. »Ich bin eine von Scheweney! Clara sagt immer, wir geben nicht auf. Die Wörter werden wieder da sein, wenn ich nach ihnen gefragt werde, nicht wahr? Ich werde es schaffen!«

»Du wirst nicht versagen!«, antwortete Max ihr nun zum wiederholten Male mit schier unendlicher Geduld. »Und natürlich wirst du alles wissen, was du in den letzten Monaten gelernt hast. Ich bin sicher, dass du es schaffst!«

Der Tag ihrer Prüfung vor dem Kuratorium der Königlichen Tierärztlichen Hochschule Hannover war heran. Zusammen mit Max und einem weiteren Kandidaten saß Luise auf einer der Bänke vor dem Prüfungssaal.

Es war ein langer Flur mit Steinfußboden, von dem einige schwere Holztüren abgingen, durch die nicht einmal das leiseste Geräusch drang. Während sie beim Betreten der Eingangshalle und auf der Treppe noch etlichen jungen Männern mit Studentenkappen und Mappen unter den Armen begegnet waren, lag dieser Teil des Gebäudes vollkommen verlassen.

Die gekalkten Wände schienen die Gewichtigkeit auszuströmen, mit der hinter den Türen über das Schicksal von zukünftigen Studierenden entschieden wurde.

Eine Stille lag über dem Gang, die Luises Nervosität nur noch steigerte.

Schon den ganzen Morgen quälte sie grauenhafte Übelkeit. Nicht einen Bissen hatte sie vom reichhaltigen Frühstück nehmen können, das Josef Schlinger und Eduard Schmeid aufgefahren hatten. Die beiden hatten es sich nicht nehmen lassen, Max und sie für die drei Nächte ihres Aufenthaltes in Josef Schlingers geräumigem Stadthaus einzuquartieren.

»Dann können Sie gleich ausmachen, ob der Standard in diesem Haushalt dem entspricht, den Sie sich für Ihre zukünftigen Studientage vorstellen«, hatte Josef Schlinger gemeint.

Doch Luise bezweifelte, dass ihr derzeitiges Urteilsvermögen das zustande bringen würde. Schon auf der gestrigen Zugfahrt war ihr vor lauter Nervosität derartig blümerant gewesen, dass Max ihr allen Ernstes mit einer Spucktüte hatte aushelfen müssen. Nur gut, dass sie allein im Abteil gewesen waren. Doch seitdem schien ihre Überspannung kaum nachgelassen zu haben.

»Ich fühle mich schrecklich exaltiert. Nie hätte ich gedacht, dass mir jetzt die Nerven so versagen«, flüsterte Luise ihrem Mann zu. »Vielleicht ist es die Gewissheit, dass Wilhelm seinen eigenen Wunsch, Bücher zu veröffentlichen, nun wird erfüllen können? Es kommt mir viel zu wundervoll vor, dass nun auch ich mein Ziel erreichen könnte.«

Max griff nach ihrer Hand. Doch in diesem Moment

wurde die schwere Holztür jenseits des Ganges geöffnet. Ein Saaldiener ließ einen jungen Mann heraus, der blass wie ein gebleichtes Laken war. Für einen winzigen Moment erwiderte er Luises Blick. Ehe er vor etwa einer Stunde hineingerufen worden war, war er noch guter Dinge gewesen, hatte mit dem anderen Anwärter geplaudert und Luise neugierig gemustert. Denn natürlich war es höchst ungewöhnlich, dass eine junge Frau zur Prüfung geladen war. Nun schenkte er ihr ein mitfühlendes Lächeln, ehe er mit leicht unsicherem Gang den Flur hinunterging und verschwand.

»Der Himmel steh mir bei!«, wisperte Luise und schlug unwillkürlich ein Kreuzzeichen.

»Frau Brugge?« Der Saaldiener hielt ihr die Tür offen und sah sie auffordernd an.

Max nickte ihr zu. Sie stand mit wackligen Knien auf, straffte die Schultern und ging, ohne sich noch einmal umzusehen, hinein.

Das Kuratorium bestand aus fünf Doktoren und Professoren der Hochschule. Auch Direktor Dammann war dabei. Die Herren trugen schwarze Anzüge und weiße Hemden, als seien sie zu einer Gala geladen. Luise war froh, dass Agnes ihr zu einem Kleid in mattem Beige geraten hatte. So hob sie sich farblich nicht allzu sehr von ihren Prüfern ab.

»Frau Brugge, bitte nehmen Sie Platz«, forderte der Direktor sie auf und wies auf den Stuhl, der dem langen Tisch gegenüberstand, an dem die Lehrenden aufgereiht waren.

Dem kam Luise nach und war plötzlich dankbar für die fortwährenden, stets so gehassten Ermahnungen ihrer Mutter, die sie um aufrechte Haltung anhielt. Ihr stolzer, starker Rücken und der erhobene Hals gaben ihr plötzlich Mut.

Sie beantwortete alle Fragen zu ihrer Person, ihrem Wohnort und Ehestand. Und dann wurde es ernst.

»Frau Brugge, als wir uns das erste Mal zufällig auf dem Gang vor einem der Hörsäle trafen, erzählten Sie mir von einer schwierigen Geburt auf Ihrem Gestüt. Bitte schildern Sie uns den Vorgang doch einmal. Woran haben Sie erkannt, um welche Komplikationen es sich handelte? Und wie sind Sie vorgegangen?«, begann Direktor Dammann das Gespräch.

Luise spürte ihren Magen rumoren und legte kurz wie beruhigend ihre Hand darauf. Diese Frage konnte sie leicht beantworten. Und so berichtete sie den Tierärzten, wie sie vor ein paar Monaten ganz richtig diagnostiziert hatte, dass ein Fohlen mit eingeklappten Vorderbeinen im Geburtskanal gelegen hatte, und wie sie es mithilfe eines Stricks geschafft hatte, Mutter und Kind noch rechtzeitig zu retten.

Die Herren zeigten sich beeindruckt, fragten nach. Und dann schlossen sich weitere Prüfungsfragen an. Es ging um Hufrehe, Zahnfehlstellungen und Kolik. An einem Gipsmodel sollte sie zeigen, wo sich verschiedene Organe eines Pferdes befanden, musste sämtliche Knochen der Vorder- und Hinterbeine benennen und das knifflige Nachhaken eines breitgesichtigen Doktors nach möglichen Atemwegserkrankungen beantworten. Ein- oder zweimal musste sie einen Moment lang überlegen. Doch dann fiel ihr die rechte Antwort ein, und sie konnte hin und wieder sogar noch mehr ausführen, als verlangt war.

Langsam, aber deutlich breitete sich in ihr ein sonderbares Hochgefühl aus. Die Fragen waren schwierig, ja, aber sie wusste zu erwidern. Auf den Gesichtern ihr gegenüber erkannte sie zudem eine Veränderung. Von anfänglicher Verwunderung, bei einem hageren Professor sogar so etwas wie Ablehnung, wechselte der Ausdruck in den Mienen der Herren zu Wohlwollen, sogar Anerkennung.

Und so kam schließlich, was sie vor einer Stunde draußen

auf dem Gang noch für unmöglich befunden hatte: Direktor Dammann sah nach links und rechts zu seinen Kollegen, die allesamt seinen Blick ernst nickend erwiderten.

»Frau Brugge, ich gratuliere«, sagte er dann an sie gewandt. »Nicht alle Studierenden erhalten vom gesamten Kuratorium die Empfehlung. Nicht selten ziehen wir uns erst zu einer Beratung zurück. Aber ich denke, in Ihrem Fall ist es eindeutig: Ich darf Sie als neue Studentin an der Königlichen Tierärztlichen Hochschule Hannover begrüßen!«

Wie durch einen Nebel nahm Luise auch die Glückwünsche der anderen Lehrkräfte entgegen, registrierte wie nebenbei den Hinweis, dass sie alle Unterlagen zur formellen Immatrikulation sowie die Liste der Seminare und Vorlesungen im kommenden Semester in der Verwaltung einholen konnte. Dann war sie entlassen und ging nach der kurzen Verabschiedung mit spürbar weichen Knien wieder hinaus.

Als der Saaldiener ihr die Tür öffnete, sah Luise, wie Max von der Bank aufsprang, und stürzte zu ihm. Sie konnte selbst das Strahlen auf ihrem Gesicht spüren, während sie ihm zunickte, und schon fühlte sie sich fest von seinen Armen umschlungen.

Nur ganz am Rande hörte sie die Glückwünsche des letzten Anwärters, ehe er in den Saal gebeten wurde.

Dann waren Max und sie allein auf dem Gang.

»Wie war es? Welche Fragen haben sie dir gestellt? Konntest du dein Wissen über die Darmerkrankungen anbringen? Und die Erberkrankungen bei Rindern?«, wollte er aufgeregt wissen. Während sie drinnen im Saal gewesen war, schien er seine Gelassenheit verloren zu haben.

Luise küsste ihn und lachte leise: »Lass uns erst einmal hier fortgehen, Max. Wir wollen doch meinen zukünftigen Kommilitonen nicht in seiner Prüfung stören.«

Max hielt ihren Arm, während sie den Gang entlanggingen und Luise ihm leise flüsternd berichtete, wie es drinnen im Saal zugegangen war.

Doch als sie die Treppe erreichten, spürte sie plötzlich wieder diesen säuerlichen Geschmack auf der Zunge.

»Oh, nein«, jammerte sie kläglich und hielt sich den Magen. »Warum denn jetzt noch? Nun ist die Aufregung doch ausgestanden.« Sie musste sich setzen und am Fenster, das Max für sie aufriss, tief durchatmen.

Während sie ihr Gesicht in die kühle Luft hielt, die von draußen hereinströmte, betrachtete Max sie besorgt.

»Das gefällt mir nicht, Luise«, sagte er mit gerunzelter Stirn unter seinem blonden Haar, das er beim Warten draußen auf dem Gang zerwühlt haben musste. »Ich bringe dich zu einem Arzt.«

»Ach nein, Unsinn!«, wehrte sie ab. »Es geht gleich schon wieder. Und wenn ich dann erst einmal etwas zu mir genommen habe, bin ich ganz die Alte.«

Max, der wusste, dass gegen ihren Willen nur schwer etwas auszurichten war, schwieg klugerweise. Aber nicht lange. Denn als sie die Unterlagen zur Immatrikulation abgeholt hatte und draußen auf der Straße nach einer Droschke Ausschau hielten, wurde es Luise bereits wieder schwach.

»Also gut«, seufzte sie, als sie seinem skeptischen Blick begegnete. »Da gibt es doch diese Ärztin, Allgemeinmedizinerin, die in der Schweiz studiert hat und seit einem Jahr hier praktiziert. Paula und Hedwig sprechen in den höchsten Tönen von ihr. Sie kann mir vielleicht ein leichtes Mittel geben, das meinen Magen beruhigt. So ist es ja wahrlich kein Zustand.«

Max strich ihr liebevoll mit dem Finger über die Wange. »Du meinst Iris Sanger. Sie ist bestimmt eine hervorragende

Wahl und hat ihre Praxis gar nicht weit von hier, in Richtung Herrenhäuser Gärten.«

»Dann lass uns laufen, Max«, entschied Luise, der die Vorstellung einer stickigen Kutsche oder gar eines Pferde-Omnibusses mit den vielen Menschen darin so gar nicht behagte. Und so spazierten sie Arm in Arm dahin, sprachen über die Prüfung und wie sie es mit Luises Aufenthalten in Hannover zum Studium halten wollten. Es war ein Tag, wie er wunderschöner nicht hätte sein können: Luises Herzenswunsch, ihr größtes Ziel, würde in Erfüllung gehen. Sie hatte sich bereits zum ersten Mal in ihrem neuen Lebensumfeld bewährt, die Prüfung bestanden. Und sie und ihr lieber, liebster Max waren gemeinsam in dieser pulsierenden Stadt, in der so viel Neues auf sie wartete.

Und doch schien ein Schatten ihnen auf ihrem Weg zu folgen. Mal nahm er die Gestalt ihres Vaters an, der auf Friesenhain in seinem Bett lag und niemanden erkannte. Mal die der traurigen Augen ihrer Mutter. Und nun schien er auch nah an sie selbst heranzukriechen. Sie würde doch nicht ernsthaft krank sein? Doch nicht jetzt, wo es darauf ankam, stark und mutig vorwärtszugehen, ihren eigenen Weg hier zu finden und gleichzeitig zu Hause diejenigen zu unterstützen, die sie brauchten. Das durfte einfach nicht sein.

Als sie die Praxis von Doktorin Sanger erreichten, fühlte Luise sich bereits wieder viel besser und war kurz davor, abzuwiegeln und doch lieber die Zeit anderweitig zu verbringen – zum Beispiel indem sie mit Josef Schlinger und Eduard Schmeid ihre bestandene Prüfung feiern würden. Es war Max' besorgter Blick, der sie letztendlich doch eintreten ließ. Noch einmal am heutigen Tag musste er also auf sie warten, während sie hinter einer Tür verschwand.

Die Ärztin Dr. Iris Sanger entpuppte sich als energische

Vierzigerin mit durchdringenden Augen und spitzem Mund, die sich ihren Bericht geduldig anhörte.

»Sie werden also Tiermedizinerin, Frau Brugge«, stellte sie dann mit anerkennendem Lächeln fest, während sie von ihrem Stuhl aufstand und sich in einer bereitstehenden Schüssel sorgfältig die Hände mit frischem Wasser und Seife wusch.

»Nun, ehm … ja«, bestätigte Luise, die irritiert diese Vorbereitungen verfolgte. »Aber mit der Aufregung wegen der Prüfung kann meine Unpässlichkeit nicht mehr zusammenhängen, nicht wahr? Oder habe ich meinem Magen durch die letzten Tage an Nervosität einfach zu viel zugemutet? Haben Sie da einen Verdacht?«

Doktorin Sanger lächelte. Es sah nicht aus, als wähne sie eine wirklich gefährliche Erkrankung, stellte Luise erleichtert fest.

»Ich habe tatsächlich einen Verdacht, Frau Brugge. Aber dazu sollte ich Sie erst einmal untersuchen«, sagte die Ärztin.

* * *

Als Luise nur eine Viertelstunde später mit Max auf die Straße trat, schien sich die ganze Welt um sie zu drehen.

»Liebes?« Max hatte sie am Arm gefasst und drehte sie nun zu sich herum. Seine Augen waren dunkel vor Sorge. »Nun sag es schon! Was ist mit dir? Wieso wolltest du es mir dort drinnen nicht sagen? Du bist leichenblass und trotzdem strahlen deine Augen, als ob du nicht wüsstest, ob du dich himmelhoch jauchzend freuen oder zu Tode ängstigen sollst. Du hast doch kein Fieber?« Er hob die Hand, im Begriff, deren Rücken an ihre Stirn zu legen. Doch sie wich ihm aus.

»Es ist weder Fieber noch eine Krankheit, Max«, sagte sie,

in sich eine wilde Mischung aus Verzückung und Verzweiflung. »Und doch ist es der Grund, aus dem ich … Ich werde mein Studium nicht antreten können«, brach es aus ihr heraus.

»Das Studium nicht antreten?«, wiederholte Max entsetzt und flehte dann: »Himmel. Herrgott. Luise, rede!«

»Wir bekommen ein Kind, Max«, sprach sie es aus, während ihre Augen verräterisch brannten.

Seine dagegen wurden groß wie Münzen. Sogar sein Mund wurde rund, und sein Blick glitt an ihr herab, wo es natürlich noch nichts zu sehen gab. Dann hoben seine Mundwinkel sich, ein breites Lächeln erschien, und sein geliebtes Gesicht leuchtete auf.

»Luise!«, rief er, warf die Arme um sie und zog sie an sich. Sie ließ es geschehen, unfähig, selbst diese unbändige Freude zu empfinden, und doch tief berührt von seiner.

»Aber das ist ja wundervoll! Das ist das Schönste überhaupt! Wie konnten wir das nicht …? Ach, es ist gleich! Liebste Luise, wir bekommen ein Kind!«

Zwei Dienstmägde, die mit abgedeckten Körben vorübergingen, wandten die Köpfe kurz zu ihnen und kicherten.

Luise achtete nicht auf sie. Auch nicht auf die Herrschaften, die auf der anderen Straßenseite an der Haltestelle für den Pferde-Omnibus warteten und neugierig herüberspähten.

Hannover war eine große Stadt. Aber auch hier war auf den offenen Straßen nicht täglich solch Dramatisches geboten.

Zwischen Lachen und Weinen löste sie sich ein Stückchen von Max und sah ihn verzweifelt an.

»Aber Max, siehst du denn nicht, was das bedeutet? Gerade habe ich die Prüfung zur Immatrikulation an der Tiermedizinischen Hochschule bestanden. Wie soll ich denn studieren können, wenn ich hochschwanger bin?«, wies sie ihn auf das hin, was auch ihr nach dem ersten freudigen Schrecken als Nächstes eingefallen war. »Nun wird das Schönste, was ich mir vorstellen konnte, alles andere zerschlagen, worauf ich gehofft habe.«

In Max' Miene lieferten sich Freude und Verständnis einen heftigen Kampf.

Schließlich siegte das Mitgefühl.

Er griff nach ihren Händen und drückte sie. »Nicht doch! Sag das nicht! Zumal es nicht stimmt! Denk doch nur an die schwangeren Frauen in der Tapetenmanufaktur! Sie arbeiten, solange es ihnen gut möglich ist, an den Webstühlen. Und dann bekommen sie leichtere Arbeit, und schließlich den Mutterschutz.«

Luise schüttelte seufzend den Kopf. »Das ist bei euch so, Max, weil Paula und du wunderbare Arbeitgeber seid. Aber hätte Direktor Dammann für mich gesprochen und mich zur Prüfung geladen, wenn es da schon gewiss gewesen wäre? Hätte das Kuratorium mich zugelassen, wenn die Herren gewusst hätten, dass die Frau vor ihnen in einigen Monaten ein Kind zur Welt bringen wird? Hätten sie mir dann auch den Studienplatz angeboten, den jetzt womöglich der junge blasse Mann nicht bekommen wird, der vor mir geprüft wurde?« Eine schreckliche Idee kam ihr, und sie krampfte die Finger um Max' Arm. »Werden Sie mir womöglich die Zulassung wieder entziehen, sobald mein Zustand ersichtlich wird? Vielleicht stellen sie infrage, ob ich den Vorlesungen und Seminaren beisitzen kann? Und die Kommilitonen! Erinnerst du dich an die kleine Gruppe, die sich bei meinem ersten Besuch an der Hochschule über mich lustig machte? Wie werden sie auf eine schwangere Frau reagieren?«

So beflügelnd das Hoch gewesen war, das sie nach der famos bestandenen Prüfung empfunden hatte, so durch und durch verzagt fühlte sie sich nun.

Als hätte ihr jemand kurz vor der Erfüllung ihres Traumes ein haushohes Hindernis in den Weg geworfen. Ein Hindernis, das wunderbarer und schöner gar nicht sein konnte.

Max hob eine Hand, legte sie an ihre Wange und drehte ihren Kopf in seine Richtung. Sanft zwang er sie, ihn anzusehen.

»Komtess Luise von Scheweney, Frau Brugge, wollen Sie mir etwa sagen, dass Sie diese Möglichkeit bisher gar nicht in Betracht gezogen haben? Wir sind ein Ehepaar, ein überaus glückliches, erst frisch verheiratetes Ehepaar. Da ist es üblich, dass ein Kind sich einstellt«, sagte er mit einem Lächeln, in dem Luise auch mutmachende Zuversicht fand. »Wir werden einen Weg finden, mein Liebstes! Glaub mir. Wir können eine Familie sein, und du wirst Tierärztin!«

Verzagt erwiderte sie seinen Blick. »Du sagst das so, als sei es selbstverständlich, dass ich diese zusätzliche Schwierigkeit mit Bravour meistern werde.«

Seine Mundwinkel zuckten. Und plötzlich spürte sie, dass ihre sich ebenfalls bewegten und es seinen nachtun wollten.

»Davon bin ich überzeugt«, antwortete er. »Du wirst weit und breit die erste Tierärztin und zugleich Mutter sein und in beidem wundervoll!«

Marie

39

Sie hatte Wilhelm geküsst, den Grafen von Scheweney. Welcher verlobt war mit der Baroness von Assen.

Dies waren die beiden Sätze, die Marie in den vergangenen Tagen unaufhörlich im Kopf herumgingen.

Heirate mich!, hatte Wilhelm gesagt. Und sie wusste, dass er seine Worte vollkommen ernst gemeint hatte. Auch das Geständnis, dass er Margarete nicht liebte, sondern stattdessen … sie, Marie Paas, Tochter des Stallmeisters.

Hatte sie das Rechte getan, indem sie ihm keine Antwort gewährte? War es richtig gewesen, ihm nicht anzuvertrauen, dass sie ihn ebenso liebte wie er sie? Was nur wäre geschehen, wenn sie sich im Taumel des Glücksrausches hätte hinreißen lassen, seinen Antrag angenommen hätte?

Immer wenn Marie in ihren Gedanken an diesen Punkt kam, sagte sie sich: Nein, das war unmöglich!

Eine solche Konstellation hätten Graf und Gräfin, die sie doch seit ihrer Kindheit als Angestellte kannten, niemals zugelassen. Und der Kaiser? Was würde der zu solch einem Skandal sagen? Die von Assens wären zu Recht empört. Und Margarete, so selbstsüchtig und eitel ihre Eltern sie auch erzogen hatten, hatte eine solche Demütigung nicht verdient.

Dennoch war es Marie nicht möglich, an etwas anderes zu denken. Und ihre Gedanken bewegten sich beständig im Kreis.

Am Samstag saß sie zwischen ihrem Vater und Frau Rühl in der Gesindestube beim späten Nachmittagstee. Diese Mahlzeit nahmen alle ein, wie sie gerade in ihren Arbeitsablauf passte. Und so waren gerade die unter sich, die in der Hierarchie der Dienstboten die obere Etage bekleideten: der alte Kammerdiener Albrecht, sein Nachfolger Emil Neumann, Paas, Frau Rühl, Haushälterin Frau Mecken, Fräulein Trebitz, die Zofe der Gräfin, und Marie selbst. Wobei sie sich die letzten Tage an keinem Ort ganz anwesend fühlte. Ein Teil von ihr schien immer noch im Büro des Verlegers Lobrecht zu stehen. Schien immer noch Wilhelms Arme um sie zu spüren, seine zärtlichen Fingerspitzen auf ihrer Haut, seinen Atem in ihrem Haar, seine Lippen auf ihren.

Wie grausam es war, dass sie mit niemandem darüber reden konnte.

Ihre besten Freundinnen, Clara und Luise, denen sie sonst alles anvertraute, Schweres wie Schönes, waren Wilhelms Schwestern. Ihnen konnte Marie nicht erzählen, was sie derart quälte, dass sie kaum Schlaf fand.

Zum ersten Mal seit langer Zeit wünschte Marie sich sehnlichst, ihre Mutter wäre bei ihnen. Jene heiter lachende Frau auf dem Foto im Regal, deren Augen so warm und liebevoll funkelten. Marie sehnte sich danach, sich ihr anzuvertrauen, ihr alles zu gestehen, und dann die mütterlichen Arme um sich zu spüren, die trösteten, ihr Halt gaben. Doch dieser Wunsch würde niemals in Erfüllung gehen können.

Die Botschaft, dass der junge Hausherr in Bälde auch als Autor eines Romans von sich reden machen würde, hatte sich wie ein Lauffeuer auf Friesenhain verbreitet. Auch heute Morgen kam Frau Rühl wieder darauf zu sprechen: »Wenn das Buch herauskommt, will die gnädige Frau ihn mit einer ganz besonderen Torte überraschen. Ich soll sie wie ein aufgeschlagenes Buch formen. Mit Zuckerguss als Schrift«, erklärte sie und ahmte mit den Händen nach, wie sie die Worte aus der Spritztüte zu drücken gedachte.

»Das schaffen Sie doch?«, erkundigte Frau Mecken sich.

Frau Rühl baute sich bereits entrüstet auf, als Emil sanft einlenkte: »Daran wird doch hier niemand zweifeln, Frau Mecken. Mit einer Marzipandecke, nicht wahr?«, wandte er sich an Frau Rühl. Der neue Kammerdiener hatte mühelos auch jene Aufgabe des alten Albrechts übernommen, Harmonie in der Dienerschaft zu bewahren. Sofort murmelte Frau Mecken, dass sie selbstverständlich nicht gezweifelt habe. Und Frau Rühl, sichtlich geschmeichelt, weil Emil sich ihre gestrigen Erläuterungen gemerkt hatte, führte die Verzierungen der geplanten Leckerei noch ein wenig mehr aus.

Marie spürte, wie Emils Blick sie kurz streifte, und lächelte ihm abwesend zu.

Sie schielte zur Uhr an der Wand. Gleich würde die Zeit heran sein, um die Wilhelm und sie sich normalerweise am späten Nachmittag in der Bibliothek trafen.

Sollte sie heute hingehen? Offen mit ihm reden und eine Vereinbarung zum Stillschweigen mit ihm treffen? Denn selbstverständlich durfte nie jemand erfahren, was in Osnabrück geschehen war.

Auf der Heimfahrt in der Kutsche hatten Wilhelm und sie die meiste Zeit geschwiegen. Marie hatte nicht begreifen können, was gerade geschehen war, und nicht gewusst, wie sie mit dieser neuen Situation umgehen sollte.

Und Wilhelm? Der Glücksrausch, der ihn vielleicht in diese Umarmung mit ihr getrieben hatte, war vorüber gewesen. Stattdessen war er ernst und nachdenklich. Bis sie nach der schier endlosen Fahrt auf Friesenhain angekommen waren.

Als ihr Vater sie darauf ansprach, warum Marie nicht mehr zu den üblichen Treffen mit dem jungen Grafen in der Bibliothek ging, hatte sie dies mit der Begründung gerechtfertigt, dass die Arbeit in Form der Textredaktion erst in ein paar Wochen auf sie zukommen würde. Ihre Handflächen waren klamm geworden, denn beim fragenden Blick ihres Vaters war ihr dieser Vorwand selbst lächerlich erschienen.

Aber wie hätte sie ihm sagen können, aus welchem Grund sie sich tatsächlich vom jungen Hausherrn fernhielt? Sie hätte ihm doch nicht anvertrauen können, dass sie seine Warnung direkt in den Wind geschlagen hatte. Hätte ihm nicht gestehen können, was zwischen Wilhelm und ihr geschehen war und was sie nun um den Schlaf brachte: dass sie sich nämlich seitdem nach seinen Küssen, der zärtlichen Umarmung verzehrte. Egal, wie oft sie sich sagte, dass Wilhelm verlobt war. Verlobt mit der hübschen, stupsnasigen Baroness von Assen. Obwohl die direkt nach dem Unfall vor den Narben und der Hilfsbedürftigkeit ihres Verlobten zurückgeschreckt war, schien sie nun umso entschlossener, ihn ihre anfängliche Scheu vergessen zu lassen. Gestern war sie mit ihrer Mutter über eine Stunde bei Wilhelm gewesen. Während Marie im Stall alle Aufgaben erledigte, derer sie habhaft werden konnte.

Aber musste sie nicht mit Wilhelm reden? Ihm sagen, dass ihr Geheimnis bei ihr gut aufgehoben war? Dass er nicht fürchten musste, sie würde sich womöglich ihren guten Freundinnen, seinen Schwestern, anvertrauen?

Womöglich hatte er gestern mit ihr über genau solche Bedenken reden wollen, als er Ranke nach ihr geschickt hatte.

Sie hatte dem ersten Hausdiener die Botschaft mitgegeben, dass sie sich nur kurz umkleiden musste. Doch dann war ihr im Hof der Kutscher der von Assens begegnet. Und ihr war klar gewesen, dass Wilhelm vorerst keine Zeit für sie haben würde.

Wieder wanderte ihr Blick zur Uhr.

»Marie?«, riss sie da die Stimme ihres Vaters aus ihren Gedanken. Sie schrak zusammen. Alle am Tisch sahen sie an.

»Herr Neumann hat dich etwas gefragt«, bemerkte ihr Vater, die Sorge im Blick, die Marie bereits kannte.

»Verzeihung!« Sie wandte sich rasch dem Kammerdiener zu. »Ich war ganz in Gedanken.«

»Das macht doch nichts«, sagte der lächelnd. »Es ging auch nur um die Frage, ob Sie morgen nach dem Kirchgang wieder zu den von Assens reiten, um mit dem Pferd dort zu arbeiten. Amigo heißt es, richtig?«

Marie nickte. »Ja, ich werde hinreiten.«

»Darf ich Ihnen dann wieder einen Brief mitgeben? Für meine Schwester?«, fragte er.

»Natürlich. Das erledige ich gern auf diesem Wege.«

»Ich habe den Brief schon hier unten. Er liegt im Gang auf der Kommode.« Emil erhob sich. Marie tat es ihm gleich.

»Bleiben Sie doch sitzen. Ich hole ihn«, bat er sie.

»Ich wollte sowieso aufstehen«, erwiderte sie. Für einen Moment standen sie sich zwischen Wand und Tisch gegenüber. Dann griff er nach ihrer Stuhllehne und schob das Möbel für sie zur Seite, um ihr den Vortritt zu lassen.

Als Marie an ihm vorbei auf die Tür zuging, wurde sie sich der Aufmerksamkeit aller am Tisch bewusst. Jene Menschen, die bisher ihr Leben ausgemacht hatten: Frau Rühl, deren runde Wangen gerötet waren, Frau Mecken, die wachsam die Augen wandern ließ, Albrecht, der sich mit der Zungenspitze in die faltigen Mundwinkel fuhr. Und Paas, ihr Vater, der zwischen Emil und ihr hin und her schaute und sich dabei bemühte, nicht zu sehr wie ein fürsorglicher Vater auszusehen.

All diese erwartungsvollen Blicke waren dann doch zu viel für Marie. Rasch machte sie, dass sie in den Flur kam. Während Emil ihr in Richtung Hintertür folgte, sagte sie in einem unverfänglichen Ton: »Ihre Schwester ist wirklich reizend, Herr Neumann. Ich bin froh, sie auf diese Weise kennengelernt zu haben. Jedes Mal, wenn ich bei den von Assens bin, nimmt sie sich ein paar Minuten Zeit, in denen wir plaudern. Sie legt ihre Teepause danach, und so kann ich mich ein wenig aufwärmen. Ein wirklich durch und durch freundlicher Mensch.«

»Das ist Ida wirklich!«, bestätigte er mit nicht zu überhörendem brüderlichen Stolz. »Es ist wunderbar, sie in meinem Leben zu haben. Nach dem Tode unserer Eltern sind wir eng zusammengerückt und hängen sehr aneinander. Und neben alldem, was sie liebenswert macht, geht sie ihrem Beruf auch mit Inbrunst nach, ebenso wie ich.«

»Das spürt man, und es ist nicht selbstverständlich«, sagte Marie und nahm aus seiner Hand den Briefumschlag entgegen, welcher an *Fräulein Ida Neumann* adressiert war. »Agnes ist auch eine, die mit Herzensblut dabei ist. Immer so heiter und für alle eine große Stütze. Ein wahres Juwel für die Komtessen!«

Eine sonderbare Stille entstand. Es waren die Stimmen aus der Stube zu hören. Albrecht lachte sein heiseres Altmännerlachen, in das Paas und Frau Rühl einstimmten.

»Agnes?«, wiederholte Emil und blinzelte. Von jetzt auf gleich schien er aus dem sonst so selbstsicheren Konzept geraten.

»Das Kammermädchen«, half Marie ihm. Sie war der Meinung gewesen, dass Emil bereits nach einem einzigen Tag alle Dienstboten hier im Hause mit Namen hätte ansprechen können.

»Sicher«, stieß er hervor und fuhr sich mit der Hand durchs Haar. »Aber wie … wie kommen Sie jetzt auf Agnes?«

Nun war auch Marie verwirrt. »Nun, weil sie doch Kammermädchen ist und Zofe werden will, ganz wie Ihre Schwester.«

Sein Lächeln wirkte erleichtert. »Ach so, nun ja. Sicher. Ja, da haben Sie gewiss recht, Fräulein Paas.« In seinen hellen Augen sah Marie eine Unsicherheit, die ganz untypisch für ihn war.

Da klappte oben die Tür zur großen Halle, und Ranke erschien auf der Treppe.

»Fräulein Paas«, sagte er, als er sie hier stehen sah. »Wie gut, dass Sie noch da sind. Die gnädige Frau verlangt nach Ihnen. Sie ist im Zimmer des gnädigen Herrn.«

Maries Magen schlug einen Salto. Gräfin Anna wollte sie sprechen? Um Himmels willen! Sie musste davon erfahren haben, was im Verlagshaus geschehen war.

Reflexartig sah Marie an sich herab. Sie trug ihr Alltagskleid, das sie im Haus meist zu den Mahlzeiten wählte. Es war schon älter, aber immer noch gut in Schuss, wenn auch etwas aus der Mode gekommen. Zumindest war es sauber und ordentlich, anders als man es häufig über ihre Kleidung für den Stall hätte sagen können. Doch gäbe es überhaupt eine Garderobe, die geeignet war für das Gespräch, das sie nun wahrscheinlich erwartete?

»Nun, dann …«, sagte sie mit belegter Stimme. Sie steckte den Brief an Ida Neumann in die Rocktasche, nickte Emil noch einmal zu, der immer noch ein wenig zerstreut wirkte, und ging die Treppe hinauf.

Mit jedem Schritt wummerte ihr Herz wie der Hammer

auf den Amboss. Gräfin Anna wollte mit ihr reden. War das schon jemals vorgekommen? Nur ein einziges Mal, erinnerte Marie sich: Vor etlichen Wochen hatte sie Marie darum gebeten, sich um das Training vom Wallach Amigo bei der Baroness von Assen zu kümmern.

Darum würde es heute aber wohl nicht gehen.

Die Gräfin rief sie zu sich, während sie bei ihrem Mann saß.

Es musste von immenser Wichtigkeit sein. Wumm. Wumm. Jede Stufe der engen Dienstbotenstiege ein Hammerschlag, der Gewissheit brachte: Sicher würde die Gräfin mit ihr über das sprechen wollen, was zwischen Wilhelm und ihr geschehen war. Woher wusste sie davon? Hatte Wilhelm seiner Mutter doch etwas erzählt?

Als sie die Tür in den Flur hinter sich schloss, spürte sie, wie ihre Knie weich wurden. Mit wackligem Schritt wollte sie sich schon in Richtung Halle wenden, um von dort die große Treppe hinauf zur Empore zu nehmen. Doch dann überlegte sie es sich spontan anders, öffnete die Tür wieder und stieg weiter die Treppe für die Dienstboten hinauf.

Im ersten Stock trat sie auf den Gang und wandte sich nach Westen, um dort an die Tür des Grafen Hermann zu klopfen.

»Herein.«

Sie trat ein und fand Gräfin Anna auf einem Stuhl am Bett ihres Mannes. Wie immer war sie tadellos gekleidet und frisiert, als erwarte sie jederzeit Gäste von Rang und Namen. Graf Hermann schien zu schlafen. Zumindest waren seine Augen geschlossen, und seine Hände lagen ruhig neben seinem Körper auf der Bettdecke.

»Marie, wie schön, dass du Zeit hast«, sagte Gräfin Anna, während Marie immer noch an der Tür stand und fürchtete, ihre Beine würden jeden weiteren Schritt versagen. »Ich würde gern mit dir sprechen, ehe Luise heute Mittag zurückkehrt und sicher das ganze Gut auf den Kopf stellt, um die bestandene Prüfung zu feiern.« Jetzt lächelte sie sogar. Gräfin Anna von Scheweney sah nicht aus, als wolle sie die Tochter des Stallmeisters eines unsittlichen Vergehens beschuldigen. Vorsichtig wagte Marie, Luft zu holen. Die Gräfin fuhr fort. »Außerdem hat sie laut Telegramm wohl noch andere Neuigkeiten, auf die wir gespannt sein dürfen. Also lass uns die Ruhe vor dem Sturm nutzen. Komm, setz dich zu mir.« Sie winkte Marie zu sich.

Mit immer noch heftig pochendem Herzen zog Marie einen Stuhl heran und nahm Platz.

Die Miene der Hausherrin wirkte immer noch alles andere als streng. So würde sie doch nicht schauen, wenn sie wüsste …?

Anna von Scheweney legte die Hände auf ihrem Schoß ineinander, während sie beide auf den schlafenden Grafen sahen.

»Eltern zu sein bedeutet großes Glück«, begann die Gräfin. »Aber auch schwere Verantwortung. Wir müssen uns stets bemühen, das Beste, das Richtige für unsere Kinder zu tun.«

Oh weh. Es war so weit. Marie schloss die Augen in Erwartung dessen, was nun kommen würde.

»Umso tragischer ist es, wenn wir feststellen, dass wir selbst zu diesem Besten nicht immer in der Lage sind«, fuhr die leise Stimme neben ihr fort. »Und umso wunderbarer, wenn es andere gibt, die diese Aufgabe für uns übernehmen.«

Die letzten Worte hallten in Marie nach. Vorsichtig blinzelte sie. Hatte sie recht gehört?

»Wir sind dir zu großem Dank verpflichtet, Marie«, sagte Gräfin Anna. Und das waren solch andere Worte als jene, die Marie befürchtet hatte, dass sie perplex den Kopf hob.

»Aber …«, begann sie, doch die Hausherrin hob die Hand.

»Es ist wahr«, sagte sie mit Nachdruck. »Du warst die Einzige, die erkannt hat, wie wir Wilhelm ins Leben zurückholen können. Weder seine Schwestern noch ich hatten den richtigen Gedanken. Du aber hast es erfasst und entsprechend gehandelt. Du hast Wilhelm in seinem großen Traum von der Schriftstellerei unterstützt und ihm Mut gemacht. Ich selbst wusste nicht einmal davon, wie wichtig ihm das Schreiben inzwischen geworden war.« Sie hielt kurz inne, um den Mund einen traurigen Zug. »Als Herrin von Friesenhain muss ich schließlich auch an den Erhalt des Gestüts denken. Und so habe ich in Wilhelm immer nur den zukünftigen Herrn des Guts gesehen, nicht den jungen Mann, der auch noch andere, ganz eigene Träume hat.« Doch dann lächelten ihre Augen erneut Marie an. »So wie er mir erzählt hat, hätte er diese Unternehmung ohne dich wohl nicht gewagt. Und dafür gebührt dir mein Dank. Als Herrin über Friesenhain. Vor allem aber als Mutter. Und ich weiß, dass deine sehr stolz auf dich wäre.«

Die letzten Worte trafen Marie bis ins Mark. Die quälende Sehnsucht stieg erneut in ihr auf und füllte sie ganz und gar aus. Der brennende Wunsch nach mütterlichem Beistand in ihrer inneren Not. Doch als die Gräfin es aussprach, war Marie plötzlich nicht sicher, ob ihre Mutter tatsächlich stolz sein würde auf sie.

Wäre Maria Paas, die damals als Zofe der Gräfin gedient hatte, stolz auf eine Tochter, die wichtige bestehende Regeln einfach so übertreten hatte?

Vielleicht spürte die Gräfin Maries Zweifel, denn sie hob die Hand und strich ihr kurz mit den Fingerspitzen über den Arm.

»Ich möchte mich dir erkenntlich zeigen, Marie. Hast du

einen Wunsch, den ich dir erfüllen kann? Ein neues Kleid? Oder …«, sie schmunzelte kurz. »Bücher?«

Marie, im Durcheinander ihrer Gefühle, in den anfänglichen Befürchtungen, den Gedanken an ihre Mutter völlig gefangen, brauchte einen Moment, ehe sie die Frage begriff.

Und dann wusste sie sofort, worum sie bitten wollte.

»Ich möchte keinen Lohn für das, was ich für Wilhelm getan habe, gnädige Frau, denn das habe ich von Herzen gern getan«, sagte sie und spürte hinter den bescheidenen Worten den Stich ihres schlechten Gewissens. »Aber wenn Sie mir eine Freude machen möchten, die Sie wohl nicht viel Mühe kosten würde, dann …« Ihre eigene Beherztheit drohte sie zu überwältigen, und sie stockte.

»Sprich nur!«, forderte die Gräfin sie auf.

Marie drehte sich zu ihr und sah ihr ins Gesicht. Obwohl sie die fünfzig bereits überschritten hatte, war Gräfin Anna immer noch eine schöne Frau, und aus der Tiefe ihrer grünen Augen leuchtete echtes Interesse. Das gab den Ausschlag, und Marie sagte: »Sie waren bei meiner Mutter, als sie damals aus der Welt schied, nicht wahr? Vater spricht so gut wie nie darüber. Und ich will ihn nicht fragen. Ich glaube, ihr Verlust schmerzt ihn immer noch sehr.«

Gräfin Anna schwieg einen Moment. Sie schien plötzlich ergriffen von der Erinnerung an damals.

»Und du wüsstest gern mehr darüber?«, forschte sie dann.

Marie musste schlucken. Und nickte.

Die Gräfin senkte den Kopf. Sie schien ihre Gedanken ordnen zu müssen, die rechten Worte zu finden.

»Auch ich vermisse deine Mutter bis heute«, gestand sie dann. »Als ich nach Friesenhain kam, konnte ich zwar die deutsche Sprache, weil unsere Familien von jeher eng verbunden waren, aber sonst war mir alles fremd. Ich fühlte mich allein. Und dachte zuerst, ich würde es immer bleiben. Ja, meine erste Zeit auf Friesenhain war wahrlich nicht leicht.« Bitterkeit mischte sich in ihre Stimme.

Marie ahnte, von welcher Zeit sie sprach. Als die junge Anna sich in den Sohn des Nachbargutes verliebte statt in den jungen Grafen Hermann. Und als sie gezwungen wurde, auf diese große Liebe zu verzichten. Doch sie wagte nicht, etwas dazu zu sagen. Vielleicht sprach ihr verlegenes Schweigen genug, denn Gräfin Anna strich mit einem Mal energisch ihren Rock glatt und sagte: »Anfangs dachte ich, ich würde dieses herrliche Gut nie zu meinem Zuhause machen können«, fuhr sie fort. »Aber dann habe ich mich in meiner Not und mit meinem Schmerz meiner Zofe Maria anvertraut.« Sie lächelte und wirkte zugleich traurig. »Deine Mutter hatte ein großes Herz, Marie. Sie war mir viel mehr als eine Bedienstete. Sie war mir wie eine Freundin. Und du bist ganz und gar ihre Tochter.« Sie hob den Blick und betrachtete Marie mit demselben traurigen Lächeln wie gerade.

Marie nahm all ihren Mut zusammen und fragte: »Sie liebte das Leben, nicht wahr? Ich … Ich frage mich immer, wie es wäre, wenn sie nicht … wenn ich nicht gewesen wäre. Dann wären Vater und sie immer noch glücklich miteinander, so wie auf der Fotografie in unserem Regal. Darauf sehen sie aus, als könnte ihnen nie etwas Böses geschehen.«

Jetzt beugte sich die Gräfin vor und sah ihr ernst ins Gesicht. »Marie? Du machst dir selbst doch keine Vorwürfe?«, fragte sie und traf damit den Nagel auf den Kopf. Jenen Nagel, der in Maries Fleisch steckte, solange sie denken konnte.

Sie musste ihre Lippen befeuchten, die plötzlich ganz trocken zu werden drohten.

»Sie ist wegen mir gestorben«, murmelte sie dann die

Worte, die sie ihrem Vater nie zu sagen wagte. »Wenn ich nicht gewesen wäre …«

»Nein!« Diesmal waren es nicht nur die Fingerspitzen der Gräfin. Diesmal fasste sie Maries Arm mit der ganzen Hand und so fest, dass es fast wehtat. Wenn auch nicht so weh wie der Schmerz, den Marie in sich spürte. »Nein, bitte, Marie, das darfst du nicht denken! Maria … Deine Mutter freute sich unbändig auf dich. Sie war ja schon ganz verrückt nach Wilhelm und der kleinen Luise gewesen. Und nun war ja auch unsere winzige Clara da. Deine Mutter liebte dich vom ersten Augenblick an mit solcher Hingabe! Schon lange bevor du das Licht der Welt erblicktest. Sie hat dir und Clara Lieder gesungen, die eine Hand auf ihrem dicken Bauch und die andere an Claras Wiege. Sie wäre jedes Risiko eingegangen, um dir das Leben zu schenken, Marie.«

Marie spürte, wie es hinter ihren Augen brannte. »Auch wenn das bedeutete, dass sie selbst gehen musste?«, flüsterte sie, denn sie brachte es nicht über sich, diese Worte laut auszusprechen.

Als Gräfin Anna nicht antwortete, hob Marie den Blick und sah sie an. Auch in ihren Augen schimmerten Tränen.

»Sie wusste es. Schon den Tag davor wusste sie, dass ihre Zeit bald vorüber sein würde«, sagte die Gräfin leise. »Sie wollte dich beständig neben sich, wollte dich anschauen, dir beim Schlafen zusehen. Und sie hat von nichts anderem gesprochen als davon, dass du glücklich sein sollst. Ja, das ist deine große Aufgabe im Leben, Marie: Sei glücklich. Denn das ist es, wofür deine Mutter, eine der besten Frauen, die ich kannte, ihr Leben gegeben hat.«

Nun ließen sich die Tränen nicht mehr aufhalten. Sie rannen aus Maries Augen und liefen über ihre Wangen hinab.

»Sie liebte mich?«, wiederholte sie wispernd.

Gräfin Anna strich ihr über die Schulter. »So inniglich«, bestätigte sie. »Und die Liebe, Marie, die Liebe hat eine Macht, die wir uns in unseren dunklen Stunden nicht vorstellen können. Sie überwindet alles. Ob es die tiefe, unerschütterliche Liebe einer Mutter zu ihrem Kind sei. Oder die ruhige und kraftvolle Liebe, die den Boden einer langen Ehe bildet.«

Marie hob den Kopf, und die Gräfin reichte ihr ein mit Spitzen gesäumtes Taschentuch, so fein und weiß, dass es Marie beschämte, sich damit die Tränen fortzuwischen. Im Blick der älteren Frau lag ein sonderbarer Ausdruck voller Einsicht und Anteilnahme. Ihre ganze Miene war von einem Wesen, das Marie zeigte: Die Gräfin sprach nicht länger zu ihr, sondern wohl eher zu sich selbst. Sie sprach von dem, was Luise und Clara ihr von den Geschehnissen damals anvertraut hatten. Und was aus den Jahrzehnten daraus gewachsen war.

»Ja«, sagte Gräfin Anna leise und nickte bekräftigend. »Gemeinsam gelebte Jahre und gemeinsame Kinder, die Sorge um sie, die Freude an ihnen, das alles verbindet ein Paar in Liebe. Wie furchtbar nur, dass es manchmal einen Schicksalsschlag braucht, um dies zu begreifen. Um endgültig zu verstehen, wohin wir mit ganzem Herzen und ganzer Seele gehören.«

Marie glaubte kaum, noch mehr Trauer und Schmerz, Hoffnung und Verzicht ertragen zu können. Noch nie hatte sie sich der Herrin über Friesenhain so nah gefühlt. Ihr war, als würde ihre Mutter, die Gräfin Anna als Freundin gekannt hatte, neben ihnen stehen und sanft auf sie herabblicken.

Da bemerkte sie, dass der Blick der Gräfin sich verändert hatte. Sie starrte zum Bett.

Und Marie erkannte gleich, wieso: Der Graf hatte den Kopf auf dem Kissen gedreht und die Augen geöffnet. Er sah sie an. Und in seinen blauen Augen lag nicht länger der beunruhigende Nebel, den er in den vergangenen Wochen nie zu durchdringen geschafft hatte. Stattdessen blickten sie klar und fragend.

Er hob eine Hand, geschwächt vom vielen Liegen, fiel seine Bewegung langsam aus. Doch sie hatte ein Ziel: Er streckte sie seiner Frau entgegen.

Die saß wie versteinert. Ihre Hand wanderte sacht auf seine zu. Griff danach.

»Anna?«, flüsterte er.

Luise

40

Luise hatte die gesamte Fahrt von Hannover nach Friesenhain damit verbracht, sich auszumalen, wie ihre Familie sie begrüßen und ihr zur Aufnahme an der Königlichen Tierärztlichen Hochschule gratulieren würde. Die noch größere Sensation jedoch würden Max und sie sich für später aufheben, hatte sie sich gewünscht.

»Wir bitten Mutter, Wilhelm, Clara und natürlich auch Marie in den Salon. Und da verkünden wir ihnen dann, dass es bald ein neues Friesenhainerchen geben wird«, hatte Luise noch in der Kutsche gesagt, und Max hatte ihr lächelnd zugestimmt.

Doch nun fuhren sie die lange Auffahrt hinauf, und von einem Empfangskomitee am Eingang war nichts auszumachen. Stattdessen preschte Fritz auf einem der Wallache an der Droschke vorbei, die Max und sie am Bahnhof gemietet hatten. Der Stallbursche hielt den Blick konzentriert nach vorn gerichtet, offenbar ganz damit beschäftigt, so schnell wie möglich in den Ort zu gelangen.

»Oje«, hauchte Luise. »Irgendwas muss passiert sein.« Die gerade noch frohe Erwartung schien zum leicht geöffneten Kutschenfenster hinauszufliehen und einer klammen Ängstlichkeit Platz zu machen.

Auch Max wirkte beunruhigt, als er ihr vor dem Portal über den Stieg half. Dann jedoch konnte Luise sich nicht mehr zurückhalten und rannte die Stufen hinauf, um den Klingelzug zu ziehen.

Nichts geschah. Obwohl sie drinnen in der Halle deutlich Stimmen hören konnte.

»Max, hier stimmt etwas ganz und gar nicht!«, keuchte Luise, klopfte wild an die Tür und zog erneut so heftig an der Klingel, dass unten im Gesindeflur allen die Ohren schellen mussten. »Noch nie hat Ranke jemanden zweimal läuten lassen.«

Der Hausdiener war es auch, der ihnen wenig später mit erhitztem Kopf öffnete.

»Was ist denn los?«, erkundigte Luise sich sogleich mit bebender Stimme.

»Der gnädige Herr ist aufgewacht, Komtess … ehm … Frau Brugge«, stammelte Ranke. Er schien vollkommen aus dem Häuschen.

»Aber er ist doch schon …«, begann Max.

Doch Luise hatte begriffen. »Heißt das, er ist bei klarem Verstand?«, setzte sie rasch nach und schlüpfte im Laufen so rasch aus ihrem Mantel, dass Ranke ihn regelrecht auffangen musste.

»So klar wie eh und je«, beteuerte dieser mit breitem Lächeln.

»Schnell, Max!«, rief Luise und stürmte bereits los, die Treppe hinauf. Sie hörte Max hinter sich rufen, doch hielt sie nicht an. Im Flur stolperte sie fast in Frau Mecken hinein, die mit ihrem Wirtschaftsbuch in den Händen gerade zur Dienstbotentreppe wollte.

»Frau Mecken, ist es wahr?«, rief Luise ihr zu. Jedoch ohne anzuhalten. Sie sah auch so das seltene, aber umso sprechendere Lächeln auf dem Gesicht der Haushälterin.

Zwar klopfte Luise an, doch fiel sie beinahe gleichzeitig damit bereits ins Zimmer.

Ihr bot sich ein seltener Anblick: Der Raum war nahezu überfüllt. Ihre Mutter und Wilhelm saßen auf Stühlen am Bett, während Paas und Marie verlegen am Fußende standen und Neumann gerade dabei war, das Fenster wieder zu schließen, durch das er offenbar ein wenig Frischluft hereingelassen hatte. Auch Albrecht war da und gerade damit beschäftigt, der aufrecht in den Kissen sitzenden Gestalt ein Tablett mit Sandwiches zu reichen. Und diese griff tatsächlich nach einem.

»Papa!«, schrie Luise und stürzte zum Bett, um dort auf die Knie zu fallen.

Alle im Raum waren bei ihrem Hereindonnern zusammengezuckt. Doch ihr Vater lachte leise, als sie nun seine Hand ergriff und ihr Gesicht daran drückte.

»Stürmisch wie immer, meine Luise«, sagte er mit seltsam leiser und rauer Stimme. Aber es war seine Stimme. Er war zurück! Sie konnte nicht sprechen, von Glück schier überwältigt, sondern schluchzte in den Bettüberwurf, bis sie eine sanfte Berührung spürte. Max war neben sie getreten, fasste sie unter den Arm und half ihr auf.

»Willkommen wieder zurück bei uns, lieber Schwiegerpapa«, sagte er lächelnd.

»Du kannst von Glück sagen, dass ich mich noch an eure Vermählung erinnern kann, Max Brugge«, erwiderte Graf Hermann. »Sonst würde ich mich nun wundern, was ein Sozialdemokrat an meinem Bett verloren hat.«

Für einen Wimpernschlag war es totenstill im Raum. Dann rief Luise: »Oh, Papa! Du bist es also wirklich!«, und alle lachten.

»Und wie ich es bin, mein Kind«, antwortete ihr Vater heiser.

Luise sah sich kurz um, in die Gesichter der Menschen, die ihrem Vater nahestanden. Sämtliche Augen glänzten. Albrecht gab sich beständig beschäftigt, räusperte sich aber fortwährend. Neumann behielt Haltung. Marie hatte Paas' Hand genommen, und die beiden tauschten einen Blick voller Freude.

Clara tupfte sich die Wangen ab. Wilhelms Lächeln schien breiter denn je. Luises Mutter aber, ja, Gräfin Anna sah vollkommen verwandelt aus. Sie schien regelrecht von innen heraus zu leuchten und überstrahlte alle Schönheit, die Luise je an ihr gesehen hatte.

Die Erleichterung stand wie eine weitere Person mit ihnen im Raum.

Schließlich war es Albrecht, der sagte: »Fritz muss gleich mit dem Doktor zurück sein. Wir sollten die Familie allein lassen.« Damit nickte er Neumann, Paas und Marie zu.

Luise fing einen Blick ihrer Mutter auf und winkte Clara.

»Kommt, Schwester, Bruder, lassen wir unserem Vater ein wenig Ruhe.«

Clara griff unter Wilhelms Arm, Luise gesellte sich an seine andere Seite, und so gingen sie hinaus. Hinter ihnen folgten alle anderen, außer ihre Mutter.

»Wollt ihr mich in meine Räume begleiten, Clara, Luise, Max?«, schlug Wilhelm vor.

Max sah sie fragend an, und Luise nickte ihm zu. Ja, ein wenig Zeit mit ihren Geschwistern, das wäre jetzt genau das Richtige.

Und es wäre auch schön, wenn Marie dabei sein könnte, dachte sie. Doch die stand an Paas' Seite und wirkte beinahe ebenso scheu wie ihr Vater, der nur höchst selten hier oben in der Beletage war.

Marie bemerkte ihren Blick. »Ich gratuliere dir, Luise, von

ganzem Herzen«, sagte sie, kam herüber und umarmte sie, ehe sie wieder zu ihrem Vater trat.

»Oh natürlich, ja, wie unaufmerksam von uns. Allerherzlichsten Glückwunsch!«, stimmte Neumann zu, wobei sein Blick von Luise auch zu Marie sprang. Vertiefte sich sein Lächeln nicht noch, wenn er die hellblonde Stallmeistertochter ansah? Luise unterdrückte ein Schmunzeln. Aha, da waren sie also wieder, die Gründe für die Gerüchte in der Gesindestube, von denen Luise gehört hatte und die sich um den neuen Kammerdiener und ihre beste Freundin drehten.

»Gratulation von der gesamten Dienerschaft zur bestandenen Prüfung, Frau Brugge!«, polterte Albrecht, knallte dazu mit den Hacken und verzog dann prompt das Gesicht, weil seine Arthritis ihm sicher zu schaffen machte.

»Vielen Dank! Diese erfreulichen Neuigkeiten waren gerade völlig vergessen. Jetzt haben wir gleich mehrere Gründe zu feiern«, antwortete Luise und zwinkerte Max heimlich zu, der sie spitzbübisch angrinste.

Ihre Gruppe löste sich auf, als Neumann die Tür zur Dienstbotenstiege öffnete und für Albrecht, Paas und Marie aufhielt.

»Marie?«, sprach Luise die Freundin an. Die wandte den Kopf. »Willst du nicht auch bei uns bleiben? Ich habe einiges zu berichten.«

Da war ein winziger Moment des Zögerns. Luise spürte es ganz deutlich. Und war da nicht auch ein Blick? Zu Clara? Oder zu Wilhelm? Doch dann lächelte Marie zu Luises größter Verwunderung nur entschuldigend.

»Ich würde mich sehr freuen, wenn wir später ganz in Ruhe reden könnten, Luise«, sagte sie mit leiser Stimme und ein wenig unsicher. »Aber jetzt gibt es ein paar Sachen im Stall zu tun, die ich vorhin aufschieben musste.«

Verblüfft starrte Luise sie kurz an. Sie konnte sich nicht

erinnern, dass Marie jemals eine solche Einladung abgelehnt hatte. Und gerade heute ging es doch um etwas immens Wichtiges.

»Oh«, machte sie, bemüht, nicht verletzt zu klingen. »Natürlich kann ich dir auch später alles erzählen.«

»Das wirst du sogar mit Freude tun, nicht wahr?«, neckte Max sie. »Eine weitere Möglichkeit, noch mal alles en détail zu berichten.«

Luise knuffte ihn, die anderen lachten darüber. Und dann verschwanden Albrecht, Paas, Neumann und Marie hinter der Tür zur Dienstbotentreppe.

Seltsam. Marie hatte so entschlossen gewirkt, mit ihrem Vater zu gehen. Ob es noch einen anderen Grund als aufgeschobene Arbeit dafür gab, dass sie jetzt nicht bei ihnen sein wollte?

Nun folgte sie Clara, Max und Wilhelm über den Gang in die Räume des jungen Grafen. Schon recht sicher steuerte Wilhelm den großen Ohrensessel an, wo er sich niederließ, während Clara einen Stuhl wählte und Max sich an den Kamin stellte. Luise aber hätte sich weder setzen noch stillstehen können, sondern lief auf und ab. Sie brannte darauf, ihren Geschwistern von der anderen, noch viel umfassenderen Neuigkeit zu berichten.

»Du willst wohl berichten, wie es vor dem Kuratorium zugegangen ist?«, erkundigte sich Clara.

Luise grinste sie an. »Das gewiss auch. Aber um ehrlich zu sein, würde ich euch lieber erst noch in einer anderen Sache ins Vertrauen ziehen.«

Clara sah sie gespannt an. Doch Wilhelm wirkte hier, in seinem Raum, plötzlich wieder sehr viel ernster als gerade noch im Schlafzimmer ihres Vaters. Nachdenklich, fast abwesend, hielt er den Kopf gesenkt und runzelte die Stirn.

»Wilhelm?«, sagte sie. »Ist alles in Ordnung?«

Er zuckte zusammen und hob rasch den Kopf. »Ja. Ja, sicher. Du willst uns also etwas berichten?«

»Berichten!«, wiederholte Clara mit einem Kopfschütteln. »Wenn Luise, die nie etwas für sich behalten kann, so geheimnisvoll tut, muss es etwas Großes sein. Nicht wahr, Lulu?«

Luise unterdrückte ein Schmunzeln. »Eher im Gegenteil«, behauptete sie keck. »Es ist sehr klein. *Noch*, um genau zu sein. Aber es wird in den nächsten Monaten wachsen.«

Wilhelms Brauen wanderten nach oben, seine Miene drückte schiere Verwirrung aus. Doch Clara war schneller im Begreifen, und ihre Augen weiteten sich. Genau wie Max senkte sie den Blick auf Luises Körpermitte.

»Oh, wie schön, Luise!«, brachte sie gerührt heraus, stand auf, kam zu ihr und umarmte sie so zart, als habe sie Angst, etwas an ihr kaputt zu machen. Luise drückte sie umso fester an sich.

»Ehm …«, machte Wilhelm, der den Kopf neigte, um dem Geräusch ihrer Schritte zu lauschen. »Würdet ihr mich auch erhellen?«

»Du wirst Onkel, Wilhelm!«, erklärte Max ihm, und in seiner Stimme schwang der ganze Stolz des werdenden Vaters. Und da veränderte sich auch der Ausdruck auf Wilhelms Gesicht. Ein Strahlen breitete sich in seiner Miene aus, das Luise auch gerade am Bett ihres Vaters gesehen hatte. Luise fand plötzlich, dass ihm die bartlose Oberlippe, an die er sich wegen der Brandverletzungen vorerst hatte halten müssen, vorzüglich stand. Ihr Bruder war ein wahrhaft hübscher Mann. Wenn ihr Kind ein Sohn würde, sollte er aussehen wie er, dachte sie.

»Ich werde Onkel!«, wiederholte er fasziniert, und damit brach der Damm. Eine Weile redeten sie wild durcheinander, zogen sich gegenseitig mit Kindheitsgeschichten auf und lachten immer wieder. Luise meinte, ihre drei Geschwisterherzen so sehr im Gleichklang schlagen zu spüren, wie sie es vielleicht noch nie getan hatten.

Dann jedoch ahmte Max nach, wie Luise ihre Morgenübelkeit auf die Aufregung vor der Prüfung geschoben hatte, und da wurden sie alle ernst.

»Was ist nun mit dem Studium, Lulu?«, erkundigte Clara sich vorsichtig.

»Du gibst es doch nicht auf!«, platzte Wilhelm heraus. »Auf keinen Fall darfst du deinen Traum aus den Augen verlieren, Luise, hörst du? Egal, was sie an der Hochschule sagen mögen!« Er hatte die Hände um die Lehnen des Sessels gekrampft und schien kurz davor aufzuspringen.

Seine gefühlvolle Anteilnahme rührte Luise noch mehr als es zuvor seine Freude getan hatte. Vor allem, weil er den wunden Punkt getroffen hatte, der auch sie immer wieder beschäftigte.

»Das habe ich nicht vor, Wilhelm«, antwortete sie und konnte ihre Stimme leicht zittern hören. »Obwohl es nicht leicht werden wird, mich als Frau und nun auch noch als werdende Mutter durchzusetzen.«

»Sie können dir doch die Zulassung nicht wieder entziehen?«, wollte Clara besorgt wissen.

»Mit welcher Begründung?«, brauste Max auf, woran Luise sah, dass auch er nicht so ruhig war, wie er ihr gegenüber vorgab. »Sie ist eine fähige Tiermedizinstudentin, wie sie dem Kuratorium bewiesen hat. Und das bleibt sie auch, wenn sie unser Kind erwartet.« Bei dem Wort *unser* warf er ihr einen Blick zu, der alles in ihr zum Glühen brachte.

»Bravo!«, rief Clara, obwohl die Sorge ihr immer noch im Gesicht stand. »Vater sagt immer, eine von Scheweney gibt nicht auf! So ist es recht!« Luise musste sie für den Versuch, ihr Mut zu machen, dringend gleich noch einmal umarmen.

Über die Schulter ihrer Schwester sah sie Wilhelm ernst und aufrecht im Sessel sitzen.

»Das ist wohl wahr«, murmelte er mit schwerer Stimme. »Wir müssen unseren Weg gehen. Egal, was sich uns entgegenstellt.«

Vorsichtig löste Luise sich von Clara und ging zu ihm hinüber, um sich neben ihn zu knien.

»Wilhelm? Kann es sein, dass du damit noch etwas ganz anderes meinst? Nicht nur meine Situation?«, fragte sie ihn ganz direkt.

Deutlich erschrocken wandte er den Kopf. »Etwas anderes? Was meinst du?«, wollte er beinahe misstrauisch wissen.

Luise seufzte. »Ach, lieber Bruder, ich ahne, worüber du grübelst. Du fragst dich bestimmt, was Vater dazu sagen wird, dass Friesenhain nun vom Gesetz her dein ist. Schließlich ist unser gemeinsamer Beschluss nicht rückgängig zu machen.«

Wilhelms Schultern, gerade noch abwehrend hochgezogen, entspannten sich.

»Vater, ja«, erwiderte er leise. Und beinahe so, als sei ihm dieser Gedanke noch gar nicht gekommen.

Luise strich ihm über den Arm. »Glaub mir, es ist so, wie Mutter gesagt hat: Er wird vollkommen einverstanden sein, dass wir den Notar geholt und alles so geregelt haben. Er wird sehen, dass unsere Entscheidung nur zum Besten Friesenhains war. Und damit wird er glücklich sein.«

Wilhelm schien diesem Gedanken kurz zu folgen. Dann lächelte er und nickte in ihre Richtung.

»Wahrscheinlich hast du recht, Luise«, sagte er.

Sie klopfte mit den Fingern auf die Sessellehne. »Ganz gewiss. Und wenn Vater erst wieder ganz auf der Höhe ist, wird er seine geliebte Arbeit nicht sein lassen wollen. Dann könnt ihr gemeinsam schalten und walten, Vater, Clara und du«, gab sie zurück. Als sie sich nach ihrer Schwester umdrehte, sah sie, dass Claras Wangen vor Freude über ihre Worte, die Einbeziehung ihrer Person in die Gestütsbelange, mit Röte übergossen waren. »Das bietet auch mehr Möglichkeiten für deine weiteren Bücher«, setzte sie an Wilhelm gewandt noch hinzu.

Ihr Bruder lauschte ihren Worten nach, wirkte darüber jedoch nicht allzu glücklich. Etwas musste ihn belasten.

»Da fällt mir ein«, mischte Max sich mit deutlich scherzhaftem Ton ein. »Wenn wir Wilhelm zum Paten für das Kleine nehmen, Luise, kann unser Erstgeborenes gewiss schneller schreiben und lesen als reiten.«

»Das glaube ich kaum«, erwiderte Luise amüsiert. »Denn Marie wird die Patentante sein, das habe ich ihr mit elf Jahren fest versprochen und werde es nicht brechen. Obwohl ich in der letzten Zeit manchmal wähne, ob sie vielleicht selbst daran denkt, eine Familie zu gründen«, setzte sie geheimnisvoll hinzu.

Clara merkte auf. Auch Max sah sie neugierig an. Auf Wilhelms Stirn bildete sich eine steile Falte.

»Eine Familie? Marie?«, wiederholte er angespannt.

»Oh, wirklich!«, rief Luise. »Du solltest öfter mit der Dienerschaft plaudern, so wie Clara und ich. Dass Neumann es dir persönlich erzählt, wirst du wohl nicht erwarten können. Über den Klatsch der Herrschaften wissen unten stets alle Bescheid. Aber wir erfahren umgekehrt erst als Letzte, wenn es dort derartige Neuigkeiten gibt.«

Nun wirkte Wilhelm regelrecht verunsichert. Aber auch Clara blickte sie entgeistert an.

»Wovon sprichst du?«, erkundigte ihre Schwester sich vorsichtig.

»Marie und Emil Neumann«, klärte Luise ihre Geschwister auf, denn mit Max hatte sie neulich schon darüber geredet. »Unten munkelt man schon seit seiner Ankunft davon. Und du selbst hast mir erzählt, Clara, dass er genau das angedeutet hat, oder? Wie hat er es noch ausgedrückt? Dass er nach dem Brand so viel für Friesenhain getan hat, *weil es eine gibt, der Friesenhain sehr am Herzen liegt*? Und weil er hier eine Familie gründen möchte. Hat er es nicht so gesagt?«

Warum sah Clara nun so betreten aus? Und Wilhelm so entsetzlich ernst, beinahe schockiert?

»Nun ja, so ähnlich«, gab Clara schließlich zu und zupfte eine unsichtbare Fluse von ihrem Rock. »Aber das war, bevor …«

Meinte Luise es nur oder huschte der Blick ihrer Schwester tatsächlich kurz zu Wilhelm hinüber, um dann wie festgeklebt auf dem Teppich zu haften?

»Vor was?«, hakte sie nach und sah zwischen beiden hin und her. Wilhelm wirkte wie versteinert.

Doch Clara zuckte mit den Schultern. »Ach, wer weiß. Vielleicht hast du recht? Es sind zwei liebenswerte Menschen, nicht wahr? Beiden kann man nur alles Glück der Welt wünschen.«

Luise sah wieder zu Wilhelm. Doch der schien plötzlich mit den Gedanken weit fort.

Clara

41

Seit ihr Vater wieder bei klarem Bewusstsein war, schien auch ihre Mutter vollkommen verändert zu sein. In der vergangenen Woche hatte Clara fasziniert beobachtet, mit welcher Hingabe Gräfin Anna sich der Aufgabe widmete, ihren Mann wieder zu Kräften kommen zu lassen. Mit Argusaugen wachte die Gräfin über alle Gerichte, die Frau Rühl für den Grafen zubereitete, achtete auf ausreichend Ruhe und nutzte die Zeiten dazwischen, um Graf Hermann in die Geheimnisse des Turnens einzuweihen. Den gymnastischen Übungen, die sie selbst seit Jahren jeden Morgen pflegte, rechnete sie ihre eigene Gesundheit und Beweglichkeit zu. Und sie hatte sich in den Kopf gesetzt, dass Kniebeugen, Dehnen, Strecken und das Heben von Gewichten auch ihrem Mann dabei helfen würden, nach der langen Zeit des Liegens wieder in seine alte Form zurückzufinden.

Ob der zweimal täglich stattfindenden Trainings nannte Graf Hermann seine Frau *erbarmungslos* und brummte jedes Mal zum Schein unwillig. Doch Clara hatte entschieden den Eindruck, dass er Annas Zuwendung genoss, ebenso wie die neue Art des gemeinsamen Zeitvertreibs.

Heute Morgen, als er zum ersten Mal wieder mit der

Familie am Frühstückstisch saß, nur eine Woche nach seinem Erwachen, war es ganz deutlich, dass das Grafenpaar auf eine Art zueinandergefunden hatte, die Clara noch fremd war. Fremd ja, aber doch sehr willkommen.

Luises Offenbarung über das zu erwartende Enkelkind hatte beide mit großer Freude erfüllt. Aber es war zwischen den Eheleuten auch noch etwas anderes spürbar.

Bei jedem freundlichen Wort, das ihre Mutter an ihren Vater richtete, bei jedem Lächeln von ihm in ihre Richtung, während sein langsam zu alter Form nachwachsender Schnauzbart sich sträubte, ging Clara das Herz auf.

Etwas war geschehen zwischen ihren Eltern, das spürte sie ganz deutlich. Eine Veränderung, ein Bewusstsein für ihre Gemeinsamkeit. Und wenn Clara an jenen Abend der Hochzeitsfeier zurückdachte, als sie in der Bibliothek unwillentlich Zeugin des Streits um Friedrich von Thebe, der Verzweiflung ihrer Mutter und der Tränen ihres Vaters geworden war, wollte sie nichts mehr, als den jetzigen Zustand erhalten.

Als sie nun ihre Serviette zusammenlegte, schlug sie daher vor: »Mutter, vielleicht möchtest du lieber heute Vormittag bei Vater sitzen, und ihr lest gemeinsam die Zeitung oder plaudert ein bisschen? Ich habe ein wenig Zeit und kann bei Wilhelm und Margarete die Anstandsdame spielen – auch wenn ich es ein wenig albern finde, wie ich sagen muss.«

Baronin von Assen hatte angekündigt, dass ihre Tochter den heutigen Besuch ohne Begleitung machen müsse, da sie selbst dringende Erledigungen zu besorgen hatte. Ob denn *jemand im Raume sei*, hatte sie gefragt.

»Sehr gerne, Clara. Du verstehst es viel besser, mit Margarete über Mode zu schwatzen als ich«, erklärte Wilhelm. Es war ihm anzuhören, dass er versuchte, betont heiter zu klingen. Allerdings gelang es ihm nicht überzeugend. Und dann geschah es auch noch, dass seine Gabel bei seinem Versuch, diese neben dem Teller zu platzieren, vom Tischtuch rutschte und klappernd auf dem Boden landete. Ranke sprang vom Büfett herbei, hob sie auf und hatte sofort eine neue parat. Wilhelm bedankte sich. Und das war alles. Niemand erwähnte das kleine Vorkommnis mit einem Wort. Sie alle wussten, dass sie sich an solche und ähnliche Szenen gewöhnen mussten. Es würde Wilhelm nicht helfen, ihm fortwährend mit Bedauern über seinen Zustand zu begegnen.

»Wenn dein Bruder dich ebenfalls als Gesellschaft vorzieht, nehme ich dein Angebot gern an, Clara«, sagte ihre Mutter jetzt. »Dann unternehmen wir einen kleinen Spaziergang zum Tropenhaus, Hermann? Die Bewegung wird dir guttun, und es ist so wundervoll dort. Die Gärtner haben Ananas gezogen und etliche exotische Blüten. Es duftet herrlich.« Sie streckte die Hand aus und legte sie kurz auf die ihres Mannes.

Der hob die Brauen. »Sind wir schon so weit, dass wir unser Treibhaus nun *Tropenhaus* nennen?«, mokierte er.

»Es fühlt sich darin tatsächlich so an«, erklärte Luise.

Kurz schwieg der Graf, ehe er murmelte: »Mich kommt es mitunter seltsam an, dass ich mein eigenes Heim hier und dort neu kennenlernen muss.«

Max, bereits in Ausgehanzug und Krawatte, da Luise und er gleich in den Ort und zur Tapetenmanufaktur wollten, legte das Besteck nieder. »Ich bin sehr froh, werter Schwiegerpapa, dass du das nun wieder kannst. Genieße es, ehe du wieder in die Arbeitspflicht genommen wirst«, riet er augenzwinkernd.

Damit war der nachdenkliche Moment entschärft. Alle lachten und erhoben sich von ihren Stühlen.

Clara begleitete Wilhelm in den Salon, wo sie ihm die

Zeitung vorlesen wollte, ehe der erwartete Besuch eintreffen würde.

Während sie ihm Überschriften vorschlug und er den Kopf schüttelte oder nickte, je nach Interesse, betrachtete sie ihn immer wieder prüfend.

Dass ihr Vater aus seinem Dämmern erwacht war und immer kräftiger wurde, hatte Wilhelm eine schwere Last von den Schultern genommen. Natürlich war auch sie selbst glücklich darüber, dass es ihrem Vater zunehmend besser ging. Nur die Tatsache, dass sie fortan nicht mehr die Geschäfte führen würde wie in den letzten Wochen, erfüllte Clara mit einem leisen und heimlichen Bedauern. Es hatte ihr unbändige Freude bereitet, war ihr Trost und Ansporn in einem gewesen. Nun aber war sie wieder in die zweite Reihe zurückgetreten, in der sie zwar um Rat gefragt wurde, aber nicht mehr selbst die Entscheidungen traf. Dabei kreisten ihre Gedanken beständig um die große Frage, wie Friesenhain es würde schaffen können, sich innerhalb eines Jahres so weit zu erholen, dass der hohe Kredit beglichen werden könnte.

»Was hältst du von der Idee, dem neuen Kaiserlichen Stallwirtschafter zu schreiben und ihm ein eher ungewöhnliches Angebot zu machen?«, schlug sie nun nach zwei kleinen Artikeln vor, an denen ihr Bruder nur geringen Anteil genommen hatte.

Er hob den Kopf und neigte ihn fragend in ihre Richtung. »Was meinst du damit?«

Sie räusperte sich. »Weißt du noch, wie Luise im Herbst bei Rittmeister von Hofberg vorstellig war? Sie erzählte von seiner Begeisterung darüber, dass wir auf dem Gut auch eine kleine Friesenzucht betreiben. Ich weiß, vielleicht entspricht es nur seinem persönlichen Interesse, einer Affinität zu dieser leider inzwischen so aus der Mode gekommenen Rasse. Aber womöglich würde er gern unser Gespann sehen? Wenn der Kaiser sich für Friesen vor seinem Vierspänner entschiede, wäre das zumindest nichts, was jeder hat.«

Wilhelm dachte offenbar über ihre Worte nach. Dann zuckte er mit den Achseln. »Da wir beide den Rittmeister nicht kennen, kann ich das schlecht einschätzen. Aber ich wüsste nicht, was gegen einen solchen Brief spräche. Schaden kann er wohl nicht.«

Clara unterdrückte ein leises Seufzen. Diese Haltung ihres Bruders war leider typisch für seine Stimmung in den letzten Tagen. Ihm schien es überaus recht, nicht mehr die Last der Entscheidungen auf seinen Schultern zu tragen. Doch statt diese Erleichterung zu genießen, wirkte er ernst und bekümmert. Daran änderte auch sein vorübergehendes Lächeln nichts, wenn Luise von seiner zukünftigen Nichte oder kleinem Neffen sprach. Konnte seine Bedrückung damit zu tun haben, was Clara in der letzten Woche beobachtet hatte? Dass nämlich ihr Bruder und Marie so gut wie gar keinen Kontakt mehr zueinander hatten? Und zwar seit genau jenem Tag, an dem die beiden zusammen beim Verleger in Osnabrück gewesen waren.

Ob sie in dieser Hinsicht vielleicht vermitteln könnte?

»Versteh mich nicht falsch, Wilhelm«, setzte sie erneut vorsichtig an, nachdem er nacheinander drei vorgeschlagene Artikel des Kulturteils abgelehnt hatte. »Ich lese dir wirklich gern vor, auch wenn du heute nicht allzu viel Interesse an den aktuellen Themen zu haben scheinst. Aber … bis vor Kurzem hat Marie dir damit Gesellschaft geleistet, nicht wahr?« Wilhelm, der sich gerade in seinem Sessel zurechtgesetzt hatte, fror in der Bewegung ein. »Ist etwas vorgefallen, dass ihr diese Gewohnheit geändert habt?«, fuhr sie fort.

Er zögerte. »Sie hat dir nichts dazu gesagt?«, erwiderte er dann. »Als beste Freundin?«

Es war nicht so, dass Clara nicht schon daran gedacht hätte. Doch tatsächlich gab Marie sich in den letzten Tagen sehr beschäftigt. Oder war sie Clara in Wahrheit einfach ausgewichen?

Sie schüttelte den Kopf, wurde sich dieser unsinnigen Geste bewusst und antwortete: »Nein, sie hat mir nichts gesagt.«

Wilhelm schien kurz zu überlegen. Dann sagte er: »Nun, die gemeinsame Zeit, in der ich ihr das Manuskript diktiert habe, ist nun zu Ende. Sie hat jede Menge Arbeit in den Ställen. Die ersten Frühjahrsfohlen kommen und …« Er deutete mit der Hand vage in den Raum, als gäbe es unendlich viele Dinge, die Marie lieber tun würde, als hier drinnen mit ihm Zeit zu verbringen.

Clara überlegte.

War dies der Moment? Sollte sie ihm auf den Kopf zusagen, was sie zwischen ihnen beobachtet hatte? Sollte sie ihren Verdacht aussprechen und damit endlich eine Grundlage für ein offenes und ehrliches Gespräch dazu zwischen ihnen schaffen? Oder riskierte sie damit nur, dass ihr Bruder sich von ihr zurückzog?

Als sie gerade den Mund öffnete, klopfte es an die Tür, und Ranke meldete die Baroness von Assen.

Seit Clara sich an die nähere Bekanntschaft mit der Baronenfamilie erinnern konnte, wirkte Wilhelm nun zum ersten Mal hocherfreut über diese Ankündigung. Er winkte mit der Hand und begrüßte Margarete überaus freundlich, die recht selbstverständlich ihren Platz in der Sitzecke am Kamin einnahm.

Die Baroness lächelte und lächelte, ja, sie schien ihrem Mund gar keine andere Form geben zu können, als zu lächeln und zu plaudern. Doch ihre Augen sprachen etwas anderes, wie Clara nicht zum ersten Mal bemerkte. Immer wieder glitt Margaretes Blick über Wilhelms Gesicht, in dem die Narben um die Augen und an seinen Schläfen noch rot hervorstachen.

Ihre Erkundigungen nach seinem Zustand klangen, als spräche sie mit einem Todgeweihten, dem sie tapfer Mut zusprechen wollte. Auch seine verbrannte Hand, auf der die Haut sich rosa schimmernd spannte, zog immer wieder Margaretes Aufmerksamkeit auf sich. Doch es lag keine Fürsorge in ihrem Augenspiel, kein liebevolles Funkeln, das über diese Mankos wortwörtlich hinwegsah. Stattdessen erkannte Clara in den veilchenblauen Augen der jungen Frau eine nur mühsam unterdrückte Abscheu.

»Wie schön, dass du dich heute gut genug fühlst, um hier im Salon zu sitzen, lieber Wilhelm«, sagte Margarete beispielsweise salbungsvoll. Doch um ihre Mundwinkel zuckte es angewidert.

So lenkte Clara selbst das Gespräch lieber hierhin und dorthin, stets auf Aspekte des Lebens, die Margarete interessieren würden, wie Mode, Konzerte oder anstehende Bälle. Auf diese Weise musste sie nur Stichwörter geben, woraufhin die Baroness die Unterhaltung beinahe allein bestritt. Der dominierenden Gegenwart ihrer Mutter, der Baronin, beraubt, stellte die junge Frau sich in dieser Hinsicht als ausgesprochen lebhaft heraus.

Wilhelm, dem der Besuch doch erst so willkommen gewesen schien, wirkte abwesend und nachdenklich. So bekam er auch einen wesentlichen Aspekt der Unterhaltung beim ersten Ansatz nicht mit.

»Wilhelm?«, hakte Clara alarmiert nach, und er schrak ein wenig zusammen.

»Natürlich«, sagte er. Wobei sie gewiss war, dass er gar nicht wusste, was Margarete gerade vorgeschlagen hatte.

»Du bist also einverstanden?«, fragte die junge Frau nun sichtbar erleichtert und aufgeregt zugleich. Ihre Wangen waren mit einem hübschen Rosa überhaucht.

Wilhelm zögerte. Und Clara kam ihm zu Hilfe, indem sie geschickt zusammenfasste: »Ich kann durchaus verstehen, wieso du die Hochzeit gern vorziehen möchtest, Margarete. Der Mai ist ein wundervoller Monat, um zu heiraten. Nicht wahr, Wilhelm?«

Ihr Bruder krauste die Stirn in dem vergeblichen Versuch, ihnen zu folgen. »Ja, aber ja, ein wundervoller Monat insgesamt«, stammelte er.

»Sicher wird mein Bruder diese Frage mit unseren Eltern besprechen wollen«, wandte Clara sich daher beflissentlich an die Baroness

»Oh, selbstverständlich«, antwortete Margarete und errötete noch tiefer.

Dann erhob sie sich. »Ich sehe, du bist müde, lieber Wilhelm. Ich habe heute genug deiner Kraft in Anspruch genommen.«

Wilhelm stand ebenfalls auf, da er Worte und Geräusche richtig gedeutet hatte.

»Ich bringe Margarete zur Tür«, bot Clara an. Er nickte und blieb stehen, bis er die Klinke hörte. Als Clara dem Besuch den Vortritt ließ und sich noch einmal zu ihrem Bruder umschaute, sah sie, wie er aufrecht in seinem Sessel saß, die Schultern angespannt, die Stirn gerunzelt, als plagten ihn schwere Gedanken.

Ranke, der ein untrügliches Gespür dafür hatte, zu welchen Zeiten er in der Halle gebraucht wurde, war bereits zur Stelle und hielt der Baroness den Mantel hin.

Clara strich währenddessen ihren Rock glatt und sagte dann: »Baronin und Baron von Assen halten also den Mai auch für den besten Monat zur Vermählung? Besser als den Herbst?«

Margarete spitzte kurz die Lippen, während sie von Ranke ihren kunstvoll gearbeiteten Hut entgegennahm und vorsichtig auf die modische Frisur setzte. Auch dieses Kleidungsstück war ein kleines Kunstwerk aus Seide und Spitze.

»Meine Eltern möchten mich um jeden Preis glücklich sehen«, erklärte Margarete dann mit Nachdruck, als sei dies eine unumstößliche Gewissheit in ihrem Leben. Clara glaubte ihr sofort. »Daher werden sie gewiss zustimmen.«

Aha, hatte Claras Gefühl sie also nicht getrogen, dass Margarete nicht umsonst diesen unbegleiteten Besuch für ihren Vorschlag der vorgezogenen Hochzeit gewählt hatte. Doch dann sagte die Baroness noch etwas, dessen Sinn Clara nicht gleich erfassen konnte. Sie sagte: »Sie werden gewiss wollen, dass die Hochzeit stattfinden kann. Und bis zum Herbst zu warten, könnte ja womöglich ungünstig sein, wie wir alle wissen.«

Clara fing einen überraschten Blick von Ranke auf, der sich jedoch gleich wieder gefasst hatte.

Ehe sie nachfragen konnte, hatte Margarete schon ihre Hand zwischen ihre eigenen in den Glacéhandschuhen genommen.

»Auf Morgen, liebe Clara.«

»Auf Morgen«, erwiderte Clara immer noch verwirrt. Dann ließ Margarete sich von Ranke hinausbegleiten.

Das waren seltsame Worte der Baroness gewesen. Was um Himmels willen hatte sie damit gemeint? Mit der Hochzeit bis Herbst zu warten könnte ungünstig sein? In welcher Weise?

Clara war schon beinahe wieder auf dem Weg zurück in den Salon, als sie innehielt.

Wilhelm hatte sich spürbar gewundert, dass Marie, als ihre beste Freundin, Clara offenbar nichts darüber berichtet hatte, was zu der neuen Distanz zwischen ihr und dem jungen Grafen geführt hatte. Wäre jetzt nicht ein guter Moment, um Marie dazu zu fragen?

»Bitte seien Sie so freundlich, Ranke, und sehen Sie nach meinem Bruder?«, bat Clara den Diener und wies zur Salontür. »Vielleicht braucht er etwas oder möchte hinauf.«

»Selbstverständlich, Komtess Clara.« Er neigte den Kopf und machte sich auf den Weg durch die Halle.

Clara selbst ging ebenfalls los. Marie würde um diese Zeit wohl bei ihrer Pause in der Gesindestube sein. Und Clara wollte Schluss mit den Heimlichkeiten machen. Sie musste einfach mit Marie sprechen. Wollte ihr eine gute Freundin sein, eine Ratgeberin, wenn Marie sie als solche brauchte. Sollte Marie jedoch erklären, dass jene Gefühle, die Clara in ihr vermutete, ihre ganz eigene, private Angelegenheit waren, dann würde sie für immer darüber schweigen. Aber sie war es ihr schuldig, seelischen Beistand anzubieten.

So entschlossen ging sie, dass sie heftig zusammenschrak, als sie die Tür zur Dienstbotentreppe aufriss und dort zwei Gestalten standen. Doch sie hätte gar nicht so arg erschrecken können wie die beiden, die sie dort überraschte.

Für einen kurzen Moment standen sie alle drei wie erstarrt.

Clara mit geöffnetem Mund und schreckgeweiteten Augen. Ihr gegenüber in inniger und unmissverständlicher Umarmung: Emil Neumann und Agnes, ihr Kammermädchen.

»Komtess Clara!«, flüsterte Agnes entsetzt und trat so weit von Neumann zurück, wie das Geländer der Treppe es zuließ.

Offenbar in der Angst, sie könne hinabfallen, griff er erneut nach ihrer Hand, was sie geschehen ließ.

»Agnes, Neumann, ich …« Clara wusste nicht, was sie sagen sollte. Schließlich warf sie einen kurzen Blick zurück in die Halle, trat zu den beiden Dienstboten und schloss die Tür hinter sich.

So dicht gedrängt auf dem engen Raum des Treppenabsatzes wagte Agnes nicht, ihr ins Gesicht zu sehen. Neumann jedoch hatte den Kopf erhoben. Seine Kiefermuskeln spielten.

»Komtess Clara, wir schulden Ihnen eine Erklärung«, sagte er.

Clara, immer noch sprachlos, nickte ihm zu.

»Agnes und ich, wir … wir sind verlobt. Es ist also nichts Verwerfliches dabei«, stellte er zu Claras unendlicher Erleichterung richtig.

»Verlobt?«, wiederholte sie. »Aber … wieso weiß es niemand?«

»Meine Mutter, Komtess Clara«, wimmerte Agnes jetzt und umklammerte die Hand ihres Liebsten, als gelte es, dem Ertrinken zu entkommen. »Sie würde mich verstoßen, wenn sie es wüsste. Immer hat sie mir gepredigt, dass für mich an allererster Stelle die Ernennung zur Zofe stehen muss. Ehe das nicht geschafft ist, solle ich ja nicht auf solche Gedanken kommen, hat sie mir immer eingebläut.« In den großen Augen der jungen Frau standen Tränen.

Clara konnte nicht anders. Sie berührte beruhigend ihre Schulter.

»Wir lernten uns vor zwei Jahren kennen«, fuhr der Kammerdiener fort. »Meine Schwester Ida und Agnes besuchen dieselben Kurse. Und als ich Ida einmal dort abholte, traf ich auch ihre Freundin Agnes. Es war …« Neumann sah auf seine Verlobte herab, die ihrerseits zu ihm aufsah. In beide Gesichter trat ein verzagtes, aber durch und durch ehrliches Lächeln. »Im letzten Oktober habe ich Agnes um ihre Hand gebeten. Und sie hat Ja gesagt.« Er klang so stolz, wie ein zukünftiger Ehemann nur klingen konnte. »Als sie mir dann von der freien Stelle hier berichtete und meine alte Herrin, die Baronin von Assen, bereit war, für mich zu bürgen, da schien alles wie eine Bestimmung.«

Clara fuhr sich verwirrt mit den Fingerspitzen über die Stirn.

»Nun, ich weiß wirklich nicht, was ich sagen soll, Herr Neumann. Agnes, du hättest dich mir anvertrauen sollen.«

»Das wollte ich so gern, Komtess Clara. Aber ich wusste doch nicht, ob Sie … Oh, wenn meine Mutter es erfährt! Sie werden uns doch nicht verraten? Komtess?« Agnes' Stimme bebte. Es war zum Erbarmen.

»Nun beruhige dich, Agnes. Ich werde sicher nicht gleich loslaufen und es deiner Mutter berichten. Aber wir müssen miteinander reden und eine Lösung suchen. Solche Heimlichkeit findet meist kein gutes Ende«, erklärte Clara. Kurz, nur kurz sah sie Richard von Thebes schmales Gesicht mit der dunklen Stirnlocke vor sich. Energisch wischte sie den Gedanken beiseite.

»Wir können gerne reden, Komtess«, erwiderte Neumann nun. »Als Erstes jedoch muss ich Ihnen berichten, was meine Schwester mir schreibt.« Er ließ Agnes Hand los und griff in die Tasche seiner Weste, woraus er einen Umschlag zog. »Der Kutscher der von Assens war so freundlich, einen Brief von Ida für mich mitzunehmen. Als ich ihn gerade las, wusste ich, dass ich sofort mit Ihnen sprechen muss. Ich habe Agnes um Unterstützung gebeten, weil Sie sie gut kennen und ihr vertrauen.« Er faltete das Papier auseinander. »Darf ich vorlesen?«

Vollkommen verwirrt, was es nun mit diesem Brief auf sich haben könnte, nickte Clara.

Er überflog ein paar Zeilen. Dann sagte er: »Ah, hier. Sie schreibt wie folgt:

Gestern habe ich zufällig ein Gespräch mitgehört, oh, Emil, du musst mir versprechen, dass Du Deinen Herrschaften davon berichtest! Vielleicht können wir damit ein schreckliches Unglück abwenden. Solchen Schicksalsschlag, der das letzte Feuer auf Friesenhain wie eine Kerzenflamme erscheinen lässt.

Aber der Reihe nach: Es war so, dass die Herrschaften außer Haus waren, bis auf die Baroness. Als Besuch kam, war also ich als Anstandsdame dabei. Der feine Herr geht hier im Haus schon seit Längerem ein und aus, war mir also bekannt. Das Gespräch ging höflich und gesittet dahin, über das Wetter und das Befinden gemeinsamer Bekannter. Doch ich wurde den Verdacht nicht los, dass etwas Unausgesprochenes im Raume herumstrich wie der Lufthauch, der durch das eine kaputte Fenster im Salon hereinwehte. Wegen dem hat das gnädige Fräulein mich dann auch hinaufgeschickt, um ihr Schultertuch zu holen. Ich ging durch den hinteren Salon hinaus und ließ die Tür nur angelehnt, weil es sich doch anders nicht schickt. Das Schultertuch, das die Baroness verlangt hatte, lag aber nicht in ihren Zimmern oben, wie sie angenommen hatte. Sie hatte es am Tag zuvor nebenan liegen lassen. Dort sah ich es zufällig, als ich den Raum durchquerte. Und gerade wollte ich schon wieder in die Türe treten, da hörte ich, wie meine junge Herrin und der Besuch miteinander sprachen. Ganz anders als zuvor. Und es ging um eine große Sache, von der ich Dir nicht schreiben will. Das wäre zu gefährlich. Aber sei gewiss, auf Friesenhain sollte man baldmöglichst davon erfahren. Du kannst nicht kommen, denn Du hast mich erst kürzlich an Deinem freien Tag besucht. Das würde auffallen. Am besten, Du schickst jemanden, auf den Du zählen kannst. Aber lasst bei allem um Himmels willen Vorsicht walten! Lieber Emil, ich muss schließen. Bitte säume nicht! Deine Dich liebende Schwester Ida.«

Clara starrte auf das Papier, das der Kammerdiener in den Händen hielt. Dann sah sie Agnes an, die sie aus großen, ängstlichen Augen anblickte.

»*Ein Schicksalsschlag, der das letzte Feuer auf Friesenhain wie eine Kerzenflamme erscheinen lässt?*«, wiederholte sie mit einem Schaudern. »*Das letzte Feuer?* Oh, Herr im Himmel! Weiß Ihre Schwester etwa davon, dass ein weiterer Brand gelegt werden soll? Aber was hat das mit der Baroness zu tun?«

Neumann hob ratlos die Schultern. »Mein erster Impuls war, sogleich hinzugehen und alles in Erfahrung zu bringen. Doch Ida hat recht. Wenn ich so bald nach meinem Besuch wieder dort ankäme, wäre das auffällig. Und sie gemahnt zur Vorsicht.«

»Wir sollen nicht säumen«, wisperte Agnes an seiner Seite. »Deswegen wollten wir gerade hinauf zu Ihnen, Komtess.«

Fieberhaft überlegte Clara. Dann fasste sie Agnes an der Schulter. »Es war richtig, dass ihr mit dieser Sache zu mir kommen wolltet, Agnes. Auch Ihnen gilt mein Dank, Herr Neumann. Ich verspreche Ihnen, dass wir zusammen eine Lösung für Ihres und Agnes' Problem finden werden. Aber ich stimme Ihnen auch zu, dass es gerade jetzt etwas gibt, das zuerst geklärt werden muss.« Sie sah ihr Kammermädchen intensiv an. »Höre, Agnes, ich will nicht alle im Haus in Aufregung versetzen. Am allerwenigsten meine Schwester, hörst du? Wenn Luise aus dem Ort zurückkommt, erst einmal kein Wort zu ihr!« Agnes knickste kurz.

»Am besten du und Herr Neumann geht jetzt eurer üblichen Arbeit nach. Ich werde mich kümmern.«

Sie sah, dass Neumann zögerte. Doch als sie den Blick aus seinen hellen Augen erwiderte, trat ein anerkennendes Lächeln in seine.

»Sehr wohl, Komtess. Und vielen Dank«, sagte er und verneigte sich.

Damit drückte er die Klinke, ließ Agnes den Vortritt in die Halle und schloss die Tür wieder hinter ihnen.

Einen kurzen Moment stand Clara dort auf dem Treppenabsatz und starrte vor sich hin. Wenn sie selbst so kurz nach Margaretes Besuch auf dem Gut der von Assens erscheinen und dazu ein Gespräch mit der Zofe verlangen würde, wäre das mehr als ungewöhnlich und würde großes Aufsehen erregen.

Aber es gab eine Person auf Friesenhain, die dies tun könnte, ohne dass auch nur ein Mensch es seltsam finden würde.

Clara raffte ihren Rock und eilte die Stufen hinab.

Marie

42

Marie galoppierte auf Stürmer den Feldweg entlang, der ihr inzwischen vertraut war. Hier war sie schon durch Schnee und Regen geritten. Auf dem Weg zum Gut der von Assens, um dort mit Amigo zu trainieren.

Heute schien die Sonne, doch in Marie tobte ein Sturm. Was Clara von dem Brief erzählt hatte, den Emil Neumann von seiner Schwester erhalten hatte, klang höchst beunruhigend. Ein weiterer Brand? Eine neue Katastrophe, die Friesenhain gewiss sicher in den Ruin stürzen würde? Marie würde alles tun, um das zu verhindern. Für ihr Zuhause. Für die Familie von Scheweney. Für Wilhelm.

Als Marie das Gut erreichte und Stürmer dem ihr bekannten Stallburschen übergab, teilte der junge Mann ihr mit: »Die Baroness ist auf Amigo ausgeritten, Fräulein Paas. Ich weiß nicht, wann sie zurück sein wird.«

Ah, das war also die Verabredung, die Margarete von Assen Clara und Wilhelm gegenüber erwähnt hatte. Wie gut! Die Baroness war nicht zu Hause. Und da auch Amigo nicht da war, konnte Marie harmlos sagen: »Oh, tatsächlich? Ist denn Ida Neumann im Hause? Ich könnte sie solange besuchen, bis das Pferd zurück ist.«

Der Stallbursche nickte und übernahm Stürmer. Marie eilte zum Dienstboteneingang, wo ihr die Haushälterin öffnete.

»Ist Ida Neumann zu sprechen?«, fragte Marie, bemüht, ihren fliegenden Atem zu kontrollieren.

»Sie ist oben im Westflügel, in den Räumen der Komtess«, erwiderte die Haushälterin und bedachte sie in ihren Reithosen und Stiefeln mit einem kritischen Blick.

»Könnte jemand sie herunterholen, bitte? Ich …« Da ihr kein dringendes Anliegen einfiel, mit dem diese Eile gerechtfertigt wäre, endete Marie ein wenig kläglich mit: »Ehe die Baroness zurück ist?«

Die Lippen der Haushälterin wurden spitz. »Die junge Herrin bleibt lange aus. Und Fräulein Neumann wird gewiss bald herunterkommen. Sie können in der Stube warten.« Sie wies auf die Tür neben ihnen, die in den Raum führte, in dem die Dienerschaft speiste. Jetzt war er leer.

Noch ehe Marie sich bedanken oder eintreten konnte, ertönte aus der Küche, viel weiter hinten im Flur, ein gewaltiges Scheppern und Geschrei.

»Der Herr steh uns bei!«, entfuhr es der Haushälterin, und sie lief mit flatterndem Kittel davon.

Marie sah ihr nach. Und dann in die Gesindestube. Deren Eingang lag genau neben der schmalen Stiege nach oben.

Marie zögerte nur einen Wimpernschlag lang. Dann hastete sie die Stufen hinauf. Eine Etage. Dann noch eine, wo die Räume der Herrschaften lagen.

Mit rasendem Herzen und in den Ohren pochendem Puls öffnete sie vorsichtig die Tür und spähte hinaus auf den Gang.

Niemand war zu sehen. So schlüpfte sie hinaus und warf einen kurzen Blick aus einem der kostbar verglasten Flurfenster, das nach Süden hinausging. Hatte die Haushälterin nicht gesagt, dass sich Ida im Westflügel aufhielt? Sie orientierte sich dorthin und blieb vor der ersten Tür, schneeweiß und glatt poliert, stehen.

Was, wenn sie jemand anderen antraf?

Behutsam hob Marie die Hand und klopfte leise an.

»Ja, bitte?«, rief es dumpf von innen.

Sie öffnete und lugte hinein. Das Zimmer, überaus prächtig mit goldener Tapete, hellen Möbeln und kostbaren Teppichen ausgestattet, war leer. Doch im nächsten Moment erschien in einer offen stehenden Tür auf der Seite des gewaltigen Himmelbettes Ida Neumanns Gesicht.

»Marie!«, stieß sie überrascht hervor und kam aus dem Ankleidezimmer, über dem Arm ein leuchtend gelbes Kleid mit Seidenbändern. »Was tust du denn hier oben?«

Marie huschte in den Raum und schloss flugs die Tür hinter sich.

»Eure Haushälterin hatte erwähnt, wo du dich aufhältst, und … ich bin einfach heraufgerannt, als niemand hinsah«, erklärte Marie hastig. Ihr Atem flatterte, und ihre Brust schien plötzlich zu eng zu sein, um ausreichend Luft einzulassen.

Idas Augen wurden groß.

»Schickt dich etwa Emil?«, wollte sie wissen.

Marie schüttelte den Kopf, dann nickte sie.

»Clara schickt mich«, brachte sie stoßweise hervor. »Komtess Clara, meine ich. Dein Bruder hat ihr den Brief gezeigt, den du ihm geschrieben hast.«

Ida legte das Kleid rasch auf dem breiten Hocker neben dem Frisiertisch nieder, kam zu Marie und zog sie mit sich zur Bank in der Fensternische.

»Komm, setz dich«, sagte sie und fuhr dann flüsternd fort, als könnten unsichtbare Ohren ihnen zuhören: »Du bist also diejenige, der ich erzählen kann, was ich in Erfahrung gebracht habe?«

Marie nickte. »Hat es tatsächlich mit dem Brand auf Friesenhain zu tun, Ida? Weißt du, wer ihn gelegt hat? Und ist ein weiterer Anschlag dieser Art geplant?«

Idas hübscher Mund verzog sich kurz zu einem grimmigen Strich.

»Ein Anschlag, ja, das könnte man wohl sagen. Aber es geht nicht ums Feuer, sondern um etwas ganz anderes, von dem ihr auf Friesenhain sicherlich nicht wisst.«

»Erzähl!«, forderte Marie Ida auf, während sie die Hände um ihre Knie krampfte.

Ida schien kurz zu überlegen, wie sie beginnen sollte, dann stellte sie als Erstes klar: »Zuvor will ich betonen, dass ich eine ebenso loyale Angestellte bin wie mein Bruder. Meine junge Herrin ist … nun, sie ist jung und hat vom wahren Leben noch nicht viel erfahren. Nur so konnte all das geschehen. Das musst du mir glauben, Marie, tust du das?«

Mit trockenem Hals konnte Marie nur nicken.

»Manchmal tut die Baroness mir sogar leid«, gestand Ida. »Sie hat keine Freundinnen, weißt du. Alle, die sie so nennt, sind nur oberflächliche Bekanntschaften, mit denen sie nichts von dem teilen kann, was in ihr vorgeht. Immer geht es nur darum, das schönste Kleid, den teuersten Schmuck zu haben, sich zu vergleichen und nach Möglichkeit die Beste zu sein. Deswegen war sie auch einverstanden, als ihre Mutter die Verlobung mit dem jungen Grafen Wilhelm von Scheweney vorschlug.« Ida verdrehte die Augen. »Was war sie aufgeregt! Sie hat von nichts anderem gesprochen. Dass sie Herrin von Friesenhain werde, eine echte Gräfin, die beim Kaiser eingeladen werden würde. Das war ihr besonders wichtig, denn sie verabscheut *die Provinz*, wie sie unsere schöne Gegend hier im Tecklenburger Land nennt. Stattdessen sehnt sie sich nach großen Städten, am meisten nach Berlin, wo sie im Theater, auf Konzerten, in Parks und bei Empfängen jeden Tag eine andere Zerstreuung geboten bekommt. Vielleicht war es das, was sie letztendlich in diese Falle tappen ließ?«

Marie beugte sich vor, um Ida ins Gesicht zu sehen. Deren Stirn war gerunzelt, ob vor Ärger oder Mitgefühl war schwer zu erkennen. Noch konnte sie der Zofe nicht folgen. Inwiefern sollte Margaretes Wunsch nach Unterhaltung eine Gefahr für Friesenhain sein? »Von welcher Falle sprichst du, Ida?«, drängte sie zu erfahren.

Ida befeuchtete die Lippen mit ihrer Zungenspitze. Es war deutlich, dass die verschwiegene und vertrauenswürdige Zofe in ihr mit dem Wunsch rang, ein Unheil abzuwenden.

»Ein junger Herr, was denn sonst?«, sagte sie schließlich, beinahe bitter. »Erst sprach sie nur am Rande von ihm, denn er ist ein Bekannter des Barons. Dann fiel sein Name immer öfter. Sie traf ihn bei Ausritten, auf Empfängen oder Dinnergesellschaften. Wenn sie eine Freundin hätte, dann hätte sie bestimmt ihr von ihm erzählt. Aber so … gab es wohl nur mich. Und dann platzte es irgendwann aus ihr heraus …«

»Was denn nur?«, zischte Marie voller Ungeduld. Doch ahnte sie bereits, was nun kommen würde.

»Er hat sie umgarnt«, bestätigte Ida ihre Befürchtung. »Stell dir vor, obwohl er doch wusste, dass die Baroness so gut wie verlobt mit eurem jungen Herrn war, hat er ihr den Hof gemacht. Es war ganz deutlich. Und sie genoss es. Sie erzählte mir von seinen Komplimenten und den Erzählungen von einem luxuriösen und glamourösen Leben in Berlin, von dem er sagte, dass es einer jungen Dame wie ihr zustände.«

Marie nahm den wilden Herzschlag in ihrer Brust wahr. »Aber sie hatte doch eingewilligt! Auf der Hochzeitsfeier Ende

Januar wurde die Verlobung mit dem Grafen Wilhelm bekannt gegeben!«, wandte sie ein.

Ida nickte. »Das hat sie. Aber schon da kamen ihr Zweifel, hat sie mir anvertraut. Friesenhain ist groß, die Ländereien weit, der Titel eines Grafen beeindruckend. Aber sie sah auch die glitzernde Verlockung der großen Stadt und die Schmeicheleien. Damals dachte ich noch, alles würde sich von selbst richten. Denn Baron und Baronin von Assen waren sehr für die Verbindung mit dem Grafenhaus. Zudem gefiel dem Baron nicht, dass seine Tochter zunehmend Zeit mit seinem Bekannten verbrachte. Er selbst wollte nämlich den Kontakt gern einschlafen lassen.« Verlegen kratzte Ida sich am Kopf. »Ich habe … nun, zufällig habe ich ein Gespräch zwischen Baron und Baronin von Assen mitgehört. Der gnädige Herr deutete darin an, dass es schon recht seltsam sei, dass das alte Oberhaupt der Fabrikantenfamilie ausgerechnet da aus dem Dachstuhl der Papierfabrik stürzte, als er kurz davor war, das gesamte Vermögen zu verspielen.«

Irgendwo in Marie läutete eine Sturmglocke Alarm. Sie blinzelte verwirrt, dachte angestrengt nach. Und dann fiel es ihr ein. Wie ein Blitz traf es sie.

»Dieser Herr, von dem du sprichst, Fabrikant, aufstrebender Politiker der Konservativen, heißt er Hans Fabel?«, fragte sie mit bebender Stimme. Konnte er das sein? Der Mann, der angeblich die Frauenversammlungen durch gedungene Schläger störte und auch Luise und Max gedroht hatte? Der Mann, der sich nach dem Brand in Ibbenbüren so genau nach ihnen auf Friesenhain erkundigt hatte?

Idas Augen weiteten sich vor Erstaunen. »Ja. Ja! So heißt er. Woher …?«

»Der Mann ist mir aus anderen Zusammenhängen bekannt. Aber dazu später!«, wischte Marie Idas Frage fort, ebenso wie das Bild von dem eleganten Mann, der sie im Schneematsch vor dem Versammlungshaus aufgefangen hatte. Es drängte sie danach, alles zu erfahren. »Aber der Unwille des Barons brachte die Baroness nicht dazu, den Kontakt zu Fabel einzudämmen?«, vermutete sie.

Jetzt schnaubte Ida durch die Nase. »Natürlich nicht. Die junge Dame ist es gewohnt, ihren Willen zu bekommen. Und dann, ja, dann kam das Unglück. Der Brand. Und euer junger Herr verlor sein Augenlicht.« Obwohl Marie diese Umstände kannte, durchfuhr sie ein schneidender Schmerz, als Ida es nun aussprach. Denn da kam es auch schon: »Und da änderte die Baroness ihre Meinung! Noch traute sie sich nicht, es ihren Eltern zu sagen, aber mir hat sie es anvertraut. Sie wollte die Verlobung lösen und mit dem anderen, mit Hans Fabel gehen.«

»Das kann doch nicht sein!«, entfuhr es Marie. »Wilhelm derart zu hintergehen! Und das in seiner Lage!«

Ida wandte kurz den Kopf zum Fenster, sah prüfend hinaus und drehte sich dann wieder ihr zu. »Es kommt noch schlimmer!«, raunte sie. »Hans Fabel wollte nicht, dass sie die Verlobung löste. Meine junge Herrin hat mir erzählt, er sei ganz entschieden darin und sage zu ihr, sie müsse zu ihrem Wort stehen, gerade jetzt, nach diesem grauenvollen Schicksalsschlag. Er insistierte ganz entschlossen, sie solle den jungen Grafen auf jeden Fall heiraten …«

Fast war Marie überrascht, denn dies klang dann doch nach einem Ehrenmann. Nach einem, der die Sitten achtet.

Doch da sprach Ida weiter und zog ihr endgültig den Boden unter den Füßen fort: »Die Nachricht hatte die Runde gemacht, dass der alte Graf von Scheweney den gesamten Besitz von Rechts wegen an seinen Sohn übergeben hatte. Und so, flüsterte dieser Herr Fabel meinem gnädigen Fräulein

ein, würde sie mit der Vermählung bereits schon jetzt Herrin über Friesenhain. Ihr würde alles gehören, das Land, das Gut, sämtliche Besitztümer. Vor allem aber der Titel. Und wenn ihr junger Ehemann verstürbe, würde sie all dies behalten. Und dann … ja, dann wäre er für sie da. Nach einer angemessenen Trauerfrist könnten sie heiraten, das Gut verkaufen und ein überaus angenehmes Leben in Berlin führen.«

Wenn ihr Herz gerade noch gerast hatte, so schien es nun stehen zu bleiben. Erschrocken hob Marie die Hand und legte sie auf ihre Brust.

»Wenn Wilhelm verstürbe?«, wiederholte sie tonlos.

Ida nickte. »Es hieß doch überall, der alte Graf Hermann habe den Verstand verloren. Und so meinte Herr Fabel, die Familie von Scheweney habe Wilhelms schleichendes Siechtum verschleiert, um den Kredit zum Wiederaufbau zu erhalten. Es sei, so sagte er, eine tückische Erkrankung, die in ihm hause und die es ihm ermögliche, nach außen hin recht kräftig aufzutreten, während in ihm das Übel weiter seinen Schaden anrichte. Es sei nur eine Frage von wenigen Monaten, ehe der junge Graf denn auch das Zeitliche segnen würde.«

»Aber das ist doch gar nicht wahr!«, brauste Marie auf und wollte schon aufspringen, doch Ida griff ihre Hand und hielt sie auf der Bank. Trotzdem sprudelte es weiter aus ihr heraus: »Graf Hermann geht es mittlerweile wieder viel besser. Er wird gewiss bald ganz gesund. Und Wilhelm … Er kann nicht sehen, aber davon abgesehen ist er dem Tode nicht näher als du und ich.« Fassungslos schüttelte sie den Kopf. »Die Baroness kann diese Lügen doch nicht einfach so geglaubt haben!«

Ida hob die Schultern. »Weil sie weiß, dass mein Bruder auf Friesenhain der neue Kammerdiener ist, hat sie mich darum gebeten, Emil auszuhorchen. Sie wollte in Erfahrung bringen, wie es um die beiden Grafen steht. Doch als ich ihr versicherte, es ginge beiden gut, schien das ihren Verdacht nur noch mehr zu bestätigen.«

Wie betäubt saß Marie da und starrte auf das verschlungene florale Muster des teuren Teppichs zu ihren Füßen.

»Was für eine Intrige«, hauchte sie vollkommen erschüttert. Doch dann runzelte sie die Stirn. »Aber Hans Fabel, dieser *Herr*«, sie sagte es verächtlich, denn niemand, der solche Gerüchte in die Welt setzte und mit dem Herzen einer Frau spielte, hatte diese Anrede verdient, »was will er denn mit alldem erreichen? Er muss seine Lüge ja selbst glauben, sonst würde er nicht solcherart insistieren. Was würde er denn tun, wenn sein Plan nicht aufginge? Und das wird er ja nicht. Wilhelm ist bei guter Gesundheit, von seinem Augenleiden abgesehen. Er wird ganz sicher nicht in Bälde das Zeitliche segnen.«

Sie brach ab, lauschte ihren eigenen Worten nach.

Dann, als zögen sie erneut an ihr vorbei, erinnerte sie sich an Idas gerade noch gesprochenen Worte: *Der gnädige Herr deutete an, dass es schon recht seltsam sei, dass das alte Oberhaupt der Fabrikantenfamilie ausgerechnet da aus dem Dachstuhl der Papierfabrik stürzte, als er kurz davor war, das gesamte Vermögen zu verspielen.*

Als Marie aufsah, begegnete sie Idas Blick. Die hellen Augen forschten in ihren, ob Marie wohl auch jener Gedanke kam, der Ida letztendlich zu solch entschlossenem Handeln und dem Hilferuf an ihren Bruder bewogen hatte.

Sehr langsam hob Marie eine Hand und legte sie über ihren Mund. Es war, als wolle sie sich selbst daran hindern, es auszusprechen.

»Herr im Himmel«, flüsterte sie. »Was ist, wenn er ihn umbringen will?«

Ihr Verstand wollte es verneinen, wollte rufen, dass dies

doch kein Mensch so kaltblütig planen könne. Doch dann flüsterte eine Stimme in ihr, dass er es womöglich schon einmal getan hatte. Wenn er seinen eigenen Vater von der Brüstung gestürzt hatte, um sein Vermögen vor dessen Spielsucht zu retten, dann würde doch ein Fremder ihm ganz sicher egal sein.

Ida legte die Hand an ihre Schulter. »Die Baroness weiß sicher nichts von diesem Vorhaben, Marie. Sie mag eitel und oberflächlich sein. Aber so etwas würde sie nicht tun. Ihr schlimmster Fehler ist ihre Anfälligkeit für Schmeicheleien, das macht sie gutgläubig.«

Marie erwiderte den bittenden Blick aus den hellen Augen. Sie wollte gerade den Mund öffnen, als Ida die Augen aufriss und gehetzt zur Tür sah.

»Da kommt sie!«, zischte sie, schnappte Maries Arm und zog sie von der Bank hoch. In nur einem Wimpernschlag hatten sie den Raum durchquert, und Ida stieß Marie durch die offen stehende Tür ins Ankleidezimmer. Keinen Moment zu früh, denn schon öffnete sich die Tür, und Marie hörte ein lautes Seufzen.

»Ach, so ein Pech, nun habe ich dieses Mädchen, die Tochter von Friesenhains Stallmeister, verpasst«, jammerte die Baroness von Assen. »Gerade war ihr Pferd noch im Stall, aber unten ist sie nicht mehr.«

Marie in ihrem Versteck hielt entsetzt die Luft an. Durch den schmalen Spalt zwischen der offenen Tür und der Wand fing sie Idas Blick im Spiegel der Frisierkommode auf, auf deren Hocker sich die Baroness nun sinken ließ. Warum nur hatte Marie sich hier versteckt? Wie dumm von ihnen beiden, dass sie nicht einfach ganz unschuldig getan hatten. Aber was sie besprochen hatten, war so unglaublich und verboten gewesen, dass sie beide nicht auf diese simple Lösung gekommen waren. Nun saß Marie in der Falle, denn wie sollte sie es erklären, wenn sie nun aus dem Ankleidezimmer des gnädigen Fräuleins spazieren würde?

Im Spiegel konnte Marie sehen, dass Ida fieberhaft überlegte.

»Ja, tatsächlich«, sagte sie dann möglichst leichthin. »Sie ist hinaus, kurz bevor Sie heraufkamen, Baroness.«

»Hm. Nun, dann muss sie eben noch einmal kommen. Jetzt habe ich keine Lust mehr, noch einmal hinunterzugehen und mich mit diesem störrischen Viech zu beschäftigen«, sagte die Baroness spitz. Und setzte gleich hinzu: »Worauf wartest du? Bring mich aus diesen Stiefeln und diesem Reitkostüm. Hach, es ist so unkleidsam.«

Durch den Spalt sah Marie zu, wie Ida mit flinken Fingern die Stiefel aufschnürte und ihrer jungen Herrin aus dem Reitrock half. Wenn die Baroness sich nun in ihrem Zimmer ausruhen wollte? Wie lange wäre sie hier gefangen?

»Findest du sie hübsch?«, fragte Idas junge Herrin plötzlich.

»Wen, Baroness Margarete?«, erwiderte die Zofe verwirrt.

»Nun, dieses Pferdemädchen.«

Marie konnte Ida nur von hinten sehen, doch erkannte sie das kurze Zögern. »Ja, gewiss. Mit dem weißblonden Haar und den schönen dichten Wimpern um die braunen Augen. Und dann ihre Figur. Sie ist schlank, aber nicht zerbrechlich, sondern wirkt so biegsam und geschmeidig wie eine Weidenrute. Ja, sie ist bestimmt sehr hübsch.«

»Ich hatte dich nur um ein Ja oder Nein gebeten, nicht um so eine detaillierte Beschreibung«, erwiderte Margarete von Assen scharf.

»Verzeihung, Baroness.«

Die junge Dame wedelte mit der Hand, wie um eine Fliege

zu verscheuchen. »Ich glaube, ich möchte gern einen Blick auf meine Kleider werfen, um eines für den Abend zu wählen. Wir sind zum Dinner bei den Schnewiggs eingeladen. Er ist Abgeordneter für die Deutschkonservative Partei, musst du wissen. Und stell dir vor, wer noch da sein wird?« Die Baroness wandte sich mit einem verschwörerischen Lächeln an ihre Zofe. »Herr Fabel wird auch kommen.«

Marie konnte im Spiegel nun wieder Idas Gesicht sehen. Und darin dieselbe Panik, die auch sie spürte. Schon stand die Baroness auf und wandte sich in Richtung des Ankleidezimmers.

Ida suchte im Spiegel Maries Blick. Dann griff sie betont langsam nach der Puderdose, die auf dem Frisiertisch stand. Ihre Augen sagten: »Mach dich bereit!«

Marie spannte sich an. Sie hatte keine Ahnung, was die Zofe vorhatte, doch die Botschaft war eindeutig.

Und dann fiel die Dose. Eine zartrosa Wolke stob auf und verteilte sich auf allem, was sich in der Nähe befand. Auch auf dem leuchtend gelben Kleid, mit dem Ida zu Beginn von Maries Besuch aus dem Kleiderzimmer getreten war und das nun neben dem Frisiertisch über dem Hocker lag.

»Oh, Ida! Wie ungeschickt von dir!«, schimpfte die Baroness. »Und dann mein Lieblingskleid! Schau, was du angerichtet hast!« Sie flatterte mit den Armen wie ein Schmetterling im Netz. Ida eilte um sie herum, um das Malheur zu beseitigen, und kniete sich vor den Hocker, neben dem die erboste junge Frau stand.

»Nicht doch!«, empörte die Baroness sich. »Du reibst es doch in den Stoff. Klopf es aus. Aber rasch! Oh, das Kleid wäre für heute Abend wunderbar gewesen. Nun hast du es ruiniert!«

Geschickt drehte Ida den Hocker noch ein Stück. Wie beiläufig hob sie den Blick und nur ein einziges kurzes Nicken signalisierte Marie, dass dies der Moment war.

Flink und leise wie eine Maus huschte Marie hinter der Tür hervor und im Rücken der Baroness zur Zimmertür. Sie legte die Hand auf die Klinke. Ida brach in einen lauten Hustenanfall aus und wollte sich gar nicht mehr beruhigen. So konnte Marie rasch die Tür einen Spalt öffnen und hinausschlüpfen.

»Oh, Verzeihung, Baroness, ich fürchte, ich habe etwas von dem Puder eingeatmet«, hörte sie Ida drinnen noch keuchen.

Unter der schnippischen Antwort der jungen Herrin schloss Marie leise die Tür. Sie eilte den Gang entlang und bog in die Stiege für die Dienerschaft ein. Ihre Füße flogen die Stufen hinunter. Schon war sie unten, hinaus und hinüber zum Stall.

Stürmer wartete samt Sattel und Zaum in einem Ständer auf sie und schnaubte leise, als er sie sah. Noch ehe einer der Burschen bemerkte, dass sie überhaupt hier war, hatte sie den Hengst bereits aus dem Stall geführt und sich in den Sattel geschwungen.

»Lauf, mein Guter! Lauf!«, raunte sie ihm zu, gab die Zügel vor, legte die Waden an. Und Stürmer galoppierte los.

Doch nicht so rasch, wie Maries Gedanken vorwärtsrasten. Wörter und Sätze überschlugen sich in ihrem Kopf.

Beinahe wäre sie aus dem Gleichgewicht geraten, als sie Stürmer um das Gebäude lenkte und er kurz scheute. Drüben am Tor fuhr nämlich soeben das Coupé ein, in dem Luise und Max im Ort unterwegs gewesen waren, und der Hengst hatte den Schatten zuerst nicht einordnen können.

Doch sie schaffte es, ihn zu beruhigen, und so sprang sie im Innenhof aus dem Sattel, als gerade Max Luise aus der Kutsche half.

»Marie, du bist ja unterwegs wie ein Wirbelwind!«, rief

Luise lachend, wurde jedoch beim Blick auf sie schlagartig ernst. »Was ist geschehen?«

Marie, die Stürmer an den herbeispringenden Alfred übergab, schüttelte hektisch den Kopf.

»Keine Zeit für Erklärungen, Luise. Kommt mit!«

Doch in diesem Moment wurde die Hintertür zum Herrenhaus geöffnet, und Clara kam mit eilig gerafftem Rock die Treppe heruntergelaufen. Sie musste von einem der oberen Fenster Marie auf Stürmer die Auffahrt entlanggaloppieren gesehen haben.

»Was ist hier los?«, wollte Luise alarmiert wissen.

In diesem Moment erreichte Clara sie und fragte atemlos: »Bringst du Nachricht, Marie?«

»Welche Nachricht?«, verlangte Luise nun ungeduldig zu erfahren.

Marie sah sich um und winkte die anderen mit sich in die neu errichtete Sattelkammer, in der es nach Leder und Heu roch.

»Jetzt machst du mir Angst, Marie«, wisperte Luise und klammerte sich mit einer Hand an Max' Arm. Auch dessen Augen waren beunruhigt auf Marie gerichtet.

»Ich muss euch dringend etwas mitteilen!«, platzte Marie heraus. »Eine Intrige, von der wir alle nicht das Geringste wussten!«

Sie musste kurz innehalten und Atem schöpfen von dem schnellen Ritt.

»Nun sprich endlich!«, drängte Clara sie gänzlich untypisch und erklärte an die anderen gewandt: »Ich war es nämlich, die Marie zu den von Assens gesandt hat. Mit einem geheimen Auftrag, kann man wohl sagen. Hat sich unser Verdacht bestätigt, Marie? Weißt du nun, wer den Brand gelegt hat und womöglich einen weiteren plant?«

Luise entfuhr ein Schreckenslaut, während Max wie erstarrt schien.

Marie schüttelte den Kopf. »Es ging gar nicht um das Feuer, sondern um etwas anderes. Eine Intrige, die mindestens ebenso grauenhaft ist.« Und sie begann zu erzählen. Die drei Gesichter waren ihr gespannt zugewandt, zuerst nur ernst, dann ungläubig und als sie schließlich endete: entsetzt.

»Dieser dreimal verdammte Ränkeschmied!«, stieß Max schließlich aus, während Clara sich die Faust an den Mund presste.

Luise begann in der kleinen Kammer auf und ab zu laufen. »*Passen Sie auf, dass die Probleme Ihres Mannes nicht auch zu den Ihren werden*, hat er gesagt!«, zischte sie zwischen Entsetzen und Wut.

Clara schüttelte den Kopf. »Friesenhain verkaufen, um in Berlin in Saus und Braus zu leben! Er will den Titel und unserer Familie schaden, das ist eindeutig.«

»Fein ausgedacht hat er sich das!«, stimmte Max ihr zu. »Gut gemacht, Marie, dass du all das in Erfahrung gebracht hast!«

Marie lächelte zaghaft.

»Jetzt, wo ihr es auch wisst, ist mir schon ein wenig leichter ums Herz«, gestand sie. »Niemand von uns würde zulassen, dass Wilhelm etwas geschieht oder dass Friesenhain in fremde Hände gerät!«

»Natürlich nicht!«, erklärte Clara felsenfest. »Doch fehlt uns ein Plan, um Fabels Intrige rasch aufzudecken und ihn öffentlich anzuzeigen.«

Auch Luise runzelte die Stirn. »Ja, was sollen wir tun? Wir haben keine Beweise außer den Bericht einer Kammerzofe.«

Da ergriff Max mit entschlossener Miene das Wort. »Ich glaube, ich weiß, wie wir vorgehen können. Aber zuerst muss ich in den Ort und mit Paula reden. Wir werden ihre Hilfe brauchen. Und ihr müsst versprechen, dass wir niemandem im Haus etwas davon erzählen, bis … ja, bis unser Vorhaben gelungen ist. Denn es ist riskant.«

Marie musste schlucken. Wenn Max sagte, dass etwas riskant sei, klang es wirklich aufregend. Doch sie war zu allem bereit, um Wilhelm zu beschützen.

»Auf mich könnt ihr euch verlassen«, sagte Clara mit einem Nicken.

»Auf mich natürlich auch. Aber was hat deine Schwester damit zu tun, Max?«, wollte Luise wissen.

Er lächelte. Und erzählte es ihnen.

Luise

43

Um kurz vor neun Uhr am Abend desselben Tages bog die Kutsche, in der Luise mit Max saß, in die Breite Straße ein. Dies war die repräsentative Gegend Ibbenbürens. Hier standen die Stadtvillen der Wohlhabenden.

Das große Haus, das den Schnewiggs als Wochenenddomizil diente, verfügte über drei Etagen mit vielen Fenstern und ein ziegelrot gedecktes Dach, auf dem es aus etlichen Schornsteinen rauchte. Es war weithin bekannt, dass das Ehepaar die Villa von den Eltern der Hausherrin geerbt hatte und sie es als Wochenend- und Feriendomizil nutzten, wenn Schnewiggs Anwesenheit im Reichstag nicht vonnöten war. Wolff hielt den Landauer direkt vor der Eingangstür und öffnete ihnen den Schlag. Max half Luise hinaus, und sie registrierte die Blicke der anderen wartenden Kutscher, die sich gewiss wunderten, wie sie zu einer Abendgesellschaft derart spät erscheinen konnten.

Als von beiden Seiten jedoch die Polizisten auftauchten, die allesamt aufs Haus zuhielten, bekamen die Zuschauer große Augen. Oberwachtmeister Berthel kommandierte einige der ein Dutzend Männer auf die Rückseite des Hauses. Dann betätigte Max den Klingelzug.

Ein Hausdiener in Livree öffnete ihnen. Obwohl er sich alle Mühe gab, seine Miene zu kontrollieren, entgleisten ihm beim Anblick dieses Besuchs die Gesichtszüge.

Hinter ihm erschien in der Tür eine dicke Frau mit prachtvollem kupferrotem Haar, die Hausherrin. Luise kannte Frau Schnewigg von den kleinen, privaten Zusammenkünften, die Paula und Hedwig hin und wieder im Brugge-Haus abhielten, das ebenfalls ganz in der Nähe lag. Geladen waren dazu stets Frauen, die sich wegen argwöhnischer Ehemänner oder wachender Eltern bei den großen Versammlungen nicht sehen lassen konnten. Bei einer dieser scheinbar harmlosen Kaffeerunden, hinter denen sich stets hitzig geführte Diskussionen zum Frauenrecht verbargen, war Luise der Frau des konservativen Politikers begegnet. Luise hatte den Verdacht, dass deren Ehe schon seit Jahren alles andere als harmonisch verlief. Jetzt nickte Frau Schnewigg ihnen freundlich zu, ganz Gastgeberin, die sich nichts daraus machte, auch Uniformierte in aller Liebenswürdigkeit hereinzubitten, winkte den Diener beiseite und begab sich wieder ins Speisezimmer.

Der Oberwachtmeister deutete mit dem Kopf auf eine Stelle neben der Tür, von der aus er für die Gäste unsichtbar jedes Wort drinnen würde hören können.

Luise nickte ihm zu und fasste Max' Arm ein wenig fester, ehe sie der Hausherrin folgten.

Die nahm gerade an der Seite ihres Mannes Platz, welcher der Tafel am Kopf vorsaß, als das Ehepaar Brugge in die Tür trat. Etwa zwanzig Damen und Herren der besten Gesellschaft waren anwesend. Die Teller waren beinahe geleert, die Gläser bereits wieder aufgefüllt.

Die Gespräche im Raum verstummten.

Am einen Ende der Tafel machte Luise Margarete von Assen aus, weit entfernt von ihren Eltern, die am anderen beim

Hausherren Platz gefunden hatten. Direkt neben der Baroness saß ein elegant gekleideter, schlanker Herr in Frack, mit blütenweißem Kragen und Fliege. Hans Fabel.

»Hermine?«, wandte Abgeordneter Schnewigg sich in einer Mischung aus Überraschung und Ärger an seine Gattin.

»Ich fand, es fehlte heute Abend ein wenig die Würze in der Unterhaltung«, erklärte sie, nahm ihre Gabel wieder auf und fuhr mit einem Stück Kartoffel durch die dunkle Soße, ehe sie es sich genüsslich in den Mund schob.

»Herr Brugge?«, versuchte der Hausherr es nun bei Max. »Wie kann ich dienen? Wie Sie sehen, haben wir eine Gesellschaft.«

Dies kam einer Ausladung gleich. Nicht verwunderlich, dachte Luise. Denn die weit entfernten politischen Ufer, an denen ihr Mann und der Abgeordnete Schnewigg sich befanden, ließen wahre Freundlichkeit miteinander wohl nicht zu.

»Guten Abend, meine Damen, meine Herren«, sagte Max und verneigte sich formvollendet. Luise lächelte reizend in die Runde der verblüfften Gesichter. Als sie Margarete ansah, überkam sie jedoch tatsächlich so etwas wie Mitleid. Stand in deren Miene nicht eine ängstliche Ahnung?

»Haben Sie keine Angst, Herr Schnewigg, wir werden Ihre Gesellschaft nicht lange stören. Allerdings werden wir ein Mitglied aus ihrer Reihe entführen müssen. Dafür haben Sie gewiss Verständnis?«, fuhr Max fort.

»Herr Brugge, werte Frau Brugge, was hat das zu bedeuten?«, meldete sich Baron von Assen, der sich offenbar wegen seiner Meinung nach bald anstehenden verwandtschaftlichen Verhältnisse in der Pflicht sah, zu vermitteln.

»Es bedeutet, dass sich jemand unter Ihnen befindet, werter Baron, der den Rest des Abends wohl in nicht ganz so angenehmer Umgebung verbringen wird«, antwortete Max.

Luise schnappte einen Blick der Hausherrin auf, die ihr Gesicht danach rasch wieder über den Teller senkte. Alle anderen starrten Max an.

»Ist es nicht so, dass Sie nicht nur in voller Absicht den Tod Ihres eigenen Vaters herbeigeführt haben, sondern nun auch den Mord an meinem Schwager planen?« Max ließ seine Augen die Tafel entlangwandern. »Herr Fabel?«

Dieser war bleich wie das Tischtuch geworden. Er tupfte sich die Mundwinkel rechts und links vom Schnurrbart mit der Serviette und lächelte in gespielter Verwirrung.

»Mord, Herr Brugge? An Ihrem Schwager?« Dann lachte er gekünstelt und sah sich auffordernd um. Doch niemand fiel ein. Also wurde auch er wieder ernst. »Warum sollte ich wohl aus heiterem Himmel den Grafen von Scheweney ermorden? Unterstellen Sie mir Wahnsinn?«

»Durchaus nicht«, erwiderte Max. »Allerdings unterstellen wir Ihnen einen intriganten, durchtriebenen Plan. Haben Sie nicht der Baroness von Assen eingeflüstert, dass sie die Vermählung mit meinem Schwager möglichst vorantreiben solle? Aus dem alleinigen Grund, weil Graf Wilhelm in Bälde sterben werde?«

Luise spürte es: Sie hatten ihn! Sie konnte es ihm ansehen. Alles, was Ida aus dem heimlich Erlauschten an Marie weitergegeben hatte, entsprach der Wahrheit. Luise spürte ihre Handflächen feucht werden vor Aufregung. Sie mussten ihn zu fassen bekommen! Er musste sich verraten! Jetzt, hier! Vor aller Augen und Ohren! Und vor denen des Oberwachtmeisters, den sie hinter sich im Flur an der Türe wusste. »Nun, mein Bruder ist aber nicht sterbenskrank, so wie Sie es der Baroness weismachen wollten«, setzte sie weiter nach. Und es störte sie nicht im Geringsten, dass einige der Damen sie befremdet anstarrten, weil sie als Frau so selbstbewusst das Wort ergriff. »Er erfreut sich ausgezeichneter Gesundheit. Allerdings könnte er mit seinem fehlenden Augenlicht rasch Opfer eines Unfalls werden. Zum Beispiel könnte er irgendwo hinabstürzen, wenn jemand ihn mutwillig stieße.«

Fabels Lider zuckten. Luise konnte es ihm ansehen: dass er sich fragte, woher sie von alldem wussten.

Doch er war ebenso gerissen wie bösartig. Er schaffte es, sein Gesicht in eine Maske aus aufgesetzter Heiterkeit zu verwandeln. Wieder lachte er und klopfte mit zwei Fingern auf die Tischkante, als wolle er applaudieren.

»Man erzählt sich im Ort ja viel über das Temperament Ihrer Ehefrau, Herr Brugge. Aber dass sie über so viel Fantasie verfügt. Meine Achtung!«, sagte er scheinbar amüsiert. Luise spürte Zorn in sich auflodern.

Der gut gekleidete Herr, der auf der anderen Seite neben Fabel saß, ging ihm auch tatsächlich auf den Leim. »Ja, wirklich«, murmelte er und lachte ebenfalls in die Runde. »Wer hat denn so etwas je gehört!«

Einige der Gesichter wandten sich einander zu. Es wurde geflüstert. Eine Dame kicherte nervös. Irgendwo fielen die Worte: »Kleines Theaterstück zur Unterhaltung.«

Oh nein! Luise sah sich beunruhigt um. Er würde ihnen doch nicht vom Haken schlüpfen! Das durfte nicht sein!

Als sie sich mit Clara, Marie und Max besprochen hatte, waren sie sich einig gewesen, dass Fabel sich selbst verraten musste. Aber was, wenn er nun die Nerven behielt und sie einfach auslachte?

Sie musste etwas unternehmen, damit er sich vergaß!

Mit funkelnden Augen beugte sie sich in Richtung Fabel und sagte gefährlich leise: »Wir haben Beweise, Herr Fabel. Beweise für Ihren perfiden Plan. Der Plan, nach dem Margarete von Assen die Gräfin von Scheweney werden und kurz darauf ihr Mann einen tragischen Tod sterben soll. Auf dass Sie seine Stelle einnehmen und über Gut Friesenhain verfügen können!« Ihr Beweis war die Aussage einer Kammerzofe, die im Prozess gegen die eines angesehenen Geschäftsmannes und Politikers stehen würde. Wie wacklig dieses Vorgehen war, wusste Luise nur zu gut.

Doch während Hans Fabel nur verächtlich schnaubte, geschah etwas, mit dem Luise nicht gerechnet hatte und was das Ruder herumriss: Margarete sprang von ihrem Platz auf, die hübschen Wangen aschfahl.

»Von diesem Plan wusste ich nicht!«, rief sie mit hoher Stimme. »Wilhelm ist doch tatsächlich todkrank. Oder nicht?« Sie drehte den Kopf zu Fabel. »Hans, du hast doch gesagt, dass er ganz sicher sterben wird vor Ablauf des Jahres. Wieso hast du mir das gesagt, wenn es gar nicht so ist?«

»Halt den Mund!«, zischte Fabel zwischen den Zähnen hervor, sodass Margarete ihn mit aufgerissenen Augen schockiert anstarrte.

»Kind«, wisperte ihre Mutter erschüttert. »Stimmt das alles etwa? Du wolltest den Grafen nur heiraten, weil du dachtest, er habe nicht mehr lange zu leben?«

Margarete riss sich vom Anblick Fabels los und rang die Hände. »Aber Mama! Ihr könnt doch nicht erwarten, dass ich mein Leben an der Seite eines Krüppels verbringe«, platzte sie heraus.

»Margarete, schweig!«, donnerte ihr Vater. Der Baron von Assen war vor Schreck und Zorn um die Nase herum weiß wie Schnee. Bebend vor Wut wandte er sich an Fabel: »Erklären Sie sich unverzüglich, Mann! Oder wollen Sie meinen Handschuh?«

Baronin von Assen stieß einen erstickten Schrei aus und drohte in Ohnmacht zu fallen. Eine andere Dame und ein

Herr wollten zu Hilfe eilen, ehe sie vom Stuhl glitt. Und das entstehende Chaos nutzte Hans Fabel, um aufzuspringen und zur Seitentür zu stürzen.

Baron von Assen, behindert von einem Stuhlbein, kam bei seiner Verfolgung fast zu Fall. Doch Luise wusste, dass Fabel nicht weit kommen würde. Aus der Halle waren bereits die Stimmen der Polizisten und ein kurzes Handgemenge zu hören.

Als sie sich umwandte, sah sie den Mann dort stehen, der kaltblütig den Mord an ihrem Bruder geplant hatte.

»Haben Sie genug gehört und gesehen?«, fragte Max Oberwachtmeister Berthel. Dieser nickte grimmig.

»Meine Herrschaften, guten Abend«, verabschiedete Max sich von der Gesellschaft, die sie von der Tafel aus mit großen Augen anstarrte. Er bot Luise galant den Arm, den sie nahm, und führte sie hinaus. Im Umdrehen lächelte Luise noch einmal Frau Schnewigg zu, die von den Vorgängen in ihrem Speisezimmer durchaus angetan zu sein schien und ihr heimlich zuzwinkerte.

»Das hat wunderbar geklappt, Luise, nicht wahr?«, freute Max sich, während sie nebeneinander in der Kutsche Platz nahmen.

Luise fühlte immer noch ihren Puls rasen. Rasch riss sie die Handschuhe herunter und ergriff die Hand ihres Mannes.

»Einmal dachte ich fast, er würde uns entwischen mit seinem Schmierentheater«, gestand sie. »Deswegen bin ich übers Ziel hinausgeschossen und habe einfach behauptet, wir hätten Beweise.«

»Das war tatsächlich gewagt«, gab Max mit einem Schmunzeln zu. »Aber es hat uns in die Hände gespielt, nicht wahr?«

Während die Kutsche zum Ort hinausrollte, schwiegen sie einen Moment.

»Die arme Margarete«, sagte Luise dann. »Ich mochte sie nie besonders leiden, so künstlich und aufgesetzt, wie sie sich immer gibt. Aber sie schien gerade ehrlich erschüttert, oder? Ich glaube ihr jedenfalls, dass sie nichts von Fabels eigentlichen Plänen wusste.«

Max strich mit dem Daumen über ihren Handrücken. »In ihrer Haut möchte ich trotzdem nicht stecken. Der Baron wird ihr Techtelmechtel gewiss nicht auf die leichte Schulter nehmen.«

Luise setzte sich auf, denn ihr kam ein Gedanke, der in all der Aufregung bisher noch keinen Platz gehabt hatte.

»Denkst du, die Verlobung zwischen ihr und Wilhelm wird aufrechterhalten?«, fragte sie beklommen. »Ich weiß nicht, wie ich ihr dann begegnen sollte. Schließlich habe ich mit eigenen Ohren gehört, wie sie von ihm gesprochen hat.«

Max wiegte den Kopf. »Die Auflösung einer Verlobung ist schon in unseren Bürgerkreisen nicht gern gesehen. Aber bei euch kommt sie einem Skandal gleich, nicht wahr?«

Luise stieß ihn mit der Schulter an. »Vergiss nicht, dass du jetzt auch ein wenig *einer von uns* bist, Max Brugge!«, grummelte sie.

Er lachte leise. »Wie könnte ich das je vergessen, Komtess von Scheweney?« Dann beugte er sich zu ihr und küsste sie.

Marie

44

So einen Trubel wie am nächsten Tag hatte Friesenhain noch nie gesehen.

Als Marie den anderen beim Frühstück unten in der Gesindestube erzählte, was sich gestern zugetragen hatte, herrschte zunächst ungläubiges Entsetzen. Doch da die Gefahr gebannt und der Täter abgeführt war, schlug die Stimmung rasch um.

Marie fühlte sich von ihrer lieben Frau Rühl so fest umarmt, dass sie befürchtete, keine Luft mehr zu bekommen.

»Du gutes Mariechen!«, rief die Köchin unter Schluchzen. »Du hast unsren Herrn gerettet!«

Und auch wenn Marie dagegenhielt, dass Clara den Anstoß gegeben und Luise und Max den riskanten Besuch bei den Schnewiggs unternommen hatten, waren die anderen Dienstboten nicht davon abzubringen, dass sie die eigentliche Heldin in dem Ganzen sei.

»Und Ihre Schwester selbstverständlich, Herr Neumann«, warf Frau Mecken ein. »Ohne deren Hilfe wäre diese Intrige gar nicht aufgeflogen.«

Emil lächelte dankbar, sah aber auch besorgt aus. »Ich mache mir allerdings Gedanken, wie es ihr im Haus der von

Assen nun gehen wird. Ob sie dort als Kammerzofe der Baroness wird bleiben können?«

»So fleißig und gut wie Ida ist, wird sie gewiss eine andere gute Stellung finden, wenn sie das möchte«, sagte Agnes tröstend.

Marie sah, wie die beiden einen Blick tauschten, der den anderen am gefüllten Tisch im allgemeinen Trubel gewiss nicht auffiel. Gestern Abend jedoch, nachdem alles ausgestanden gewesen war, hatte Clara Luise und sie in das Geheimnis um Emil Neumann und Agnes eingeweiht. Und nun erinnerte Marie sich an so einige Situation, in denen sie die beiden wie zufällig hatte beieinanderstehen sehen. Wie dumm sie gewesen war, diese innige Verbindung nicht zu bemerken. Wahrscheinlich war sie selbst zu sehr damit beschäftigt, ihre eigenen Gefühle zu verbergen.

In diesem Moment ertönte die Glocke, die Besuch an der Haustür ankündigte, und Ranke eilte die Treppe hinauf.

Kurze Zeit später erschien er erneut und verkündete, Oberwachtmeister Berthel sei mit einem weiteren Uniformierten erschienen. Die Herrschaften sprächen nun im Salon mit ihm.

»Ich gehe hinauf und staube in der Nähe der Tür ein wenig ab«, verkündete das Dienstmädchen Erna und sprang bereits auf.

»Setz dich wieder und iss dein Frühstück!«, brummte Albrecht. Murrend kam sie seiner Aufforderung nach.

Doch es dauerte keine zwei Minuten, bis Ranke aufstand. »Es kann nicht schaden, wenn ich oben nachschaue, ob die Herrschaften etwas brauchen«, erklärte er mit ernster Miene.

Niemand widersprach. Sogar Albrecht nickte beifällig. Alle waren viel zu gespannt darauf, was es an Neuigkeiten zu berichten gäbe.

Und so ging es denn den ganzen Vormittag. Während Paas und die Stallburschen zu ihrer Arbeit in die Stallung gingen, blieb Marie in der Küche bei Frau Rühl und Albrecht sitzen, denn der Gedanke war ihr unerträglich, einfach weiterzumachen wie bisher. In der Nacht war sie ein paarmal aufgeschreckt und hatte ihr rasendes Herz nur mühsam beruhigen können. Wilhelm war nicht mehr in Gefahr, hatte sie sich selbst gesagt. Und dann erneut wach gelegen, weil sie darüber grübelte, wie es ihm wohl ginge.

Die Ablenkung von ihren eigenen Gedanken, die sie sich hier erhoffte, kam zuverlässig in Form von Ranke und Neumann, die alle naselang hereinschneiten und die aufgeschreckte Schar der Dienstboten mit den neuesten Nachrichten von oben versorgten.

Nachdem der Oberwachtmeister das Haus verlassen hatte, machte die Runde, dass nach Fabels Festnahme zwei seiner Arbeiter bei der Polizei vorgesprochen hatten. So wie es aussah, konnten die beiden dessen Mord an seinem Vater bezeugen, hatten nur bisher aus Angst vor ihrem Arbeitgeber geschwiegen.

Fabels versuchte Flucht aus dem Schnewigg-Haus kam einem Schuldeingeständnis gleich.

»Allerdings weigert er sich zuzugeben, dass auch er es war, der den Brand in der Scheune gelegt hat«, teilte Emil ihnen mit.

Daraufhin schlugen die Wellen aus Klatsch und Tratsch unter den Dienstboten wieder ebenso hoch, wie sie es kurz nach dem Brand getan hatten. Wenn es nicht Fabel gewesen war, wer käme als Brandstifter dann infrage?

In diesem wild wogenden Meer saß Marie und war froh, nicht auf den Grund ihrer Seele blicken zu müssen. Denn dort tobte noch ein ganz anderer Sturm. Ein Wirbelwind um die Frage, welche Veränderung das Vorgefallene womöglich auf die Verbindung zwischen Wilhelm und Margarete nehmen würde.

Die Antwort darauf sollte sie um die Mittagszeit erhalten. Denn da verkündete der von oben herunterhastende Ranke, Baron von Assen sei soeben eingetroffen und sitze allein mit den beiden Grafen im Herrenzimmer.

»Gewiss müssen sie klären, wie nun mit all dem Klatsch und Tratsch umgegangen werden soll, den bestimmt schon alle Spatzen von den Dächern pfeifen«, seufzte Frau Rühl.

Das rief Albrecht auf den Plan, und er erging sich darüber, dass sie bei der nächsten Mahlzeit allen Dienstboten eine Schweigepflicht verordnen müssten.

Marie aber spürte, wie das leise Kribbeln, das seit gestern in ihr herumtrieb, sich auswuchs und immer stärker wurde.

Am liebsten wäre sie hinausgestürmt und auf Stürmer stundenlang durch die Landschaft galoppiert. Doch ihre Beine wollten ihr nicht gehorchen. Und so saß sie wie erstarrt auf ihrem Platz und wartete.

Worauf?

Schließlich wurde Ranke erneut heraufgerufen, um den Besuch hinauszugeleiten.

Als er wieder herunterkam, sah Marie in seiner Miene einen rechten Unwillen.

»Es scheint alles zur beiderseitigen vollsten Zufriedenheit geregelt zu sein«, teilte er Frau Rühl, Albrecht, Marie und der in der Tür erscheinenden Frau Mecken mit. »Als der Baron fort war und ich wieder durch die Halle ging, stand die Tür zum Herrenzimmer noch offen, und ich habe mitbekommen, dass die gnädigen Herren intensiv miteinander sprechen. Sie schienen beide recht gelöst, muss ich sagen.«

»Na, da ist die Baroness ja noch mal davongekommen«,

bemerkte Frau Mecken spitz, wandte sich um und schritt so energisch den Flur entlang davon, dass kein Zweifel an ihrer Haltung zu dieser Sache bleiben konnte.

Auch Frau Rühl wirkte konsterniert. »Meine Meinung dazu zählt selbstverständlich nicht«, sagte sie und holte einen Teig aus der Schüssel, um ihn auf der Arbeitsfläche ordentlich durchzuwalken. »Aber es wird mich durchaus etwas Überwindung kosten, der neuen Herrin mit derselben Achtung zu begegnen wie unserer Gräfin Anna.« Damit gab sie der Knetmasse vor sich einen weiteren kräftigen Knuff.

In Maries Magen lag ein Gewicht, schwer wie ein Stein.

Was hatte sie erwartet? Dass sich doch noch alles in Wohlgefallen auflösen und sie selbst plötzlich in den Adelsstand erhoben würde?

Nun aber würde doch alles so bleiben, wie es geplant war.

Sie würde sich mit der Tatsache abfinden müssen, den Mann, den sie von Herzen liebte, an der Seite einer anderen zu sehen.

»Mariechen? Was ist mit dir?«, erkundigte sich Frau Rühl da. »Du bist bleich wie die Wand.«

Albrecht bedachte sie ebenfalls mit einem besorgten Blick.

»Das war wohl etwas viel für dich, hm?«, brummte er verständnisvoll.

»Ja, ich denke, es wäre besser, wenn ich mich ein wenig hinlege. Dann fühle ich mich bestimmt rasch besser«, nahm Marie die Vorlage gern auf und erhob sich.

»Ich schicke dir Käthe rüber ins Pförtnerhaus, wenn Frau Mecken mir eins ihrer Kopfschmerzpulver herausgesucht hat«, schlug Frau Rühl fürsorglich vor.

Marie nickte und ging hinaus.

Doch entgegen ihrer Ankündigung ging sie nicht direkt ins Pförtnerhaus, sondern schlug einen Bogen ums Haus und betrat den kleinen Stall.

Stürmer hob den Kopf, als er sie erkannte, und schnaubte leise. Sein Begrüßungssignal.

Ungeachtet ihres guten Kleides, das sie drüben im Haus getragen hatte, ging Marie zu ihm, öffnete die Box und trat hinein. Das Gesicht an den warmen Pferdehals geschmiegt, spürte sie immer noch einen Kloß in ihrer Kehle.

Der Hengst hielt still, als ahne er, dass er nun für seine Freundin da sein musste.

Lange stand sie einfach bei ihm, die Finger vergraben in Stürmers Mähne. Wenn sie inneren Frieden finden würde, dann hier, nicht wahr? Wohin sie doch gehörte.

Marie hatte keine Ahnung, wie viel Zeit vergangen war, als sie hörte, wie sich die Stalltür öffnete.

Sie lugte über die Boxenwand und erkannte zu ihrer Überraschung Clara, die auf sie zukam. Neben ihr trabte Gimpel, der sich neugierig nach allen Seiten umsah und seinerseits von den beiden Hengsten beäugt wurde.

»Ich habe mir fast gedacht, dass du hier bist«, sagte Clara mit einem zaghaften Lächeln.

»Hast du nach mir gesucht?«, wollte Marie wissen und rieb sich verschämt über die Wangen.

»Im Haus wird nach dir verlangt«, antwortete Clara.

»Oh«, machte Marie. »Na gut, ich komme schon.« Ein letztes Mal tätschelte sie Stürmers Hals, schloss die Box hinter sich und folgte Clara, die mit Gimpel an ihrer Seite bereits auf dem Weg hinaus war.

Während sie nebeneinander zum Haus gingen, hatte Marie mehrmals den Eindruck, Clara wolle etwas sagen. Doch letztendlich entschied sie sich wohl dagegen.

Marie wiederum fühlte sich selbst viel zu erschöpft, um nachzufragen, was Frau Rühl oder wer auch immer von ihr wollte.

Als sie jedoch Anstalten machte, auf den linken Eingang hinunter in den Dienstbotentrakt zuzusteuern, fasste Clara nach ihrem Arm.

»Nein, nicht dort. Oben in der Bibliothek«, sagte sie und ging Marie voraus die Stufen hinauf.

In der Bibliothek? Maries Herz setzte kurz aus und begann dann kräftig zu schlagen. Dieser schöne, große Raum mit seinen dunklen Holzregalen, den vielen Hunderten an Büchern war für sie einfach untrennbar mit Wilhelm verknüpft. Dort hatten sie als Kinder gemeinsam Geschichten vorgelesen. Dort hatten sie ihren ersten und bisher einzigen schlimmen Streit gehabt. Dort hatte er ihr die letzten Kapitel seines Buches diktiert.

In ihr erhob sich eine Vielzahl an Stimmen, die alle miteinander rangen, weil sie am lautesten die vermutete Erklärung für diese Situation rufen wollten. Ihr wurde regelrecht schwindelig von diesem Ansturm in ihrem Inneren.

»Wer wartet denn in der Bibliothek auf mich?«, konnte sie sich nun doch nicht verkneifen.

»Nun, alle«, erwiderte Clara mit einem Achselzucken.

Und schon waren sie angekommen, und Clara öffnete die Tür. Gimpel schlüpfte vor ihnen hinein und lief freudig wedelnd um das schräg stehende Regal herum.

Als Marie ebenfalls darum bog, wäre sie fast zurückgeprallt.

Tatsächlich war die gesamte Familie von Scheweney anwesend. Luise und Max standen Hand in Hand am Fenster. Die Gräfin saß auf der Chaiselongue, dicht bei ihrem Mann, dem Grafen Hermann. Und neben ihnen, Marie holte vor Überraschung rasch Atem, balancierte ihr Vater auf der Kante eines Stuhls.

In seinem Lieblingssessel, nah beim Regal mit den Atlanten, saß Wilhelm, das Gesicht ihr aufmerksam entgegengedreht.

Die Sonderbarkeit dieser Zusammenkunft löste Maries Zunge, und sie platzte heraus: »Ist etwas geschehen?«

Obschon ihr im nächsten Augenblick klar wurde, dass die Mienen im Kreis zwar gespannt wirkten, jedoch nicht nach weiteren schlechten Nachrichten aussahen.

Beim Aufklang ihrer Stimme hob Wilhelm die Hand in ihre Richtung.

Marie spürte, wie die Zartheit dieser Geste die Stimmen in ihrem Kopf schlagartig zum Schweigen brachte.

»Bitte«, sagte Wilhelm dann, immer noch mit ausgestrecktem Arm. »Bitte, Marie, das alles muss dir jetzt sehr seltsam erscheinen. Aber lass mich sprechen. Sonst finde ich womöglich nicht mehr den Mut.«

Sie blickte von ihm zu ihrem Vater, der sie zwar anlächelte, aber zugleich recht verstört wirkte. Gräfin Anna hatte die Hände im Schoß gefaltet und saß sehr aufrecht, offenbar um Haltung bemüht.

»Aber …«, begann Marie noch einmal zaghaft, brach jedoch ab, als sie in Wilhelms Gesicht sah. In das von Narben gezeichnete, aber immer noch so wunderschöne, geliebte Gesicht.

Sie zögerte kurz, doch dann ging sie zu ihm hinüber und legte ihre Hand in seine.

Meinte sie es nur oder hörte sie Clara tatsächlich ein leises »Oh!« hauchen? Luise und Max jedenfalls blickten überaus verblüfft, wie sie aus den Augenwinkeln erkannte.

»Marie, es hat seinen Grund, warum ich hier mit unseren Eltern sitze«, begann Wilhelm mit kratziger Stimme. Er musste sich räuspern und fuhr dann fort: »Seit du mich kürzlich nach Osnabrück zum Verlagshaus begleitet hast, habe ich Tag und Nacht nachgedacht. Ich … Ich weiß nicht, wie es dir erging?«

Marie holte in ihren vom klopfenden Herzen zitternden Brustkorb tief Luft. Auch er hatte ihre Umarmung und ihre Küsse im Büro des Verlegers nicht vergessen können? Tag und Nacht hatte er nachgedacht? Über sein Geständnis an sie? Und über ihre Reaktion darauf, mit der sie doch nur sein Glück und seine Ehre im Sinn gehabt hatte?

Schließlich flüsterte sie: »Mir ging es ebenfalls so, Wilhelm.«

Er drückte kurz ihre Finger. »Du warst für mich schon immer das warme Licht Friesenhains, Marie, aber erst seit dem Unglück habe ich erkannt, was du mir wirklich bedeutest«, begann er, und ihr wurde schwindelig von diesen Worten, die vor den Versammelten so viel mehr sagten, als sie je zu träumen gewagt hätte. »Denn während um mich her und in mir drinnen nur Dunkelheit herrschte, warst du da, um meine Tage zu erhellen. Du hast mir geholfen, wieder den Kopf zu heben und mutig zu sein, meinem Traum zu folgen. Du hast für mich getan, was sonst niemand hätte tun können: Du hast mir in all der Düsternis eine Möglichkeit für meine Zukunft gezeigt.«

Marie wurde sich bewusst, wie heftig ihre Brust sich hob und senkte.

Wollte Wilhelm sich bei ihr lediglich bedanken? In seinen Worten lag noch so viel mehr als pure Erkenntlichkeit. Seine Stimme klang so warm und zugleich ein wenig ängstlich.

»Ich habe nur getan, wovon ich dachte, dass es dir helfen könnte«, antwortete sie mit dünner Stimme, sich der Blicke um sie her so bewusst, als stehe sie auf einer Bühne vor einer Menge von Hunderten.

Wilhelm schüttelte langsam den Kopf. »Was du getan hast, war mehr als das, Marie. Und ich glaubte … ich hoffte … ich hoffe immer noch, dass du es nicht nur tatest, weil du so großherzig und mitfühlend mit allen bist. Sondern weil deine Gefühle zu mir auch noch ein anderes Gesicht kennen. Eines, das so unendlich kostbar und selten ist.«

Nun war es nicht mehr nur Maries Brust, die bebte. Auch ihre Knie begannen zu zittern.

»Aber, Wilhelm, ich verstehe nicht«, stammelte sie. »Die Baroness von Assen und du, ihr seid doch …«

»Die Verlobung ist gelöst«, unterbrach er sie, während er ihre Hand erneut drückte. »Baron von Assen hat dies selbst zur Disposition gestellt, nachdem er gestern seine Tochter hörte. Er war hier, um zu sagen, dass er weiterhin zu seinem Wort stehen und mir ihre Hand geben werde, sofern ich es wolle. Doch …« Die restlichen Worte brauchte er nicht auszusprechen. Sie waren mehr als deutlich: Er hatte es nicht gewollt. Er wollte es nicht.

In Maries Kopf begann es zu schwirren wie ein Schwarm wild gewordener Hornissen. Die Verlobung war gelöst. Wilhelm und Margarete würden nicht heiraten. Wilhelm hatte seine gesamte Familie und ihren Vater hier versammelt.

»Margarete von Assen ist gewiss reizend und hat es verdient, um ihrer selbst willen geliebt und glücklich gemacht zu werden. Aber ich bin der Falsche für sie«, fuhr Wilhelm fort. Dann hielt er inne und räusperte sich. »Für sie gewiss. Aber … was ist mit dir, Marie?«, fragte er dann mit rauer Stimme.

»Ich …«, brachte sie heraus und wusste dann nicht weiter. Alle hörten sie zu. Wie hätte sie jetzt sagen können, was er ihr bedeutete? Wohin sollte all das führen?

»Bitte fühle dich nicht verpflichtet«, setzte Wilhelm rasch hinzu, der ihr Zögern falsch zu deuten schien. Seine Stimme klang dünn und belegt. »Wenn deine Liebe einem anderen gehört, dann wünsche ich dir alles Glück der Welt.«

Er schien auf eine Antwort zu warten. So wie alle anderen im Raum auch. Marie sah in den Augen ihres Vaters ein verdächtiges Glitzern, die Gräfin hatte die Brauen gehoben, der Graf die Hände auf die Knie gestützt. Luise umfasste mit beiden Händen Max' Arm und starrte sie erwartungsvoll an. Und Clara, die liebe Clara, hatte eine Hand geballt und presste sie an ihren Mund.

»Meine Liebe?«, wiederholte Marie verwirrt.

»Emil Neumann ist ein feiner Kerl«, sagte Wilhelm belegt.

Marie blinzelte. »Das ist er, Wilhelm, aber …« Da begriff sie. Und zu ihrer größten Verlegenheit spürte sie, wie sie zusätzlich zu klopfendem Herzen und zitternden Knien nun auch noch tiefrot werden musste, so heiß wurde ihr. »Er ist für mich ein guter Freund. Nicht mehr.«

Da wurde der Griff um ihre Hand plötzlich fester. Wilhelm nahm noch seine zweite dazu, als er sich von seinem Sessel erhob.

Der junge Graf stand nicht lange vor Marie, denn kaum hatte er ihre Hand mit seinen beiden wieder fest umfasst, beugte er ein Knie und sank vor ihr nieder.

Vor ihren Augen flackerte es.

»Marie Paas«, sagte er feierlich. »Würdest du mir die Ehre erweisen und meine Frau werden?«

Sie starrte ihn an.

Träumte sie? Konnte dies wahr sein? Graf Wilhelm von Scheweney, der wunderbarste Mann, ein talentierter Autor, ihr Seelenverwandter, bat sie um ihre Hand? In Anwesenheit seiner Eltern, dem Grafenpaar, und ihres eigenen Vaters? Rasch wandte sie den Kopf und sah zu Paas hinüber, der sie gebannt beobachtete. Doch in seinen Augen lag auch ein Lächeln, ebenso ungläubig und gleichzeitig glückerfüllt, wie sie sich fühlte – doch ohne Zweifel voller Einverständnis.

»Wilhelm«, flüsterte sie, als sie sich wieder ganz ihm zuwandte. »Wenn du wüsstest, wie sehr ich mir gewünscht habe, du mögest mich dies einmal fragen …« Ihr versagte die Stimme.

»Warum zögerst du dann?«, hörte sie Luise hinter sich leise wispern. »Sag schon Ja!«

»Und die Pferde?«, hatte Marie gesagt, ehe sie noch recht überlegt hatte. »Wie soll das gehen? Ich bin Bereiterin und trainiere die Jungpferde. Könnte ich das weiterhin tun?«

Kurz war es totenstill im Zimmer. Dann erklang ein leises Grollen, das lauter und lauter wurde. Es dauerte einen Moment, ehe Marie klar wurde, dass es Graf Hermann war. Er lachte. Er lachte so sehr und so laut, dass alle im Raum angesteckt wurden.

»Unsere Marie!«, dröhnte er. »Kann sich ein Gutsherr eine bessere Herrin über Friesenhain vorstellen? Sogar bei der eigenen Heirat denkt sie zuerst an die Pferde.«

Bei diesen Worten konnte auch die Gräfin ein Zucken in ihren Mundwinkeln nicht verhindern.

»Ich meine doch, dass du dann die Hausherrin sein wirst, Marie«, sagte Wilhelm schließlich. »Was so viel bedeutet wie: Du darfst es selbst entscheiden. Und wenn wir dieses Hindernis nun geklärt haben, lautet deine Antwort dann …?«

»Ja!«, rief Marie, die nicht anders konnte, als endlich allen Gefühlen freien Lauf zu lassen. Sie zog ihn von den Knien hoch und warf die Arme um ihn. Und da war es wieder, dieses aufregend fremde und zugleich wunderbar vertraute Gefühl seiner intensiven Nähe. Seine Arme um sie schienen ein wahr gewordener Traum. Marie hörte Luise jubeln und Beifall von der Chaiselongue. Sie machte irgendwo die Stimme ihres geliebten Vaters aus. Und das leise Winseln Gimpels. Doch all dies trat für den Moment zurück. Denn nichts war wichtig außer Wilhelm und sie, wie sie einander umarmten, so nah, wie sie sich ihm immer gefühlt hatte.

Für diesen einen kurzen Augenblick war Marie, als entferne sich unter ihnen beiden der Erdboden. Als flögen sie hinauf in den Himmel, vielleicht in einem Heißluftballon.

Marie

45

So schier endlos sich dieser Winter hingezogen hatte, mit Schmerz und hoffnungsvollem Bangen, so überraschend schnell und prachtvoll war nun der Frühling angebrochen.

Im Vorbeigehen schnupperte Marie an dem Fliederbusch neben dem Tor, der seinem leicht verkohlten Stamm zum Trotz früher und üppiger denn je blühte. Er kam ihr vor wie ein Sinnbild für alles, was seit Ende Januar geschehen war. Der schreckliche Brand. Die Zeit danach, in der Graf Hermann von ihnen fortzutreiben und auch Wilhelm sich aufzugeben schien. Doch nun war aus dem Schrecken Neues erblüht.

Ein Monat war vergangen, seit ihre Verlobung mit Graf Wilhelm von Scheweney Gut Friesenhain auf den Kopf gestellt und auch in Ibbenbüren für einiges Aufsehen gesorgt hatte.

Sie durchquerte den Innenhof, wo einige der Burschen bereits bei der Arbeit waren und ihr grüßend zunickten, und überholte die Küchenmagd Käthe, die mit einem Korb voller Salat aus dem Treibhaus unterwegs war.

»Guten Morgen, Fräulein Paas«, grüßte das Mädchen sie fröhlich. Sie nahmen beide die wenigen Stufen hinunter in den Gesindetrakt des Hauses, und Marie hielt Käthe die Tür auf.

»Heute kommt die neue Zofe, die sich dann um Sie kümmern wird, nicht wahr, Fräulein Paas?«, fragte die Fünfzehnjährige mit leuchtenden Augen.

Marie spürte kurz die seltsame Irritation, die sie stets befiel, wenn sie an diese Art von Veränderungen in ihrem Leben dachte. Zwar hatten Graf und Gräfin von Scheweney ihrem Wunsch zugestimmt, bis zur Hochzeit weiterhin mit ihrem Vater im Pförtnerhaus wohnen zu können, doch bei der Frage nach einer eigenen Zofe waren sie unnachgiebig gewesen. Ein Umstand, an den Marie sich sicher erst mühsam würde gewöhnen müssen.

»So ist es, Käthe. Um mich und auch ein wenig um Frau Brugge, solange sie noch hier auf Friesenhain wohnt. Was jedoch nicht lange sein wird. Jetzt, wo der neue Hengststall endlich fertig ist, können die Handwerker in der Villa Schwalbe alles in Schuss bringen, und die Brugges werden in ihr Zuhause umziehen.«

Dass Luise dann nicht Teil des Gutes sein würde, war ebenso unvorstellbar für Marie wie viele Dinge, die in den nächsten Monaten geschehen würden.

Käthe nickte eifrig. »Ich bin sicher, dass die neue Zofe und ich uns wunderbar verstehen werden«, erklärte sie mit aller Überzeugung einer, die wild entschlossen ist. »Es wird schön sein, ein frisches Gesicht in der Stube zu sehen.«

Gemeinsam gingen sie durch den schmalen Flur, bis Käthe zur Küche und Marie in die Stube abbog. Vor vier Wochen, als die Neuigkeit über Maries Verlobung mit dem Hausherrn die Runde gemacht hatte, waren Käthe und die anderen Mägde ein paar Tage verunsichert gewesen. Dienstmädchen Erna hatte sie nämlich dazu angehalten, vor dem

Fräulein Paas von nun an einen Knicks zu machen, wie vor den Komtessen.

In der Tat war es eine sonderbare Situation gewesen. Und nach Zögern und Zaudern auf beiden Seiten, hatte Marie das Gespräch mit der Köchin Frau Rühl, dem alten Kammerdiener Albrecht und der Haushälterin Frau Mecken gesucht, die sie alle schon so lange kannten. Frau Rühl war so durcheinander gewesen, dass sie abwechselnd lachte und weinte. Während Frau Mecken ihren Schock hinter ernsthaften Beteuerungen verborgen hatte, sie habe schon immer geahnt, dass Marie eines Tages die Dienstbotenetage verlassen werde. Nur Albrecht hatte Fassung bewahrt und Marie mit seinen gichtgeplagten Altmännerarmen besonders herzlich in eine Umarmung gezogen. Und fortan waren die drei zu einer festen Einheit verschmolzen, die im Haus und im Ort Maries Verbindung mit dem jungen Hausherrn als das Selbstverständlichste der Welt hinzustellen gedachten.

Nachdem die erste Verwirrung unter den Bediensteten vergangen war und Marie klargestellt hatte, dass sie vorerst keine Veränderung im Umgang wünsche, waren sie alle miteinander wie seit eh und je. Etwas anderes hätte Marie sich nicht vorstellen können. Dass sie nun eine so besondere Stellung hatte, aber auf jede Sonderbehandlung gern verzichtete, brachte ihr bei den Angestellten solches Ansehen ein, dass auch die Gräfin einsehen musste, dass es so am besten war. Die Veränderungen mussten langsam vonstattengehen, so wie Marie und auch Wilhelm es wünschten.

Jetzt blickte ihr vom Tisch die übliche morgendliche Besetzung entgegen: Frau Mecken, Frau Rühl, Albrecht, Emil Neumann, Ranke und ihr Vater. Als Marie auf ihren Platz am Tisch zusteuerte, sah sie ihre Teetasse bereitstehen und spürte diese stille Freude darüber, dass sie hier immer noch im Kreise ihrer Lieben willkommen war. Auch wenn sie die erste Mahlzeit des Tages gleich oben im Frühstückszimmer mit der Grafenfamilie einnehmen würde, war ihr erster Gang stets hierher.

»Du kommst gerade recht, Marie«, begrüßte Frau Rühl sie und goss ihr aus der gusseisernen Kanne frischen Tee ein. »Albrecht liest uns aus dem Abendblatt vor. Sie berichten über den Strafprozess.«

»Oh, haben sie schon ein Urteil gefällt?«, wollte Marie wissen.

»Fabel kommt nicht ungeschoren davon«, teilte Ranke ihr mit. Und Emil Neumann setzte nicht ohne Stolz hinzu: »Im Text wird Ida sogar erwähnt, als eine wichtige Zeugin.«

»Lesen Sie weiter, Albrecht!«, forderte Frau Mecken den alten Mann auf.

Der ließ sich nicht zweimal bitten. So gern, wie er früher den Kindern des Hauses Märchen erzählt hatte, las er heute die Zeitung vor. Bei diesem Bericht aber war seiner wackligen Stimme deutlich anzuhören, dass er seine Gefühle nur schwer kontrollieren konnte. Was Fabel getan und geplant hatte, betrachtete er wohl als einen persönlichen Angriff.

Und so hörte Marie staunend, dass der Fabrikant und Politiker Hans Fabel des kaltblütigen Mordes an seinem Vater für schuldig befunden worden war. Zwei seiner eigenen Arbeiter, die sich zu jener Stunde in der Fabrikhalle aufgehalten hatten, sagten aus, den Mord mit eigenen Augen gesehen zu haben. Und sobald dies bekannt geworden war, hatten auch seine sogenannten Parteifreunde von ihm Abstand genommen. Einer von ihnen tat die entscheidende Aussage, aufgrund derer Fabel auch Heiratsschwindel vorgeworfen werden konnte. Denn diesem Kollegen hatte er in weinseliger Stunde anvertraut, er werde selbstverständlich nur dann die

Baroness von Assen ehelichen, wenn sie tatsächlich zuvor die Gräfin von Scheweney geworden wäre.

Auch Margarete hatte im Prozess aussagen müssen, und Marie wollte sich nicht vorstellen, wie viele Tode sie deswegen gestorben war. Die junge Frau mochte verwöhnt und selbstbezogen sein, doch trug sie an Fabels Plänen keine Schuld. Ihr konnte man nur vorwerfen, aus reiner Eitelkeit auf seine Schmeicheleien und Lügen hereingefallen zu sein. Um ihre eigene und die Ehre ihrer Familie zu retten, hatte Margarete bereitwillig ausgesagt und Fabel damit schwer belastet. Dank ihrer Worte galt es als bewiesen, dass er Graf Wilhelm von Scheweney innerhalb weniger Monate nach der Vermählung mit der Baroness hatte töten wollen. Doch da Fabel sich einem Geständnis verweigerte, war nicht erkenntlich, auf welche Weise er dies zu tun gedacht hatte.

»Er hätte unseren gnädigen Herrn doch nur kräftig stoßen müssen«, tat Frau Rühl bebend vor Empörung ihre Meinung kund.

»So wie er es mit seinem armen Vater getan hat«, bestätigte Frau Mecken mit Lippen so schmal wie ein Strich.

»Aber wie hätte er das anstellen wollen? Er hätte doch im Haus ein und aus gehen müssen, um eine solche Situation herbeizuführen«, überlegte Emil Neumann. »Wäre es nicht wahrscheinlicher, dass er etwas erdacht hat, was ihn nicht in Verdacht bringen würde? Ein Gift vielleicht?«

Marie fing einen Blick ihres Vaters auf. Meinte sie es nur, oder sah er ein wenig beunruhigt aus?

»Hauptsache, der Kerl ist hinter Schloss und Riegel«, beeilte sie sich zu sagen, denn die Spekulationen machten auch ihr ein ungutes Gefühl.

»Hoffentlich bekommt er seine gerechte Strafe!«, brummte Albrecht.

»Ganz sicher. So kann er keine jungen Damen mehr vom rechten Weg abbringen«, fügte Frau Rühl hinzu. Eine kurze Pause entstand. Dann setzte sie leiser hinzu: »Seitdem der gnädige Herr mit dem Baron von Assen gesprochen hat, haben wir die Familie ja hier nicht mehr zu sehen bekommen. Frau Pohl von der Poststation hat mir erzählt, dass die Baroness in die Schweiz abgereist ist. Man munkelt, dass eine gewisse Großtante der Baronin dort ein Pensionat für junge Adelsfrauen betreibt. Angeblich mit sehr strengem Regiment.«

Wieder wurde es still.

Marie war unbehaglich. Denn in ihren Augen war Margarete bereits genug gestraft: Sie hatte auf eine Weise im Licht der Öffentlichkeit gestanden, die ihr gewiss Angst gemacht und sie ihrer angeblichen Freundinnen beraubt hatte. Was jedoch in Maries Augen am schwersten wog: Margarete hatte Wilhelm verloren, ein Leben an der Seite dieses wunderbaren Mannes.

»Was bedeutet das jetzt für die Aufklärung des Brandes? So wie man hört, leugnet er die Brandlegung auf Friesenhain hartnäckig, dieser Lump. Und ohne Zeugen werden sie ihn nicht überführen können, nicht wahr?«, brummte Albrecht da in die Stille. »Hier steht, dass er für die Nacht des Feuers ein überzeugendes Alibi hat. Er war in Berlin, wo viele Zeugen ihn gesehen haben.« Der alte Mann knurrte wie ein griesgrämiger Hund. »Ich bin aber gewiss, dass er es war. Der Halunke hat bestimmt Handlanger engagiert. Da kann er leugnen, wie er will.«

Paas nickte zu diesen Worten. »Dass er Friesenhain schaden wollte, ist mehr als deutlich.«

Es läutete an der Hintertür, und Marie sprang rasch auf, ehe Frau Mecken sich bequemen musste. Die hätte es zwar niemals zugegeben, doch sie lauschte dem Gespräch mit größtem Interesse. So winkte Marie ihr nur kurz zu und lief hinaus.

Ihr war es nur recht, dem Gerede zu entkommen. Und außerdem hatte sie eine Ahnung, wer dort Einlass wünschte.

Tatsächlich. Als sie die Tür öffnete, stand dort eine junge Frau, nur wenig älter als sie, mit dunklem Haarknoten und überraschend hellen grauen Augen. Neben ihr ihre große Tasche aus Brokatstoff.

»Ida! Wie schön, dass ich diejenige bin, die dich in Empfang nimmt!«, freute Marie sich und umarmte die Freundin spontan.

Als sie sie wieder losließ, knickste Ida übertrieben und sang: »Ida Neumann meldet sich zur neuen Stelle als Kammerzofe.« Sie lachten.

»Meine Güte, bin ich froh, endlich hier und von dort fort zu sein!«, stöhnte Ida dann unter Grinsen. »Du glaubst nicht, wie sie um mich herumgeschlichen sind. Schließlich hatte ich ihnen das alles eingebrockt. Und trotzdem mussten sie mir dankbar sein, dass ich es aufgedeckt habe. Letztendlich waren wir alle froh Lebewohl zu sagen. Mein Zeugnis ist allerdings exquisit.« Sie kicherte wieder. »Emil!«, rief sie dann, als sie in die Tür der Stube traten und sie ihn dort sitzen sah.

Emil sprang auf, und die beiden umarmten sich, ehe er seine Schwester den restlichen Anwesenden vorstellte.

»Wo ist deine Verlobte?«, wollte Ida dann von ihm wissen.

»Die *Kammerzofe* Agnes ist bei der Arbeit oben im Haus«, mischte Marie sich ein, wobei sie Agnes' neuen Titel betonte. »Komm, ich zeige dir dein Zimmer. Bestimmt finden wir deine Freundin.«

Frau Mecken, die bereits aufgestanden war, um just diese Aufgabe zu übernehmen, öffnete den Mund. Doch dann schloss sie ihn wieder und verschränkte verwirrt die Finger ineinander.

»Natürlich Fräulein Paas, tun Sie nur, wie Sie es für richtig halten«, murmelte sie. Ja, es würde langsam gehen mit der Wandlung von der Stallmeistertochter zur Hausherrin, dachte Marie. Aber allerorten waren bereits die Anfänge zu sehen. Und wenn es nur die Tatsache war, dass die Haushälterin sie frei schalten und walten ließ.

Also führte Marie die neue Kammerzofe die Dienstbotenstiege hinauf bis unters Dach. In Idas Kammer hatte jemand, wahrscheinlich Agnes, ein paar Tulpen in eine kleine Vase auf dem Nachttisch gestellt.

»Oh, wie schön!«, jubelte Ida, stellte die Tasche auf dem Bett ab und sah sich in dem kleinen, gemütlichen Zimmer um. Es gab ein Bett mit Eisengestell, den Nachttisch, einen Schrank und eine kleine Kommode, vor der ein Hocker stand. Auf den Dielen lag ein Teppich, auf dem ein Pferdekopf eingewebt war. Wie sollte es auf Friesenhain auch anders sein?

»Schau, du kannst von deinem Fenster aus hinunter in den Hof sehen.« Marie öffnete den Schlag.

Nebeneinanderstehend genossen sie den Ausblick auf die gepflegten Stallungen und die frischgrünen Wipfel der Parkbäume, die sich rundherum über dem Dach erhoben.

»Ah, da ist der Fuchswallach meiner … der Baroness«, bemerkte Ida ganz richtig und deutete zum Putzplatz, wo Rudi gerade Alfred anwies. Im Grunde war der Arm des zwei Jahre Älteren inzwischen so gut verheilt, dass er die Arbeit selbst würde übernehmen können. Doch er hatte die Rolle des Versehrten schätzen gelernt, und Alfred liebte es, seinem Freund und Vorbild helfend beizustehen.

»Ja, du bist nicht die Einzige, die vom Gut der von Assen auf Friesenhain einzieht. Deine ehemalige Herrin hat in der Schweiz wohl keine Verwendung für Amigo«, bestätigte Marie.

Sie tauschten einen raschen Blick und mussten beide kichern.

Marie hakte sich bei Ida ein.

»Auspacken kannst du später«, erklärte sie. »Nun wollen wir nach Agnes suchen. Sie möchte dir bestimmt alles zeigen.«

Doch als sie auf der Beletage über die Empore gingen, war es nicht die andere Kammerzofe, die sie als Erste trafen.

Auf der Westseite der Treppe tastete sich jemand mit einem Stock voran. Und neben der großen, schlanken Gestalt ging mit ruhigem, gelassenem Schritt ein schwarzer Doggenrüde. Gimpel bemerkte sie als Erster und blaffte leise.

»Wilhelm, guten Morgen«, sagte Marie und ging rasch in seine Richtung, wobei Ida ein wenig hinter ihr zurückblieb.

Er drehte den Kopf, streckte die eine Hand in ihre Richtung und strahlte. Ja, er strahlte ihr entgegen, wie jeden Morgen, wenn sie sich begegneten und sie ihn begrüßte.

Marie nahm seine Hand und trat nah zu ihm.

»Wilhelm, ich darf dir Ida Neumann vorstellen, die neue Kammerzofe auf Friesenhain«, sagte sie.

Ida zögerte kurz, irritiert wie die meisten, wenn sie Wilhelm das erste Mal begegneten, dann knickste sie.

Der junge Graf lächelte. »Ich höre am Rascheln ihres Kleides, wie fein Sie gekleidet sind, Fräulein Neumann«, sagte er.

»Oh … danke, gnädiger Herr«, antwortete sie befangen.

Auch Marie spürte die seltsame Scheu wieder in sich aufsteigen, die sie nach der Verlobung anfangs ständig empfunden hatte. Immer wenn ihre zwei Welten, die stets so nah beieinandergelegen und sich dennoch nie berührt hatten, aufeinanderstießen.

Doch zu ihrer Erleichterung hatte Wilhelm wohl schon mehr Routine mit solchen Situationen entwickelt. Er hob den Stock und sagte: »Ich übe täglich, selbstständiger zu werden. Kaum zu glauben, wie hilfreich so ein Ding dabei sein kann.« Er schwang ihn ein wenig hin und her und klopfte damit an die Wand, was Gimpel als Aufforderung begriff und dem Stock spielerisch nachsetzte. Sie mussten alle drei über ihn schmunzeln. Doch dann wurde Wilhelm wieder ernst und setzte hinzu: »Mein Ziel ist es, bei der Hochzeit Ihres Bruders mit unserer lieben Agnes mit sicherem Schritt den Kirchgang hinuntergehen zu können. Freuen Sie sich auch schon auf das Fest?«

Es war schön zuzusehen, wie ein Lächeln in Idas Miene sprang.

»So sehr, gnädiger Herr. Er ist mein einziger Bruder, und Agnes meine beste Freundin. Wie könnte ich mich nicht freuen für die beiden?«

Die Art, wie Wilhelm daraufhin nickte und lächelte, nahm Ida ganz und gar für den jungen Grafen ein, das konnte Marie sehen.

»Die Liebe findet immer ihren Weg, Fräulein Neumann«, sagte er weich. »Das habe ich gelernt.«

Heimlich drückte Marie seine Hand, und er drückte zurück.

»Oh, und da kommt Agnes, wie gerufen!« Marie nickte zur Ostseite der Empore hinüber, wo die junge Kammerzofe gerade aus Claras Zimmer kam.

Die Begrüßung zwischen den beiden Freundinnen hätte herzlicher nicht sein können. Und wie Marie vermutet hatte, wollte Agnes es sich nicht nehmen lassen, Ida herumzuführen. Schließlich war sie es gewesen, die auf die Idee gekommen war, die nun überflüssige Kammerzofe nach Friesenhain zu holen.

»Frau Brugge und ihr Mann sind gerade unterwegs. So kann ich dir alles zeigen«, hörte Marie Agnes noch zu Ida sagen, dann waren die beiden jungen Frauen hinter Luises Tür verschwunden.

»Sie ist reizend, nicht wahr?«, fragte Wilhelm.

»Ausgesprochen!«, bestätigte Marie. »Sie hat dieselben Augen wie Emil Neumann.«

»Wie apart«, meinte er, legte dann aber den Kopf schief. »Obwohl mir persönlich braune Augen sehr viel besser gefallen.« Er zog sie langsam an sich.

»Wilhelm!«, flüsterte Marie verlegen, konnte aber nicht widerstehen und lehnte sich an ihn, während er sie mit beiden Armen umfing. Der Stock polterte dabei unbeachtet zu Boden, während Gimpel einen Satz zur Seite tat.

Wie wunderbar, wie unendlich süß und verheißungsvoll diese Umarmungen waren. Die Erfüllung aller Wünsche und zugleich das Wecken einer gewaltigen Sehnsucht lagen darin.

Doch da ließen schnelle Schritte sie aufschrecken. Es waren die klappernden Absätze von Damenstiefeln unten in der Halle.

Vorsichtig löste Marie sich aus Wilhelms Armen. Und da kam auch schon Clara die Treppe herauf.

»Da seid ihr! Was für ein Glück!«, rief sie. »Zu euch beiden wollte ich.«

»Und ich wollte zum Frühstück hinunter«, teilte Wilhelm seiner Schwester mit. »Aber auf dem Weg traf ich diese betörende junge Dame.« Marie knuffte ihn. Er grinste.

»Das Frühstück kann ein paar Minuten warten. Ich habe Neuigkeiten!«, erklärte Clara. Sie war im Reitkostüm und außer Atem. Ihre Wangen waren gerötet, als sei sie schnell geritten.

Schwer atmend eilte sie voraus zu Wilhelms Zimmer und

schloss die Tür hinter ihnen, als Marie und Wilhelm ihr gefolgt waren.

Der Raum hatte sich in den letzten Wochen verändert. Er war nicht länger das Krankenzimmer, als das Marie ihn kennengelernt hatte. Der Geruch nach medizinischen Salben war verweht, und auf dem Sekretär stand eine Schreibmaschine. Auf dieser übte Wilhelm fleißig das Tippen, denn er hatte erkannt, dass dies seine Möglichkeit wäre, selbst seine Gedanken zu Papier zu bringen.

»Ich war im Ort beim Postamt«, teilte Clara ihnen mit, noch ehe sie sich setzen konnten. »Wilhelm, du erinnerst dich, dass ich mit deinem Einverständnis dem neuen Stallmeister am Kaiserlichen Marstall, Rittmeister von Hofberg, schreiben wollte? Es ging mir nicht aus dem Kopf, ob er, als Kenner und Freund der Friesenpferde, womöglich an unserem Kutschgespann Interesse haben könnte.« Wilhelm nickte mit fragend gekrauster Stirn. Clara räusperte sich. »Nun, nach all der Aufregung bin ich heute endlich dazu gekommen. Und weil das Wetter so schön ist, wollte ich den Brief persönlich aufgeben und bin auf Tessa in den Ort. Just stand ich dort im Amt, als die Postkutsche kam. Und so habe ich die Briefe für Friesenhain an mich genommen. Ihr erratet nicht, was dabei war!« Sie wedelte mit einem Kuvert, sodass Wilhelm es auch hören konnte.

»Von wem ist der Brief?«, wollte der daraufhin gespannt wissen. Die Aufregung der meist so gelassenen Clara machte ihn neugierig.

»Den Absender kenne ich nicht. Es ist ein gewisser Doktor Benterwerk aus Osnabrück«, erklärte sie. »Und hört, was er schreibt!« Sie faltete den Brief auf und las: »*Hochverehrte Damen und Herren, verwundern Sie sich nicht, dass ich Ihnen schreibe. Ich bin Facharzt für Sehvermögen in Osnabrück. Auf*

Umwegen wurde mir zugetragen, dass es auf Gut Friesenhain ein Unglück gegeben habe, bei dem der junge Graf sein Augenlicht verloren habe.«

»Man spricht sogar in Osnabrück davon?«, brummte Wilhelm ein wenig ungehalten. Doch Marie zupfte an seinem Ärmel und machte: »Pst!«

Clara fuhr fort: »*Selbstverständlich ist eine Diagnose aus der Ferne nicht möglich. Doch so wie ich es geschildert fand, stelle ich mir eine Hornhautverletzung in einer Art vor, die tatsächlich weitläufig als unheilbar gilt.*

Nachdem ich nun eine Weile mit mir gerungen habe, ob eine Einmischung meinerseits erwünscht ist, wage ich diesen Brief und hoffe, dass Sie meinem Berufsstand auch dann noch wohlgesinnt sind, wenn Sie mein Angebot nicht in Anspruch nehmen wollen. Ein Angebot ist es. Denn ich habe durch Jahre als Doktor in der Chirurgie Fertigkeiten entwickelt, die auch in sonst hoffnungslosen Fällen zur fast vollständigen Genesung führen konnten. Ich spreche vom sogenannten Starstich, mit dem eine solche Erkrankung geheilt werden kann. Erfreulicherweise kann ich eine ganze Reihe an Patienten vorweisen, die nun wieder sehen können, als sei nie etwas geschehen.«

»O Himmel! Sie können wieder sehen?«, flüsterte Marie gebannt. Auch Wilhelm schien nun vollkommen gefesselt. Er presste ihre Hand an seine Brust und lauschte konzentriert.

»*Der Eingriff ist freilich nicht ohne Risiko*«, las Clara weiter und hob kurz die Brauen, »*und auch nicht billig, doch ist es mir ein Anliegen, Ihnen diese Möglichkeit zu eröffnen.*

Bitte teilen Sie mir doch mit, ob Sie den Patienten zu einer Untersuchung zu mir bringen wollen. In Bälde werde ich für ganze drei Monate im Ausland weilen. Aber womöglich möchten Sie schon einen Termin direkt nach meiner Rückkehr ausmachen?

Zu solch einem ersten Treffen könnte geklärt werden, ob mit dem Erfolg einer solchen Operation gerechnet werden kann.

Ich verbleibe mit meiner besten Empfehlung

Doktor Carl Benterwerk.«

Clara

46

Clara eilte die Stufen wieder hinab, die sie vor einer guten Viertelstunde heraufgerannt war.

Wilhelm hatte sie gebeten, ihre Eltern über den Brief zu unterrichten. So blass hatte er ausgesehen, dass Marie darauf bestanden hatte, er müsse sich einen Moment ausruhen.

Sosehr er sich nun mit seinem Schicksal einzurichten versuchte, so heftig hatte diese Eröffnung einer Chance auf Genesung ihn nun mitgenommen. Clara konnte es nachfühlen, denn in einer scheinbar hoffnungslosen Lage eine Rettungsmöglichkeit geboten zu bekommen und nicht zu wissen, ob man sich daran klammern konnte, das war verstörend.

Während ihre Füße ganz von allein die Stufen hinunter und über die blau-weißen Fliesen der Halle zum Frühstücksraum fanden, rasten in Claras Kopf die Gedanken so rasch, wie ihr Herz schlug.

Heute Morgen war sie noch ganz mit dem Brief an den Kaiserlichen Stallwirtschafter beschäftigt gewesen. Und nun dies.

Waren es Zeichen der Hoffnung? Würde am Ende doch noch alles gut werden? Wenn Wilhelm wieder sehen könnte, wäre es das größte Glück. Der Hinweis des Mediziners auf das Risiko des Eingriffs beunruhigte sie. Und doch war die Chance darin so unglaublich. Ebenso wie ihre Idee, dem Kaiserhof Friesenpferde zu verkaufen und auf diese Weise Reputation zu erlangen. Wenn dies gelänge, würde es Friesenhain helfen, den hohen Kredit in der verlangten Frist eines Jahres zurückzahlen zu können.

Dann wäre das Gut gerettet.

Und von Rettung hatte auch Paula neulich gesprochen. Denn es gab Neuigkeiten von dem Anwaltspaar, das sich um den langwierigen Prozess kümmerte, die drei Reuben-Mädchen aus ihrem lieblosen, brutalen Zuhause zu befreien. Wie wunderbar wäre es, wenn Änne, Berta und Gertrud im Stadthaus der Brugges mit Hedwig und Paula leben könnten. Würden am Ende womöglich alle glücklich sein können? Vielleicht sogar sie selbst?

Dieser Gedanke löste in Clara ein kleines Feuerwerk aus. Nur selten wagte sie an ihr eigenes Glück zu denken. Aber womöglich könnte auch sie es finden? Ebenso wie Luise und Wilhelm.

Bei diesem Gedanken bereits an der Tür des Frühstückszimmers angelangt, hielt Clara kurz inne, denn ein Bild drängte sich ihr auf. Das schmale, glatt rasierte Gesicht eines jungen schwarzhaarigen Mannes mit Augen so dunkel wie tiefe Brunnen.

Nachdem sie ihn über die unseligen Ereignisse vor dreißig Jahren und somit den wahren Grund für den Zwist zwischen ihren Familien aufgeklärt hatte, hatte sie sich verbieten wollen, zur Jagdhütte hinauszureiten. Ihre frisch entdeckten Gefühle für Richard waren ihr wie die unglückliche Wiederholung dessen erschienen, was damals zu großem Unglück geführt hatte.

Doch dann war so viel geschehen. Richard hatte laut seiner Aussage versucht, seinen Vater von jeglichem Kontakt zu Gräfin Anna abzuhalten. Und auf Claras Bitte, ob die von Thebe Friesenhain Pferde abkaufen wollten, hatte er so mitfühlend und über das spärliche Angebot seines Onkels so bedauernd reagiert, dass dies nur ein weiteres Band zwischen ihnen geknüpft hatte.

Clara hatte nicht widerstehen können und hin und wieder, wenn die Arbeit auf Friesenhain es zuließ, einen Abstecher hinaus auf die Ländereien gemacht. Jedes Mal hatte sie nicht lange warten müssen, bis Richard an der Hütte erschienen war. Dort hatte sie aus seiner Gegenwart und der gesprochenen Worte ein wenig Trost und Zuversicht ziehen können.

Immer hatte der junge Baron sich interessiert nach ihrem Vorgehen bei der Geschäftsführung erkundigt, ihr aufmunternd zugesprochen. Und wenn ihr nach Ablenkung zumute gewesen war, hatte er von seiner Kindheit in Kent erzählt, von der englischen Landschaft geschwärmt und dem Kricket, das er liebte.

Und dann, schon vor einigen Wochen, war hier auf Friesenhain eine deutliche Veränderung vorgegangen. Als ihr Vater wieder genesen war und die Beziehung ihrer Eltern zueinander in so einem frischen, harmonischen Licht erschien, hatte Clara zum ersten Mal gewagt, ein wenig weiter zu denken.

An einem der ersten heraufziehenden Frühlingstage hatte sie Richard draußen im Wald davon berichtet, dass ihre gemeinsame Sorge in Bezug auf seinen Vater und ihre Mutter mittlerweile offenbar unbegründet war. Sie hatte ihm anvertraut, wie innig die Beziehung zwischen Graf und Gräfin nun wirkte, und Richard hatte sich ganz offensichtlich ehrlich darüber gefreut.

Das hatte sie noch näher zueinander gebracht. Und die

unregelmäßigen Treffen, die immer den Anschein des Zufalls behielten, hatten sich gemehrt.

Nun schloss Clara kurz die Lider, um das Bild seines Gesichts in sich zu bewahren, ehe sie sich für das anstehende Gespräch mit ihren Eltern wappnete und die Tür öffnete.

Das Frühstückszimmer war leer. Verwirrt blickte sie zurück in die Halle zur Standuhr. Und in diesem Moment trat Ranke aus dem Salon, schloss die Tür und sah sie hier stehen.

Er kam ihr mit gemessenem Schritt entgegen. »Guten Morgen, Komtess.«

»Wo sind denn meine Eltern?«, fragte sie irritiert.

»Früher Besuch, Komtess«, antwortete er und deutete hinter sich. »Die Barone von Thebe sind hier.«

Alles in ihr schien sich vor Schreck zusammenzuziehen. Beinahe als habe sie selbst durch ihre Gedanken an Richard diesen Umstand dieser Visite provoziert.

»Die Barone?«, hakte sie nach und griff in den Stoff ihres Rockes, um sich dort Halt zu holen.

»Die Brüder Baron Otto und Baron Friedrich von Thebe, und der Erbe des Gutes, Baron Richard von Thebe«, erklärte Ranke. Sie konnte ihm ansehen, dass er sich über diesen dreifachen Auftritt ebenso wunderte wie sie.

»Seit wann sind sie hier?«, wollte Clara wissen.

»Sie sind gerade gekommen, Komtess. Und sie haben Tee abgelehnt.« Was wohl hieß, dass sie nicht lange zu bleiben gedachten.

Clara zögerte kurz. Dann nickte sie Ranke dankend zu und marschierte entschlossen durch die Halle zum Salon. Sie klopfte kurz und trat ein.

Man hatte in der Kaminecke Platz genommen, wo heute, an diesem sonnigen Morgen, der einen warmen Tag versprach, kein Feuer brannte. Alle schauten ihr entgegen, und die drei Herren standen auf.

Clara bemühte sich, gerade aufgerichtet zu schreiten, während sie zu der kleinen Gruppe hinüberging. Ihre Augen jedoch suchten wie zwei Verräter das eine Gesicht unter den anderen.

Und auch Richard blickte sie an.

Alles an ihm war ihr vertraut. Seine Mundwinkel hoben sich ganz unwillkürlich, als ihre Blicke sich trafen.

Neben ihm auf dem Boden stand ein abgedeckter Korb. Irritiert starrte sie einen Moment darauf.

»Guten Morgen, meine Herren, Mutter, Vater«, begrüßte sie alle, und es wurde sich verneigt. Erst als sie mit größtmöglicher Selbstverständlichkeit auf einem Stuhl zwischen Eltern und Besuch Platz genommen hatte, setzten die Herren sich wieder.

Richard legte seine schönen, schlanken Hände auf die Knie und spreizte einmal kurz die Finger, als sei er innerlich sehr angespannt.

»Nun, wie ich gerade sagte«, fuhr dann Baron Otto von Thebe fort, denn offenbar hatte Clara ihn in seiner Rede unterbrochen, »freut es unsere gesamte Familie sehr, dass es Ihnen so deutlich besser geht, Graf. Gewiss war es eine schwere Zeit für Friesenhain.«

Aha, sie waren noch nicht zum Kern gedrungen, zum eigentlichen Grund des Besuches.

»Eine Zeit, durch die Sie uns geholfen haben, Baron«, erwiderte Claras Vater mit seiner tiefen Stimme. »Indem Sie die Stuten aufnahmen, haben Sie das Gut sehr entlastet. Und alle Tiere waren in bester Verfassung, als wir sie vor zwei Wochen wieder auf die Weiden Friesenhains herüberholten.«

Obwohl Graf Hermann sich alle Mühe gab, gelassen zu

wirken, durchschaute Clara, die ihn gut kannte, diese Fassade. Sie spürte seine untergründige Nervosität. Sein Schnurrbart sah aus wie aus Stein gemeißelt. Und er vermied den Blick zur Gräfin. Letzteres fiel gewiss nur Clara auf, und sie konnte es verstehen. Hatte das letzte Zusammentreffen der Familien doch einen tiefen Graben zwischen ihn und seine Frau gerissen.

»Es war eine Gnade der Fügung, dass wir Friesenhain helfen konnten«, erhob nun auch Friedrich von Thebe das Wort. Im Gegensatz zu Graf Hermann schien er keinerlei Hemmnis zu spüren, Gräfin Anna anzuschauen. Im Gegenteil. Clara hatte den Eindruck, es falle ihm schwer, irgendwo anders hinzublicken. »Die Gelegenheit, Dinge der Vergangenheit wiedergutzumachen?«

Sowohl sein Bruder Otto als auch sein Sohn Richard sahen Friedrich alarmiert an. Vielleicht wähnten sie, dass er noch deutlicher werden und somit Dinge ansprechen könnte, die dreißig Jahre ungesagt geblieben waren.

Graf Hermann schien Ähnliches zu befürchten, denn mit abwehrender Handbewegung sagte er rasch: »Lassen wir die Vergangenheit da, wo sie ist: im Vergangenen. Krisen wie diese machen deutlich, dass wir für das Heute leben und für die Zukunft denken müssen.«

Es sah so aus, als wolle Baron Friedrich noch etwas erwidern, doch zu Claras Überraschung und offenbar auch zu der ihres Vaters mischte Gräfin Anna sich ein.

»Manche Krisen sind auch durchaus von Nutzen, wenn wir es aus der Entfernung betrachten«, sagte sie. »Sie helfen uns dabei, den Blick zu klären für die Dinge, die in unserem Leben von größter Bedeutung sind. Bringen uns womöglich dazu, uns dorthin zu positionieren, wohin wir wirklich gehören. Und zwar mit ganzem Herzen gehören.« Bei den letzten

Worten beugte sie sich leicht vor, streckte die Hand aus und legte sie auf die ihres Mannes, welche auf seinem Knie ruhte.

Da endlich sah auch Graf Hermann sie an. Die beiden blickten einander in die Augen, wie sie es viele Jahre nicht, in der letzten Zeit aber durchaus hin und wieder getan hatten.

Und dieser Blick sagte alles.

Clara sah es. Friedrich sah es. Und während es Letzteren die Augen niederschlagen ließ, fühlte Clara in sich eine Leichtigkeit aufsteigen wie eine jubelnde Lerche über dem Feld. Deutlicher als auf diese Weise hätte ihre Mutter nicht sagen können, dass ihre Entscheidung für ihren Ehemann gefallen war.

Einige Momente lang war es still im Raum. Als sei etwas Großes entschieden worden und müsse nun seinen rechten Platz finden.

Dann riss Graf Hermann sich vom Anblick der strahlend grünen Augen seiner Frau los und wandte sich wieder dem Besuch zu.

»Für Ihre Hilfe in dieser Unglückszeit sind wir Ihnen zutiefst verbunden«, sagte er, ein leichtes Kratzen in seiner Stimme.

Er war berührt, stellte Clara mit freudigem Entzücken fest, während sie ihre Eltern musterte und ihr Vater fortfuhr: »Ich denke, das lässt die Vergangenheit endgültig ruhen.«

Er erhob sich von seinem Platz auf dem Sofa neben seiner Frau und wollte Friedrich von Thebe die Hand reichen. Eine Geste des Verzeihens und ein Angebot von freundschaftlicher Nachbarschaft. Was für ein Großmut, dachte Clara. Und welche Freude. Mit den unmittelbaren Nachbarn nicht mehr in kritischer Distanz zu leben, sondern Umgang pflegen zu können.

Bei diesem Gedanken durchfuhr sie ein freudiger Schreck.

Denn auf einen Schlag schien etwas in den Bereich des Möglichen zu rücken, was vorher so ganz und gar undenkbar gewesen war. Eine Verbindung zwischen ihren Familien.

Ihr Blick huschte zu Richard, doch der war ganz bei den beiden Männern vor ihm.

Sein Vater Friedrich war im Begriff Graf Hermanns Hand zu nehmen, da warf Richard ein: »Vielleicht sollten wir zunächst den Anlass unseres Hierseins klären?«

Graf und Baron hielten inne. Richards dunkle Augen blickten kurz in Claras. Der Ausdruck darin war nur schwer zu deuten. Erkannte sie darin eine Bitte? Eine Bitte um Vergebung? Wofür?

Dann beugte er sich zum zugedeckten Korb hinab und nahm das Tuch herunter. Sofort stieg ein würziger Geruch daraus auf.

Clara erkannte nicht, was darin lag. Es sah aus wie ein Haufen braunen Stoffs. Und waren das da nicht die Schäfte von Stiefeln?

»Gestern Abend fand der Kammerdiener meines Großvaters dies hier in einem Schrank in der Waffenkammer, der selten genutzt wird. Mein Großvater muss es dort hineingestopft haben, nachdem er es zuletzt benutzte«, erklärte Richard und sah selbst auf den zusammengeknüllten Stoff im Korb hinab.

»Was ist das?«, wunderte sich auch Graf Hermann.

Gräfin Anna beäugte den Korbinhalt. »Dieses Muster ist derzeit beliebt für die Morgenröcke der Herren, nicht wahr?«

»Um einen solchen handelt es sich tatsächlich, werte Gräfin«, bestätigte Richard. »Es ist der Morgenmantel meines Großvaters, den er stets sehr gern trug. Wohl auch an den letzten Januarabenden. Danach war das Kleidungsstück jedoch plötzlich verschwunden.«

»Verschwunden?«, wiederholte Clara. Sie hatte die Hände

zu Fäusten geballt, denn ihr war zusammen mit dem leichten Geruch, der dem Korb entstieg, eine erste beklemmende Ahnung gekommen. Ein grauenhafter Gedanke, den sie am liebsten fortgestoßen hätte.

»Er war unauffindbar«, erklärte Richard. »Ebenso die Stiefel, die er meist draußen trug. Sein Kammerdiener wurde nicht schlau aus dem, was Baron Otto dazu von sich gab. Schließlich verlief die Suche im Sande. Mein Großvater verlegt öfter mal Dinge an seltsamen Stellen, seine Pfeife beim Silber, seinen Hut bei den Trensen im Stall. Meist tauchten die Sachen irgendwann wieder auf. Aber diese blieben verschwunden. Bis gestern Abend.«

»Er trug den Morgenrock auch an den letzten Januarabenden?«, wiederholte Graf Hermann langsam. Auch ihm schien zu dämmern, worauf dies hier hinauslief. In der Nacht auf den 31. Januar war das Feuer auf Friesenhain gelegt worden.

Richard nickte.

Eine Erinnerung traf Clara wie ein Blitz. Sie sah sich selbst wieder aus dem Bett aufschrecken, während Gimpels Bellen über den Flur hallte. Sah sich ans Fenster treten und hinaussehen. Dort unten die schmale, hohe Gestalt, die kurz den Blick übers Haus schweifen ließ, ehe sie zwischen den Bäumen des Parks davonlief. Ein wehender Mantel über einem Kleidungsstück, das sie als Kleid wahrgenommen hatte. Was aber, wenn es gar kein Kleid gewesen war? Wenn es sich bei dem wehenden, hellen Stoff um ein Nachthemd gehandelt hatte?

Der Geruch. Dieser Geruch, der aus dem Korb aufstieg, war der von Rauch. So wie vielleicht ein Kleidungsstück riechen würde, das schwer versengt und dann in einem Korb versteckt worden war.

»Herr im Himmel!«, entkam ihr ein Flüstern, und sie presste rasch die Hände an den Mund.

Richard suchte ihren Blick. Sie sah ihn schlucken, ehe er nickte.

»Wir müssen befürchten«, begann nun sein Onkel, der jüngere Baron Otto von Thebe, »dass unser Vater, Richards Großvater, in seinem verwirrten Geist ein Unheil angerichtet hat.«

Graf Hermann ließ sich wieder auf seinen Platz sinken. Gräfin Anna griff erneut nach seiner Hand. Ihre Augen waren geweitet und ihre Miene erschüttert. »Aber wie soll er denn hierhergekommen sein? Er ist doch … alt?«

Baron Otto nickte. »Das wohl. Aber er ist immer noch ein famoser Reiter. Und es gab eine Zeit, als er nachts hin und wieder Ausritte unternahm. Es wäre gut möglich, dass er das in jener Nacht Ende Januar auch getan hat.«

»Aber warum sollte er so etwas tun?«, rief Gräfin Anna entsetzt.

Kurz herrschte Schweigen. Dann sagte Richard leise: »Es ist möglich, dass irgendetwas seine Erinnerung an damals, seinen Groll auf Ihre Familie wieder angefacht hat, werte Gräfin. Etwas, das er gehört, oder etwas, das er gesehen hat.« Mit leicht gesenktem Kopf sah er Clara aus den Augenwinkeln an.

Der Tag an der Jagdhütte, an dem sie selbst ihre Mutter und Friedrich von Thebe belauscht hatte. Richard hatte der Hündin Belle nachjagen müssen und hatte bei seiner Rückkehr einen deutlich verwirrten Großvater vorgefunden. Dieser hatte ihn für Friedrich gehalten und ihn angefleht, von seiner unseligen Leidenschaft abzulassen. Das war nur zwei Wochen vor dem Brand gewesen. Alles schien sich zusammenzufügen.

»Vielleicht«, setzte jetzt Baron Friedrich hinzu, während er einen schnellen Blick auf die ineinander verschränkten Finger des Grafenpaares warf, »ist es aber auch nur der Umstand, dass ich aus England hierhergekommen bin. Das mag vieles wieder aufgerührt haben und war ein Fehler. Ich hätte das nicht tun dürfen.«

Betroffen sahen alle in der Runde sich an.

Schließlich räusperte sich der Graf.

»Ich zolle Ihnen meinen Respekt für Ihre Ehrlichkeit, werte Barone von Thebe«, sagte er. »Allerdings fürchte ich, dass wir um eine polizeiliche Untersuchung nicht herumkommen werden. Der Verdacht auf den Tatbestand einer Brandstiftung muss geklärt werden. Habe ich Ihr Einverständnis dafür, Oberwachtmeister Berthel zu informieren?«

Baron Otto von Thebe nickte. »Aus diesem Grunde sind wir hier.«

Richard setzte hinzu: »Wir lassen den Korb mit dem Morgenmantel und den Stiefeln hier. Sicher gelten sie als Beweisstücke.«

Beweisstücke. Brandstiftung. Tatbestand. Polizeiliche Untersuchung.

Clara wurde das Herz schwer wie Blei. Gerade noch hatte sie frohlockt, dass ihrer … Freundschaft mit Richard nichts mehr im Wege stand. Dass womöglich sogar mehr daraus würde werden können, wenn die Familien nun ihren Zwist endlich beigelegt hatten.

Doch nun stellte sich die Situation ganz und gar anders dar.

Sie versuchte, Richards Blick einzufangen, um zu erfahren, wie er über die Lage dachte. Doch er sah sie nicht an, als sein Vater und Onkel sich nun erhoben, sich verabschiedeten und die drei den Raum verließen.

Sobald sie unter sich waren, fasste Gräfin Anna nach dem Arm ihres Mannes. Die beiden sahen sich intensiv an.

Clara meinte, das Brennen in ihrer Kehle nicht länger zurückhalten zu können. Mit einem »Ich bin nur kurz hinauf« sprang sie auf und schloss bereits die Tür hinter sich.

Die Herren von Thebe waren schon durch den Windfang und in der Tür. Richard wandte den Kopf. Kurz spürte Clara das Glühen seines Blickes. Doch dann war er fort.

Sie eilte die Treppe hinauf, in ihr Zimmer, wo sie sofort ans Fenster stürzte.

Auf der Allee grünten die Platanen. Die Kirschbäume, die die benachbarten Felder in den Hecken säumten, waren bereits mit zartem Rosa überzogen. Der Frühling kam. Und mit ihm so viel Verheißungsvolles.

Vor einer halben Stunde noch hatte Clara gewähnt, dass alles ein gutes Ende nehmen könnte. Doch nun wurde ihr klar, dass für ihr ganz eigenes Glück die Zeichen denkbar schlecht standen.

Sie sah Richard von Thebe auf seiner Rappenstute und an der Seite seines Onkels und Vaters nach, bis er am Ende der Allee ihrem Blick entschwand.

Noch eine Weile stand sie dort und starrte mit brennenden Augen auf die Stelle am Horizont.

Dann hob sie die Hand und strich sich energisch über die Augen. Wo noch gar nichts begonnen hatte, war ein Gefühl von Abschied an der falschen Stelle, sagte sie sich selbst.

Jetzt würde sie hinuntergehen und ihren Eltern von dem Guten berichten, zu dem sie gar nicht gekommen war.

Und dann? Nun, es gab so viel, das sie für ein glückliches Leben tun konnte. Hier auf Gut Friesenhain.

Personal

Auf Gestüt Friesenhain:

Gräfin Anna von Scheweney (* 1845)
Seit 1866 verheiratet mit Graf Hermann von Scheweney

Graf Hermann von Scheweney (* 1837) Gutsherr auf Gestüt Friesenhain

Wilhelm von Scheweney (* 1867) ältestes Kind und einziger Sohn der Grafen von Scheweney

Luise von Scheweney (* 1872) älteste Tochter der Familie von Scheweney

Clara von Scheweney (* 1874) jüngstes Kind der Grafen von Scheweney

Marie Paas (* 1874) Tochter des Stallmeisters und gute Freundin der Grafentöchter

Max Brugge (* 1864) Luises Verlobter, Fabrikant, Sozialdemokrat, Journalist

Theo Paas (* 1849) Stallmeister auf Friesenhain, Vater von Marie, verwitwet

Herta Rühl (* 1842) Köchin

Emilie Mecken (* 1840) Haushälterin

August Albrecht (* 1828) alter Kammerdiener des Grafen

Hannes Ranke (* 1863) erster Hausdiener

Käthe (* 1881) Küchenmagd

Erna (* 1875) Dienstmädchen

Agnes Berkermann (* 1875) Kammermädchen bei Luise und Clara

Helene Trebitz (* 1863) Kammerzofe der Gräfin

Rudi (* 1881) Stallbursche

Alfred (* 1883) neuer Stallbursche

Fritz (* 1860) Stallknecht

Erwin (* 1871) Stallknecht

Wolff (* 1851) Kutscher

Emil Neumann (* 1866) neuer Kammerdiener des Grafen

Dr. Heuser (* 1853) Tierarzt

Dr. Viert (* 1856) Hausarzt auf Friesenhain

Herr De Vries (* 1825) niederländischer Friesenzüchter

Oberst Leuthagen (* 1824) alter Freund der Familie

In der Nachbarschaft:

Baron (* 1840) und *Baronin von Assen* (* 1853) angesehene Bekannte der Grafen von Scheweney

Margarete Freifrau von Assen (* 1875) einzige Tochter der Barone von Assen

Richard von Thebe (* 1868) Neffe und Erbe des kinderlosen Nachbarn Freiherr Baron von Thebe

Freiherr Baron Friedrich von Thebe (* 1844) Richards Vater, jüngerer Bruder des jetzigen Freiherrn Baron von Thebe

Freiherr Baron Otto von Thebe (* 1834) älterer Sohn des alten Baron von Thebe, zehn Jahre älterer Bruder Friedrichs und Onkel von Richard von Thebe

Freiherrin Baronin Karoline von Thebe (* 1840) dessen Frau

Freiherr Baron Otto von Thebe (* 1810) Vater von Friedrich und Otto von Thebe, Großvater Richards

Achterhausen (* 1845) Diener bei den von Thebes

Reuben (* 1850) dubioser Pferdehändler

Änne Reuben (* 1882) Reubens älteste Tochter

Berta Reuben (* 1889) jüngere Schwester von Änne

Gertrud Reuben (* 1890) jüngere Schwester von Änne

In der Frauenbewegung, Politik, Universität, Tapetenmanufaktur und weitere:

Paula Brugge (* 1867) Max' Schwester, Künstlerin, aktiv in der radikalen Frauenbewegung, zusammen mit ihrem Bruder Erbin der Tapetenmanufaktur Brugge in Ibbenbüren

Hedwig Schmeid (* 1865) Paulas Lebensgefährtin, ebenfalls in der radikalen Frauenbewegung aktiv, angehende Studentin der Architektur und Baukunst in Hannover

Elisabeth Gehmlich (* 1854) auch Elsie bei ihren Freundinnen, ehemalige Hauslehrerin auf Friesenhain

Josef Schlinger (* 1839) bekannter Architekt in Hannover, Hedwigs Mäzen

Eduard Schmeid (* 1843) Bildhauer und Maler, Hedwigs Onkel und Josef Schlingers Lebensgefährte

Karl Dammann (* 22.10.1839 in Greifswald, † 1.6.1914 in Baden-Baden, reale Person) Direktor der Tierärztlichen Hochschule Hannover

Marta Klingemann (*1840) Sekretärin der Geschwister Brugge

Frau und Herr Ulmbein (* 1846) Anwaltspaar, das sich für die Rechte von Frauen und Kindern einsetzt

Abgeordneter Schnewigg (* 1845) Politiker der Deutschkonservativen Partei mit Wochenendvilla in Ibbenbüren

Hans Fabel (* 1865) aufstrebender Politiker der Zentrumspartei, Fabrikantensohn der Papierfabrik Fabel in Osnabrück

Am Kaiserhof:

Rittmeister Georg von Hofberg (* 1864) der neue Kaiserliche Stallwirtschafter

Tiere:

Jeltje (* 1888) Luises geliebte Friesenstute

Stürmer (* 1891) geheimnisvoller Friesenhengst

Komet (* 1885) Wilhelms Hannoveraner, riesiger Fuchswallach, Jagdpferd

Tessa (* 1884) Claras brave Schimmelstute

Lieve (* 1880) Friesenstute, Pferd der Gräfin von Scheweney

Gimpel (* 1892) Doggenrüde, Liebling der Komtessen

Hummeltje (* 1890)(niederl.: Kleinchen) weiße Angorakatze, Lieblingstier der Gräfin Anna von Scheweney

Belle (* 1894) Richard von Thebes junge Spanielhündin

Amigo (* 1888) Hannoveranerwallach der Baroness Margarete von Assen

Dank

Von Herzen DANKE an:

Rena, weil du mich mit aller nötigen Empathie darauf hingewiesen hast, dass ich unbedingt einen historischen Stoff versuchen sollte – auch wenn ich empört ablehnte. Jetzt siehst du, was draus geworden ist.

Bine, weil du Renas Idee sofort aufgegriffen und mich mit genau den Themen geködert hast, die mir am Herzen liegen: Frauenrechte, Tiere, Liebe und Freundschaft. Damit war mein Schicksal besiegelt.

Regina, weil du mich in der Agentur mit offenen Armen empfangen hast und sofort die Fahnen für meine Friesen gehisst hast. Ohne dich hätte ich vielleicht doch noch den Mut verloren und wäre um eine wunderbare Geschichte ärmer.

Iris, weil deine Euphorie in Sachen Recherche mich mitgerissen hat. Du gehst mit einem so offenen Geist achtsam durchs Leben, dass es eine wahre Freude ist, dich zu kennen.

Diana, weil meine Agentin mir sagte, du hättest sie gebeten, ein Wort für dich einzulegen, und ich daher sofort wusste: Du bist die Richtige! Danke für deine Verliebtheit in diese Geschichte von Anfang an!

Hanna, weil du mir mit deinen klugen Kommentaren und Hinweisen sehr geholfen hast, die Töchter Friesenhains Luise,

Clara und Marie so lebendig wie drei gute Freundinnen zu gestalten, und weil du bei der Fülle des Stoffes immer den Überblick bewahrt hast und mich vor einigen Klippen gewarnt hast. Ich bin absolut happy mit unserer Zusammenarbeit!

Heike, weil du mich in Pferdefragen mit wichtigen Details versorgt und wunderbare Anregungen gegeben hast. Ich bin so froh, dass wir und unser Pony dich als »Pferdeflüsterin« an unserer Seite haben.

Anke, weil du Jeltje vor dem Schlachter gerettet und ihr ein gutes Zuhause auf Heikes und Rudis Hof geboten hast! Du hast im rechten Moment das einzig Richtige getan.

Stephanie vom Friesengestüt Wickeschliede, weil die exklusive Führung übers Gestüt und die vielen wertvollen Hinweise zur Zucht dieser wundervollen Pferde mich inspiriert haben. Ein besonderes Dankeschön gilt der Tatsache, dass du mir nicht die Pferde gezeigt hast, die ein neues Zuhause suchen – durch mein Buch war ich schlimm in Gefahr, unsere Familie zu erweitern ;o)

Annette Bucken und Dirk Hawerkamp vom Stadtmuseum Ibbenbüren. Selten bin ich bei meinen Recherchen auf derart engagierte Menschen getroffen, die ihr Wissen über ihre schöne Stadt mit so viel Herzblut und Empathie weitergeben. Vielen Dank für die exklusive Führung und die vielen Geschichten rund um das Haus, das ich nun vor Augen habe, wenn ich an das Brugge-Haus in der Stadt denke!

Und zuletzt: Jeltje, du süßeste aller Friesenstuten. Du bist alt und unsere schönen gemeinsamen Ausritte gehören nun der Vergangenheit an – aber du bist trotzdem unschlagbar niedlich. Hab noch ein langes, gesundes Leben, du »Bibo im schwarzen Fell« ;o) Ich hab dich lieb.